Prince de cœur

Iris Johansen

Prince de cœur

Traduit de l'américain
par Isabelle Tolila

Titre original :

THE TIGER PRINCE
Published by arrangement with Bantam Books, a division of
Bantam Doubleday Dell Publishing Group, Inc.

PROLOGUE

Promontory Point, Utah
25 novembre 1869

— Attends !

Mon Dieu ! il ne l'entendait pas ! Il continuait à traverser la plate-forme en bois en direction du train. Dans un instant, il serait hors d'atteinte.

Prise de panique, Jane Barnaby se mit à courir, sa robe de calicot usée flottant comme un ballon derrière elle. Ignorant la morsure de la neige à travers les fines semelles trouées de ses bottes, elle fonçait entre les sillons de boue gelée formés par les roues des charrettes vers la plate-forme qui se trouvait à une centaine de mètres.

— Je t'en prie ! Attends !

Patrick Reilly n'était plus qu'une masse indistincte dans la grisaille du petit matin. Elle vit qu'il l'avait entendue : il hésita un instant avant de poursuivre son chemin, puis ses longues jambes couvrirent rapidement la distance qui séparait la gare du wagon.

Il l'abandonnait.

La gorge nouée, elle essaya de toutes ses forces d'accélérer. Soufflant et pliant ses muscles d'acier, le train vibrait déjà tandis qu'il se préparait à s'élancer sur les rails.

— Attends-moi !

L'ignorant, il regardait droit devant lui.

La rage du désespoir monta en elle tandis qu'elle hurlait :

— Bon sang, tu m'entends ? Ne monte pas dans ce train !

Ses larges épaules se paralysèrent sous son grossier manteau de laine grise et il se figea. Les sourcils froncés, il se retourna pour la regarder se précipiter vers lui.

— Je viens avec toi, déclara-t-elle en se plantant devant lui.

— La peste t'étouffe ! Je t'ai dit hier soir chez Frenchie que tu devais rester ici.

— Tu dois m'emmener !

— Je ne te dois rien, dit-il en baissant sur elle un regard sévère. Retourne chez ta mère ! Elle va se demander où tu es...

— Mais non ! Tu sais bien que seule sa pipe l'intéresse. Elle se moque bien de savoir où je suis. Ça ne lui fera rien si je pars avec toi.

Il secoua la tête.

— Tu sais bien que c'est vrai, plaida-t-elle encore. Je viens avec toi. Elle ne me veut pas. Elle ne m'a jamais voulue.

— Eh bien, je ne te veux pas non pl...

Ses joues déjà colorées s'enflammèrent et son accent irlandais s'épaissit tandis qu'il se reprenait maladroitement :

— Ne sois pas fâchée, mais je ne veux pas m'embarrasser d'une enfant.

— Je ne suis pas si petite, j'ai presque douze ans !...

Ce n'était qu'un léger mensonge ; elle venait juste d'avoir onze ans, mais il ne s'en souvenait sûrement pas. Elle fit un pas en avant.

— Il faut que tu m'emmènes. Je t'appartiens.

— Combien de fois dois-je te le dire ? Je ne suis pas ton père.

— Ma mère dit que c'était sûrement toi, fit-elle en touchant une des mèches bouclées de sa chevelure rousse. Nous avons les mêmes cheveux, et tu venais la voir souvent avant qu'elle ne se mette à la pipe.

— Comme la moitié des hommes d'Union Pacific !

Son expression se radoucit tandis qu'il s'agenouillait devant elle.

— Beaucoup d'Irlandais sont roux, Jane. Je peux te citer au moins quatre hommes de mon équipe qui étaient des habitués de Pearl. Pourquoi ne pas choisir l'un d'eux ?

Parce qu'elle voulait absolument que ce soit lui. De tous les hommes qui payaient pour avoir le corps de sa mère, c'était lui le plus gentil. Patrick Reilly était plus souvent ivre que sobre quand il venait dans la tente de Frenchie, mais il n'avait jamais fait de mal aux femmes comme certains et traitait même Jane avec une affection bourrue.

— C'est toi ! dit-elle d'un air têtu. Tu ne peux pas être sûr que ce n'est pas toi.

Il prit lui aussi un air buté.

— Et tu ne peux pas être sûre que c'est moi ! Alors pourquoi ne retournes-tu pas chez Frenchie et ne me laisses-tu pas tranquille ? Bon Dieu, je ne saurais même pas comment prendre soin de toi.

— Prendre soin de moi ?

Elle le considéra avec stupeur.

— Pourquoi le ferais-tu ? J'en suis capable !

Une fugace lueur de compassion traversa son visage anguleux.

— En grandissant dans ce bouge aux côtés de ta mère tétant sa foutue pipe d'opium, je suppose que tu as dû apprendre très tôt à te débrouiller !

Elle profita immédiatement de son attendrissement.

— Je ne te gênerai pas ! Je ne mange pas beaucoup et je sais rester à l'écart.

Elle se hâta d'ajouter tandis qu'il se renfrognait :

— Sauf si tu as besoin de moi, bien sûr ! Je peux travailler dur. Demande à n'importe qui chez Frenchie. Je vide les eaux sales, j'aide à la cuisine, je balaye, je lave et je fais les courses. Je sais compter et garder l'argent. Frenchie m'a même fait chronométrer les clients le samedi soir et leur dire quand ils en avaient eu pour leur argent.

Elle lui agrippa le bras.

— Je promets de faire tout ce que tu voudras, mais emmène-moi avec toi...

— Bon sang, tu ne comprends pas...

Il resta silencieux un moment en regardant son visage implorant avant de murmurer :

— Ecoute, je suis un gars du chemin de fer. C'est tout ce que je connais et mon boulot ici est maintenant terminé. J'ai une offre de travail à Salisbury, où je dirigerai ma propre équipe. Et c'est une sacrée chance pour un Irlandais ignorant comme moi. Salisbury est en Angleterre, de l'autre côté de l'océan. Tu ne veux pas aller si loin ?...

— Si, je le veux ! Ça m'est égal où nous allons.

Sa petite main se resserra sur son bras.

— Essaye-moi ! Je te promets que tu ne le regretteras pas.

— Tu parles ! s'impatienta-t-il soudain en se dégageant d'elle et en se redressant. Je ne veux pas d'une gosse de putain sur les bras pour le restant de mes jours. Retourne chez Frenchie !

Il se dirigea à nouveau vers le train.

Bien que son rejet l'effrayât, il ne la surprenait pas. Jusque-là, seuls les habitants du bordel de Frenchie ne l'avaient pas rejetée, et elle avait appris depuis longtemps qu'elle n'avait rien à voir avec les enfants des respectables épouses qui suivaient de ville en ville les équipes de construction de la voie ferrée. Ils appartenaient à un monde de robes propres et apprêtées, de bains du samedi soir et de dimanches matin à l'église alors qu'elle...

Jane eut subitement la nausée en se remémorant la tente enfumée de Frenchie, les lits de camp seulement séparés par des couvertures crasseuses suspendues sur des cordes affaissées, l'odeur douceâtre de la fumée d'opium de sa mère émanant du curieux bol en verre près du lit, sa main brutale la giflant quand elle n'exécutait pas assez vite ses ordres.

Elle ne *pouvait* pas retourner à ça maintenant que l'évasion était si proche. Les poings serrés le long du corps, elle suivit Reilly.

— Ça ne te servira à rien de me laisser. De toute façon, je te suivrai...

Il atteignit le train et posa un pied sur la marche de métal.

— Je le ferai ! Tu m'appartiens...

— Du diable si je t'appartiens !

— Je te suivrai à ce Saddlebury et...

— Salisbury, et tu devras traverser ce foutu océan à la nage.

— Je le ferai ! Je trouverai un moyen. Tu verras que je trouverai un moyen de...

Sa voix noyée de larmes se brisa.

— Bon sang !

Les yeux rivés au métal strié des marches, il baissa la tête.

— Pourquoi faut-il que tu sois aussi foutrement têtue ?

— Emmène-moi, murmura-t-elle, ne sachant quoi lui dire d'autre, quoi lui offrir d'autre. S'il te plaît ! Si je reste, j'ai peur d'être un jour comme elle. Je... je ne suis pas bien là-bas...

Il ne bougea pas, ses épaules s'affaissaient au fur et à mesure que les minutes passaient.

— Oh, et puis merde !

Il sauta sur la plate-forme. Ses grandes mains la saisirent par la taille et, sans aucun effort, la soulevèrent et la hissèrent dans le train.

— Ce que tu es légère ! Tu ne pèses pas plus lourd qu'une plume.

Elle n'osait croire qu'il avait cédé.

— Ça ne veut rien dire! Je suis petite pour mon âge, mais je suis très forte.

— Ça vaudrait mieux! Je t'autorise à me suivre, mais ne va pas t'imaginer des choses. Je ne suis pas ton père et tu m'appelleras Patrick, comme tout le monde.

— Patrick, répéta-t-elle avec obéissance.

— Et tu devras gagner ta croûte!...

Elle se retint très fort à la barrière de sécurité tandis qu'une vague de soulagement la traversait jusqu'au vertige.

— Tu ne le regretteras pas. Je ferai tout pour te dédommager. N'importe quoi...

— Attends-moi ici. Je vais prévenir le chef de train que tu es à bord.

Il se détourna en marmonnant:

— Bon sang, il va sûrement me faire payer un billet pour toi. J'ai passé des années à construire ce chemin de fer et maintenant, ils me font payer le prix fort...

— Deux billets...

Il se figea et se tourna lentement.

— Deux? répéta-t-il avec une douceur qui ne présageait rien de bon.

— Li Sung, dit-elle en désignant le jeune et mince garçon qui attendait dans un coin sombre du quai. Il vient aussi.

A son signal, le Chinois s'avança en boitant, chargé d'un sac à dos et d'un bagage en toile usé jusqu'à la corde.

— C'est mon ami. Il ne causera pas de problèmes.

— Pas de problèmes? Il est infirme!

— Il sait cuisiner, s'empressa-t-elle de l'informer. Tu t'en souviens? Tu as mangé un de ses ragoûts chez Frenchie. Et il est plus intelligent que la plupart des gens que je connais. Il m'a appris à lire et à compter et il connaît toutes les plantes et...

— Non ! fit-il catégoriquement. Je ne m'encombrerai pas d'un infirme. Le Chinetoque retourne d'où il vient.

— Il doit venir avec nous.

Il se renfrogna à nouveau. Et s'il changeait d'avis et la renvoyait, elle aussi ? Pourtant, elle ne pouvait pas laisser Li Sung.

— Tu me laisses t'accompagner, mais tu refuses Li Sung alors qu'il a dix-sept ans, reprit-elle en hâte. Il est presque un homme et sera plus capable de t'aider que..., s'interrompit-elle en remarquant son expression radoucie. Il ne te gênera pas. Je me chargerai de lui.

Patrick parut en douter.

— Je peux le faire, lui assura-t-elle. Achète juste un billet. S'il te plaît !

— Tu me prends pour un banquier ?

— Je ne peux pas partir sans lui. Frenchie lui fait subir des choses horribles.

Li Sung s'arrêta à côté d'eux, tandis que son regard allait de l'un à l'autre.

— Je viens ?

Jane supplia Patrick du regard.

— Bon Dieu de merde ! jura-t-il avant de sauter sur le quai et de se diriger vers l'homme en uniforme qui discutait avec le machiniste. Seulement jusqu'à Omaha. Du diable si je me le coltine plus loin !

Jane se détendit.

— C'est d'accord. Monte, Li Sung !

— Où est Omaha ?

— Très loin, je crois. Et d'ici là je trouverai un moyen de le convaincre de nous garder jusqu'au bout. Il n'est pas insensible.

Li Sung eut un sourire amer.

— Mais c'est un Irlandais et les Irlandais n'aiment pas ma race.

— Je trouverai un moyen, répéta Jane. Reste juste hors de sa vue pendant un moment.

Tandis qu'elle ouvrait la porte du wagon, le sol vibra sous ses pieds et elle se figea, alarmée. La sensation était bizarre. Bien qu'elle ne se rappelât pas autre chose qu'avoir été trimbalée de ville en ville au rythme de la construction du chemin de fer, c'était la première fois qu'elle montait dans un train.

Li Sung hocha la tête en croisant son regard.

— Très puissant! Je comprends pourquoi ils l'appellent le cheval d'acier.

— Ça ressemble plus aux dragons dont tu m'as parlé, qui crachent des flammes et de la fumée et qui fouettent l'air avec leur queue.

Elle le devança dans l'allée centrale.

— On s'y habituera!

Li Sung acquiesça en posant son sac à dos sur le filet et son bagage en toile à côté de Jane.

— Si c'est possible de s'habituer aux dragons...

— C'est possible! décréta-t-elle en s'asseyant et en croisant les mains sur ses genoux.

L'odeur de la fumée froide du cigare, du bois fraîchement coupé et du pétrole alimentant le réchaud au bout du wagon emplissait l'atmosphère. Il fallait qu'elle s'habitue à la vibration, aux odeurs, aux bruits qui feraient partie de sa nouvelle vie.

— Ça va aller, Li Sung. Tu verras, on sera...

Une plainte à fendre le cœur s'éleva soudain du bagage en toile.

— Oh! mince! j'espérais qu'il ne se réveillerait pas.

Jane jeta un rapide coup d'œil par la fenêtre et vit Patrick en pleine conversation avec le chef de train. Elle ouvrit rapidement le sac, un museau marron et blanc en pointa immédiatement. Elle caressa doucement la tête touffue du chiot efflanqué. Un petit beagle.

— Chhh, pas maintenant! Pas de bruit!

— Je t'avais dit de ne pas l'emmener...

Elle leva la tête et lui lança un regard féroce.

— Sam n'a que six semaines. Frenchie l'aurait laissé mourir de faim comme elle l'a fait pour sa mère et les autres chiots. Je devais l'emmener.

Un petit sourire éclaira le visage de Li Sung tandis qu'il acquiesçait d'un air résigné.

— Je sais, c'est ta nature. Mais ton père ne va pas être content.

— Il ne le sait pas encore...

Elle ferma rapidement le sac et le fourra dans les bras de son compagnon.

— Emporte-le au bout du wagon et reste là-bas jusqu'à ce que je vienne.

Li Sung se leva en haussant les épaules.

— Il nous jettera probablement par la fenêtre, moi et le chiot.

— Non! Je ne le laisserai pas faire! Je le convaincrai que nous avons besoin d'un chien de garde à..., s'interrompit-elle en cherchant le nom de leur destination. Salisbury!

— Et comment le feras-tu?

— En restant sur mes positions, dit-elle d'un air décidé.

Quand on veut quelque chose très fort, on peut le faire arriver. Il suffit de tenir bon jusqu'à ce que les autres se fatiguent de lutter.

— Espérons qu'il se fatiguera avant qu'on atteigne Omaha.

Li Sung se dirigea de sa démarche claudicante vers l'autre extrémité du wagon.

Son père avait terminé de discuter avec le chef de train et revenait, l'air manifestement mécontent.

Père. Elle devait se souvenir de ne pas l'appeler ainsi, pensa-t-elle avec mélancolie. De toute façon, il ne la reconnaîtrait pas et cela ne ferait que l'enrager. Peut-être, si elle travaillait très dur, si elle se rendait suffisamment utile, la laisserait-il un jour l'appeler ainsi.

Le sifflement aigu annonçant le départ la fit sursauter. Elle s'agrippa au siège en bois tandis que le train s'ébranlait. Patrick poussa un juron en courant pour sauter dans le train déjà en marche.

De la vapeur se figeait dans l'air glacé du dehors alors que le dragon noir s'éloignait lentement de la gare hâtivement construite et des tentes crasseuses qui constituaient Promontory Point.

Tandis que le seul paysage qu'elle avait jamais connu défilait devant ses yeux et s'évanouissait pour toujours, la peur s'empara de Jane.

— Tu veux retourner?

Elle leva les yeux sur Patrick qui se tenait devant elle, une expression d'espoir dans le regard.

— Je peux te renvoyer chez toi au prochain arrêt.

— Non!

— Dernière chance!

Promontory Point disparut de sa vue comme s'il n'avait jamais existé, et sa peur s'envola aussi soudainement.

— Non!

Elle ne savait pas vraiment ce qu'était un foyer, mais elle était sûre que la tente de Frenchie n'en avait jamais été un. Comme son père était un homme du chemin de fer, un éternel voyageur, ce dragon fumant et grondant qui les emportait serait peut-être désormais son foyer. Si c'était le cas, elle devrait tout apprendre sur lui et l'apprivoiser. Oui, voilà ce qu'elle devait faire; son père aimait cette vie et elle serait désormais aussi la sienne.

Elle se cala avec précaution sur le siège dur et s'efforça de détendre ses muscles crispés.

— Je ne veux pas rentrer. J'ai juste eu un peu peur, mais ça va maintenant.

Il marmonna quelque chose d'inaudible et se laissa tomber sur le siège à côté d'elle.

Ecoutant le grondement des roues sur les rails d'acier, elle ferma les yeux. Lentement, graduelle-

ment, elle distingua un rythme dans le fracas métallique, comme le battement d'un cœur de géant, une
cadence dans le sifflement de la vapeur, qui étaient
vaguement réconfortants. Après tout, le dragon n'était
peut-être pas si redoutable. Avec le temps, sans
doute lui permettrait-il de devenir son amie et de
découvrir tous ses secrets...

1

Krugerville, Afrique
3 avril 1876

Ruel lui faisait penser à un superbe tigre prêt à bondir.

Sa main droite serrait le manche en os ouvragé du couteau avec une meurtrière compétence, et un sourire avide étirait ses lèvres. Torse nu, ses muscles luisant comme du bronze doré à la lueur de la lanterne, ses yeux bleus étincelant d'un plaisir féroce, il tournait autour de l'énorme mulâtre armé d'une machette.

Ian MacClaren fut secoué d'une vive émotion en observant les deux hommes à travers l'atmosphère saturée de fumée du bar. En fait, il ne s'attendait pas à un Ruel si barbare. Les rapports qu'il avait reçus au fil des années auraient dû cependant l'en avertir ; même enfant, Ruel n'avait jamais été soumis. En tout cas, son frère ne présentait à cet instant aucun signe de soumission.

Tigre au pas de velours, tigre d'éclair brûlant...

Ce fragment d'un vieux poème lui vint à l'esprit, et souligna l'impression qui s'était imposée à lui dès l'instant où il avait vu Ruel. Ce garçon avait toujours brûlé d'une énergie inépuisable et versatile, mais il dégageait maintenant une vitalité presque incandescente. Le temps avait aiguisé et durci la parfaite symétrie de ce visage dont Margaret avait dit un jour qu'il possédait la beauté d'un ange déchu, mais il rayonnait encore du même magnétisme. De fines mèches d'or blanc striaient sa chevelure sombre attachée en natte, qui renforçait son aspect félin.

Le mulâtre attaqua soudain avec sa machette.

Ruel esquiva facilement le coup et éclata d'un rire grave et satisfait.

— Enfin! Je commençais à m'ennuyer, Barak...

— Ne restez pas planté là comme un piquet!

Mila agrippa le bras de Ian.

— Vous avez dit que si je vous conduisais à lui, vous l'aideriez. Barak va le tuer.

— Il a l'air de s'y efforcer en effet, murmura Ian.

On lui avait appris à son arrivée dans la ville, quelques heures plus tôt, qu'elle n'était qu'une des putains du campement aurifère, mais elle semblait attachée à Ruel. Cela ne l'étonnait pas. Attirées par sa beauté diabolique et son insouciant et joyeux paganisme, les femmes avaient gravité autour du lit de Ruel avant même qu'il n'atteigne la puberté. Ian fut cependant surpris de ne pas craindre que la prophétie de cette femme se réalise. Ce Barak mesurait au moins deux mètres vingt et sa musculature de taureau rendait ridicule le mètre quatre-vingt-dix de Ruel. Mais Ian sentait que son frère n'aurait pas plus de mal à le battre qu'il n'en avait eu avec les grands gaillards qui le provoquaient quand il était petit.

— Je crois qu'il vaut mieux attendre et observer un moment. Ruel n'a jamais aimé que je me mêle de ses règlements de compte.

Le géant mulâtre fit un autre assaut, et le torse de Ruel s'arqua comme celui d'un chat tandis que la lame manquait de peu s'enfoncer dans son ventre.

— Mieux! lança-t-il en riant. Mais pas assez bon! Dieu, que tu es maladroit...

Barak grogna de rage et attaqua encore.

Mais Ruel n'était plus là.

Il s'était déplacé d'un mouvement souple et rapide

18

vers la gauche, et une estafilade rouge apparut soudain sur le flanc de son ennemi.

— Aussi maladroit à la machette qu'en négociations. Je pourrais te donner des cours pour les deux.

Il fit le tour du géant avec la rapidité d'une mangouste attaquant un cobra.

— Mais je ne crois pas que ça vaudrait le coup. Je déteste perdre mon temps, et de toute façon tu seras bientôt mort.

Ian se raidit en comprenant soudain qu'il ne s'agissait pas d'une simple bagarre de gosses qui se solderait par des yeux au beurre noir et des écorchures. Il se tourna vers la femme.

— Je crois que nous devrions aller chercher le magistrat local pour arrêter ça.

Elle le regarda avec stupeur.

— Magistrat ?

— La loi, dit-il impatiemment.

— Il n'y a pas de loi ici. C'est *vous* qui devez arrêter ça. Barak veut la concession de Ruel. Il l'a provoqué dans le seul but de le mettre en colère et de pouvoir le tuer.

Ian marmonna un juron en regardant le bar bondé. Dieu seul savait qu'il n'était pas plus équipé pour intervenir dans cet affrontement que lors des bagarres enfantines de Ruel à Glenclaren, mais il voyait bien qu'il ne fallait rien attendre de ces hommes aux vêtements grossiers, assis aux tables de ce bouge infâme ; les mineurs observaient les deux combattants avec amusement et une curieuse et sinistre expression d'avidité.

Cependant, il devenait évident qu'il devait faire quelque chose. Il ne pouvait permettre à Ruel de commettre un meurtre, même en cas de légitime défense.

Barak attaqua à nouveau et Ruel esquiva par une pirouette. Une longue et sanglante entaille apparut subitement en haut du bras de Barak.

— Tu commences à m'ennuyer, fils de pute, grogna Ruel.

Ian comprit le signal ; Ruel jouait avec Barak, mais il commençait à s'impatienter et passerait bientôt à l'offensive. Il fallait...

Barak venait de faire couler le sang.

Ruel avait été trop lent d'une seconde, et la machette avait atteint son torse.

— Excellent !

Contre toute logique, Ruel hocha la tête d'un air approbateur.

— Il faut toujours prendre avantage de la trop grande confiance de l'adversaire. Tu n'as peut-être pas l'esprit aussi épais que je le pensais.

— Vous m'avez menti ! Vous ne faites *rien* !

La femme lâcha enfin le bras de Ian.

— Vous ne comprenez donc pas ? Il m'a *aidée* ! Et vous, vous allez rester là à regarder pendant que Barak le tue.

Elle s'élança vers les deux hommes qui se jaugeaient à nouveau.

— Non !

Ian attrapa une bouteille de whisky sur la table la plus proche. Un concert de protestations s'éleva et il murmura :

— Désolé, mais je risque d'en avoir besoin.

Ruel riait à nouveau, mais Ian remarqua que son expression s'était légèrement durcie. Il n'était pas assez stupide pour sous-estimer Barak et allait faire en sorte d'en finir.

— Barak !

Mila sauta sur le dos du géant, agrippant son cou de taureau entre ses maigres bras.

Ruel parut un instant déconcerté, puis éclata à nouveau de rire.

— Lâche-le, Mila ! Il a déjà assez de problèmes comme ça...

Barak s'ébroua comme un ours trempé et se débarrassa de Mila qui tomba à genoux par terre.

Barak se tourna vers elle, brandissant sa machette.

— Non!

Ruel ne riait plus du tout.

— Moi! Pas elle, espèce de salaud! C'est *moi* que tu veux!

Il bondit brusquement en avant et son poignard entailla le cou de Barak.

— Tu vas te réveiller, gros balourd?

Barak jura, fit volte-face et avança d'un pas.

Ruel le fixait, les narines palpitantes, les yeux étincelant d'une lueur sauvage.

— *Maintenant*, fils de…

Ian s'approcha et dit calmement:

— Non, Ruel.

Ruel se figea.

— Ian?

Son regard élargi de stupeur passa de Barak à Ian.

— Que diable fais-tu…

Barak bondit et la machette taillada l'épaule de Ruel. Le coup avait visé le cœur, mais Ruel avait pivoté au dernier moment, évitant le pire.

Ian entendit le cri de la femme agenouillée au sol, vit l'expression de douleur sur le visage de Ruel, et réagit sans réfléchir.

Il fit un pas en avant, leva la bouteille de whisky et l'abattit sur la tête de Barak.

Le verre explosa en morceaux; l'alcool gicla.

Le géant grogna, tituba, et s'effondra.

Ruel chancela tandis que ses genoux se dérobaient.

Ian se précipita pour le retenir avant qu'il n'aille rejoindre Barak au sol.

— Pourquoi…

La douleur le força à s'interrompre un instant.

— Bon Dieu, Ian, qu'est-ce que tu fais ici…?

— Chut!

Ian le souleva dans ses bras aussi facilement que s'il ne pesait pas plus lourd qu'un gosse.

— Je suis venu pour te ramener à la maison, petit.

Dès que Ruel ouvrit les yeux, il sut qu'il était de retour dans sa cabane. Il avait passé trop de nuits à regarder les étoiles à travers ces fissures pour ne pas reconnaître l'endroit, même avec cette douleur lancinante qui le terrassait.

— Réveillé?

Ruel tourna son regard vers l'homme assis près de son lit de camp.

Un long nez aquilin, une large bouche, des yeux noisette profondément enfoncés dans un visage que seuls l'humour et l'intelligence sauvaient du manque de charme. Le visage de Ian.

— Ça va aller! Tu as eu de la fièvre, mais tu te rétablis bien.

L'accent de Ian était doux à ses oreilles et une pointe d'émotion lui serra un instant le cœur. Mais il s'en voulut aussitôt d'avoir le mal du pays; ce devait être la fièvre. Il s'était débarrassé de toutes ses nostalgies larmoyantes six semaines après avoir quitté Glenclaren... Il lâcha un soupir.

— Qu'est-ce que tu fais ici?

— Je te l'ai dit.

Ian plongea un linge dans une cuvette d'eau.

— Je suis venu pour te ramener à la maison.

— Tu as failli me ramener dans un cercueil. Je t'ai toujours dit de ne pas te mêler de mes bagarres.

— Navré! J'ai pensé qu'il était temps que je te donne un coup de main. Tu étais en colère, mais tu ne voulais pas vraiment tuer ce lourdaud.

— Tu crois ça?

Ian posa un linge humide sur son front.

— Tuer est un péché mortel. La vie est plus supportable sans ce genre de fardeau sur la conscience. Veux-tu un verre d'eau?

Ruel hocha la tête, puis observa Ian tandis qu'il se penchait et remplissait le gobelet en fer dans le seau posé à côté de son tabouret. Il avait une trentaine d'années maintenant, mais Ruel ne le trouva pas altéré par le temps. La force phénoménale et l'agilité qui lui avaient permis de le soulever comme une plume restaient inchangées, de même que les cheveux noirs impeccablement coupés, et la lenteur délibérée avec laquelle il se déplaçait et parlait.

Ian porta le gobelet aux lèvres de Ruel, le tenant pendant qu'il buvait à grandes gorgées assoiffées.

— Il y a du ragoût sur le réchaud. Mila l'a préparé il y a tout juste une demi-heure. Il doit être encore chaud.

Ruel secoua la tête.

— Plus tard, alors.

Ian remit le gobelet dans le seau et épongea doucement son front.

— Cette Mila a l'air de t'être très dévouée…

— Dans ce trou, on s'accroche aux gens à qui on peut se fier.

— Je présume que tu couches avec elle? Elle a essayé de prendre le coup de machette à ta place…

Ruel eut un sourire amusé.

— J'admets avoir un certain talent en la matière, mais ma vanité n'irait pas jusqu'à imaginer qu'une femme risquerait d'être décapitée par une machette pour me garder entre ses jambes… Elle s'occupera de moi jusqu'à ce que j'aille mieux. Tu n'as pas besoin de rester.

— Tu es sûr que tu ne veux rien manger? Ça te donnerait des forces et j'aimerais repartir dans une quinzaine de jours.

— Je ne pars pas avec toi!

— Bien sûr que si! Qu'est-ce qui te retient ici? Mila m'a dit que Barak s'était remis et avait récupéré ta concession.

— Fils de pute, marmonna Ruel.

— Certes, grimaça Ian. Mais j'avoue être content qu'il se soit occupé à te voler plutôt qu'à exercer sa vengeance sur moi.

— Tu aurais dû penser à ça avant d'intervenir...

— Possible, remarqua Ian avec un vague sourire. D'autant que tu n'étais pas en état de te battre pour moi comme tu le faisais quand nous étions petits.

— Tu n'as jamais su être impitoyable. Tu aurais pu battre n'importe qui en visant la gorge, mais tu n'as jamais appris à toucher la jugulaire. On ne peut pas laisser faire...

— Je suppose qu'à la minute même où tu seras sur pied tu essaieras de récupérer ton bien, l'interrompit-il.

Ruel resta un instant songeur.

— Non !...

— Très raisonnable ! remarqua Ian en penchant la tête pour étudier l'expression de son frère. Mais ça ne te ressemble pas du tout ! Autant que je m'en souvienne, tu as toujours cru à la loi du talion.

— Oh, j'y crois encore ! Mais ces temps-ci, quand l'enjeu n'est pas important, je laisse le destin régler mes comptes.

— Ce qui signifie ?

— Cette concession est épuisée depuis une semaine, répondit-il en souriant férocement. Je vais me régaler à imaginer ce salaud se casser les reins dans cette mine et n'en pas retirer plus qu'une bourse de poussière d'or.

— Je vois !... Alors, un autre échec, comme à Jaylenburg ?

Ruel se raidit.

— Qu'est-ce que tu sais sur Jaylenburg ?

— Juste que tu y as établi une concession, que tu y es resté six mois et que tu es parti.

Ian trempa à nouveau le linge et l'essora.

— Tu as beaucoup bougé. Australie, Californie, Afrique du Sud...

— Tu as l'air très au courant…

— Pas vraiment. J'ai payé un jeune homme pour te trouver, mais il s'est toujours débrouillé pour te manquer d'un cheveu jusqu'à Krugerville.

Il secoua la tête tout en posant le linge sur le front de Ruel.

— Tu n'es plus un enfant. Tu ne peux pas poursuivre les arcs-en-ciel toute ta vie.

— Je ne les ai jamais poursuivis, rétorqua Ruel avec un petit sourire. C'était le trésor au pied de l'arc-en-ciel que je cherchais…

— L'or, fit Ian en grimaçant. Tu as toujours prétendu que tu trouverais ta mine d'or et que tu deviendrais l'homme le plus riche d'Ecosse.

— Et je le ferai…

— Tu t'es enfui de Glenclaren alors que tu n'avais que quinze ans et tu n'as encore rien trouvé.

— Qu'en sais-tu ?

Ian jeta un regard sur la cabane sommairement meublée, puis leva les yeux vers le plafond fissuré.

— Si tu as fait fortune, tu es devenu plus pingre que le vieux Angus MacDonald.

Le sourire de Ruel se fit malicieux.

— Et comment va la charmante Maggie MacDonald ? L'as-tu finalement épousée ?

Ian secoua la tête.

— Tu sais que Margaret se fait un devoir d'aider son père. Elle ne se mariera pas tant qu'il aura besoin d'elle pour le soigner.

— Il est encore malade ? Nom de nom, à ce rythme, vous ne serez pas mariés avant d'être gâteux !

— Il en sera fait selon la volonté de Dieu.

Il changea vite de sujet.

— C'est quoi, Cinnidar ?

Ruel se raidit en le fixant brusquement.

— Cinnidar ?

— Ça a l'air de te préoccuper. Tu n'as pas arrêté de répéter ce mot pendant ta fièvre…

— Rien d'autre?

— Non, juste ce mot... Cinnidar.

Ruel se détendit.

— C'est sans importance... Un endroit que j'ai visité un jour.

— Tu as visité trop d'endroits. Il est temps de rentrer à la maison et de t'établir... Papa est mort.

— Je sais. J'ai reçu ta lettre.

— Tu n'y as pas répondu...

— Je n'avais pas à le faire. Il avait cessé d'être important pour moi depuis des années. Pareil pour Glenclaren.

— Et moi?

— Tu *étais* Glenclaren.

— Je ne peux pas le nier, fit-il en souriant. J'aime chaque étang, chaque pierre et chaque tapisserie mitée de ce vieux domaine.

— Alors, retournes-y!

Ian secoua la tête.

— Pas sans toi.

Il baissa les yeux avant de poursuivre avec peine :

— Ce n'est pas parce que je ne t'aimais pas que je ne suis pas venu du vivant de papa. Je savais qu'il avait tort et te traitait mal. J'ai toujours regretté que...

— Tu te sens coupable? remarqua Ruel en secouant la tête. J'ai toujours su que tu devais suivre ton propre chemin. Je n'attendais rien de toi.

— Je l'attendais de moi-même.

Une vague de chaleur envahit Ruel tandis qu'il regardait son frère. De l'affection? Il avait pourtant cru que ce genre de sentiment s'était éteint en lui depuis bien longtemps. L'affection était dangereuse, et il était plus prudent de naviguer à la surface des émotions que de plonger dans ce bourbier.

— Encore une preuve de ta stupidité, décréta-t-il.

— Oui, fit Ian en souriant avec douceur. Mais stupidité ou pas, j'ai l'intention de te rendre ta place à Glenclaren.

Ruel le regarda avec un mélange d'exaspération et d'impuissance. Ian s'était toujours senti coupable de la façon dont leur père le traitait, et il connaissait trop son obstination tenace pour ne pas comprendre qu'il ne lâcherait pas prise.

— Pourquoi rentrerais-je? Il n'y a rien que je veuille là-bas.

L'expression de Ian ne perdit rien de sa détermination, et Ruel se rendit compte qu'il devenait vraiment un problème. Bon sang, il avait des tas de choses à faire ces prochains mois, et il n'avait vraiment pas besoin de Ian dans ses pattes!

— Je ne veux pas de toi ici!

— Pas de chance...

— Tu ne me lâcheras pas, hein?

— Pas avant que nous ne soyons sur le bateau, en route pour Glenclaren.

— Je n'irai pas. Dès que je serai en mesure de voyager, je partirai pour Kasanpour.

— Pas à Cinnidar?

— Disons que Kasanpour est une étape pour Cinnidar.

Ian fronça les sourcils.

— Kasanpour?

— En Inde. Kasanpour est le chef-lieu de la province dirigée par le maharadjah Savitsar.

— Tu ferais mieux de revenir à Glenclaren plutôt que d'aller traîner dans un autre pays barbare, déclara Ian en secouant la tête.

— Je vais à Kasanpour, dit Ruel entre ses dents.

Ian le considéra un moment avant de soupirer avec résignation.

— Tu as assez d'argent pour ce voyage?

— La mine a exceptionnellement bien rendu ces trois derniers mois. Quand j'aurai donné une petite part à Mila, il me restera suffisamment pour mes projets.

— Bon! Alors tu peux assumer ma compagnie.

Malheureusement, Glenclaren est toujours aussi peu rentable. Je viendrai avec toi et j'attendrai que tu te fatigues de tes enfantillages.

— Et si je ne m'en fatigue pas?

— J'attendrai un peu plus.

— Ian, bon sang, j'ai quelque chose d'important à faire à Kasanpour. Je n'ai pas le temps de…

— Dieu y pourvoira, déclara tranquillement Ian en se levant et en se dirigeant vers le réchaud. Mais tu me raconteras plus tard en quoi consistent ces affaires. Pour l'instant, mieux vaut arrêter cette discussion et manger ce ragoût. Je te l'ai dit, tu auras besoin de forces pour le voyage…

Kasanpour, Inde
6 mai 1876

— Bonsoir, mademoiselle Barnaby. On ne vous a pas dit que les dames étrangères ne devaient pas se promener sans protection dans ce quartier après la tombée de la nuit?

Le ton était bas, doux, mais voilé d'une menace. Le cœur de Jane s'arrêta de battre puis s'emballa tandis qu'elle regardait par-dessus son épaule. A quelques mètres d'elle se tenaient le prince Abdar et ce beau jeune homme, Pachtal, qui l'avait accompagné quand il était venu l'interroger la première fois sur le site. Mon Dieu, elle qui s'imaginait prendre toutes les précautions possibles… Elle ne s'était même pas rendu compte qu'elle avait été suivie!

Sa première réaction fut de s'enfuir en courant dans la rue déserte et obscure. Mais c'était trop tard. Ils étaient si proches! Avant qu'elle n'ait atteint le tournant, une main puissante s'abattit sur son épaule et lui fit faire volte-face.

Abdar était planté devant elle. Son séduisant compagnon la contourna et lui attrapa les bras, la forçant à lâcher son sac à dos tandis qu'il l'immobilisait.

— Ce n'est pas gentil de vous enfuir quand je désire vous parler, dit Abdar en posant sa lanterne par terre. Je pense que nous devrions la punir pour ce manque de politesse, Pachtal.

Jane se mordit la lèvre pour retenir un cri de douleur lorsque Pachtal souleva son bras gauche et le tordit. Le visage lisse et enfantin du prince Abdar, encadré d'un turban blanc, vacilla à travers les larmes qui lui brûlaient les yeux.

— Vous avez été peu communicative lors de notre petite discussion l'autre jour. J'ai pensé qu'un entretien en privé porterait peut-être ses fruits. Bon, où est Kartauk ?

— Je ne connais pas de Kar...

Une autre violente torsion lui coupa le souffle.

— Pachtal s'impatiente, l'informa doucement Abdar. Il préfère les plaisirs du palais et n'a pas du tout goûté de passer ces trois dernières soirées à vous suivre. D'autant que ses efforts n'ont pas été récompensés...

Elle cherchait désespérément un moyen de saisir le poignard glissé dans sa botte.

— Ce qui prouve que je ne peux pas vous donner ce que vous voulez.

— Cela prouve seulement que vous connaissez plutôt bien notre bazar pour une étrangère et que vous pouvez demeurer insaisissable. Où est-il ?

— Je ne sais pas. Je vous ai dit...

Pachtal leva son bras plus haut et le tordit avec une brutalité qui faillit lui arracher un hurlement. La flamme de la lanterne d'Abdar sembla vaciller et décliner. Elle allait s'évanouir, songea-t-elle avec un sentiment encore flou de révolte. Non ! Elle ne s'était jamais évanouie de sa vie, et ce salaud ne l'y amènerait pas.

— Encore ! ordonna Abdar à son homme de main.

Pendant un long moment, le monde de Jane ne fut plus que souffrance.

— Pourquoi vous montrer si entêtée? demanda Abdar. Vous me le direz de toute façon. Vous n'êtes qu'une femme, et trop faible et trop stupide pour résister longtemps.

Du fin fond de sa douleur, une vague de ressentiment l'assaillit. Elle avait effectivement été assez stupide pour se laisser suivre depuis le bungalow, mais elle n'était *pas* faible.

— Pourquoi vous imposer cette souffrance? Que représente Kartauk pour vous?

Pachtal lui susurrait ces mots à l'oreille tout en resserrant de plus en plus fort sa prise.

— Vous avez eu ce que vous vouliez de lui. Maintenant, rendez-le à Son Altesse.

— Je ne connais pas de Kartauk.

— Est-il votre amant? murmura Pachtal. Son Altesse pense qu'il doit vous donner beaucoup de plaisir pour que vous preniez de tels risques. Mais vous devrez renoncer à lui. Son Altesse a besoin de lui.

L'élégante main d'Abdar s'avança et prit un de ses seins à travers la chemise de coton.

— Vous n'êtes pas laide; vous trouverez quelqu'un d'autre pour vous satisfaire. Je pourrais même vous faire l'honneur de vous ouvrir ma couche.

Elle n'osa imaginer sa réaction si elle crachait sur son visage au teint virginal.

Le prince étudia ses traits.

— Oui, elle n'est pas mal... Les pommettes sont trop hautes, mais la bouche est assez jolie. Voyons son corps, Pachtal.

Il déboutonna la large chemise et en écarta les pans pour dévoiler sa poitrine.

— Oh! Ces grotesques vêtements masculins cachent des trésors. Vous êtes si mince; je ne les aurais jamais imaginés aussi magnifiquement pleins.

30

Il soupesait ses seins comme s'il s'agissait de melons.

— Elle me rappelle un peu Mirad, Pachtal.

— Laissez-moi partir, grinça-t-elle entre ses dents.

— Très joli, apprécia Pachtal tandis qu'il se penchait par-dessus son épaule pour regarder ses seins. C'est difficile à dire dans cette pénombre, mais les tétons sont plus roses, je crois. Ceux de Mirad ressemblaient à de gros grains de raisin pourpre.

Elle commença à se débattre.

— Non! fit Pachtal en réaffirmant brutalement sa prise. Vous ne repousserez pas Son Altesse quand elle vous honore de ses caresses.

— Je n'ai jamais eu d'étrangère dans mon lit. Je pense que vous pourriez m'amuser pendant un certain temps.

Abdar sourit en ramenant vers l'avant sa large natte et en la défaisant rapidement.

— Bien sûr, il faudra renoncer à cet affreux accoutrement. Je vous ferai parfumer et vous aurez une garde-robe convenant à une femme.

Il plongea ses doigts dans sa chevelure dont le flot indiscipliné coulait maintenant librement jusqu'à ses reins.

— Roux sombre. Nattés, ils paraissaient plus proches du châtain. Intéressant!...

Ses mains revinrent à ses seins tandis que sa voix se faisait mielleuse.

— J'aimerais vous voir attachée, nue et sans défense, dans ma chambre au palais. Et qui sait? Personne ne saura peut-être jamais que j'ai décidé de vous y emmener et de vous apprendre la soumission qui m'est due.

Un frisson la traversa lorsqu'elle se souvint des histoires que lui avait racontées Kartauk sur Abdar.

— Je ne suis pas l'un de vos sujets. Je serai portée manquante. Votre père ne permettra pas une telle chose.

31

Abdar haussa les sourcils.

— Il ne trouvera pas d'objection à ce que je me divertisse. Les femmes ont peu de valeur à ses yeux.

Elle ne pouvait rien rétorquer. A sa façon, le maharadjah était aussi arrogant et égocentrique que son fils.

— Mais son chemin de fer en a, dit-elle rapidement. Et mon père a besoin de moi pour le terminer.

— J'ai observé que vous lui étiez utile. Peut-être reconsidérerai-je la question, souligna-t-il en plantant son regard dans le sien. Si vous me livrez votre amant, Kartauk...

— Je ne connais pas Kartauk.

Il fit un signe de tête à Pachtal, et elle dut serrer les dents pour ne pas crier alors qu'une autre horrible vague de douleur la traversait.

— Vous commencez à m'irriter sérieusement. J'ai déjà attendu trop longtemps, et je veux Kartauk ce soir. Maintenant, dites-moi la vérité.

Elle essaya de repousser la douleur et la panique et de réfléchir. Manifestement, il était inutile de continuer à nier. Abdar n'arrêterait pas de la torturer tant qu'il n'aurait pas satisfaction.

— Très bien! Que voulez-vous savoir?

— Voilà qui est raisonnable. Vous admettez connaître Kartauk?

Elle hocha la tête.

Il fit signe à Pachtal et elle fut soudain libérée.

— De mieux en mieux. Vous voyez comment nous récompensons la coopération? Nous n'avons aucune envie de vous maltraiter.

Il mentait. Elle avait vu trop d'hommes adorant prouver leur pouvoir sur les femmes chez Frenchie pour ne pas reconnaître cette race quand elle la rencontrait.

— Vous avez quitté trois nuits de suite votre bungalow dans un canoë pour venir en ville. Vous alliez voir Kartauk?

— Oui.

Il baissa les yeux sur le sac à dos qu'elle avait laissé tomber par terre.

— Et lui apporter à manger ?

Elle acquiesça à nouveau.

— C'est bien ! Je n'aurais pas aimé que Kartauk souffre de privation.

Il avança la main et lui saisit doucement le cou.

— Maintenant, vous allez me dire où il est pour que je puisse le placer sous ma protection.

— Il se cache dans une des échoppes qui bordent la rivière.

— Laquelle ?

— Jaune-vert. Avec un store rayé crasseux.

— Vous décrivez là toutes les échoppes de Kasanpour, remarqua-t-il en fronçant les sourcils. Vous m'y conduirez...

— Vous n'avez pas besoin de moi. Je vous ai dit ce que vous vouliez savoir.

— Mais est-ce la vérité ? Je préfère m'en assurer avant de vous permettre de nous quitter. Prends la lanterne, Pachtal. J'escorterai la dame.

Pachtal passa devant elle pour ramasser la lanterne.

Jane vit enfin une lueur d'espoir. Sans Pachtal pour lui barrer la route à l'arrière, elle tenait là sa seule chance de s'échapper.

Baissant humblement les yeux, elle déclara d'un ton larmoyant :

— Pourquoi ne me laissez-vous pas partir ? Je vous ai dit tout ce que...

Elle baissa la tête et fonça sur Abdar. Le sommet de son crâne percuta sa bouche de plein fouet. Il hurla de douleur, sa main lâcha prise et se porta à ses lèvres ensanglantées. Pivotant rapidement, Jane s'élança dans la rue sinueuse.

— Rattrape-la !

Elle entendit le martèlement d'un pas précipité

derrière elle et les injures venimeuses d'Abdar. Elle prit sur sa gauche, trébuchant presque sur un clochard pelotonné dans l'ombre. Récupérant son équilibre, elle évita ses mains qui l'agrippaient et poursuivit sa course.

Le clochard lui hurla des obscénités puis poussa un horrible cri de douleur. Elle risqua un coup d'œil en arrière et vit l'homme plié en deux au milieu de la rue tandis que Pachtal et Abdar le dépassaient. Ils gagnaient rapidement du terrain.

Prise de panique, elle ne sut plus pendant un instant quelle direction prendre. A gauche. La droite menait à la rivière. Elle devait aller à gauche et essayer de se perdre dans le bazar. Le lendemain de sa décision d'aider Kartauk, elle s'y était rendue pour se familiariser avec chaque échoppe, chaque recoin de l'immense marché. La nuit venait juste de tomber, et le bazar serait encore bondé. L'endroit idéal pour se cacher jusqu'à ce qu'Abdar abandonne la chasse…

Au sortir d'un tournant, elle déboucha sur une grande place grouillante.

Le bazar.

Des lanternes de cuivre suspendues aux échoppes. Un chameau chargé de tapis roulés avançant à pas mesurés à travers la foule.

Du bruit. Des mendiants gémissants. Des marchands vantant leurs étalages.

Elle entendit Abdar jurer derrière elle, mais elle avait déjà traversé la foule et se faufilait entre les échoppes. Elle dépassa un marchand de cuir, un nettoyeur d'oreilles au turban rose maniant sa petite cuillère d'argent dans l'orifice d'un client assis sur un tabouret bas, un marchand d'or, un kiosque suspendu avec des cages en osier abritant des perroquets criards. Elle regarda à nouveau en arrière et son cœur fit un bond. Au fur et à mesure qu'ils reconnaissaient Abdar, les gens lui livraient passage.

A son grand soulagement, elle aperçut une petite femelle éléphant, chargée de marmites et de poêles en cuivre, que son maître conduisait sur l'allée bordant la limite ouest du bazar. Il était de notoriété publique qu'Abdar détestait les éléphants et les évitait à tout prix. S'il devait choisir une direction, ce serait sûrement l'opposé. Elle se fondit dans une masse de gens attroupés devant un étal de légumes, tourna à gauche et dépassa en courant l'éléphant pour aller se glisser derrière l'échoppe d'un poissonnier. Accroupie dans le coin le plus reculé, elle attendit.

Les odeurs fortes de poisson, des excréments d'éléphant, des poubelles et de l'entêtant parfum d'Orient émanant de l'échoppe voisine faillirent lui donner un haut-le-cœur. Elle essaya de retenir sa respiration, les yeux rivés à l'interstice séparant les deux échoppes. Seules les jambes des passants étaient visibles. Elle chercha désespérément à se rappeler comment étaient vêtus Abdar et Pachtal. Mais elle ne revoyait que le visage enfantin et souriant d'Abdar et la beauté vicieuse des lèvres bien dessinées de Pachtal...

— Ça ne te ferait rien de m'expliquer pourquoi nous sommes dans cette situation extrêmement inconfortable?

Elle se tourna pour fouiller du regard les ombres à sa gauche.

Li Sung était assis à quelques centimètres d'elle, sa jambe infirme étendue devant lui, l'autre repliée.

— Qu'est-ce que tu fais ici? murmura-t-elle.

— Je t'ai vue filer derrière cette échoppe puante et j'ai cru bon de te rejoindre.

— Je t'avais dit d'attendre à la porte de la ville...

— Et j'ai préféré attendre dans la rue que tu prends généralement pour entrer au bazar. J'ai pensé qu'on me remarquerait trop à la porte. Tu sais qu'ils n'aiment pas les Chinois ici, et je crois que ma natte aurait été en grand danger de...

— Chut, murmura-t-elle en scrutant la rue. Abdar.

Li Sung se figea.

— En personne ?

Elle hocha la tête, sans relâcher sa surveillance.

— Avec le même homme qui est venu sur le site il y a trois jours. Ils m'ont suivie depuis le bungalow, mais je crois que nous sommes tirés d'affaire. S'il m'avait vue me cacher ici, il serait déjà là.

Fronçant les sourcils, elle se rassit sur ses talons.

— Mais j'ai perdu le sac à dos avec les provisions.

Le regard de Li Sung passa de sa chevelure défaite à la naissance de ses seins révélée par sa chemise déboutonnée. Sa bouche se crispa.

— Et c'est tout ce que tu as perdu ?

Elle connaissait parfaitement cette expression. Si elle n'y prenait garde, les instincts protecteurs de Li Sung se réveilleraient, et il fallait éviter cela à tout prix.

— Non, sourit-elle. J'ai aussi perdu mon calme. J'ai balancé ma tête dans la bouche d'Abdar avant de filer à toutes jambes.

Elle reboutonna rapidement sa chemise et plongea la main dans la poche de son pantalon pour en sortir un petit burin.

— Donne ça à Kartauk. Je l'ai acheté hier au bazar, et je parie que ça lui fera plus plaisir que de la nourriture. J'essaierai de te trouver un autre sac à dos pour demain.

Li Sung secoua la tête.

— Tu ne dois plus t'éloigner du bungalow ou du site. C'est trop dangereux maintenant qu'Abdar te suspecte. Il nous reste un peu de pain et de fromage, et c'est moi qui viendrai chercher les provisions à partir d'aujourd'hui.

— Très bien ! Je laisserai le sac à dos chaque soir derrière le stock de rails dans la réserve.

36

Elle sortit une petite clé de sa poche.

— Je fermerai la réserve à clé pour plus de sûreté. Sois prudent.

— Toi aussi.

Li Sung prit la clé avant de se lever avec difficulté et de s'avancer vers elle en boitant.

— Tourne-toi.

— Quoi ?

— Je vais refaire ta natte. Ce désordre me déplaît.

— Ici ?

— Tu ne crois pas avoir déjà assez attiré l'attention sur toi ? Si tes cheveux étaient d'un beau noir comme les miens, il n'y aurait pas de problèmes, mais ils sont trop criards pour qu'on ne les remarque pas.

— Ils ne sont pas criards, protesta-t-elle.

— Laids, alors. Les cheveux doivent être noirs, pas rouges. Dieu a créé les Chinois puis il a dû s'endormir sur sa palette. Je ne comprends pas pourquoi il a manqué de discernement au point d'essayer le jaune, le rouge et...

Sa voix s'estompa tandis que ses doigts habiles reformaient rapidement la tresse. Au fil des années, Li Sung avait accompli cette tâche des milliers de fois, et ce rituel familier apaisait Jane. Les battements de son cœur reprirent progressivement leur rythme normal et sa panique disparut.

— Comment ça va ? lui demanda-t-il. Plus de fièvre ?

— Pas depuis deux semaines.

— Mais tu prends toujours le *quinghao* que je t'ai donné ?

— Je ne suis pas une enfant écervelée, Li Sung. Je sais que je dois rester en forme. J'ai perdu presque un mois de travail quand j'étais malade.

— Et tu as failli mourir... Tu es stupide de protéger cet homme, tu sais.

— Tu l'aimes bien, toi aussi.

Il considéra la question.

— Il est amusant, mais c'est dangereux de l'aimer.

— Je l'aime bien quand même.

— Parce que tu le crois sans défense, mais il n'est pas désarmé. Mets-toi en travers de son chemin et il te passera sur le corps comme une locomotive emballée.

Même s'il avait raison, elle ne pouvait pas livrer Kartauk à Abdar.

— Il m'a rendu service. Tu sais que j'étais désespérée…

— Il s'est rendu service à lui-même. Il avait faim et tu l'as nourri.

Il termina la tresse, sortit un bout de ficelle de son pantalon de toile et l'attacha.

— Si Patrick découvre ce qui se passe avec Kartauk, il sera furieux !

— Il ne le saura pas, dit-elle, à nouveau tendue.

— A moins qu'Abdar ne décide de l'en informer…

— Il ne le fera pas. Kartauk a dit qu'Abdar ne veut pas que son père sache qu'il le recherche. Et Patrick ne posera pas de questions. Il est trop occupé à construire ce fichu chemin de fer.

— Tu veux dire qu'il est trop occupé à boire et courir les putains pendant que tu construis son chemin de fer…

Elle n'essaya pas de nier.

— Il ira mieux quand nous aurons quitté Kasanpour.

— Tu as dit la même chose pour le Yorkshire, remarqua-t-il en la faisant se retourner et en fermant le dernier bouton de sa chemise. Et tu t'affaiblis et maigris un peu plus chaque jour pendant que Patrick se prélasse et ne se rend compte de rien. Ou s'en moque, ajouta-t-il doucement.

— Il ne s'en moque pas, fit-elle en s'écartant vivement. Il ne sait tout simplement pas quoi… il ne supporte pas la chaleur.

38

— Elle lui donne sans aucun doute très soif.

Elle ne pouvait pas non plus le nier. Ces temps-ci, Patrick se mettait à boire dans l'après-midi et ne s'arrêtait que pour gagner son lit en titubant au milieu de la nuit. Mais cette plongée dans l'alcool était sûrement due à ce pays d'enfer. Même les difficultés qu'ils avaient eues en Angleterre semblaient ridicules comparées à cette chaleur suffocante, à ces ouvriers incompétents et à ce maharadjah, dont les exigences impossibles et les menaces mesquines les avaient menés au bord de la faillite.

— Je ne veux pas parler de ça.

Elle regarda prudemment dans la rue avant de se lever.

— Je dois aller dormir un peu. Nous commençons à poser les rails sur le pont de la gorge de Sikor demain.

— Et Patrick n'y sera pas...

— Il y sera. Il m'a promis de...

Elle s'interrompit quand elle croisa le regard imperturbable de Li Sung, puis explosa :

— Et s'il ne vient pas, je m'en moque ! Je ne me force pas à le faire. J'aime ce travail !

— Tu aimes faire le travail et laisser les lauriers à Patrick ?

— Il a besoin de moi...

— Alors tu lui donnes tout, jusqu'à ne plus rien avoir à donner, fit-il en levant la main pour l'empêcher de répondre. Mais de quoi me plaindrais-je ? Je prends autant que Patrick.

— Foutaises ! Tu as toujours travaillé plus dur que n'importe qui.

Elle commença à se diriger vers l'allée marchande.

— Et si Abdar t'attend au bungalow ?

— Je ferai le tour pour entrer par l'arrière.

Elle s'arrêta pour lui adresser un sourire plein de tendresse.

— Arrête de t'inquiéter pour moi. Occupe-toi juste de Kartauk et dis-lui que je tente de trouver un moyen de le faire sortir de Kasanpour.

— Il n'est pas impatient, remarqua-t-il en baissant les yeux sur le burin. Je me demande parfois s'il est même conscient du temps qui passe...

— Il pourrait rester là indéfiniment, avec Abdar à ses trousses. Nous devons le faire partir.

Elle hésita alors qu'une pensée la traversait.

— Etais-tu dans le bazar parce que tu sortais juste de chez Zabrie ?

Li Sung la regarda avec son habituelle impassibilité.

— Qu'est-ce qui te fait croire ça ?

— Y étais-tu ? persifla-t-elle.

Il haussa les épaules.

— Un homme a des besoins...

— Abdar t'a vu sur le site avec moi. Te montrer en ville est dangereux.

— Je prendrai garde de ne pas le mener à Kartauk.

— Ce n'est pas la question. C'est dangereux pour toi de...

— Ça ne te concerne pas !

Elle le sentit se fermer, une terrible impression d'impuissance et de frustration l'envahit. A certains moments, Li Sung paraissait aussi vieux que Bouddha, et à d'autres, il n'était qu'un jeune homme sensible, irritable et fier.

— Me promets-tu au moins d'être prudent ?

Il sourit.

— Toujours !...

C'était la seule concession qu'elle obtiendrait. Mais si le danger se précisait, elle devrait s'occuper de Zabrie.

— Fais attention à toi...

Sans attendre de réponse, elle regarda avec précaution des deux côtés de la rue et s'élança à nouveau dans les méandres du bazar.

2

Palais de Savitsar
Kasanpour, Inde
30 mai 1876

— Je n'ai jamais rien vu de pareil! fit Ian en considérant avec répulsion la statue de plus d'un mètre sur la table de teck sculpté. Qu'est-ce que c'est?

— Une superbe œuvre d'art!

Ruel toucha respectueusement les gouttes de sang d'or coulant de la dague brandie par la déesse en sari, puis contourna la table pour détailler la sculpture sous tous ses angles.

— Sacrebleu, regarde son expression! Je me demande comment il a saisi la cruauté...

— Je n'ai aucune envie de regarder une seconde de plus cette idole barbare. Ce prince Abdar doit être un curieux personnage pour avoir un tel objet dans sa salle de réception, et je ne comprends pas que tu trouves...

Il s'interrompit et grimaça d'un air attristé.

— Oui, je comprends. L'or! Tu trouverais beau Satan lui-même s'il portait un manteau d'or.

Ruel lui lança un sourire par-dessus son épaule.

— Pas un simple manteau, mais peut-être s'il était aussi splendidement vêtu que cette fascinante dame...

Il regarda à nouveau la statue.

— Je me demande qui est l'artiste qui a fait ça...

— Probablement un esprit tordu, mort depuis plusieurs siècles, fit Ian en fronçant subitement les sourcils. Et tu ne vas pas interroger le prince Abdar sur cette atrocité. J'ai entendu dire que ces gens sont très sensibles sur le chapitre de leurs dieux et déesses, et je n'ai aucune envie d'être jeté aux crocodiles.

— Tu n'aurais rien à craindre, murmura Ruel. Ta rigidité morale leur resterait en travers de la gorge.

Il se déplaça pour mieux contempler la statue.

— Par contre, moi, ils m'avaleraient sans problèmes. Le péché est toujours plus appétissant que la vertu.

— Arrête ton baratin! Tu n'es pas si mauvais que…

— Oh que si! rétorqua Ruel avec un sourire de dérision. Tu devrais le savoir, vu le bouge d'où tu m'as tiré il y a quelques semaines. Je n'ai pas plus de moralité qu'un chat de gouttière et aucun désir d'en avoir. Tu ferais mieux de me laisser et de retourner à Maggie et à la riante Ecosse.

— Margaret, corrigea automatiquement Ian. Tu sais qu'elle déteste qu'on l'appelle Maggie…

— Margaret, scanda solennellement Ruel. Tu devrais vraiment retourner à Margaret, aux collines brumeuses et au bon sens. Tu n'appartiens pas à ce monde, Ian.

— Toi non plus! Ce pays barbare ne convient à aucun homme civilisé.

— Il est plus civilisé que la plupart des pays où j'ai vécu ces douze dernières années. Tu aurais dû voir le campement de Zwanigar, fit-il en secouant la tête. A la réflexion, mieux valait que tu n'y sois pas. Les crocodiles avaient figure humaine là-bas, et tu n'y aurais pas survécu. Tu es bien trop honnête…

— Tu y as survécu!

— Seulement parce que je suis devenu le roi des crocodiles. Et que j'ai appris à utiliser mes dents.

— Autant de bonnes raisons pour rentrer à la maison. Cette sauvagerie orientale ne te va pas.

— C'est un endroit qui ressemble à des milliers d'autres…

Le sourire de Ruel s'effaça devant l'expression malheureuse de Ian. Bien que son frère détestât être loin de Glenclaren, il s'était montré extraordinairement patient et coopératif depuis leur arrivée à Kasanpour.

— Mais je te promets de ne pas offenser Son Altesse royale avec des questions irrévérencieuses après tout le mal que tu t'es donné pour m'obtenir cette entrevue, reprit-il plus calmement.

— Je ne crois pas une seconde que tu obtiendras satisfaction de ce prince. Et mes efforts seront probablement vains. Le colonel a dit que le prince Abdar n'a aucune tendresse pour son père, le maharadjah, et qu'il ne lui ressemble en rien.

— Je te suis quand même très reconnaissant d'avoir essayé. Je sais que tu trouves cette aventure stupide.

Le regard de Ruel se reporta sur la statue. Quelque chose en elle le mettait mal à l'aise. Non, ce n'était pas la statue elle-même, mais sa situation privilégiée dans cette salle du palais.

— Tu as fait ta part, reprit-il impulsivement. Je peux me débrouiller maintenant. Pourquoi ne rentres-tu pas m'attendre à l'hôtel ?

— Tu peux avoir besoin de moi.

— Ecoute, j'ai bourlingué dans cette foutue partie du monde depuis bien plus longtemps que toi. Je sais comment...

— Nous verrons...

— Sacrebleu, je promets de ne pas laisser Abdar me donner à manger aux crocodiles !

Ian ne répondit pas.

— Très bien ! Reste, mais laisse-moi la parole ! J'ai l'impression qu'Abdar et moi n'aurons aucun mal à nous comprendre.

— Je suis l'aîné. Il convient que ce soit moi qui expose la requête.

Bon sang, il en avait vraiment l'intention, comprit Ruel. Ian ne se rendait pas compte que les sept ans qui les séparaient ne signifiaient rien. Son existence à Glenclaren avait suivi son cours tranquille pendant que la sienne n'avait cessé de tourbillonner, comme prise au centre d'un typhon.

— Dieu te garde de faire quoi que ce soit d'inconvenant, dit-il en tendant la main et en suivant la dague du bout de l'index. Et moi du contraire. Fais comme tu veux. C'était juste une idée en l'air...

— Une idée gentille et protectrice, remarqua Ian avec une expression radoucie. Tu fais des progrès...

— Ce n'est pas prot...

Ruel renversa la tête en arrière et éclata de rire.

— Nom de Dieu! tu ne seras pas satisfait tant que tu ne me verras pas avec une auréole. Combien de fois devrai-je te dire que je ne suis pas...

— Bonjour, messieurs. Je vois que vous admirez ma statue. N'est-elle pas superbe?

Ian et Ruel se retournèrent pour voir un Indien vêtu d'une tunique de soie bleu sombre arrivant aux genoux, d'un pantalon de soie blanc et d'un turban immaculé. Grand, mince, plein de grâce, il sembla flotter au-dessus du sol de mosaïque pour venir vers eux.

— Je suis très fier de mes déesses. Celle-ci m'est particulièrement chère, remarqua-t-il en s'arrêtant devant eux. Je suis Abdar Savitsar.

Le visage du prince était potelé, sans arêtes, presque enfantin, mais ses grands yeux noirs donnaient une curieuse impression de surface vide, comme un onyx jamais taillé.

— Votre Altesse, dit Ian en faisant une légère révérence. C'est très aimable à vous de nous recevoir. Je suis Ian MacClaren, comte de Glenclaren, et voici mon frère, Ruel.

— Anglais?

— Ecossais.

Abdar balaya la différence de la main.

— C'est pareil.

— Pas pour un Ecossais, murmura Ruel d'un ton légèrement narquois.

44

Abdar se tourna vers lui et Ruel se retrancha dans une soudaine prudence. En dépit de la puérilité de ce visage, il ressentait le même malaise que lorsqu'il regardait la statue.

Après avoir considéré Ruel un moment, le prince revint à Ian.

— Vous n'avez pas l'air de deux frères. Je ne vois aucune ressemblance.

— Nous sommes seulement demi-frères, répondit Ian.

Le regard d'Abdar tomba sur la main de Ruel toujours posée sur la dague de la statue.

— Vous ne devriez pas la toucher. Il est sacrilège qu'un étranger touche une déesse.

Ruel retira sa main.

— Mes excuses... La texture de l'or est attirante, et j'ai toujours trouvé la tentation irrésistible.

Abdar scruta soudain Ruel d'un œil nouveau.

— Vous avez une attirance pour l'or?

— C'est plutôt de la passion.

Abdar hocha la tête.

— Alors nous avons trouvé un terrain d'entente. J'ai, moi aussi, une telle passion.

Il s'éloigna pour aller s'asseoir sur les coussins turquoise d'un fauteuil finement sculpté.

— Le colonel Pickering a dit à mon secrétaire que vous souhaitiez me demander une faveur. J'ai peu de temps. Exposez votre requête.

— Nous souhaitons une audience avec votre père, le maharadjah, dit Ian. Cela fait deux semaines que nous sommes à Kasanpour et que nous essayons en vain de le rencontrer.

— Il voit peu de gens ces temps-ci. Seul son nouveau jouet l'intéresse : son chemin de fer, précisa-t-il avec amertume. Mais je suis surpris que vous ne soyez pas arrivés à vos fins. Mon père adore les Britanniques et il m'a même envoyé étudier à Oxford. Il ne se rend absolument pas compte que la reine d'Angleterre veut faire de lui un pantin.

— Nous avons une proposition à soumettre à votre père, et cela n'a rien à voir avec la politique, ni même avec l'Inde ou l'Angleterre, déclara Ian. Nous lui demandons seulement de nous accorder dix minutes.

— C'est encore trop, fit Abdar en se levant. Je ne peux rien pour vous.

La déception envahit Ruel avant qu'il ne remarque l'expression d'Abdar. Il était trop bon joueur de poker pour ne pas comprendre qu'il ne s'agissait pas d'un refus mais d'une tentative d'intimidation.

— Vous ne pouvez pas ou vous ne le ferez pas? demanda-t-il doucement.

— Quelle insolence! rétorqua Abdar. Vous êtes très arrogant pour un cadet.

— Pardonnez-moi, Votre Altesse, mais j'ai toujours eu pour principe de ne pas avoir peur de perdre ce que je n'ai pas... Et de ne jamais demander quelque chose dont je ne sois pas prêt à payer le prix.

— Et qu'êtes-vous prêt à payer pour mon influence?

— Que voulez-vous?

— Que pourrais-je souhaiter de vous? remarqua Abdar en souriant dédaigneusement tout en désignant d'un large geste les splendeurs qui les entouraient. Regardez autour de vous. Ai-je l'air d'être dans le besoin? Le bijou que je porte à mon petit doigt pourrait probablement acheter votre Glenclaren.

— C'est possible, dit Ruel en prenant appui sur la table. Mais ce que l'on souhaite ne relève pas toujours du besoin. Pourquoi avez-vous accepté de nous recevoir, Votre Altesse?

— Par courtoisie envers le colonel Pickering.

Ruel secoua la tête.

— Je ne le crois pas. Vous ne semblez pas porter un grand amour aux Anglais...

— Alors pourquoi vous aurais-je permis de venir ?

— Pourquoi, je vous le demande ?

Abdar hésita avant de se permettre un léger sourire.

— Peut-être pourrions-nous négocier... Je désire quelque chose que vous pourriez sans doute m'apporter.

— Et qu'est-ce ?

— Un homme, fit-il en désignant la statue. Un orfèvre nommé John Kartauk.

— C'est son créateur ? demanda Ruel en regardant de nouveau la statue. Superbe !

— Un génie ! Mon père l'a ramené de Turquie il y a six ans et l'a placé sous notre royale protection. Kartauk a créé de magnifiques objets pour orner notre palais, souligna-t-il tandis que ses lèvres se crispaient. Et puis ce chien ingrat a repoussé notre générosité et s'est enfui.

— Il s'est enfui ? souligna Ruel en haussant les sourcils. Comme c'est curieux ! Pourquoi un artiste si favorisé trouverait-il nécessaire de s'enfuir ?

Abdar détourna le regard et ne répondit pas tout de suite.

— Je ne maîtrise pas bien l'anglais. Je voulais juste dire qu'il nous avait quittés sans adieux.

Abdar maîtrisait mieux l'anglais que lui, pensa Ruel, et ses mots avaient traduit exactement sa pensée.

— Et sans donner de raison ?

— Les grands artistes sont souvent instables et capricieux, répondit-il en haussant les épaules. Cependant, je suis prêt à lui pardonner et à le reprendre.

— Quelle clémence !...

Abdar choisit d'ignorer l'ironie qui perçait dans cette remarque.

— Oui, en effet ! Mais il faut que je le retrouve afin de le persuader de revenir.

— Peut-être n'est-il plus à Kasanpour, suggéra Ian.

— Il est encore ici. J'ai vu récemment une pièce de son travail.

— Où ?

— Vous êtes au courant du chemin de fer que mon père fait construire entre Kasanpour et notre résidence d'été à Narinth ?

— Nous aurions du mal à ne pas l'être, dit Ian. Toute la ville semble y travailler.

— Mon père est comme un enfant avec un nouveau jouet. Il a fait venir ce Patrick Reilly, un ingénieur d'Angleterre, et ne parle plus que de locomotives, sifflements et sièges recouverts de velours qui...

Il s'interrompit pour prendre une profonde inspiration.

— Je n'aime pas ces nouveautés. Ce chemin de fer est une atrocité. Quoi qu'il en soit, mon père a décidé qu'il souhaitait qu'une porte en or sculptée orne son wagon privé et a insisté pour que Reilly la lui procure.

— Une exigence plutôt extravagante...

— Pas pour un maharadjah, rétorqua Abdar en haussant fièrement le menton. C'est notre droit d'exiger ce que nous désirons de ceux qui nous sont inférieurs.

— Et Reilly a-t-il satisfait à cette demande ?

— En fin de compte, oui. Mon père lui a dit que s'il ne la lui fournissait pas, il ne lui paierait rien et trouverait un autre ingénieur pour terminer le chemin de fer.

— Je comprends que Reilly se soit senti encouragé, dit sèchement Ruel.

— La porte a été sculptée par Kartauk.

— Vous en êtes certain ?

— Je connais bien son style, dit-il les lèvres pincées. Cette porte est une exquise abomination.

48

— Exquise abomination, répéta Ruel. Il semblerait que ce doive être l'un ou l'autre...

Abdar haussa les épaules.

— Encore mon anglais médiocre...

— La solution paraît assez simple. Demandez à Reilly où se trouve Kartauk.

— Me prenez-vous pour un idiot? Je l'ai fait et il a affirmé ne pas le connaître. Il a dit que son assistante avait trouvé un homme en ville pour exécuter le travail; quand je l'ai interrogée, elle m'a dit que c'était seulement un orfèvre local parti pour Calcutta aussitôt le travail fini.

— Son assistante? Une femme?

Abdar hocha vigoureusement la tête et ses paroles se firent soudain venimeuses.

— Reilly l'appelle son assistante, bien que cette souillon soit indubitablement sa putain. Elle s'appelle Jane Barnaby, une espèce d'effrontée sans manières et à la langue bien pendue. Elle fréquente l'établissement honteux de Zabrie, où elle se mélange et couche avec des étrangers et des travailleurs de basse classe et ne montre aucune...

— Soudoyez-la, l'interrompit Ruel.

— Je n'offre pas d'argent aux putains et aux menteurs.

— Dommage! C'est un outil si efficace...

— Quoi qu'il en soit, je l'ai fait surveiller et elle n'a pas rencontré Kartauk durant les deux dernières semaines.

— Peut-être a-t-elle dit la vérité et est-il vraiment parti pour Calcutta.

— Il n'aurait pas pu quitter la ville! Kasanpour est *mienne*. Personne ne respire ici sans que je le sache.

— Et pourtant, Kartauk a pu se cacher et façonner une porte à votre insu...

Une légère rougeur teinta les joues olive d'Abdar.

— Je commence à trouver votre insolence intolérable! Peut-être n'ai-je pas besoin de votre aide après tout…

— Que souhaitez-vous que nous fassions? intervint rapidement Ian.

— Je vous l'ai dit, trouvez Kartauk et ramenez-le-moi. Sa mère était écossaise et il a le même amour que mon père pour les gens de votre nationalité. Peut-être vous fera-t-il plus confiance qu'à quelqu'un de ma race.

— Et comment suggérez-vous que nous le trouvions?

— Par la femme. Cette garce de Barnaby doit chauffer le lit de Kartauk aussi bien que celui de Reilly, sinon elle ne courrait pas un tel risque, remarqua-t-il en haussant les épaules. Ce n'est pas surprenant. Reilly n'est plus tout jeune, et Kartauk est dans la force de l'âge.

Ruel scruta le visage d'Abdar.

— Et que risque-t-elle?

Abdar sourit d'un air affable.

— Eh bien, de déplaire à mon père par sa duperie, bien sûr… De quel autre risque parlerais-je?

— En échange, arrangeriez-vous une entrevue avec votre père?

— Oui.

— Et useriez-vous de votre influence pour nous faire obtenir ce que nous voulons?

— Que voulez-vous de lui au juste?

Ruel secoua la tête.

— Je préfère n'en pas discuter pour l'instant…

— Vous espérez une promesse aveugle? Oh! très bien, reprit-il sans attendre de réponse, cela n'a aucune importance. Amenez-moi Kartauk et vous aurez tout ce que vous voudrez.

Il se détourna et traversa la salle. Arrivé à la porte, il s'arrêta, regarda Ruel par-dessus son épaule et, pendant un instant, un curieux sourire incurva ses lèvres.

50

— J'aimerais que vous posiez pour Kartauk.

— Quoi ?

— Le modelé de vos traits a une certaine beauté qui me rappelle le dieu du soleil que les Grecs adulaient. Quand j'aurai récupéré Kartauk, je voudrais que vous posiez pour un masque d'or destiné à mon bureau.

— Je ne crois pas...

— Je peux être très persuasif ! Nous en reparlerons...

Une seconde après, la porte se refermait derrière lui.

— Arrogant bâtard, dit Ian.

— Oui, fit Ruel en regardant la porte d'un air absent. Mais il pourrait bien être capable de me donner Cinnidar.

— Tu vas rechercher ce Kartauk ?

— Non ! fit Ruel en se dirigeant vers la porte. Je vais le trouver !

Ian le suivit, l'air soucieux.

— Je ne suis pas certain que nous devrions frayer avec cet Abdar. Kartauk avait peut-être une bonne raison de quitter le palais.

— J'en suis persuadé. Mais pas meilleure que la mienne de le trouver.

— Tu es obsédé !

— Possible...

— Même si tu le trouves, tu ne le livreras pas à Abdar.

— Ne mise pas là-dessus. Je prendrai ma décision quand je l'aurai trouvé.

— J'en mettrais ma main au feu, dit placidement Ian. Tu as l'intention de surveiller la femme ?

— Probablement...

— Mais Abdar a dit qu'elle n'avait pas rencontré Kartauk depuis deux semaines...

— Ce qui a dû la frustrer et la rendre impatiente de le rejoindre dans son lit à la première occasion.

— Même si ça le met en danger ? Qu'est-ce qui pourrait justifier ça ?

Les lèvres de Ruel se tordirent cyniquement tandis qu'il murmurait un verbe obscène.

Ian secoua la tête.

— Le plaisir charnel n'est pas aussi dévorant...

— Peut-être pas pour toi, rétorqua Ruel d'un ton moqueur. Mais chez les amoureux de la volupté, comme Jane Barnaby et moi, il peut provoquer une fièvre passagère qui vaut bien quelques risques.

— Tu ne sais pas non plus s'il a dit la vérité sur elle.

— Exact ! J'admets qu'il en a fait un portrait un peu trop noir. Même la plus perverse des putains a davantage de discernement quand il s'agit de choisir un partenaire. Nous verrons bien !...

Ian haussa les épaules en regardant à nouveau la statue.

— Un homme qui peut adorer cette monstruosité est capable de tous les mensonges.

— Probablement...

Ruel souriait avec insouciance tandis que son regard suivait celui de Ian.

— Mais Abdar avait raison. Son Altesse et moi avons beaucoup de choses en commun. Sa dame n'est pas ma déesse favorite, mais j'ai déjà eu affaire à elle et je connais bien ses habitudes.

— De quelle déesse s'agit-il ?

— Kali.

— Ça ne me dit rien... Tu sais que je ne m'intéresse pas à ces croyances barbares.

— C'est l'épouse de Shiva.

Ruel traversa à grandes enjambées l'immense hall et passa la porte principale du palais. Il s'arrêta un instant en haut des marches. La chaleur humide le prenait à la gorge. Il suivit des yeux le cours boueux de la Zastu, la rivière qui serpentait au pied du palais. Un mendiant crasseux à moitié nu, accroupi sur la rive, dispensait ses bénédictions aux passants qui lui lançaient des roupies et ses pires malédictions aux autres.

Kasanpour... Un enfer! Chaleur, puanteur, maladies et serpents rampant au sol ou prenant figure humaine.

Comme Ian le rejoignait, Ruel commença à descendre les multiples marches menant au pousse-pousse qui les attendait à l'extérieur de l'enceinte du palais.

— Mais ce n'est pas la seule particularité de Kali, déclara-t-il. L'idole qu'Abdar admire tant est aussi la déesse de la destruction.

Jane Barnaby ne ressemblait pas à l'image qu'il avait d'elle.

Ruel s'adossa au rocher et mit son chapeau en visière pour mieux se protéger du soleil tandis qu'il observait l'équipe travaillant dans la vallée. A en croire Abdar, Jane Barnaby était une mégère hystérique ; en fait, elle était tout l'opposé. Longiligne et menue, elle avait presque l'allure d'une enfant dans son pantalon de toile, son ample chemise de batiste bleue et ses bottes en suédine marron. Un chapeau de paille de coolie protégeait sa tête des rayons du soleil tandis qu'elle longeait la voie, s'arrêtant ici et là pour examiner une installation ou réprimander sèchement un ouvrier fixant une traverse avec négligence. Ce jour-là, chacun de ses pas, chacun de ses mouvements était chargé d'une énergie bouillonnante, mais il n'en était pas toujours ainsi. Souvent, à la fin de la journée, quand les ouvriers avaient quitté le chantier et qu'elle croyait que personne n'était témoin de sa faiblesse, Ruel l'avait vue appuyer son front contre le flanc de sa jument, les épaules affaissées d'épuisement, avant de rassembler suffisamment de forces pour monter en selle et faire le long trajet menant à Kasanpour.

Jane s'arrêta. Son regard fondit sur un Indien rachitique qui enfonçait une pointe à coups de marteau nonchalants. Ruel sourit en voyant ses épaules se redresser et sa mâchoire se durcir. Il reconnaissait ces signes de mécontentement et de détermination comme il savait lire maintenant chacun de ses gestes. C'était étrange à quel point il avait rapidement appris à la percer. Au lieu de l'ennuyer, comme il s'y était attendu, ce travail de surveillance s'était avéré captivant, intrigant et même souvent amusant.

Elle se dirigea droit sur l'Indien et se planta devant lui. Ruel ne pouvait entendre ses paroles, mais il devina à l'expression de l'homme qu'elles n'étaient pas tendres. Elle se détourna et s'éloigna sous son regard mauvais. L'ouvrier resta à son poste, non à cause du vigoureux contremaître, Robinson, qui l'avait à l'œil, mais parce qu'il savait que Jane Barnaby cachait un couteau dans sa botte gauche.

Ruel le savait aussi.

Au bout d'un moment, l'Indien reprit son marteau et se remit à la tâche avec un peu plus d'enthousiasme.

— Pourquoi ne laisses-tu pas tomber ?

Ruel regarda par-dessus son épaule et vit Ian attacher son cheval à côté du sien et commencer à gravir la colline.

— Pourquoi le ferais-je ? Elle est la clé pour Kartauk.

— Tu l'observes depuis quatre jours et elle n'a rien fait d'autre que travailler comme un galérien. Ne comprends-tu pas qu'Abdar t'a menti ? Elle ne peut pas être la maîtresse de Kartauk. Regarde-la, c'est encore une enfant !

— Les apparences sont presque toujours trompeuses. J'ai connu une putain à Singapour qui avait le visage d'un bébé et les délicieux talents pervers de Dalila.

Son regard se reporta sur Jane.

— Que t'a appris le colonel Pickering sur Reilly ?

— Pas grand-chose. Reilly n'a pas d'éducation mais il a bon caractère et boit comme un trou. Il était plutôt bien vu dans le Yorkshire ; une fois la ligne entre Dover et Salisbury terminée, il a accepté ce contrat.

— Et la femme ?

Ian haussa les épaules.

— Personne ne la voit jamais. Elle ne l'accompagne pas au club. Reilly la garde précieusement pour lui.

— Et leurs relations ?

Ian parut mal à l'aise.

— Il y a des rumeurs… mais rien de sûr. Je crois que ce sont des foutaises et qu'elle n'est effectivement que son assistante.

— Parce que tu veux le croire…

— Pas toi ? Pourquoi ?

Ruel eut soudain conscience que Ian avait raison. Il voulait que Jane Barnaby soit la garce impudique qu'Abdar avait décrite, et seule cette étrange fascination qu'elle exerçait sur lui l'expliquait. Ce ne pouvait pas être du désir, s'impatienta-t-il intérieurement. Comment pourrait-il en ressentir pour cette gamine maigrichonne ? Ce n'était pas non plus de la pitié. Même épuisée, elle dégageait une détermination et une endurance qui défiaient la compassion. Pourtant, d'une certaine façon, elle l'*émouvait*.

Ce constat le mit immédiatement sur la défensive. Ce foutu soleil devait lui ramollir le cerveau ; nul n'avait le droit de toucher à ses émotions, et certainement pas une femme qu'il pouvait utiliser pour piéger Kartauk. Il se tourna vers Ian avec un sourire cynique.

— Je n'ai pas ta foi en la nature humaine. Nous sommes tous ce que la vie a fait de nous, et je mettrais ma main à couper que celle de Jane Barnaby a été aussi turbulente que la mienne.

— Je continue quand même à penser que…

Ian haussa les épaules en croisant le regard de Ruel.

— Tu es sous le soleil depuis des heures. Veux-tu que je te relaye?

— Non!

Ian haussa les sourcils, surpris par la rapidité du refus. Ruel tempéra sa réponse.

— Je suis habitué à la chaleur. Tu aurais probablement une insolation au bout d'une heure.

— Tu as sûrement raison! Je ne comprends pas comment tu peux le supporter. Il ne fait jamais aussi chaud à Glenclaren, ajouta-t-il avec mélancolie. Tu te souviens comme les brumes se lèvent le matin sur les collines?

— Non, je ne me le rappelle pas.

— Alors ce sera une agréable surprise quand tu reviendras parmi nous, dit Ian en souriant et en se levant. Si tu n'as pas besoin de moi maintenant, je prendrai mon tour de garde ce soir au bungalow.

— On verra...

— Tu ne sais pas t'arrêter. Cette gamine commence à t'obséder autant que ton Cinnidar.

— Ce n'est pas une gamine!

Il avait encore répondu un peu trop vivement, et se força à sourire avec désinvolture.

— Si tu veux m'aider, retourne au club des officiers et essaie d'apprendre de Pickering si le maharadjah a d'autres passions que son nouveau jouet sur rails.

Ian hocha la tête tout en sortant son mouchoir et en s'épongeant le front.

— Je ne me ferai pas prier... Une boisson fraîche sur la véranda du club, avec un serviteur qui m'évente... une vraie vision de paradis, dit-il en se dirigeant vers les chevaux. A ce soir, à l'hôtel.

— Oui, répondit Ruel d'un ton distrait en reprenant sa surveillance.

Jane s'était arrêtée près du porteur d'eau et saisissait le gobelet qu'il lui tendait. Elle but en renversant la tête en arrière, et il put voir la gracieuse ligne de son cou et les cils sombres effleurer ses joues bronzées tandis que le soleil la forçait à fermer les yeux.

Il attendit, imaginant la suite. Après avoir bu, elle arroserait un peu son visage et son cou et passerait ses mains humides sous sa lourde natte.

Elle rendit le gobelet au porteur qui lui sourit, le remplit à nouveau, et fit une coupe avec ses deux mains.

Ruel s'adossa à la roche et la regarda mouiller ses joues, son front, puis son cou et sa nuque. Il ressentait une absurde satisfaction en la voyant accomplir les gestes qu'il attendait. Mais, absurde ou pas, la satisfaction ne faisait que croître tandis qu'elle rendait le gobelet au porteur.

Maintenant, elle allait retourner au point où la nouvelle voie commençait et examiner les traverses, mesurer la distance entre les rails pour s'assurer qu'elle était exactement aux normes.

Jane fit volte-face et se dirigea sans tarder vers le dernier rail posé.

Il rit doucement et renversa son chapeau vers l'arrière. Bon Dieu, il la *connaissait* ! Il avait l'impression de n'avoir jamais connu personne à ce point. Aucun de ses gestes, aucune de ses réactions, presque aucune de ses pensées ne lui était étrangère.

Son sourire s'évanouit tandis qu'il comprenait la nature du plaisir que cette connaissance lui procurait, un plaisir analogue à celui d'un homme découvrant un pur-sang ou les talents d'une nouvelle maîtresse.

Le plaisir de la possession.

Absurde ! Il n'avait aucune envie de posséder qui que ce soit et n'avait de passion que pour ce qui l'attendait à Cinnidar. Simplement, il s'ennuyait et cela le divertissait de prévoir ce que faisait cette fille.

En outre, il avait intérêt à se familiariser avec ses manières d'agir et de penser si elle devait le conduire à Kartauk.

— Le travail n'avance pas assez vite !

Patrick étendit ses longues jambes sous la table et porta le verre de whisky à ses lèvres.

— Le maharadjah m'a rendu une petite visite cet après-midi et ce salaud veut avoir son chemin de fer avant la mousson.

— Eh bien, il ne l'aura pas !

Jane regarda avec lassitude son plat de riz au poulet. Elle était trop fatiguée pour avoir faim, mais elle devait manger, elle avait besoin de forces. Prenant sa fourchette, elle entama le riz.

— Les pluies commencent dans deux semaines et nous avons à peine fini le pont sur la gorge de Sikor.

— Ça ne fait plus que quarante kilomètres pour rejoindre le rail que nous avons posé à Narinth. A raison de dix kilomètres par jour...

— Nous ne faisons pas dix kilomètres par jour. Deux, quand tout se passe bien.

Patrick marmonna un juron.

— Alors pousse-les, bon sang !

La main de Jane se crispa sur la fourchette.

— Je fais de mon mieux. Tu sais que les ouvriers ne m'écoutent pas, dit-elle avec un sourire sans joie. Ceux qui ne me considèrent pas comme un monstre voient seulement en moi une femme et par conséquent un être indigne de leur attention.

— L'équipe du Yorkshire t'écoutait...

— Parce que tu étais la plupart du temps sur le site. Ils pensaient que je ne faisais que transmettre tes ordres, souligna-t-elle en croisant son regard. Ce serait peut-être pareil ici si tu te montrais, ne serait-ce qu'un peu chaque jour...

Il rougit.

— Cette chaleur infernale me donne mal à la tête. Tu as Robinson pour te seconder.

— Robinson n'est qu'un contremaître. Viens juste une heure ou deux. Puis tu pourras retourner à Kasanpour.

Il resta silencieux un moment et un sourire réchauffa ses traits rudes.

— Tu as raison! A partir de maintenant, j'y serai tous les jours jusqu'à ce que le travail soit fait.

Il la regarda attentivement.

— Tu as l'air épuisée. Si tu restais au lit demain pour te reposer un peu?

— Ça ira après une nuit de sommeil, fit-elle en prenant une autre bouchée de riz. Mais ce serait vraiment bien que tu viennes avec moi demain.

Il fronça les sourcils.

— Bon Dieu, on dirait une épouse qui radote! J'ai dit que je venais, non?

— Désolée, s'excusa-t-elle en terminant son riz. Tu ne manges pas?

— Il fait trop chaud, dit-il en remplissant à nouveau son verre. Et même si j'avais faim je ne pourrais pas manger cette saloperie. Qu'est-ce qui t'a pris d'envoyer Li Sung à Narinth? Je n'ai pas eu un repas décent depuis.

Elle baissa vivement les yeux sur son assiette.

— Sula n'est pas mauvaise cuisinière. J'avais besoin de quelqu'un à Narinth pour surveiller le travail.

— Personne n'écoutera les ordres d'un Chinetoque. Ils ne l'écouteront pas, insista-t-il en rougissant tout en prenant un ton de défi en voyant l'expression de son visage.

— Pas plus qu'ils n'écouteraient une femme! Mais il peut observer et nous dire si le sous-traitant que tu as engagé est en train de nous rouler.

Elle se leva et commença à débarrasser la table.

— Essaie de manger un peu, sinon tu ne seras pas en forme demain matin.

— Plus tard !

Patrick porta son verre à ses lèvres.

— Cet ami du prince est venu avec le maharadjah.

Elle se raidit.

— Pachtal ?

Patrick hocha la tête.

— Un gars plutôt agréable. Il m'a dit de te présenter ses amitiés.

— Vraiment ? fit-elle en s'efforçant d'avoir l'air désinvolte. A-t-il dit autre chose ?

— Non, grimaça Patrick. C'est le maharadjah qui a tout dit. Il voulait savoir où était sa locomotive et quand on aurait fini de monter la ligne.

— Tu lui as dit que la locomotive arriverait dans quelques jours ?

— Si ce fichu bateau ne coule pas au fond du fleuve avec elle, dit-il d'un ton sinistre. Ce serait bien notre chance ! Rien ne tourne rond sur ce chantier. Enfin, il sera au moins satisfait de sa locomotive, ajouta-t-il, l'air soudain réjoui. Il y a tellement de cuivre dedans qu'il va en être aveuglé.

Elle tourna vivement la tête vers lui.

— Avec quel argent avons-nous pu faire ça ? Il y en avait tout juste pour la locomotive.

— Je me suis débrouillé pour éliminer des boulons, fit-il sans la regarder tout en sirotant son whisky. Le maharadjah aime ce qui brille, et nous devons le ménager.

Elle se tenait maintenant devant lui, les sourcils froncés.

— Quels boulons ?

— Oh, j'ai juste éliminé des choses ici et là. Rien d'important…

— Tu es sûr ?

— Puisque je te le dis ! s'énerva-t-il. Je fais ce boulot depuis l'âge de quatorze ans, Jane. Je sais de quoi je parle !

— Je voulais juste m'assurer que…

— Il fait trop chaud ici, l'interrompit-il en se levant et en emportant avec lui sa bouteille et son verre. Je sors prendre l'air sur la véranda.

Et échapper ainsi aux questions embarrassantes, pensa Jane en le suivant des yeux. Bien que sa démarche soit un peu incertaine, il ne titubait pas ; il n'était donc pas fin saoul durant l'entrevue, songea-t-elle.

Pachtal ! Sa présence et son message devaient manifestement s'interpréter comme un avertissement : Abdar ne l'avait pas oubliée. Durant les deux dernières semaines, elle s'était prudemment abstenue de quitter le campement. Abdar devait enrager de frustration ; elle sourit à cette idée tout en continuant de débarrasser la table.

A la cuisine, Sula était en train de mettre des bouts de poulet dans le bol de Sam ; elle se redressa avec un sourire coupable quand Jane entra.

— Je sais que le chien n'a pas le droit d'entrer ici, mais j'ai pensé que juste pour une fois...

— Il n'y a pas de problème, Sula. Fais seulement en sorte que le sahib ne le voie pas.

Sula hocha la tête.

— Le repas vous a plu, *memsahib* ?

— C'était très bon !

Jane lui adressa un sourire distrait en posant les assiettes sur le comptoir, puis se pencha pour caresser la tête soyeuse du chien. Et si la visite de Pachtal signalait la fin de la trêve qu'Abdar avait observée ? s'inquiéta-t-elle soudain. Elle aurait déjà dû rendre visite à Zabrie pour lui demander de trouver un moyen de faire sortir Kartauk de la ville. Mais la pression du travail l'en avait empêchée. Il faudrait vraiment y aller ce soir.

Non, pas ce soir ! Elle était trop épuisée. Et puis, pourquoi s'inquiéterait-elle ? Li Sung avait raison : Kartauk l'utilisait autant qu'elle l'avait utilisé. Mais cela ne changeait rien, elle s'inquiétait. Elle n'avait jamais supporté que l'on s'attaque aux faibles, bien qu'il semblât absurde de cataloguer ainsi Kartauk. Cependant, tant qu'Abdar détiendrait le pouvoir à Kasanpour, il serait sans...

Mon Dieu, son cerveau devait être aussi éreinté que son corps pour divaguer ainsi. Il lui fallait se reposer.

En traversant le salon, elle entendit Patrick fredonner sur la véranda. Une bouffée de rancœur l'assaillit. Il noyait gaiement ses états d'âme dans le whisky, la laissant seule face à leurs problèmes.

— Jane ?

Elle s'arrêta mais ne se tourna pas vers la véranda.

— Oui ?

— Je pense vraiment que tu devrais rester au lit demain, tu sais.

Son ton était caressant, doux, presque affectueux.

— Il ne faut pas que tu retombes malade. Qu'est-ce que je ferais sans toi ?

Le ressentiment de Jane se dissipa. Il s'inquiétait pour elle et il avait besoin d'elle.

— Je ne serai pas malade. C'est juste un peu de fatigue...

— Bon, mais ménage-toi !

Elle acquiesça en se dirigeant vers sa chambre. Sa fatigue et son découragement s'étaient un peu atténués dans cet instant de tendresse. Patrick se servait peut-être d'elle, comme Li Sung le prétendait, mais il les avait tous les deux sortis de chez Frenchie et leur avait offert la liberté et un toit. Et elle lui en serait toujours passionnément reconnaissante.

Elle alluma la lampe à pétrole près de son lit étroit drapé d'une moustiquaire et commença à se déshabiller. Elle se sentait déjà mieux et serait encore moins fatiguée une fois débarrassée de la sueur et de la poussière de la journée. Il serait insensé de remettre sa visite à Zabrie alors qu'Abdar était sur le point de revenir à la charge. Le bain lui redonnerait de l'énergie. Assez pour partir en ville et parlementer avec Zabrie.

— C'est quoi cet endroit ? murmura Ian en regardant le large bâtiment défraîchi qui s'élevait de l'autre côté de la rue.

Ruel ne quitta pas des yeux l'entrée par laquelle Jane Barnaby venait juste de disparaître.

— Chez Zabrie. La version indienne d'une maison de passe. Pas exactement le style d'endroit qu'une dame respectable fréquente.

— Zabrie... ah oui ! Abdar en a parlé, non ? fit Ian en fronçant les sourcils. Il a pu mentir là aussi.

— Non !

— Comment le sais-tu ?

— J'ai passé deux nuits ici la semaine dernière.

— Tu ne me l'as pas dit...

— Je n'ai pas l'habitude de consulter quelqu'un pour aller au bordel, murmura Ruel.

— Tu n'as rien découvert sur Kartauk, je présume ?

— Non, je pouvais difficilement interroger toutes ces dames.

— Alors, pourquoi es-tu venu ici ?

— Avant de creuser pour le gros filon il faut sonder la mine. Et ce sondage-là n'a pas été désagréable. Zabrie est une adepte fervente du Kama Sutra.

— Qu'est-ce que c'est ?

— Les quatre-vingt-huit positions du plaisir.

— Quelle débauche barbare !

Ian garda le silence jusqu'à ce que sa curiosité l'emporte.

— Combien en as-tu essayées ?

Ruel gloussa.

— Six ! A quoi t'attendais-tu en deux simples visites ?

Son sourire s'évanouit tandis qu'il regardait à nouveau la maison.

— Je me demande avec quelle virtuosité notre Mlle Barnaby goûte les joies du Kama Sutra. Il semble que tu te sois trompé à son sujet...

— Pas obligatoirement! Peut-être Kartauk est-il caché ici...

— Peut-être, dit Ruel en souriant. Mais j'en doute...

— Pourquoi pas?

— Abdar savait qu'elle venait ici, et je ne crois pas qu'il aurait négligé de fouiller l'endroit. Non! il est plus probable que son amant lui manque et qu'elle ait choisi un pis-aller. Zabrie m'a dit deux mots sur ces soi-disant dames convenables, la plupart épouses d'officiers, qui viennent ici à l'occasion. Elle leur fournit masques à fanfreluches, lumières tamisées et le bon temps dont elles manquent.

Il gardait délibérément un ton désinvolte pour dissimuler le mélange de colère, de satisfaction et de déception qu'il éprouvait en imaginant Jane Barnaby se glisser dans une de ces chambres obscures. Satisfaction de ne pas s'être trompé sur son compte, et colère liée au sentiment de possession contre lequel il avait lutté. Quant à la déception... Assez pensé, décida-t-il impatiemment. Il traversa la rue.

— Où vas-tu?

— Offrir mes services, voyons. Je suis fatigué d'observer et d'attendre. Il est temps que je me penche personnellement sur cette jeune dame.

— Tu vas demander à Zabrie de te l'envoyer?

— Sans la nommer. Ce n'est pas nécessaire. Je doute qu'il y ait plus d'une femme blanche chez Zabrie ce soir.

— Attends! Je viens avec toi...

— Tu ne vas pas sacrifier ta chasteté pour moi? se moqua Ruel. Je n'ose même pas l'envisager. Maggie ne me le pardonnerait pas.

— Margaret, corrigea Ian. Et je n'ai aucune intention de donner libre cours à mes instincts.

— Je plaisantais.

Ruel regarda son frère avec curiosité.

— Vous êtes fiancés depuis ses seize ans. Ne me dis pas que tu lui es resté fidèle pendant toutes ces années ?

— Bien sûr !

— Vraiment ? Je me demande si tu n'étais pas destiné à la prêtrise, lui dit-il en souriant. Et un prêtre ne mettrait pas les pieds chez Zabrie. Reste ici et attends-moi !

— Vous n'êtes pas la bienvenue ici, annonça Zabrie en jetant à Jane un regard mauvais. Vous m'avez amené trop d'ennuis.

— Je les ai aussi grassement dédommagés...

— Exact...

Son air renfrogné disparut tandis qu'elle se tournait pour s'examiner dans le miroir de sa coiffeuse.

— Et ça me plaît plutôt de compliquer la vie de Son Altesse. Eh bien, asseyez-vous pendant que je me prépare.

Jane s'installa sur le divan aux coussins de soie.

— Abdar est-il revenu depuis la fouille ?

Zabrie secoua la tête.

— Je lui ai dit que vous ne veniez que pour rencontrer mes clients, fit-elle avec un petit sourire. Que c'était votre seul moyen de vous amuser sans vous exposer à la honte. N'était-ce pas astucieux de ma part ?

— Très astucieux !

Jane quitta le divan pour venir s'asseoir près d'elle.

— Nous devons parler, ajouta-t-elle.

— Li Sung ? demanda Zabrie en se raidissant avec méfiance. Il s'est plaint ?

— Non, au contraire ! il vous rend visite trop souvent.

— Parce que je suis très, très douée.

Un sourire étira ses lèvres tandis qu'elle plongeait

son bâton de khôl dans le petit flacon rempli de poudre noire.

— Après tout, n'était-ce pas ce que vous vouliez ?

— Dites-lui que vous ne pouvez pas le voir aussi souvent. C'est dangereux pour lui de venir ici maintenant.

— Très bien !

Elle traça minutieusement une ligne bordant son œil gauche.

— Mais le tarif sera le même.

Jane hocha la tête.

— Je m'y attendais, mais trouvez une bonne excuse. Je ne veux pas qu'il souffre.

Zabrie traça une ligne sur l'autre œil.

— Il croit être un bon amant. Il peut donc croire n'importe quoi d'autre, dit-elle en se regardant d'un sourire satisfait. J'ai fait du bon travail avec lui. Ce sera tout ?

Jane secoua la tête.

— Kartauk.

Le sourire de Zabrie s'évanouit.

— C'est trop dangereux !

— Vous disiez que Pachtal et Son Altesse n'étaient pas revenus.

— Ça ne veut pas dire que je ne suis pas surveillée, dit-elle tout en appliquant du rouge vermillon sur ses lèvres. Vous devrez trouver un autre moyen de le faire sortir de Kasanpour. Je ne risquerai pas de m'attirer les foudres de Son Altesse.

— Je croyais que vous aimiez l'idée de le contrecarrer ?

— Oui, mais sans excès. Il gagne un peu plus de pouvoir chaque jour et il sera bientôt trop dangereux de lui déplaire.

— Ce n'est pas dangereux si...

— Pardonnez-moi de vous interrompre...

La même jeune fille aux yeux de biche qui avait

conduit Jane dans la chambre de Zabrie se tenait sur le seuil de la porte.

— Il y a un homme ici, Zabrie. Vous avez dit de...

— Je suis occupée, Lenar. Donne-lui une autre femme.

— Mais vous m'avez dit de vous avertir s'il revenait.

Zabrie se retourna vivement.

— C'est l'Ecossais ?

La fille hocha la tête.

— Il dit qu'il a envie de quelque chose de différent. Il veut une femme blanche...

— Oh, vraiment ? fit Zabrie avec un petit sourire pincé. Je crois que je devrais le faire changer d'avis.

Elle désigna une porte à l'autre bout de la pièce.

— Conduis-le dans la chambre attenante et installe-le. Dis-lui que je le rejoindrai dans quelques minutes.

Comme la fille quittait la chambre, elle se tourna vers Jane.

— Vous devez partir. J'ai un client.

— Je suis aussi une cliente. Faites-le attendre.

Zabrie passa sa brosse à monture d'argent dans sa longue chevelure brune.

— Mais je ne veux pas le faire attendre. Il est... spécial. Je n'avais encore jamais rencontré d'Occidental qui ait le savoir et l'expérience nécessaires pour me dominer. J'ai même à plusieurs reprises douté d'être en pleine possession de mes moyens.

— Vous êtes à moitié anglaise, ce qui fait aussi de vous une Occidentale.

— Les officiers britanniques qui viennent ici ne sont pas de cet avis, déclara Zabrie d'un ton crispé. Ils voient seulement une étrangère à la peau brune excitante et ils condescendent à m'essayer.

Elle se leva et lissa les pans vaporeux de sa robe couleur safran.

— Et une fois qu'ils m'ont eue, *je* les ai.

— Vous les haïssez?

— Pas plus que mes compatriotes qui me considèrent comme une paria à cause de ma double origine. Mais ça n'a aucune importance. Je serai bientôt si riche que je n'aurai besoin d'aucun d'eux.

Elle adressa un sourire à Jane dans la glace.

— Nous sommes toutes deux marginales à notre façon, n'est-ce pas? Vous venez ici dans vos vêtements masculins, parfois si épuisée que vous tenez à peine debout. Il y a plus simple comme existence. Pourquoi ne pas laisser tomber ce stupide chemin de fer et me laisser vous montrer des moyens plus simples de s'enrichir?

Jane secoua la tête.

— Vous vous débrouilleriez très bien, persista Zabrie en la détaillant d'un œil critique. Vous êtes jeune et ne manquez pas de charme. Quelquefois, les Britanniques se lassent de l'exotique...

— Comme votre Ecossais?

Elle fronça les sourcils.

— Il voulait juste me taquiner. Il serait déçu si je lui envoyais quelqu'un d'autre, fit-elle en passant ses doigts teintés au henné sur le léger voile qui couvrait ses seins. Qu'en dites-vous?

— Non!

Elle haussa les épaules.

— J'attendrai. Vous changerez d'avis. Une femme seule et sans protection n'a qu'une seule voie à prendre.

Sa certitude paniqua Jane.

— J'ai dit non! Je ne suis pas seule, et même si je l'étais, je n'ai besoin de personne. Je suis capable de me protéger. Je ne suis pas une putain. Je ne serai *jamais* une putain.

Zabrie se redressa avec fierté.

— Evidemment, pour vous aussi, une putain est une moins que rien.

Jane prit une profonde inspiration et essaya de

retrouver son contrôle. La dureté de ses paroles l'avait elle-même surprise.

— Je n'ai pas dit ça…

— Vous n'aviez pas besoin de le dire.

— Je n'avais pas l'intention de vous blesser et certainement pas de vous condamner. Ma mère était prostituée et dans un endroit bien pire que celui-ci. Vous avez la liberté de vos choix, mais…

Elle hésita, puis lâcha :

— Je préférerais mourir que me vendre.

— Vous avez peur, constata Zabrie en la considérant attentivement. Pourquoi ?

— Je n'ai pas peur. Une telle vie vous prive de votre liberté, fait de vous une esclave.

— C'est la manière commune de voir les choses. Mais quand une femme sait y faire, c'est l'homme qui devient l'esclave, trancha Zabrie en se détournant du miroir. Vous devez partir maintenant.

— Kartauk…

Zabrie sourit devant l'expression déterminée de Jane.

— Vous n'abandonnerez jamais, n'est-ce pas ? Malgré nos nombreuses différences, voilà une qualité que nous avons en commun.

— Lui fournirez-vous au moins un endroit où se cacher en ville, si besoin est ?

— Si vous faites en sorte que ça ne me mette pas en danger, je considérerai…

La porte s'ouvrit brusquement devant la jeune Lenar.

— Pachtal ! Il demande à vous voir.

— Quoi ?

Zabrie se retourna vivement vers Jane.

— Imbécile !

— Il ne m'a pas suivie. Je connais Pachtal et je l'aurais repéré. Il devait surveiller la maison.

— Et vous a vue entrer. Quelle différence ? Il est là !

Un frisson d'angoisse envahit Jane au souvenir de

son visage vicieux et de la torture qu'il lui avait infligée.

— Comment puis-je sortir sans être remarquée ?

— C'est trop tard !

Zabrie lui saisit le poignet et l'entraîna de l'autre côté de la chambre.

— Il fouillera probablement toute la maison pour vous retrouver, mais j'essaierai de le tenir à l'écart.

— Comment ?

— Le moyen habituel. Pachtal et Abdar n'ont pas hésité à se servir de moi la dernière fois. Je vous appellerai quand il n'y aura plus de danger.

Elle ouvrit la porte, poussa Jane dans la pièce adjacente, et referma vivement derrière elle.

3

Même dans la pénombre Ruel reconnut l'éclat de la chevelure rousse de Jane quand elle entra précipitamment dans la chambre.

Les muscles de son ventre se contractèrent tandis que ses reins se tendaient. Du calme, se reprit-il, songeant soudain qu'il était ici pour d'autres besoins que ceux exigés par son corps. Du calme ? L'idée semblait incongrue ; ni le calme ni la raison n'avaient droit de cité en cet instant.

Elle était là.

Bientôt, il la connaîtrait encore davantage.

Bientôt, il la toucherait pour la première fois.

Jane entendit qu'on tournait la clé dans la serrure derrière elle. Un dernier cliquetis s'éleva de la seule autre porte qui lui faisait face.

Elle était prisonnière.

La poitrine soudain oppressée, elle eut l'impression de revivre le piège que lui avaient tendu Abdar et Pachtal dans la ruelle obscure. La pénombre qui l'enveloppait et l'odeur lourde du musc et de l'encens n'étaient pas pour la rassurer.

— Enfin ! Approchez que je vous regarde.

Elle se figea tandis que son regard traversait la pièce vers l'homme allongé sur le lit.

A la lueur de la petite lampe à huile, elle put seulement discerner qu'il était nu et lui faisait face, le visage appuyé sur la main. Il la parcourut lentement du regard.

— Inhabituel... Zabrie m'a pris au mot on dirait...

Cette fois, elle saisit le léger accent. L'Ecossais. L'homme qui avait souhaité quelque chose de différent.

— Zabrie viendra vous voir plus tard. Elle est occupée pour l'instant.

— Mais elle vous a bien envoyée pour me faire patienter ?

D'un doigt, il lui fit signe d'approcher.

— Ne soyez pas nerveuse, ce n'est pas grave. Je lui avais dit que j'avais envie d'une Anglaise.

Il pensait que sa panique venait de la crainte de lui déplaire. Elle aurait éclaté de rire si son effroi n'avait pas été si grand.

— Je ne suis pas anglaise et je ne suis pas nerveuse. Vous ne comprenez pas...

— Je comprends que je vais m'irriter si vous n'approchez pas et ne me laissez pas mieux vous regarder.

Elle s'avança à contrecœur.

— Je suis sûre que Zabrie ne sera pas...

Dieu ! C'était le plus bel être humain qu'elle ait jamais vu. Il était tout en couleurs félines, peau dorée, cheveux fauves tirés en arrière révélant un visage presque parfait. Ses yeux ne brillaient pourtant pas de l'éclat jaune ou vert des chats, mais ils étaient bleus, d'un bleu profond, pénétrant...

Il haussa un sourcil.

— Dans combien de temps Zabrie viendra-t-elle ?

Elle avait oublié ce qu'elle voulait dire un peu plus tôt.

— Soyez patient, dit-elle en reprenant contenance.

Il gloussa.

— La patience n'est pas facile dans ce genre de situation, fit-il en désignant la moitié inférieure de son corps. Comme vous pouvez le voir...

Elle suivit son geste et prit une profonde inspiration en voyant son membre dressé. Elle revint très vite à son visage.

— Zabrie sera là bientôt.

— Ce n'est pas Zabrie qui me met dans cet état. J'ai eu envie de vous dès que vous êtes entrée.

Elle le regarda avec incrédulité.

— Moi aussi j'ai été surpris, je ne m'y attendais pas. Ces vêtements masculins n'appellent pas exactement le désir.

Il lui saisit le poignet.

— Enlevez-les, dit-il d'une voix douce.

Le contact de sa main était étrange, chaud, troublant, et elle se sentit à court de souffle.

— Vous préférez que je le fasse ?

Il l'attira sur le lit. Ses yeux plongèrent dans les siens. Son odeur l'entourait, mélange de savon et d'épices et de quelque chose de plus fort, de plus obscur, se mêlant au lourd parfum ambiant.

— Pourquoi pas ? murmura-t-il. Je pourrais trouver intéressant de changer un garçon en femme...

— Je n'ai pas dit que je voulais...

Il commença à déboutonner sa chemise.

Elle se déroba instinctivement.

Il lui saisit les deux poignets d'une seule main.

— Chhh, tout doux, fit-il en caressant ses seins à travers l'étoffe. Je veux juste vous voir.

Il sourit en voyant les pointes se dresser sous la chemise et continua de les titiller. Un flot de chaleur envahit Jane et son sexe se fit douloureux. Pourquoi ne luttait-elle pas? Elle était assez forte pour se dégager si elle le décidait. Pachtal! Elle s'accrocha désespérément à l'unique raison sensée qui lui vînt à l'esprit. Etait-ce la peur que Pachtal ne survienne si elle provoquait un scandale, ou bien était-ce cet encens qui la troublait?...

— Je... je ne veux pas de ça...

— Bien sûr que si! répliqua-t-il en continuant de déboutonner sa chemise. Sinon pourquoi seriez-vous là?

— Vous ne comprenez pas...

— Vous l'avez déjà dit, et vous vous trompez. Je comprends très bien ce genre de choses. Demandez à Zabrie, s'amusa-t-il en défaisant un autre bouton. Nous pouvons...

— Arrêtez!

— Vous ne voulez pas que je vous déshabille? Très bien!

Il lâcha son chemisier et emprisonna une de ses mains.

— Vous voyez, j'ai arrêté.

Du pouce, il explora doucement sa paume.

— Callosités, remarqua-t-il en tournant sa main et en l'examinant. Dures et rugueuses. Vous n'avez pas attrapé ça dans un jardin anglais...

Elle tenta de se dégager, mais il la retint plus fermement.

— Ne le prenez pas mal. J'aime vos mains. Elles nous rapprochent. J'ai aussi des callosités, dit-il en passant sa main sur le dos de la sienne. Vous les sentez? Je sais ce que signifie travailler au point de ne plus tenir debout de fatigue. Je connais l'épuisement et le découragement qui vous prennent à tenter d'atteindre un but. C'est dur d'avoir à se battre chaque jour, n'est-ce pas?

Ses paroles étaient douces, enveloppaient ses émotions d'un voile soyeux.

— C'est pourquoi nous devons nous récompenser quand nous en avons l'occasion...

— Je n'ai pas à me récompenser de...

— Chhh...

Il se pencha pour effleurer ses seins de sa bouche.

— J'ai envie de vous regarder mais c'est peut-être mieux ainsi. C'est plutôt excitant de voir ce que vos seins font à cette chemise...

Son souffle chaud enivrait ses sens, faisait monter en elle un désir presque douloureux. Elle se sentait comme droguée, désorientée... oui, ce devait être l'encens...

Sa tête était penchée, et elle ne pouvait plus voir ces yeux clairs, étincelants, mais sa chevelure flamboyante brillait sous la lueur de la lampe et elle avait la curieuse impression d'une sauvagerie sensuelle à l'affût, prête à frapper... ou à caresser.

Ses lèvres chaudes touchaient le bout de ses seins à travers le fin coton de sa chemise. Elle poussa un cri étouffé, et son corps s'arqua dans un spasme de plaisir.

— Oui, murmura-t-il. Désire-moi !

Elle désirait follement qu'il continue, elle avait besoin de lui. Elle avait toujours cru que seuls les hommes ressentaient cet appel impérieux, que les cris de plaisir et de soumission qu'elle avait entendus chez sa mère n'étaient que simulation. Maintenant, elle devait ravaler ses gémissements sous l'assaut de ses lèvres. Mon Dieu, peut-être n'était-ce pas l'opium qui avait séduit et assujetti sa mère, mais ce plaisir-là.

Non ! Elle ne se laisserait pas piéger. Elle ne se vendrait pas, ne serait pas esclave.

— Lâchez-moi !

Elle s'arracha de lui et se leva, reboutonnant sa chemise d'une main tremblante.

— Ne me *touchez* pas. Je ne suis pas une prostituée !...

Il ne fit pas un geste pour l'arrêter, ni pour couvrir sa nudité. Il resta simplement allongé à la regarder, superbe de grâce féline et de virilité en éveil.

— Je ne pensais pas que vous l'étiez. Zabrie m'a expliqué qu'un certain nombre d'épouses d'officiers anglais viennent ici prendre du bon temps.

— Je vous ai dit que je ne suis pas anglaise.

Sa voix tremblait, et elle s'efforça de la rendre ferme.

— C'est une erreur. Je ne veux pas coucher avec vous.

— Je m'excuse de vous contredire.

Son regard se porta sur les pointes érigées de ses seins.

— Mais vous ne voulez que ça...

— C'était une erreur, répéta-t-elle avec une subite hargne. J'étais effrayée et hors de moi.

— Effrayée ? Par moi ?

— Non.

Elle recula en direction de la porte, puis s'arrêta. Elle ne pouvait pas partir tant que Zabrie ne venait pas lui ouvrir.

— Pas par vous...

Il s'assit.

— N'approchez pas, l'avertit-elle en se raidissant. J'ai un couteau.

— Vraiment ? Quelle barbarie ! remarqua-t-il sans faire un geste. Je n'allais pas vous agresser. Mon plaisir attendra puisque vous n'êtes apparemment pas disposée à me satisfaire. Si vous vous asseyiez ?

Elle regarda furtivement son membre dressé.

— Il est encore là, fit-il avec un vague sourire. Mais je peux me contrôler, ajouta-t-il en considérant son expression contrainte. Pourquoi ne vous êtes-vous pas enfuie ?

— Zabrie a verrouillé les portes.

— Intéressant ! Etait-ce pour pimenter la situation ?

— Non, il y a quelqu'un ici que je ne veux pas voir.

— Qui?

Elle ne répondit pas.

— Peu importe…

Il se leva et marcha jusqu'à la table près de la porte. Le halo de la lampe l'entourait, et elle essaya de ne pas le regarder. En vain… Seigneur, il était aussi beau qu'un animal sauvage et tout aussi dénué de pudeur. Ses cheveux bruns noués en natte étaient striés de mèches d'or enflammées par la lumière. La lueur sourde mettait en valeur la ligne pure de son dos, la fermeté de ses fesses et les muscles de ses épaules. Elle remarqua pour la première fois le bandage blanc autour de son épaule gauche.

Il prit la bouteille sur la table et remplit un verre de vin.

— Vous en voulez?

— Non.

— De quoi avez-vous peur? demanda-t-il en portant le verre à ses lèvres. Votre amant?

Elle ne répondit pas.

Un objet sur la table attira son attention. Il le ramassa avec un petit sourire.

— Ça devait vous être destiné…

C'était un masque extravagant, piqué de plumes de paon marron, noires et turquoise.

— Joli objet! J'aimerais le voir sur vous, fit-il en le plaçant devant son visage. Me feriez-vous ce plaisir?

Le masque couvrait tout le haut de son visage et rehaussait le modelé de ses pommettes. Ses yeux bleus brillaient à travers les fentes en amande. Les plumes fauves rappelant le triangle de poils de son torse et de son sexe faisaient de lui un animal sauvage, animé d'une force obscure.

— Non, je serais ridicule avec ça…

— Dommage!

Il se débarrassa du masque et se pencha par-dessus la table, son regard moqueur fixé sur elle.

— Alors, qui peut bien vous poursuivre? Un mari? Voyons si je devine… Un mari âgé qui ne peut pas vous satisfaire… Vous venez chercher ici ce qu'il ne vous donne pas, fit-il en portant d'un geste théâtral le dos de sa main à son front. Mais, hélas, il vous suit et…

— Je n'ai pas de mari. Et si j'en avais un, je ne le tromperais pas. Il faut respecter la parole donnée.

— Tout à fait d'accord! acquiesça-t-il en buvant une gorgée de vin. Alors nous revenons à l'amant…

Il retourna vers le lit.

— Comment s'appelle-t-il?

Depuis combien de temps était-elle dans cette chambre? se demanda-t-elle, déprimée. L'air était lourd, irrespirable, et la situation insupportable d'intimité. Zabrie n'allait sûrement pas tarder à venir.

S'adossant confortablement, il s'allongea sur le lit.

— Parlez-moi. Puisque nous sommes emprisonnés ici pour une durée indéterminée, autant passer le temps agréablement.

— Je n'ai pas à vous divertir.

— Ah oui, le couteau! fit-il en souriant et en portant le verre à ses lèvres. Mais je suis fort et rapide, alors pourquoi risquer un échec quand je peux être apaisé par une petite conversation? remarqua-t-il en désignant une chaise de l'autre côté de la pièce. Asseyez-vous. Je m'appelle Ruel MacClaren.

— Ruel. C'est un nom bizarre…

— Pas en Ecosse. C'est un prénom très ancien. Asseyez-vous, insista-t-il. N'allez-vous pas me retourner la politesse? Comment vous appelez-vous?

Elle alla s'asseoir sur la chaise qu'il avait indiquée.

— Jane.

— Jane comment?

Elle ne répondit pas.

— Vous avez raison, bien sûr. Vu les circonstances, les présentations en bonne et due forme paraissent plutôt incongrues, mais je me surprends à avoir envie d'en savoir plus sur vous.

Les sourcils froncés, il sembla se concentrer.

— Jane...

Il claqua des doigts.

— Jane Barnaby. Patrick Reilly. Le chemin de fer.

Elle ouvrit des yeux exorbités.

— Vous n'imaginiez pas que je ferais le rapport ? gloussa-t-il. Votre accent n'est ni anglais ni écossais et bien que Reilly ne vous ait jamais emmenée au club des officiers, il n'y a pas tant d'Américains que ça à Kasanpour. Vous seriez étonnée du nombre de ragots qui circulent en ville sur Reilly et son « assistante ».

Elle tressaillit.

— Vous vous trompez, je ne suis pas étonnée.

— C'est de Reilly que vous vous cachez ?

— Bien sûr que non !

— Alors pourquoi êtes-vous...

— Et pourquoi êtes-vous à Kasanpour, monsieur MacClaren ?

— Ah, l'offensive, murmura-t-il. Je l'attendais plus tôt, fit-il en prenant une autre gorgée. J'essaie d'avoir un rendez-vous avec le maharadjah. Je n'ai pas eu beaucoup de chance jusqu'à présent.

— Pourquoi voulez-vous le voir ?

— Il a quelque chose que je veux... Peut-être pourriez-vous intercéder en ma faveur ? Il paraît qu'il vient souvent voir l'évolution des travaux.

— Et il n'en est jamais satisfait, remarqua-t-elle en croisant ses mains sur ses genoux. Je serais la dernière à pouvoir l'influencer.

— Dommage !

Levant négligemment une jambe, son pied fit un mouvement de va-et-vient sur la surface plane du lit.

— Il va falloir que je trouve de l'aide ailleurs...

Elle ne put s'empêcher de suivre du regard le mouvement de son pied, les muscles qui se tendaient et se déliaient, le contraste du teint doré et chaud de sa peau contre la blancheur du drap. Détournant rapidement les yeux, elle se fixa sur son bandage.

— Comment vous êtes-vous fait ça ?

— Je me suis permis un moment de distraction, et la leçon a été sévère. Ça n'arrivera plus.

Il posa brusquement le verre sur la table de nuit et se leva.

— Je commence à me lasser, pas vous ? Sortons d'ici.

— Nous devons attendre Zabrie.

— Je n'aime pas attendre, fit-il en allant chercher ses vêtements posés sur une chaise. Je n'aime pas les prisons.

Il s'habilla rapidement tout en poursuivant :

— Et je n'aime surtout pas l'idée qu'un amant vindicatif déboule ici pour m'embrocher. Vu les circonstances, je crois que nous avons tous les deux intérêt à quitter les lieux, souligna-t-il en se rasseyant sur le lit pour enfiler ses bottes. Dommage ! Ce n'est pas du tout ce que j'avais prévu pour la soirée.

— Comment sommes-nous censés sortir ? Les deux issues sont fermées à clé...

— Il nous reste une fenêtre...

— Nous sommes au deuxième étage...

— Ça n'a rien d'insurmontable, déclara-t-il en se levant.

— Je n'ai pas l'intention de me casser une jambe en sautant.

— J'aurais attendu de vous plus de détermination...

— Je suis déterminée à construire le chemin de fer, et je ne le ferai pas en devenant infirme.

— Le chemin de fer, répéta-t-il en souriant. Je l'avais oublié, dit-il en se dirigeant vers la fenêtre.

Ne vous inquiétez pas, je ferai en sorte que vous ne soyez pas blessée.

Il s'assit sur le rebord de la fenêtre et bascula ses jambes à l'extérieur.

— Autant que je puisse voir, cette pièce doit donner sur l'arrière. On dirait une impasse en bas, remarqua-t-il en se pinçant le nez. Oui, sans aucun doute! L'odeur est typique.

Elle le rejoignit et jeta un œil par-dessus son épaule. La lueur de la lune révélait une étroite impasse qui semblait inatteignable.

— Vous êtes fou! Comment allez-vous...

Il sauta, se réceptionna genoux fléchis pour immédiatement rebondir et rouler à terre. Puis il se redressa souplement et vint se planter sous la fenêtre.

— Sautez!

Elle le regarda bouche bée.

— Comment avez-vous fait ça?

— Ce n'est pas le problème pour l'instant. Sautez! Je vous rattraperai...

Elle continuait de le regarder, hésitante.

— Vous ne vous blesserez pas. Faites-moi confiance.

Comme elle hésitait encore, il expliqua impatiemment:

— Dans ma jeunesse, à Londres, j'ai gagné un moment ma vie en faisant l'acrobate dans les rues.

Son agilité le prouvait. Elle hésita encore... Mais la liberté était trop tentante pour qu'elle reste ici à attendre que Zabrie vienne ou que Pachtal la découvre. Elle s'assit sur le rebord, basculant ses jambes à l'extérieur comme il l'avait fait.

— Bien, dit-il en tendant les bras. Maintenant, venez.

Le sol semblait s'éloigner de seconde en seconde.

— Qu'est-ce que vous attendez? Pensez juste à repousser le mur au moment de sauter pour ne pas vous cogner.

Elle inspira profondément, ferma les yeux, et

s'éjecta du rebord de la fenêtre. La chute parut durer une éternité. Ruel la saisit au vol.

— Sauvée! dit-il d'un ton satisfait.

Puis il perdit l'équilibre et tomba en poussant un juron.

— Ouïe, grogna-t-il. Ça fait mal.

Elle mit un moment à reprendre son souffle. Puis elle roula pour se dégager de lui et se retrouva finalement à genoux.

— Je croyais que vous étiez acrobate?

— Je n'ai pas dit que j'étais un *bon* acrobate, se renfrogna-t-il. J'avais quinze ans à l'époque et je ne récoltais pas un radis, fit-il en se redressant péniblement. C'est pourquoi j'ai arrêté au bout de six mois pour devenir bonimenteur.

Elle le fusilla du regard.

— Espèce de fou! J'aurais pu me briser le cou!

— Mais ça ne vous est pas arrivé, grimaça-t-il. C'est moi qui me suis écrasé le derrière sur un tas de Dieu sait quoi...

— Comment pouvez-vous être si...

Elle s'interrompit, prise soudain d'un fou rire irrépressible devant le spectacle qu'ils offraient, agenouillés face à face au milieu d'une montagne de détritus. Ce rire fut une libération, et elle se rendit compte pour la première fois combien cet homme l'avait impressionnée.

Il pencha la tête, un léger sourire aux lèvres.

— Je ne vous ai jamais entendue rire auparavant.

— Ça ne devrait pas vous surprendre puisque nous nous connaissons depuis moins d'une demi-heure.

Il se leva et l'aida à en faire autant.

— Je ne pense pas que vous soyez du genre à rire souvent, remarqua-t-il tout en se dirigeant vers la sortie du passage. Allons-nous-en d'ici avant que votre amant n'arrive. Je n'ai aucune envie d'avoir d'autres bleus à cause de vous.

Ses paroles la ramenèrent aussitôt à la réalité. Comment avait-elle pu oublier Pachtal? Pendant un instant, elle s'était sentie insouciante, heureuse... et en parfaite sécurité.

— Je vous ai dit que je ne me cachais pas d'un amant, dit-elle en le suivant rapidement. Vous ne m'avez pas écoutée... Attention!

Un couteau avait surgi de l'ombre, plongeant droit sur le dos de Ruel. Instinctivement, elle se plaça entre lui et l'arme. Une douleur aiguë traversa son bras. Elle chancela et eut une vision rapide de l'assassin, grand, mince... les plis blancs d'un turban. Pachtal, se dit-elle, hébétée. Ce devait être Pachtal.

Elle entendit vaguement Ruel marmonner un juron tandis qu'il faisait volte-face et saisissait d'une main le poignet armé de l'agresseur, de l'autre sa gorge.

Puis ce fut l'obscurité. Elle ne pouvait plus voir le visage de Ruel. Elle glissa le long du mur, tout en songeant qu'elle devait rester debout et l'aider. Le couteau... Pachtal...

On la transportait.

Ses yeux s'ouvrirent pour voir le visage sombre de Ruel au-dessus d'elle.

— Etes-vous... blessé? demanda-t-elle faiblement.

— Pourquoi le serais-je? dit-il d'un ton bourru. Ce n'est pas moi qui ai pris le couteau.

— Je pensais que Pachtal était...

Elle s'arrêta en apercevant leur agresseur au sol quelques mètres plus loin. Sa bouche était grande ouverte en un cri silencieux; ses yeux exorbités fixaient un point droit devant lui. C'était la première fois qu'elle le voyait.

— Ce n'est pas Pachtal, murmura-t-elle. Il est mort?

— Bien mort! souligna-t-il en s'engageant rapidement dans la rue. Mais pas assez tôt pour vous.

Maintenant, restez calme jusqu'à ce que je vous aie tirée d'ici.

Quelque chose de chaud coulait le long de son bras.

— Je saigne…

— Je sais que vous saignez, bon sang! Je réglerai ça dès que je pourrai, mais je…

— Mon Dieu, que lui as-tu fait?

Une autre voix au même accent écossais retentit tandis qu'un homme émergeait de sous un porche et les rejoignait.

Abraham Lincoln, pensa-t-elle confusément alors qu'un long visage aux traits ordinaires se penchait sur elle. Non, cette figure-là était rasée de près, et ne correspondait pas aux photos du personnage barbu publiées dans les journaux. De plus, Lincoln avait bien été tué?…

— Je ne lui ai rien fait du tout, dit Ruel d'un ton cassant. Elle a pris un coup de poignard à ma place.

— Mon Dieu, une autre Mila? Tu sembles toutes les envoyer à la mort…

— Content que la situation t'amuse, Ian. Vas-tu continuer à pouffer pendant qu'elle se vide de son sang?

Ian s'assombrit instantanément.

— Est-elle sérieusement blessée? Pose-la, que je l'examine.

— Elle a dit que quelqu'un d'autre est à sa recherche et je veux la sortir d'ici. Attache ton mouchoir autour de son bras pour arrêter l'hémorragie.

L'homme obéit, le regard toujours rivé sur elle.

— Ça va faire un peu mal, jeune fille.

Elle en eut presque le souffle coupé.

— Plus serré, dit Ruel. Ce n'est pas le moment d'être gentil. Le sang n'arrête pas de couler.

Ian serra davantage. Elle se mordit la lèvre pour réprimer un cri de douleur.

— Je sais, lui dit Ruel d'une voix rauque. Mais il faut l'arrêter. Je ne vais pas vous laisser mourir.

Il se tourna vers l'autre homme.

— Partons d'ici!

— Je vais la porter, proposa Ian.

— Non!

Les bras de Ruel se resserrèrent possessivement sur elle.

— Je me charge d'elle. Surveille nos arrières!

Elle ouvrit les yeux pour voir Abraham Lincoln assis à son chevet. Mais non, ce n'était pas lui, se rappela-t-elle dans son égarement.

— Vous allez vous remettre, jeune fille. Ce n'était pas grand-chose, bien que ça ait beaucoup saigné, dit-il en souriant. Je ne crois pas que nous ayons fait les présentations. Je suis Ian MacClaren, comte de Glenclaren. Ruel est mon frère.

Elle baissa les yeux sur son bras. Elle était encore habillée, mais la manche de sa chemise avait été coupée et un bandage immaculé la remplaçait. Son regard fit le tour de la pièce.

— Où...

— L'hôtel Nayala. C'est la chambre de Ruel. Quand vous vous êtes évanouie, nous avons décidé de vous emmener ici.

— Je ne me suis jamais évanouie, protesta-t-elle.

— Bien sûr que non, dit-il gravement. Disons juste que vous dormiez très profondément, alors...

— Où est Ruel?

— Il était couvert de sang et dégageait une odeur atroce, aussi je l'ai envoyé se laver dans ma chambre. Dieu sait si vous auriez supporté ce spectacle apocalyptique à votre réveil!

Il parlait de Ruel comme d'un vilain petit garçon que l'on envoie se débarbouiller, et elle eut du mal à imaginer l'homme qu'elle avait rencontré chez Zabrie obéir aux ordres de quiconque. Elle vit qu'il faisait nuit par la fenêtre.

— Quelle heure est-il?

— Presque une heure du matin. Comme je vous l'ai dit, vous avez piqué un bon petit somme.

Elle rassembla toutes ses forces pour s'asseoir.

— Je dois rentrer.

— Vous pouvez rester ici cette nuit. Je dormirai avec Ian.

Ruel se tenait sur le seuil de la porte. Il s'était changé et portait un pantalon, des bottes marron et une chemise en lin blanc froissée. Il vint vers elle de sa démarche souple et déliée.

— J'enverrai un message pour prévenir Reilly.

— Non! Non, merci, mais je ne veux pas l'inquiéter.

— Et vous ne voulez pas qu'il sache où vous étiez cette nuit... Qui est Pachtal, Jane?

Elle ne répondit pas.

— Dois-je vous rappeler que je viens de tuer un homme? fit-il en haussant les épaules. Non que ça me dérange, je n'ai pas de tendresse particulière pour les assassins qui attaquent dans le dos, mais j'ai le droit de savoir quelles en seront les conséquences!...

— Il n'y en aura pas, dit-elle en crispant ses doigts sur la couverture. Je crois que ce devait être l'un des serviteurs de Pachtal.

— Je vous le demande à nouveau, qui est Pachtal?

— Il est au service du prince Abdar, répondit-elle rapidement. Mais, n'ayez crainte, le maharadjah n'est en rien impliqué. Abdar ne veut pas qu'il soit au courant de toute cette affaire.

— Quelle affaire?

Il n'avait pas à en savoir plus, décida-t-elle. Elle rejeta les couvertures.

— Je dois rentrer chez moi. Il faut que je sois debout à l'aube.

— Votre chemin de fer peut se passer de vous un

jour ou deux. Vous avez perdu beaucoup de sang et...

— Un jour ou deux? fit-elle avec un regard incrédule. La mousson commence dans deux semaines. Je ne peux pas me permettre de perdre seulement une heure.

— Reilly peut vous relayer. C'est son chemin de fer, non?

Elle ne répondit pas, et concentra toute son énergie à sortir du lit. Mais, une fois debout, un violent vertige la prit.

— Bon sang, vous voyez bien que vous n'êtes pas en état! s'impatienta Ruel en la soutenant. Allongez-vous!

— Non, c'est passé. Je dois...

— Retourner à votre maudit chemin de fer, termina-t-il à sa place. Du diable si vous irez...

— On ne jure pas en présence d'une dame, lui reprocha Ian. Mais il a raison. Vous devriez vous reposer, jeune fille.

— Je me sens parfaitement bien, assura-t-elle en s'écartant. Merci de votre intérêt!

— Mon intérêt? explosa Ruel, exaspéré. Pourquoi devrais-je vous en porter juste parce que vous avez eu la stupidité de vous jeter sur un couteau qui m'était destiné?

— Il ne pouvait pas vous être destiné. C'était sûrement une erreur, remarqua-t-elle en hochant la tête. Je ne comprends pas. Vous n'avez rien à voir avec tout ça.

— Je dirais plutôt le contraire. Je vous suis redevable et je paye toujours mes dettes.

— Vous ne me devez rien.

Un sourire subit effaça magiquement le mécontentement de Ruel.

— Les Chinois croient que la vie d'un homme que l'on a sauvé vous appartient. Vous ne pouvez pas vous débarrasser de moi comme ça, conclut-il d'une voix de velours.

Dieu! Que cet homme pouvait être séduisant!

— Li Sung dit que ce proverbe a été inventé par les Blancs.

— Et qui est Li Sung?

— Mon ami.

— Je préfère ma propre version de la philosophie orientale, déclara-t-il avec ce sourire qui avait le pouvoir de la désarmer. Suivrez-vous mes conseils?

Il savait exactement ce qu'il faisait, songea-t-elle soudain. Il savait comment subjuguer, persuader et plier une femme à ses exigences; ses innombrables rencontres avaient dû le lui apprendre.

— Non!

Elle fut un instant satisfaite de lire la surprise sur son visage, bien qu'elle sache ne pas avoir la force d'argumenter plus longtemps. Il fallait mettre un terme à cette discussion.

— Merci de vous être occupé de mon bras. Vous n'avez plus besoin de vous inquiéter, maintenant. Je suis sûre que vous n'aurez pas d'ennuis...

— Oh non, vous n'en êtes pas sûre.

Il se mit en travers de la porte.

— Retournez dans ce lit!

Comme elle ne bougeait pas, il dit impatiemment:

— Très bien, je vous laisserai rejoindre votre merveilleux chemin de fer, mais un peu de repos ne vous fera pas de mal. Dormez quelques heures et nous partirons à l'aube.

— Nous?

— Votre chemin de fer emploie presque tout le monde à Kasanpour. Pourquoi pas moi? Après ce qui s'est passé cette nuit, il me semble que vous avez besoin d'un garde du corps.

— Je n'ai besoin de personne pour me protéger. Je m'en charge seule.

— Alors, je peux au moins veiller sur vous et m'assurer que vous ne vous éreintez pas à la tâche.

Veiller sur vous.

Ces mots exerçaient sur elle une douce et mélancolique fascination qu'elle repoussa aussitôt.

— Poser des rails n'est pas le genre de travail que vous aimeriez faire.

— Quelques jours de ce régime ne me tueront pas.

Elle parcourut du regard la chambre d'hôtel meublée avec goût.

— Vous ne me seriez d'aucune utilité.

— Parce que je n'habite pas un taudis ? Demandez à Ian où il m'a trouvé à Krugerville. Je peux vous assurer que je sais m'adapter à la plupart des situations et que le travail ne me fait pas peur.

Elle se rappela la rugosité des mains qui avaient caressé les siennes.

— Allongez-vous, persista Ruel. Je vous réveillerai à l'aube et nous irons ensemble au site.

Elle retourna au lit et remonta les couvertures sur elle. Lui résister ne servirait à rien qu'à gaspiller ses forces. Un jour à enfoncer des pointes d'acier devrait suffire à calmer ses élans de générosité.

— J'aurai besoin d'une chemise propre pour cacher le bandage. Personne ne doit voir que j'ai été blessée.

— Je peux vous en prêter une.

— Non, fit-elle en désignant Ian de la tête. Lui. Il est plus grand et je la veux large.

— Ce sera un plaisir, dit Ian, tout sourire.

— Et réveillez-moi à l'aube.

Elle ferma les yeux.

— Dois-je prévenir Reilly que vous êtes ici ? demanda Ruel.

— Non, il ne se rendra compte de rien. Je suis déjà partie quand il se lève le matin.

— Comme c'est charmant, dit Ruel d'un ton caustique. Il faudra que je me souvienne de...

— Allez-vous-en, dit-elle sans ouvrir les yeux. Vous m'empêchez de dormir.

Elle entendit le gloussement ravi de Ian.

— Tu en as assez entendu, Ruel? Allons prendre un verre de whisky dans ma chambre. J'ai besoin d'un remontant. Vivement qu'on rentre à Glenclaren!

— Tu dis ça tous les jours.

— Pour que tu ne l'oublies pas!

Elle garda les yeux fermés après qu'ils furent partis. Quel étrange contraste entre ces deux frères! Ruel, aussi versatile et brillant que du vif-argent, Ian, aussi robuste et terne que du granit brut. Cependant, malgré leurs différences, un lien solide semblait les unir.

Elle devait cesser de penser à eux. Les comtes écossais et les beaux jeunes hommes étaient loin de ce qui faisait sa vie. Il fallait dormir et récupérer.

— Elle me plaît, dit Ian en tendant un verre de whisky à Ruel. Elle a du caractère.

— Tu l'aimes bien parce qu'elle est aussi têtue que toi.

— J'avoue avoir apprécié de voir une femme te dire non. Je suis certain que c'est bon pour toi, ajouta-t-il en se servant à boire. Il semble cependant qu'elle ait davantage à craindre que le déplaisir du maharadjah, contrairement au dire d'Abdar.

— Oui.

— Mais tu l'as toujours suspecté, n'est-ce pas?

— Je t'ai dit que j'avais l'habitude des crocodiles...

Un moment passa avant que Ian ne reprenne la parole.

— Tu es resté longtemps chez Zabrie. As-tu...

Il hésita.

— Veux-tu savoir si j'ai eu une relation charnelle avec notre invitée?

— C'est cela!

— Eh bien non! répondit Ruel en buvant une gorgée de whisky. Pas encore...

— Tu crois toujours que ce Kartauk est son amant?

Ruel baissa les yeux sur son verre.

— Pourquoi aurais-je changé d'avis? Elle risque beaucoup pour lui...

— Tu crois que l'assassin du passage la visait?

— Ça semble logique. Quand il m'a vu avec elle, il s'est dit qu'il devait d'abord éliminer l'adversaire le plus coriace.

— Mais tu n'en es pas certain, n'est-ce pas?

— Tu commences à bien me connaître! Non, je n'en suis pas certain! Cette race de crocodiles peut aussi bien avoir de l'astuce que des dents, fit-il en haussant les épaules. Mais ça rend la chasse plus intéressante.

— La fille aurait pu y perdre la vie cette nuit, remarqua Ian en fronçant les sourcils. Les données ont changé. Je veux que tu renonces à la stupide idée de l'utiliser pour avoir Kartauk.

Ruel ne répondit pas.

— Ruel?

— Rien n'a changé, excepté que je suis maintenant dans une bien meilleure position pour recueillir des confidences et trouver des informations que précédemment, rétorqua-t-il en souriant sardoniquement. N'aie pas l'air si épouvanté! J'ai essayé de t'expliquer ce que je suis.

— Tu t'amuses seulement à me choquer, affirma Ian. Elle t'a sauvé la vie. Tu ne trahiras pas sa confiance.

— Elle ne me fait pas confiance. Elle ne fait probablement confiance à personne, sauf à ce Kartauk.

— Et ça t'ennuie, n'est-ce pas?

— Non, bon sang, ça ne m'ennuie pas!

Il posa violemment son verre sur la table et se leva.

— La seule chose qui m'ennuie c'est ton infernal

interrogatoire. J'en ai jusque-là de toi et de tes questions.

Il se dirigea à grandes enjambées vers la porte.

— Où vas-tu ?

— Prendre l'air ! J'étouffe ici ! cria-t-il en se retournant pour lui lancer un regard noir. Et je me moque de toi, de Glenclaren ou de cette satanée fille. Tout ce que je veux, c'est Cinnidar.

La porte claqua derrière lui.

Ian eut un léger sourire en portant son verre à sa bouche.

Tigre au pas de velours, tigre d'éclair brûlant...

C'était bien ce tigre prêt à bondir qu'il venait d'avoir sous les yeux. Même en face du géant Barak, il n'avait pas eu l'air aussi sauvage. Cependant ce n'était pas mauvais signe. Parfois, une bonne flambée de violence pouvait aussi bien purifier que détruire. Il n'y avait plus qu'à espérer que tous ses rêves insensés se consument pour qu'ils puissent rentrer à la maison.

La maison...

Bien qu'il fasse sans cesse miroiter Glenclaren aux yeux de Ruel, il évitait d'y penser quand il était seul. Cela ne faisait qu'augmenter son mal du pays.

Il préférait penser à Margaret. Elle n'était pas sienne au même titre que Glenclaren, et il l'attendait depuis si longtemps que son image était liée non plus à la fougueuse amertume des premières impatiences mais à un agréable sentiment de mélancolie rêveuse et résignée. Margaret, froide et sèche, mais au cœur aussi chaud qu'un feu de joie.

Oui, il penserait à Margaret...

— Il est mort, fit Zabrie en levant les yeux vers Pachtal. D'après les marques sur son cou, on dirait qu'il a été étranglé. Ça dérange vos plans ?

— Pas du tout ! La mort de Resard n'a aucune importance, répondit-il en fixant sans émotion les yeux figés de son sbire. Pas s'il a d'abord accompli sa tâche...

— Il y a du sang sur le couteau et des traces menant à la rue. Vous vouliez que l'Ecossais soit seulement blessé?

Pachtal hocha la tête.

— Les événements allaient trop lentement pour Son Altesse. Il souhaitait que l'Ecossais devienne intime avec la fille.

Un léger sourire étira ses lèvres tandis qu'il considérait le couteau ensanglanté.

— Je pense pouvoir lui dire que son souhait a été réalisé...

Zabrie réprima un frisson en regardant le cadavre. Elle n'était nullement surprise que Pachtal accorde si peu de prix à la mort d'un homme en regard des désirs d'Abdar. Dès leur première entrevue, elle avait compris qu'il pouvait lui apporter le pire ou le meilleur selon la manière dont elle le manipulait.

Elle se redressa, ramassa sa lanterne et se dirigea vers la porte.

— Alors Son Altesse sera satisfaite de nous deux. Ne vous ai-je pas envoyé chercher dès que la fille a franchi le seuil? Comment saviez-vous qu'il viendrait ensuite et demanderait une femme blanche?

— Nous n'étions sûrs de rien, mais nous savions qu'il la surveillait, fit-il en souriant. Et l'Ecossais ne se distingue pas par la patience. Ce n'était qu'une question de temps...

— J'ai tendu le piège et vous n'avez plus eu qu'à le cueillir.

— Tu as tendu le piège, mais l'Ecossais n'a pas réagi comme tu le pensais. Tu disais qu'il ne la croirait pas et essaierait la porte donnant sur le couloir, découvrirait que tu ne l'avais pas vraiment fermée et entraînerait la fille dans l'impasse par ce chemin. Mais personne n'est sorti par cette porte. Comment ont-ils fui?

— Comment le saurais-je ? L'Ecossais est imprévisible.

Elle éprouva un fugitif regret en se rappelant de quelle délicieuse imprévisibilité il faisait preuve dans l'intimité.

— Quelle différence puisque le but est atteint ? dit-elle en chassant cet instant d'émotion.

— Aucune ! Tu seras justement récompensée. La garce n'a pas fait mention de Kartauk ?

— Je vous ai dit que non ! Elle s'inquiétait seulement de son ami Li Sung.

Elle avait appris qu'il valait toujours mieux piquer un mensonge d'un grain de vérité et elle avait décidé qu'il ne serait pas sage de tout révéler à Abdar.

— Elle a peur qu'il ne vienne trop souvent ici et que Reilly ne se mette en colère s'il néglige ses devoirs à Narinth.

— Comment peux-tu coucher avec ce chien de Chinois ? demanda-t-il avec une moue dégoûtée.

Ce chien !... Pachtal considérait comme inférieur tout ce qui n'était pas de sa caste. Elle dut ravaler sa rage.

— Je dois gagner ma vie, et tous les hommes ne m'apportent pas autant de plaisir que vous et Son Altesse. J'espère que je vous ai satisfaits ?

— Plutôt... Son Altesse m'a dit qu'il te trouvait très agréable à regarder.

— Vraiment ?

Il sourit.

— Il a dit aussi que dès que nous aurions retrouvé Kartauk il ferait peut-être modeler un masque d'or à ton image.

— J'en suis honorée...

— Mais tu le serais davantage s'il faisait de toi l'une de ses concubines au palais, dit-il d'une voix suave. Ses femmes ont de fabuleux bijoux et des babioles en or qui feraient pétiller tes yeux de plaisir.

Elle se sentit enivrée.

— En a-t-il parlé?

— Non, mais j'ai une grande influence sur Son Altesse. Je pourrais lui rappeler les plaisirs que tes talents nous ont procurés.

— Et auriez-vous la générosité de le lui rappeler?

— Ce n'est pas exclu... Si tu me satisfais.

C'était la réponse qu'elle attendait.

— Je vous satisferai, fit-elle en souriant. Venez dans ma chambre et je vous montrerai enfin la mesure de mes talents...

Il secoua la tête.

— Non, ici!

Les yeux agrandis de stupeur, elle regarda l'impasse, puis le cadavre qui gisait à quelques mètres.

— Vous plaisantez... L'endroit est infect et votre serviteur...

— Cela m'excite, murmura-t-il. Tourne-toi et appuie-toi contre le mur.

— Nous serions tous les deux plus à l'aise dans mon lit. J'ai des draps de soie merveilleusement doux...

— Je ne veux pas de confort.

Il lui prit la lanterne des mains et alla la placer à côté de la tête du mort.

— Je veux te prendre sous ses yeux. Je veux lui montrer comme c'est bon de vivre, reprit-il tandis que ses narines frémissaient et que ses yeux brillaient sauvagement. Mais peut-être n'es-tu pas disposée à me satisfaire?

Elle ravala son dégoût puis se tourna et appuya ses mains contre le mur rugueux. Cela n'avait pas d'importance. Elle avait vécu bien des expériences plus perverses que celle-ci, et sans rien en attendre.

Sa jupe fut soulevée; l'instant d'après, elle le sentit la pénétrer profondément. Il haletait, le souffle court et lourd, tandis qu'il commençait à se servir d'elle avec une férocité animale.

Cela *avait* de l'importance. Il la prenait comme si elle n'avait pas plus de valeur qu'une chienne en rut.

L'odeur des détritus lui soulevait le cœur et elle était horriblement consciente du cadavre qui les regardait.

Mais elle n'était pas d'une race inférieure et, quand elle aurait les richesses et le pouvoir qu'Abdar lui offrirait, elle leur montrerait à tous ce qu'elle valait.

Le lendemain matin, alors qu'elle sortait de l'hôtel en compagnie de Ruel, Jane s'immobilisa, surprise. Sa jument, Bedelia, était là, attachée à côté d'un étalon brun.

— Comment l'avez-vous trouvée?

— Je n'arrivais pas à dormir, alors j'ai demandé au réceptionniste où se trouvait le bungalow de sahib Reilly et j'y suis allé. Saviez-vous que le chien qui garde votre écurie ne sert à rien?

— Je sais. J'ai essayé d'apprendre à Sam d'être un chien de garde, mais il n'est pas assez intelligent et bien trop tendre. Je le laisse à l'écurie uniquement parce que Patrick ne veut pas de lui au bungalow.

Elle parlait d'un ton absent tout en caressant le museau de Bedelia.

— Mais comment avez-vous su quel cheval était le mien?

Une expression indéfinissable éclaira fugitivement le visage de Ruel.

— Ce n'était pas difficile! Il n'y avait que deux chevaux et l'autre était plus gros, maladif, et manquait visiblement d'exercice. J'ai pensé que vous meniez sûrement la vie aussi dure à votre cheval qu'à vous-même. Je suis content d'avoir choisi le bon, fit-il en s'approchant de la jument. Nous ferions mieux d'y aller. Je vous aide à monter?

Elle hésita avant de le lui permettre. Cette marque de courtoisie ne lui était pas habituelle et cela lui procura une émotion étrange et agréable.

— Pourquoi ne pouviez-vous pas dormir? demanda-t-elle tandis qu'il montait à son tour en selle.

— La soirée a été plutôt agitée, répondit-il avec un sourire sardonique tout en éperonnant son cheval et en partant au trot. J'imagine que vous n'avez pas eu de mal à dormir…

— Aucun! Je vais beaucoup mieux ce matin. Vous n'avez pas besoin de m'accompagner.

— Nous en avons déjà parlé hier…

— Vous ne m'écoutiez pas…

— Et je ne vous écoute pas ce matin. Le site est-il loin?

— A huit kilomètres environ. Nous avons démarré la voie à Narinth et nous sommes retournés travailler en aval, à une trentaine de kilomètres de Kasanpour, pendant que les ponts se construisaient.

— Les ponts?

— Il y a deux profondes gorges sur le parcours qui devaient être pontées. La rivière Zastu coule du nord puis se sépare en deux affluents qui se rejoignent à deux kilomètres ou à peu près de Kasanpour.

— Et c'est fini?

— La voie traversant la gorge de Sikor est achevée, mais il nous reste encore douze kilomètres avant d'atteindre le pont de la gorge de Lanpur.

Le silence s'installa jusqu'à ce qu'ils sortent de la ville et longent la voie menant à la gorge de Sikor.

— Qu'est-ce qu'un bonimenteur? demanda subitement Jane.

Devant l'air ahuri de Ruel, elle ajouta:

— Vous avez dit avoir fait ce travail parce que vous n'étiez pas bon acrobate…

— Oh! un bonimenteur est un marchand ambulant qui raconte des histoires. Il faut être beau parleur pour vendre sa marchandise…

— Et vous étiez bon à ça?

— Pas au début, mais j'ai vite appris. Ventre affamé n'a pas d'oreilles…

— Pourquoi aviez-vous faim alors que votre frère est comte?

96

Son visage se ferma.

— Parce que je ne suis pas Ian.

De toute évidence, cette question l'agaçait.

— Quel autre travail avez-vous fait à Londres ?

— Chasseur de rats.

Il lui adressa un regard par en dessous.

— Dois-je décrire mes aventures dans les égouts ?

— Ce ne sera pas nécessaire, dit-elle en faisant la grimace. J'ignorais qu'il se passait de telles choses à Londres. Evidemment, je ne sais pas grand-chose sur cette ville. J'y suis juste restée quelques jours avant d'aller à Salisbury, et ça m'a paru grouillant de monde et déroutant.

— Ouais, c'est exactement ça. Il ne faut pas perdre la boussole pour y faire son chemin. Alors vous n'êtes jamais retournée à Londres ?

— Non !

— Pourquoi ?

— Il y avait le chemin de fer à construire.

— On dirait qu'il y a toujours un chemin de fer à construire...

— Oui. Toujours...

— Certains diraient que ce n'est pas un travail pour une femme.

— Ce sont des idiots, s'irrita-t-elle. Pourquoi ne serait-ce pas un travail pour une femme ? Parce que je n'ai pas de gros muscles ? Ça demande plus que de la force physique. Ça demande de l'attention, de la précision et de l'intelligence. Il faut s'assurer que chaque rail, chaque traverse est bien fixée. Je peux faire ça aussi bien qu'un homme. Mieux même !

— Du calme ! Je n'ai rien dit, moi... Et qui vous a appris à faire mieux ?

— J'ai appris seule. A Salisbury, j'ai suivi Patrick partout et j'ai observé et écouté.

— Et où viviez-vous avant d'aller à Salisbury ?

— Dans l'Utah.

Elle changea rapidement de sujet.

— La gorge est juste après ce coude. Nous devons descendre de cheval et marcher sur les traverses à partir de là, dit-elle en désignant un promontoire.

— Si vous pouvez marcher sans vous effondrer... Vous êtes encore blanche comme un linge.

— Je ne m'effondrerai pas. Je vous ai dit que j'allais mieux ce matin. La fatigue n'existe que si l'on y pense.

Elle mit pied à terre et sentit son regard tandis qu'elle attachait sa jument à un figuier.

— Non, vous ne vous effondrerez pas...

Quelque chose d'étrange dans son ton la poussa à le regarder par-dessus son épaule, mais son expression était plus moqueuse que jamais.

— Dites-moi, Reilly apprécie-t-il ce que vous lui offrez ?

— Bien sûr !

— Mais pas assez pour vous laisser garder un chien que vous aimez dans le bungalow ?

— Pour Patrick, les animaux ne valent que s'ils sont utiles. Beaucoup de gens partagent cette opinion, ajouta-t-elle sur la défensive. Je parie que vous n'avez jamais eu d'animal...

— Perdu !

Elle le regarda avec surprise.

— Vous avez eu un chien ?

— Un renard.

— Quel compagnon bizarre !...

Il haussa les épaules.

— J'étais un gars bizarre.

— Comment s'appelait-il ?

— Je ne lui ai jamais donné de nom.

— Pourquoi ?

— C'était mon ami. Je ne voulais pas le soumettre et je n'avais que lui.

— Curieux...

Elle s'engagea sur la voie enjambant la gorge.

— J'ai toute une équipe pour me protéger à un kilomètre d'ici. Inutile que vous alliez plus loin.

— Ne tentez plus de vous débarrasser de moi, rétorqua-t-il en descendant de son cheval et en l'attachant à un arbre. Abdar n'est pas la seule menace. Et si vous tombiez du pont ? remarqua-t-il en jetant un coup d'œil à l'étroit filet d'eau jaune serpentant au fond de la gorge. Bon, vous ne vous noieriez peut-être pas, mais la chute pourrait être brutale. Et puis, pourquoi partirais-je ? Maintenant que je suis ici, autant en profiter pour apprendre une nouvelle technique.

— Aucune technique n'est nécessaire pour poser un rail, répondit-elle sèchement. Il faut juste avoir le dos solide.

— J'ai le dos solide.

La vision de Ruel allongé sur le lit, nu, tout en muscles, lui revint subitement en mémoire.

— Je n'en doute pas, marmonna-t-elle.

— Alors je suppose que je suis engagé ?

— Et votre blessure ? Ce serait stupide de travailler avec une épaule blessée…

— Je ne vous le fais pas dire… C'est l'hôpital qui se moque de la Charité ! Mon épaule est presque guérie. Je garde le bandage uniquement parce que Ian insiste.

Elle croisa son regard.

— Pourquoi faites-vous ça ?

— Vous ne croyez pas que je veux seulement veiller sur vous ?

— Vous n'êtes pas comme votre frère, dit-elle, les sourcils froncés, essayant de le percer à jour.

— Je suis pourri jusqu'à la moelle. Je devrais pousser Ian à avoir une conversation avec vous. Il croit que j'ai une âme noble.

— Je ne connais rien à l'âme, mais je sais que vous n'êtes pas ce que vous paraissez.

— Très perspicace ! Mais alors, peu d'entre nous sont ce qu'ils paraissent. En fait, je suis plus honnête

que la plupart quand ça ne me blesse pas trop griè-
vement, ajouta-t-il doucement. Et je paye toujours
mes dettes, Jane.

— Mais ce n'est pas la seule raison de votre présence, n'est-ce pas ?

Pendant un instant, il perdit son expression moqueuse.

— Non, ce n'est pas la seule raison, mais je n'ai
aucune intention de vous livrer les autres. Vous
devrez me prendre tel quel.

— Je n'ai pas à vous prendre du tout.

— Mais vous le ferez, n'est-ce pas ? demanda-t-il
en accrochant son regard.

Elle devrait le rejeter. Il n'appartenait pas à son
monde et elle n'avait nul besoin de sa présence.
Cependant, elle répugnait à le bannir. Mystérieuse-
ment, il avait illuminé ces dernières heures de couleurs qu'elle n'avait jamais connues auparavant.
Peut-être n'y aurait-il aucun mal à le laisser s'attar-
der un peu plus longtemps.

— Travailler par cette chaleur n'est pas un plaisir.
Une journée devrait suffire à vous faire abandonner.

— Oh non ! rétorqua-t-il en souriant. Je n'abandonne jamais un boulot tant que rien de plus intéressant ne se présente.

4

Il n'abandonna pas.

La seule raison qui attirait si fréquemment son
regard vers lui, se persuadait Jane, était l'inquiétude
pour son épaule blessée. Mais sa blessure ne semblait pas le gêner, car à chaque coup de marteau les
muscles de son dos et de son ventre roulaient aussi
souplement que le mécanisme d'une locomotive. Il

abattait sa tâche avec une puissance au rythme infaillible. Et à la fin de la journée, il maniait encore le lourd marteau avec la même force et la même détermination que dix heures plus tôt.

— Vous pouvez arrêter maintenant, dit-elle en venant vers lui. N'avez-vous pas entendu Robinson annoncer l'arrêt du travail ? Les autres sont partis depuis cinq minutes déjà.

— Je l'ai entendu.

Il abattit son marteau et la pointe plongea plus profondément.

— Mais je ne suis pas comme les autres. Je devais faire mes preuves, non ? remarqua-t-il en jetant le marteau sur le côté. Je reviens demain ?

Elle le regarda, déroutée.

— Je n'en comprends pas les raisons...

— J'aime ce genre de travail de temps en temps. Vous n'avez plus à penser, juste à sentir.

Il s'était débarrassé de sa chemise en début de journée. Maintenant, son torse à la peau dorée luisait d'une patine de sueur et de poussière mêlées, et sa poitrine battait au rythme de sa respiration haletante. Jane se rendit compte avec étonnement qu'elle avait soudain envie de tendre la main pour le toucher et vérifier si ses muscles étaient aussi durs qu'ils le paraissaient. Elle serra les poings et recula.

— Invitez-moi à dîner, dit-il en ramassant sa chemise et en l'enfilant.

— Pourquoi ?

— Je veux rencontrer votre Patrick Reilly, dit-il en se dirigeant vers la gorge. Je veux vous voir ensemble.

— Vous ne vous entendriez pas. Vous êtes trop différents...

— Invitez-moi !

Elle hésita, puis déclara d'un ton formaliste :

— Auriez-vous l'amabilité de vous joindre à nous pour dîner ?

— Avec plaisir!... Je passe d'abord me changer à l'hôtel et je serai chez vous à huit heures.

Il lui lança un regard perspicace.

— Et ne vous inquiétez pas pour votre ami Reilly. Je ne suis pas une menace pour lui.

Elle se rappela brusquement les yeux exorbités de l'homme gisant mort dans l'impasse. Ruel MacClaren n'était peut-être pas une menace pour elle ou pour Patrick, mais il pouvait le devenir si on le provoquait.

— Il le méritait...

Il la fixait et elle eut la troublante certitude qu'il avait lu dans ses pensées.

— Je rends toujours ce qu'on me donne, Jane.

— Alors je n'ai pas à m'inquiéter, dit-elle en s'efforçant de sourire. Une fois que vous serez convaincu que je me porte parfaitement, vous retournerez à vos affaires. Au fait, en quoi consistent-elles ?

— Pour l'instant, je m'occupe d'investissement.

Il rit devant son expression incrédule.

— Ai-je l'air trop rude pour être dans le commerce ? C'est vrai que je ne suis pas très à l'aise dans le monde des affaires, mais j'ai appris depuis longtemps qu'on pardonne tout à un roi.

— Un roi ?

— Avec de l'argent, un homme peut se faire roi.

— C'est ce que vous voulez être ?

Ses yeux pétillèrent.

— Eh bien, ça ne me déplairait pas d'être couronné. N'est-ce pas ce que tout le monde désire ? C'est beaucoup mieux que d'être exploité.

Elle secoua la tête.

— Je ne crois pas que j'aimerais une telle vie. Ce serait... bizarre.

— Vous préférez être esclave de votre chemin de fer ?

— Ce n'est pas toujours ainsi. Ça a été dur ici, mais le travail est parfois plus facile.

— Et gratifiant ?

— Oh oui ! répondit-elle sans hésitation.

— Dans quel sens ?

— Je ne peux pas l'expliquer.

Elle réfléchit un moment.

— Un train c'est... la liberté. Vous y montez et il vous emmène loin, vous permettant de laisser derrière vous toutes les mauvaises choses.

— Et si la voie mène à un endroit pire que celui que vous avez laissé ?

— Alors vous descendez avant de l'atteindre. Vous avez le choix.

— Et vous fuyez.

Il la regarda attentivement.

— Qu'essayez-vous de fuir, Jane ?

— Je me suis déjà enfuie et je ne reviendrai jamais en arrière, répondit-elle rapidement.

— Et votre Patrick vous a aidé à vous échapper ?

Elle sourit.

— Oui, Patrick m'a aidée.

— Un autre whisky, monsieur MacClaren ? proposa Patrick.

— Ça ira, merci.

Patrick vida la fin de la bouteille.

— Je sais qu'ils coupent largement le whisky. Ce serviteur au club me roule. On ne peut pas se fier à ces Indiens, MacClaren.

— Vous dites ça par expérience ? s'enquit poliment Ruel.

— Sula ! appela Patrick. Mais où est-elle donc ? Jane, cours à la cuisine lui dire que nous voulons une autre bouteille.

— J'ai pris la dernière dans le placard de la cuisine hier soir, l'informa-t-elle.

Patrick fit la grimace.

— Elle est sûrement en train de vendre mon alcool au bazar. Ce n'était jamais comme ça quand

Li Sung se chargeait de mon whisky. Je veux que tu le fasses revenir, Jane.

Jane baissa vivement les yeux sur son assiette.

— Je t'ai dit que j'avais besoin de lui à Narinth.

— C'est le Li Sung dont vous m'avez parlé? demanda Ruel.

Elle leva les yeux pour tomber sur son regard inquisiteur. Une bouffée de rage l'envahit. N'était-ce pas assez que Patrick ait été toute la soirée l'objet de son insatiable curiosité?

— Oui, Li Sung travaille pour nous.

— Un bon gars pour un Chinetoque. Pas comme ces escrocs d'Indiens.

Il se leva et désigna la porte donnant sur la véranda.

— Je reviens tout de suite, MacClaren. Je crois que j'ai laissé une bouteille pleine sur la table dehors.

— Quel agréable compagnon! déclara Ruel dès que Patrick ne fut plus en vue.

Jane se tourna vivement vers lui.

— Pourquoi ne partez-vous pas?

Ruel haussa les sourcils.

— Vous ai-je offensée de quelque manière?

— Vous êtes resté là à l'observer toute la soirée et vous…, s'interrompit-elle pour reprendre son calme. Vous nous observez tous les deux. Je n'aime pas ça.

— J'aime vous regarder… Je croyais bien vous connaître, mais je découvre toujours quelque chose de nouveau.

— Vous ne me connaissez pas du tout et vous n'avez pas à juger Patrick alors que vous ne savez rien de lui non plus.

— Moi qui croyais être charmant et intéressant, remarqua-t-il les yeux brillants sous la lueur de la lampe. Je suis sûr que Reilly est de cet avis. A supposer qu'il puisse avoir un avis dans son brouillard alcoolisé. Est-il toujours saoul quand vous rentrez du travail?

— C'est la chaleur.

— Vraiment ? fit-il en se levant et en posant sa serviette sur la table. Puisque je semble avoir abusé de votre accueil, je vais me retirer, ajouta-t-il en faisant une petite révérence. Merci pour le dîner. Je présume que la présence de cette Sula vous évite d'être fille de cuisine le soir autant qu'ouvrier de chantier le jour ?

Elle serra les poings sous la table.

— Bonne nuit !

Brusquement, son visage perdit toute trace d'ironie.

— Pour l'amour de Dieu, allez au lit, dit-il d'un ton rude. Vous êtes morte de fatigue et vous ne lui manquerez pas. A demain sur le site.

— Vous revenez ?

— Oh oui ! J'ai trouvé cette expérience très enrichissante, dit-il en se dirigeant vers la porte. C'est toujours intéressant d'apprendre. Voilà pourquoi j'ai tant apprécié ce dîner...

— Et qu'avez-vous appris ce soir ?

Il lui glissa un regard par-dessus son épaule.

— Que vous êtes incroyablement fidèle et prête à vous tuer à la tâche pour cet ivrogne.

— Ce n'est pas un ivrogne. Je vous ai dit...

— C'est la chaleur, termina-t-il à sa place. J'ai rencontré pas mal de gars dans le coin qui mettent leur inconfort sur le compte du temps. La chaleur leur donne soif, la mousson les rend dépressifs, et les tempêtes de sable leur flanquent la migraine. Mais Patrick Reilly ne m'intéresse pas vraiment maintenant que j'ai découvert ce que je veux savoir sur lui.

— Et qui est ? demanda-t-elle d'un ton cinglant.

Il croisa son regard.

— Quel que soit votre lien, les rumeurs sont fausses. Il ne partage pas votre lit.

— Alors ? demanda Ian quand Ruel entra dans sa chambre d'hôtel une heure plus tard. Ta journée a été bonne ?

— Assez...

Ruel enleva son manteau et sa chemise et se dirigea vers le lavabo.

— J'ai rencontré Patrick Reilly...

— Et ?

— Il n'a pas de rapport avec Kartauk. Je dirais qu'il n'a d'autre rapport qu'avec sa bouteille.

— Pauvre fille...

— Ta compassion lui déplairait.

Il remplit la cuvette d'eau et commença à s'asperger le visage.

— Et quiconque est capable de se battre contre Abdar ne mérite pas ce genre de sentiment.

— Je n'en reste pas moins désolé pour elle. Elle me rappelle un peu Margaret.

— Notre pure et digne Maggie n'apprécierait pas la comparaison avec une femme qui fréquente des bordels et se pavane en habits d'homme, remarqua-t-il en attrapant une serviette et en s'essuyant. Crois-moi, elles n'ont rien en commun.

— Tu ne connais pas vraiment Margaret. Et je ne crois pas que tu connaisses cette enfant, ajouta-t-il en souriant.

— Je la connaîtrai bientôt, fit-il en lui jetant un regard par-dessus son épaule. Ainsi que Kartauk, ajouta-t-il en défaisant sa ceinture. Ce Li Sung dont elle a parlé est paraît-il à Narinth. Si tu allais y faire un tour demain pour t'en assurer ?

— Tu crois qu'il a quelque chose à voir avec Kartauk ?

— Peut-être... Je sais qu'elle a menti sur l'endroit où il se trouve.

Il jeta sa ceinture sur une chaise et se mit à déboutonner son pantalon.

— Elle ne ment pas bien...

— Ce qui signifie qu'elle est honnête.

— Et si tu sortais d'ici pour que je puisse dormir ?

— Tu travailles encore au chemin de fer demain ?

— Tant que ce sera nécessaire, répondit-il en enlevant son pantalon. Bonne nuit, Ian.

— J'ai comme l'impression d'être congédié, dit Ian en se levant nonchalamment et en se dirigeant vers la porte. Si tu as besoin d'autre chose, fais-lemoi savoir.

— Tu m'aiderais à abuser cette « pauvre enfant » ? remarqua Ruel sardoniquement.

— Tu ne l'abuseras pas. Tu es un homme bien et tu t'es déjà adouci vis-à-vis d'elle, rétorqua Ian tranquillement. Mais plus tôt nous en aurons terminé avec cette affaire, plus tôt nous pourrons rentrer à la maison.

— Je ne suis pas adou...

Il s'arrêta au milieu de sa phrase : Ian venait de refermer la porte derrière lui.

Cinq minutes plus tard, Ruel soufflait la lampe à pétrole et se couchait, ses yeux scrutant la nuit.

Il ne s'adoucissait pas envers Jane Barnaby, bon sang ! Qu'il ait une dette à payer compliquait les choses, mais il avait encore la ferme intention de l'utiliser pour trouver Kartauk. Quand il aurait atteint son but, il prendrait la décision de le livrer à Abdar ou de tuer lui-même ce salaud et...

Tuer Kartauk ? Cette violente pensée avait surgi de nulle part. Il ne le connaissait même pas et n'avait assurément aucune raison de le tuer.

Mais il savait que Jane Barnaby lui portait assez d'affection pour risquer sa vie. Et il pouvait en déduire qu'elle l'avait probablement pris pour amant. La fureur que cette idée déclencha le choqua.

Le désir. Pas un banal désir, mais un désir obsessionnel, possessif.

Se libérer de l'émotion et réfléchir froidement et clairement. Ce qu'il ressentait pour Jane ne devait pas remettre en cause sa poursuite de Cinnidar. Les deux buts devaient rester bien distincts et chacun devait être atteint. Jane ne lui avait pas été insensible chez Zabrie... Il n'était pas sans talent et s'il pouvait lui offrir plus de plaisir que Kartauk, peut-être...

Jane au lit avec Kartauk, criant de plaisir...

La rage le submergea. Il serra les poings. Dieu, que lui arrivait-il ? Il n'avait jamais été jaloux d'aucune femme. La passion avait toujours été un jeu plaisant et fugitif. Et voilà qu'il se mettait en fureur à la seule idée qu'un étranger sans visage pénètre le corps d'une femme qu'il n'avait même jamais possédée.

Après tout, il tuerait peut-être ce salaud.

— Le colonel Pickering a dit à Ian que le wagon privé du maharadjah devait être une petite merveille, déclara Ruel d'un air innocent en aidant Jane à se hisser sur Bedelia. Accepteriez-vous de me le montrer ?

Elle le regarda avec surprise. Elle était rompue de fatigue et elle n'avait pas enfoncé comme lui des pointes toute la journée. Pourtant, il paraissait aussi frais et pimpant que lorsqu'il avait commencé à travailler.

— Maintenant ? Vous n'êtes pas fatigué ?

— J'ai connu pire...

Ses yeux brillaient tandis qu'il montait en selle.

— Comme quelqu'un me l'a dit récemment, la fatigue n'existe que si l'on y pense. Me montrerez-vous le wagon ? La nouvelle gare est sur le chemin de votre bungalow, n'est-ce pas ?

— Oui, il y a deux wagons à la gare. Celui du maharadjah et celui destiné à ses invités.

— Mais c'est celui du maharadjah qui a une porte en or ?

Elle tourna vivement les yeux vers lui.

— Vous avez entendu parler de la porte ?

— Il faudrait être sourd pour ne pas être au courant : tout le monde en parle à Kasanpour. Ce n'est pas tous les jours qu'on passe une porte en or.

— En effet...

Elle hésita.

— Ne préféreriez-vous pas attendre ? La locomotive devrait nous être livrée demain. Vous verriez les deux...

— La locomotive ne m'intéresse pas, remarqua-t-il en haussant un sourcil. A moins qu'elle n'ait une chaudière en or ?

Elle rit.

— Non, bien que nous nous soyons assurés qu'elle brille de mille ornements. Le maharadjah a invité presque tout Kasanpour à la voir.

— Je vais donc revoir le problème... Pourriez-vous me présenter au maharadjah ?

Elle secoua la tête.

— Je ne peux pas risquer de l'importuner. Toute son attention sera concentrée sur sa nouvelle locomotive.

— Dommage ! Alors je préfère voir la porte maintenant, en toute tranquillité. J'ai une grande passion pour l'or sous toutes ses formes.

— Je connais quelqu'un d'autre dans ce cas.

Son sourire s'évanouit.

— En fait, je connais deux personnes qui..., s'interrompit-elle en éperonnant son cheval. Si vous voulez la voir, dépêchons-nous et finissons-en.

Le soleil s'était presque couché quand ils parvinrent en vue de la gare, mais ses derniers rayons embrasaient les ornements de cuivre des deux wagons pourpres.

— Le maharadjah n'est apparemment pas la discrétion même, dit Ruel en descendant de cheval. J'imagine que tout ce cuivre doit être aveuglant en pleine lumière...

— Oui.

Elle mit pied à terre et le suivit sur la plate-forme menant aux wagons.

— Comme je le disais, il aime ce qui brille.

— Et où est cette fameuse porte en or ?

Elle désigna le second wagon.

Il dépassa rapidement le premier et gravit les quatre marches métalliques.

— Le soleil a presque disparu. Je la vois à peine...

Il prit la lanterne accrochée à côté de la porte, l'alluma et la leva. Il regarda un moment en silence.

— Magnifique !...

— C'est supposé représenter le jardin d'Eden. La porte est en bronze allié d'or, ajouta-t-elle en fronçant les sourcils. Mais elle nous a coûté beaucoup trop d'argent...

Cette satanée porte lui avait valu autant de problèmes que de frais, et elle n'avait pas encore eu le loisir de lui accorder l'attention qu'elle méritait. Maintenant, elle se surprenait à la voir à travers le regard de Ruel.

Deux arbres en fleurs l'encadraient, leurs branches entremêlées se répandant en une luxuriante profusion sur toute la surface dorée. A travers l'écran de fleurs se distinguaient les formes d'un tigre et d'une gazelle s'ébattant ensemble devant une femme vêtue d'un sari. La femme se contemplait dans un miroir, indifférente à la présence des deux animaux.

— Le travail de l'orfèvre est superbe. Qui est-ce ?

— Un artisan local. En avez-vous assez vu ? le pressa-t-elle.

— Non !

Son regard s'arrêta soudain sur le tronc de l'arbre de gauche.

— Qu'est-ce que c'est ? dit-il en riant. Un serpent ?

Elle avait espéré qu'il ne le remarquerait pas.

— N'y a-t-il pas toujours un serpent au paradis ?

— C'est ce que j'ai entendu dire, fit-il en souriant

bizarrement. Mais jamais aussi astucieusement représenté que celui-ci...

Elle tenta de détourner son attention.

— Le tigre est assez bien réussi...

— Très beau! remarqua-t-il, le regard toujours rivé au serpent. Une exquise abomination...

— Pardon?

— Rien!

A son soulagement, il cessa son inspection et se tourna vers elle.

— Puis-je regarder l'intérieur?

— Bien sûr!

Elle sortit rapidement un jeu de clés de sa poche, puis hésita en se rappelant ce qui se trouvait derrière cette porte.

— Le mobilier n'a rien de particulier, vous savez...

Il la considéra attentivement.

— Qu'y a-t-il là-dedans que vous ne voulez pas que je voie?

— Je suis fatiguée et j'ai faim. Vous vouliez voir la porte. C'est fait. Nous perdons notre temps maintenant.

— Ça ne prendra pas longtemps.

— Oh, et puis regardez si vous y tenez tant, dit-elle en déverrouillant la lourde porte. Je m'en moque!

— Merci, dit-il en entrant. Vous venez?

— J'ai déjà vu.

Comme il continuait de la regarder sans bouger, elle le rejoignit à contrecœur.

— Dépêchez-vous!

— Oh oui, je sais, vous avez faim!

Il leva la lanterne et promena son regard alentour. La lumière jouait sur les divans aux coussins de velours pourpre, les tables en teck, les rideaux à pompons drapant les fenêtres aux rebords incrustés de nacre. Il leva plus haut la lanterne, et ses yeux tombèrent sur les huit tableaux ornant les murs. Il poussa un long sifflement admiratif.

— C'est le choix du maharadjah, s'empressa de déclarer Jane. Il les a fait apporter du palais.

— Des quartiers des concubines, sans doute. Kama Sutra...

— Kama Sutra?

Il s'avança pour examiner les tableaux de plus près.

— Ils sont vraiment bien faits. Zabrie m'a montré quelques illustrations dans un livre, mais elles étaient plus incitatives qu'esthétiques. Vous voyez l'expression de tendresse sur le visage de cet homme? demanda-t-il en levant la lanterne à la hauteur du tableau. Et la texture des seins de la femme paraît aussi douce et généreuse que celle d'une pêche. Cette position est très agréable si l'angle est bien pris...

Elle se surprit à ne pas regarder le tableau mais le jeu de la lumière sur les lignes parfaites de ses pommettes. Bien qu'ils se tiennent à distance, elle pouvait sentir la chaleur de son corps et respirait l'odeur de sel, de savon et de sueur mêlés qui l'entourait. Elle eut soudain l'impression de manquer d'air. L'atmosphère intime du wagon semblait la priver de ses forces.

— Pouvons-nous partir maintenant?

Il la regarda bizarrement.

— Vous avez rougi? Je n'aurais pas cru qu'une femme allant chez Zabrie puisse trouver quoi que ce soit de choquant dans ces tableaux.

— Je n'ai pas rougi! rétorqua-t-elle d'un ton brusque. Je ne les trouve pas choquants, simplement illusoires. Les hommes ne... Il n'y a pas de tendresse. Ce n'est pas comme dans ces tableaux.

— Ah non? Et c'est comment?

— Dur et rapide, dit-elle abruptement.

— Je ne peux pas nier que ce soit dur, gloussa-t-il. Vous devriez...

— Je ne tiens pas à en parler.

— Pourquoi pas? Je trouve cette discussion fascinante. Dites-m'en plus.

— Vous vous moquez de moi !

— Peut-être... Votre expérience doit être assez limitée.

— Vous vous trompez, se défendit-elle farouchement. J'ai passé les douze premières années de ma vie dans un bordel. Je sais tout sur...

Elle s'interrompit brusquement, fit volte-face et marcha à grands pas vers la porte.

— J'en ai assez de ces absurdités.

— Un bordel ?

L'étrange gravité de sa voix la poussa à le regarder par-dessus son épaule. Tout humour s'était évanoui de son visage et il paraissait tendu comme un chat prêt à bondir.

— C'est là que Reilly vous a trouvée ?

— Oui.

— On dirait que je me suis trompé sur son compte. Je n'aurais pas imaginé qu'il était porté sur les enfants. Je commence à trouver cet ivrogne insupportable.

— Ce n'était pas... Je dois rentrer au bungalow.

— C'est vrai, vous ne devez pas être en retard.

Son ton doucereux cachait une férocité mordante ; ses yeux étincelaient de rage contenue sous ses paupières mi-closes.

— Je suis sûr que votre Patrick sombre dans le désespoir si vous le faites attendre ne serait-ce qu'un instant.

— Arrêtez ! s'emporta-t-elle, les poings serrés. Patrick n'est peut-être pas toujours sobre, mais il ne se moque ni ne fait de mal à personne. Il n'est pas cruel comme vous.

Elle se détourna et ouvrit grande la porte.

— Jane !

Il marmonna un juron, la rejoignit rapidement et lui saisit le bras. Elle tenta de se dégager.

— Lâchez-moi !

Il la libéra immédiatement.

— D'accord, je ne vous touche pas! Je peux dire quelque chose maintenant?

Elle le fusilla du regard.

— J'admets avoir voulu vous blesser. J'ai instinctivement répondu à l'attaque.

— Je ne vous ai pas attaqué. Je ne sais même pas de quoi vous parlez.

— J'essaie de m'excuser... Et je m'y prends apparemment très mal. Je suppose que c'est normal; l'humilité n'est pas mon fort. Nous faisons tous de notre mieux pour survivre; je n'avais pas le droit de vous juger. Me pardonnerez-vous?

Elle sentit sa colère se dissiper.

— Vous êtes un homme étrange...

— Sans aucun doute! fit-il en s'écartant pour la laisser le précéder. Allez! Je sens ma sauvagerie un peu trop éveillée pour l'instant et il vaut mieux que vous ne restiez pas à mes côtés. On se verra demain matin.

— Est-ce utile de vous suggérer une fois de plus d'abandonner?

— Inutile! rétorqua-t-il en la dépassant sans la regarder. C'est trop tard! Nous devons continuer et en finir.

— En finir avec quoi?

— Je l'ai su. Mais je ne suis plus sûr de rien maintenant.

Un instant plus tard, il montait en selle et s'éloignait en direction de la ville.

— Li Sung n'est pas à Narinth, déclara Ian. Il n'y a pas été depuis la visite qu'il y a donnée avec Jane Barnaby voilà environ deux mois.

— Alors pourquoi a-t-elle menti? murmura Ruel. Et où est Li Sung?

— Et pourquoi as-tu bu trois whiskies d'affilée depuis que tu as franchi cette porte? ajouta Ian avec douceur.

— J'avais soif. Et c'est un très bon whisky écossais. Tu devrais m'approuver. Tout ce qui touche de près ou de loin à Glenclaren ne vaut-il pas le coup ? dit-il en se laissant tomber sur une chaise. Merveilleux, splendide Glenclaren. Dis-moi, as-tu eu des nouvelles de Maggie dernièrement ?

— Tu sais bien que non !

Ruel porta son verre à ses lèvres.

— Elle est sans doute encore en train de chouchouter son père, en digne fille attentionnée. Autant que je m'en souvienne, MacDonald fait de sa vie un enfer. J'ai toujours pensé qu'il simulait la maladie juste pour l'avoir à sa disposition.

— Moi aussi. L'idée de marier Margaret ne lui sourit guère.

— N'as-tu jamais été tenté de faire son sort à ce salaud ?

— Souvent...

— Et ?

— C'est un péché mortel. Nous pouvons attendre.

— Tu veux que je m'en charge ?

Les yeux de Ian s'écarquillèrent.

— Je m'en charge ? répéta Ruel.

— Tu plaisantes !...

— Vraiment ?

Ruel se demandait s'il avait fait cette offre seulement pour choquer Ian ou en toute sincérité. Il était d'humeur violente, et l'asservissement qu'imposait MacDonald à sa fille lui paraissait bien pire qu'un meurtre.

— Qu'est-ce qui te fait penser ça ?

— Je te connais...

— Plus maintenant !

— C'est uniquement l'alcool qui parle. Laissons tomber ces absurdités.

— Comme tu veux, répondit Ruel en se servant un autre verre. Si tu changes d'avis, dis-le-moi.

— Pourquoi es-tu ainsi ce soir ?

— Comment suis-je ?

— Déchaîné...

— C'est la nature de l'animal.

Ian secoua la tête.

— Tu es à cran. Pourquoi ?

— Je ne suis pas à...

Pourquoi nier, alors que Ian ne le croirait pas ? Il avait espéré que l'alcool calmerait la jalousie, la colère et la compassion que les paroles de Jane avaient éveillées et qui ne l'avaient pas quitté. Il avait envie d'étrangler... qui, bon Dieu ? Patrick, Kartauk, ces hommes qui avaient fait de son enfance un cauchemar ? Et puis au diable tout ça ! Il se resservit à boire.

— J'ai vu la porte d'or ce soir.

— Et ?

— C'est une splendide représentation du jardin d'Eden... avec le visage d'Abdar à la place de la tête du serpent.

— Quoi ? Tu es sûr ?

— C'est très subtilement fait, mais personne ne peut s'y méprendre.

— Une exquise abomination, gloussa Ian. Je crois que je commence à aimer ce Kartauk. Il a le sens de l'humour.

Ruel avait eu la même réaction, et il l'avait combattue depuis l'instant où il avait vu ce diabolique serpent.

— Le maharadjah ne doit pas porter son fils dans son cœur pour permettre une telle pointe d'humour.

— C'était l'opinion du colonel Pickering, tu te souviens ?

— La locomotive est livrée demain, et Jane a dit que le maharadjah serait présent. Si tu y allais, accompagné du colonel, pour essayer d'être introduit ?

— Excellente idée ! Tu renonces à chercher Kartauk ?

— Je n'ai pas dit ça, mais il est toujours sage de ne rien négliger.

Il se dirigea vers la porte en emportant son verre.

— Bien que je doute sincèrement que le maharadjah et toi ayez rien en commun, vu ses goûts artistiques...

— Ce doit être un grand jour pour vous...

Jane se retourna. Ian MacClaren se tenait à quelques mètres d'elle, un chaud et réconfortant sourire aux lèvres.

— Bonjour, sir MacClaren.

— Ian.

Il s'approcha, sa haute silhouette surplombant le groupe assemblé dans la petite gare.

— Que faites-vous cachée ici ? Je vous imaginais sur le quai, profitant des compliments du maharadjah.

— J'ai fait ma part en supervisant le transfert de la locomotive depuis le bateau.

Elle regarda en direction du quai où Patrick vantait les qualités de son nouveau jouet au maharadjah.

— Patrick est meilleur que moi dans ce rôle-là. Ruel est-il avec vous ?

— Non, il travaille sur le site. Je suis venu avec le colonel Pickering.

Il désigna un gros homme aux cheveux argentés et à l'impressionnante collection de décorations épinglées à l'uniforme.

— L'avez-vous déjà rencontré ?

— Non, mais Patrick m'a parlé de lui. Il nous a beaucoup aidés en usant de son influence auprès du maharadjah.

— C'est ce que Ruel en attend mais je doute que nous ayons la moindre chance, fit-il en souriant. Ça n'a pas dû être facile d'amener cette locomotive enguirlandée jusqu'ici. Vous méritez une récompense. Laissez-moi vous offrir un jus de fruits au buffet.

— Non ! jeta-t-elle en reculant involontairement. Je n'ai pas soif.

— Par cette chaleur ? Vous devez avoir soif, fit-il

en la prenant doucement par le poignet. Venez et nous...

— Non! cria-t-elle en libérant presque brutalement son bras. J'ai dit que je n'avais pas soif.

Il la considérait avec une telle stupeur qu'elle déclara finalement :

— Ne voyez-vous pas que je ne suis pas à ma place ici ? Ils me regardent tous comme si j'étais une créature bizarre, ajouta-t-elle en levant le menton. Non que ça me touche...

Il regarda la large chemise et le pantalon qu'elle portait.

— Vous êtes tout à fait correcte. Je serais honoré de vous escorter.

— La correction ne suffit pas. Ils voient bien que je suis différente, dit-elle en tournant les talons. J'ai perdu assez de temps ici. J'ai du travail. Bonne journée, sir MacClaren.

— Ian, insista-t-il. Je ne crois pas que les formalités soient de mise alors que je vous ai donné ma chemise.

— Ô mon Dieu ! j'ai complètement oublié de vous la rapporter, dit-elle, confuse. Je suis désolée, sir..., s'interrompit-elle en croisant son regard. Ian... Je la donnerai demain à Ruel qui vous la remettra.

— Il n'y a pas d'urgence.

Il la raccompagna, lui frayant difficilement un chemin à travers la foule massée sur le quai.

— Vous n'allez pas au site aujourd'hui ?

Elle secoua la tête.

— Il est trop tard. La nuit serait tombée à mon arrivée. Je vais aller vérifier à l'entrepôt que le lot de rails que j'avais commandé est bien arrivé avec la locomotive.

— Alors permettez-moi de vous escorter, dit-il en faisant la grimace. Je ne parviendrai pas à être présenté au maharadjah au milieu de cette cohue, et si

118

je ne suis pas aussi féroce que mon frère, ma taille décourage parfois les agresseurs.

— Je n'ai pas besoin de protection… Et je ne suis pas certaine que l'intention de Ruel soit de me protéger. Il me fait parfois penser à un énorme chat prêt à bondir.

— Tigre au pas de velours, tigre d'éclair brûlant, murmura-t-il.

— Je vous demande pardon?

— C'est un vers tiré d'un vieux poème écossais. Ça ressemble assez à Ruel, vous ne trouvez pas?

— Oui, fit-elle en souriant. Un poème écossais? Je ne pensais pas qu'il y avait des tigres en Ecosse…

— Nous avons l'espèce sur deux pattes. Mon illustre ancêtre, Alexander MacClaren, était de cet acabit. Le lascar aurait pu donner des leçons à Ruel, ajouta-t-il en la regardant plus sérieusement. Et je crois que vous vous trompez. Je suis sûr que Ruel souhaite vous protéger. Même s'il ne le sait pas lui-même…

— Je n'ai jamais rencontré quelqu'un qui semble mieux savoir ce qu'il fait que votre frère, dit-elle sèchement.

— Il a eu une vie difficile. Cela l'aveugle parfois…

— Mais vous, vous voyez clairement qui il est?

— Oh oui, depuis toujours!

— Et qui est-il?

— Un géant…

— Quoi?

— Il est l'un des héros de ce monde. J'ai toujours pensé que chaque génération avait son lot de héros. Des hommes capables d'actes de grande bonté. Des hommes possédant la force et la volonté de prendre la vie à bras-le-corps et de la conquérir. Ruel est l'un d'entre eux. Mais il refuse d'accepter son destin.

— Et êtes-vous aussi un héros? demanda-t-elle, amusée.

— Oh non, je suis très ennuyeux! Je ne fais que

mon devoir et tente d'avoir la vie la meilleure possible.

— Je ne considère pas ça ennuyeux, dit-elle doucement.

— Vous êtes très gentille, fit-il en grimaçant. Mais je suis un gars insignifiant. C'est étonnant que Margaret m'ait seulement remarqué.

— Margaret?

— Margaret MacClaren. Nous sommes fiancés.

— Alors elle a beaucoup de chance.

— C'est moi qui en ai, ajouta-t-il avec un large sourire qui embellit son visage. Vous vous en rendriez compte si vous la rencontriez. C'est une fille remarquable! J'ai dit à Ruel que vous me la rappeliez un peu.

— Moi?

Elle le regarda avec étonnement avant de secouer la tête.

— Non, je ne pourrais pas être comme elle.

— Pourquoi pas?

— Parce que je ne suis pas..., commença-t-elle en désignant la gare d'un geste large. Parce que vous êtes un lord et qu'elle leur ressemble probablement.

— En quel sens?

— Je ne sais pas... Elle a grandi dans de belles robes, avec des colliers au cou... des mains douces... Elle ne m'aimerait pas. Je suis différente.

Il éclata de rire.

— Ça ne ressemble pas à Margaret. Et Dieu nous a tous faits différents. Vous ne devez pas avoir honte de ce que vous êtes.

— Je n'ai pas honte! Je suis fière de ce que je suis. Aucune de ces femmes ne pourrait rivaliser avec moi et bien peu d'hommes aussi. Il est juste sage de ne pas m'imposer là où je ne suis pas désirée.

— Parce que vous vous heurteriez à l'intolérance et à la cruauté? demanda-t-il doucement.

Elle hocha vigoureusement la tête.

— Et votre Margaret aurait la même attitude.

— Vous vous trompez ! Demandez à Ruel. Il a toujours été considéré comme un marginal, et elle ne l'a jamais traité qu'avec impartialité.

— Pourquoi Ruel était-il...

Non, elle ne voulait rien savoir de plus sur lui. Elle avait passé une mauvaise nuit après l'avoir quitté la veille au soir, et il occupait beaucoup trop ses pensées. Elle s'efforça de sourire.

— Alors je dois me tromper sur le compte de votre Margaret.

Ils avaient atteint l'entrepôt et elle sortit sa clé.

— Merci de m'avoir accompagnée. Je ne vous retiendrai pas plus longtemps. Je sais que vous voulez retourner auprès des autres invités.

— Ce fut un plaisir.

La sincérité de son ton lui réchauffa le cœur. Il n'était pas comme Ruel dont chaque mot renfermait un sens caché.

— Vous avez des goûts inhabituels, remarqua-t-elle en déverrouillant la porte. Je suis sûre que vous...

— Fermez-vous toujours à clé votre entrepôt ?

— Oui.

— Pourquoi ? demanda-t-il avec curiosité. Qui oserait voler quoi que ce soit au maharadjah ?

Elle détourna rapidement le regard.

— Je suppose que j'ai pris l'habitude de surveiller nos marchandises en Angleterre...

— Je comprends, dit-il avec une brève révérence. Eh bien, je suis sûr que vous vous en sortez très bien. Margaret aussi est une bonne gardienne.

Elle lui adressa un timide sourire avant de se glisser à l'intérieur de l'entrepôt.

— Tu as raison, elle ment mal, déclara Ian.

Ruel se retourna vivement.

— Quelque chose s'est passé à la gare ?

— Pas exactement...

— Ian...

— Elle se sent très seule, tu sais.

— Nous sommes tous seuls.

— Elle pense qu'elle est différente des autres femmes.

— Elle l'est!

— Non... Je crois qu'elle a beaucoup souffert.

— Vas-tu enfin me dire ce qui s'est passé aujour-d'hui?

Ian ne répondit pas pendant un moment, puis dit à contrecœur:

— L'entrepôt. Elle le garde constamment fermé à clé et je ne crois pas que ce soit à cause des voleurs.

— Tu penses que Kartauk...

— Je n'ai pas dit ça. Elle a juste paru mal à l'aise quand je lui ai fait remarquer qu'elle fermait la porte à clé. Je ne voulais pas te le dire, avoua-t-il. J'ai l'impression de la trahir.

Ruel fronça pensivement les sourcils.

— Kartauk ne peut pas être là-bas. Ce serait trop risqué: on vient tous les jours chercher des rails à l'entrepôt.

— Bien, dit Ian, soulagé. Alors je dois me tromper.

— Peut-être... Surveille quand même l'entrepôt quelque temps.

— Je ne suis pas à l'aise dans tout ça, Ruel.

— Je sais. Tu as peur que ton âme ne soit damnée pour l'éternité...

Ian secoua la tête.

— J'ai peur de faire du mal à Jane.

Le sourire de Ruel s'effaça.

— Nous n'allons pas lui faire de mal, seulement trouver Kartauk.

— Ça pourrait être la même chose.

— Laisse-moi, dit Ruel en ôtant sa chemise. J'ai besoin de dormir.

Ian se leva en soupirant.

— Je surveillerai l'entrepôt, mais j'espère que je

me trompe, dit-il en se dirigeant vers la porte. Et toi aussi peut-être...

— Jamais !

Ian sourit et quitta la chambre.

Ruel marmonna un juron en regardant la porte close. Il ne renoncerait pas à chercher Kartauk pour d'imbéciles remords de conscience, qui ne l'empêcheraient pas non plus de prendre ce qu'il voulait de Jane. Bon sang, s'il avait eu un brin de jugeote, il serait passé aux actes hier dans le wagon ! Il ne pouvait pas continuer ainsi, lourd et blessant à chaque fois qu'il était avec elle.

Pourquoi diable ne prendrait-il pas ce qu'il voulait ? Il n'avait pas l'âme d'un saint, comme Ian. Il en avait plus qu'assez d'attendre et de perdre son temps.

— Où sont les rails ? demanda Jane à Patrick quand il rentra ce soir-là.

— Je crois que le maharadjah était satisfait, hein ?

Il alla chercher une bouteille et se servit un verre.

— Il avait l'air aussi fier qu'un paon.

— Les rails devaient être livrés avec la locomotive. Où sont-ils ?

— J'ai dû remettre la livraison jusqu'à ce que j'obtienne un nouveau prêt de la banque, répondit-il après avoir avalé une longue gorgée. Bon sang, ce qu'il faisait chaud sous ce soleil !

— J'ai besoin de ces rails...

— Et nous les aurons. Dans trois jours. Je m'en charge.

— Je croyais que la banque ne voulait plus nous faire crédit ?

— Je te dis que je m'en charge, s'énerva-t-il. Va plutôt voir si cette fainéante de Sula s'occupe du dîner.

— Nous atteindrons la gorge de Lanpur dans une semaine. J'aurai besoin de ces rails, insista-t-elle.

— Tu les auras, dit-il en s'enfonçant dans le fauteuil et en fermant les yeux. Fais-moi confiance !

Elle n'avait pas d'autre choix, songea-t-elle avec frustration.

— Je vais dire à Sula que nous sommes prêts à manger.

Elle quitta la pièce, se demandant une fois de plus comment elle arrivait à tenir dans ces conditions. Elle était si fatiguée de ces constantes batailles avec Patrick et le maharadjah... Et pour corser le tout, Ruel MacClaren avait fait son entrée en scène, aggravant son trouble et sa perplexité. Elle le chassa rapidement de ses pensées. Sa vie était assez compliquée sans qu'elle se rappelle l'expression de son visage quand il avait levé les yeux sur ce maudit tableau.

Elle nota un subtil changement en lui le jour suivant. Il la regardait à peine et ne manifestait rien de cette sensualité ravageuse qu'il exhibait d'ordinaire, et pourtant, il y avait quelque chose...

Il ne lui adressa la parole que lorsqu'ils rejoignirent leurs chevaux au coucher du soleil.

— Vous avez été tendue toute la journée. Me direz-vous pourquoi ?

— Je ne suis pas tendue. J'ai seulement du travail. Vous avez peut-être du temps pour vos fantaisies, mais pour moi ce chemin de fer n'est pas une plaisanterie.

— Arrêtez de m'agresser et dites-moi ce qui ne va pas. Je peux peut-être vous aider...

— Non, vous ne le pouvez pas...

— Qu'en savez-vous ? Je suis un gars plein de ressources !

Elle fit volte-face.

— Pouvez-vous empêcher que la mousson commence la semaine prochaine ? demanda-t-elle avec virulence. Pouvez-vous me trouver une centaine d'ouvriers prêts à travailler pour rien ? Pouvez-vous faire que le maharadjah cesse de me harceler ? Pouvez-vous...

— Non, je ne peux rien faire de tout ça, l'interrompit-il. Et vous non plus! Alors pourquoi ne pas l'accepter et lui dire qu'il n'aura pas son chemin de fer dans les délais prévus?

— Parce qu'il ne nous paiera pas, bon sang! rétorqua-t-elle en souriant amèrement. Lui aussi se passe ses fantaisies! Si nous ne le satisfaisons pas, il peut nous ruiner.

— Avez-vous un contrat?

Elle hocha la tête.

— Mais ça n'a aucun sens à Kasanpour. On ne peut rien contre le maharadjah.

— Alors pourquoi avoir accepté le travail?

— Patrick pensait que c'était...

Elle détacha son cheval et monta en selle.

— Pourquoi répondrais-je à vos questions? Vous vous moquez de mes problèmes. Je ne sais même pas pourquoi vous revenez ici tous les jours.

— Vous voulez vraiment savoir pourquoi?

— Je vous l'ai assez souvent demandé!...

— Je vous donnerai une raison.

Il s'arrêta, puis déclara délibérément:

— J'ai l'intention d'essayer avec vous cette position que nous avons vue figurée sur le tableau.

Elle leva vivement les yeux. Son expression était impassible, et son ton avait été si anodin qu'elle se demandait si elle avait bien entendu.

— *Quoi?*

— C'est devenu une sorte d'obsession pour moi depuis quelques jours. J'y pense tout le temps. Comment je vous mettrai à quatre pattes, comment je prendrai vos seins dans mes mains. Comment je me glisserai en vous et vous sentirai vous resserrer autour de moi. Comment je commencerai doucement, puis pousserai plus fort, plus profondément, comment je vous ferai crier quand...

— Arrêtez! l'interrompit-elle violemment. Allez chez Zabrie si vous avez besoin d'une femme!

— Je ne veux pas une femme. C'est vous que je veux.

— Une femme en vaut une autre pour ce que vous voulez.

— C'est ce que je croyais. J'ai changé d'avis.

— Eh bien, changez-en encore. Je ne veux pas... de ça.

— Je pourrais vous convaincre. Je crois que vous avez découvert chez Zabrie que nous étions complémentaires.

Il la regarda soudain droit dans les yeux.

— Peut-être trop complémentaires. Est-ce que je vous fais peur?

— Vous? fit-elle sur un ton qui se voulait ironique. Vous ne m'avez jamais fait peur!

— Peut-être pas dans le sens habituel, mais vous n'êtes pas comme les autres femmes. Vous tenez à votre indépendance. Avez-vous peur de ne pas être capable de me maîtriser?

— Je ne pense tout simplement pas à vous. Je n'ai pas le temps de m'interroger sur de telles futilités.

— On réagit souvent sans réfléchir dans ce genre de situation...

— Pas vous! Vous êtes toujours en train de comploter et de planifier. Et vous avez l'arrogance de croire me connaître, ajouta-t-elle d'un ton sinistre.

— J'en apprends chaque jour. J'ai aussi découvert que plus je vous observe, plus je suis troublé. C'est pourquoi j'ai décidé qu'il fallait que je fasse quelque chose, ajouta-t-il en souriant avec insouciance. Vous voulez savoir quoi?

— Je pensais que vous me l'aviez déjà dit...

— Oh, ce n'est que le début!

— Zabrie, lui rappela-t-elle en désespoir de cause.

— Jane, dit-il doucement. Seulement Jane...

— Vous ne m'écoutez pas, l'interrompit-elle en crispant ses doigts sur les rênes. Je veux que vous

126

partiez. Je n'aurais jamais dû vous laisser mettre les pieds sur le site...

— Pourquoi l'avez-vous fait ?

— Vous m'amusiez...

Côtoyer Ruel avait été plus qu'amusant. C'était comme s'abîmer dans les profondeurs miroitantes de la boule de cristal d'un magicien, et attendre de voir, fasciné, quelle nouvelle vision apparaîtrait. Elle ressentit un bizarre pincement au cœur à l'idée de renoncer à ces moments captivants. Mais il fallait en finir. L'émotion qu'il lui faisait éprouver était trop intense, la fascination trop dangereuse.

— Je ne veux pas que vous m'utilisiez, Ruel.

— Oui, vous le voudrez. Nous allons nous utiliser l'un l'autre et en savourer chaque seconde, ajouta-t-il en levant la main pour l'empêcher de protester. Et je ne me presserai pas quand enfin je vous aurai. Vous ne me trouverez pas « rapide », Jane.

Ces paroles crues lui firent revenir en mémoire l'image de Ruel étendu nu, son pied caressant nonchalamment le drap comme pour en éprouver la texture. Elle se sentit soudain oppressée.

— Je n'apprécie pas ce genre de...

— Vous apprécierez, l'interrompit-il en perdant brusquement son calme. Je n'ai aucune intention de vous forcer. Je ne suis pas l'un de ces hommes du bouge où vous avez grandi, ni un inconnu dans une chambre obscure attendant de vous satisfaire puis d'être congédié. Je suis Ruel MacClaren, et chaque minute que nous passerons ensemble vous fera comprendre ce que cela signifie.

Elle se sentit rougir tandis qu'une autre image de son corps sculptural lui revenait à l'esprit...

— Je ne veux pas parler de ça...

— Alors nous n'en parlerons pas, dit-il tandis que son regard se perdait au loin. Mais j'y penserai et vous aussi. Vous saurez que je pense tellement à vous que j'en ai mal. Vous saurez qu'à chaque fois

127

que je placerai une pointe, je penserai à vous. A chaque fois que je donnerai le premier petit coup pour l'enfoncer, je penserai à entrer en vous. A chaque fois que j'abattrai la masse, je penserai à vous pénétrer plus fort et plus profond. Et je frapperai de toute ma puissance parce que je veux aller très, très profond.

Il éperonna son cheval et s'éloigna à vive allure.

— Souvenez-vous bien de ça, Jane !

La pointe s'enfonçait profondément dans le bois.

Jane sentit une secousse l'ébranler. C'était la vibration des coups de masse contre le bois, se dit-elle. Elle avait ressenti cela des centaines de fois auparavant, tellement souvent qu'elle avait cessé de le remarquer.

Mais, maintenant, elle le remarquait. Ses seins se gonflèrent sous l'ample chemise, les pointes douloureusement sensibles touchèrent le tissu.

Ruel abattit encore la masse. Les muscles de ses bras ondulaient, luisant comme de l'or sous le soleil.

La pointe s'enfonça davantage.

Elle sentit son ventre se crisper.

Que lui arrivait-il ? Elle avait l'impression de s'enflammer, de s'embraser.

La chaleur. Ce devait être le soleil qui lui faisait cet effet.

Elle s'arracha à sa contemplation et se dirigea rapidement vers le porteur d'eau.

Elle refusa le gobelet qu'il lui tendit et mit ses mains en coupe. Peu après, elle aspergeait son visage d'eau fraîche et en passait sur sa nuque et sa gorge. Cela allait mieux. Elle ne s'était pas trompée, c'était le soleil et non Ruel qui l'avait mise dans cet état.

Il s'était arrêté de travailler et la regardait, les jambes légèrement fléchies, la lourde masse en équilibre dans ses mains. Il fixait sa gorge. Elle prit soudain conscience de la goutte d'eau qui glissait doucement le long de son cou pour aller se perdre dans son chemisier.

Liquide froid contre peau brûlante.

Des yeux bleus brûlants qui l'observaient.

La goutte d'eau atteignit sa poitrine, mouillant le tissu, l'assombrissant, et révélant une pointe dressée.

Ruel humecta sa lèvre inférieure du bout de la langue.

Un frisson la parcourut.

Il sourit et regarda délibérément le bas de son corps.

La forme de son sexe dressé se dessinait sous son pantalon.

Il abattit encore la masse.

La pointe pénétra plus profondément dans le bois.

— Vous ne m'avez pas attendu hier, remarqua-t-il avec douceur. Comment puis-je vous protéger si vous me fuyez ?

— Combien de fois dois-je vous dire que je n'ai pas besoin que vous me protégiez ? fit-elle sans le regarder en se déplaçant rapidement sur la voie de la gorge de Sikor. Et je ne vous fuis pas.

— Pourquoi lutter ? Ce sera plus facile quand vous m'aurez laissé vous prendre.

— Taisez-vous, dit-elle d'un ton crispé.

— Ça vous plaira. Et Dieu sait que nous en avons tous les deux besoin, ajouta-t-il d'une voix plus grave. Je crois que je vais devenir fou.

Elle accéléra le pas jusqu'à courir, ses bottes butant sur les traverses.

— Attention, bon sang ! cria-t-il. Vous tenez vraiment à tomber ?

— Ça ne vous arrangerait pas, hein ? dit-elle entre ses dents. Une femme estropiée ne vous servirait à rien !...

Il éclata brusquement de rire.

— Ça compliquerait les choses, mais on pourrait y arriver ! Vous voulez que je vous dise comment ?

— Non !

Elle parcourut à toute allure les derniers mètres qui la séparaient de son cheval. Jetant un coup d'œil derrière elle, elle vit que Ruel n'essayait pas de la rattraper. Elle sella rapidement Bedelia.

— Si vous venez demain, je dirai à Robinson de vous mettre dehors.

— Non, vous ne le ferez pas. Parce que je serais contrarié et que vous devriez vous passer d'un contremaître, dit-il en souriant. Vous ai-je jamais dit comme je suis méchant quand je suis contrarié ?

Des yeux morts regardant sans voir dans l'obscurité de l'impasse.

— Il vous faudra résoudre seule le problème, ajouta-t-il doucement. C'est si simple ! Pourquoi compliquer les choses ?

Le soleil faisait briller les mèches claires de ses cheveux et il semblait baigné de lumière tandis qu'il s'approchait de sa démarche déliée. Elle le regardait, incapable de détourner les yeux.

Soudain, elle s'arracha brutalement à sa contemplation et éperonna Bedelia pour s'éloigner le plus vite possible de cet homme.

— Je crois que Li Sung est venu à l'entrepôt ce soir, dit Ian.

Ruel se raidit et se détourna pour le fixer.

— Tu es sûr ?

— Presque. Il avait une clé. Jane est venue cet après-midi. Elle avait un sac à dos et est repartie sans. Un Chinois boiteux est arrivé deux heures plus tard et a récupéré le sac. Je l'ai suivi, mais je l'ai perdu dans le bazar.

— Volontairement ? demanda Ruel avec ironie.

— Les voies de Dieu sont impénétrables...

— Pratiques aussi !

— Dois-je continuer à surveiller l'entrepôt ?

Ruel hésita.

— Pas pour l'instant. Nous savons ce que nous voulions savoir. Le reste peut attendre.

— Ça ne te ressemble pas du tout. Tu es plus impatient habituellement.

Impatient? Bon Dieu, il était si impatient et à bout de nerfs qu'il se sentait prêt à exploser.

Mais son impatience n'avait rien à voir avec Kartauk.

5

Deux jours plus tard, les pluies débutèrent.

Un véritable déluge. La pluie était comme tout le reste dans ce satané pays, pensa Jane avec découragement — lourde, chaude, et presque impossible à combattre. Durant les premières heures, elle lutta contre elle avec soulagement : pour la première fois depuis des jours, elle était capable d'oublier Ruel et de se concentrer sur sa tâche.

A midi, des flaques s'étaient formées de chaque côté de la voie et les ouvriers dérapaient et tombaient à chaque pas. A trois heures, les trombes d'eau étaient si fortes qu'il devenait difficile de voir les têtes des pointes que l'on enfonçait. A cinq heures, Jane renvoya tous les ouvriers en leur disant de revenir à l'aube le lendemain.

— Il était temps, dit Ruel en posant sa masse. Je croyais que vous alliez attendre que nous soyons noyés dans cette bourbe.

— Ne revenez pas si ça ne vous plaît pas, rétorqua-t-elle férocement. Personne ne vous a demandé de rester. Je ne laisserai pas la pluie nous arrêter. J'ai encore quelques kilomètres à faire avant de réunir les rails, et nous serons là tous les jours jusqu'à ce que le travail soit achevé.

— Ou que vous soyez achevée.

Il la regardait, la pluie dégoulinant des bords de son chapeau sur ses joues.

— Vous tenez à peine sur vos jambes...

— Je me sens parfaitement bien! C'est vous qui vous plaignez, dit-elle en se dirigeant vers le pont. Vous feriez peut-être mieux de ne pas venir demain.

— Vous ne vous débarrasserez pas de moi comme ça! rétorqua-t-il en souriant. Je n'aime pas ce fichu temps, mais je peux m'y habituer.

Ce démon pourrait probablement s'habituer à brûler en enfer, pensa-t-elle, désespérée. Mon Dieu, cela recommençait. Il suffisait qu'il la regarde pour que son corps réagisse.

— Pourquoi vous donner tout ce mal? Ça ne vous rapportera rien...

— C'est vous qui le dites!

Elle pouvait sentir son regard dans son dos alors qu'elle s'éloignait rapidement. La rivière n'était plus un ruban soyeux mais un torrent boueux et enragé. Les supports tenaient bien, nota-t-elle avec soulagement. Oui, penser au chemin de fer. Oublier l'image de Ruel sous la pluie battante, sa chemise collée aux muscles puissants de son torse. Penser à la fatigue et au découragement, pas à la douloureuse sensation de vide qu'elle éprouvait à l'endroit le plus intime de son corps.

— Pourquoi ne pas attendre la fin de la mousson? demanda Ruel. Vous n'avancerez pas beaucoup sous cette pluie...

— Nous ferons ce que nous pourrons, dit-elle en attrapant la selle de Bedelia. Le maharadjah ne prend pas le temps en considération, et nous ne le pouvons donc pas non plus.

— Quel homme charmant! Il me tarde de faire sa connaissance...

— En tout cas, ce ne sera pas par mon intermédiaire. Si c'est ce qui vous a retenu ici, vous pouvez laisser tomber.

— Ce n'est pas ce qui m'a retenu. Vous savez pourquoi je suis ici...

— Je ne sais pas pourquoi...

— Alors arrêtez d'éviter mon regard et vous saurez.

— Je ne veux pas vous regarder. Pourquoi voudrais-je...

Ses yeux croisèrent les siens et elle les ferma aussitôt.

— Non, murmura-t-elle.

Mais elle le voyait toujours devant elle, ses vêtements moulant son corps athlétique, son regard la fixant avec intensité.

— Le moment est venu, Jane, dit-il d'une voix rauque. Vous n'avez plus envie de lutter contre moi. Vous êtes fatiguée, découragée, et je peux vous aider à oublier tout ça. Je suis à vous — si vous me voulez. Si je ne vous plais pas, je ne vous importunerai plus.

Mais il saurait quoi faire pour lui plaire, elle en était sûre. Il ressemblait à ces puissants mandarins dont lui avait parlé Li Sung, ensorcelant et fascinant leurs sujets sans aucun effort.

Mais elle n'était pas un pion sans défense. Elle avait la force de le combattre... si elle le souhaitait.

Si elle le souhaitait? C'était la première fois qu'elle admettait le doute, et cela la soulagea. Il avait raison. Elle était fatiguée de lutter contre lui. Pourquoi ne pas lui céder? Une fois la chose faite, il deviendrait probablement aussi ennuyeux que n'importe quel homme dont les besoins ont été assouvis, et elle en serait débarrassée.

Elle sentit ses doigts sur sa chemise et ouvrit brusquement les yeux. Il la déboutonnait lentement.

— Chhh... Je veux seulement vous voir. Je n'en ai pas eu l'occasion chez Zabrie, mais je crois que vous serez d'humeur plus généreuse aujourd'hui, fit-il en écartant les pans de sa chemise et en la regardant. Oh oui, très généreuse!

Il se pencha, son souffle venant caresser ses seins gonflés de désir.

— Maintenant, laissez-moi...

Elle poussa un gémissement, s'arquant contre la selle de son cheval, les poings serrés, tandis que des vagues de sensations délicieuses la submergeaient.

Il suçait lentement, sensuellement.

— C'est bon, murmura-t-il, si bon...

Sa main se glissa dans son pantalon.

— Ecartez les jambes. Voilà, encore un peu plus...

Elle sentit ses jambes trembler quand ses doigts la touchèrent. Retenant un cri, elle se tendit vers lui de tout son corps. Il la regarda. La beauté incarnée, pensa-t-elle confusément. Elle n'avait jamais rien vu d'aussi beau que Ruel en cet instant précis; une beauté sauvage, passionnée.

— Pas ici sous la pluie, dit-il en retirant sa main et en reboutonnant sa chemise. Nous devons aller ailleurs.

Il la hissa sur Bedelia et monta rapidement en selle.

— Et pour l'amour de Dieu, ne changez pas d'avis.

Comment l'aurait-elle pu? Elle avait le cerveau vide, endormi... Elle ne réagissait qu'à son contact.

D'une tape sur le flanc, il fit partir Bedelia au galop.

— Il n'y en a plus pour longtemps, dit-il d'une voix rauque. Accrochez-vous!

S'accrocher à quoi? Elle était sans attache, flottant désespérément dans le courant que Ruel avait déclenché.

— Attendez!

Il la rattrapa, maintenant son cheval à sa hauteur, et posa la main sur son sexe.

— Je n'en ai pas eu assez. Il faut que je vous touche. Dieu que j'ai envie d'être *dedans*, murmura-t-il en la caressant. Savez-vous ce que j'aimerais faire? Vous traîner dans la boue et arracher vos vêtements. Je vous veux nue, suppliante, m'offrant vos hanches en m'en demandant encore.

Ces paroles crues auraient dû l'offenser; elles l'excitèrent davantage.

Il retira sa main et murmura quelque chose qu'elle ne put entendre.

— Allons-y, je ne peux plus attendre!...

La pluie tombait plus fort que jamais, mais ne la refroidissait pas. Elle avait l'impression que rien ne pourrait jamais plus éteindre le feu qui la consumait.

— Où allons-nous?

— A la gare. C'est le plus proche...

Cela leur parut durer une éternité. Quand ils y parvinrent, elle tremblait comme sous l'effet d'une forte fièvre.

— Vite, dit-il en la faisant descendre de cheval. Les clés...

Elle plongea une main fébrile dans la poche de son pantalon tandis qu'il l'entraînait vers la voie. Il attrapa les clés, ouvrit la porte d'or et la fit pénétrer à l'intérieur avant de claquer la porte derrière eux.

La lumière grise et morne de l'extérieur perçait l'obscurité à travers les vitres couvertes d'un rideau de pluie.

Ruel enleva en hâte sa chemise et la jeta sur le tapis.

— Je vous ai promis que ce ne serait pas rapide, pourtant je suis fait comme tous les autres. Mais j'essaierai... Pourquoi ne vous déshabillez-vous pas? demanda-t-il quand il se rendit compte qu'elle ne bougeait pas.

Elle était paralysée. La même fièvre continuait de la dévorer, mais elle ne pouvait pas détourner son regard. Tout en lui incarnait un désir aussi fougueux que fascinant.

— Ne me dites pas que vous avez changé d'avis. Je ne pourrais pas..., fit-il en s'approchant pour déboutonner sa chemise. Je vous ai fait peur? demanda-t-il d'une voix douce, presque séductrice. Faisons-le une première fois, et ensuite je tiendrai ma promesse.

Ses cheveux humides ne laissaient plus voir les mèches blondes qui les parsemaient. Ses yeux brillaient d'un magnétisme si puissant qu'elle ne pouvait pas leur échapper. Il lui enleva sa chemise et la laissa tomber au sol. Puis il se pencha et sa bouche brûlante frôla son épaule. Un frisson la parcourut.

— Je ne crois pas que je pourrai attendre encore longtemps avant de...

Il s'interrompit, éclatant de rire en regardant ses mains.

— Regardez ça. Je tremble. Vous devrez terminer vous-même.

Son aveu de faiblesse brisa le charme. Les mains de Jane tremblaient aussi en se portant à sa ceinture. Elle se sentait faible, malléable, sans défense. Son cœur battait aussi fort que la pluie contre le toit métallique. Mon Dieu, elle voulait encore sentir ses mains sur elle, et elle devait se débarrasser de ces vêtements, de ces barrières qui l'empêchaient de la toucher.

— C'est bien, l'encouragea-t-il d'une voix enrouée de désir en s'asseyant sur le divan pour enlever ses bottes. Tout se passera bien. Vous savez que nous voulons ça tous les deux.

Il s'interrompit, son regard allant droit au sexe à présent dénudé de Jane.

— Doux. Je me souviens comme c'est doux...

Un flot de chaleur monta en elle et elle se tendit encore comme lorsque sa main avait été entre ses cuisses, tâtonnant, caressant.

— Venez, dit-il.

Elle s'avança, obéissante, vaguement consciente de la douceur du tapis sous ses pieds nus. Elle s'arrêta devant lui. Il lui écarta doucement les jambes et prit son sexe en coupe.

136

— Vous avez envie de moi? demanda-t-il tout en la caressant délicieusement.

Elle tressaillit.

— Oui...

— Vous voulez me faire entrer en vous et me retenir?

— Oui...

— Vite? Fort?

— Oui...

Il l'attira doucement sur le divan et s'allongea sur elle.

— Alors, prenez-moi, dit-il d'une voix chaude en la pénétrant.

Elle eut un sursaut de recul. Il fronça les sourcils.

— Ne luttez pas contre moi. Je ne vais pas vous faire mal. Gardez-moi en vous...

— Je ne lutte pas...

— Je sens le contraire, murmura-t-il en donnant un puissant coup de hanche.

La brusque douleur faillit lui arracher un cri.

— Non! laissa-t-elle échapper en se mordant la lèvre.

Ses yeux bleus plongèrent dans les siens.

— Je ne peux pas m'arrêter... C'est trop tard maintenant...

— Je le sais.

La douleur s'en allait, laissant juste une sensation de chaleur intense.

— Je sais...

— Vous ne savez rien, dit-il rudement. Si seulement vous pouviez savoir... Dieu, je crois que ça va me... tuer.

Il se retira et revint plus lentement. Elle pouvait sentir la violence affleurer et pourtant chacun de ses mouvements était contrôlé, discipliné.

— Ruel...

— Ne dites rien, souffla-t-il. Je dois me concentrer

137

sur ce que je fais. Et ce que je ne fais pas, ajouta-t-il en riant d'un air désespéré. Ça va ?

— Oui...

— Alors je continue.

Il se retira pour la pénétrer à nouveau, mais cette fois avec une force presque brutale. Le souffle coupé, elle chercha à se raccrocher à son regard. Mais ses yeux étaient aveugles à présent, ses lèvres lourdes de sensualité, il était plongé dans le même égarement.

— Accrochez-vous à moi, dit-il avant de prendre fougueusement, impérieusement possession d'elle.

Elle s'accrocha à ses épaules, s'abandonnant à sa possession. Elle se sentait enchaînée à lui, par le corps et l'esprit. Elle ne pouvait pas s'empêcher de suivre chacun de ses mouvements, chacun de ses ordres. Captive du plaisir, un plaisir qui ne cessa de croître... jusqu'à ce qu'elle s'entende crier. Mais elle n'était plus sûre de rien dans ce brouillard brûlant qui l'enveloppait.

Il se tendit avec une expression d'indicible jouissance. Puis il retomba sur elle, tremblant, comme en proie à une violente fièvre.

Dangereux... Cette pensée émergea des limbes de langueur et d'épuisement où elle avait plongé. Elle avait eu raison de lui résister, tort de lui céder. C'était trop puissant. *Il* était trop puissant.

Elle perçut vaguement qu'il se retirait d'elle, se levait et se dirigeait vers l'autre extrémité du wagon.

— Où allez-vous ? murmura-t-elle.

Mon Dieu, elle se sentait aussi faible que si elle avait été emportée par le torrent dévalant la gorge de Sikor.

— Allumer le poêle.

— Vous avez froid ? s'étonna-t-elle.

— Non...

Il s'accroupit devant le poêle, l'ouvrit, fit brûler le charbon et referma la porte.

— Mais il se peut que nous restions ici un moment, et je ne veux pas que vous preniez froid. Je me sens déjà assez coupable, dit-il en se redressant et en revenant vers elle. Comment ça va? Pas trop secouée?

— Un peu…

Elle s'assit et repoussa une mèche de cheveux de son front.

— C'était… plus que ce que j'attendais.

— Je ne m'attendais pas à ça non plus, remarquat-il en la couvrant avec le jeté de soie du divan. Et je n'ai pas de penchant pour ça.

Elle discerna la dureté de son ton.

— Vous êtes en colère…

— Je ne voulais pas ça!

Il s'assit sur le tapis, ses mains enserrant ses genoux.

— C'est une complication. Vous n'étiez pas censée être vierge, bon sang! Je ne veux pas de cette responsabilité.

Ces paroles blessantes la tirèrent brusquement de son brouillard.

— Vous n'êtes pas responsable, dit-elle d'un ton heurté. Personne ne m'a forcée à venir ici. C'était mon choix!

— Vous n'avez rien choisi du tout, dit-il crûment. Je vous ai séduite. Je vous voulais et j'ai employé tous les moyens pour vous avoir.

— C'est vrai, concéda-t-elle tout en resserrant l'étoffe autour d'elle. Et vous êtes maître en la matière. Mais je ne vous ai pas résisté et maintenant c'est du passé. Je… je ferais mieux de rentrer.

— Pour rejoindre Patrick? dit-il en souriant amèrement. Savez-vous que je n'ai pas été loin de lui rendre visite? Je n'ai pas arrêté de penser à lui et à son penchant pour les petites filles et j'avais envie de lui arracher le cœur!…

Elle le croyait. Ruel était aussi immobile qu'une

statue, une splendide statue de gladiateur nu, mais la férocité qu'il réprimait sous ce calme apparent la laissait pantoise.

— Ça ne s'est jamais passé entre nous...

— Je m'en doute! Pourquoi m'avez-vous laissé faire, bon sang?

— J'ai pensé qu'en vous laissant faire... Les hommes s'en vont après. Ils ne veulent plus recommencer...

— Vraiment?

Elle le regarda et le souffle lui manqua.

— Mais si! Je vous désire encore! Je le voulais encore au moment où je me suis retiré de vous et ça me rend fou de ne pas pouvoir. Allez-vous me dire pourquoi vous m'avez délibérément trompé?

— Je ne vous ai pas trompé. Ça ne vous regardait pas.

— Eh bien, ça me regarde maintenant. Qui est Patrick Reilly pour vous?

— Mon père.

Voyant sa surprise, elle ajouta aussitôt:

— Il n'y a pas de preuve, vous comprenez. C'était juste l'un des clients de ma mère, mais je sais qu'il est mon père.

— Mais pas lui?

— Il n'aime pas les responsabilités, lui non plus...

— Bon Dieu!

— Un jour, il me dira qu'il croit que c'est la vérité, dit-elle tranquillement. Mais vous n'avez pas à vous inquiéter. Je n'attends pas plus de vous que de lui.

— Seulement, moi, j'ai une certaine éthique. Je vous ai pris quelque chose, je dois vous le rendre.

Elle sourit timidement.

— Je crois que c'est impossible...

— Alors je vous donnerai autre chose. Que voulez-vous?

Elle se rendit compte qu'il était sérieux.

— Vous ne m'avez rien pris. Je ne suis pas de ces

140

femmes qui croient qu'elles sont perdues si elles ne sont pas vierges à leur nuit de noces.

— Ian me l'a dit, déclara-t-il sardoniquement. Vous êtes différente. Je doute que votre mari apprécierait cette différence-là...

— Je ne me marierai probablement jamais, alors cette conversation n'a pas lieu d'être.

Elle chercha ses vêtements du regard et les trouva sur le tapis, là où il les avait jetés.

— Pourriez-vous me passer ma chemise, s'il vous plaît ?

— Non, mais je vais rapprocher vos habits du poêle pour qu'ils sèchent, dit-il en prenant ses vêtements. Vous ne partirez pas tant que nous n'en aurons pas fini. Alors, que voulez-vous ?

Doux Jésus, pourquoi n'abandonnait-il pas ? Elle avait envie de lui dire qu'elle voulait seulement échapper à la douleur cuisante que lui imposait sa présence.

— Vous ne me devez rien, répéta-t-elle. Pourquoi ne m'écoutez-vous pas ?

— Parce que j'ai d'inconfortables remords de conscience. Je vous assure que ça ne m'arrive pas souvent, dit-il en se tournant pour étendre ses habits devant le poêle. Mais il est vrai que je n'ai jamais vécu ça auparavant. Une femme se fait d'abord poignarder à cause de moi, puis je lui enlève sa virginité. C'est un peu trop, même pour moi !

— Je n'étais pas innocente...

— Avoir grandi dans un bordel ne fait pas de vous une putain.

Elle se raidit.

— Je le sais, dit-elle d'un ton féroce. Je ne serai jamais comme elle.

— Qui ?

— Ma mère...

— C'était une putain ?

— Oui, mais je ne veux pas en parler.

— Oh non, vous ne vous déroberez pas encore. Nous sommes allés trop loin. Si je vous avais questionnée un peu plus auparavant, nous n'en serions pas là. Pourquoi l'idée de ressembler à votre mère vous effraie-t-elle ?

— Vivre ainsi est... un cauchemar. Elle était devenue une esclave. Je ne serai *jamais* une esclave. Je ne laisserai jamais personne m'avilir.

— Si vous avez une telle répulsion pour les bordels, pourquoi êtes-vous allée chez Zabrie ? demanda-t-il en souriant ironiquement. Puisqu'il est évident que vous n'y étiez pas pour ce que je croyais...

Elle baissa les yeux.

— J'avais une affaire à régler avec elle.

— Une affaire de chemin de fer ?

— Non.

— Kartauk ?

Elle releva vivement la tête.

— Que savez-vous de Kartauk ?

— Plus que je n'en savais il y a une heure. Je sais qu'il n'est pas non plus votre amant.

— Bien sûr que non !

Elle le considéra avec circonspection.

— Où avez-vous entendu parler de lui ?

— Abdar. Ne me regardez pas ainsi, ajouta-t-il en la voyant se raidir. Si j'étais encore une menace pour vous, croyez-vous que je serais en train de parler de Kartauk et d'Abdar ? Les données ont changé, et je devrai trouver un autre moyen pour obtenir ce que je veux.

— Et que voulez-vous ?

— Une entrevue avec le maharadjah... C'est ce qu'Abdar m'avait promis en retour si je trouvais et lui livrais Kartauk.

— Et vous alliez le faire ? murmura-t-elle.

— Ma décision n'était pas arrêtée. C'était une hypothèse.

— Vous vous êtes attiré beaucoup de problèmes

142

pour cette seule hypothèse, rétorqua-t-elle en secouant la tête avec incrédulité. Comment avez-vous
pu ? C'est un monstre !

— Je le pense aussi, mais nous avons déjà parlé
de mon manque de scrupules. Inutile de chercher
davantage mes défauts !

Sa défiance fit vite place à la colère.

— Et c'est pour ça que vous m'avez amenée ici ?
Abdar vous a-t-il demandé de...

— Ne soyez pas stupide ! Abdar n'a rien à voir là-
dedans...

Elle se rappela soudain quelque chose.

— Pas même dans notre rencontre chez Zabrie ?
Cet homme que vous avez tué dans l'impasse faisait-
il partie de vos plans ?

— Je suis désolé de vous décevoir, mais je ne tue
pas sans une bonne raison, dit-il en se renfrognant.
La présence de cet homme n'était pas de mon fait,
mais l'arrivée de Pachtal tombait un peu trop à pic à
mon goût. Je me suis demandé... Qu'est-ce que vous
faites ?

— Je m'en vais !

Elle se leva et alla rapidement chercher sa chemise humide.

— A moins que vous n'ayez posté Pachtal ou l'un
de ses hommes dehors pour m'arrêter ?...

— Pas de Pachtal. Pas d'Abdar, dit-il doucement.
C'est fini. Je sais que je vous ai blessée, mais essayez
de réfléchir raisonnablement.

Elle fit violemment volte-face.

— Vous ne m'avez pas blessée ! Je ne laisse pas
des hommes comme vous ou Abdar m'atteindre, dit-
elle en enfilant son pantalon et en serrant sa boucle
de ceinture. Et la raison me dit que je serais vraiment stupide de vous faire encore confiance.

— Vous ne m'avez jamais fait confiance. Vous
m'avez laissé vous prendre parce que ça vous appor-

tait du plaisir, pas parce que vous croyiez en mon honnêteté.

Il leva la main pour l'empêcher de rétorquer.

— Et je n'ai jamais rien attendu d'autre. Vous auriez été folle de vous fier à moi. Cette vérité étant établie, examinons la situation. Abdar veut Kartauk. Vous ne voulez pas qu'il le trouve. Je suppose que ça signifie aussi que vous voulez qu'il quitte Kasanpour ?

Elle ne répondit pas.

— Très bien, dit-il en haussant les épaules. Je ferai sortir votre Kartauk de Kasanpour et je lui trouverai un endroit où se cacher. Alors nous serons quittes.

— Quoi ?

— Vous m'avez bien entendu. Je ne vais sûrement pas répéter cette idiotie, dit-il en commençant à s'habiller. Bon Dieu ! je n'arrive même pas à croire que je l'ai dite.

— Moi non plus ! Ni que vous pensez que je vais vous croire...

— Vous voulez une preuve que je ne suis pas à la solde d'Abdar ? dit-il en enfilant sa botte droite. Li Sung...

— Quoi, Li Sung ? demanda-t-elle en se raidissant.

— Il n'est pas à Narinth. Il est allé à votre entrepôt hier soir et il en est reparti avec un sac à dos. Je suppose qu'il l'apportait à Kartauk. Ian l'a suivi mais l'a perdu dans le bazar.

— Votre frère aussi aide Abdar ?

— Mon frère m'aide moi... avec la plus grande réticence, répliqua-t-il en mettant son autre botte. Je n'avais pas à vous dire tout ça, vous savez. J'aurais pu surveiller moi-même l'entrepôt et attendre Li Sung. J'aurais sûrement trouvé Kartauk. Je suis un bien meilleur fileur que Ian.

144

— Oui, j'imagine! Vous avez l'instinct du chasseur...

Il ignora l'amertume de son ton.

— Je n'en ai pas honte. Ça m'a aidé à survivre de nombreuses fois. Ça peut m'aider à sauver votre Kartauk.

— Et si je ne veux pas de votre aide?

— Vous l'aurez de toute façon. Je veux me débarrasser de cette dette.

— Comme c'est honorable!...

— Ça ne l'est pas, mais je suis honnête. Avec vous, quelque chose a mal tourné et je n'aime pas ça.

— Vous l'avez déjà dit!

— C'est vrai. C'est dangereux quand un homme commence à se mentir à lui-même.

— C'est à moi que vous avez menti.

— Non, je vous ai simplement caché une partie de la vérité. Mais je me suis menti. J'avais tellement envie de vous posséder que je me suis persuadé... Je ne suis pas idiot et je connais les gens. Mais je n'ai pas essayé de percer la raison de votre présence chez Zabrie. Vous m'avez envoyé plein de signes m'indiquant que vous n'étiez pas ce que je voulais voir en vous, mais je ne les ai pas pris en compte. Même Ian m'a dit que je ne voyais que ce que je voulais voir.

— Vous avez fini?

— Presque! Abdar a dû surveiller avec intérêt les progrès de notre relation. Si vous me laissez vous aider, nous sortirons Kartauk de Kasanpour, mais dans le cas contraire, Abdar pensera que j'ai échoué et passera probablement à l'action. Vous sentez-vous capable de lui faire face alors que vous devez terminer votre chemin de fer?

— Plus que de me fier à un homme qui pourrait me trahir...

— Je ne vous trahirai pas! Vous le comprendrez si

vous regardez clairement en moi et me jugez tel que je suis. Pouvez-vous faire ça, Jane ?

Doux Jésus, cet homme était impossible ! Il l'avait possédée et dominée puis lui avait tout bonnement déclaré qu'il s'était servi d'elle. Comment pouvait-il s'attendre maintenant qu'elle voie clair ?

— Je ne sais pas, dit-elle en souriant avec amertume. Mais il est sûr que je sais maintenant exactement qui vous êtes.

Elle se détourna et quitta le wagon.

— Les rails arriveront demain, annonça Patrick au dîner avec un sourire triomphant. Juste à temps ! Je t'avais dit que tout irait bien...

— Tu devras superviser le transport jusqu'à l'entrepôt. Moi je n'aurai pas le temps.

Patrick hocha la tête d'un air compréhensif.

— La mousson. Pauvre chérie, j'en avais mal au cœur pour toi quand tu es rentrée ce soir.

Pas autant qu'elle, après les révélations de Ruel... Non, ce n'était pas son cœur qui avait souffert, rectifia-t-elle rapidement, mais sa fierté.

— Peut-être irons-nous plus vite demain...

— J'en doute, dit-il en se servant un autre whisky. J'ai pensé à ce que tu m'as dit sur la nécessité de ma présence sur le site. Tu as raison, Jane. J'ai été un sale égoïste, mais je vais me rattraper.

— Ça n'a pas d'importance. Le travail est presque fini maintenant...

— Et c'est du bon travail que tu as fait, remarqua-t-il en sirotant. Mais la mousson est une fichue affaire, et je ne veux pas de toi dans la pluie et la boue. Tu pourrais encore tomber malade. Donne-moi une journée pour réceptionner les rails et je te remplacerai pour que tu puisses prendre un repos bien mérité.

Elle leva lentement la tête pour le regarder. Il avait l'air sincère, mais elle ne devait pas trop espérer. Il avait le don pour faire des promesses et ne pas les tenir.

— Ce serait utile si tu venais, dit-elle avec précaution.

— Marché conclu, déclara-t-il avec un sourire rayonnant. Et dans neuf jours on aura fini le boulot et on dira adieu à ce fichu pays.

— Je n'ai pas besoin de repos. Le travail ira plus vite avec nous deux sur le site…

— Absurde! Je peux m'en charger seul! Si tu veux te rendre utile, tu peux mettre les comptes à jour. Ils n'ont pas été faits depuis le départ de Li Sung.

Elle commençait à le croire. L'espoir naissait en elle tandis qu'elle se rendait compte qu'ainsi libérée, elle pourrait se consacrer à trouver un moyen de faire sortir Kartauk de Kasanpour.

— Tu es vraiment sérieux?

Il se pencha et posa la main sur la sienne.

— Vraiment! Dieu sait qu'il est temps que je me mette au travail. Quelquefois, je me demande pourquoi tu restes avec moi.

Parce que tu es mon père, eut-elle envie de répondre. Parce qu'un jour, si elle prouvait qu'elle le méritait, il le lui dirait.

— Je te l'ai promis, non? dit-elle en entrelaçant ses doigts aux siens. Ce sera bon de se reposer un peu. Merci, Patrick.

Il retira sa main et attrapa son verre.

— En parlant de repos, tu devrais aller au lit. Tu as encore un jour à faire avant que je ne prenne le relais.

— Tu as raison, dit-elle en se levant. Bonne nuit, Patrick.

Maintenant qu'elle le pouvait, comment allait-elle faire sortir Kartauk de la ville?

Ruel. Elle rejeta cette idée puis y revint et l'examina. Il lui avait non seulement promis d'aider Kartauk à s'échapper mais de lui trouver une cachette. Chose qu'elle ne pourrait jamais lui fournir seule...

Bon sang, elle ne voulait plus avoir affaire à Ruel MacClaren! Elle se mordait déjà assez les doigts de lui avoir cédé. Elle avait prétendu avoir choisi, mais elle lui avait livré ce qu'elle n'avait jamais donné à personne et elle se sentait blessée et trahie. La seule idée de le revoir l'effrayait et la mettait en rage.

Effrayait? Il était ridicule de le craindre maintenant qu'elle savait comment il l'avait manipulée. Ruel n'était plus une énigme, et la seule décision à prendre était de l'utiliser à son tour.

Deux heures plus tard, Ruel ouvrait la porte de sa chambre d'hôtel en réponse à un brusque coup.

Jane se tenait dans le couloir.

— Quelle agréable surprise! Voulez-vous entrer?

— Non, dit-elle froidement. Je suis juste venue vous dire que Patrick sera sur le site à partir d'après-demain, ce qui me laissera le temps de penser à un moyen de faire sortir Kartauk de la ville. Soyez à l'heure demain. Nous ne voulons pas qu'Abdar suspecte quelque chose.

— Dois-je comprendre que vous acceptez mon aide?

— Pourquoi pas? Comme vous l'avez dit, ce n'est pas souvent que vous l'offrez...

— C'est juste... Ne vous inquiétez pas, Jane. Je suis peut-être l'égoïsme incarné, mais vous pouvez être sûre de deux choses à mon sujet: je me venge toujours du mal qu'on me fait et je tiens toujours parole.

— Je m'inquiéterai, et je resterai sur mes gardes, dit-elle en se retournant et en s'éloignant. Mais sortir Kartauk de Kasanpour en vaut la peine.

— Attendez! Comment êtes-vous venue?

— Qu'est-ce que ça peut vous faire? demanda-t-elle d'un ton impatient. A pied. Je n'allais pas encore sortir Bedelia sous cette pluie.

148

Elle disparut au coin du couloir.

Il fut tenté de la suivre, de lui offrir de la raccompagner, mais il savait qu'elle le repousserait. Elle se méfiait de lui et peut-être lui faisait-il même peur. Une peur plus justifiée qu'elle ne le croyait... Il avait encore diablement envie d'elle, comme si la posséder n'avait fait qu'éveiller son désir.

Elle traversait probablement la rue maintenant...

Il n'y avait pas eu signe d'Abdar et de Pachtal dans les semaines précédentes, mais qui pouvait savoir quand Abdar perdrait patience ? Les rues étaient sombres et à la faveur de cette pluie battante on pouvait facilement se dissimuler...

Il claqua la porte et se précipita dans le couloir en se maudissant. A quoi jouait-il ? Il était épuisé, au sec pour la première fois de la journée, et n'avait aucune envie de ressortir.

Mais il savait qu'il ne trouverait pas le sommeil tant qu'il n'aurait pas vu cette satanée femme atteindre son bungalow en toute sécurité.

6

La pluie tomba avec autant de force le lendemain, et Jane dut à nouveau arrêter le travail en fin d'après-midi. Puis elle partit dans la direction opposée à la gorge de Sikor.

— Où allez-vous ? demanda Ruel quand il croisa son chemin.

— Je dois inspecter les supports du pont de la gorge de Lanpur. Rentrez à votre hôtel.

— Je vous accompagne. C'est loin ?

— Six cents mètres après le tournant. Et je ne veux pas de votre compagnie.

— Vous devrez vous y habituer. Il nous faudra

parler à un moment ou un autre. Où avez-vous caché Kartauk ?

— Vous n'avez pas besoin de le savoir pour l'instant. Quand vous aurez un plan, parlez-m'en et je déciderai s'il est nécessaire que vous le rencontriez.

— C'est nécessaire maintenant !

— Dommage. Je ne suis pas d'accord.

— Jane, écoutez-moi, la pria-t-il en lui touchant le bras. J'ai l'intention de…

— Ne me touchez pas !

Elle s'écarta de lui, le regard enflammé de fureur.

— Pourquoi pas ? Ça vous plaît trop ?

— Je déteste ça !

— Non, vous me détestez peut-être, mais vous ne détestez pas le contact de mes mains sur vous. Ne vous mentez jamais. J'ai fait cette erreur, et voyez où ça m'a mené…

— Je ne me mens pas !

Avait-il raison ? Elle avait ressenti autre chose que de la colère quand il l'avait touchée… Non, elle ne permettrait pas que ce soit vrai. Tournant les talons, elle reprit son chemin.

— Pourquoi voulez-vous voir Kartauk ?

— Pour la plus égoïste des raisons. Je veux qu'il m'aide.

— C'est vous qui êtes censé l'aider…

— Je le ferai, mais j'ai pensé qu'il y avait peut-être un moyen pour que lui et moi nous entraidions, dit-il les lèvres crispées. Je ne vais pas abandonner mes projets pour cette stupidité chevaleresque.

— Personne ne pourrait vous accuser d'être chevaleresque.

— Je suis heureux que vous m'ayez enfin compris. Je n'ai jamais aspiré à la vertu.

Il n'avait en effet jamais prétendu être un ange. Elle devait lui reconnaître cette franchise.

— En quoi Kartauk peut-il vous aider ?

— D'après Abdar, Kartauk a vécu des années au

palais en tant qu'artiste attitré du maharadjah. Il le connaît donc sûrement assez bien pour l'amener à le rallier à mes idées.

— Vous voulez seulement le questionner sur le maharadjah?

— Je voudrais en savoir le plus possible sur Sa Majesté.

— Pourquoi vous aiderais-je? Je me moque que vous obteniez ce que vous voulez.

— Mais on obtient rarement ce qu'on veut en ce monde, rétorqua-t-il ironiquement. Il faut la plupart du temps le prendre. Pourquoi m'aideriez-vous? Pour me rendre heureux...

Elle le regarda avec étonnement.

— Vous croyez vraiment que je me soucie de votre bonheur?

— Oh non, mais si mes plans marchent comme prévu, alors je regretterai moins d'abandonner la cause d'Abdar pour la vôtre. Et puisque vous ne me faites manifestement pas confiance, ne serait-il pas sage de vous assurer de mon entière loyauté par quelques faveurs?

— J'y réfléchirai...

— Demain!

— J'ai dit que j'y réfléchirai. Arrêtez d'insister!

— J'ai déjà assez perdu de temps! dit-il soudain d'un ton sinistre. Quand j'aurai fait sortir votre Kartauk de Kasanpour, il y a des chances pour qu'Abdar s'assure que je ne rencontre jamais le maharadjah. Je dois avoir cet acte de vente avant de partir.

— Acte de vente?

— Je vais acheter une parcelle de propriété au maharadjah.

Elle le regarda avec incrédulité.

— Vous avez fait tout ça pour une parcelle de propriété?

— C'est une parcelle très spéciale. Je veux voir Kartauk demain et lui demander...

Ils venaient de passer le tournant. Le rugissement de l'eau s'engouffrant dans la gorge de Lanpur emporta le reste de sa phrase. L'eau coulait encore plus vite ici que dans la gorge de Sikor, nota Jane avec inquiétude.

— Ils semblent tenir bon, cria Ruel par-dessus le vacarme, tandis que son regard se dirigeait vers les deux poteaux d'acier supportant le pont. Vous avez dû construire des fondations solides pour résister à ce déluge.

— Evidemment !

— Alors pourquoi étiez-vous inquiète ?

— Je ne l'étais pas. Je voulais juste vérifier. Patrick devrait commencer à poser les rails sur le pont dans deux jours.

— Et ensuite ?

— Nous rejoindrons la voie venant de Narinth, à quinze kilomètres d'ici.

— Et vous aurez fini ?

— Patrick longera la voie à cheval pour être sûr qu'il n'y a aucun problème. Puis nous ferons un voyage d'essai, un aller-retour entre Kasanpour et Narinth. Le lendemain, nous livrerons officiellement le train au maharadjah, fit-elle les lèvres crispées. Et nous aurons enfin notre argent.

Elle se retourna pour repartir en direction du site.

— Demain ? demanda Ruel en lui emboîtant le pas. Je dois voir Kartauk...

Il était aussi têtu qu'une mule. Pourquoi perdre son énergie à résister ? Mieux valait en effet s'assurer sa loyauté par quelques faveurs.

— Soyez au bungalow demain matin à neuf heures.

— Je me trompe ou on tourne en rond depuis qu'on a quitté la ville ? demanda Ruel.

— Vous ne vous trompez pas. Votre ami Pachtal nous surveille peut-être encore, et si nous ne l'avons

152

pas perdu dans le bazar, je veux être sûre qu'il ne pourra pas nous suivre.

— Ou que je ne retrouve jamais le chemin du retour, dit Ruel avec perspicacité. Prendrons-nous le même labyrinthe en revenant ?

— Bien sûr ! Je ne suis pas idiote au point de vous croire sur parole. Je n'ai pas du tout l'intention de sacrifier Kartauk à vos ambitions.

Il se mit subitement à rire.

— A la bonne heure ! Vous m'aviez un peu déçu hier en acceptant si vite de m'emmener. Il faut toujours se méfier des femmes.

— Ou des Ecossais, dit-elle sèchement.

Elle détourna rapidement le regard et pénétra dans le sous-bois bordant le chemin.

— Le temple est juste devant nous.

— Le temple ?

— Un temple bouddhiste abandonné. La région est parsemée de ces temples désertés depuis des siècles, précisa-t-elle délibérément.

— Autrement dit, ce serait peine perdue de le décrire à Abdar s'il m'en venait l'idée, dit-il en hochant la tête solennellement. Merci du renseignement !

— Vous trouvez ça amusant ?

Son sourire s'évanouit.

— En fait, je prends tout ça très au sérieux, mais rire ne peut jamais faire de mal. Vous vous en rendrez compte en grandissant.

— Je ne suis pas une enfant !

— C'est ce que j'ai dit à Ian quand je me mentais sur votre compte pour vous préserver.

— Vous ne représentez pas un danger pour moi, le défia-t-elle.

— Pas si je décide le contraire, déclara-t-il en la fixant dans les yeux. Je sais très bien rendre l'interdit irrésistible.

Il détourna le regard et ajouta d'un ton léger :

— Mon expérience de bonimenteur, sans doute. Quoi qu'il en soit, je me refuse à vous voler à nouveau, alors je préfère vous maintenir dans l'enfance.

— Vous n'avez...

— Puis-je vous demander ce que vous faites ici, à part du boucan?

Li Sung sortit des buissons et boitilla vers eux.

— J'ai dû marcher dans cette gadoue pour voir qui venait...

— C'est Ruel MacClaren. Il va nous aider à faire sortir Kartauk de Kasanpour.

Elle lui tendit le sac à dos qu'elle portait et se tourna vers Ruel.

— Mon ami Li Sung. Il vous conduira au temple. Je vous rejoindrai plus tard.

— Où allez-vous?

— Je retourne m'assurer que nous n'avons pas été suivis.

— Après tous ces détours? N'êtes-vous pas un peu trop prudente?

— Non, répondit-elle fermement.

Une fugitive et indéfinissable émotion traversa le visage de Ruel.

— Je crois que je devrais prendre des mesures pour vous rendre plus confiante. Ça commence à devenir lassant et ça pourrait gêner nos plans.

— Il n'est pas fiable? demanda Li Sung.

— Pas à cent pour cent. Conduis-le à Kartauk.

Elle se détourna et s'éloigna d'eux.

— Ce temple est-il loin? demanda Ruel tandis qu'il suivait Li Sung à travers la forêt.

— Non...

— Pourquoi avoir choisi un temple pour cachette?

— Kartauk le voulait.

— Pourquoi?

Li Sung ne répondit pas.

— Pourquoi? répéta Ruel.

Li Sung le regarda par-dessus son épaule.

154

— Vous posez beaucoup de questions...

— Parce que vos réponses ne m'apprennent pas grand-chose.

— C'est voulu. Jane ne vous fait pas confiance.

— Et son jugement est-il infaillible ?

— Non, elle a une nature sentimentale et veut donner crédit aux gens. Ça lui a souvent porté tort.

— Alors, puisqu'elle ne me fait pas confiance, je ne peux pas lui faire de mal.

— Sauf si vous l'avez déjà fait...

— Et que feriez-vous si c'était le cas ?

— Je trouverais un moyen de vous punir, répondit-il en souriant froidement. Nous, les Chinois, savons très bien faire mal. Et n'allez pas vous imaginer que mon infirmité m'en empêchera.

— Je ne referai pas cette erreur, déclara Ruel en grimaçant. J'ai eu affaire à Sydney à un marin qui m'a pratiquement émasculé avec sa jambe de bois. Et, une fois qu'il m'a mis à terre, il a enlevé son foutu machin et m'a assommé avec.

— Intéressant, dit Li Sung, le visage impassible. Je devrais peut-être troquer ma jambe boiteuse contre un appendice plus utile. Qu'avez-vous fait à ce marin ?

— Que pouvais-je faire ? Quand je me suis réveillé il avait déjà embarqué pour la Nouvelle-Zélande.

Li Sung le sonda du regard.

— Vous me mentez, dit-il sans la moindre trace d'émotion.

— Pourquoi le ferais-je ?

— Vous cherchez à me séduire et vous pensez me faire mieux supporter ma propre infirmité en glorifiant ce marin.

Ruel partit d'un grand éclat de rire.

— Vous êtes un gars intelligent !

— Flatter mon esprit ne vous rapportera pas plus que flatter mon corps. Bien que ce dernier constat soit beaucoup plus proche de la vérité que votre histoire de marin...

Ruel secoua la tête, l'air toujours aussi amusé.

— Mais cette histoire était vraie !

Li Sung haussa les sourcils.

— Enfin, la majeure partie, s'amenda Ruel. J'étais un brin irrité, alors j'ai suivi le marin en Nouvelle-Zélande.

— Et ?

— Il est suffisant de dire qu'il ne se servira plus de cette jambe de bois pour attaquer un autre homme.

— Oui, c'est suffisant.

Les lèvres de Li Sung se pincèrent.

— Je crois que vous et Kartauk vous entendrez très bien.

— Pourquoi dites-vous ça ?

— Vous verrez...

Il accéléra le pas ; un moment plus tard, ils sortaient de la forêt. Au bout de la clairière se trouvait un vieux temple ravagé par le temps et envahi par la végétation. En haut des marches trônait une statue de Bouddha, dont la tête fracassée et le pied manquant mettaient à mal la sérénité.

— Quelle splendide demeure ! murmura Ruel.

— C'est un bon abri. Du moins l'était-il avant la mousson. Maintenant, on dirait plutôt une éponge, fit-il en haussant les épaules. Mais Kartauk aime être ici. Il dit qu'après un palais, la demeure qui lui convient le mieux est un temple.

— Voyez-vous ça...

— Faites attention où vous marchez. L'endroit est infesté de serpents. Les plus venimeux ont presque la même couleur que les feuilles et la mousse.

— Des serpents ? répéta Ruel en se raidissant.

— Vous ne les aimez pas ? sourit Li Sung.

— Je les déteste !

— Kartauk ! appela Li Sung en gravissant les hautes marches avec difficulté. Nous avons un visiteur.

— Dis-lui de s'en aller... sauf si c'est Abdar, tonna une voix grave à l'intérieur du temple.

Ruel ressentit un choc.

— Vous *voulez* voir Abdar ? cria-t-il.

— Bien sûr, c'est mon plus cher désir. Je veux le voir... mort, ajouta-t-il dans un immense rire. Entrez donc puisque vous avez brisé ma concentration. Qui est-ce, Li Sung ?

— Ruel MacClaren. Jane dit qu'il va vous aider à quitter Kasanpour.

— Ah, quelle âme noble !

Au centre du temple brûlait un feu de bois dans un énorme brasero en bronze. Il n'y avait pas d'autre mobilier que deux lits de camp contre le mur du fond et une longue table sur tréteaux près de la fenêtre côté nord.

— Vous venez sauver mon glorieux talent pour la postérité ?

John Kartauk se tenait debout devant la table, modelant une forme dans l'argile. Il semblait approcher la quarantaine, avait une taille aussi imposante que son rire, était vêtu d'un pantalon large, d'une longue tunique en coton blanc et de sandales. Plus Ruel approchait, plus l'homme lui paraissait d'une stature impressionnante. On ne pouvait pas ne pas remarquer ses puissantes épaules et ses biceps rebondis. Ses cheveux noirs flottaient librement sur ses épaules, et une barbe du même noir soyeux mettait en valeur les lignes dures de son visage ; ses traits manquaient de distinction, excepté peut-être ses yeux marron très enfoncés et ses sourcils noirs, jetés au-dessus comme deux coups de pinceau.

— Etes-vous un saint ou un prêtre pour...

Kartauk leva les yeux de sa sculpture et fut visiblement impressionné en voyant Ruel.

— Quel visage ! Approchez-vous de la lumière que je puisse vous voir...

Ruel s'avança jusqu'à la fenêtre.

— Ça ira comme ça ?

Kartauk hocha la tête et vint plus près.

— Tournez la tête à droite… Magnifique! La symétrie est presque parfaite.

— Je peux bouger maintenant? demanda poliment Ruel. La pluie entre par la fenêtre et j'aimerais enlever cette veste et me sécher.

Kartauk recula avec réticence et observa Ruel qui s'éloignait de la fenêtre.

— Superbe…

— Ça réchauffe le cœur d'être apprécié…

— Êtes-vous un sodomite? demanda brusquement Kartauk.

Ruel cligna des paupières.

— Non, je crains qu'il ne vous faille chercher ailleurs pour votre plaisir.

— Oh, je n'en suis pas, fit-il avec une grimace. Dieu sait combien de fois j'ai souhaité l'être, coincé dans cette jungle depuis des semaines, dit-il en glissant un sourire sournois à Li Sung. Il peut remercier le ciel. Cette fripouille d'infirme ne m'aurait pas échappé si j'avais jeté mon dévolu sur lui.

— Je me serais débrouillé, dit tranquillement Li Sung en s'asseyant devant le brasero et en tendant les mains vers le feu.

Le regard de Kartauk revint à Ruel.

— J'ai cru que vous étiez un sodomite parce que la plupart des hommes n'acceptent pas aussi simplement leur beauté.

— Un visage agréable n'est qu'un instrument, comme un dos solide ou un esprit vif, dit-il en haussant les épaules. Il fonctionne parfois à mon avantage, parfois à mon détriment.

— Mais vous continuez à vous en servir?

— Bien sûr, il est là pour ça!

Il sourit en regardant un burin taillé dans de l'ivoire posé sur la table.

— Laisseriez-vous un tel outil dans un placard sous prétexte qu'il a été façonné pour plaire autant à l'œil qu'à la main?

Le rire de Kartauk explosa.

— Il me plaît, Li Sung.

— Jane a dit de rester prudent avec lui.

— Mais bien sûr! N'importe qui d'intéressant peut toujours être une menace. Je l'ai su dès que je l'ai vu et j'en saurai plus avec le temps. J'ai l'œil acéré d'un grand artiste et je peux déshabiller votre âme.

— Vous m'impressionnez...

— Je veux modeler votre tête, dit-il en fronçant les sourcils. Malheureusement, je n'ai pas le matériau approprié. J'utilise du bois et de l'argile, et vous méritez mieux.

— Etes-vous en train de me demander de poser pour vous?

Kartauk hocha la tête.

— Je deviens fou ici à ne rien faire.

Ruel regarda les objets sur la table.

— Vous ne semblez pas chômer. Ce singe est très bien.

— Vous avez l'œil. Il me plaît aussi, dit-il en allant chercher un buste en bois sous la table. Vous devriez apprécier ceci...

Jane, les cheveux libres, pas étroitement tressés comme il avait l'habitude de les voir. Elle souriait, vibrante de vie, et paraissait plus jeune qu'il ne l'avait jamais vue. Tendant la main, il retraça doucement la ligne d'une joue du bout de son index.

— Je suis étonnée qu'elle ait accepté de poser pour vous...

— Oh, elle ne l'a pas fait. Elle disait être trop occupée. J'ai fait ça de mémoire... C'était un grand défi. Toute cette force! Et pourtant, nul n'est plus vulnérable qu'elle...

Le doigt de Ruel vint effleurer les lèvres de la statue.

— Vous devez très bien la connaître...

Kartauk ne répondit pas. Quand Ruel leva les yeux

159

vers lui, il se rendit compte qu'il le fixait intensément. Il ôta vivement son doigt.

— Bien sûr, votre statue de Kali est bien plus puissante.

Kartauk haussa les épaules.

— Elle plaît à Abdar.

— Mais je préfère le serpent sur la porte d'or...

— Un petit trait d'humour que je n'ai pas su me refuser, gloussa Kartauk. Notre Jane n'a pas apprécié.

— Elle savait que ça lui causerait de gros ennuis, intervint Li Sung.

— Oui, je sais, et je me suis vraiment repenti... pendant presque un quart d'heure, ajouta-t-il en haussant les épaules. Le danger était minime. Je savais que le maharadjah s'en moquerait même s'il remarquait la ressemblance.

— Mais Abdar l'a remarquée, déclara Ruel. Il a appelé ça une « exquise abomination ».

— Vraiment ? Vous ne pouvez pas savoir à quel point ça me réjouit. Vous connaissez Abdar ?

— Je l'ai rencontré.

Le sourire de Kartauk disparut.

— C'est un monstre, vous savez. Il prétend adorer l'art, mais le plie à ses propres intérêts.

— Comme la statue de Kali ?

— Non, ce n'est pas ce que je voulais dire.

Il retrouva soudain son sourire.

— Mais il a aussi un œil excellent. J'imagine qu'il vous a dit qu'il aimerait vous compter dans sa collection...

— Il a parlé de quelque chose dans ce sens...

— Une statue ?

— Un masque.

— Comme c'est... intéressant. Que pensez-vous de lui ?

— Pas grand-chose. Il m'a trouvé tout aussi déplaisant. Je peux imaginer pourquoi...

160

Kartauk se tapa sur les cuisses.

— Il me plaît *vraiment*.

— Je le savais, dit Li Sung. J'ai reconnu plusieurs traits communs dans vos caractères.

Le regard de Kartauk revint à Ruel.

— Eh bien, poserez-vous pour moi ?

— Ne pouvez-vous pas aussi bien me faire de mémoire ?

— Trop de couches, dit Kartauk en secouant la tête. Le ferez-vous ?

— Peut-être...

Ruel enleva sa veste et alla s'asseoir sur la large pierre en face de Li Sung.

— Si nous arrivons à un arrangement...

— Il est ici pour me débarrasser du poids de votre présence, pas pour poser pour vous, nota Li Sung.

— Ça ne prendra qu'un jour ou deux, dit Kartauk. Le temps ne compte pas.

— Jane ne serait pas de cet avis. Elle veut que vous soyez en sécurité.

— Je le serai, dit-il d'un ton absent, tandis que ses yeux disséquaient les traits de Ruel. Alors ?

— Si vous payez mon prix !

— Qui est ?

— A quel point connaissez-vous le maharadjah ?

— J'ai créé une statue de lui à mon arrivée à la Cour. Personne ne le connaît mieux.

— Ah oui, vous avez aussi déshabillé son âme ?

— Jusqu'à la moelle. Ce n'était pas difficile. Il n'y avait pas grand-chose derrière les apparences.

— J'ai besoin qu'il m'accorde quelque chose.

— Et vous voulez la clé pour y arriver ?

— Oui. Pouvez-vous m'aider ?

— Oh oui, je le peux ! Je peux vous indiquer le moyen d'obtenir tout ce que vous voulez du maharadjah.

Ruel sentit renaître l'espoir.

— Comment ?

— Quand j'aurai ma statue, sourit Kartauk. Comment saurais-je que vous n'allez pas vous volatiliser?

— Comment saurais-je que vous m'aiderez vraiment?

— Il faudra se faire mutuellement confiance.

— Mais c'est moi qui devrais commencer, si je comprends bien, dit sèchement Ruel.

— Ce qui n'est que justice. Mon travail vaut bien plus que n'importe quelle faveur du maharadjah.

— Qu'en savez-vous?

— Parce que mon art est au-dessus de tout, répondit-il simplement.

— Je vois...

Ruel le regarda un moment avant de hocher la tête.

— Trois jours?

— Quatre! Venez tôt demain matin et préparez-vous à une longue journée.

Jane arriva à ce moment-là.

— Aucun signe de Pachtal. Je suis revenue plus d'un kilomètre en arrière et je crois que je l'aurais vu.

— Ça signifie que je suis lavé du soupçon de perfidie? demanda Ruel.

— Non, ça signifie que Pachtal ne nous a pas suivis... cette fois.

Elle enleva son chapeau de coolie et sa veste et les jeta au sol avant de s'approcher du feu.

— Bonjour, Kartauk.

— Jane, dit-il en la saluant d'un signe de tête. Vous avez maigri depuis la dernière fois. Vous sentez-vous bien?

— Parfaitement bien!

Elle ajouta, sans regarder Ruel :

— Il a quelque chose à vous demander.

— Nous sommes déjà parvenus à un accord, rétorqua Kartauk.

162

— Déjà?

— Par chance, j'ai découvert que je possédais une marchandise inattendue à négocier, dit Ruel d'un ton léger. Kartauk aime mon visage.

Elle comprit aussitôt.

— J'aurais dû m'en douter…

— Oui, déclara Kartauk en éclatant de rire. C'est un bien petit prix à payer pour un visage comme celui-là.

— Peut-être pas, ajouta-t-elle en se tournant pour regarder Ruel. Je crois qu'il est temps que vous nous disiez quelle propriété vous voulez acheter au maharadjah.

Il se raidit.

— Pourquoi est-ce si important?

— Ce n'est pas important en soi, mais vous savez tout sur nous et la réciproque est loin d'être vraie. Je ne veux pas vous laisser cet avantage.

Il resta silencieux un moment, puis déclara:

— Je veux lui acheter une île nommée Cinnidar. Elle se trouve à environ cent cinquante kilomètres dans l'océan Indien.

— Et pourquoi voulez-vous acheter cette île?

Il hésita encore.

— L'or…

— Vous vous trompez, dit aussitôt Kartauk. S'il y avait de l'or sur l'une des îles appartenant aux Savitsar, Abdar le saurait. Il voue un véritable culte à l'or et retourne le pays entier à sa recherche.

— Je ne me trompe pas. Il y a là-bas une montagne d'or, le plus riche gisement que j'aie jamais vu.

— Alors pourquoi n'a-t-elle pas été découverte plus tôt?

— Elle est inaccessible. La montagne se trouve à l'extrémité nord de l'île et des falaises à pic en interdisent l'accès par le nord, l'est et l'ouest. Un profond canyon qui traverse le centre de l'île sur plus de deux cents kilomètres l'isole au sud.

Kartauk haussa les sourcils d'un air sceptique.

— Il est impossible d'y aller mais vous savez qu'elle existe ?

— Je l'ai vue.

— Comment ? demanda Jane.

— Je crois vous en avoir dit assez. Maintenant, vous en savez suffisamment pour révéler mes plans à Abdar si je vous trahis.

— Si vous dites la vérité...

— Il dit la vérité, déclara lentement Kartauk en scrutant le visage de Ruel. Dites-moi, avez-vous jamais entendu l'histoire de l'Eldorado ?

— Oui...

— Cet or était censé se trouver au fond d'un insondable lac. Votre trésor de Cinnidar pourrait se révéler aussi insaisissable et votre argent serait gaspillé.

— Cinnidar n'est pas l'Eldorado. Si j'arrive à convaincre le maharadjah de me vendre l'île, je trouverai un moyen d'extirper l'or.

Kartauk sourit soudain.

— Je l'espère. Il n'y aura jamais assez d'or pour moi dans le monde.

— Bien que je travaille à dénicher le matériau indispensable à votre art, je suppose que vous n'envisageriez pas de renoncer à ce que vous m'avez demandé en échange de votre aide ?

— Certainement pas ! Si Abdar découvre ce que vous tentez de faire, il vous tranchera la gorge, et alors que me restera-t-il ? demanda-t-il en se tournant vers Jane. Vous devrez donc l'amener ici les quatre prochains jours tant qu'il est en vie.

— A moins que vous ne m'indiquiez le chemin pour venir, ajouta Ruel.

— Je vous amènerai.

— Cela ne m'étonne pas. Mais vous seriez bien mieux dans votre petit bungalow, à l'abri de la pluie.

— Non, je n'y serais pas mieux, dit-elle en frisson-

164

nant et en se rapprochant du feu. Il fait plus frais ici que dehors. Ce feu est en train de mourir. Il nous faut du bois, Li Sung.

— Je vais aller en chercher, mais tu dois d'abord te sécher, remarqua-t-il en se levant et en se dirigeant vers l'un des lits de camp. Je te donne une serviette.

— Je n'ai pas le temps. J'ai déjà perdu la moitié de la journée. Et il faut encore que j'aille sur le site pour...

— Pour vérifier que Patrick fait le boulot, termina Li Sung à sa place en lui rapportant une serviette. As-tu l'intention de l'espionner tous les jours ?

— Je ne vais pas l'espionner. Je veux seulement m'assurer que tout se passe bien.

— Et qu'il travaille vraiment et n'est pas en train de siroter son whisky sous un arbre !

Il s'agenouilla près d'elle et lui essuya rapidement le visage avant de se placer derrière elle. Il enveloppa sa lourde natte dans la serviette pour la sécher.

— C'est de l'énergie gaspillée. Tu n'y pourras rien s'il choisit cette voie...

— C'est différent cette fois, dit-elle en tournant la tête vers lui pour le regarder. Il est...

— Tiens-toi tranquille. Comment puis-je sécher ces horribles cheveux si tu bouges la tête dans tous les sens ?

— Je ne t'ai pas demandé de le faire, remarqua-t-elle en regardant à nouveau droit devant elle. Et c'est stupide ! Ils seront encore mouillés quand je partirai.

— C'est vrai, mais tu te sentiras mieux et je saurai que j'ai fait ce qu'il fallait. Maintenant, tiens-toi tranquille et laisse-moi être stupide si j'en ai envie.

Ruel ressentit un curieux pincement en les observant. Le lien d'affection entre eux était flagrant. Bon Dieu, il avait vraiment un problème ! Les voir ensemble le remplissait de rage et lui donnait un désagréable sentiment d'exclusion. Qu'est-ce que cela pouvait bien lui faire qu'elle accorde au Chinois la confiance qu'elle lui avait retirée ?

— Non, vous n'êtes pas sodomite…

Ruel se tourna pour voir Kartauk le scruter encore. Il fut aussitôt sur ses gardes.

— Je vous l'ai dit !

— Vous ne m'avez pas dit que mon amie Jane vous plaisait, poursuivit Kartauk assez bas pour que seul Ruel puisse l'entendre.

— Et si je l'avais fait ?

— Je vous aurais prévenu d'être sur vos gardes. Elle a beaucoup fait pour moi et je ne veux pas qu'on la détruise.

— Je n'ai aucun désir de la détruire.

— Le désir et le manque d'attention sont deux choses différentes, dit-il en haussant ses massives épaules. Mais elle se méfie de vous. Peut-être n'aurai-je pas à intervenir…

— Merci, dit sèchement Ruel.

Son regard se reporta sur Jane et Li Sung. Cette agaçante sensation d'insatisfaction augmentait de minute en minute.

— Ils sont très proches, commenta Kartauk. C'est normal qu'ils prennent soin l'un de l'autre.

— C'est ce que je vois.

— Cela vous dérange…

— Pourquoi ça me dérangerait ? Elle a vraiment besoin que quelqu'un s'occupe d'elle. Reilly n'a pas l'air de le faire. Pourquoi aimez-vous travailler sur l'or ? demanda-t-il brusquement.

— C'est un métal divin, le seul convenant à un grand artiste. Voilà pourquoi je suis resté si longtemps au palais. Rares sont les mécènes ayant les moyens de fournir des matériaux aussi précieux.

— Alors pourquoi êtes-vous parti ?

— Je croyais qu'en ce qui concernait mon art la fin justifiait les moyens. Je me trompais, ajouta-t-il

166

en haussant les épaules. A ma grande horreur, je me suis aperçu que j'avais une conscience.

— Que voulez-vous dire ?

— Abdar voulait me faire produire des œuvres que je trouvais détestables. J'ai refusé.

— Et ça l'a mis en colère ?

— Extrêmement ! Il a menacé de me faire couper les mains si je lui désobéissais. Naturellement, je ne pouvais pas permettre un tel sacrilège. Quand je suis parti, il a persuadé ma fouine d'apprenti, Benares, d'accomplir ses désirs, mais il sait qu'il n'y a aucune comparaison.

Il haussa le ton pour s'adresser à Jane.

— J'espère que vous m'avez apporté autre chose que du riz. J'en ai tellement mangé que mes yeux commencent à se brider.

— Quel heureux miracle ! murmura Li Sung. Tous les yeux devraient avoir cette forme.

— J'ai fait cuisiner des haricots au bœuf. Mais j'espère que vous serez bientôt ailleurs, ajouta-t-elle en lui souriant.

— Mais où ? grimaça Kartauk. Les grands artistes doivent avoir des mécènes, et les mécènes adorent exhiber leurs trésors. Abdar entendra fatalement parler de l'une de mes créations et me retrouvera.

— Oui, où ? demanda Jane à Ruel d'un air de défi. Vous disiez que vous trouveriez un endroit sûr pour lui.

— Ce qui, si j'ai bien compris, suppose aussi trouver un mécène prêt à garder le secret, dit Ruel avec irritation.

— C'est vous qui avez parlé de me donner tout ce que je souhaitais…

— Et je le ferai, rétorqua-t-il les lèvres serrées en se tournant vers Kartauk. Et si vous rentriez chez vous en Turquie ?

— Je n'ai laissé que jalousie derrière moi. Ce n'est pas plus sûr qu'ailleurs.

167

Ruel fronça les sourcils.

— Alors, il faut que j'y réfléchisse.

— Trouvez d'abord comment le faire sortir d'ici, dit Jane.

— C'est déjà fait !

— Vraiment ? s'étonna-t-elle, les yeux écarquillés.

— Le voyage d'essai pour Narinth, la nuit précédant la livraison officielle du chemin de fer au maharadjah. Nous postons Kartauk quelque part à l'extérieur de Kasanpour, nous l'embarquons et le cachons dans le train. Nous le débarquons avant Narinth et à partir de là il peut rejoindre la côte.

— Très rusé, commenta Kartauk avec un petit rire. Je comprends que vous ayez fait appel à lui, Jane.

— Ça pourrait marcher, dit-elle lentement. Si Abdar ne suspecte rien...

— Oh, il sera sûrement sur ses gardes. C'est à vous de détourner ses soupçons.

— Comment ?

— Je trouverai un moyen. J'aurai tout le temps de méditer pendant que Kartauk déshabillera mon âme, dit-il en se levant et en prenant sa veste. En attendant, je crois que nous ferions mieux de retourner à Kasanpour, fit-il avec un sourire. Non pour que j'aille immédiatement tout révéler à Abdar, mais pour m'assurer que Patrick accomplit bien son devoir.

— Mais j'allais le...

— Et maintenant c'est moi qui y vais, l'interrompit-il en saisissant sa veste et en la lui posant sur les épaules. Considérez-le comme une pénitence. Ne pensez-vous pas que j'en mérite une ?

— Oh oui, vous méritez tout ce qu'on peut imaginer de...

— Alors envoyez-moi sous la pluie aux basques de Patrick, l'interrompit-il à nouveau.

Il attrapa son chapeau à large bord, le posa sur sa tête, et attacha avec délicatesse les cordons sous son menton. Ce geste d'attention lui procura une étrange et profonde satisfaction. Kartauk n'était pas si fin psychologue qu'il croyait l'être. Ce n'était pas un désir primitif qui l'avait poussé à faire ce geste, mais une envie d'affection, comme celle qui unissait Li Sung et Jane...

Il se détourna brusquement.

— Je ferai aussi un repérage pour décider du meilleur endroit où Kartauk devra se cacher en attendant le train.

— Comment Jane vous a-t-elle trouvé? demanda Ruel à Kartauk.

— Ne bougez pas la tête!

Le sculpteur découpa soigneusement la forme d'une joue sur la statue en bois posée face à lui.

— Elle ne m'a pas trouvé. C'est moi qui suis allé à elle. Je me cachais dans le bazar à l'époque et quand j'ai entendu dire qu'elle cherchait un orfèvre pour exécuter une porte, je suis allé la voir dans son bungalow.

— Vous avez pris un gros risque!...

— J'étais désespéré, rétorqua-t-il sans détour. Je n'avais pas travaillé depuis près de trois semaines et je ressentais un manque terrible. Mes outils étaient restés au palais. Je ne pouvais plus supporter de passer mon temps à tailler des babioles, dit-il en tournant la sculpture pour que la lumière éclaire le profil gauche. J'aurais peut-être pu résister si la porte avait été prévue dans un autre matériau. Jane m'a dit que vous aviez, comme moi, la passion de l'or.

— Que vous a-t-elle dit d'autre?

— Que vous êtes ambitieux, impitoyable et égocentrique.

— Vrai.

Kartauk se mit à rire.

— Et honnête.

— Elle a dit ça?

— Non, c'est moi qui le dis.

Kartauk glissa un regard à Jane et Li Sung qui étaient en train de jouer aux cartes.

— Elle semble avoir du mal à accepter que vous puissiez aussi avoir des qualités. Je ne l'ai pas détrompée. Elle est plus en sécurité en ne croyant qu'à vos défauts.

— Vous lui avez dit qu'Abdar vous cherchait et elle vous a quand même laissé faire la porte?

Il hocha la tête.

— Je n'avais pas l'intention de le lui dire, mais après l'avoir rencontrée et avoir compris ce qu'elle était, j'ai décidé que le mieux était de me livrer à elle.

— Et qu'est-elle?

— Elle a l'âme d'un bon Samaritain. Elle ne peut pas s'empêcher de s'occuper des déshérités. Ne vous en êtes-vous pas rendu compte?

— Je n'y ai jamais pensé...

Kartauk le regarda d'un air perspicace.

— Ou vous ne vous êtes jamais permis d'y penser? dit-il sans attendre de réponse. Bref, je me suis placé sous son aile et je l'ai laissée prendre soin de moi en échange de mon travail.

Ruel fronça les sourcils.

— Vous vous moquiez de la mettre en danger?

— Non, mais il fallait que je travaille. Rien ne devait m'en empêcher, dit-il en levant la tête. Vous devriez comprendre ça! Je crois que rien ne peut vous arrêter quand il s'agit de votre Cinnidar...

— Oui! Li Sung a dit que vous aviez vous-même choisi ce temple pour cachette.

— Un temple devrait toujours abriter la beauté et le talent. De plus, je savais que je pourrais détruire l'une des cloisons pour mon four.

Ruel écarquilla les yeux.

— Vous avez abattu l'une des cloisons du temple?

Pour la première fois, Kartauk prit un ton défensif.

— Les pierres étaient de-taille idéale et j'avais

besoin d'un four pour faire la porte. Personne ne vient plus ici et ce mur ne pouvait pas trouver meilleur usage.

— Je n'en doute pas, dit Ruel avec un petit rire.

Son sourire s'évanouit quand son regard fut attiré vers Jane. Il lui avait dit qu'il essaierait de ne voir désormais en elle qu'une enfant, mais cette résolution s'était évanouie dès cette première journée au temple. Que lui arrivait-il ? Aucune autre femme ne lui avait fait cet effet-là. Il ne pouvait pas la quitter des yeux. Il avait une envie folle de la toucher.

Les cheveux de Jane luisaient sous la lumière du feu... Ses doigts le démangeaient... Il voulait défaire la lourde natte, enfouir ses mains dans la masse soyeuse jusqu'à ce qu'elle retombe librement sur ses épaules. Il voulait la voir aussi nue et abandonnée qu'elle l'avait été dans ses bras. Son membre se durcit au point d'être douloureux.

Elle se crispa. Elle avait senti son regard ; il en était sûr. Ses yeux restaient rivés aux cartes mais elle sentait son regard. Elle rejeta nerveusement une mèche de cheveux de sa tempe et la manche de sa chemise glissa, révélant la parfaite harmonie de son avant-bras. Une autre vague d'excitation s'empara de lui. Regarde-moi, lui communiqua-t-il par la pensée. Vois ce que je ressens. Admets ce que nous ressentons.

Elle lui lança un bref regard du coin de l'œil. Son dos se raidit quand leurs yeux se croisèrent. Oh oui, elle savait, pensa-t-il avec acharnement. Elle écarquilla les yeux et se concentra à nouveau, l'ignorant délibérément.

Comme il aurait voulu en faire autant ! Bon Dieu, pourquoi n'arrivait-il pas à détacher son regard ?

— Oui, elle est beaucoup plus en sécurité en vous prenant pour Lucifer, murmura Kartauk. C'est de pire en pire, n'est-ce pas ?

Ruel détourna vivement son regard.

— Je ne vois pas ce que vous voulez dire...

Kartauk sourit.

— Je veux dire que si je faisais de vous une statue en pied, je devrais utiliser un nombre faramineux de feuilles de figuier pour masquer une partie de votre anatomie.

Ruel évita soigneusement de regarder Jane à nouveau.

— Alors heureusement que vous vous êtes fixé des limites...

— En particulier quand les changements s'opèrent si fréquemment. Je me suis demandé au début si je devais lui dire de partir.

Son attention revint à la sculpture.

— Les signes du désir ne se cantonnent pas aux parties inférieures, vous savez. Les mâchoires se crispent, les narines palpitent légèrement, la bouche...

— Je regrette d'avoir compliqué votre travail.

— Mais vous ne le compliquez pas ! Je ne l'aurais pas permis. En fait, votre état ne fait qu'embellir l'œuvre.

— Et, bien sûr, ça justifie tous les inconforts que je pourrais endurer.

— N'importe quel inconfort, acquiesça Kartauk.

Ruel s'agita sur le bloc de pierre qui lui servait de siège.

— Quand en aurez-vous fini avec cette fichue tête ?

— Demain. Elle est assez belle, l'une de mes préférées, ajouta-t-il d'un air rêveur. Je suis vraiment doué. Si seulement j'avais...

— De l'or. Je commence à croire que votre amour est encore plus grand que le mien.

— Sans aucun doute. Pour moi, l'or est synonyme de beauté, pour vous, de pouvoir ; mais la beauté triomphe toujours. Les rois tombent, les empires disparaissent, mais l'art et la beauté survivent.

Il s'arrêta, puis poussa un profond soupir.

— Je suppose que vous voulez votre récompense ?

— Ça semble peu cher payé pour contribuer à votre plus grande gloire.

— Est-ce de l'irrespect ?

— Vous ne l'admettriez pas...

Le rire de Kartauk résonna dans toute la pièce.

— Je l'admettrais. Seulement, je perdrais foi en votre jugement, ajouta-t-il en se remettant au travail. Les jouets...

— Quoi ?

— Envoyez un jouet au maharadjah.

Ruel le regarda d'un air interdit.

— Quel genre de jouet ?

— Un jouet d'enfant. Croyez-moi !

— Je ne vais pas donner un jouet d'enfant au plus riche maharadjah de l'Inde ?

— C'*est* un enfant. Là est toute la question. Comment croyez-vous que j'aie survécu à ses excentricités pendant six ans ? Il m'aurait rendu fou si je n'avais pas appris à le distraire quand je voulais avoir la paix.

Voyant l'expression incrédule de Ruel, il poursuivit impatiemment :

— C'est la vérité ! Le maharadjah a l'esprit d'un enfant. Les Savitsar sont hindouistes et adhèrent strictement au système de castes depuis des siècles. Comme il n'y a pas énormément de choix dans les castes supérieures, ils ont été forcés aux unions consanguines. Ce qui explique qu'Abdar et le maharadjah n'aient pas l'esprit tout à fait net.

— Abdar n'a pas l'esprit d'un enfant...

— Non, dit-il en souriant cyniquement. Mais je vous assure qu'il n'y en a pas de plus tordu.

— Des jouets... ça paraît simple.

— C'est l'évidence. Allez chez Namir dans la rue des Palmes, un excellent artisan. Demandez-lui un jouet du style de ceux qu'il faisait de temps en temps pour Kartauk. Peut-être quelque chose avec un éléphant. Le maharadjah adore les éléphants.

173

Etait-il possible que Kartauk eût raison? L'enthousiasme commença à s'emparer de Ruel tandis qu'il se rappelait ce qu'il avait entendu dire sur les exigences déraisonnables du monarque, ses crises de colère, ses petites manies.

Rien ne l'intéresse à part son nouveau jouet.

Il aime ce qui brille.

Tout ce qu'il savait déjà sur lui concordait avec la révélation de Kartauk. Le comportement égocentrique et les caprices du maharadjah pourraient effectivement être ceux d'un enfant gâté.

— Pourquoi personne d'autre n'est-il au courant?

— Peut-être le sont-ils, mais il n'est pas sage de remettre en cause la santé mentale d'un dirigeant qui détient le pouvoir de vie et de mort. Il est plus sûr de supposer qu'il est simplement gâté et non faible d'esprit. De plus, tout le monde ne possède pas ma perception...

— Si j'envoie un jouet au maharadjah, comment être sûr qu'il ne m'oubliera pas après l'avoir accepté?

— Aucune garantie. Je vous ai donné la clé, à vous d'ouvrir la porte. Je serais curieux de vous voir à l'œuvre, dit-il en se renfrognant. Et ne faites pas cette tête! Je savais que je n'aurais dû vous le dire que demain. Maintenant, vous vous triturez la cervelle et je vais avoir beaucoup de mal à saisir correctement votre front.

7

— Le jouet doit se composer de deux parties, dit Ruel à Ian. Je dois encore un jour à Kartauk, alors peux-tu aller voir ce Namir demain? J'exige seulement un personnage de maharadjah et un éléphant.

174

Pour le reste, laisse-lui carte blanche, à condition que la première partie soit assez fascinante pour donner envie de voir la seconde.

— Un sacré défi ! Combien de temps lui donnes-tu ?

— Trois jours. Le chemin de fer sera terminé dans six jours. A ce moment-là, ce sera trop tard : le maharadjah n'aura pas la tête à autre chose qu'à son gros jouet.

— N'est-ce pas dangereux de posséder quelque chose que le maharadjah désire ?

— Probablement, mais je table sur le fait qu'il aura davantage envie de posséder la seconde moitié du jouet que de me jeter aux crocodiles. En plus, il aime les Anglais et je m'assurerai la collaboration du colonel Pickering pour les négociations.

Ian hocha la tête.

— Très bien ! J'irai voir Namir dans la matinée. J'imagine que ça va te coûter une jolie somme...

— Tout ce qu'il voudra. Qui sait ? Je ne débourserai peut-être pas autant que je le pensais pour Cinnidar. Kartauk a des connaissances intéressantes sur le caractère du maharadjah.

— Tu apprécies Kartauk ?

— Il est très fin psychologue. Je n'ai pas à l'apprécier pour reconnaître ses qualités.

— Mais tu l'apprécies ? persista Ian.

— Ian, nom de Dieu, je t'ai dit que... oui, je l'apprécie.

— Bien. Et tu aimes bien Li Sung aussi ?

— Assez, dit-il en se renfrognant. D'accord, je déborde de sentiments chaleureux. Satisfait ?

— Oh oui ! les choses évoluent très bien.

— Je n'aurais pas cru que la perspective de mon possible succès auprès du maharadjah te remplirait de joie. Si je le persuade de me vendre Cinnidar, je ne rentrerai pas à Glenclaren.

— Si Cinnidar te convient mieux... Je soupçonne depuis peu que quelque chose d'autre que l'or t'attend là-bas. Je ne suis même pas sûr que ce soit l'or que tu veuilles vraiment. Tu as besoin de racines et d'un foyer que tu aimeras autant que j'aime Glenclaren. C'est tout ce que j'ai toujours voulu pour toi.

Ruel avait l'impression qu'un noyau dur explosait en son for intérieur. Il avait envie de s'approcher de son frère, de le toucher, de lui donner une tape affectueuse comme quand ils étaient petits. Tout semblait vaciller, changer autour de lui depuis qu'il était à Kasanpour.

Ian avait-il raison ? Etait-ce lui qui changeait ?

Non, il ne pouvait accepter que les leçons que lui avait données la vie soient si facilement oubliées. Il avait peut-être permis à Jane et Ian de l'émouvoir, mais une fois qu'il aurait payé sa dette, il les effacerait de ses pensées et continuerait son chemin.

— Je suis content que tu ne sois pas déçu, dit-il d'un ton réservé. Bonne nuit, Ian.

— Bonne nuit, Ruel, dit Ian en souriant tendrement.

— Dans quatre jours nous aurons réuni les rails, annonça Patrick. Et il est temps, nom de Dieu. Il me tarde de quitter ce fichu pays. Cette dernière semaine m'a presque tué.

— Je pourrais venir t'aider demain, proposa Jane.

— Pas question ! Tu restes ici et tu me laisses faire le boulot, dit-il en se levant et en s'étirant. Il faut que j'aille au lit. J'avais oublié ce que c'était de travailler sur les rails.

— Mais j'ai vraiment envie de participer, Patrick. Tu te souviens quand on travaillait ensemble à Salisbury ?

— Tu as fait ta part. Maintenant, c'est mon tour.

Elle était déçue mais décida de ne pas insister. Patrick buvait beaucoup moins depuis qu'il l'avait remplacée sur le site. Si les responsabilités opéraient de tels changements, elle n'allait pas les lui ôter.

— Bon, si jamais tu changes d'avis...

Elle s'arrêta, puis ajouta avec désinvolture:

— Si tu ne me laisses pas t'aider à la construction, j'espère que ça ne t'embêtera pas si je fais le voyage d'essai pour Narinth?

— Pourquoi cela m'embêterait-il? demanda-t-il en bâillant. Je serai content de rester à la maison et de reposer ma carcasse. Le lendemain, j'emmènerai le maharadjah et tous ces nababs orgueilleux à Narinth, et il trouvera probablement une centaine de défauts.

Bien qu'elle ne s'attende pas à un refus, elle se sentit quand même soulagée.

— Alors, c'est d'accord! Je ferai venir Li Sung de Narinth pour me seconder.

— Comme tu veux, fit-il en se dirigeant vers sa chambre. Il est temps que Li Sung revienne et travaille vraiment. Je parie qu'il ne trime pas sous la pluie, lui.

Il lui jeta un regard par-dessus son épaule.

— Et j'ai remarqué que notre ami MacClaren nous a quittés dès le début des pluies. Je continue de lui dire que je suis le seul à avoir la cervelle assez dure pour résister à ce temps de dingues.

— Ah bon? Quand l'as-tu vu la dernière fois? demanda-t-elle innocemment.

— Oh, il passe au chantier à peu près tous les jours pour prendre un café ou bavarder un peu.

Elle n'était pas au courant et ressentit un fugitif et déraisonnable élan de gratitude. Après tout, Ruel ne gardait pas un œil sur Patrick pour d'autres intérêts que les siens. Plus vite le chemin de fer serait terminé, plus vite Kartauk sortirait de la ville...

Ruel qui la fixait à l'autre bout du temple, le regard pénétrant, brûlant de demandes, insistant.

— Tes joues sont rouges, remarqua Patrick. Tu ne couves pas quelque chose?

— Non, c'est juste la chaleur. Elle empire depuis les pluies.

Elle se leva rapidement, lui souhaita bonne nuit et disparut dans sa chambre. Elle devait vaincre ce besoin maladif, pensa-t-elle, désespérée. Elle n'était pas un animal. Cependant, son corps réagissait à la présence de Ruel et ses propres réactions l'effrayaient...

Désormais, elle ignorerait ce besoin et il disparaîtrait peut-être.

Dieu, il *fallait* qu'il disparaisse.

Ruel déposa soigneusement le jouet dans une grande boîte qu'il enveloppa de velours rouge et ferma avec un ruban de satin blanc. Une heure plus tard, il confiait le paquet au premier valet du palais, accompagné d'un pourboire extravagant et de la promesse d'une récompense encore plus importante si le maharadjah recevait tout de suite le cadeau.

Il retourna ensuite à l'hôtel pour attendre la suite des événements.

Le message arriva le lendemain matin sous la forme d'une sommation : il devait se présenter immédiatement au palais.

Une heure plus tard, on l'introduisait dans la salle d'audience où il trouva le maharadjah agenouillé au sol devant le jeu. Son petit corps rondouillard était enveloppé d'une tunique de brocart rouge vif et d'un pantalon de soie blanc. Il ne présentait que peu de ressemblance avec son fils. Sa moustache broussailleuse et ses cheveux noirs soyeux étaient parsemés de gris ; à cet instant précis, il n'y avait rien de l'impassibilité d'Abdar dans son attitude. Il était manifestement mécontent.

— Vous êtes ce Ruel MacClaren ?

Il n'attendit pas de réponse et poursuivit d'un ton grognon.

— Je suis très en colère contre vous. Cela ne marche pas. Il y a un problème.

178

Le jeu représentait une jungle : chaque arbre, buisson, fleur et animal était finement taillé et étonnamment réaliste. Le personnage central était un minuscule maharadjah vêtu d'une tunique dorée et d'une petite couronne de joyaux. Ian avait dit que Namir avait travaillé près d'une année à ce jouet sophistiqué et n'avait fait que changer quelques personnages pour satisfaire à la demande de Ruel.

— Vous voyez ? dit le maharadjah en pressant le déclencheur du mécanisme.

Un lion bondit sur le minuscule maharadjah, le manquant de justesse, tout en enclenchant un autre mécanisme : le maharadjah sauta en l'air et disparut dans les feuillages d'un arbre. Cette action en déclencha à son tour une autre ; un maharadjah identique au premier sauta de l'autre côté de l'arbre pour venir se planter devant un rhinocéros. L'animal chargea et le second personnage royal bondit dans les branches de l'arbre suivant. Ce mouvement d'attaque et d'esquive se poursuivait à travers la jungle avec différents animaux, le petit maharadjah échappant toujours au danger jusqu'à ce qu'il arrive à la limite du jeu, représentée par une haute falaise. Le dernier mécanisme envoya le maharadjah dans les airs, puis s'arrêta, le laissant suspendu au-dessus de l'abîme.

— Regardez ! Il pend comme une grenade trop mûre, se plaignit-il. Tout le monde sait qu'un maharadjah doit toujours triompher du destin. C'est extrêmement ennuyeux...

— C'est parce qu'il vous manque l'autre partie du jeu.

Le maharadjah leva vivement la tête.

— Quelle autre partie ?

Ruel désigna les fentes presque invisibles sur la tranche.

— L'autre moitié se fixe ici. Le maharadjah survit à la chute et atterrit devant un tigre, puis il saute dans un autre arbre et se retrouve ensuite sur le dos d'un magnifique éléphant blanc, où il est enfin en sécurité.

Les yeux du maharadjah pétillèrent.

— Un éléphant ?

— Un éléphant blanc. Quel autre animal mérite de porter un maharadjah ?

— C'est ce que j'ai dit à mon Grand Conseiller, mais ils n'ont pas pu m'en trouver un. Ils n'arrêtent pas d'inventer des excuses.

Il se renfrogna en regardant de nouveau le personnage suspendu dans le vide.

— Il me faut l'autre partie. Quelle sorte d'homme êtes-vous pour m'offrir seulement la moitié d'un cadeau ?

— Mais pas n'importe quel cadeau... digne de la finesse de Votre Majesté. Quand je l'ai vu, j'ai su tout de suite qu'il ne conviendrait qu'à un homme de votre goût et de votre intelligence...

— Mais il me faut l'autre partie.

— Je la recherche. Malheureusement, il semble que je l'aie égarée.

Le maharadjah scruta le visage de Ruel.

— Et combien cela me coûterait-il de vous aider à la retrouver ? soupira-t-il. Je présume que vous attendez une récompense en retour ? Tout le monde veut quelque chose de moi. Que voulez-vous que je vous donne ?

— Vendre, pas donner. Vous possédez une petite île dans l'océan Indien qui se nomme Cinnidar et que je souhaite acquérir. Je vous en offre quarante mille livres.

— Cinnidar ? Je ne m'en souviens pas..., dit-il en agitant impatiemment une main dodue creusée de fossettes. Cela ne doit pas être très important si je ne me le rappelle pas. Je demanderai à mon Conseiller si votre offre est intéressante. En attendant, continuerez-vous de chercher l'autre moitié du jouet ?

180

— Avec diligence. Puis-je revenir demain pour vous informer des progrès de mes recherches?

— Oui, oui...

Le maharadjah s'absorba à nouveau dans le jeu, pressant le bouton de départ et regardant avec fascination le lion bondir en l'air.

— Demain...

Ruel jubilait intérieurement en descendant les marches du palais. Ce n'était qu'un premier pas, mais tous les espoirs étaient permis. Même la pluie avait momentanément cessé. Elle ne tarderait sans doute pas à tomber de nouveau, mais c'était quand même bon signe.

— A l'hôtel, sahib? demanda le porteur.

— Oui, dit-il avant de se raviser brusquement. Non!...

Il débordait d'une joie qu'il avait envie de partager, mais il venait subitement de se rendre compte que ce n'était pas Ian qu'il désirait voir.

— Emmène-moi au bungalow de sahib Reilly.

Le cobra ondulait d'avant en arrière, ses yeux d'onyx méchamment fixés sur le chien qui aboyait avec excitation.

Mon Dieu, faites qu'il ne le pique pas, pria Jane en entrant dans l'écurie. Elle posa lentement au sol l'assiette qu'elle avait apportée pour Sam et sortit le couteau de sa botte.

Le serpent était lové au milieu de l'écurie, juste en face de la stalle de Bedelia. S'il n'attaquait pas le chien qui s'agitait sous son nez, il se rabattrait peut-être sur la jument.

— Pour l'amour de Dieu, arrête, Sam, souffla-t-elle.

Le stupide chien ne lui prêta aucune attention. Ses aboiements devinrent plus stridents quand le serpent se dressa soudain de toute son impressionnante hauteur.

Ce fichu cobra devait mesurer au moins trois

mètres. Elle regarda impatiemment le couteau dans sa main et le jeta de côté. Elle ne pourrait jamais s'approcher assez pour s'en servir avec efficacité. Cette fourche posée contre le mur serait bien plus utile.

Elle se figea quand la tête du serpent pivota subitement dans sa direction. Son cœur battait à tout rompre et, bien qu'elle ne soit pas à sa portée, ses yeux de fouine rivés sur elle la glaçaient de peur.

Sam bondit d'un côté et la tête du cobra se tourna vers lui.

La main de Jane se referma sur le manche de la fourche.

— Arrière, Sam! cria-t-elle. Bon sang, arrête de l'exciter!

Elle se déplaça lentement pour se positionner derrière le serpent.

— Qu'est-ce que vous faites, nom de Dieu?

Ruel venait d'apparaître à la porte. Il était pâle comme la mort et luisant de sueur.

— Taisez-vous! lui ordonna-t-elle en se reconcentrant sur le serpent. Et ne bougez pas. Si vous l'effrayez, il peut attaquer Sam.

— Je me moque de Sam, dit-il d'un ton rude. Eloignez-vous de ce foutu serpent avant qu'il ne vous tue!

Jane l'ignora et fit un autre pas en avant. Ruel marmonna une obscénité.

— Bon, je vais m'occuper de ce fichu cabot, dit-il en s'approchant du chien. Fous le camp!

Le cobra se dressa plus haut, sifflant.

— Ne bougez pas, murmura Jane.

Ruel se figea. Le serpent ne savait plus où donner de la tête. Il avait oublié Jane. Si elle faisait vite, elle pourrait...

Elle s'élança, tendant la fourche devant elle. Saisissant le serpent entre les dents, elle l'envoya à l'autre bout de l'écurie. Son long corps heurta le mur. Assommé, il retomba mollement au sol.

Sam courut immédiatement vers lui.

— Non! cria Jane.

Ruel courut après le chien en jurant et l'attrapa à quelques centimètres du cobra.

— Tenez-le!

Jane écarta Ruel et abattit le manche en bois de toutes ses forces sur la tête du cobra, encore et encore... Elle s'arrêta, à bout de souffle, quand elle se rendit compte que le serpent ne bougeait plus.

— Je... crois qu'il est mort.

Ruel ne répondit pas.

Elle tapota le serpent du bout de la fourche. Pas de réaction.

— Vous pouvez poser Sam maintenant, dit-elle en se tournant pour regarder Ruel. Il était gros, hein? Je ne me souviens pas d'en avoir vu un de cette taille par ici. Ils sont habituellement plus... Lâchez-moi!

Les mains de Ruel s'étaient abattues sur ses épaules.

— La peste soit de vous!

Il la secoua, ses yeux luisant telles deux flammes dans son visage blême.

— La peste soit de vous!

— Lâchez-moi ou je vous plante cette fourche dans le ventre, menaça-t-elle d'un ton féroce.

— Vous croyez que j'en ai quelque chose à faire? De vous, de votre fichue fourche et de votre putain de serpent..., continua-t-il en la secouant à nouveau. J'aurais pu...

Ses mains retombèrent, et il vacilla jusqu'à la porte.

— Où allez-vous? demanda-t-elle, surprise par ce brusque abandon.

— Vomir...

Elle le regarda sortir avec étonnement. Elle aussi avait eu terriblement peur, mais sa réaction excessive était inattendue. Sa première impulsion fut de le rejoindre. Elle s'en empêcha. Li Sung détestait être vu dans ses moments de faiblesse, et Ruel le supporterait probablement encore moins. Et une émotion suffisait… Elle se voyait mal affronter en plus sa mauvaise humeur.

Elle se tourna vers Sam qui reniflait le cadavre du serpent.

— Allez, viens, espèce de gros maladroit, débarrassons-nous de lui.

Quand elle quitta l'écurie quelques minutes plus tard, Ruel s'aspergeait le visage avec l'eau de l'abreuvoir. Il avait posé sa veste par terre et sa chemise trempée lui collait à la peau. Son visage était encore pâle quand il leva la tête pour la regarder.

— Désolé, dit-il poliment. Je n'aime pas les serpents.

— Moi non plus, dit-elle en haussant les épaules. Mais je m'y suis habituée. J'ai grandi sous des tentes, et leur visite n'était pas rare.

— Pourquoi ne m'avez-vous pas écouté ? demanda-t-il sèchement. Vous auriez pu être…

— Sam, l'interrompit-elle. Le serpent l'aurait tué.

— Et ça mérite que vous risquiez votre vie ?

— Il m'appartient. On doit prendre soin de qui nous appartient.

— Bon Dieu, marmonna-t-il en la regardant d'un air découragé.

— Ça ne vous regarde pas, rétorqua-t-elle. Sam n'est pas très futé, mais…

— C'est un cabot stupide. Et vous faites la paire, ajouta-t-il méchamment. Je n'en croyais pas mes yeux quand je vous ai vue attaquer le cobra avec une fourche. J'avais envie de vous étrangler, dit-il en serrant les poings. Dieu, que j'ai eu peur ! avoua-t-il.

— Moi aussi…

— Mais les serpents ne vous transforment pas en statue ruisselante de sueur, dit-il en souriant d'un air penaud. Je n'incarnais pas le courage, hein ? Je n'avais qu'une envie : partir en courant.

— Mais vous ne l'avez pas fait, remarqua-t-elle. Vous vouliez m'aider, aider Sam.

184

— Parce qu'il n'y avait pas d'autre moyen de vous faire sortir de cette fichue écurie. Je vous ai vue là et...

Il fut secoué d'un frisson.

— Bon sang, quel cauchemar !

Elle n'avait jamais vu Ruel à son désavantage, et cette preuve de faiblesse l'emplit de curiosité.

— Pourquoi avez-vous aussi peur des serpents ?

— Nous avons tous peur de quelque chose.

Il ramassa sa veste, l'enfila et haussa les épaules en s'apercevant qu'elle le regardait encore.

— Je présume que je vous dois une explication pour m'être conduit si lâchement. J'ai été piqué une fois, admit-il après un instant de silence.

— Par un cobra ? demanda-t-elle, les yeux écarquillés.

— Non. Ça s'est passé il y a plusieurs années à Glenclaren. C'était une vipère. J'avais l'habitude de dormir dans les collines de temps en temps.

Il parlait rapidement, comme s'il voulait en finir le plus vite possible.

— Je vous ai parlé de mon copain renard. Je l'emmenais toujours avec moi. Une nuit, une douleur à la jambe m'a réveillé et j'ai découvert la vipère en train de se glisser sous ma couverture. Je l'ai tuée avec une pierre. Mais j'ai retrouvé mon renard mort quelques mètres plus loin.

— Oh non, murmura-t-elle.

— J'ai bandé ma jambe avec un morceau de ma chemise et je suis allé chercher de l'aide, continua-t-il en haussant les épaules. Je n'avais jamais eu de chance. Ma mère avait décidé d'aller passer la nuit au village. Ian m'a retrouvé inconscient le lendemain matin.

— Pas avant ? s'horrifia-t-elle. Pourquoi personne d'autre...

Il ignora la question.

— Fin de l'histoire ! Vous comprenez pourquoi

j'ai apprécié que Kartauk représente Abdar en serpent. Je ne peux pas imaginer pire insulte.

Il se tourna vers le pousse-pousse qui l'attendait sur la route.

— Je crois qu'il est temps que je rentre. Ne vous inquiétez pas : je ne vous ennuierai plus avec mes souvenirs.

— Ça ne m'a pas ennuyée, mais attristée.

— Vraiment ? Je ne vois pas pourquoi ! Ah oui, à cause du renard, fit-il en claquant des doigts.

— Non...

— Alors ce doit être à cause de moi, conclut-il ironiquement. Dites-moi, voulez-vous me prendre sous votre aile comme Kartauk ?

Elle se raidit en s'apercevant qu'elle s'était une fois de plus laissé prendre à son charme. Quelle idiote ! Ruel n'était pas plus démuni que le cobra qu'elle venait de tuer.

— Pourquoi êtes-vous venu ici ? s'empressa-t-elle de demander pour changer de sujet. Y a-t-il un problème ?

Une indéfinissable expression traversa son visage.

— J'ai juste eu envie de passer.

Sa réponse la surprit. Ruel et elle n'entretenaient pas de rapports de ce genre.

— Comment s'est passée votre entrevue avec le maharadjah ?

— Bien. Même très bien, rectifia-t-il avec un grand sourire.

— Vous pensez obtenir votre Cinnidar ?

— Je n'en suis pas loin, dit-il en hochant la tête tout en regardant Sam. Gardez ce chien au bungalow, quoi qu'en pense votre précieux Patrick.

— J'avais déjà pris cette décision.

— C'est vrai, vous n'avez pas besoin de mes conseils, n'est-ce pas ?

Il ôta son chapeau pour lui tirer sa révérence et s'éloigna en direction du pousse-pousse.

— Ruel, quel âge aviez-vous quand le serpent vous a mordu ? lui demanda-t-elle soudain.

Il la regarda par-dessus son épaule.

— Je ne m'en souviens pas. Environ neuf ans, je crois.

Elle suivit des yeux le pousse-pousse qui s'en allait dans un concert mélodieux de clochettes.

Neuf ans. Que faisait un si jeune enfant, seul dans les collines la nuit ? Et pourquoi ne l'avait-on pas retrouvé avant le lendemain matin ? Elle n'aurait probablement jamais la réponse. Ruel avait clairement refusé les confidences. Mais dans le peu qu'il avait laissé voir, dans cette vulnérabilité inattendue, il était plus dangereux que jamais.

— Vous l'avez apporté ? demanda le maharadjah avec impatience quand Ruel pénétra dans la salle d'audience le lendemain matin.

— Non, mais je ne suis pas loin de le trouver... Malheureusement, je suis si perturbé par cette affaire d'achat que ma mémoire flanche complètement.

Le maharadjah se renfrogna.

— Pourquoi jouez-vous cette stupide comédie ? Je sais que vous pourriez me le donner si vous le vouliez.

Ruel se contenta de sourire et garda le silence.

— Oh, très bien, vous pourriez avoir l'île, mais pas pour quarante mille livres. Le Grand Conseiller dit qu'elle en vaut au moins dix mille de plus.

Ruel s'efforça de ne pas montrer sa nervosité.

— Je ne suis pas un homme riche. Je pourrais peut-être mettre cinq mille livres de plus.

— Marché conclu ! Nous signerons les papiers quand vous m'aurez donné...

— Mon frère et le colonel Pickering attendent dans l'antichambre avec les actes, l'interrompit-il. Si vous les signiez tout de suite, je pourrais me consacrer entièrement à la recherche de la partie manquante de votre jouet... Vous pourriez l'avoir dans l'heure qui suit.

— Alors, finissons-en, dit le maharadjah avec impatience. Appelez-les.

Trois quarts d'heure plus tard, Ruel fourrait dans sa poche une copie de l'acte légal de vente et en tendait une autre au colonel Pickering qui donna en échange un ordre de paiement au Grand Conseiller.

— Voilà, c'est fait, dit le maharadjah. Maintenant, tenez votre promesse.

— J'en ai bien l'intention, dit-il en faisant claquer ses doigts. Le pousse-pousse. Je viens juste de me souvenir que j'ai laissé le paquet dans le pousse-pousse. Voudrais-tu aller le chercher pour Sa Majesté ? dit-il en se tournant vers Ian.

— Avec plaisir !

Ian se dirigea vers la porte avec le colonel Pickering.

— Je le donnerai à un valet et j'attendrai dehors.

— Vous croyez m'avoir dupé, n'est-ce pas ? déclara le maharadjah une fois qu'ils furent seuls.

— Pourquoi le croirais-je ?

— Mais c'est moi qui vous ai eu. Cinnidar ne vaut rien. Mon Conseiller dit que ce n'est qu'un territoire sauvage, avec une jungle, des montagnes et des animaux. Même le palais d'été que mon grand-père avait fait construire là-bas est probablement tombé en ruine. Cette île ne vaut pas le quart de ce que je vous ai demandé.

— Alors vous vous êtes moqué de moi.

— Vous ne paraissez pas en colère, bouda-t-il. Je *voulais* que vous le soyez.

Ruel ne se permit qu'un petit sourire alors qu'il avait envie de bondir en criant de joie. Bon sang, il l'avait !

— Nul doute que je m'en mordrai les doigts quand j'aurai tout le temps d'y penser.

— Sans doute, dit le maharadjah, retrouvant sa bonne humeur. J'ai été très malin, n'est-ce pas?

— Très, répondit Ruel en se détournant pour quitter la salle.

— Il a fallu que tu donnes plus que prévu, déclara Ian dès que Ruel l'eut rejoint.

— Il me reste encore trois mille livres. Ça me permettra de démarrer.

— J'aimerais pouvoir t'aider, dit Ian, l'air soucieux. Mais tu sais qu'il n'y a jamais eu d'argent à Glenclaren.

— Je ne veux pas de ton argent, Ian.

— C'est aussi le tien. J'ai toujours prévu de partager avec toi le peu que j'ai. Ne laisse pas l'amertume t'empêcher d'accepter ce qui te revient, ajouta-t-il avec douceur.

— Je ne suis pas amer.

Ruel se rendit compte avec surprise qu'il disait vrai. Pour la première fois depuis une éternité, il ne se sentait pas amer. Comme si l'acquisition de Cinnidar l'avait miraculeusement délivré du poids de ses souvenirs douloureux et l'avait rendu soudain plus léger... plus jeune.

— Garde ton argent, Ian. Glenclaren en a plus besoin que moi. Je m'en tirerai bien tout seul.

Ian étudia son visage puis hocha lentement la tête.

— Oui, je le crois. Je pense aussi qu'il est temps que je rentre, dit-il en s'éclaircissant la gorge. Si nous faisions d'une pierre deux coups? Je réserverais pour moi et un serviteur sur le bateau partant de Narinth et je vous accompagnerais pendant le voyage d'essai. Kartauk serait en sécurité en Ecosse.

— Mais Glenclaren serait-il en sécurité avec Kartauk? murmura Ruel. Il pourrait décider de démolir les remparts pour construire son four.

— Quoi?

— Peu importe. Je suis sûr que Maggie saura interdire n'importe quelle profanation.

— Margaret, corrigea Ian automatiquement. Margaret, répéta-t-il avec nostalgie.

Ruel sentit un élan de tendresse devant le visage mélancolique de son frère. Maintenant qu'il allait partir, il pouvait sans danger baisser la garde. De toute façon, il n'arrivait pas à contenir son émotion. En cet instant, le monde paraissait un endroit paisible et joyeux.

— J'essaierai de m'en souvenir, dit-il doucement. Margaret.

— Cinnidar, murmura Abdar. Tu es sûr que c'était Cinnidar ?

Pachtal hocha la tête.

— C'est ce qu'a dit l'Emir. Il se vantait d'avoir berné un stupide Ecossais en lui vendant une île sans valeur.

— MacClaren n'est pas stupide. Cinnidar doit avoir une valeur quelconque. Quand nous aurons eu Kartauk, nous ferions mieux de nous occuper de cette affaire, fit Abdar en haussant les épaules. Et maintenant que MacClaren a eu ce qu'il voulait, nous avons perdu une arme de choix. Dommage...

— Alors qu'allons-nous faire ?

— Nous devons retrouver Kartauk par nos propres moyens... grâce à Jane Barnaby. Va chez Zabrie pour savoir si le Chinois y est retourné.

— Je pourrais essayer de ramener la fille ici. Le temps a passé, elle ne doit plus se méfier.

— Pas encore. Elle a déjà montré qu'elle est à la fois loyale et têtue, et cela demanderait un temps et une énergie considérables pour lui soutirer l'information.

Il caressa la lame de la dague de sa déesse d'or.

— Le chemin de fer est presque terminé et Reilly et elle quitteront bientôt Kasanpour.

Pachtal sourit.

— Elle voudra laisser Kartauk en sécurité.

— C'est logique. Il ne nous reste donc plus qu'à la surveiller de près et attendre que l'opportunité se présente...

— Nous cueillons Kartauk et le ramenons au palais.

— Enfin ! soupira-t-il tandis que son doigt s'attardait sur une goutte de sang dorée. Je ne pourrai pas supporter encore longtemps cet imbécile de Benares. Comparé à Kartauk, son talent est risible, dit-il avec un sourire sinistre. Et puisque mon père n'a plus besoin de la fille maintenant que le chemin de fer est fini, je crois que nous pouvons aussi la prendre. Ne penses-tu pas qu'il serait juste qu'elle soit le premier modèle de Kartauk ?

— L'Ecosse ? se renfrogna Kartauk. On m'a dit que c'est un pays austère et froid. Un artiste a besoin de chaleur et de couleurs pour nourrir son âme. J'aime la lumière du soleil.

— Mais je parie que vous préférez encore vos mains, nota Ruel.

— Exact ! fit-il en haussant les épaules avec philosophie. Je m'habituerai peut-être au froid. Votre frère sera mon mécène ?

— Ian ne peut pas vous assurer plus qu'un toit.

— Peu importe... Je me trouverai moi-même un mécène. Peut-être votre reine Victoria. J'ai entendu dire qu'elle a beaucoup d'or...

— Je suis sûr qu'elle sera ravie d'apprendre que vous avez de tels projets...

— Une fois qu'elle aura vu mon œuvre, c'est certain. Je consentirai peut-être même à faire sa tête, ajouta-t-il en fronçant les sourcils. Bien que j'en doute. Son visage ne me plaît pas et je déteste les doubles mentons. Où irez-vous quand vous aurez terminé votre travail ici ? demanda-t-il en se tournant vers Jane.

— Patrick n'a pas encore d'offre. Il dit que nous prendrons notre décision dès que nous aurons reçu l'argent du maharadjah.

Elle serra les bras sur sa poitrine et regarda Li Sung.

— Je veux que tu me promettes de ne pas quitter le temple jusqu'à la nuit de notre départ pour Narinth...

Il la regarda d'un air impassible.

— Non !

— Pourquoi non ?

— Pourquoi poses-tu une question dont tu connais la réponse ?

— Li Sung, je t'ai *raconté* ce qui s'est passé chez Zabrie.

— Et je ne suis pas allé la voir depuis.

— C'est encore plus dangereux d'y aller maintenant.

— Tu n'es pas sûre qu'elle t'ait trahie. Elle a été généreuse avec moi. Il ne serait pas correct de m'en aller sans lui dire adieu.

Sans attendre de réponse, il sortit du temple.

Jane serra les poings. Elle avait envie de cogner sur n'importe quoi.

— Li Sung n'est pas irresponsable. Il ne nous trahira pas, dit tranquillement Kartauk.

— Je le sais. Mais j'ai peur pour lui. J'aimerais tant ne jamais avoir donné une seule roupie à cette femme !

— Et pourquoi lui avez-vous donné de l'argent, Jane ? demanda doucement Ruel.

— Parce que j'étais stupide. Parce que je ne pensais pas que...

— Parce qu'elle a trop de cœur, dit Kartauk. Elle a vu que Li Sung souffrait et a essayé de le soulager. A cause de sa race et de son infirmité, les femmes l'évitaient, même les prostituées.

— Alors vous avez payé Zabrie pour vous assurer

qu'il serait traité comme un homme, non comme un infirme, conclut Ruel.

— Vous n'irez pas lui dire! lança-t-elle avec virulence.

— Je respecte Li Sung. Je ne veux pas le blesser, Jane.

Elle se dirigea vers la porte.

— J'espère que vous dites vrai. Nous partirons pour Narinth après-demain à sept heures du soir, Kartauk. Ruel pense que le plus sûr endroit où nous attendre est de l'autre côté de la gorge de Lanpur. Je vous y conduirai en début d'après-midi.

Ruel la suivit à l'extérieur du temple.

— Il vaudrait mieux que ce soit moi qui vienne le chercher. Si Abdar a découvert que j'ai acheté Cinnidar, il vous surveillera de près puisque vous êtes sa seule chance de retrouver Kartauk.

— Vous ne pouvez pas venir ici seul. Vous ne connaissez pas le chemin.

— Si, je le connais, dit-il en souriant devant son expression interdite. J'ai un excellent sens de l'orientation et les détours que vous m'avez fait prendre ne sont rien comparés aux méandres des égouts de Londres. Ne vous ai-je pas dit que j'avais été chasseur de rats?

— Alors vous vous êtes encore moqué de moi, dit-elle, les lèvres crispées.

— Je ne pourrai jamais me moquer de vous, déclara-t-il d'un air soudain grave. Vous avez bien trop de dignité et de courage.

Pour la première fois de la journée, elle le regarda vraiment. Sa dureté semblait avoir presque disparu de son visage et la douceur qui brillait dans ses yeux lui rappelait Ian. Impossible. Ce devait être encore un de ses tours. Il n'avait rien à voir avec son frère.

— Belles paroles...

— Elles sont sincères! dit-il en détournant les yeux. Je veux vous dire autre chose... Je... suis désolé.

— Quoi ?

— Vous avez entendu. Ne me demandez pas de le répéter.

Il continua de marcher à vive allure, évitant toujours de la regarder.

— Et je ne mentirai pas en prétendant que je regrette. Je vous voulais et je voulais Cinnidar.

— Alors pourquoi ces excuses ? Pourquoi ce changement ?

— Vous aussi ? Pourquoi tout le monde veut-il que j'aie changé ? Je voulais seulement...

— Pourquoi ? insista-t-elle.

Il garda le silence un moment, puis déclara simplement :

— Je crois que je suis heureux. Et je crois que c'est la première fois de ma vie. J'ai été content, satisfait, mais pas heureux. C'est un sentiment très étrange.

— Et maintenant vous êtes heureux parce que vous avez eu Cinnidar ?

— C'est plus que Cinnidar. C'est comme...

— Quoi ?

— Une nouvelle vie, une chance de recommencer de zéro..., dit-il en souriant. Comme descendre d'un train au terminus et savoir que c'est là que vous voulez être. C'est plus clair ?

— Oui, dit-elle en se souvenant de ce qu'elle avait ressenti en quittant Frenchie bien des années auparavant. C'est beaucoup plus clair...

— Voilà, je voulais vous le dire. Vous croyez vraiment que Li Sung ira chez Zabrie ? demanda-t-il après un silence.

Elle hocha la tête d'un air malheureux.

— Il ne m'écoutera pas. Je voulais qu'il soit heureux mais...

Elle dut se reprendre pour contenir son émotion.

— Il m'aide toujours et je voulais l'aider aussi. Je n'aurais jamais dû me mêler de ça.

194

— Comment vous aide-t-il ?

— De bien des façons...

— Citez-m'en une.

— Les livres. Il m'a appris à lire, écrire et compter. Son père pensait que le savoir lui éviterait d'être un simple ouvrier et lui a fait étudier tous les livres qu'il pouvait trouver. Ce que Li Sung ne savait pas, nous l'apprenions ensemble.

— Kartauk m'a dit que vous vous connaissiez depuis longtemps.

— Il est venu chez Frenchie, l'endroit où j'ai grandi, quand il avait douze ans. Son père avait été tué et sa jambe à lui broyée dans un accident quelques mois auparavant. Il avait dix-sept ans quand nous sommes partis.

— Quel genre d'accident ?

— Son père était garde-frein et lui apprenait le métier, dit-elle avec un sourire amer. Li Sung était très fier de lui. Aux yeux de tous, les Chinois étaient juste bons à travailler sur les rails, pas à devenir mécaniciens ou conducteurs ; même les gardes-freins étaient rares. Son père savait faire les trois. Un jour, Li Sung et lui furent pris entre deux wagons.

Ruel poussa un sifflement grave.

— Oh, ce n'était pas un accident inhabituel ! Ça arrivait tout le temps avant que Westinghouse n'invente l'aérofrein que l'on actionne depuis la cabine de pilotage. Avant, le garde-frein mettait quotidiennement sa vie en danger, dit-elle les lèvres crispées. Ce qui explique sûrement pourquoi l'honneur de ce métier revenait aux Chinois...

— Est-ce que le train du maharadjah dispose d'aérofreins ?

Elle hocha la tête.

— J'ai dû resserrer le budget, mais j'en ai installé.

Elle lui coula un regard suspicieux.

— Pourquoi me posez-vous toutes ces questions sur Li Sung ?

195

— Pour rien, répondit-il d'un air désinvolte. Simple curiosité.

— Tu as été merveilleux ce soir, murmura Zabrie en posant un baiser sur l'épaule de Li Sung. Tu t'améliores à chaque fois.

Elle se leva et se drapa dans un châle arachnéen qui accentuait plus qu'il ne cachait sa nudité.

— Un verre de vin?

Li Sung secoua la tête en se redressant dans le lit.

— Je dois partir maintenant.

— Pas encore. Reste un moment, dit-elle en se dirigeant vers la table et en se servant du vin. Je n'ai pas d'autre client, et même si j'en avais, je le donnerais à l'une des filles.

Elle se tourna et lui sourit.

— Pour toi...

Elle était plus belle que jamais ce soir-là. Ou peut-être la voyait-il ainsi parce qu'il savait que c'était la dernière fois.

— Je devrais être fâchée, dit-elle d'un ton boudeur en revenant vers lui. Je ne t'ai pas vu depuis longtemps.

Elle s'assit à côté de lui et traça du bout du doigt une ligne sur son torse.

— Pourquoi?

— J'étais...

Il s'interrompît en sentant son ongle griffer sa peau.

— Je ne peux pas réfléchir quand tu fais ça et j'ai quelque chose à te dire.

— Je n'ai pas envie que tu réfléchisses.

Il posa sa main sur la sienne.

— Je suis venu te dire adieu.

Elle leva la tête.

— Tu quittes Kasanpour? Quand?

— Bientôt...

— Ce n'est pas une réponse.

Elle le regarda un moment en silence.

— Emmène-moi avec toi.

— Quoi ?

— Je veux partir avec toi, dit-elle en posant son verre par terre et en se penchant pour embrasser son torse. Tu sais que je peux te rendre heureux. J'en ai assez de ces hommes qui m'utilisent et crachent ensuite sur moi à cause de mes origines. Tu ne me traites pas ainsi.

— Non.

L'espoir l'envahissait tandis qu'il caressait ses cheveux noirs luisants. L'odeur du jasmin l'enivrait ; il adorait les parfums fleuris qu'elle utilisait.

— J'ai aussi connu ça. Tu veux vraiment partir avec moi ?

— Donne-moi une semaine pour régler mes affaires ici et..., s'interrompit-elle en surprenant son expression. Non ?

— Deux jours.

— C'est peu, mais je me débrouillerai.

Elle enleva le châle et vint s'allonger sur lui.

— J'ai encore envie de toi. Nous parlerons des détails plus tard. D'accord ?

— Zabrie...

Il ferma les yeux alors qu'elle prenait son membre déjà durci dans sa main. L'aimait-il ? Parfois, il en était sûr. En tout cas, son corps était enchaîné à elle.

— Oui, nous parlerons plus tard...

Il était stupide ! Et il serait bientôt un stupide noyé s'il restait sous cette pluie battante à surveiller l'entrée du bordel.

Li Sung sortit.

Ruel se mit prudemment en retrait, mais le Chinois traversa la rue et marcha droit vers la niche où il se tenait.

— Vous avez l'air un peu mouillé...

— Un peu, oui, fit Ruel grinçant. Vous saviez que j'étais là ?

— J'ai pris l'habitude de regarder derrière moi ces dernières semaines. Je suppose que vous aviez une raison de me suivre ?

— Peut-être que j'avais juste envie de faire une balade.

Li Sung sourit ironiquement en regardant la pluie.

— Drôle de temps pour une balade. Vous aimez tant que ça la pluie ?

— Je n'y fais plus attention...

— Allez-vous me répondre ?

Ruel haussa les épaules.

— J'ai pensé utile de m'assurer que vous n'étiez pas piégé.

— Zabrie ne me piégerait pas...

— Ce n'est pas sage de faire aveuglément confiance à quelqu'un, Li Sung.

— Merci du conseil !

— Mais vous n'avez pas l'intention de le suivre, dit-il en hochant la tête. Je ne suis pas facilement les conseils moi non plus. Zabrie vous a posé des questions ?

— Elle veut partir avec moi, répondit Li Sung en portant son regard vers la maison.

Ruel se figea.

— Comme c'est... surprenant. Et je suppose que vous lui avez dit que nous partions dans deux jours ?

— Oui.

— Puis-je vous faire remarquer que ce n'était pas malin de...

— Chhh...

La main de Li Sung se referma sur son bras et le poussa plus loin dans l'ombre. Ruel suivit son regard. Zabrie venait de sortir et descendait rapidement la rue.

— Drôle de temps pour une balade, murmura Ruel.

— Oui, fit Li Sung d'une voix tendue. Venez !

— Où ça ?

— Je veux savoir où elle va.

Il fut bientôt évident que Zabrie se rendait au palais.

— Abdar, dit Ruel.

Li Sung fixait la porte du palais par où la courtisane venait de disparaître.

— Il n'y a pas de mal, dit tranquillement Ruel. Nous pouvons changer nos plans maintenant que nous savons qu'elle nous a trahis.

— Il n'y a pas de mal, répéta Li Sung d'une voix blanche en se détournant lentement. Mais nous n'avons pas besoin de changer nos plans. J'ai dit à Zabrie que nous prendrions un bateau pour Narinth.

— Vous la soupçonniez ?

— Je ne suis pas idiot ! Je sais que je ne suis qu'un infirme, remarqua-t-il les lèvres crispées. Pour elle, je suis même pire que ça : je suis une dupe.

— Eh bien, elle se trompe ! Vous aviez l'intention de la guetter pour voir si elle se rendait chez Abdar ?

— Il fallait que je sois sûr, dit-il en se tournant vers Ruel. C'est fini, et vous n'avez plus besoin de rester avec moi. Ni Jane ni vous n'avez plus de raison de vous inquiéter.

— Jane n'a rien à voir là-dedans. Vous retournez au temple ?

Il hocha la tête.

— C'est très loin. Mon hôtel n'est qu'à quelques rues d'ici et Ian a une bouteille de whisky dans sa chambre.

— Je ne bois pas d'alcool. Il trouble l'esprit et altère le jugement.

— C'était juste une idée, fit-il en souriant. Parfois, une petite goutte aide à chasser la déprime. Si vous changez d'avis, vous serez le bienvenu. Bonne nuit, Li Sung.

Il s'éloigna en direction de l'hôtel.

— Attendez...

Ruel le regarda par-dessus son épaule.

— Peut-être une petite goutte...

8

Les coups à la porte du bungalow tirèrent brusquement Jane du sommeil. Qui était-ce, au beau milieu de la nuit?

Elle enfila en hâte sa robe de chambre sur sa chemise de nuit en coton blanc et courut ouvrir. Ruel et Li Sung se tenaient sur le porche.

— Que faites-vous là? murmura-t-elle.

Elle regarda d'un air soucieux par-dessus son épaule, mais le bruit ne semblait pas avoir dérangé Patrick.

— Que se passe-t-il? demanda-t-elle à Li Sung. Pourquoi n'es-tu pas au temple?

— Il voulait vous voir, fit Ruel en grimaçant. Et il l'a exprimé si fort que je n'avais d'autre choix que de l'amener ou de me faire renvoyer de l'hôtel.

— Que faisait-il à l'hôtel?

— Une petite goutte, marmonna Li Sung en vacillant.

— Il est saoul, constata Jane, effarée. Li Sung ne boit jamais.

— Une petite goutte…

Les yeux de Li Sung se fermèrent.

— *Maintenant*, il veut dormir, dit Ruel d'un air dégoûté. A l'hôtel, pas moyen de le faire tenir tranquille.

— Vous l'avez fait boire, l'accusa-t-elle.

— Oui, ça semblait une bonne idée sur le moment, remarqua-t-il tout en rattrapant Li Sung qui glissait entre ses mains. Peut-il dormir ici ou dois-je le traîner jusqu'à l'hôtel?

— La véranda.

Elle s'écarta et le regarda le transporter vers les doubles fenêtres.

— Pourquoi cela semblait-il être une bonne idée?

— Croyez-vous que j'aie essayé de corrompre votre vertueux ami?

Il le lâcha sur la banquette, tira un coussin et le cala sous sa tête.

— En tout cas, je ne recommencerai pas l'expérience! Au bout du deuxième verre il s'est mis à hurler des proverbes chinois.

— Pourquoi cela semblait-il être une bonne idée? répéta-t-elle. Et pourquoi était-il à votre hôtel et non au temple?

— On s'est croisé devant chez Zabrie, et je l'ai invité à boire un verre.

— Zabrie!

Son regard se reporta sur Li Sung, qui dormait à poings fermés.

— Et que faisiez-vous là-bas? Vous l'avez suivi?

— J'étais juste sorti faire un tour.

— Vous le suiviez...

— Il est infirme et je n'aimais pas l'idée que Pachtal... Et puis, comment saurais-je pourquoi j'ai fait ça? J'ai l'impression de ne pas contrôler mes actes ces jours-ci.

Il attrapa un cachemire sur une chaise et le posa sur Li Sung.

— Une chose est sûre en tout cas: il ne remettra plus les pieds chez Zabrie. Elle est passée directement de lui à Abdar. Après quoi, notre ami a ressenti le besoin d'un petit remontant.

— Je vois...

Les larmes lui montèrent aux yeux tandis qu'elle regardait à nouveau Li Sung.

— Je n'aurais jamais dû m'en mêler. Elle lui a fait du mal.

Elle ravala ses larmes.

— Merci d'avoir pris soin de lui. C'était très gentil.

— Je ne suis *pas* gentil. Je vous ai dit que j'ai agi sous une impulsion qui...

Il s'interrompit et ajouta maladroitement:

201

— Je n'aime pas vous voir inquiète et triste. Ça me dérange...

— C'est étrange, dit-elle avec étonnement.

— Je le pense aussi. Et il y a autre chose. J'ai un peu réfléchi depuis cet après-midi... Oh, et puis il n'y a pas d'autre moyen de le dire : je veux vous épouser.

Elle le regarda, interdite.

— Je vous demande pardon ?

— Pas tout de suite ! Il se passera des années avant que je ne puisse rien vous offrir d'autre que me regarder me tuer à la tâche. Mais quand la mine tournera et que l'argent commencera à rentrer... Dieu sait quand. Vous devrez peut-être attendre autant que Margaret...

Elle secoua la tête comme pour se réveiller d'un rêve.

— Je ne comprends rien à ce que vous dites.

— Ian dit que j'ai besoin d'un foyer, dit-il en haussant les épaules. Il a peut-être raison. Qu'est-ce qu'un foyer sans une femme ?

— Et c'est pour ça que vous me voulez ?

— Pas seulement. Je... ressens quelque chose pour vous.

— Du désir ?

— Non, autre chose.

— De la culpabilité ?

— Non ! Pourquoi n'arrêtez-vous pas de poser des questions ? s'énerva-t-il soudain. Je ne veux pas que vous me quittiez. Je veux prendre soin de vous, dit-il d'un ton soudain brusque. Je vous procurerai tout ce que vous voulez et je ne demanderai rien d'autre que de partager votre lit et de vous donner des enfants. Ça ne vous paraît pas raisonnable ?

— Très raisonnable !...

Elle était complètement déroutée. Comment aurait-elle pu s'attendre à cela, ni même l'imaginer ? Le mariage... Ruel... Ce serait comme épouser un sorcier.

— Alors, qu'en dites-vous ?

Elle inspira profondément et secoua la tête.

— Non, merci.

— Pourquoi pas ?

Il poursuivit rapidement avant qu'elle ne puisse répondre :

— Je sais que nous avons mal démarré, mais je peux redresser la barre. Je vous respecte et, même si vous n'avez pas d'admiration pour moi, vous me respectez aussi.

— Je ne pourrais pas vous faire confiance...

— Vous apprendrez à me faire confiance. Je ne trahis pas mes amis, et vous vous en rendrez compte en temps voulu.

— Le chemin de fer...

— Je prendrai aussi soin de Patrick.

— Patrick n'a pas besoin qu'on le prenne en charge, objecta-t-elle aussitôt. Et même s'il en avait besoin... Je déteste l'existence que vous me faites miroiter. Ne vous en rendez-vous pas compte ? Je ne corresponds pas à la femme que vous voulez. Et je ne vous veux pas non plus.

Il parut touché, et elle crut un bref instant l'avoir blessé. Mais elle avait dû se tromper, car il afficha son habituel sourire moqueur.

— Je suis désolé de vous contredire, mais il y a des endroits de ma personne que vous voulez encore.

— Vous vous trompez, affirma-t-elle en se raidissant.

— Je ne me trompe pas. Vous croyez que je ne le sens pas aussi ? C'est tout le temps là entre nous.

Son air embarrassé et maladroit avait disparu. Elle se retrouva brusquement prise au piège de sa sensualité. Et c'était ce qu'il voulait, songea-t-elle avec fureur. En un clin d'œil, il était redevenu celui contre qui elle avait lutté avant de se rendre à son charme irrésistible.

— Vous découvrirez que je suis toujours serviable quand il s'agit de donner à une dame ce qu'elle veut, dit-il en se tournant et en passant la porte-fenêtre. Et comme je tiens absolument à poser mes jalons avant que nous nous séparions, je crois qu'il ne me reste plus qu'à vous remettre en mémoire ce que nous avons manqué tous les deux. Attendez-moi à dîner demain.

— Non, je ne veux pas que vous...

— Je viendrai.

Il la regarda, parcourant son ample chemise de nuit.

— Je ne vous avais jamais vue en chemise de nuit, dit-il en fronçant les sourcils. Si on peut appeler ce vêtement une chemise de nuit... Un jour je vous verrai dans quelque chose de plus féminin.

Il quitta la véranda. Quelques instants plus tard, elle entendit la porte d'entrée se refermer derrière lui.

— Allez-vous-en, Ruel, dit-elle immédiatement dès qu'elle eut ouvert la porte le lendemain soir. Je vous ai dit de ne pas venir. Je ne veux pas de vous ici !

Il haussa les sourcils.

— Dois-je comprendre que le dîner n'est pas prêt ?

Il enleva sa veste trempée et la laissa sur le porche. Elle ne l'avait jamais vu ainsi vêtu : complet marron, chemise blanche et cravate noire. La lumière de la lanterne du porche faisait luire ses bottes noires impeccablement cirées et la brillantine dont il avait enduit ses cheveux. Cette élégance inattendue la désarma et lui fit prendre conscience de la banalité de sa propre tenue.

Mais elle n'avait pas à se sentir mal à l'aise. Ce n'était pas elle l'intruse.

— Allez-vous-en !

— Bien ! si vous refusez de me nourrir, j'entrerai juste un instant pour dire deux mots à Patrick. Il est sur la véranda ?

— Il est allé se coucher.

— Déjà ? Il est à peine huit heures et demie... N'a-t-il pas protesté quand vous l'avez fait manger à toute allure et expédié au lit ?

— Je ne l'ai pas..., s'interrompit-elle en croisant son regard entendu. Et alors ? Je ne voulais pas vous voir ici et vous avez mis Patrick dans votre poche. Vous n'avez pas besoin de lui parler.

— Oh, mais si ! J'ai l'intention de lui demander la main de sa fille.

— Vous êtes sérieux ?

— Bien sûr ! Il ne doit pas encore dormir. Je vais entrer et...

— Non !

Elle inspira pour se calmer.

— Tout ceci est ridicule et je ne vous laisserai pas le déranger.

— Très bien, abandonna-t-il soudain.

Elle commença à refermer la porte.

— Si vous faites un tour avec moi dehors...

— Faire un tour ?

— C'est une coutume à Glenclaren : les fiancés se promènent ensemble dans la soirée. Correctement chaperonnés, bien sûr...

— Je n'en ai aucune envie !

— Alors je serai forcé d'entrer et de voir Patrick. Je crois qu'il donnera son accord. Comme vous le savez, il a un penchant pour moi...

Manifestement, il ne fléchirait pas.

— Il pleut, dit-elle faiblement.

— Bon, je me contenterai d'être assis avec vous sur la véranda, fit-il en haussant les sourcils. A condition que Li Sung ait libéré la banquette.

— Il est retourné au temple tôt ce matin.

Elle le regarda avec irritation. Il souriait, mais derrière ce masque de douceur se cachait la plus inflexible détermination. Elle ouvrit grande la porte et tourna les talons.

— Dix minutes...

— Oui, m'dam ! dit-il en la suivant vers la

véranda. Vous voyez comme je suis obéissant ? Satisfaisant le moindre de vos souhaits, traînant à vos basques comme votre fidèle Sam.

— Sam ne traîne pas à mes basques, dit-elle en s'asseyant sur la banquette. Il a trop de bon sens...

— Cette remarque me vise ? demanda-t-il en s'installant à côté d'elle. Je sais que je ne suis pas aussi favorisé que lui. Mais j'ai abusé et je dois faire preuve d'humilité.

— Vous ?

— J'admets que l'idée peut paraître saugrenue, dit-il en riant. Mais je fais mon possible. Donnez-moi votre main !

— Vous n'allez pas me faire la cour !

— Bien sûr que si ! rétorqua-t-il en entrelaçant ses doigts aux siens. Je croyais avoir été clair. Non ! ne cherchez pas à vous échapper ! Je vous tiens seulement la main. Nous allons juste parler un peu en écoutant la pluie tomber, déclara-t-il d'un ton rassurant.

Crispée comme elle l'était, elle avait du mal à tenir en place.

— Détendez-vous ! Vous ne risquez rien avec moi. En fait, j'essaie de vous montrer combien je suis docile.

Si elle n'avait pas été aussi tendue, elle aurait éclaté de rire. Il n'était pas plus docile que les vents précédant un typhon.

— Vous semblez parfaitement connaître les coutumes courtoises de Glenclaren, dit-elle en essayant d'ignorer la chaleur qui commençait à irradier sa main.

— Seulement par ouï-dire. J'étais un garçon sauvage et je n'avais jamais la patience d'observer les règles.

— Glenclaren est-il loin de...

— Je ne veux pas parler de Glenclaren. C'est un endroit déprimant, dit-il en souriant. Et il ne me convenait pas plus qu'il ne vous conviendrait. Une fois mariés, nous vivrons à Cinnidar.

Elle tenta d'aborder un sujet moins brûlant.

— Comment avez-vous découvert Cinnidar ?

— J'étais sur un bateau allant d'Australie en Afrique qui a fait escale à Cinnidar. Le bateau est reparti sans moi.

— Pourquoi ?

Il haussa les épaules.

— J'aimais cette île. J'avais l'impression qu'elle... m'appelait.

— Elle est belle ?

— Je crois, fit-il en y repensant. Oui, Cinnidar est magnifique...

— Mais ce n'est pas pour ça que vous l'aimez.

— Dès que je l'ai vue, j'ai su qu'elle m'appartiendrait. Je l'ai senti.

Il retourna sa main et traça distraitement du bout de l'index des figures dans sa paume.

— Et comme elle m'était destinée, elle ne pouvait pas ne pas contenir ce que j'aimais le plus...

— L'or !

Il hocha la tête.

— Il fallait que j'aille voir. Après avoir passé le canyon, il m'a fallu trois semaines de marche à travers la jungle pour parvenir à la montagne. J'ai souvent cru que je n'y arriverais jamais. Mais une fois là-bas..., ajouta-t-il tandis que son visage brillait de convoitise, des filons et des filons d'or... Même les rivières étaient remplies de pépites.

— En avez-vous rapporté ?

Il secoua la tête.

— Je ne voulais pas risquer de dévoiler ma trouvaille tant que Cinnidar ne m'appartenait pas légalement. Je suis revenu au port, mort de fatigue et de faim, prétendant que je n'avais jamais franchi le canyon. J'ai pris le premier bateau en partance pour les mines d'or de Jaylenburg. Ça m'a pris trois ans, mais je suis finalement tombé sur un filon assez important pour me permettre d'acheter Cinnidar.

— Et maintenant, vous y retournez…

— Oui, je vous ferai venir dès que…

Il s'interrompit en voyant son expression.

— Ça *arrivera*, Jane, dit-il en touchant doucement une mèche de ses cheveux. Je ne vous ai jamais vue les cheveux défaits. J'aimerais bien. Je voulais les dénouer quand nous étions dans le wagon, mais j'étais si excité que je ne pouvais pas attendre.

Elle se sentit rougir.

— Je peux le faire maintenant, dit-il avec douceur.

Il continuait de caresser sa paume et cela suffisait à la faire frémir de plaisir.

— Je peux faire tout ce que vous voulez. Patrick dort et ne nous gênera pas. Je pourrais fermer la porte et…

— Non, souffla-t-elle.

Le désir l'enivrait déjà. Il le sentait probablement… Il semblait lire en elle comme dans un livre ouvert.

— Vous vous souvenez du tableau du maharadjah? Il y a tant de manières d'arriver au plaisir, et je veux vous les montrer toutes.

Elle ne parvenait pas à reprendre son souffle et commençait à trembler, comme ce fameux jour dans le wagon privé du maharadjah…

— Mais ceci est différent, dit-il, comme s'il avait lu dans ses pensées. Je n'essaie pas de vous séduire.

— Vraiment?

— Je veux seulement vous montrer de quoi nous avons besoin… Non, ce n'est pas vrai! Je ne veux plus me montrer docile et respectable, reconnut-il brusquement.

Il l'attira à lui.

— Laissez-moi, murmura-t-elle.

Sa prise se resserra un bref instant, puis il la relâcha lentement.

208

— Vous voyez, je m'améliore, dit-il en se levant. Malgré mon désir de rester, je tiens ma promesse. Les dix minutes sont écoulées ; je m'en vais.

Il s'arrêta à la double porte.

— Mais vous n'êtes pas encore débarrassée de moi. Je resterai à Kasanpour jusqu'à ce que Patrick et vous partiez.

— Ce serait du temps perdu. Je ne changerai pas d'avis. Et Cinnidar ?

— J'ai travaillé et attendu des années pour Cinnidar. Je peux attendre un peu plus, dit-il en souriant. Vous en valez la peine, Jane Barnaby.

La locomotive crachait déjà sa vapeur quand Ruel sauta dans la cabine.

— Kartauk ? demanda Jane.

— En sécurité à la gorge de Lanpur, sourit-il. On lui a construit un abri de fortune, mais il ne cessait de râler parce qu'il nous attendait sous la pluie. J'ai dû lui assurer qu'il n'y avait pas de mousson en Ecosse.

Son sourire la touchait bien plus qu'il n'aurait dû. Pourquoi ne pouvait-elle pas rester de marbre en sa présence ? Elle détourna vivement le regard.

— Ian est arrivé depuis un quart d'heure. Il est dans le wagon du maharadjah. Il a prévu de faire une sieste dans le luxe pendant que nous travaillons. Pourquoi êtes-vous en retard ?

— Je suis allé au palais quérir une audience auprès d'Abdar.

— Quoi ? s'étonna-t-elle en le fixant.

Il sourit.

— Et un serviteur m'a répondu que Son Altesse était partie ce matin pour Narinth.

Il se tourna vers Li Sung qui était assis sur le siège du conducteur.

— Il semble que votre piège fonctionne.

— On dirait, répondit ce dernier d'un ton neutre.

Mais les apparences sont parfois trompeuses. Qui sait si Abdar n'est pas en train de nous attendre quelque part sur la voie ?

— C'est juste !

Ruel regarda les manettes de contrôle.

— Vous êtes sûr de savoir conduire ce monstre ?

— Mon père m'a appris quand j'étais petit et je transportais les marchandises sur la ligne de Salisbury, fit-il en se raidissant. Bien sûr, Patrick n'a jamais considéré qu'un Chinois était digne de ce travail. Peut-être préférez-vous essayer vous-même ?

— Non, merci ! Je serai heureux de travailler sous vos ordres.

— Inhabituel pour un Blanc...

— Il est temps de partir, intervint Jane. Vous pouvez alimenter la chaudière, dit-elle à Ruel. Moi, je surveillerai la voie.

Elle fit un signe à Li Sung ; un instant plus tard, le train quittait la gare.

— Patrick m'a dit qu'il n'y avait pas de problème jusqu'à Narinth quand il a inspecté la voie hier, mais il a pu se passer quelque chose entre-temps.

Ils durent s'arrêter deux fois avant d'atteindre la gorge de Sikor, une fois pour enlever un arbre tombé sur la voie, une autre pour évacuer un arni qui broutait paisiblement, à moitié installé sur les rails.

Ils ralentirent en traversant la gorge, mais Li Sung remit la vapeur dès qu'ils eurent passé la rivière en furie.

— La gorge de Lanpur est juste après le tournant, dit Jane. Guettons Kartauk.

— Sous cette pluie, il verra mieux les lumières du train que nous ne pouvons le voir, déclara Ruel en la rejoignant à la fenêtre. Et soyez sûre qu'il sera prêt à échapper à cette pluie et à sauter à bord dès que nous ralenti... Qu'est-ce que c'est ?

Jane l'entendit aussi et son cœur manqua un battement.

210

— Li Sung!

— Je sais, dit Li Sung en accélérant. La poussée peut nous permettre de traverser avant...

La locomotive vibra, s'arrêta, se tortilla comme un serpent en agitant la queue.

— Qu'est-ce qui se passe, bon sang? demanda Ruel.

— Un des wagons arrière a déraillé, dit Jane, glacée de peur.

— Abdar! gronda Ruel entre ses dents.

La cabine se mit soudain à balancer.

— Sortez-la d'ici! cria Li Sung à Ruel en actionnant les freins. La cabine a aussi quitté les rails!

— Bon Dieu!

Ruel saisit Jane et sauta du train. Ils heurtèrent douloureusement le pont et roulèrent sur eux-mêmes. Le bois vibrait sous eux; entre les traverses, Jane apercevait l'eau rugissante au fond de la gorge. Ce ne pouvait être qu'un cauchemar!

— Li Sung! hurla-t-elle.

Elle le vit à la porte de la cabine. Puis il sauta. Elle fut horrifiée quand elle vit sa jambe infirme se plier en touchant le pont. Il tomba, glissant vers le bord du gouffre.

Ruel marmonna quelque chose, roula sur lui-même et rattrapa Li Sung par le bras juste au moment où il chutait.

— Aidez-moi, dit-il, les muscles de son bras distendus sous le poids. Donnez-moi l'autre main!...

Jane le rejoignit et attrapa la main tendue de Li Sung. Ensemble, ils le ramenèrent sur le pont.

— Quittez le pont! leur ordonna Ruel en s'éloignant en sens inverse. Je dois aller...

Il s'interrompit en voyant le wagon du maharadjah vaciller dangereusement, son poids l'entraînant vers le bord du précipice.

— Ian!

Ian se trouvait dans ce wagon, se rappela Jane avec horreur. Pourquoi n'avait-il pas sauté?

— Quittez ce putain de pont! cria-t-il encore en courant vers le wagon du maharadjah.

La porte de celui-ci s'ouvrit brusquement. Ian se tenait sur le seuil, l'air ahuri. Son front saignait.

— Ruel!

— Ian! Saute!

Le pont vibrait, les traverses s'écartant comme les dents d'une bouche grande ouverte en train de hurler.

Le choc du métal s'entrechoquant fit entendre un bruit assourdissant. Le pont bougea, envoyant Jane par terre. Son regard paniqué vola de nouveau vers le wagon du maharadjah. Ruel était tombé à quelques mètres, tandis que le choc avait renvoyé Ian à l'intérieur... Le wagon venait de basculer par-dessus le pont, suspendu au-dessus du vide par les attaches le reliant aux deux autres wagons encore sur les rails.

Les attaches tinrent bon, mais le poids du wagon le fit basculer.

— Non! hurla Ruel en regardant avec impuissance les trois wagons glisser lentement vers l'eau boueuse, vingt mètres plus bas. *Ian!*

Le train heurta les rochers plats bordant la berge, se recroquevilla sous l'impact comme un vulgaire jouet; ses parois de bois se déchirèrent tel du papier. La locomotive pénétra dans l'eau à la manière d'un énorme crocodile.

— Mon Dieu..., murmura Jane.

— Occupez-vous d'elle, Li Sung!

Ruel les dépassa en courant, dévalant la berge boueuse en direction des wagons disloqués.

— Non!

Jane ne se rendit même pas compte qu'elle venait de hurler. Ruel allait être tué! Il ne devait pas mourir. Elle ne pourrait vivre s'il mourait. Elle ne le pourrait pas...

Elle s'élança à sa suite mais avait à peine parcouru quelques mètres que Li Sung la plaquait au sol en la maintenant fermement sous lui.

— Laisse-moi !

Elle se débattit furieusement, martelant sa poitrine à coups de poing.

— Tu ne vois pas qu'il va mourir ? Ils vont mourir tous les deux. Il faut que je…

— Et tu mourras aussi, si je te laisse y aller. Ruel est fou s'il croit pouvoir sauver son frère. Il est déjà probablement mort…

— Comment le savoir si nous ne tentons rien ?

— Il a raison, Jane.

Kartauk venait subitement d'apparaître, une lanterne à la main, ses cheveux trempés plaqués sur son visage blême.

— Ecoutez-le !

Elle ferma les yeux et sentit les larmes couler sur ses joues. Ian était mort et bientôt Ruel le serait aussi.

— Vous avez vu, Kartauk ? murmura-t-elle.

— J'ai tout vu. Et je ne veux plus jamais rien voir de pareil.

— Il est tombé. Il n'aurait pas dû tomber…

— Quoi ?

— Peu importe…

Elle ne pouvait pas rester là et baisser les bras alors que Ruel luttait. Ian n'était peut-être pas mort… Et si, par miracle, Ruel parvenait à le tirer de là, ils devaient être prêts à l'aider.

— Laisse-moi me lever, Li Sung, dit-elle en se tournant vers Kartauk. Une corde ! Ruel a-t-il mis une corde dans le sac qu'il vous a donné ?

A moitié submergé, le wagon du maharadjah tenait en équilibre précaire sur les rochers. Ruel y pénétra en rampant par la seule entrée, un trou béant à fleur de berge.

Le splendide intérieur n'était plus maintenant qu'un enchevêtrement de poutres, d'armatures d'acier, de boiseries et de meubles défoncés. Le poêle en porcelaine était renversé, libérant des flammes impatientes. Le feu ne serait pas un problème avec cette pluie, pensa Ruel en fouillant frénétiquement le wagon du regard.

Ian gisait au sol, le corps à moitié enfoui sous le plafond effondré. Ruel rampa jusqu'à lui et commença à extirper énergiquement les débris qui le recouvraient. Le wagon s'enfonça un peu plus dans la rivière ; de l'eau jaune s'y engouffra.

— Non, laisse-moi...

Ruel leva les yeux vers le visage de son frère et le soulagement l'envahit. Ian avait les yeux ouverts... Son visage était crispé de douleur, mais il était vivant.

— Compte sur moi, répondit-il ironiquement en soulevant le divan qui le coinçait encore.

Quand il posa le meuble de côté, le wagon s'enfonça de quelques centimètres de plus et l'eau atteignit le haut de ses bottes.

— C'est trop tard, gémit Ian. Sauve-toi...

— Tais-toi ! ordonna-t-il en tâtant rapidement ses membres. On dirait que rien n'est cassé. Tu peux bouger ?

Ian se redressa, puis retomba avec un cri étouffé.

— Non ? Alors je devrai te tirer, dit-il en avisant les cordons des rideaux tombés par terre. Je vais faire un harnais. Dans l'eau, je ne pourrai peut-être pas te retenir.

Tout en parlant, il fabriqua le harnais de fortune qu'il fixa autour de lui, puis il en attacha l'autre extrémité sous les bras de Ian.

— Prêt ? On y va !

Ian poussa un cri quand Ruel le tira en le tenant par les aisselles.

— Excuse-moi, dit Ruel en le tirant encore. Mais le wagon ne va pas rester longtemps sur ces rochers. Quand il basculera dans l'eau, nous serons emportés...

— Ce n'est pas ta faute... Je suis douillet...

— Tu n'es pas douillet, dit-il en le tirant encore. Plus que deux mètres.

214

— Arrête, grogna Ian. Je ne supporte pas.

— Très bien !

Il s'agenouilla près de lui et le regarda dans les yeux.

— Alors nous resterons ici tous les deux et nous laisserons cette foutue rivière nous tuer. C'est ça que tu veux ? Parce que je ne t'abandonnerai pas...

— Ruel, s'il te plaît. Ne..., s'interrompit-il en fermant les yeux d'épuisement. D'accord, tire...

Les minutes suivantes furent un enfer de douleur pour Ian et demandèrent un effort surhumain à Ruel. Ils atteignirent finalement l'ouverture, où Ruel s'arrêta pour reprendre son souffle. Ian était au bord de l'évanouissement, et comment diable allait-il le sortir de là et le hisser sur ces rochers ?

La question ne se posa plus ; le wagon glissa dans l'eau et fut emporté par le courant comme un fétu de paille. Un instant plus tard, Ruel était projeté contre un rocher. Il tendit instinctivement les bras et réussit à s'agripper.

Il devait tenir, malgré la douleur qui semblait tout obscurcir autour de lui. Ian... Où était Ian ? Il sentit une tension sur le harnais et se tourna pour le voir flotter quelques mètres plus loin. Grimpant sur les rochers, il assura sa position et tira peu à peu la corde le reliant à son frère. Le courant jouait contre lui, retenant Ian, l'attirant vers l'eau.

Une éternité parut s'écouler avant que Ian ne soit assez proche pour qu'il puisse l'atteindre et le hisser à ses côtés. Il ne bougeait plus, inconscient. Peut-être même plus vivant.

Ruel pressa l'oreille contre sa poitrine. Rien. Il mit sa tête plus haut et perçut un faible battement. Vivant, Dieu merci, mais pour combien de temps ? Ramenant les cordes du harnais sur son épaule, il commença à ramper sur les rochers, traînant Ian à sa suite.

Un mètre. Deux. Quelque chose de chaud coulait sur son épaule. La pluie ? Non, du sang de l'entaille que la corde avait creusée dans sa chair, remarqua-t-il dans une semi-lucidité.

Il atteignit la berge et attaqua le talus, ses bottes s'enfonçant profondément dans la boue. Mais il faisait presque du surplace sur ce terrain glissant.

— Nous allons le prendre. Enlevez le harnais !

C'était Kartauk, au-dessus de lui. Il défit rapidement les cordes attachées à Ruel.

— Seigneur, vous êtes dans un sale état...

— Ian...

— Nous le remonterons !

Jane était en train de remplacer le harnais autour du corps de Ian par la corde qu'elle tenait.

— Li Sung a attaché l'autre bout à un arbre en haut de la berge. Dès que nous serons là-haut, nous le tirerons, dit-il en testant le nœud. Il tient bon ! Allons-y...

Ruel les suivit en vacillant jusqu'au sommet de la berge. Ils mirent dix minutes à rejoindre Li Sung. Unissant leurs forces, ils hissèrent ensuite Ian.

— Est-il vivant ? demanda Li Sung.

— Oui, répondit Ruel. Emmenons-le sous l'abri de Kartauk.

Quelques minutes plus tard, ils l'installaient sous l'abri de fortune.

— Occupez-vous de lui, dit Ruel en repartant vers le pont.

— Où allez-vous ? cria Jane.

— Kasanpour. Chercher un docteur...

— Vous pouvez à peine marcher. Comment y arriverez-vous ?

— Qui irait à ma place ? Kartauk ne peut pas. Li Sung non plus... sa jambe.

— Et moi ?

— Taisez-vous ! lui lança-t-il en lui jetant un regard incendiaire par-dessus son épaule. Maintenez juste Ian en vie jusqu'à mon retour.

Jane retint son souffle en le regardant traverser la

gorge. Le pont semblait encore intact, mais on ne pouvait en être sûr après les dommages qu'il venait de subir.

Elle soupira de soulagement quand Ruel atteignit enfin l'autre côté. Un instant plus tard, il était hors de vue.

Maintenez Ian en vie jusqu'à mon retour.

Et comment allait-elle le faire ? se demanda-t-elle avec désespoir en se tournant vers Ian. Sa vie paraissait déjà ne tenir qu'à un fil, et il se passerait des heures avant que Ruel ne revienne avec des secours. La couverture qu'ils avaient posée sur lui était déjà humide et elle n'avait aucun moyen de le protéger, aucune possibilité de faire un feu.

Et quand Ruel reviendrait avec de l'aide, ils découvriraient Kartauk. Elle n'avait peut-être aucune chance de garder Ian en vie, mais elle en avait encore une de sauver Kartauk d'Abdar. Elle se tourna vers Li Sung.

— Je veux que tu conduises Kartauk à Narinth !
— Je ne vous laisserai pas ici, dit Kartauk.
— Faites ce que je dis !

Elle s'efforça de prendre un ton plus calme.

— J'ai perdu tout le reste. Je ne veux pas vous perdre ! Je dirai à tous que Li Sung a été tué dans l'accident. Abdar pensera peut-être que vous étiez dans le train et que vous avez aussi été tué. Une fois à Narinth, installez-vous dans une auberge près du bord de mer et contactez-moi.

Kartauk fronça les sourcils.

— Je ne pense pas que…
— Arrêtez de penser et faites ce que je vous dis ! Je serai plus en sécurité que vous ici. Ça peut vous prendre des jours d'atteindre Narinth à pied.

Li Sung saisit le bras de Kartauk.

— Elle a raison. Nous ne pouvons rien pour l'aider, et votre découverte ne ferait que la mettre en danger. Je m'assurerai de sa sécurité, Jane.

— Je le sais! Bonne chance…

Maintenez-le en vie.

Cela semblait une tâche impossible, mais elle devait sauver quelque chose de cette horreur. Sauver Ian pour Ruel. Elle s'allongea contre lui sur la terre mouillée, l'entourant de ses bras, essayant de lui communiquer sa chaleur.

— Non!

Ils l'arrachaient à elle. Ne se rendaient-ils pas compte qu'il mourrait sans sa chaleur?

— Non, vous ne devez pas…

— Chhh, tout va bien, murmura Ruel. Ils le mettent sur un brancard pour le transporter.

Elle prit conscience des voix qui l'entouraient, des lumières, des mouvements, et se redressa.

— Est-il encore vivant?

— A peine, murmura-t-il en l'aidant à se relever. Mais il faut le sortir de ce fichu déluge. Patrick a conduit un wagon de l'autre côté de la gorge de Sikor.

Il parcourut son visage des yeux.

— Vous êtes aussi pâle que Ian. Pourrez-vous traverser le pont? Il manque des traverses et il n'est pas prudent que je vous porte…

— Je peux marcher, dit-elle en suivant d'une démarche hésitante les quatre hommes portant le brancard. Il doit vivre… ma faute…

— Ne soyez pas stupide, dit durement Ruel. Personne n'est responsable. J'ai d'abord pensé qu'Abdar était coupable, mais on l'aurait déjà vu, et pourquoi voudrait-il saboter le train? Je commence à croire que c'était juste un accident.

Ils atteignirent l'autre côté de la gorge et il la souleva dans ses bras.

— Mais vous tremblez comme une feuille. Pas étonnant que vous n'ayez pas les idées claires…

— Ma faute…

Quand elle se réveilla, elle se trouvait dans son lit et Ruel était assis à côté d'elle sur une chaise. Il s'était changé, mais avait encore l'air épuisé.

— Ian ? souffla-t-elle.

— Encore parmi nous. Pour lui éviter un trop long trajet, nous l'avons amené ici. Patrick lui a donné sa chambre et est allé chercher le docteur Kendrick au fort. Il est avec lui maintenant et fait sûrement tout son possible.

— Sûrement !

— Je vous remercie d'avoir aidé mon frère. Mon frère, répéta-t-il, surpris d'avoir utilisé ce terme. Je ne l'avais pas appelé ainsi depuis notre enfance. Je croyais pouvoir l'effacer de ma vie, mais je... l'aime, vous savez.

— Oui, je sais. Cela se voyait quand vous étiez ensemble.

— Vraiment ? Alors peut-être l'a-t-il vu aussi. Dieu sait que j'ai essayé de ne pas l'admettre. Je ne voulais pas l'aimer. Je ne voulais aimer personne... Il ne se réveillera pas. Le docteur dit qu'il ne peut pas grand-chose pour lui. Il peut glisser dans la mort, sans jamais se réveiller...

— Je suis tellement désolée, Ruel, dit-elle doucement.

— Vous n'avez pas à l'être, rétorqua-t-il d'un ton subitement dur. Parce que le docteur se trompe. Je ne vais pas laisser Ian mourir.

— Mais s'il n'y a rien à faire...

— Il y a toujours quelque chose à faire, dit-il en se levant et en se dirigeant vers la porte. Et je vais le faire !

La porte claqua derrière lui.

Mon Dieu, elle l'aimait ! Cette certitude s'était fait jour quand elle l'avait vu risquer sa vie. Jamais elle n'avait ressenti quelque chose d'aussi violent, d'aussi fatal. Ses sentiments avaient grandi, avaient mûri jusqu'à ce qu'elle soit forcée de les reconnaître. Elle ne voulait pas aimer Ruel MacClaren, bon sang! Il était cruel, ironique, égoïste et impossible à vivre.

Ruel est l'un des héros de ce monde.

Il venait de le prouver. Il pouvait être cruel mais aussi généreux et courageux, se donner tout entier au risque de perdre sa vie. Quant à l'ironie, elle n'en avait pas vu l'ombre sur son visage quelques minutes auparavant; elle n'avait vu qu'un homme vulnérable et blessé. Cela lui ressemblait bien de mépriser sa propre souffrance et de tenter l'impossible.

Et elle devait agir elle aussi, être à ses côtés. Car elle venait de comprendre que rien de ce qu'il vivait ne lui était indifférent.

Quelques minutes plus tard, ignorant les douloureux tiraillements de ses muscles, elle quitta sa chambre et partit à la recherche de Patrick. Elle le trouva sur la véranda, installé dans son fauteuil habituel, son éternel verre de whisky à la main.

— Que fais-tu debout? lui demanda-t-il dès qu'il la vit. Tu as besoin de repos, fit-il en plongeant son regard dans les profondeurs de son verre. Retourne au lit!

— J'ai à te parler...

— C'est malheureux pour le frère de Ruel Mac-Claren. Je ne crois pas qu'il va...

— Ça n'aurait pas dû arriver, Patrick.

— C'était un accident. Cette foutue rivière, dit-il en avalant une gorgée de whisky. Pas de chance. Tu sais bien qu'il y a toujours des accidents...

— Pas comme celui-là...

Sa main se crispa sur son verre.

— Pourquoi me harcèles-tu? J'ai déjà assez de problèmes comme ça! Le maharadjah est fou de rage d'avoir perdu son train et menace de ne pas me payer.

— Je me moque du maharadjah! Un homme est en train de mourir dans cette maison!

— Ce n'est pas ma faute! Qui aurait pu prévoir

220

que la rivière aurait assez de force pour déstabiliser les supports?

— J'ai vu les rails, Patrick.

Il détourna le regard et but une autre gorgée.

— Je ne vois pas de quoi tu parles...

— Un des rails a cédé quand nous avons commencé à traverser la gorge. Ces rails étaient supposés être en acier, mais je suis retournée les inspecter: ils étaient en fer. *En fer*, Patrick. Tu sais que le fer ne supporte pas la même charge que l'acier. Ces rails étaient déjà affaiblis par les vibrations de l'eau cognant les supports, et le poids du train a...

Elle s'interrompit: des larmes coulaient sur les joues de Patrick.

— Je croyais que tout se passerait bien... C'était un si petit tronçon de rail... J'ai dépensé beaucoup trop pour le cuivre de la locomotive et il ne me restait pas assez pour un autre lot. Je ne désirais la mort de personne...

— Oh, Patrick! murmura-t-elle.

Elle avait espéré qu'il nierait et lui donnerait une explication crédible.

— J'ai commis une erreur. Mais je vais la payer. Je suis ruiné, Jane. Plus personne ne m'embauchera.

— Je ne peux pas te plaindre, Patrick, dit-elle au bord de la nausée.

Il hocha hâtivement la tête.

— Je ne me le pardonnerai jamais si cet homme meurt.

Elle n'était pas sûre de pouvoir lui pardonner même si Ian vivait.

— Tu ne diras rien à personne, hein? J'ai dit au maharadjah que c'était la faute des vibrations... C'est en partie vrai, ajouta-t-il rapidement.

— Je ne dirai rien, lui assura-t-elle d'un ton las. Si tu es coupable, je le suis aussi. Je trouvais bizarre que tu veuilles t'occuper du chantier après la livraison de ces rails, mais je voulais croire que tu...

Sa voix s'éteignit alors que sa propre culpabilité la submergeait. Si elle avait écouté son instinct, Ian ne serait pas sur le point de mourir.

— Je te reconnais enfin, dit-il, soulagé. Et nous ferons tout notre possible pour aider ce pauvre homme.

— Je ne veux pas de toi ici, souffla-t-elle.

— Quoi ?

— Je ne peux plus te regarder en face pour le moment. Fais ta valise et va au club des officiers.

Patrick la regardait avec des yeux écarquillés de stupeur.

— Mais je...

Leurs regards se croisèrent.

— Si tu es sûre que c'est ce que tu veux, dit-il sans conviction.

— C'est ce que je veux !

Elle se détourna et quitta la véranda.

L'obscurité se dissipait et Ian pouvait voir une chaude et douce lumière s'approcher de lui, l'accueillir.

— Je sais que tu es réveillé, Ian. Ouvre les yeux, bon sang !

C'était encore la voix de Ruel, tour à tour exigeante et cajoleuse, qui ne cessait de lui parler, l'éloignant de la lumière.

— Fatigué...

— Tu n'es pas fatigué ! Tu abandonnes. Maintenant, ouvre les yeux et regarde-moi !

Les cils de Ian se soulevèrent lentement. Le visage de Ruel était au-dessus de lui, plus maigre, livide, les yeux brillants et implorants.

Tigre d'éclair brûlant...

— Bien ! Maintenant, ouvre la bouche !

Bouillon chaud, à la viande.

— Non, ne tourne pas la tête ! Tu vas tout manger. Tu ne peux pas te battre sans forces...

— Mal. Si mal...

— Tu peux supporter la douleur! Reste avec moi...

Ruel ne pouvait savoir combien il souffrait, songea Ian.

— Je le sais, fit-il en posant sa main sur la sienne. Mais je ne vais pas laisser la douleur te vaincre. Tu te rétabliras et tu rentreras à Glenclaren.

— Glenclaren... C'est... trop loin.

— Mais moi je suis là, dit-il en resserrant sa main. Et tu ne peux pas me laisser. J'ai besoin de toi, bon sang!

Ruel n'avait jamais besoin de personne.

— Non...

— J'ai *besoin* de toi! Tu ne le sens pas?

Les yeux de Ruel brillaient; sa main serrait désespérément la sienne. Ian voulait lui dire de le lâcher, de le laisser retourner à la lumière. Pourtant, lui qui n'admettait jamais avoir besoin de quelqu'un l'avait supplié. Il n'était pas juste de le laisser dans le besoin. Il était forcé de revenir...

— J'essaierai, dit faiblement Ian. J'essaierai...

— C'est tout ce que je demande...

La voix de Ruel était douce, mais Ian discernait sous cette douceur la volonté implacable qui l'avait tiré de sa confortable inconscience.

— Je me charge du reste, Ian.

Tout va bien. Auberge Kedain.

Soulagée, Jane plia le message et le déchira en petits morceaux. Li Sung et Kartauk étaient sains et saufs. Au moins une chose qui tournait bien...

Elle jeta le message déchiqueté dans la poubelle et fit volte-face quand elle entendit Ruel sortir de la chambre.

— Je viens d'avoir des nouvelles de Li Sung. Ils sont bien arrivés à Narinth.

— Bien, dit-il en fermant délicatement la porte

derrière lui. Ian dort. L'examen du docteur ce matin a failli le rendre fou.

Elle avait entendu ses cris de douleur depuis sa chambre et elle en avait souffert autant que Ruel.

— Il est vivant, au moins, et semble aller mieux de jour en jour. Je crois qu'il a pris un peu de poids cette semaine.

Et Ruel en avait perdu. Pourtant, il ne paraissait pas diminué. Au contraire. La force de la volonté qu'il avait déployée pour garder Ian en vie l'avait paré d'une aura.

— Qu'a dit le docteur ?

— Ian est hors de danger...

— Dieu merci !

— Ce n'est pas ce qu'a dit Ian, remarqua-t-il d'un ton amer. Il ne marchera peut-être plus jamais...

— Oh non !

— Il a un problème au dos. Il ne sent plus ses jambes et il ne sera sans doute même pas capable de s'asseoir...

— Peut-être est-ce temporaire ? Le docteur peut s'être trompé ?...

— Je l'espère vraiment, dit-il en se dirigeant lourdement vers la porte. Il faut que j'y retourne. Je ne veux pas qu'il se réveille en étant seul.

Elle le regarda partir, les larmes aux yeux. Durant ces semaines où ils avaient lutté pour sauver Ian, elle avait découvert son visage sensible et doux. Pourquoi se retenait-elle de courir après lui pour le réconforter ?...

— Jane...

Patrick se tenait sur le pas de la porte, l'air piteux.

— J'ai entendu dire que Ian allait mieux. Je suis venu voir si tu avais besoin de quelque chose.

Elle secoua la tête.

— Nourriture ? Médicaments ? Il nous reste encore un peu d'argent...

— Ruel s'occupe de tout !

— Ah...

Il restait planté là, tournant nerveusement son chapeau dans ses mains.

— Eh bien, si jamais tu as besoin de quelque chose... fais-le-moi savoir...

— Il n'y a rien que tu puisses faire.

Elle s'interrompit avant de lâcher avec violence :

— Ian ne marchera peut-être plus jamais !

— Oh non, murmura-t-il, effondré.

Elle hocha la tête.

— Ce n'est pas juste ! Tu ne le connais pas... C'est un homme si bon, si doux...

Sa voix se brisa. Patrick vint aussitôt la prendre dans ses bras.

— Ça ira, ça ira, murmura-t-il en lui caressant les cheveux. Ne pleure pas, Jane.

Les bras de Patrick étaient solides, aimants. Combien de fois avait-elle aspiré à ce qu'il la serre affectueusement contre lui ?

— Tout doux, ma Jane...

Elle poussa un soupir déchirant et le repoussa.

— Je suis désolée. Je sais que ce genre de choses te met mal à l'aise.

— Non, c'est moi qui suis désolé. J'ai été stupide. Mais tu m'as pardonné, n'est-ce pas ?

— Ce n'est pas à moi de pardonner... Je ne sais si je peux ou non te pardonner, ajouta-t-elle d'un ton las.

— Nous nous connaissons depuis trop longtemps pour nous déchirer...

Il s'interrompit puis déclara d'une traite :

— Je regrette de t'apporter une mauvaise nouvelle de plus, mais tu vas devoir quitter le bungalow à la fin du mois. Par ordre du maharadjah...

Elle secoua la tête.

— Nous ne pouvons pas partir tant que Ian n'est pas en assez bonne santé pour se déplacer.

— Le maharadjah veut que nous quittions Kasanpour, Jane.

225

— Je m'en moque! Je ne partirai pas tant que Ian et Ruel auront besoin de moi. Si tu veux m'aider, trouve un moyen de persuader le maharadjah de nous laisser rester.

— Je ferai mon possible, dit-il avec un sourire tendu. Si je demandais au colonel Pickering d'intercéder... il semble avoir de la sympathie pour Ian MacClaren.

— Fais ce que tu crois nécessaire...

Il hocha la tête, toujours hésitant.

— J'ai pensé à ce que nous allons faire après Kasanpour, Jane. Peut-être devrions-nous rentrer en Amérique et repartir de zéro. Là-bas, il y a des chances que personne n'ait entendu parler de...

— Je ne veux pas penser à autre chose qu'à Ian pour l'instant!

— Je comprends! Mais tu verras, tout redeviendra comme avant, même si ça met du temps.

Elle le regarda avec incrédulité.

— Tu te trompes...

— Pourquoi dis-tu ça? demanda-t-il avec une expression anxieuse. Tu ne vas pas me quitter? J'ai besoin de toi, Jane. Nous avons besoin l'un de l'autre. Nous sommes une famille.

Il n'avait jamais été aussi près de prononcer les mots qu'elle voulait si ardemment entendre.

— Tu ferais mieux de retourner au club et de parler au colonel Pickering, dit-elle, évitant de lui répondre.

Frustré, il se détourna.

— Si tu as besoin de quelque chose, fais-moi signe.

Il hésita, puis se retourna vers elle à contrecœur.

— Il y a autre chose que tu dois savoir: le maharadjah a demandé au colonel Pickering de diriger une enquête sur l'accident.

— Pourquoi ne me l'as-tu pas dit?

— Pourquoi t'aurais-je inquiétée avec ces choses-là ? Je ne crois pas que Pickering t'embêtera avec ses questions. J'ai tout réglé.

— Que lui as-tu dit, Patrick ?

Il évita son regard.

— Il valait mieux qu'il croie, que tout le monde croie que...

— Réponds-moi !

— Je lui ai dit que tu avais commandé les rails. Je devais le faire, poursuivit-il rapidement. Le maharadjah me tenait pour responsable. Ne comprends-tu pas ? Ils pourront m'accuser d'avoir été assez stupide pour confier une telle décision à une femme, mais ils ne pourront pas m'accuser de négligence ou de fraude. Ça n'aura pas de conséquences pour toi !

— Tu as *menti* ?

— Arrête de me regarder ainsi ! Je te l'ai dit, l'expert désigné par Pickering a examiné ces rails et a compris que...

— C'est injuste, l'interrompit-elle, la voix tremblante de rage.

Comment avait-il pu lui faire porter l'entière responsabilité de ce drame horrible ?

— Tu n'avais pas le droit de m'accuser !...

— Ecoute, chérie, dans quelques semaines nous serons loin d'ici et nous aurons tout oublié de cette histoire.

— Dis-leur la vérité !

— Ce n'est pas une chose à faire. Ne...

— Si tu ne le dis pas au colonel Pickering, je le ferai !

— Non ! Qu'est devenue ta fidélité ? demanda-t-il plus calmement.

— Qu'est devenu ton honneur, Patrick ?

— Tu m'as fait une promesse il y a longtemps, lui rappela-t-il d'une voix douce. Elle ne compte plus maintenant ?

— Qu'est-ce que tu dis ? demanda-t-elle en le regardant sans comprendre.

— Je t'ai sortie de ce bordel et je t'ai offert une vie respectable. Je t'ai donné une chance d'être autre chose qu'une putain. Tu disais que tu ferais toujours ce que je voudrais...

— Je croyais avoir payé cette dette !

Il rougit, mais répéta :

— Tu m'as fait une promesse...

Elle sentit ses yeux brûler de larmes contenues. Si elle le lui demandait maintenant, il admettrait peut-être même être son père, il admettrait tout ce qu'elle voudrait pour sauver sa peau.

Elle ne lui demanderait rien.

— Je tiendrai ma promesse, Patrick.

Il parut soulagé.

— Tu promets de ne rien dire à personne ?

Chacun de ses mots la pénétrait comme un poignard.

— A personne ! Je prendrai tout sur moi. Si quelqu'un me pose la question, je dirai que j'ai commandé les rails.

— C'est pour notre bien à tous les deux, chérie.

— Mais nous sommes quittes, Patrick. Je ne te dois plus rien.

— Bien sûr que non. Nous pouvons recommencer de zéro.

— Nous ne recommencerons rien du tout. Je ne veux plus jamais te revoir, Patrick, annonça-t-elle d'un ton neutre.

— Tu ne le penses pas sérieusement ? rétorqua-t-il, l'air blessé.

— Je n'ai jamais pensé plus sérieusement depuis ce jour où je t'ai persuadé de m'emmener.

Elle se détourna de lui et s'en alla, retenant ses larmes jusqu'à ce qu'elle ait refermé la porte de sa chambre. Le rêve était fini. C'était un rêve idiot, de toute façon. Elle n'avait pas besoin d'un père. Elle avait toujours eu Li Sung pour l'aider dans les coups durs.

Mais Dieu, que cela faisait mal !

228

— Entre, dit Abdar en souriant. Tu n'as pas à avoir peur…

Zabrie hésita. Son regard passa d'Abdar à Pachtal avant qu'elle ne s'avance lentement dans la salle de réception.

— Vous n'êtes pas en colère contre moi ? dit-elle en butant sur les mots. Ce n'était pas ma faute. Li Sung m'avait menti. Ce chien méritait de mourir dans cette gorge !

— Je sais… Tu n'aurais pas osé essayer de me berner, dit-il en regardant Pachtal. Bien que mon ami ait voulu me convaincre du contraire. Il est d'un naturel très suspicieux…

Elle darda un regard venimeux sur Pachtal et tomba à genoux devant Abdar.

— Je ne savais pas. Je ne vous aurais jamais envoyé à Narinth si j'avais su que Li Sung m'avait menti.

— Tu as été trop confiante, dit froidement Pachtal. Tu pensais que tes maigres talents t'attacheraient sa loyauté. J'aurais pu te détromper…

— Vous sembliez les apprécier suffisamment, rétorqua-t-elle avec rage.

Elle se reprit. Elle devait se montrer plus rusée si elle voulait s'en sortir gagnante. Un sourire se dessina sur ses lèvres.

— Si Votre Altesse le veut bien, je suis prête à prouver combien je regrette de vous avoir mis dans l'embarras…

— Vraiment ? fit Abdar avec un large sourire. Je me souviens du plaisir que tu nous as donné. Je ne vois pas comment tu pourrais te surpasser…

Il avait mordu à l'hameçon. Elle baissa les yeux pour cacher sa jubilation. Maharadjahs ou mendiants, les hommes étaient tous les mêmes. Ils vous pardonnaient n'importe quoi pourvu que vous trouviez un moyen de satisfaire leurs appétits.

— Ce n'était qu'un avant-goût. Je peux vous…

— Des promesses, l'interrompit Abdar. Les mots ne m'intéressent pas.

Il s'avança et prit son visage entre ses mains.

— Mais toi, tu m'intéresses, dit-il doucement. Je te trouve exceptionnelle. Si vivante… Dès que je t'ai vue, j'ai su qu'il fallait que je t'aie.

Une sensation d'intense satisfaction la traversa. Cela avait été plus facile qu'elle ne l'avait pensé.

— Je ne demande qu'à vous satisfaire, souffla-t-elle. Me le permettrez-vous ?

— Comment te résister ?

Ses yeux sombres brillaient d'avidité tandis que ses doigts voyageaient lentement sur ses joues.

— Je crois que tu as raison. Cette nuit va être mémorable…

9

— Il faut manger, Ian, dit Jane en regardant avec inquiétude le plateau intact. Comment comptez-vous vous rétablir si vous ne vous nourrissez pas ?

— Désolé…

Il prit deux bouchées.

— Voilà, j'ai mangé !

— Pas assez…

— C'est plus qu'assez pour un homme cloué au lit qui ne dépense aucune énergie. Mais ne dites rien à Ruel. Il s'inquiète suffisamment comme ça.

— Il veut que vous soyez d'aplomb pour rentrer à Glenclaren.

— J'y ai réfléchi, dit-il en baissant les yeux sur son assiette. Il vaut peut-être mieux que je ne rentre pas…

Elle le regarda avec stupeur.

— Ne pas rentrer ?

— Les serviteurs ne sont pas chers ici et je vais avoir besoin d'aide... pendant un moment.

Parce qu'il espérait mourir bientôt, être délivré de cette condition. Une douloureuse compassion envahit Jane tandis qu'elle regardait son corps terriblement amaigri, ses cheveux ternes et sans vigueur... Mais le plus inquiétant était ce triste désir d'être libéré de la vie.

— Mais vous aimez Glenclaren !

Ses lèvres se crispèrent de douleur.

— Voilà pourquoi je ne veux pas rentrer. Je ne suis plus bon pour Glenclaren...

— Ne soyez pas stupide. Vous serez très utile à...

— Margaret ?

Elle vit pour la première fois de l'amertume sur son visage.

— Oui, je serai très utile à Margaret... un autre invalide à soigner.

— Si elle est la femme que vous dites, elle voudra que vous rentriez.

— Je ne devrais pas avoir le choix, soupira-t-il. Dieu avait décidé que je meure dans ce train. Ruel n'aurait pas dû me sauver...

— Tu crois que j'ai le pouvoir de le combattre ?

Ruel se tenait sur le seuil de la porte, un faible sourire aux lèvres.

— Ça me surprend de toi, Ian. Tu blasphèmes et en plus tu me surestimes beaucoup trop, dit-il en s'avançant. Tu n'as pas mangé ton déjeuner... Fais un effort !

— Je ne peux pas...

Il croisa le regard de Ruel, soupira et saisit la fourchette.

Trop émue, Jane les laissa et se réfugia sur la véranda. Voir souffrir Ruel lui était presque aussi insoutenable que le spectacle du désespoir et de la douleur de Ian.

Quelques minutes plus tard, elle entendit Ruel

quitter la chambre de Ian, puis le bruit de la vais-
selle sur le plateau qu'il rapportait à la cuisine.
Ensuite, il la rejoignit.

— A-t-il mangé ?

— Oh oui ! J'arrive toujours à mes fins avec lui.
Ne l'avez-vous pas entendu parler de ma toute-puis-
sance ?

Elle ne le regarda pas.

— Ce n'était pas vraiment un reproche. Il ne veut
pas mourir.

— Bien sûr que si ! rétorqua-t-il d'un ton tranchant. Et si les rôles étaient inversés, je le maudirais
aussi.

— Il ne vous maudit pas...

— Seulement parce qu'il croit que Dieu devrait se
charger de me régler mon compte.

— Vous lui avez sauvé la vie. Il n'y a pas de plus
grand cadeau.

— Ian pense qu'il y en a un.

La mort. Elle frissonna et changea rapidement de
sujet.

— Il veut rester à Kasanpour.

— Je sais, dit-il en secouant la tête. Si je le laisse
rester ici, il dépérira et mourra. A Glenclaren, il a au
moins une chance de vivre.

— Il est tourmenté à l'idée de ne plus être capable
de gérer la propriété.

— Il a raison. C'est une tâche trop lourde pour un
infirme.

— Ne peut-il pas engager quelqu'un ?

— Si, mais ce serait une charge supplémentaire
qui lui laisserait tout juste de quoi survivre. Dans
cinq ans, je pourrai lui donner tout ce qu'il souhaite,
lui construire un palais à la place de cette maudite
bâtisse ! Mais le destin est contre nous.

— Qu'allez-vous faire ?

— J'ai écrit à Maggie et j'ai pris une place pour

232

Ian sur le *Bonnie Lady* qui quitte Narinth dans trois semaines.

— L'accompagnerez-vous?

Il secoua la tête.

— J'irai à Cinnidar après l'avoir mis sur le bateau, dit-il en se tournant pour lui faire face. Ne me regardez pas ainsi! Pour l'instant, je ne peux rien pour lui à Glenclaren. En allant à Cinnidar, j'aurai au moins une chance de lui procurer de l'argent pour ce fichu bout de terre auquel il tient tant. L'argent peut offrir une vie confortable, sinon heureuse.

— Comment pourrais-je vous blâmer? Vous avez fait plus pour Ian qu'on ne pouvait en attendre.

Il eut un sourire amer.

— Plus qu'il ne le voulait en tout cas... Je vais voir le colonel Pickering pour organiser son voyage sur l'un des bateaux militaires remontant à Narinth, annonça-t-il en se ressaisissant. Ce sera plus facile pour lui. Me relaierez-vous jusqu'à mon retour?

Un flot de panique l'envahit. Ruel n'avait pas quitté Ian depuis l'accident, et n'était pas au courant de l'enquête du colonel.

— Qu'y a-t-il? Un problème?

Trois semaines s'étaient écoulées depuis la découverte de l'expert. Le colonel devait penser que Ruel était au courant. Peut-être lui en parlerait-il...

— Non, non, répondit-elle en s'efforçant de sourire. Ne vous inquiétez pas, je veillerai sur Ian.

— Je ne m'inquiète pas, dit-il avec un sourire d'une rare douceur. Vous œuvrez dans l'ombre pour son bien depuis des semaines, et je ne vous ai jamais remerciée...

— Vous n'avez pas à me remercier! Je ne pouvais agir autrement...

Il la considéra un long moment.

— Je le crois volontiers. Mais sachez que je ne l'oublierai pas et que je trouverai un moyen de vous prouver ma reconnaissance.

— Allez-vous me construire un palais, à moi aussi ? s'efforça-t-elle de plaisanter.

— Peut-être, dit-il en caressant doucement sa joue. Il faut que j'y réfléchisse. Vous m'avez dit un jour que vous ne seriez pas à l'aise dans un palais.

— Je suis étonnée que vous vous en souveniez...

— J'ai une très bonne mémoire... pour les choses importantes, ajouta-t-il en retirant sa main.

Elle avait envie de le toucher, de se rapprocher de cette flamme qui brûlait toujours en lui. Son amour n'avait fait que croître durant ces dernières semaines d'épreuves.

— Je serai de retour dans quelques heures, dit-il avant de sortir.

Un frisson de peur la secoua. Peut-être avait-elle tort de s'inquiéter. Le destin pouvait se montrer clément ; Pickering ne lui dirait sans doute rien.

— Le prochain transporteur part le 27. Je peux demander à l'officier de service de prêter ses quartiers pour le voyage. Ian sera-t-il prêt à voyager à cette date ?

— Plus que jamais, dit Ruel en se levant. C'est très aimable à vous ! Merci !

— Ne me remerciez pas. Nous apprécions tous Ian. Mais ne partez pas sans avoir pris un verre. Vous semblez en avoir besoin...

Ruel secoua la tête.

— Je dois retourner au...

— Asseyez-vous, insista le colonel avec fermeté. Ou je pourrais revenir sur ma décision...

Ruel se laissa tomber sur son siège.

— Un seul verre alors...

Le colonel fit signe au garçon derrière le bar.

— Si vous ne vous reposez pas plus, c'est vous que nous devrons transporter sur une civière.

Il attendit que le garçon ait posé les whiskies devant eux avant de poursuivre :

— J'ai déjà vu des hommes dans votre état, mais c'était généralement après une bataille.

Il venait d'en livrer une, pensa Ruel en avalant une gorgée.

— Je vais bien ! C'est Ian qui est malade...

— Alors pourquoi tremblez-vous ?

Pickering avait raison, nota Ruel avec surprise. Sa main tremblait.

— Je ne me suis pas beaucoup reposé, convint-il en employant toute sa volonté pour arrêter le tremblement. Ça ne veut pas dire que je suis malade.

— Je suis sûr qu'Abdar sera désolé d'apprendre ça.

— Abdar ? s'étonna Ruel.

— Pachtal fait preuve de beaucoup de curiosité. Il est venu me voir la semaine dernière pour me poser des questions sur vous et Cinnidar.

— Quelles sortes de questions ?

— Il voulait tout d'abord savoir pourquoi vous avez cru bon d'acheter cette île. Naturellement, puisque vous ne m'aviez pas mis dans la confidence, je n'ai pas pu l'aider, dit-il en haussant les épaules. Mais j'ai eu l'impression qu'il n'avait pas l'intention d'en rester là. C'est très bien que vous quittiez Kasanpour.

— Vous avez fait enregistrer l'acte de vente à Calcutta ?

— Oui, tout est en règle. Cinnidar est définitivement à vous. Abdar ne peut y toucher.

— Légalement...

— Tant que son père sera vivant, vous n'aurez pas à craindre qu'il intervienne dans ses affaires.

— Nous verrons...

— J'ai jugé bon que vous le sachiez... On a aussi vu Pachtal traîner autour de la gorge de Lanpur. Voyez-vous une raison pour que l'enquête l'intéresse ?

Kartauk. Pachtal se doutait sûrement qu'il n'avait pas été emporté par la rivière... Les derniers mots de la phrase du colonel revinrent brusquement en écho.

— L'enquête ? Quelle enquête ?

Pickering le considéra avec surprise.

— L'enquête sur le déraillement ! Le maharadjah nous a chargés d'en trouver la cause. Une tâche déplaisante, grimaça-t-il. J'ai toujours apprécié Patrick Reilly et je déteste l'idée de participer à son discrédit.

— De quoi diable parlez-vous ? Patrick m'a dit que la rivière démontée était la cause de l'accident. Les vibrations contre les supports auraient fait fléchir les rails.

Pickering démentit de la tête.

— Mon expert affirme que si ces rails n'avaient pas été de qualité inférieure, ils n'auraient jamais cédé.

Ruel eut l'impression de recevoir un coup de poing en plein ventre.

— Etes-vous en train de me dire que l'accident aurait pu être évité ?

— Je croyais que vous le saviez, rétorqua le colonel, l'air interloqué. Patrick a dû parler de l'enquête à Mlle Barnaby.

— Si c'est le cas, elle n'a pas cru bon de m'en informer, dit-il en se levant lentement. Je crois que je vais rendre visite à Patrick Reilly. J'ai quelques questions à lui poser...

— J'ai peur que vous n'obteniez pas beaucoup de réponses. Il est saoul à cette heure ces jours-ci. Pourquoi ne pas interroger Mlle Barnaby ? demanda-t-il après un instant de silence. D'après Patrick, elle était parfaitement consciente de ce qui se passait.

Ruel se figea.

— Que voulez-vous dire ?

— Patrick a essayé de la défendre, mais plusieurs fournisseurs nous ont dit qu'elle était la seule responsable des achats et il a finalement admis qu'elle

236

avait commandé les rails. C'est sacrément dommage qu'il ait été assez stupide pour faire confiance à une femme. Ça va probablement détruire sa carrière.

La porte nous a coûté beaucoup trop d'argent.

Ma faute…

Les mots de Jane résonnèrent dans sa tête.

— Je dois y aller, murmura-t-il d'une voix rauque. Je dois partir…

Il entendit à peine l'appel inquiet de Pickering tandis qu'il quittait le club.

Les mains de Jane agrippèrent nerveusement les bras du fauteuil quand elle l'entendit entrer. Elle s'était répété qu'elle souhaitait cette confrontation, mais maintenant elle aurait tout donné pour l'éviter.

— Jane?…

Sa voix était douce, sans colère. Pickering ne lui avait peut-être rien dit.

— Je suis sur la véranda… Y a-t-il eu un problème avec le colonel?

Il apparut à la porte.

— Pourquoi devrait-il y en avoir?

Elle se crispa en décelant une étrange nuance dans sa voix.

— Parce que vous êtes parti depuis des heures. Il est dix heures passées.

— Vous occuper de Ian a été si pénible?

— Non, je me demandais juste si… Je lui ai donné son dîner et son laudanum. Il devrait passer une bonne nuit.

— Même avec le laudanum, ça lui arrive rarement. Avant, il se réveillait en criant de douleur, maintenant il reste simplement allongé à pleurer. Vous savez ce que ça fait à un homme? fit-il d'un ton plus dur. Ça le remplit de honte. Je dois faire semblant de dormir si je ne veux pas qu'il me supplie de lui pardonner sa faiblesse. Sa faiblesse!

Il *savait*. Elle se leva.

— Je vais me coucher. Bonne nuit, Ruel.

— Pas encore ! J'ai quelque chose à vous demander...

Le moment était venu. Elle serra ses bras sur sa poitrine.

— Quoi ?

— A propos des rails...

Elle avait cru être prête, mais son corps entier se crispa.

— Quelle violente réaction ! L'idée vous gêne autant que ça ?

— Ruel, je...

— Ça m'a tellement perturbé que j'ai marché un long moment après avoir quitté le club... jusqu'à la gorge de Lanpur.

Elle s'humecta les lèvres.

— Pourquoi ?

— Je voulais voir les rails par moi-même. J'ai regardé ces bouts de ferraille brisés et j'ai pensé à Ian... dit-il en levant les yeux pour les plonger droit dans les siens. Et j'ai décidé de tuer Patrick Reilly.

— Non ! cria-t-elle instinctivement.

— Pourquoi pas ? Personne ne le mérite plus... A moins que ce ne soit vous...

Elle se tut, le regardant avec impuissance.

— Pourquoi ne dites-vous rien ? Bon Dieu, ne restez pas plantée comme ça ! explosa-t-il. Dites-moi que c'est faux ! Dites-moi que Pickering se trompe !

— Qu'a-t-il dit ?

— Que vous étiez responsable de la commande des rails. Est-ce vrai ?

— Oui, souffla-t-elle. C'est vrai...

On aurait dit qu'elle venait de le gifler.

— Vous avez dit que l'accident était votre faute. Le pensez-vous vraiment ?

Elle vacilla.

— Je le pense...

— Comment avez-vous pu ? gronda-t-il avec haine

238

en s'avançant pour la prendre à la gorge. Et tout ça pour satisfaire votre Patrick, fit-il en la déchirant du regard. Bon Dieu! pourquoi ne m'avez-vous pas menti? Je ne voulais pas y croire. J'aurais tout fait pour ne pas y croire.

Ses doigts se resserrèrent plus douloureusement sur son cou.

— Je ne veux pas...

Elle lutta désespérément pour respirer tandis qu'il serrait davantage. Elle allait mourir. Ses mains se portèrent à son cou pour tenter d'en détacher les siennes.

— S'il vous plaît...

Les mots s'échappèrent dans un cri rauque et elle pensa qu'il ne l'avait pas entendue. Son expression était absente, torturée, folle.

Un frisson le secoua. Ses mains se crispèrent encore puis, lentement, lâchèrent prise.

— Pourquoi ne puis-je pas le faire? murmura-t-il. Vous le méritez. Personne ne le mérite davantage...

Il se détourna d'elle et se dirigea vers la chambre de Ian.

— Si vous tenez à la vie, restez en dehors de ma vue.

Elle s'attendait qu'il claque la porte, mais la façon très réservée qu'il eut de la fermer était encore plus glaçante.

Elle toucha son cou douloureux d'une main tremblante. Jamais elle n'avait été si près de la mort. Aurait-elle pu tenir sa promesse et se taire si Ruel n'avait pas changé d'avis à la dernière minute?

Patrick n'était pas bête. Il savait que Ruel lui aurait ôté la vie sans hésiter, mais qu'il épargnerait la sienne, quelle que soit la punition infligée.

Et Dieu sait qu'elle méritait aussi d'être punie! Son aveuglement était tout autant condamnable que la négligence de Patrick.

Elle se dirigea lourdement vers sa chambre.

239

Elle devait arrêter de l'aimer. Désormais, il utiliserait cette arme ou n'importe quelle autre pour l'atteindre. Elle devait le considérer en ennemi et s'en protéger. Oui, il fallait cesser de l'aimer.

Elle avait dû somnoler; elle se réveilla au milieu de la nuit pour voir Ruel debout près de son lit. Instinctivement, elle recula.

— On dirait la scène du meurtre d'*Othello*, n'est-ce pas? A une différence près, vous n'êtes pas innocente.

La lumière de la lampe à pétrole révélait son sourire amer.

— Ne vous inquiétez pas, je ne vais pas vous tuer! La mort est une vengeance trop douce...

La mort lui aurait en effet été douce en cet instant.

Il s'assit sur le lit et posa la lampe.

— Vous tremblez, dit-il en déboutonnant nonchalamment sa chemise de nuit. Avez-vous peur que je ne vous viole? Je le pourrais, vous savez. Que je vous haïsse ou non ne semble pas avoir d'importance. Il suffit que je vous regarde pour être excité. Je ne crois pas que j'arrêterai un jour de vous désirer...

Il écarta les pans de la chemise de coton et sa main chaude vint prendre en coupe un de ses seins. Elle inspira profondément, sa poitrine s'écartant et revenant vers sa main.

— Je vous en prie... Vous ne me désirez pas...

— Mais si, je vous désire.

Il lui prit la main et la posa sur son sexe durci.

— Vous voyez? dit-il tout en titillant la pointe de son sein jusqu'à ce qu'elle devienne dure et sensible. Et vous commencez à le vouloir aussi. Je n'aurais même pas à vous forcer. Je pourrais vous prendre sur ce lit. Je pourrais aller et venir en vous et vous faire crier de plaisir.

Ses yeux brillaient sauvagement et un sourire sarcastique incurvait ses lèvres. Sa beauté rayonnait encore plus qu'à leur première rencontre chez Zabrie. Toute la pièce paraissait en être habitée.

Il avait raison. Elle avait envie de lui. Elle voulait apaiser son tourment et le sien par l'unique moyen qui lui restait. Peut-être ne la toucherait-il plus jamais après cette nuit. Elle *voulait* ce moment, ce contact.

— Mais je ne veux pas vous donner du plaisir, dit-il avec douceur. Pas même pour ma propre satisfaction.

Sa main s'écarta de sa poitrine et il referma brusquement sa chemise de nuit.

— Alors je dois trouver un autre moyen…

— Je regrette profondément ce qui est arrivé à Ian, dit-elle avec difficulté.

— Ça ne suffit pas ! Je veux que vous souffriez autant que lui. Vous ne vous en tirerez pas à si bon compte, Jane.

— Je ne m'attendais pas à autre chose…

Il éclata d'un rire impitoyable.

— Mensonge ! Vous pensiez qu'accueillir Ian et me couvrir de sourires serait une compensation suffisante. Mais détrompez-vous : je vais m'assurer que vous vous sentirez aussi prisonnière que lui. Je ne peux pas l'accompagner à Glenclaren, mais vous irez. Vous vous occuperez de lui et vous entendrez ses cris de douleur la nuit en sachant que c'est votre faute.

— Vous voulez que j'aille à Glenclaren ?

— Vous allez payer votre dette ! Sinon, je ferai en sorte que Patrick souffre plus que Ian avant de le tuer.

— Inutile de me menacer, dit-elle calmement. Je suis prête à aller à Glenclaren. Vous n'aviez qu'à le demander…

— Je ne vous demande rien ! Je vous informe de la nature de votre premier acquittement.

— Premier acquittement ?

— Croyez-vous que quelques années de servitude seront votre seul châtiment ? Je ne manque pas d'imagination au point de ne pas trouver meilleur moyen de vous faire souffrir...

Elle eut envie de lui dire qu'elle souffrait déjà.

— Je ferais tout mon possible pour aider Ian. Mais Li Sung et Kartauk doivent venir avec moi. Ils sont en danger ici.

— Je vous en prie, emmenez votre petite compagnie ! Ian va avoir besoin de tout le soutien possible...

— Et Patrick !

Elle l'avait dit instinctivement. Elle avait cru en avoir fini avec lui, mais ni son dégoût ni sa rancœur ne pouvaient effacer des années de vie commune. Elle n'avait pas le cœur de l'abandonner à la rage de Ruel.

— J'envisageais d'emmener ce cher Patrick avec moi à Cinnidar pour m'assurer votre collaboration.

— Il vous gênerait, rétorqua-t-elle aussitôt.

— Vous pensez que je pourrais le tuer... Vous avez peut-être raison. De plus, je n'ai pas besoin d'un otage. Je serai en contact avec Maggie et je saurai si vous tenez parole.

— Je tiendrai parole ! Et peut-être changerez-vous d'avis avec le temps, ajouta-t-elle avec prudence.

— Je ne changerai pas d'avis, dit-il en se dirigeant vers la porte. Je vous ai dit que j'ai beaucoup de mémoire...

Le *Bonnie Lady* quitta le port de Narinth trois semaines plus tard. Jane, Ian, Li Sung, Patrick et Kartauk étaient à son bord.

Ruel se tenait sur le quai.

— Il te regarde, remarqua Li Sung.

— Ah bon ?

Elle savait parfaitement qu'il la regardait, mais elle évita d'en faire autant. Elle l'avait regardé au

242

moment où le bateau avait quitté le quai et s'était sentie enchaînée à lui. C'était exactement ce qu'il voulait : qu'elle sache que cette séparation n'était que temporaire et qu'elle ne lui échapperait jamais.

— Il se comporte très bizarrement avec toi maintenant. Je ne pense pas que tu voudras m'expliquer pourquoi...

— Non, je ne le veux pas.

Pendant qu'ils se cachaient à Narinth, ils n'avaient pas entendu parler de l'enquête et elle n'avait aucune intention de le mettre au courant ; elle savait comment il réagirait s'il apprenait qu'elle protégeait Patrick.

Pourquoi Ruel ne détournait-il pas le regard ? Elle se redressa et s'écarta de la rambarde.

— Je dois retourner auprès de Ian.

Li Sung secoua la tête.

— Kartauk est avec lui. Il semble réussir à l'amuser...

Elle aussi l'avait remarqué et avait béni Kartauk pendant les deux jours qu'ils avaient passés dans une auberge avant le départ. Personne d'autre n'avait jusqu'alors été capable d'arracher un sourire à Ian.

— Où est Patrick ?

— Comme d'habitude, au fond de sa bouteille de whisky. Il va de pire en pire depuis l'accident...

— Oui !...

— Je remarque que tu n'essaies plus de le défendre...

— Non...

— Pourquoi ?

— J'ai suffisamment de soucis comme ça !

— Pourtant, tu l'emmènes à Glenclaren.

— Il ne va pas à Glenclaren. Je l'installerai dans une pension à Edimbourg. L'argent qui nous reste suffira à ses besoins pendant un an. Après, il devra trouver du travail.

— Sans ton aide ?

— Sans mon aide !

— Inhabituel, dit-il avec un léger sourire. Je me demande ce qu'il a fait pour t'ouvrir les yeux.

Ruel la regardait toujours. Pourquoi ne s'en allait-il pas ?

— Tu ne me le diras pas non plus ?

— Quoi ? fit-elle en se forçant à se tourner vers le pont. Tu devrais être content, Li Sung ! Tu n'arrêtais pas de me dire que j'étais stupide.

Il lui emboîta le pas.

— Je ne suis pas content que Patrick t'ait fait du mal. Je l'ai toujours redouté, mais je ne l'ai jamais voulu.

— Je m'en remettrai…

Et elle se libérerait aussi de Ruel, en dépit de sa détermination à la soumettre.

— Tu marches trop vite ! Puisque tu me refuses toute explication, puis-je te demander au moins où nous allons avec un tel empressement ?

— Désolée…

Elle ralentit pour s'adapter à l'allure de Li Sung. C'était Ruel qu'elle fuyait, comprit-elle subitement, cette implacable volonté qui avait arraché Ian des griffes de la mort et qui s'exerçait maintenant sur elle.

— Je voulais descendre à la soute voir comment vont Sam et Bedelia.

— Tout le monde va être si content de vous voir, dit Jane en prenant la main froide de Ian. Votre Glenclaren est magnifique. Je comprends que vous l'aimiez.

Ian ne quitta pas des yeux les tours encore lointaines.

— Oui, c'est beau…

Elle remonta la couverture sur lui. Ce voyage chaotique en charrette l'avait épuisé, pensa-t-elle avec inquiétude. Il était encore plus pâle qu'avant leur départ d'Edimbourg.

— Je suis sûre que tout va bien se passer.

— J'arrive presque à y croire, murmura-t-il, les yeux toujours rivés au manoir.

Quelques minutes plus tard, l'attelage passait le pont-levis en bois et pénétrait dans une cour dallée. Une vieille citerne écornée en occupait le centre et de mauvais brins d'herbe poussaient entre les pierres. Partout où son regard se posait, Jane voyait les signes de la vieillesse et de l'abandon.

— Ce n'est pas toujours ainsi, déclara Ian. J'ai été longtemps absent et un endroit aussi ancien a besoin d'être entretenu.

— Ou d'être détruit, murmura Kartauk.

Jane lui jeta un regard noir.

— Nous ferons les réparations nécessaires, Ian.

Il était étrange de penser que Ruel avait grandi ici. Comment lier son image à ce vieux château effrité ?

— Où est-il ?

La porte principale aux gonds de cuivre s'ouvrit à la volée et une jeune femme descendit les marches.

— Mon Dieu, Ian, ils ne t'ont pas encore sorti de là ?

— Margaret ? s'étonna Ian en se soulevant sur un coude pour la regarder venir. Que fais-tu ici ?

— Où voudrais-tu que je sois ? Quand j'ai reçu la lettre de Ruel, je suis venue m'installer ici avec père. Ce sera plus pratique jusqu'à ton rétablissement.

Jane fut surprise par l'apparence de Margaret MacDonald. Elle comprit pourquoi Ian avait ri de l'image qu'elle s'était faite d'elle. Elle ne pouvait pas voir si ses mains étaient lisses et parfaitement manucurées, mais sa robe bleu foncé au col montant était décolorée et usée par le temps, et elle se déplaçait d'une démarche audacieuse. Grande et mince, ses cheveux blonds étaient rassemblés en un chignon souple. Son menton carré et sa bouche expressive étaient trop larges pour être beaux, mais ses grands yeux gris étaient surprenants de charme.

Elle grimpa dans la charrette et s'agenouilla près de Ian.

— Tu as une mine horrible, lui dit-elle carrément. Il était temps que tu rentres !

Elle lui donna un rapide baiser et poursuivit du même ton abrupt :

— Mais ce n'est pas grave, je vais tout remettre en ordre.

— Margaret..., fit-il en levant la main pour toucher sa joue du bout des doigts. Jolie Margaret...

— Ta maladie a dû affecter ta vue autant que tes membres, dit-elle d'un ton désabusé. Parce que je ne suis sûrement pas jolie !

Elle se tourna vers Jane.

— Qui êtes-vous ?

— Jane Barnaby.

Elle désigna ses deux compagnons assis sur le siège avant.

— Li Sung et John Kartauk.

— Et pourquoi êtes-vous là ?

— Ruel nous a envoyés pour...

— Ça explique tout, l'interrompit-elle. Ruel a toujours fricoté avec les gens les plus bizarres.

Son regard élimina rapidement Li Sung pour se porter sur Kartauk.

— Vous avez de la force ?

Kartauk plissa les yeux.

— Comme un taureau. Aussi puissant qu'Hercule.

— Il ne faut pas prêter foi au dire d'un fanfaron, mais ça devrait suffire. Jock ! appela-t-elle.

Un petit homme solidement charpenté, à la tignasse rousse, arriva en courant.

— Descendez de ce siège et aidez Jock à porter Ian jusqu'à sa chambre, ordonna-t-elle à Kartauk, tout en sortant rapidement de la charrette. Jock, installe-le dans son lit pendant que je vais à la cuisine voir ce que je peux lui trouver à manger.

Elle se tourna vers Jane.

— Suivez-moi ! Nous avons seulement trois employés pour tenir cette grande maison, et avec quatre bouches à nourrir en plus, je ne sais pas si…

— Nous ne serons pas une charge, se hâta de préciser Jane.

— Parlez pour vous ! intervint Kartauk tout en aidant Jock à extraire avec précaution la civière de la charrette. Un artiste est toujours la plus précieuse des charges, et c'est le privilège de tous de veiller à ses besoins et de prendre soin de lui.

— Vous donnez dans le bricolage ? s'enquit Margaret.

Kartauk eut l'air blessé.

— Je ne donne pas dans le bricolage ! Je crée pour le futur. Je suis un grand orfèvre.

— Soyez juste un solide orfèvre ! Je ne veux pas vous voir lâcher Ian dans l'escalier, fit-elle en se tournant vers Li Sung. Vous, emmenez la charrette à l'écurie et dételez ces chevaux. Ensuite, revenez à la cuisine ; je vous trouverai quelque chose à faire.

— Tu les traites comme des domestiques, protesta Ian. Ils sont nos invités, Margaret.

— Glenclaren ne peut pas se permettre d'accueillir des invités qui ne gagnent pas leur pain, remarqua-t-elle durement tandis qu'elle lissait avec douceur ses cheveux vers l'arrière. Maintenant, ne t'inquiète plus, et laisse-moi me charger de tout ! Je monterai te voir quand tu seras un peu reposé.

Elle se détourna et traversa la cour, criant à Jane par-dessus son épaule :

— Vous venez ?

— J'arrive ! répondit Jane en s'empressant derrière elle.

— Attendez !

Le regard de Margaret tomba sur Sam qui trottinait derrière Jane.

— Ce chien est à vous ?

— Sam ne posera aucun problème.

Margaret avisa Bedelia qui suivait la charrette en direction de l'écurie.

— Et le cheval ?

— Je ne pouvais pas le laisser à Kasanpour...

— Il faudra vous débarrasser des deux. Nous ne pouvons pas assumer cette charge.

Jane prit une profonde inspiration.

— Non, dit-elle clairement.

Margaret plissa les yeux.

— Non ?

— Ils restent ! Ils m'appartiennent et je prendrai soin d'eux.

— Je vois...

Un fugitif et réticent respect traversa son visage avant qu'elle ne se détourne et pénètre dans la demeure.

— Veillez à le faire !...

La cuisine dans laquelle Margaret la conduisit était aussi délabrée que la cour et avait besoin d'un bon nettoyage.

— Je suis arrivée depuis deux jours et je ne peux pas tout faire, dit Margaret en remarquant son regard critique. Si ça vous choque, faites le ménage !

— Je ne pensais pas à...

— Bien sûr que si ! Soyez honnête avec moi. Je n'ai pas de temps à perdre en politesses.

Jane se surprit à sourire.

— Alors, je serai franche ! Cette cuisine est une vraie porcherie ! Li Sung et moi la nettoierons dès qu'il reviendra de l'écurie.

— C'est mieux !

Elle désigna une petite femme aux cheveux gris en train d'éplucher des pommes de terre, assise devant l'énorme cheminée.

— Voici Mary Rhodes. Mary, voici Jane Barnaby. Elle est venue avec Ian.

— Une bouche de plus à nourrir, dit la femme

248

d'un ton grincheux. Comme si vous n'aviez pas assez de soucis…

— Elle gagnera son pain, dit-elle en se dirigeant vers la cheminée. Et je n'ai pas de soucis. C'est stupide de s'inquiéter pour des choses auxquelles on ne peut rien. Le ragoût est prêt ?

— Plus que les pommes de terre à mettre.

— Je terminerai. Allez préparer trois autres chambres !

— Trois ?

— Trois, répéta fermement Margaret. Et on ne rouspète pas. Dieu y pourvoira.

— C'est en général vous qui fournissez tout, marmonna Mary en lui tendant son saladier de pommes de terre et son couteau tout en se levant. J'ai remarqué qu'il ne vous aidait pas beaucoup à ce sujet, dit-elle en se dirigeant vers la porte. Tant que j'y serai, je passerai aussi voir votre père.

Un sourire éclaira le visage de Margaret.

— Merci, Mary.

Son sourire s'effaça quand elle se retourna vers Jane.

— Mon Dieu ! Ian a l'air vraiment mal en point ! Ruel m'avait écrit, mais je ne m'attendais pas…

Elle s'assit à la place de Mary et se mit à éplucher les pommes de terre avec dextérité.

— Y a-t-il un espoir qu'il marche à nouveau ?

— Le docteur ne le pensait pas…

— Un docteur peut être aussi stupide que n'importe qui ! Nous oublierons son avis et nous ferons de notre mieux.

Elle souleva les épaules comme si elle se débarrassait d'un poids et examina Jane.

— Pourquoi portez-vous des pantalons ? C'est une tenue plutôt bizarre…

Jane se raidit. Et si Margaret était finalement aussi conventionnelle que toutes ces dames de la bonne société ?

— Ce sont les seuls vêtements que je possède. Je suis désolée s'ils ne vous paraissent pas convenables.

Margaret fronça les sourcils.

— Une femme doit avoir l'apparence d'une femme. Les hommes sont déjà assez vaniteux sans qu'on les flatte en essayant de les imiter...

Jane la regarda avec stupeur, puis éclata de rire.

— Je n'ai jamais cherché à les imiter! Seulement, quand on travaille sur un chemin de fer, ce genre de vêtements est plus pratique.

— Vos raisons sont peut-être bonnes, mais vous auriez dû trouver un compromis... Chemin de fer, dites-vous? reprit-elle, l'air soudain intéressé. J'apprécie les femmes qui *font* quelque chose. Comment en êtes-vous arrivée à travailler dans ce domaine?...

Elle s'interrompit en secouant la tête.

— Vous pourrez me le dire plus tard. Pensons aux choses essentielles! Combien de temps comptez-vous rester ici?

— J'ai promis à Ruel de ne pas quitter Ian tant qu'il aura besoin de moi.

Le visage de Margaret s'assombrit.

— Dieu sait combien de temps cela durera! Il semble avoir besoin de beaucoup d'assistance, et Glenclaren manque de bras.

— C'est ce qu'a dit Ruel.

— Vraiment? C'est surprenant! Ruel se moquerait de voir Glenclaren tomber en poussière.

— Il paraît qu'on est forcément attaché à l'endroit où l'on a grandi.

Margaret la regarda avec étonnement.

— Mais Ruel n'a pas grandi ici! Annie possédait un petit cottage de l'autre côté de la vallée.

— Annie?

— Annie Cameron, la mère de Ruel. Ne saviez-vous pas que Ruel n'était pas un enfant légitime?

— Mais il s'appelle MacClaren! remarqua Jane, les yeux écarquillés.

— Ruel n'a jamais voulu porter un autre nom, même si son père a refusé de le reconnaître. Il ne voulait rien de Glenclaren, mais il a toujours aimé provoquer, et il savait que ça dérangeait le laird.

— Mais Ian parlait toujours de lui..., s'interrompit-elle en secouant la tête, désorientée. Je ne comprends pas...

— Ian ne parle jamais d'Annie. J'ai essayé de lui faire comprendre qu'il n'est pas coupable de la manière dont le laird a traité Ruel, mais en vain. Il le considère comme son frère et il se sent en partie fautif parce que son père a refusé d'épouser Annie et a renié son fils.

— Pourquoi a-t-il agi ainsi ?

— A cause de Glenclaren. Le laird avait déjà un fils et Annie n'était pas une femme vertueuse. Bien que ça ne l'ait pas gêné jusqu'à ce qu'il se lasse d'elle, ajouta-t-elle sèchement. Au début, il était fou d'elle. On dit qu'elle était aussi belle que Ruel maintenant. On racontait même qu'elle lui avait jeté un sort.

— Est-elle encore en vie ?

— Elle est partie pour Edimbourg quand Ruel avait douze ans. Nous avons appris plus tard qu'une grippe l'avait emportée.

— Elle l'a abandonné ?

— Il était tout à fait capable de prendre soin de lui-même, fit-elle en secouant impatiemment ses épaules. Assez parlé de Ruel ! Ce coquin se débrouille pour attirer l'attention sur lui, même en étant sur un autre continent.

Elle se leva pour aller jeter les pommes de terre dans la marmite.

— Maintenant, parlez-moi du Chinois et de cet arrogant poseur qui vous accompagnent !

Deux heures plus tard, Margaret déboula dans la chambre de Ian.

— Es-tu bien installé ? demanda-t-elle en toisant

Kartauk, assis près du lit. Nous n'avons plus besoin de vous ici. Vous feriez mieux d'aller chercher où installer votre atelier. Jane m'a dit que vous risquiez de rester un moment et que vous auriez besoin d'un endroit pour bricoler.

— Bricoler, répéta-t-il avec dépit. Vous n'avez vraiment aucune idée de l'importance de mon travail...

— Mais j'ai une excellente idée de l'importance du mien! fit-elle en désignant la porte. Choisissez l'endroit que vous voudrez, mais partez!

— Que pouvais-je attendre d'autre dans ce pays froid et barbare? se renfrogna Kartauk avant de partir.

— Bon débarras! fit Margaret en venant s'asseoir sur le lit. J'ai tout arrangé pour que le vicaire vienne nous marier dans trois jours, alors il faut bien te reposer d'ici là.

— Nous ne nous marierons pas!

— Bien sûr que si! Mais je m'attendais à cette réaction stupide, dit-elle en écartant tendrement une mèche de son front. Tu n'as pas arrêté d'essayer de sauver Ruel de lui-même depuis sa naissance, et maintenant tu crois que c'est moi qui ai besoin d'être sauvée.

— Je ne veux pas t'imposer un autre fardeau. Ton père...

— Il décline rapidement et ne sera bientôt plus parmi nous.

Il leva rapidement les yeux vers elle.

— Tu ne me l'as pas écrit...

— Pourquoi l'aurais-je fait? Ça n'aurait rien changé!

— Je serais rentré...

— Oui, je sais, dit-elle avec plus de douceur.

— Je partage ta peine.

— J'aimerais ressentir de la peine, dit-elle en grimaçant. Mais nous savons tous les deux que mon père n'est pas un homme tendre...

— Nul ne pourrait être plus attentionné et dévoué que toi, Margaret, remarqua-t-il doucement.

— C'est mon père, fit-elle en haussant les épaules. Et le sens du devoir est la seule différence entre la civilisation et la sauvagerie. En parlant de sauvagerie, comment va Ruel? demanda-t-elle pour changer de sujet.

— Le même. Et différent, ajouta-t-il après une pause.

— Voilà qui est clair! Quoi qu'il en soit, on dirait qu'il fait preuve d'un sens tout nouveau des responsabilités. J'ai reçu hier de sa part une lettre de change de deux mille livres, avec sa promesse d'en envoyer davantage dès qu'il le pourrait.

— Quoi! Ça ne lui laisse plus que mille livres. Renvoie-lui cet argent!

— Je ne le ferai pas! Glenclaren en a besoin. Tu en as besoin. Et ça ne fera pas de mal à Ruel de penser à autrui...

— Il m'a sauvé la vie au risque de perdre la sienne.

— Oh! Ruel est très fort pour ce genre d'exploits. C'est l'autodiscipline qui lui manque.

Ian éclata de rire.

— Dieu que tu m'as manqué, Margaret! Mais je ne te laisserai pas épouser un infirme, remarqua-t-il tandis que son sourire s'évanouissait. Tu as assez sacrifié ta vie!

— Qui sait si tu resteras handicapé? De plus, un cœur et un esprit forts sont plus importants qu'un corps solide, s'empressa-t-elle de remarquer.

— Je ne peux pas te donner d'enfants. Tu aimes les enfants, Margaret...

— Nous pourrons peut-être en avoir...

Il secoua la tête.

— Et beaucoup de couples sont sans enfants...

— Non, Margaret !

— Très bien, j'attendrai pour t'épouser... que tu sois capable de tenir assis pour la cérémonie. A ce moment-là, tu seras en voie de guérison et peut-être moins borné.

— C'est impossible ! Mon dos est...

— Je ferai en sorte que cela arrive, dit-elle en se penchant et en l'embrassant légèrement sur le front. Maintenant, tâche de te reposer ; le voyage a dû te fatiguer.

— Tout me fatigue...

— Ça ira mieux, fit-elle en se levant. J'enverrai Jock te donner ton bain. Je suppose que ta pudeur m'interdit de m'en charger ? C'est ce que je pensais, admit-elle en voyant son expression et en se dirigeant vers la porte. Je me demande pourquoi Dieu a donné aux hommes un tel pouvoir sur les femmes alors qu'ils manquent tant de bon sens !

Margaret ferma la porte derrière elle et serra très fort les paupières alors que la colère, la peine et le désespoir qu'elle ne pouvait laisser voir la submergeaient. Mon Dieu, pauvre Ian !

Par quelle injustice divine devait-elle endurer cette nouvelle épreuve ?

— Vous avez un visage intéressant ! Je pourrais bien m'en inspirer...

John Kartauk se trouvait à quelques mètres d'elle. Elle rougit à l'idée qu'il ait pu assister à son moment de faiblesse, mais son regard évaluateur semblait dénué d'émotion.

— Je croyais vous avoir dit d'aller chercher votre atelier, dit-elle après s'être raclé la gorge.

— Je l'ai fait, répondit-il tout en continuant de détailler son visage. J'ai opté pour la cuisine...

— La cuisine ? Vous ne pouvez pas utiliser la...

— Bien sûr que si ! J'ai besoin d'un four, et ça m'épargnera la peine d'en construire un, dit-il en s'avançant et en lui soulevant le menton. A première vue, j'ai trouvé votre visage quelconque, mais la ligne de la mâchoire est intéressante et le modelé des pommettes...

Elle repoussa sa main.

— Je ne poserai pas pour vous !

— Vous ne vous rendez pas compte de l'honneur que je vous fais, madame, dit-il d'un air chagriné. J'ai quand même refusé la reine Victoria...

Elle ouvrit de grands yeux stupéfaits.

— La reine vous a demandé de...

— Eh bien, pas vraiment ! En fait, je ne lui ai pas donné cette chance... Il faut éviter d'insulter une personne royale... J'avais décidé de toute façon de la refuser.

Il tourna les talons et repartit dans le couloir.

— Quand vous aurez retrouvé votre bon sens, venez me le dire ! Je dois aller débarrasser la cuisine de toutes ces casseroles et poêles...

Elle courut derrière lui.

— Débarrasser... vous ne pouvez pas faire ça !

— Pourquoi pas ? Elles me gênent...

— Etes-vous fou ? Nous avons tous besoin de manger !

— La beauté a plus de valeur que la nourriture. J'accepterai cependant de faire un compromis, fit-il après réflexion. Je vous permettrai d'utiliser la cuisine l'après-midi.

— Vous permettrez...

Prenant une profonde inspiration, elle dit entre ses dents :

— Jetez une seule de ces casseroles et je vous sers au dîner de demain !

Il étudia son expression par-dessus son épaule.

— Je vous crois ! dit-il en se mettant à rire. Mais vous me trouveriez dur à cuire, madame. Je ne suis pas un petit agneau...

— Une seule casserole, répéta-t-elle, menaçante.

— Oh, très bien ! acquiesça-t-il en haussant les

épaules. J'ai repéré un endroit presque aussi convenable dans l'écurie, mais vous devrez m'aider à le nettoyer et dire à Jock d'amener des briques pour mon four.

— Jock est trop occupé pour participer à vos futilités ; quant à moi, je n'en ai pas le temps !

— Me voilà dans un pays d'incurables barbares ! soupira-t-il.

— Vous n'aviez pas l'intention d'utiliser la cuisine, dit-elle en se rendant compte de son manège.

— Non ? Alors pourquoi aurais-je prétendu le contraire ?

Elle n'aurait su le dire. Ou bien était-ce peut-être par gentillesse, pour la distraire de son chagrin sans froisser sa fierté ? Non, elle devait se tromper. Ils ne se connaissaient pas assez pour qu'il puisse lire en elle.

— En effet ! je ne vois pas pourquoi vous seriez si tortueux, dit-elle d'un ton acide. Mais il paraît que les Orientaux se régalent à manœuvrer en eaux troubles. C'est sans doute une tare de votre sang barbare...

— Sans doute, dit-il d'un ton mielleux. Mais je suis sûr qu'une dame de souche écossaise n'aura aucun mal à voir clair dans mes ruses...

Il s'éloigna avant qu'elle ne puisse répondre.

Il était plus de neuf heures du soir quand Jane et Li Sung terminèrent enfin de nettoyer la cuisine. Ils montèrent les marches menant au hall d'entrée.

— Mon Dieu ! que je suis fatiguée, se plaignit Jane en étirant son dos engourdi.

— Va au lit ! Tu te sentiras mieux demain matin, dit Li Sung en ouvrant la porte d'entrée.

— Où vas-tu ?

— A l'écurie. Kartauk s'y est fait un coin pour vivre et travailler. Je m'installerai avec lui.

— Mais tu as une chambre ici...

— Je suis habitué à Kartauk.

— Seras-tu à l'aise là-bas ?

— Plus qu'ici ! Le temple était beaucoup plus confortable que ce château...

— Nous devrons nous adapter. Nous l'avons déjà fait...

— Oui... Mais cette fois, c'est différent.

Elle ressentait la même chose. Glenclaren était un univers complètement étranger. Ni lui ni elle n'appartenaient à ce monde et ils étaient plus habitués à construire qu'à conserver et réparer.

— Nous nous y habituerons...

— Parce que tu dois aider Ian ? Margaret MacDonald me semble suffire à ses besoins, fit-il avec un petit sourire.

— Elle ne peut pas tout faire ! Mais tu n'es pas obligé de rester si tu n'es pas heureux.

— Que ferais-je ? Aller dénicher Patrick dans sa pension d'Edimbourg et partager sa bouteille ? dit-il avec amertume. J'admets qu'à certains moments cette échappatoire m'a tenté.

— Toi ? s'étonna-t-elle.

— Pourquoi crois-tu que je m'interdise la moindre goutte de liqueur ? Ce n'est pas facile d'être infirme, de boiter au lieu de courir...

— Je sais, Li Sung, dit-elle en lui touchant tendrement le bras.

— Non, tu ne le sais pas, rétorqua-t-il tandis que son regard se portait sur l'escalier. Mais Ian le sait maintenant... Je resterai ici ; là où il n'y a pas de tentation, dit-il en sortant.

257

10

4 octobre 1879
Glenclaren

— Comment est-il? demanda Jane quand Margaret sortit de la chambre de Ian.

— Têtu! répondit-elle en se dirigeant nerveusement vers l'escalier. Il ne veut pas passer l'hiver en Espagne. Je ne peux rien en tirer...

La situation devait être sérieuse, pensa Jane. Margaret s'admettait rarement vaincue.

— Avez-vous demandé au docteur de lui parler à nouveau?

— Ce matin, répondit-elle laconiquement. Ian dit que Glenclaren a besoin de lui maintenant et qu'il ira en Espagne au printemps, fit-elle en s'agrippant un instant à la balustrade avant de descendre. J'ai répondu à cet idiot qu'il allait faire de moi une veuve s'il ne se débarrassait pas de cette toux et que ce n'était pas ici qu'il y arriverait. Les hivers sont trop rudes à Glenclaren...

Jane avait éprouvé cette rudesse durant les trois hivers qu'elle y avait passés et ressentait la même appréhension.

— Il changera peut-être d'avis...

— Il n'en a pas changé depuis trois mois. Il n'arrête pas de parler de Glenclaren et des choses qu'il a à y faire en hiver. Il *mourra* ici.

— Persévérez! Il était si enthousiasmé par les plans du nouveau barrage...

— Un homme a besoin de se sentir utile. Je savais que c'était le seul moyen de le ramener à la vie, grimaça-t-elle. Mais après lui avoir répété pendant trois ans que Glenclaren ne pouvait se passer de lui, comment le persuader aujourd'hui d'aller se dorer en Espagne ?

— C'est pourquoi vous m'avez fait venir ? Je lui ai déjà dit que le moulin fonctionnait bien. Il marche presque tout seul maintenant. Mais je pourrais essayer de lui parler encore, ajouta-t-elle en fronçant les sourcils.

— Il ne vous écoutera pas non plus. Heureusement que je l'avais prévu et que j'ai pris des mesures !

— Lesquelles ?

— Ruel...

Jane se figea sur les marches.

— Vous êtes devenue blanche comme un linge, remarqua Margaret en l'examinant avec perspicacité. La seule évocation de son nom suffit-elle à vous secouer ?

— Bien sûr que non ! rétorqua Jane en se remettant à descendre. C'est le manque de lumière qui vous donne cette impression...

— Nous sommes en plein après-midi et la lumière est forte...

— Pourquoi devrais-je être perturbée quand vous parlez de Ruel ?

— Vous n'avez pas prononcé le nom de ce galopin depuis votre arrivée, remarqua-t-elle en secouant la tête d'un air las. Comment Ruel vous a aliénée ne me concerne pas. Je sais qu'il est très doué dans ce domaine. Si vous préférez ne pas m'en parler, je...

— Je n'en parle pas parce que ça n'a aucune importance ! C'est le passé...

— Le passé influence parfois le futur, dit-elle en prenant son châle de laine bleu sur le portemanteau et en le jetant sur ses épaules. C'est pourquoi j'ai pensé préférable de vous avertir...

— Que vous aviez écrit à Ruel ?

Margaret secoua la tête.

— J'ai écrit à Ruel il y a trois mois. Et j'ai reçu ce

matin un message d'Edimbourg m'annonçant son arrivée pour demain.

Le choc lui coupa la respiration.

— Il vient ici ?

— Lui seul pourra tirer ce qu'il veut de Ian.

— Et Cinnidar ?

— Ruel a dû considérablement s'améliorer depuis la dernière fois que je l'ai vu. Il semble estimer que la vie de son frère est plus importante que l'or, dit-elle en ouvrant la porte. Aussi vous devriez éviter les conflits tant qu'il n'aura pas persuadé Ian de partir. Ensuite, vous pourrez le maltraiter comme bon vous semble.

— Merci, dit Jane en se forçant à sourire. Mais je doute de le voir beaucoup. Li Sung et moi serons trop occupés au moulin pour venir au château.

— Je croyais que le moulin tournait tout seul..., remarqua-t-elle en haussant les épaules. Soit ! si vous préférez vous cacher au moulin, je n'y vois pas d'inconvénient...

— Je ne me cache pas, je veux seulement...

— L'éviter.

Margaret s'arrêta devant la barrière où Bedelia était attachée.

— Je doute fort qu'il vous laissera faire. Il s'enquiert de vous à chacune de ses lettres...

— Vous ne me l'avez jamais dit...

— Il n'était pas nécessaire de parler de lui alors que vous ne le souhaitiez pas. En outre, il avait le droit de poser des questions sur Glenclaren et ses habitants puisqu'il contribuait à leur survie, dit-elle en regardant la cour nouvellement pavée et les bâtiments annexes rénovés. Et il l'a fait généreusement. L'argent qu'il a envoyé a permis de sauver Glenclaren et donc de sauver Ian. Vous retournez au moulin ? demanda-t-elle en se tournant vers Jane.

— Sauf si vous voulez que je reste...

— Pourquoi resteriez-vous ? Je sais que vous

n'aimez pas le château. Je n'ai pas été surprise quand vous avez déménagé dans le cottage.

— Si vous aviez eu besoin de moi, je ne serais pas partie...

— Je n'avais pas besoin de vous, remarqua-t-elle avec un léger sourire. Mais vous me manquez. Pourquoi avez-vous l'air si surpris ? Nous sommes amies, non ?

— Oui...

C'était la première fois que Margaret prononçait ce mot, et cela révélait à quel point elle était perturbée. Elles s'étaient soutenues pour sauver Ian et Glenclaren tout en gardant jalousement leurs distances et leur intimité. Margaret était si forte qu'on en oubliait parfois à quels problèmes elle était confrontée. C'était elle, et non Ian, qui dirigeait la propriété, mais elle ne le lui faisait jamais sentir. Elle s'était occupée de lui avec dévouement et, à force de volonté, avait obtenu qu'il s'assoie sur son lit, plus rarement sur une chaise. Deux ans auparavant, elle avait fait venir le vicaire pour qu'il les unisse.

— Je reviendrai au château si vous le voulez...

— Ne dites pas d'idioties ! Vous avez vos charges et j'ai les miennes. Nous nous verrions à peine si vous étiez là...

Elle commença à traverser la cour.

— Où allez-vous ?

— Kartauk, grimaça Margaret. Comme si l'obstination de Ian ne suffisait pas ! Il faut aussi que j'essaie de refréner les ardeurs de ce taureau d'orfèvre.

— Encore ? sourit Jane.

— Vous ne m'avez pas fait un cadeau en l'amenant ici ! Ellen MacTavish est venue pleurnicher sur mon épaule hier matin, disant qu'il lui avait pris son innocence...

— C'est une grave accusation !...

— Et fausse aussi ! Il n'y a pas un gars de la vallée qui ne lui soit passé dessus ! Mais c'est la troisième fois en deux mois que je dois m'occuper des affaires

261

de jupons de Kartauk. Croit-il que je n'aie que cela à faire ? Je vais aller lui dire deux mots, dit-elle en serrant son châle contre elle.

Elle se dirigea d'un pas rapide vers l'écurie. Le sourire de Jane s'évanouit ; ses mains tremblaient sur les rênes quand elle se mit en selle.

Elle dirigea impulsivement Bedelia vers le sud au lieu de prendre vers le nord en direction du moulin. Un moment plus tard, elle s'arrêta sur la colline surplombant le cottage en ruine d'Annie Cameron. Elle n'était venue ici qu'une fois, au cours du premier mois de son arrivée. Non par simple curiosité, comme elle aurait aimé à le croire, mais pour exorciser les dires de Margaret. Elle s'était efforcée de se persuader que le petit garçon qui avait passé une nuit entière abandonné au risque de mourir n'était pas le Ruel qu'elle connaissait. Mais elle n'avait réussi qu'à ressentir une souffrance insoutenable. Le souvenir de ce petit garçon planait encore sur cette vallée.

Voilà pourquoi elle revenait ici aujourd'hui. Elle n'avait rien à craindre de cet enfant. Et il l'aidait à se rappeler que Ruel était humain et pouvait être vaincu. Car elle avait immensément besoin de se convaincre qu'elle n'avait rien à redouter de son retour.

— Dieu, que cet endroit sent mauvais ! s'exclama Margaret en se pinçant le nez dès qu'elle eut franchi le seuil de l'atelier. La bouse a meilleure odeur que cette mixture que vous utilisez pour allumer votre four...

Kartauk lui sourit par-dessus son épaule.

— Parce que la bouse est une matière première. Ceci est un combustible bon marché, dit-il en ouvrant la porte du four et en y glissant un plateau contenant une forme en glaise. Ce qui devrait plaire à votre âme d'économe, madame...

— En tout cas, cette odeur ne me plaît pas,

répéta-t-elle en s'avançant vers lui. Alors je vais dire ce que j'ai sur le cœur et m'en aller.

— Pas si vous voulez que je vous écoute! Je dois positionner correctement ce plateau, dit-il en désignant un tabouret de la tête. Asseyez-vous!

— Mais je n'ai pas le temps de...

Elle s'interrompit. Comme d'habitude quand il était absorbé dans son travail, il ne lui prêtait pas attention. Elle s'installa sur le tabouret, satisfaite au fond d'être venue. Elle ressentait toujours une sorte de détente en sa compagnie.

— Vous n'avez aucun confort ici! Vous devriez abandonner une journée vos bricolages pour fabriquer une ou deux chaises...

— Je suis très bien ainsi!

— Vous vous contenteriez d'une couverture sur une meule de foin! Mais Li Sung?

— Il ne vient ici que pour dormir depuis qu'il y a le moulin, fit-il en lui jetant un regard. Vous êtes la seule à vous plaindre du manque de confort. Si ça vous dérange, pourquoi n'apportez-vous pas quelques pièces du beau mobilier du château?.

— Pour que vous les abîmiez?

— Je ne suis pas négligent avec ce qui m'importe.

Elle ne pouvait pas le nier. Concernant son art, il pouvait se montrer fanatiquement scrupuleux et appliqué. Elle l'avait vu passer deux heures à positionner une de ses sculptures dans le four.

— Ce serait mieux pour nous tous si vous vous intéressiez à autre chose qu'à ces maudites sculptures...

— Etes-vous venue me donner une leçon de morale? dit-il sans lever les yeux. Quelle transgression ai-je encore commise?

— Si vous me prêtiez une seconde d'attention, je vous le dirais, rétorqua-t-elle aigrement.

— Vous pouvez vous servir du café, si vous voulez.

— Et me régaler avec votre infâme ragoût? remar-

263

qua-t-elle en se levant et en se dirigeant vers le poêle. Je suppose que je n'ai pas le choix, si vous persistez à me faire attendre.

Elle versa le café dans une tasse ébréchée mais impeccablement propre. Cela faisait partie des contradictions de Kartauk : baignant dans un désordre innommable, tout ce qu'il touchait devait néanmoins reluire de propreté.

— Sur quoi travaillez-vous ? demanda-t-elle en regardant avec curiosité le buste dont les traits n'étaient pour l'instant pas reconnaissables.

— Li Sung. Je l'ai commencé ce matin...

Elle alla se rasseoir.

— Je pensais que vous l'aviez déjà fait...

— Pas tant qu'il pouvait me voir travailler. Il y a trop de douleur en lui. Douleur et orgueil. Il croit que personne ne peut voir sa souffrance et ça le perturberait de réaliser son erreur. Il vaut parfois mieux cacher ce que l'on sait lorsque c'est trop douloureux, remarqua-t-il en la regardant.

Elle croisa son regard et y vit de la sagesse, du cynisme... et de la compréhension. Trop de compréhension. Elle détourna les yeux.

— Vous déployez à l'occasion de purs sentiments chrétiens. J'aimerais que vous soyez aussi sensible envers les femmes...

— Vous n'avez jamais fait appel à ma sensibilité auparavant, remarqua-t-il d'un ton crispé. Je ne m'y attendais pas de votre part...

— Je ne parlais pas pour moi, le rassura-t-elle rapidement.

Il se détendit.

— Dieu merci ! Pendant un instant, j'ai cru m'être trompé sur votre compte. Quelle humiliation cela aurait été...

— Ellen MacTavish...

— Une sacrée coquine, sourit-il. Elle m'a donné bien du plaisir...

— Plus que vous ne lui en avez donné! Elle est venue se plaindre que vous lui aviez volé sa virginité.

— C'est faux, affirma-t-il tandis que son sourire s'évanouissait. Un homme a ses besoins, mais je ne cours pas après les femmes sans expérience. Jock m'a assuré que...

— Jock? Ce sont les serviteurs de Ian qui vous procurent vos courtisanes maintenant?

— Un homme a ses besoins, répéta-t-il en s'asseyant devant sa table de travail. Ellen MacTavish est-elle le sujet de votre sermon?

— Et Deirdre Cameron *et* Martha Belmar.

— Mon Dieu! que les Ecossaises sont bavardes! Elles sont toutes venues vous voir?

— Je suis la femme du laird. Les gens de la vallée viennent au château quand ils ont un problème. C'est la coutume...

— Je leur ai apporté du plaisir, pas un problème, et je n'ai fait aucune promesse de mariage. L'ont-elles prétendu?

— Non, avoua-t-elle en fronçant les sourcils d'un air dégoûté. Elles miaulaient telles des chattes en chaleur parce que vous ne leur étiez pas revenu...

Kartauk éclata de rire.

— Ça n'aurait pas été juste! Etre touchée une fois par le feu divin est une bénédiction; à revenir je n'aurais fait que les rendre à jamais insatisfaites, remarqua-t-il en frappant du poing sa poitrine.

Elle ferma les yeux.

— Doux Jésus! quelle arrogance! Je ne sais pas comment je supporte d'être dans la même pièce que vous...

— Parce que vous avez besoin de moi.

— Besoin? s'exclama-t-elle en rouvrant brusquement les yeux. Je n'ai besoin de personne! Certainement pas d'un impudent fanfaron qui pense que les femmes ne sont utiles qu'au lit ou pour servir de modèle à d'infernales statues...

— Ce n'est pas vraiment exact... Je vous tolère, alors que vous refusez de poser et ne m'avez jamais donné ni plaisir ni...

— Vous me *tolérez* ! dit-elle en se levant et en le toisant de toute sa hauteur. C'est *moi* qui vous tolère ! Vous occupez cette écurie, dont nous avons maintenant besoin pour les chevaux et les provisions, et vous ne nous aidez jamais, vous...

— Vous avez raison !...

— Quoi ?

— Je suis un sale égoïste qui ne vous cause que des ennuis, dit-il en souriant gentiment.

— Sans aucun doute ! s'exclama-t-elle en le regardant avec suspicion. Pourquoi cette douceur subite ?

— Peut-être est-ce parce que je me sens seul et que je ne veux pas que vous partiez. Asseyez-vous et terminez votre café...

— Vous, seul ? fit-elle en se rasseyant lentement. Vous n'êtes jamais seul.

— Qu'en savez-vous ? lui demanda-t-il en se servant une tasse de café. Les besoins d'un homme ne se limitent pas qu'au sexe. Li Sung n'est pas le seul à ne pas révéler sa faiblesse, remarqua-t-il en s'asseyant à sa table de travail. Peut-être ai-je touché ces femmes parce que je savais que ça vous amènerait à moi...

— Absurde !

Il rejeta la tête en arrière en éclatant de rire.

— Vous me connaissez trop bien ! Vous avez raison, pourquoi un homme de ma grandeur aurait-il peur de demander ce qu'il veut ?

— Vous n'avez certainement pas eu peur de le demander à Ellen MacTavish, remarqua-t-elle d'un ton acide.

Il haussa les épaules.

— Certains besoins sont plus simples que d'autres à satisfaire. Quoi qu'il en soit, je me demande pourquoi vous n'avez pas éprouvé la nécessité de me reprocher ma conduite avant qu'Ellen MacTavish ne vienne vous voir.

— J'étais occupée, dit-elle en détournant le regard. Je n'ai pas de temps pour ces trivialités. Vous ne croyez quand même pas que c'est une excuse pour vous voir ?

— Dieu me garde d'une telle prétention ! répondit-il en buvant une gorgée de café. Mais j'ai remarqué que vous aviez l'air épuisée...

— Ellen MacTavish...

— Ne vous fait ni chaud ni froid. Je suis sûr que vous l'avez réprimandée pour son manque de vertu et l'avez renvoyée à ses affaires. Quel est votre problème ? demanda-t-il en croisant son regard. Ian ?

Le soulagement coula en elle telle une eau bienfaisante. Il avait deviné, elle pourrait donc en parler maintenant. Kartauk parvenait toujours à savoir ce qu'elle ressentait et l'aurait sondée inlassablement jusqu'à ce qu'elle se livre. Cet étrange lien existait depuis le jour des funérailles de son père, quand il était venu lui présenter ses condoléances en privé. Elle n'avait jamais compris comment elle en était arrivée à lui parler, elle qui ne se confiait à personne. Elle avait révélé des sentiments que Ian lui-même ne connaissait pas, son amour, sa déception... et son amertume. Il avait écouté d'un air impassible et avait ensuite semblé oublier ses confidences. Il était reparti travailler, la laissant incroyablement libérée.

— Ian ne veut pas aller en Espagne...

— Vous savez cela depuis trois mois. Ruel le fera changer d'avis. Quand arrive-t-il ?

— Demain !

— Alors vous n'avez pas à vous inquiéter...

— Vous avez une plus grande confiance en Ruel que moi. Je ne suis pas sûre d'avoir été sage de suivre votre conseil. Jane était bouleversée quand je lui ai annoncé sa venue...

— Elle doit un jour ou l'autre être confrontée avec

267

lui. Vous avez besoin d'aide et il peut vous l'apporter.

— Et rien d'autre ne compte ?

— J'aime beaucoup Jane. Mais il est parfois nécessaire de faire des choix...

— Et vous avez choisi Ian ?

— Ian ?

Il but le reste de son café en deux gorgées et posa la tasse sur la table.

— Mais bien sûr ! Nous devons tous nous sacrifier pour Ian. Il a passé une mauvaise nuit ?

— Comment le savez-vous ?

— Vous n'auriez pas reparlé de l'Espagne si vous n'aviez pas été à bout...

— Il a toussé toute la nuit, dit-elle tandis que sa main se crispait sur la tasse. Et quand j'ai évoqué l'Espagne, il n'a rien voulu savoir. Il a dit que Glenclaren avait besoin de lui. Que j'aie aussi besoin de lui ne fait aucune différence...

— Le lui avez-vous dit ?

— Vous êtes fou ? Ne porte-t-il pas assez de fardeaux sans lui ajouter la culpabilité ?

— Non, vous ne voudriez pas alourdir son fardeau, fit-il en souriant. Mais je ne suis rien pour vous et je suis capable de vous écouter. Dites-moi, je veux savoir.

Il *voulait* savoir. Son regard la fixait intensément, et elle pouvait sentir la force de sa volonté l'envelopper.

— Laissez-vous aller, dit-il doucement. Racontez-moi, à partir d'hier quand la toux a commencé.

Elle inspira profondément et commença. Il écoutait intensément, ses doigts agiles travaillant la glaise tandis que les mots surgissaient d'elle en un flot ininterrompu. Elle n'était pas consciente du temps qui passait ; à un moment donné, Kartauk se leva pour allumer la lampe près de la table. Puis il se rassit pour continuer d'écouter.

Lorsqu'elle s'arrêta, le silence s'installa entre eux. La paix!...

La puissante main de Kartauk écrasa la forme qu'elle était en train de modeler!

— Que... Pourquoi avez-vous fait ça? Vous y avez travaillé tout l'après-midi...

— Ce n'était pas assez bon, dit-il en s'essuyant les mains. Non que je puisse être médiocre, fit-il en souriant. Pour un homme ordinaire, mes productions les plus médiocres pourraient représenter l'achèvement d'une vie de travail...

Elle lui rendit son sourire.

— Arrogance...

— Simple vérité, dit-il en se levant et en s'étirant paresseusement. Et voici une autre vérité: il est temps que vous retourniez auprès de Ian. Il va faire nuit et il s'inquiétera...

— Oui.

Elle se leva, mais resta là, hésitante.

— Venez-vous jouer aux échecs avec Ian après dîner?

— Pas ce soir, dit-il en regardant la forme écrabouillée sur sa table. J'ai du travail...

Elle se dirigea vers la porte.

— Alors je vous verrai sans doute quand Ruel arrivera...

— Probablement...

Il était de nouveau concentré sur son travail et avait déjà oublié sa présence. Eh bien, n'était-ce pas ce qu'elle souhaitait? Qu'il lui donne du silence et de la paix, puis qu'il se ferme à elle? Cependant, pour une raison inconnue, cette attitude l'ennuyait aujourd'hui.

Elle s'arrêta au seuil de la porte, traversée par une pensée.

— Vous n'en avez jamais fait un de moi, n'est-ce pas?

— Quoi?

— Vous faites un buste de Li Sung à son insu.

269

Comment saurais-je que vous n'en avez pas réalisé un de moi?

— Vous voulez savoir si j'ai votre double caché parmi mes trésors? Non, madame...

Elle éprouva un absurde soulagement.

— Personne n'est à l'abri quand votre art est dans la balance...

— C'est vrai! Mais je n'ai jamais fait un buste de vous, dit-il en levant la tête.

— Pourquoi pas? demanda-t-elle avec curiosité.

— Je n'oserais pas...

Elle se mit à rire, puis s'arrêta net, subitement ébranlée par son regard.

Il baissa enfin les yeux sur son travail et déclara légèrement:

— Je tremble tellement devant la juste colère de la dame du laird...

Un tumulte d'émotions confuses la traversa. Pendant un instant, elle avait eu l'impression d'être sur le point de découvrir quelque chose d'important et de mystérieux sur Kartauk. Que savait-elle vraiment à son sujet? Il ne parlait jamais de son passé, ne demandait jamais d'aide s'il ne s'agissait pas de son art, et ne laissait personne voir au-delà de cette apparence effrontée et extravagante. Durant toutes ces années, elle avait beaucoup pris de lui sans rien donner en retour. Peut-être ne plaisantait-il pas en parlant de ses besoins spirituels...

— Je n'ai pas dit la vérité, déclara-t-elle d'un ton hésitant. Vous manqueriez si vous quittiez Glenclaren...

Il s'arrêta en plein mouvement mais ne la regarda pas.

— A Ian?

— Oui...

Elle s'humecta les lèvres avant de confesser maladroitement:

270

— Et à moi. Je vous trouve plus gentil que vous ne le prétendez...

— Vraiment? l'interrogea-t-il en levant les yeux tandis qu'un sourire éclairait son visage. Mais je ne prétends rien. Ne me jugez pas selon vos normes. Je suis un impitoyable barbare, vous vous souvenez?

Elle hocha la tête.

— Comment pourrais-je oublier?

— Et maintenant, un coureur de jupons sans cœur.

Le coquin se moquait d'elle. Pourquoi diable s'inquiétait-elle de ses maudits sentiments?

— Vous l'êtes, sans aucun doute! Dorénavant, quand vous toucherez l'une de ces gredines de votre feu divin, faites en sorte d'éteindre vous-même l'incendie.

Son rire tonitruant la poursuivit longtemps après qu'elle fut sortie.

Li Sung frappa à la porte du cottage de Jane alors qu'elle venait à peine de rentrer.

— Que se passe-t-il? demanda-t-il en voyant son expression. Ian?

Elle savait bien que Li Sung s'apercevrait de son trouble. C'est pourquoi elle était passée par le cottage plutôt que de se rendre directement au moulin. Elle secoua la tête.

— Son état est le même. Pour moi? demanda-t-elle en apercevant l'enveloppe dans sa main.

— C'est arrivé juste après ton départ. J'ai pensé que tu voudrais tout de suite la lire. Elle vient du Lancashire...

Elle l'ouvrit en espérant de toutes ses forces une réponse positive. Elle avait besoin de bonnes nouvelles aujourd'hui. Mais elle fut déçue.

— Encore un refus?

— Oui! fit-elle en pliant la lettre et en la remettant dans l'enveloppe. On dirait que le chemin de fer du Lancashire n'a pas besoin de moi.

— C'est tout ce qu'ils disent?

— Oh non! M. Radkins suggère que je renonce à cette stupide idée de me mêler d'affaires masculines...

— C'est un idiot!

— Eh bien, c'est à croire que le monde en est rempli! C'est le cinquième refus que je reçois en six mois. Je suppose que j'aurais dû m'y attendre... Les hommes les plus incompétents sont mieux considérés qu'une femme...

— Nous pourrions retourner en Amérique, suggéra Li Sung. Ils ont peut-être l'esprit plus ouvert que ces Anglais...

— C'est trop loin! Je dois rester en Ecosse, au moins en Angleterre au cas où Ian aurait besoin de moi.

— Je n'ai jamais compris cette culpabilité que tu ressens à son égard, dit-il en secouant la tête. Pourquoi? Ce n'était la faute de personne...

— J'aime beaucoup Ian et je veux faire tout ce que je peux pour lui, rétorqua-t-elle avant de se détourner brusquement, d'attraper son châle écossais sur la chaise et de se diriger vers la porte. J'ai envie de marcher. Tu viens?

Il secoua la tête en boitillant vers son cheval.

— Ma jambe a assez souffert aujourd'hui, et tu as plutôt l'air d'humeur à courir qu'à marcher. Je retourne au château. A demain. A moins que tu n'aies encore besoin de moi, dit-il en la regardant.

Elle se força à sourire.

— Tu dis ça à cause de la lettre? Je m'y attendais...

— Et t'attendais-tu à la nouvelle qui t'a rendue aussi pâle et tremblante que sous l'emprise de la fièvre?

— Je ne suis pas...

Elle s'interrompit en croisant son regard.

— Ruel MacClaren arrive demain...

— Je vois! Pas étonnant que tu sois perturbée...

— Je ne suis pas perturbée. Mal à l'aise, peut-être...

— Pourquoi?

Elle haussa les épaules.

— Il... me met mal à l'aise. Il met mal à l'aise tout le monde.

— Il a beaucoup fait pour Glenclaren. C'est son argent qui a tout rendu possible, ajouta-t-il pour l'empêcher de protester. Tu ne peux pas le nier, Jane.

— Je ne le nie pas.

Elle garda le silence un moment, puis lâcha:

— J'aurais juste voulu... pourquoi ne pouvait-il pas rester où il était? Il n'est pas chez lui ici...

— Pas plus que nous, dit doucement Li Sung. Tu le sais aussi bien que moi, sinon tu n'aurais pas cherché du travail ailleurs. J'ai vu ton impatience grandir cette année. Combien de temps resterons-nous ici?

— Tant que Ian aura besoin de nous.

Li Sung secoua la tête.

— Nous lui avons donné le Glenclaren qu'il veut et Margaret lui procure tout le reste.

Elle le regarda monter maladroitement en selle et diriger son cheval vers le château.

— Li Sung! Es-tu vraiment malheureux?

— Un endroit en vaut un autre pour moi, rétorqua-t-il. Mais peut-être que je commence à être impatient moi aussi, maintenant qu'il n'y a plus de défi à relever.

Il s'éloigna au trot.

Elle resserra le châle noir et vert contre elle et commença à monter la colline. Le soleil était presque couché et le vent d'automne la glaçait. Elle avançait rapidement, courant presque sur le chemin rocailleux. Rentrer se coucher aurait été plus sage, mais elle n'était pas fatiguée malgré sa rude journée.

Peut-être parce que la monotonie de sa vie serait brisée demain… Demain, Ruel arriverait.

Mais elle ne devait pas penser à lui. Elle devait penser à ce qu'il restait à faire à Glenclaren et aux paroles de Li Sung. En dépit de ce qu'il affirmait, elle avait reconnu en lui la même frustration. Cependant, où pourraient-ils aller s'ils quittaient Glenclaren ? Les chemins de fer étaient la seule vie qu'ils connaissaient et il était clair que personne ne voulait d'une femme et d'un infirme. Elle devrait envisager toutes les possibilités et…

— Je vois que vous portez les couleurs des Mac-Claren…

Elle se figea sous le choc.

— Ça contraste trop avec cette crinière rouge, poursuivit Ruel d'un ton moqueur. Ce n'est pas ainsi que je vous habillerais.

Elle se tourna lentement vers lui. Il avait l'air plus endurci et amaigri, mais il n'avait pas changé.

Mon Dieu, que lui arrivait-il ? Elle avait l'impression qu'elle allait s'évanouir. L'air lui manquait. Elle se sentait aussi enchaînée que le jour où elle avait quitté Kasanpour — enchaînée, désemparée, triste, envahie d'émotions aussi chaotiques qu'indéfinissables. Elle prit une profonde inspiration pour tenter de calmer les battements de son cœur.

— Vous deviez arriver demain…

— L'effet de surprise empêche l'ennemi de se préparer.

— Vous n'avez pas d'ennemis ici !

— Vraiment ? Alors pourquoi étais-je si torturé en pensant à vous ? Avez-vous aussi pensé à moi ? demanda-t-il en souriant.

— Non, pas du tout, mentit-elle. J'étais bien trop occupée…

Le vent écarta ses cheveux de son front, révélant la beauté saisissante de ses traits. Elle se surprit à le

274

regarder avec la même fascination que le premier jour de leur rencontre.

— C'est ce que m'a écrit Maggie. Les réparations au château, la laiterie, le moulin. Ian doit être comblé...

— N'est-ce pas ce que vous vouliez?

— Pas exactement... Je voulais aussi que vous souffriez, mais vous avez pris le chemin de la facilité, remarqua-t-il tandis que ses yeux bleus pénétrants semblaient la clouer sur place.

— La facilité? répéta-t-elle, stupéfaite. J'ai travaillé très dur.

— Mais c'est le genre de travail qui vous comble, sans lequel vous ne pourriez pas être heureuse.

— Je suis désolée de vous décevoir, mais Margaret préfère s'occuper de Ian.

— J'aurais dû m'attendre que vous trouviez une échappatoire. Mais je peux rectifier le tir maintenant que je suis là, fit-il en souriant.

Elle le regarda avec incrédulité.

— Vous ne pouvez rien me faire. Je suis venue ici de mon plein gré et j'en repartirai si je le désire...

— Vous pensez à quitter Glenclaren, n'est-ce pas? Je m'en doute depuis un moment. Trois ans, c'est long...

— Margaret a dû vous dire que j'ai cherché du travail dans les chemins de fer.

— Non, elle ne me parlait que de Glenclaren, mais je savais que vous ne deviez plus tenir en place.

Oui, il avait toujours su lire en elle, pensa-t-elle avec désespoir. Il hocha la tête.

— Oui, je vous connais. Plus que jamais. Je ne voulais pas penser à vous, mais vous étiez *là*, dit-il les lèvres crispées. Au début, j'étais en colère, et puis je me suis habitué à votre intrusion. Vous êtes devenue une part de ma vie. Une part de *moi*.

— Vous me haïssez, dit-elle en frissonnant.

— Je ne sais plus ce que je ressens. Je sais seulement que je dois me libérer de vous. Mais ça me sera impossible tant que je ne serai pas sûr que vous avez été punie.

— J'ai été punie ! Je souffre à chaque fois que je le vois...

— Mais vous ne le voyez pas ! Vous restez à l'écart du château dans un confortable cottage...

Elle renonça à se justifier.

— Je ne m'expliquerai pas... Vous ne voulez pas entendre ce que j'ai à dire.

— Non, c'est trop tard pour les explications, dit-il en souriant. Je dois aller au château. Je suis juste passé vous prévenir de ne pas essayer de m'échapper.

— Si je décide de partir, vous ne pourrez pas m'en empêcher.

— Mais je vous retrouverai. Ou Li Sung. Ou Patrick. Vous ai-je dit que je lui ai rendu visite à Edimbourg ?

— Vous mentez...

— Il m'a à peine reconnu. Est-il toujours saoul ces temps-ci ?

— Je crois, répondit-elle, sur la réserve.

— J'étais surpris que vous l'ayez laissé quitter votre aile protectrice. Votre affection pour ce coquin faiblirait-elle ?

Elle ne répondit pas.

— Pas complètement, semble-t-il. Sa logeuse m'a dit que sans vos paiements trimestriels, il tomberait dans le ruisseau. Oui, je crois que je peux utiliser Patrick, fit-il en hochant la tête.

Il tendit la main et resserra son châle sur ses épaules d'un geste étrangement possessif.

— Retournez au cottage. Vous risquez d'attraper froid par ce temps...

Elle le regarda avec étonnement.

— En quoi ma santé vous importe-t-elle ?

— Je veux que rien ni personne ne vous touche... Sauf moi ! Je veux que vous compreniez que je suis le seul capable de souffler sur vous le bien-être ou la douleur.

Il parlait avec une douceur détachée, mais chacun de ses mots résonnait avec violence. Ses doigts vinrent caresser son cou. Elle s'écarta comme s'il venait de la brûler.

Sa réaction involontaire le fit sourire.

— Je reviendrai vous voir demain matin, après avoir parlé à Maggie et Ian.

— Allez-vous essayer de persuader Ian de partir en Espagne ?

— Non, je l'emmène chez moi, à Cinnidar.

Elle écarquilla les yeux.

— Il n'ira jamais !

— Vous vous trompez ! Ian viendra avec moi, dit-il en croisant son regard. Et vous aussi, Jane !

Elle en perdit le souffle.

— Non, murmura-t-elle.

— N'allez pas au moulin demain matin !

— Vous me menacez ?

— Pas en ce moment. Mais je suis effectivement une menace pour vous… Cependant, on choisit parfois de vivre avec une menace si on la trouve avantageuse. Et vous trouverez sans aucun doute ma proposition avantageuse, Jane, dit-il tout en s'éloignant. Au fait, ne portez pas ce châle demain. Il me déplaît !

Ne la considérait-il pas digne de porter les couleurs du clan ?

— Margaret m'a donné ce châle pour que je le porte et j'ai l'intention de le faire !

— Vous croyez que je suis outragé de vous voir déshonorer ces couleurs intouchables ? Si je vous pensais dotée d'un tel pouvoir, je vous habillerais de la tête aux pieds avec ces maudites couleurs ! Je n'ai aucun attachement pour Glenclaren et ce qui le représente.

— Alors pourquoi refusez-vous de me voir porter le tartan ?

— Le tartan est un symbole d'appartenance, et je n'aime pas l'idée que Glenclaren vous possède. Ne portez plus ce châle !

11

— Il ne partira jamais ! S'il refuse d'aller en Espagne, croyez-vous qu'il acceptera de se rendre jusqu'à Cinnidar ?

— Nous devons l'en persuader ! L'Espagne est trop proche... Il n'arrêterait pas de penser à Glenclaren et vous vous retrouveriez sur le premier bateau en partance pour l'Ecosse.

— Vous avez peut-être raison... Mais j'ai entendu dire que le climat oriental est chaud et malsain.

— Ai-je l'air d'en avoir souffert ?

Ruel paraissait aussi solide qu'un roc, et plus beau que jamais, constata Margaret.

— C'est que le diable prend soin de ses créatures...

Il éclata de rire.

— Je crois que je vous ai manqué, Maggie ! Vous m'avez toujours mieux compris que Ian...

— C'est ce que je croyais aussi. Mais toute cette générosité m'a amenée à réviser mon jugement...

— J'aime Ian, Maggie, dit-il, brusquement grave.

— Vous avez vraiment changé ! Vous n'auriez jamais admis aimer quiconque autrefois, dit-elle en le regardant d'un air de défi. Si vous l'aimez, venez avec nous en Espagne et faites en sorte qu'il ne rentre pas à Glenclaren avant d'être rétabli.

— Je ne peux pas, bon sang ! Je dois prendre le prochain bateau pour Cinnidar. La situation là-bas est... délicate.

— L'état de Ian l'est aussi !

278

— Cinnidar n'est pas Kasanpour. C'est une île tempérée par les vents marins. Croyez-vous que je risquerais de le faire rechuter ?

Margaret le considéra un moment.

— Non, dit-elle finalement. Vous ne feriez pas de mal à Ian.

Il fit mine de s'incliner révérencieusement.

— Merci pour cette marque de confiance !

— Je ne veux pas de remerciements, je veux des assurances !

— Que voulez-vous savoir de plus ? Je vous ai dit que le climat de Cinnidar serait bénéfique et Ian aura tant de serviteurs qu'ils se l'arracheront !

— Ce qui peut jouer en sa défaveur ! Je viens de passer trois ans à lui redonner confiance en lui ! Une maison ?

— Un palais ! La famille Savitsar l'a construit il y a longtemps. L'endroit a été déserté pendant des années, mais j'ai chargé des ouvriers de le réparer et de le réaménager avant de partir. Vous ne pouvez pas prétexter le logement, Maggie, fit-il avec un petit sourire.

— Nous verrons...

Elle secoua la tête avec impatience.

— Pourquoi en parlons-nous ? Vous ne le persuaderez jamais de partir...

— Pas s'il est sûr que Glenclaren restera entre de bonnes mains. Y a-t-il quelqu'un qui puisse s'en charger ?

— Il ferait confiance à Jane pour...

— Jane partira avec nous ! Et Li Sung aussi. Trouvez quelqu'un d'autre !

— Ce n'est pas facile...

— Nous avons encore quelques jours.

— Allez-vous monter voir Ian maintenant ?

Il secoua la tête.

— Ian n'est pas idiot ! Il comprendrait tout de

suite pourquoi je suis là. Je lui laisse une nuit de
répit avant de passer à l'attaque.

— Alors je vais dire à Mary de vous montrer votre
chambre.

Il secoua à nouveau la tête.

— Je ne logerai pas ici. Mon père se retournerait
dans sa tombe à l'idée que je m'installe sous son toit.

— Où irez-vous ?

Il haussa les épaules.

— Je trouverai ! Je reviendrai demain matin parler à Ian.

— Qui dira non...

— Au début ! Il acceptera si vous trouvez quelqu'un de compétent pour s'occuper de Glenclaren.

Elle fronça les sourcils.

— Le vicaire devrait pouvoir m'indiquer... Je pensais à Kartauk, mais Ian ne lui ferait jamais
confiance pour gérer un domaine. Il craindrait qu'il
ne s'absorbe dans son travail et ne laisse le château
tomber en ruine.

— Kartauk viendra avec nous. J'ai besoin de lui.

— Vous risquez d'avoir des problèmes. Il n'est
pas d'une nature flexible.

— Comment l'avez-vous découvert ?

— Kartauk s'est révélé... utile, dit-elle en détournant le regard. Il amuse Ian...

— Et vous amuse-t-il aussi, Maggie ?

— Que voulez-vous dire ? demanda-t-elle en ramenant vivement son regard sur lui.

— Rien, dit-il en haussant les épaules. J'ai été
longtemps absent et j'avais oublié à quel point vous
êtes vertueuse.

— Vertueuse ?

Ses yeux s'écarquillèrent sous le choc.

— Vous pensiez que...

— C'est passé, dit-il avec agacement. Oubliez !

— Je n'oublierai *pas* ! *J'aime* mon mari, Ruel.
Comment osez-vous dire...

— Je m'excuse, nom de Dieu ! Je tiendrai ma langue à l'avenir.

— Vous feriez mieux de museler vos pensées !

Elle tourna les talons et se dirigea vers la porte.

— Et je m'appelle Margaret ! Je pardonnais votre impudence quand vous étiez jeune, mais si désormais vous m'appelez encore Maggie, je trouverai bien un moyen de la punir !

— Oui, Margaret...

La pointe d'amusement qu'elle perçut dans son ton attisa encore plus sa rage.

— J'ai changé d'avis ! Vous n'avez pas changé d'un pouce ! Vous êtes plus rustre et insupportable que jamais...

Ruel redevint grave.

— J'ai besoin de votre aide pour amener Ian à Cinnidar. Ne laissez pas votre colère me porter tort.

— Croyez-vous que je le ferais ?

Elle prit une profonde inspiration et s'efforça de se calmer.

— Je parlerai à Ian ce soir...

— C'est tout ce que je demande...

— Je doute que ce soit efficace, rétorqua-t-elle en ouvrant la porte. Vous feriez mieux de vous préparer à renoncer à votre projet et à emmener Ian en Espagne.

— Si je ne retourne pas bientôt à Cinnidar, il n'y aura peut-être plus de Cinnidar... ni de Glenclaren.

Il s'interrompit et lui sourit.

— Curieux... Je me demande pourquoi vous êtes si en colère contre moi...

Elle claqua la porte derrière elle. Ruel n'était ici que depuis quelques heures et il la mettait déjà en rage avec sa langue de vipère et ses pensées pernicieuses. Doux Jésus, comme elle avait eu envie de gifler ce beau visage et...

Ruel avait raison, elle ne s'emportait pas facilement d'ordinaire. Même s'il l'avait insultée, il s'était immédiatement excusé et jamais auparavant elle ne l'avait laissé la contrarier.

Mieux valait ne plus penser à ce gredin. Elle avait des choses autrement plus importantes à faire. Comme préparer Ian à la visite de Ruel le lendemain...

Sa place n'était plus ici ; il le savait depuis longtemps.

Son regard plongeant vers le cottage au toit de chaume en contrebas, Ruel arrêta son cheval sur la crête de la colline.

Plus personne n'y allait depuis son départ de Glenclaren et les rats et les cafards devaient y avoir élu domicile. Il ne comptait pas y dormir. Son enfance s'était plutôt passée à l'air libre qu'entre les murs de cette masure à laquelle aucun souvenir heureux ne le rattachait.

Peut-être était-il venu pour bien se rappeler à quel point il avait eu de la chance d'échapper à cet endroit qui ne lui avait amené qu'humiliation et larmes. A moins que ce ne soit à cause de...

Jane.

Jane, qui l'avait défié du regard, drapée dans ce maudit tartan des MacClaren, qui avait ravivé ses souvenirs et l'avait conduit ici. Il avait cru être préparé, mais en la voyant il avait ressenti... Dieu du ciel, qu'avait-il ressenti ? De l'amertume, du désir... et de la possessivité. C'était ce dernier sentiment qu'il devait s'acharner à vaincre. La vengeance le libérerait de l'amertume, son plan lui permettrait finalement d'assouvir son désir, mais posséder signifiait aussi être possédé...

Oui, ce tourbillon de sentiments prendrait bientôt fin. Une fois qu'il serait débarrassé de l'amertume et du désir, elle n'aurait plus d'importance pour lui. Il serait capable de l'oublier comme il avait oublié ce

282

cottage, comme il avait oublié le petit garçon qu'il avait été, comme il avait oublié Glenclaren.

— Pas franchement luxueux, mais clair et charmant, dit Ruel en regardant par-dessus la tête de Jane l'unique pièce du cottage. Puis-je entrer ?

— Non !

— Je m'y attendais. Alors venez faire un tour avec moi.

Venez faire un tour avec moi.

Les mots qu'il avait prononcés à Kasanpour...

— Mais je ne vous courtise pas cette fois, ajouta-t-il doucement. Nous n'en sommes plus là. J'ai une proposition à vous faire.

Pourquoi fallait-il toujours qu'il devine ses pensées ?

— Je n'ai rien à vous dire...

— Oh, je vous ferai la conversation... Le seul mot que vous devrez prononcer est oui.

Elle le regarda d'un air rebelle.

— Soit vous sortez, soit j'entre. Je ne vais pas partir !

Elle hésita, puis attrapa délibérément son châle et sortit du cottage. Ils s'engagèrent en direction de la colline.

— Avez-vous parlé de notre entretien à Li Sung ?

— Non. Je n'irai pas à Cinnidar et vous êtes fou de croire que Ian vous suivra. Lui avez-vous parlé ?

— Ce matin.

— Et ?

— Il a refusé, bien sûr.

Elle ressentit un ridicule soulagement. Bien sûr que Ian avait refusé. De quoi s'était-elle inquiétée ?

— Mais je lui reparlerai cet après-midi. Et demain matin, et tant qu'il le faudra pour qu'il accepte.

Son soulagement s'évanouit tandis qu'elle reconnaissait son implacable résolution. Ian n'y résisterait pas plus aujourd'hui qu'il ne l'avait fait aux portes de la mort.

— Je ne veux pas partir avec vous !

Il se contenta de sourire.

— Je ne veux pas ! Vous ne pouvez pas m'y obliger ! Je serais stupide de m'exposer à votre vengeance...

— Pas si cela valait la peine d'en prendre le risque... J'ai réfléchi longtemps aux moyens de vous attirer dans mes filets. J'allais attendre jusqu'à ce que vous soyez un petit peu plus désemparée, mais les circonstances m'ont forcé à agir plus vite.

— A vous entendre, je suis censée tomber moi-même dans votre piège ?

— Non, vous marcherez d'abord prudemment au bord, vous ferez tout votre possible pour éviter de tomber, vous travaillerez jusqu'à l'épuisement pour y échapper, et vous n'abdiquerez que lorsque vous n'aurez plus d'autre choix. Parce que l'appât que je vais vous offrir est trop délicieux pour que vous le refusiez, fit-il en lui coulant un regard en coin.

— Quel appât ?

— Un chemin de fer...

— Quoi ?

— Pas seulement un chemin de fer, mais assez d'argent pour vous donner l'indépendance et la vie que vous voulez mener. Intéressée ?

— Non !

— Si, vous l'êtes, mais vous croyez que j'essaie de vous rouler. Il n'y a pas de ruse. Je mets cartes sur table...

— Cette conversation n'a aucun sens...

— Alors je vais lui en donner un. J'ai besoin d'un chemin de fer pour transporter l'or à travers la jungle et le canyon vers la raffinerie du port. J'ai déjà dégagé un semblant de chemin assez large pour acheminer les sacs en charrette mais c'est seulement le dixième de ce qu'un train pourrait convoyer. J'ai besoin de cet or.

— Vous en avez besoin ou vous le voulez ?

— Les deux ! Je le veux parce qu'il me rendra aussi riche que Midas. Et j'en ai besoin pour conserver Glenclaren et défendre Cinnidar d'Abdar.

— Abdar ?

— Pensiez-vous que la terre s'était ouverte et l'avait englouti après votre départ ?

— Je n'ai pas pensé à lui du tout... Pas plus que je n'ai pensé à vous !

Il ignora sa remarque.

— Abdar est très intéressé par Cinnidar.

— Comment le savez-vous ?

— Pachtal est venu à Cinnidar il y a un an. Je suis sûr qu'il a fait un rapport fascinant à son maître sur l'or que j'ai convoyé par bateau.

— Quelle importance ? Vous possédez Cinnidar. Il ne peut pas y toucher.

— Pas maintenant. Mais Pickering m'a dit qu'il dirigerait bientôt Kasanpour. Le maharadjah a une tuberculose et il n'en a plus que pour quelques mois. Je dois donc développer les défenses de Cinnidar avant qu'Abdar ne prenne le pouvoir.

— Mais elle vous appartient...

— Les Savitsar ont annexé Cinnidar par la force. S'il le souhaite, rien ne peut empêcher Abdar de déclarer nul et non avenu l'acte de vente et de reprendre l'île.

— Les Anglais feraient...

— Les Anglais ne bougeront pas le petit doigt pour Cinnidar. Ils savent qu'Abdar rêve de les renvoyer de sa province et ils seront déjà assez occupés à maintenir leur position à Kasanpour. Si je veux garder Cinnidar, je dois me préparer à la défendre moi-même.

— Et vous avez besoin d'un chemin de fer pour cela ?

— Et de quelqu'un pour le construire... Vous, Jane.

Elle secoua la tête.

— Ce sera difficile, mais pas impossible. Le terrain a été examiné par James Medford, un ingénieur recommandé par Pickering. Avez-vous entendu parler de lui ?

— Bien sûr ! Il est très respecté...

— Il a dit que ce sera parfois un travail cauchemardesque mais que la construction peut se faire en sept mois.

— Alors, confiez-lui le boulot !

— Je l'ai chargé de poser les rails allant du canyon au port. Je vous ai réservé le canyon.

— Trop aimable ! Je suis surprise de la confiance que vous m'accordez...

— Je connais votre compétence, dit-il en croisant son regard. Et vous n'oseriez jamais utiliser des matériaux de mauvaise qualité avec moi.

— Croyez-vous ?

Il ignora sa pointe de sarcasme.

— Votre contrat stipulera que la voie traversant le canyon devra être terminée en huit semaines et que vos rails devront rejoindre ceux de Medford sept mois après le début des travaux. Si vous dépassez les délais, cinquante pour cent de vos honoraires seront retenus. Si vous ne terminez pas l'ensemble de la ligne en sept mois, j'en prélèverai encore trente pour cent.

— Inutile de vous fatiguer, je ne suis pas intéressée !

— Vous le serez ! Parce que si vous honorez votre contrat, je vous donnerai assez d'argent pour ouvrir votre propre compagnie et la faire tourner la première année.

— Vous n'êtes pas sérieux...

— Tout est écrit dans le contrat. Une fois le chemin de fer construit, cette somme d'argent ne signifiera rien pour moi. Mais elle signifiera beaucoup pour vous, n'est-ce pas ?

— Oui, dut-elle admettre.

Ce serait un miracle ! La liberté de construire, de travailler ! Mais c'était aussi un piège délicieusement tentant. Mieux valait ne plus y penser.

— Vous pourriez offrir à votre ami Li Sung une haute position dans la compagnie. Il aurait une place dans la communauté et le respect qu'il mérite. Vous auriez assez de moyens pour prendre convenablement soin de Patrick.

— Je ne veux rien de vous !

— Qui d'autre pourrait vous offrir ça ?

Elle tourna les talons et commença à descendre la colline. Il la rejoignit en quelques secondes et posa la main sur son bras.

— Lâchez-moi !

— Pas avant que vous ne m'ayez écouté…

— Vous avez fait votre offre et je l'ai refusée. Ça ne me tente pas…

— Bien sûr que si ! Vous ne seriez plus à Glenclaren si vous aviez pu trouver du travail ailleurs. Vous voulez construire ce chemin de fer et je le veux aussi.

— Ma présence là-bas vaut-elle la peine de dépenser tant d'argent ?

— Oh oui… Parce qu'une fois que vous serez à Cinnidar, je trouverai un moyen de vous punir.

Elle s'attendait à cette réponse et n'avait aucune raison de se sentir si blessée. Elle éclata d'un rire sans joie.

— Alors pourquoi serais-je assez stupide pour y aller ?

— Je vous ai donné toutes les raisons. Sauf une, ajouta-t-il en souriant.

Elle attendit.

— L'obsession se conjugue rarement au singulier. Vous voulez votre chemin de fer, vous voulez la sécurité et le bonheur pour vos amis... Et vous voulez ce que nous avons eu ensemble à Kasanpour.

— Non!

— Nous en avons goûté juste assez pour nous appâter. Nous ne serons pas libérés l'un de l'autre tant que nous ne serons pas allés jusqu'au bout, dit-il d'une voix caressante, presque hypnotique. Et vous voulez vous libérer de moi, n'est-ce pas, Jane? Chaque nuit, j'étais avec vous quand vous vous couchiez dans votre cottage, tout comme vous étiez avec moi dans la montagne. M'avez-vous rejeté, ignoré, insulté, comme je le faisais?

Elle s'humecta les lèvres.

— Ce n'était pas ainsi. Je n'ai pas...

Bon sang, pourquoi affichait-il ce sourire entendu, comme s'il avait été là à l'observer pendant toutes ces nuits où elle avait été incapable de le chasser de ses pensées?

Elle devait s'éloigner de lui! Tout de suite! Se détournant, elle descendit à toute allure la colline, indifférente au vent qui lui fouettait le visage, et ne s'arrêta qu'une fois arrivée au cottage. Elle claqua la porte derrière elle, la verrouilla et alla se jeter sur le lit, transie de froid, agitée de frissons incontrôlables.

— Jane...

Elle se raidit, le regard fixé sur la porte fermée.

— Je reviendrai demain. Je glisse le contrat et le rapport d'étude du terrain sous la porte.

— Je n'en veux pas!

— Mais vous y jetterez quand même un coup d'œil. Vous penserez à Li Sung et à Patrick. Vous vous rappellerez comme il est dur pour une femme de se faire une place dans ce monde. A demain, Jane.

— Vous ne travaillez pas?

Ruel s'avança vers Kartauk, assis par terre, le dos contre le mur de l'écurie, les yeux fermés.

— Je ne crois pas vous avoir jamais vu aussi détendu...

— Je viens juste de terminer une statue. C'est la pause, dit-il en ouvrant les yeux. Margaret m'a annoncé que j'allais partir pour Cinnidar. C'est très gentil de m'inviter.

— Je voulais vous en parler, mais j'ai été très occupé. J'ai besoin de vous, Kartauk.

— Le monde entier a besoin de moi.

— Ils ont besoin de votre travail. J'ai besoin de votre connaissance d'Abdar. Il risque de pointer son nez et votre aide me sera précieuse.

— J'ai passé trois ans à l'éviter et vous voulez que je m'expose volontairement à lui ?

— Vous n'êtes pas fait pour une vie retirée. N'aimeriez-vous pas être définitivement libéré de lui ?

— Définitivement ? Dites-moi, comment comptez-vous écarter cet homme ?

— Cinnidar m'appartient. En d'autres termes, je suis le maharadjah de cette île. Si Abdar tente de me la prendre, je serai en droit de le traiter comme n'importe quel envahisseur. Et je n'aurai aucun scrupule à faire en sorte qu'il ne puisse plus jamais recommencer.

— Auquel cas je peux tranquillement continuer de vaquer à mes occupations et vous laisser me débarrasser de lui...

— Exact ! mais sa défaite sera plus certaine si j'ai un allié connaissant la nature de la bête.

— La bête ? répéta-t-il en savourant le mot. C'en est une, vous savez. Un véritable monstre, dit-il en secouant la tête. Je ne crois pas qu'il soit sage que j'y aille...

— Pourquoi ?

— Pour de nombreuses raisons.

— Vous aurez votre propre atelier dans le palais.

— Je me suis attaché à celui-ci.

— Et vous êtes-vous aussi attaché à ne travailler que le bronze et le bois ?

Kartauk le jaugea du regard.

— Me tendez-vous un appât ?

— Un appât irrésistible. En or. Suffisamment d'or pour couvrir vos besoins les plus extravagants...

— Vous serez mon mécène ?

— Tout souverain ne doit-il pas avoir un artiste pour embellir son palais ?

— De l'or...

— Et ma promesse de vous protéger d'Abdar.

— Aussi longtemps que vous serez vivant pour le faire...

Ruel inclina la tête.

— Un point pour vous ! Mais j'ai l'intention de lui survivre.

Kartauk le considéra un moment.

— C'est un pari.

— Oui.

— Tout l'or dont j'ai besoin ?

— Dans la limite du raisonnable... Je peux vous offrir une porte en or, mais il se peut que je rechigne si vous décidez de construire tout un wagon...

— Je serai raisonnable.

Un éclair de malice traversa son visage.

— Pas un wagon, peut-être un fourgon de queue, dit-il en se levant pour rentrer dans l'écurie. Vous avez pris assez de mon temps. Je dois retourner travailler.

— Vous viendrez ?

— Comment résister ? La tête d'Abdar et un fourgon en or...

— Non, Ruel. C'est hors de question ! Je t'ai répété de nombreuses fois que je ne quitterai pas Glenclaren. Pourquoi ne l'acceptes-tu pas ?

— Parce que tu réagis stupidement. Qu'est-ce que six mois changeront ? Tu crois que je vais te garder éternellement à Cinnidar ? Ecoute, donne-moi six mois pour te débarrasser de cette toux et je te promets de te renvoyer ensuite à Glenclaren, ajouta-t-il d'une voix plus grave et persuasive.

Ian secoua la tête. Ruel se radossa à sa chaise.

— N'es-tu pas un peu égoïste ? Et Margaret, tu y penses ? Vas-tu la laisser veuve après ce qu'elle a fait pour toi ?

Les lèvres de Ian se crispèrent.

— J'ai souvent pensé que c'était le meilleur cadeau que je puisse lui faire...

— Eh bien, tu te trompais ! Margaret t'a toujours aimé et t'aimera toujours. Elle veut que tu vives.

— Je sais. Pauvre femme, soupira-t-il.

— Elle ne se trouve pas à plaindre...

— Eh bien, elle le devrait, dit Ian d'un ton soudain brutal. Mariée à un infirme qui ne sera probablement jamais capable de lui donner un enfant.

— C'est ce qu'a dit le docteur ?

Ian haussa les épaules.

— Il a dit que nous pourrions peut-être avoir un enfant. Mais c'était il y a deux ans.

— Deux ans n'est pas une période si longue...

— C'est toute une vie !

— Pardon, dit Ruel, les lèvres serrées. Je comprends que cela t'ait paru long...

— Je me demande parfois...

— Quoi ?

— Pourquoi Dieu a voulu que je vive.

— Tu te poses toujours cette question ?

— Dieu ne commet pas d'erreurs ! S'il a choisi de faire de moi un fardeau pour toi et Margaret, il doit y avoir une raison que je ne peux pas encore comprendre. Peut-être ne me donne-t-il pas d'enfant pour que je me consacre entièrement à Glenclaren ? Et toi, tu voudrais m'enlever au seul bien que j'aurai jamais ?

— J'ignore aussi les desseins de Dieu, mais je sais

que tu utilises Glenclaren comme une échappatoire à Sa volonté...

— Que veux-tu dire ?

— Si tu passes l'hiver ici, tu mourras. C'est un péché mortel de se donner la mort, Ian.

— Je ne veux pas...

Son regard meurtri se porta sur Ruel.

— Tu crois que c'est ce que je veux ?

— C'est à toi de me le dire...

— Tu comprends trop bien les choses... comme d'habitude. Dieu ! que j'aurais aimé que tu ne viennes pas, Ruel !

— Je ne m'attendais pas à être le bienvenu.

— Non que je ne t'aime pas. Seulement...

— Je suis un obstacle à tes désirs, termina Ruel à sa place. C'est ce que je représente depuis le moment où je t'ai tiré de ce wagon. Pour l'amour de Dieu, viens retrouver tes forces au soleil ! Essayons d'améliorer les choses !

— Tu as déjà fait beaucoup pour moi et Glenclaren.

— Je ne veux pas de ta gratitude. Je veux que tu viennes à Cinnidar.

Ian garda le silence un long moment.

— J'y réfléchirai, dit-il finalement.

— Bien ! dit Ruel en se levant et en se dirigeant vers la porte. Repose-toi maintenant ! Je vais dire à Margaret de te monter ton dîner...

— Je ne veux pas...

La porte s'était déjà refermée, et Ian se radossa faiblement à ses oreillers. Perspicace Ruel, qui avait deviné ce que lui-même n'avait jamais osé s'avouer... Il voulait que la lumière l'emporte à Glenclaren, pas sur une terre étrangère. La lumière était presque constamment avec lui maintenant ; parfois, il en rêvait et se réveillait avec une répugnance qu'il était forcé de cacher à Margaret.

Sa jolie, sa forte et tendre Margaret. Elle aussi perdait son éclat à côté de cette éblouissante lumière.

Ruel avait raison. Il était injuste. S'ils s'efforçaient tous de l'écarter de la lumière, ce devait être la volonté de Dieu.

Ruel trouva Margaret dans le bureau, en train de travailler sur le livre de comptes.

— Il commence à céder. Vous devriez aller tout de suite donner foi à mes arguments.

Elle ferma le livre.

— Je ne croyais pas que vous y arriveriez...

— La victoire n'est pas encore acquise. Avez-vous trouvé quelqu'un pour Glenclaren ?

— Timothy Drummond, le fils du vicaire, qui vient juste de rentrer de l'université d'Edimbourg. C'est un homme capable, sans trop d'imagination, mais qui tiendra convenablement le domaine jusqu'à notre retour.

— Alors, dites-le à Ian ! Il semble considérer Glenclaren comme un nourrisson qu'il doit nourrir et choyer... Il a vraiment envie de vous donner un enfant.

— Croyez-vous que je ne le sache pas ? Il ne parle que de ça. Mais c'est impossible...

— Le médecin lui a dit...

— Parce que je l'ai forcé à lui mentir. Il ne m'aurait jamais épousée s'il avait su qu'il n'y avait aucune chance.

— Pas une seule ?

— Dieu accomplit parfois des miracles, mais mieux vaut ne pas compter sur Lui.

— Dommage...

— Dommage ? C'est peu dire... Non seulement il se sent coupable, mais ce serait pour lui un but, une raison de vivre.

— Je suis désolé, Magg... Margaret.

— Votre pitié ne nous aidera pas ! Il faut agir, dit-elle en redressant les épaules et en se dirigeant vers la porte. Je vais lui parler...

Li Sung. Un chemin de fer.

Les mots tournaient inlassablement dans l'esprit de Jane. Pourquoi était-elle recroquevillée dans ce lit, à craindre de relever le défi que Ruel lui avait lancé? Ce n'était qu'un homme, comme n'importe quel autre. Non, se reprit-elle, il était différent... Mais il n'en restait pas moins humain et faillible.

Un chemin de fer.

Pourquoi s'imaginait-elle ne pas être capable d'affronter Ruel? Elle venait de passer trois années à s'y préparer. Elle n'était plus l'enfant qu'il avait connue à Kasanpour, et qui sait si elle ne le vaincrait pas?

Il était minuit passé quand elle se leva lentement et alla chercher les papiers glissés sous la porte. Elle alluma la lampe sur la table, s'assit, et ouvrit le rapport d'examen des sols.

— C'est d'accord! dit-elle dès qu'elle eut ouvert la porte à Ruel le lendemain matin. J'ai signé ce fichu machin, dit-elle en lui lançant le contrat. Je garde le rapport pour l'étudier et j'enverrai demain au château une liste des fournitures dont j'aurai besoin dès que j'arriverai à Cinnidar. Quand dois-je y être?

— Le plus tôt possible! Je pars par le prochain bateau et Ian m'a promis de me rejoindre dans le courant du mois. Vous pouvez venir avec lui et Maggie. Vous avez l'air fatiguée, dit-il en la dévisageant. Une nuit blanche?

Elle ignora son ton moqueur.

— J'ai parcouru le rapport. Vous disiez qu'il était précis...

— Aussi précis que Medford a pu le faire, mais il y a toujours des surprises...

— Les pénalités pourraient me laisser sans ressources si quelque chose se passait mal...

— C'est vrai, mais tout contrat en contient.

— Même le maharadjah n'en a pas imposé d'aussi
lourdes! Baissez la première à vingt pour cent et la
seconde à dix pour cent!

Il secoua la tête.

— Vous saviez que je n'accepterais pas, sinon
vous n'auriez pas signé ce contrat. Les diminuer
affaiblirait votre motivation. Je veux que vous tra-
vailliez dur pour terminer mon chemin de fer à temps.

— Vous voulez me transformer en esclave et tout
perdre ensuite!

— Ce serait en effet un moyen de vous punir. Voulez-vous déchirer le contrat? demanda-t-il en souriant.

Bien qu'elle ait eu peu d'espoir de le faire plier,
elle avait tenu à essayer.

— Il sera fait dans les temps!

— Alors je crois que nous nous sommes tout dit,
trancha-t-il en la saluant poliment. Nous nous reverrons à Cinnidar...

Elle le regarda partir, hautain, dur et sûr de lui.

Mais il ne l'impressionnait pas. Elle ferait ce chemin de fer et saisirait sa chance. Elle travaillerait plus
dur que jamais et se consacrerait toute à sa tâche.

Cette fois, le tigre ne vaincrait pas.

12

— C'est un vrai palais, murmura Li Sung, les yeux
fixés sur la massive structure au sommet de la colline. Mais ce n'est pas ce que j'attendais de Ruel...

Jane serra involontairement les rênes de Bedelia
tandis qu'elle découvrait le site. Deux rangées de

cyprès bordaient la route menant à la cour où trônait une grande fontaine de marbre. Le bâtiment central était coiffé d'un dôme et deux ailes d'une symétrie parfaite s'étendaient de chaque côté. La longue galerie qui courait sur toute la façade comportait huit arcades, et des balustrades en marbre sculpté scintillaient comme de la dentelle de diamant sous le soleil de cette fin d'après-midi. Tout respirait la beauté... et le pouvoir. Le pouvoir de Ruel.

— Pourquoi ? Il a toujours dit qu'il voulait un palais...

— Dire n'est pas faire... Les hommes comme lui ne sont pas plus à l'aise dans le luxe que nous.

— Au moins Ian sera-t-il entouré de confort.

Elle regarda par-dessus son épaule la voiture attelée qui transportait Margaret, Kartauk et Ian, cahotant quelques centaines de mètres derrière eux.

— Il a très bien supporté le voyage, n'est-ce pas ?

Li Sung hocha la tête, les yeux toujours rivés au palais.

— Je crois voir Ruel sur la terrasse. Dépêchons-nous !

— Vas-y ! J'attends les autres...

Li Sung lui adressa un regard pénétrant.

— Tu ne peux pas l'éviter pendant sept mois...

— Mais je n'ai pas besoin de me précipiter vers lui. Je suis d'ailleurs surprise de ton empressement ! Tu n'avais pas l'air si enthousiaste quand je t'ai dit que j'avais signé le contrat...

— Parce que tu avais peur ! Je ne t'avais jamais vue avoir peur auparavant...

— Je n'ai pas peur ! C'est une chance extraordinaire pour nous ! J'espère seulement que tout se passera bien.

— La rémunération est incroyablement généreuse, dit-il d'un ton pensif. Trop généreuse...

— La clause de pénalité ne l'est pas autant !

— Oui, et Ruel s'y tiendra. Mais j'avoue me sentir

mieux depuis que nous sommes arrivés. Cinnidar est peut-être le paradis dont Ruel nous a parlé...

— Il n'a jamais parlé de paradis, fit-elle en grimaçant. Et les problèmes que Medford soulignait dans son rapport sont loin de révéler un Eden. Jungle, montagnes à pic, marécages, tigres, éléphants... Pourquoi te sens-tu mieux depuis notre arrivée ?

— Je ne sais pas. C'est un sentiment sans raison. J'ai vu l'île et elle m'a...

Il hésita.

— Elle t'a appelé ?

— Ne me prête pas des pensées aussi stupides. Une île n'a pas de voix...

— Ruel disait qu'elle l'avait appelé...

— Le vue de tant d'or a dû lui déranger l'esprit !...

— Sans doute !

Elle ne put s'empêcher de sourire. Comme toujours, Li Sung méprisait l'irrationnel alors qu'il y était plutôt sensible.

— Alors à quel instinct as-tu répondu ?

— Probablement à celui de quitter ce bateau et de poser les pieds sur la terre ferme. On est toujours mal à l'aise sur l'eau quand on ne sait pas nager. On se revoit au palais, cria-t-il en faisant partir son cheval au trot.

Elle le regarda s'éloigner, pensive. Cette île possédait effectivement une atmosphère presque magique. L'air semblait plus léger, plus facile à respirer qu'ailleurs, et pourtant les fragrances, vanille, bois de santal, jasmin, cèdre et mille autres senteurs trop subtiles pour être distinguées, assaillaient les sens à chaque inspiration.

Mon Dieu, voilà qu'elle réagissait aussi sottement que Li Sung ! Cinnidar n'était qu'un endroit comme un autre, un endroit qu'elle plierait à ses besoins à la façon de Ruel.

— Jane...

Elle se tourna vers Margaret qui se penchait par la fenêtre.

— C'est encore loin ? Vous l'avez vu ?

Jane pointa du doigt le palais sur la colline. Les yeux de Margaret s'agrandirent en suivant son indication.

— Dieu tout-puissant ! s'exclama-t-elle en se mettant à rire. Je crois bien que je suis impressionnée ! Ce gredin a toujours dit qu'il le ferait... Et il l'a fait !

Deux serviteurs en livrée blanche s'empressèrent d'ouvrir la porte dès l'arrivée de la voiture. Quatre hommes de belle carrure apparurent un instant plus tard, portant un siège, aussi énorme qu'un trône, recouvert de soie rouge. Un autre serviteur saisit les rênes de Bedelia pour aller l'attacher à la rambarde près de laquelle se tenaient Ruel et Li Sung. Ruel était entièrement vêtu de blanc, et son costume était aussi distingué que le palais qui lui tenait maintenant lieu de demeure.

— Jane, dit-il en s'avançant pour l'aider à descendre à terre. Bienvenue à Cinnidar !

— Merci...

Pour ignorer l'impression de chaleur que lui avait communiquée sa main, elle enchaîna aussitôt :

— Je n'ai pas vu les rails de Medford sur le trajet depuis le port...

— Croyez-vous que je vous aie menti ? demanda-t-il en haussant les sourcils.

— Je n'ai pas dit ça...

Il désigna l'ouest.

— Le camp de Medford est à un kilomètre au-delà de cette forêt. Vous le rencontrerez au dîner.

Il se détourna et se dirigea vers la voiture. Kartauk était déjà dehors et écartait sans ménagement les serviteurs.

— Laissez-moi faire ! Il est habitué à moi...

Il se pencha à l'intérieur de la voiture et en émergea avec Ian dans les bras, l'installa sur le siège et cala une couverture sur ses genoux.

— Voilà, dit-il en souriant. La dernière fois que j'ai vu une de ces chaises, elle était occupée par le maharadjah que l'on promenait en grande pompe dans le parc royal. Ça vous va très bien !...

— Je me sens plutôt stupide, répondit Ian en s'adossant aux coussins moelleux. Mais c'est assez confortable...

— C'est l'essentiel, intervint Ruel. Comment as-tu supporté le voyage ? s'enquit-il en examinant son visage.

— Vous l'auriez su si vous aviez pris la peine de venir nous chercher au port au lieu d'envoyer vos gens, déclara Margaret qu'un serviteur aidait à sortir de la voiture. Cela aurait été la moindre des politesses. Après tout, nous sommes ici à cause de vous...

— Je mérite vos foudres, rétorqua-t-il, les yeux pétillants de malice. Je sais que rien ne peut m'excuser mais je tiens à vous préciser que je suis revenu de la montagne il y a seulement une heure. Vous auriez été encore plus déçue si j'étais venu à votre rencontre dans l'état où je me trouvais...

— Alors vous auriez dû vous arranger pour rentrer plus tôt ! Enfin, je dois admettre que la voiture était assez confortable et vos serviteurs pleins de zèle.

— Je suis heureux que mes humbles efforts aient été récompensés !

Il fit signe à un homme de haute taille à la peau dorée qui venait juste de sortir du palais.

— Voici Tamar Alkanar. Je l'ai ramené de son village pour s'occuper de Ian.

Comme les autres serviteurs, Tamar Alkanar portait des sandales, une veste blanche serrée à la taille et un sarong coloré autour des reins qui descendait jusqu'à mi-mollet. Deux larges bracelets de cuivre entouraient ses poignets. Avec un aimable sourire, il salua de la tête.

— Je suis très heureux de vous accueillir, fit-il en s'inclinant de nouveau devant Ian. Soyez assuré de mes bons et loyaux services.

Margaret le salua gracieusement mais se tourna très vite vers Ruel.

— Nous n'avons pas besoin de lui! Jock est resté au port pour superviser le débarquement des bagages, mais Ian préférera que ce soit lui qui...

— Jock ne parle pas le dialecte local, l'interrompit Ruel. Vous aurez besoin de Tamar pour vous aider à communiquer avec les autres serviteurs.

— Et pour vous protéger des hordes barbares, murmura Kartauk en lui glissant un sourire espiègle. Ils se régalent à manger les vertueuses Ecossaises, vous savez...

— Ça ne me surprendrait pas! Mais ayant déjà survécu à trois années auprès de vous, je crois que je ne crains plus rien.

Elle commença à gravir les marches en faisant signe aux porteurs.

— Venez, et doucement avec lui! Ce n'est pas un sac de riz!

La grosse natte brillante de Tamar rebondit tandis qu'il se précipitait en haut des marches pour ouvrir la porte sculptée. Un instant plus tard, Kartauk, Margaret et l'escorte de Ian pénétraient dans le palais.

Ruel se tourna vers Jane.

— Tamar sera de retour dans quelques minutes pour vous montrer vos appartements, à Li Sung et à vous. En attendant, voudriez-vous venir sur la terrasse de derrière admirer pour la première fois le reste de l'île? Le palais donne directement sur le canyon...

Il n'attendit pas leur accord pour les conduire rapidement sur la terrasse étagée pavée de mosaï-

300

ques bleu cobalt et vert émeraude. L'eau d'une fontaine délicatement ouvragée roulait nonchalamment de terrasse en terrasse dans des bassins judicieusement disposés et bordés de jasmins blancs.

Il les promena à travers le jardin, puis remonta de trois niveaux pour aboutir à une autre terrasse.

— La vue du canyon est assez spectaculaire et impressionnante...

— Plus impressionnante que la gorge de Lanpur? demanda Li Sung.

Ruel s'arrêta devant une balustrade en pierre sculptée.

— Jugez-en vous-même...

Ils se tenaient au bord d'une falaise plongeant à pic dans une vallée où la jungle s'étendait à perte de vue en un épais tapis vert d'est en ouest. Au nord se dressait la montagne, aussi abrupte que la falaise sur laquelle ils se trouvaient.

— Le rapport de Medford signalait qu'il y avait plus de cent cinquante kilomètres du mur du canyon à la montagne. Ça ne paraît pas si éloigné d'ici, remarqua Jane.

— Je vous garantis que cela l'est encore davantage quand vous essayez de creuser un chemin à travers cette jungle!...

Elle n'en doutait pas.

— La montagne a-t-elle un nom?

— Pourquoi en aurait-elle un? Il n'y en a qu'une, dit-il en souriant. Je n'aurais pas la témérité de lui donner un nom...

Elle se souvint brusquement de l'histoire du renard.

— Ça pourrait l'offenser et elle a été très généreuse envers moi, ajouta-t-il. La rivière non plus n'a pas de nom.

— La rivière? s'étonna-t-elle en reportant son regard sur la jungle.

— Vous ne pouvez pas la voir d'ici. Elle coule du sud au nord avant de virer à l'est pour se jeter dans la mer.

— Si cette montagne a été si bonne avec vous, pourquoi vous a-t-il fallu trois ans pour en approcher ?

Il haussa les épaules.

— Elle m'a offert une chance. Je n'en demandais pas plus. Je n'aurais pas éprouvé le même sentiment d'accomplissement si elle ne m'avait pas donné du fil à retordre. Et, croyez-moi, elle m'en a donné !

Elle le comprenait. Il n'y avait pas de plus agréable sentiment que celui d'avoir vaincu des obstacles.

— Je m'attendais à voir la mer, dit-elle en regardant vers l'est. L'île est plus large que je ne le pensais…

Il hocha la tête.

— Elle est six fois plus large que longue. Mais vous pouvez apercevoir un coin de mer là-bas, dit-il en désignant un point scintillant à l'ouest.

— Pouvons-nous voir d'ici la route que vous avez tracée à travers la jungle ?

— Non. Elle est au-delà de ces arbres, répondit-il en montrant le sud. Avez-vous prévu de poser les rails sur ce parcours ?

— Si possible… Nous devrons dégager et élargir davantage, mais cela nous donnera un point de départ. Et mes fournitures ?

— L'équipe de Medford les a transportées au camp de base dans la montagne.

— Parfait ! Nous commencerons demain. Il me faut une carte.

— Inutile, je vous guiderai jusqu'à la montagne.

Elle se tendit.

— Je ne voudrais pas vous déranger…

— Ça ne me dérange pas ! Je dois de toute façon retourner au camp, dit-il en souriant. Profitez du peu d'aide que je vous offre. Une fois que nous aurons atteint la montagne, votre travail commencera et vous ne devrez plus rien attendre de moi.

— Je n'attends déjà rien de vous…

302

— Même pas un interprète pour traduire vos ordres aux ouvriers?

— Medford me recommandera quelqu'un.

— Un membre de la famille de Tamar est déjà au camp. Dilam a travaillé comme chef d'équipe pour Medford, est respectée des Cinnidains et connaît les éléphants.

— J'ai besoin de quelqu'un qui connaisse les chemins de fer, non les éléphants...

— Vous découvrirez qu'il est avantageux de connaître les deux. Cette jungle est le domaine des éléphants depuis des siècles. Ils n'aiment pas les intrus.

Elle fronça les sourcils.

— Le rapport de Medford ne mentionnait pas ce problème... Mais j'accepterai votre Dilam, si je le juge compétent.

— Oh, je n'ai aucun doute sur sa compétence!...

— Et peut-on compter sur sa loyauté?

— Quelle méfiance! Dilam ne jouera pas à l'espion dans votre camp. Les Cinnidains sont des gens très indépendants. On ne peut même pas acheter leur loyauté.

— Ce doit être une grande déception pour vous...

— Non, en fait, ça me plaît.

Il regarda Li Sung et ajouta plus fort:

— Et les Cinnidains ont votre penchant pour les nattes, Li Sung.

— Quoi? fit Li Sung en s'arrachant à sa contemplation. Oh oui! je l'ai remarqué en venant du port. Ça prouve qu'ils doivent être un peuple supérieur. Et ils sont très beaux, mais n'ont pas le type indien. Ils sont plus grands et leur peau est plus dorée que brune. Sont-ils métis?

Ruel secoua la tête.

— Ils sont originaires des îles polynésiennes. «L'annexion» de l'arrière-grand-père d'Abdar fut très brutale, et les Cinnidains refusent de côtoyer lés

Savitsar ou leurs sujets. Ils se sont déplacés des côtes dans la jungle du canyon, où ils sont pratiquement intouchables.

— Très rusé !

Li Sung se retournait vers la balustrade quand une chose attira son attention.

— Qui vit là ?

Il désignait une charmante pagode à quelques mètres de la terrasse.

— Personne... C'est le pavillon d'été. Je l'ai fait construire pour m'en servir de retraite quand j'aurai besoin de m'échapper du château, dit-il en souriant à Jane. Je ne l'ai pas encore utilisé, mais je suis sûr que je le ferai bientôt... Ah, voilà Tamar ! Si vous voulez bien m'excuser...

— Si vous me permettez l'expression, vous êtes un sacré imbécile, Ruel, déclara James Medford.

Ruel se mit à rire.

— Que je le permette ou non, vous l'avez dit ! Vous n'avez pas à approuver la présence de Mlle Barnaby, vous n'avez qu'à vous rendre disponible au cas où elle aurait besoin de votre avis.

— Ce qui signifie que je construirai cette foutue ligne à sa place sans être payé !...

— Quand vous l'aurez rencontrée, vous comprendrez qu'elle ne tient pas à profiter de vous.

Il fit signe à un serviteur de remplir le verre de Medford.

— Comment avance votre travail ?

— Assez bien ! Bon sang, le gâchis qu'elle a causé sur la ligne de Kasanpour ne vous suffit pas ? s'exclama Medford en réattaquant.

— Vous êtes au courant ? se raidit Ruel.

— Pickering m'a raconté...

— Vous ne m'en avez rien dit...

— Parce que je ne pouvais pas imaginer que vous

304

la choisiriez. Je pensais que vous me donneriez le feu vert pour terminer la ligne.

— Vous devenez gourmand... remarqua Ruel en portant son verre à ses lèvres. Non que je sois bien placé pour vous accuser de ce défaut ; on m'a reproché de l'être récemment...

— Vraiment ? Qui a été assez téméraire pour risquer d'offenser le grand rajah blanc de Cinnidar ?

— Jane Barnaby !

— Intéressant... Au moins suis-je sûr désormais qu'elle n'a pas usé de cajoleries pour obtenir ce contrat...

— Elle ne connaît pas le sens de ce mot...

— Cela me laisse songeur ! Pourquoi diable l'avez-vous engagée pour...

Il s'interrompit tandis que son regard se dirigeait vers la porte.

— Est-ce là notre Mlle Barnaby ?

Ruel suivit son regard et aperçut l'éclat d'une chevelure rousse luisant sous la lumière des chandeliers, de l'autre côté de la porte vitrée.

— Oui, c'est...

Il ne put poursuivre tandis que ses yeux parcouraient Jane de la tête aux pieds. Elle portait une simple robe blanche qui laissait découverts ses épaules et ses bras et rehaussait la finesse de sa taille et la générosité de sa poitrine. Pour la première fois depuis qu'il l'avait rencontrée, elle paraissait totalement, exquisément féminine.

— Peu importe, murmura Medford.

Ruel détourna vivement son attention. Medford l'observait.

— Quoi ?

— Vous n'avez pas à me dire pourquoi vous l'avez engagée, dit Medford tandis que son regard glissait vers la partie inférieure du corps de Ruel. Ce ne pourrait être plus évident...

Bon Dieu! il n'avait qu'à regarder cette femme pour être aussi excité qu'un étalon en rut.

— Je vais vous la présenter, dit-il.

— Ne vous pressez pas, je ne suis pas impatient de rencontrer votre petite...

Ruel n'entendit pas le reste de la phrase. Il sortit du salon, les yeux toujours rivés à Jane. Elle le regarda venir, circonspecte. Elle avait raison de se méfier... L'envie de la posséder sur-le-champ l'envahissait. Il avait le pouvoir de l'emmener dans sa chambre immédiatement, de poser ses mains sur ses épaules nues, de découvrir ses seins tentateurs, de... Il s'arrêta devant elle.

— Bonsoir. Je ne m'attendais pas à une telle élégance... Vous êtes... superbe.

— Et ça vous met en colère?

— Je ne suis pas...

Oui, il était en rage, s'avoua-t-il brusquement, et frustré parce qu'il ne la posséderait pas cette nuit. La violence ne le libérerait pas de son obsession. Il fallait qu'elle vienne à lui vaincue. Il s'efforça de sourire.

— Je ne vous avais jamais vue en robe. Vous m'avez pris par surprise...

— Margaret me l'a donnée, dit-elle en parcourant la pièce du regard. Où est-elle?

— Elle m'a fait dire que Ian était trop fatigué pour descendre dîner, répondit-il tandis que son regard se posait sur ses épaules nues. Maggie a toujours un goût aussi sûr. Comment vous a-t-elle convaincue de porter cette robe?

Elle haussa les épaules.

— Elle insistait toujours pour que nous nous habillions pour dîner au château et estimait juste de nous fournir les tenues appropriées.

— Je suis surpris que vous ayez accepté d'obéir à cette règle...

— Margaret dit qu'une robe ne suffit pas à faire

une femme, pas plus qu'un pantalon un homme. Ce sont juste des signes extérieurs de différence, pas de supériorité.

— Comme vous êtes devenue docile! Vous avez beaucoup changé depuis Kasanpour...

— Le bon sens n'est pas de la docilité. Bien sûr, j'ai changé! Seuls les idiots ne changent pas. Mais pourquoi toute cette histoire pour une robe? s'impatienta-t-elle.

— Ça ne me plaît pas...

Elle ne put s'empêcher de rougir.

— La robe ou le fait que je ne sois plus la gamine que vous avez connue à Kasanpour?

— Vous n'étiez pas une gamine. Même à l'époque vous étiez très... mûre, ajouta-t-il alors que ses yeux se posaient sur ses seins.

Elle rougit de plus belle.

— Alors où est le problème?

Ce n'était pas la robe qui le gênait, mais le fait que ce cadeau ne vienne pas de lui. Il était jaloux, jaloux que ce ne soit pas lui mais Margaret qui l'ait persuadée d'abandonner ses chères frusques masculines...

— Elle est trop sage... J'ai pensé dans les moindres détails au temps que nous allions passer ensemble, y compris comment je vous habillerais. Voulez-vous en savoir plus?

Elle inspira profondément.

— Non! je suis ici pour rencontrer Medford. Je suppose que c'est lui derrière la porte vitrée?

— Oui, c'est James. Malheureusement, il ne brûle pas d'envie de vous rencontrer...

— Pourquoi?

— Il croit que je vous ai engagée uniquement parce que vous êtes ma maîtresse.

Ses lèvres se crispèrent.

— Evidemment, vous n'avez pas démenti?

— Pourquoi l'aurais-je fait? Je suis un homme

franc, et c'est l'une des raisons pour lesquelles vous êtes ici.

— Je suis ici pour construire un chemin de fer !

— Mais j'ai aussi la ferme intention de faire de vous ma maîtresse. Plus exactement, une humble servante vouée à plaire à son maître et à se pâmer devant lui. Vous détesteriez ça, n'est-ce pas ?

La colère se peignit sur son visage, mais elle déclara calmement :

— Je n'ai pas à m'inquiéter de quelque chose qui n'arrivera pas !...

— Mais vous saviez que je vous destinais ce rôle avant de quitter Glenclaren. J'ai été très honnête avec vous. Je veux que Cinnidar vous asservisse avant de vous asservir moi-même.

— Vous n'aurez pas ce que vous voulez, rétorqua-t-elle tandis que son regard retournait à Medford. Et vous auriez pu lui dire que je suis compétente !

— Vous le serez encore davantage quand je vous aurai donné quelques leçons...

— Je parlais...

Elle inspira profondément, puis déclara lentement :

— Vous le savez très bien ! Allez-vous me présenter à lui, ou dois-je le faire seule ?

— Venez, dit-il en la conduisant vers le salon. Je me suis assuré que Medford collaborera avec vous, mais n'attendez rien de plus de moi. A vous de jouer maintenant !

— Je n'ai jamais fait l'erreur de croire que vous m'aideriez plus que nécessaire.

Il l'avait secouée, mais elle savait que ce faux détachement le mettait en rage.

— Savez-vous que j'ai construit ce pavillon d'été pour vous ? lui avoua-t-il pour tenter de la fragiliser. Je voulais un endroit où je vous aurais entièrement pour moi...

Elle ne répondit pas, mais il remarqua que la rou-

308

geur de ses joues s'accentuait et que sa respiration s'accélérait.

Il ajouta délibérément :

— En or...

— Quoi ?

— Je vais vous habiller en fils d'or. Une robe qui dénudera votre poitrine et vos bras. Vous avez de très jolis seins...

— Calmez-vous, dit-elle d'une voix enrouée.

— Et je me souviens comme leurs pointes se dressaient au contact de ma bouche. Comme elles étaient dures contre ma langue. Vous souvenez-vous ?

— Non !

— Une couturière locale y travaille déjà. L'or se mariera très bien à votre chevelure rousse...

— Vous gaspillez votre argent. Cela n'aura pas lieu...

— Bien sûr que si ! fit-il tandis que son regard s'attardait sur sa poitrine. Ça commence déjà ! Comme l'a remarqué James, ma soirée risque d'être extrêmement inconfortable...

Elle regarda involontairement le bas de son corps et détourna vivement les yeux.

— Vous voyez ? Ça commence déjà et ce n'est que le début...

Ils s'étaient arrêtés devant Medford.

— Puis-je vous présenter Mlle Jane Barnaby, James ? Je suis sûr que vous prendrez bien soin d'elle pendant que je vais voir ce qui retarde Li Sung et Kartauk !...

— Quelque chose te préoccupe, observa Li Sung quand ils quittèrent le salon à la fin de la soirée. Je t'ai observée pendant le dîner. Medford est-il stupide ?

— Non, je le crois assez intelligent. Mais il pense que je ne le suis pas et cela causera des difficultés dont je me passerais bien.

— Il comprendra vite son erreur ! T'a-t-il donné des informations utiles ?

— Non, il prétend que tout est dans son rapport. Mais il m'a appris quelque chose à propos des éléphants : les Cinnidains les vénèrent et il ne faut surtout pas y toucher.

— Alors nous devrons attendre sans bouger qu'ils nous écrasent sous leurs grosses pattes ?

Elle haussa les épaules.

— Nous réglerons ce problème s'il se présente. Medford les a à peine vus depuis qu'il travaille sur le terrain, dit-elle en étouffant un bâillement. Je crois que je vais arrêter de penser à tout ça et aller me coucher. Es-tu confortablement installé ?

— Magnifiquement ! J'ai même deux serviteurs pour satisfaire le moindre de mes désirs. Ruel souhaite peut-être nous chouchouter un peu avant de nous livrer à sa montagne d'or..., dit-il en souriant. Et à ces monstres à grosses pattes.

13

Ruel descendit de sa mule et commença à défaire les lanières de son paquetage.

— Le soleil sera couché dans moins d'une heure. J'installerai le camp pendant que vous et Li Sung inspecterez les alentours.

— Il ne semble pas y avoir grand-chose à inspecter, nota Jane en regardant la clairière d'environ huit cents mètres de diamètre, dénuée de végétation, où quelques arbres morts gisaient au sol. Pourquoi l'appelle-t-on le passage de l'Eléphant ?

— D'après Dilam, les éléphants restent habituellement dans la partie est de l'île mais, occasionnellement, un ou deux, parfois même le troupeau entier, voyagent vers l'ouest et prennent cette route.

— Alors pourquoi l'avoir tracée à travers ce passage ?

— Cela m'a évité quelques centaines de mètres de défrichage. Je n'ai jamais vu un seul éléphant depuis que je suis ici, fit-il en haussant les épaules.

Elle fronça les sourcils.

— Je ne peux pas installer une voie ici si elle risque d'être détruite par un troupeau d'éléphants. Je contournerai la clairière...

— Cela prendra plus de temps, dit Ruel en souriant.

Il avait donc prévu qu'elle ne prendrait pas le risque de construire ici ! pensa-t-elle avec rage.

— Alors je gagnerai du temps ailleurs...

— Pourquoi partent-ils ? demanda soudain Li Sung.

Ils se tournèrent vers lui sans comprendre.

— Les éléphants, précisa-t-il. Pourquoi quittent-ils parfois l'est pour l'ouest ?

— Je n'en ai aucune idée... Dilam dit que les Cinnidains les laissent libres de leurs mouvements et obtiennent la même chose en retour...

— S'ils s'y intéressent suffisamment pour savoir qu'ils vont vers l'ouest, pourquoi n'en savent-ils pas la raison ?

— Pourquoi vous montrez-vous si curieux ?

— Pour rien...

Il descendit péniblement de sa monture et commença à la desseller.

— C'est bon de se libérer de cette créature ! Je croyais que monter à cheval était pénible avant d'avoir essayé cette mule !...

— Je vous aurais donné un cheval, mais les mules sont plus habiles sur ce terrain.

— Nous enverrons une équipe pour élargir la piste, dit Jane.

— Ça ne changerait rien. Ma mauvaise jambe ne supporte aucune monture, dit-il en s'éloignant en boitant. Je vais voir si je peux repérer un chemin plus praticable...

— C'est un homme courageux, remarqua Ruel en le suivant des yeux. Bien plus estimable que votre Patrick. Je suis surpris que vous n'ayez pas amené votre père avec vous, remarqua-t-il en lui jetant un regard moqueur.

— Il nous aurait gênés...

— Il est plutôt gênant en ce moment, non ? Pourtant, vous vous occupez toujours de lui. Pourquoi ?

Elle jeta sa selle à terre.

— Je ne peux faire autrement. Quand on prend soin de quelqu'un, on s'y habitue...

— Le bon Samaritain.

— Quoi ?

— Rien, une réflexion de Kartauk. L'instinct protecteur est une dangereuse faiblesse...

— Je n'ai pas de temps à perdre pour ce genre de discussion. Je vais rejoindre Li Sung !

— Pourquoi ne lui avez-vous pas dit de vous attendre ?

— Il avait besoin de rester seul un moment. Le voyage a été dur pour lui et il n'aime pas qu'on le voie souffrir.

— Pas même vous ?

— A sa place, je ressentirais la même chose... Et vous aussi.

Elle s'éloigna rapidement.

La nuit était tombée quand ils revinrent, guidés par l'arôme de bacon frit et la lueur du feu de camp. Accroupi devant le feu, une poêle à la main, Ruel leva les yeux alors qu'il disposait des tranches sur trois assiettes déjà garnies de haricots.

— Alors, avez-vous trouvé un autre trajet ?

— Il y a un chemin possible vers le nord.

Li Sung prit une assiette et s'assit.

— Mais il ne faisait plus assez jour pour l'explorer complètement.

— Ce n'est pas grave ! Nous aurons tout le temps de le faire plus tard, dit Jane en commençant à manger. Tu peux ramener ici une équipe demain pendant que je superviserai le début des travaux dans la montagne.

— Vous ne prévoyez pas de dépasser le délai? demanda Ruel avec une pointe de provocation.

Elle croisa son regard.

— Pas tant que ce n'est pas nécess...

— Qu'est-ce que c'était? demanda Li Sung en levant vivement la tête. J'ai entendu quelque chose...

Jane l'entendit aussi cette fois, léger et lointain.

— C'est seulement un barrissement, dit Ruel. On en entend parfois...

— Je m'attendais à des cris féroces, dit Jane. Il a l'air... triste, perdu.

Li Sung la regarda avec consternation.

— Il n'est ni triste ni perdu et il est inutile que tu ailles à son secours.

Ruel sourit.

— On ne risque rien! Il est loin...

— Trop près pour moi, rétorqua Li Sung. Je préférerais ne jamais les voir ni les entendre, ajouta-t-il en posant son assiette par terre. Je crois que je vais aller me coucher. Je vous laisse débarrasser, Ruel.

— Eh, je vous ferais remarquer que j'ai tout fait jusqu'à présent!

— C'est aux puissants de prendre soin des plus faibles, répondit Li Sung en s'enroulant dans sa couverture. Et ce n'est que justice, après tout.

Jane croisa le regard de Ruel. Maintenant que Li Sung n'était plus entre eux, allait-il abandonner son attitude civilisée? Elle décida de fuir.

— Je suis d'accord avec lui, dit-elle.

Elle posa rapidement son assiette, alla s'enrouler dans sa couverture à côté de Li Sung et ferma les yeux.

Ruel jura tout bas puis se mit à rire.

— Je crois que quelque chose cloche dans votre raisonnement, mais je ne discuterai pas.

Elle l'entendit bientôt se coucher. Puis tout se tut, sauf les bruits nocturnes de la jungle, le craquement du bois dans le feu... et quelques barrissements.

Le camp était composé de tentes, environ une centaine parsemées dans la nature, qui rappelèrent à Jane l'environnement de son enfance. Ses mains se crispèrent involontairement sur les rênes.

— Quelque chose ne va pas? lui demanda Ruel. Ce n'est pas le palais, mais je ne pensais pas que c'était si horrible...

Elle s'efforça de sourire.

— Non, non, ça m'a juste rappelé...

— Ce n'est pas pareil, intervint Li Sung. Regarde comme c'est propre et ordonné ici!

Une sensation de soulagement l'envahit. Elle pouvait compter sur Li Sung pour la comprendre et l'épauler.

— C'est vrai, ce n'est pas pareil...

— A quoi pensez-vous? s'enquit Ruel.

— Li Sung et moi avons connu beaucoup de villages de tentes, mais jamais aussi propres. Est-ce grâce à vous?

Il secoua la tête.

— Les Cinnidains sont incroyablement méticuleux! Ils ont exigé une cabine de bain commune, une tente pour le *belim*, deux heures par jour pour le *belim* et du temps pour leur ménage.

— Exigé?

— Pensiez-vous que j'utilisais des esclaves?

— Disons que je ne vous savais pas si conciliant...

— Je n'avais pas le choix avec eux. Si je n'avais pas accepté, ils seraient volontiers restés dans leurs villages et m'auraient regardé me tuer à la tâche, même si je leur avais offert un pont d'or.

— L'argent ne les intéresse pas?

— L'argent intéresse tout le monde, mais les Cinnidains ne considèrent pas qu'il soit nécessaire à une «vie heureuse», comme ils disent.

314

— Et que considèrent-ils nécessaire au bonheur ? demanda Li Sung.

— Les enfants, un environnement serein, du temps pour apprendre, et le *belim*.

— Le *belim* ?

— Les jeux ! Ils adorent ça ! Il y a pratiquement tout le temps un jeu en cours.

— Et nous sommes supposés les faire travailler ? s'étonna Jane, plutôt contrariée.

— Ils ne sont pas fainéants, mais leur passion pour le jeu m'a posé problème avant que je ne trouve une solution : organiser des compétitions entre les ouvriers. Chaque soir un gagnant est déclaré et un prix attribué.

— Quelle sorte de prix ?

— C'est chaque jour différent. Un jour de congé, une babiole, de l'argent... Le Haut Conseil se réunit tous les quinze jours pour déterminer les prix.

— Et vous présidez le Conseil ? demanda Li Sung. Ruel secoua la tête.

— Seuls les Cinnidains sont autorisés à en faire partie. Depuis trois ans que je suis ici, cet honneur ne m'a pas été accordé. Mais Dilam m'a dit que si je continuais à bien me conduire, je pourrais peut-être être autorisé à assister aux séances dans un an ou deux, dit-il en souriant.

— Dilam est-il membre du Conseil ?

— Oui. C'est le président. C'est un être extraordinaire, dit-il avant de jeter un œil au soleil couchant. Je vais vous emmener à la tente de *belim*. La plupart des ouvriers s'y réunissent pour jouer aux cartes ou aux dés avant le dîner. Je crois qu'il est temps que vous rencontriez notre Dilam.

Des rires et des cris d'excitation sortaient de l'énorme tente située au centre du camp. Quand ils y pénétrèrent, le bruit était assourdissant. Des lanternes de cuivre qui éclairaient les visages excités des hommes et des femmes réunis en plusieurs petits groupes, ainsi que des tapis colorés jetés à même le sol constituaient le seul mobilier. Hommes ou femmes portaient indifféremment presque tous une natte, nota Jane.

Leur arrivée fut à peine remarquée, même si quelques hommes hélèrent Ruel de manière plus amicale que respectueuse. Il leur répondit avec la même désinvolture tout en parcourant la tente des yeux.

— Ah, les dés... Je m'y attendais! Dilam adore les dés! Venez!

Il joua des coudes pour se frayer un passage dans la foule vers un groupe d'hommes et de femmes à genoux.

— Dilam, je peux vous parler?

Une des têtes aux cheveux sombres et luisants se dressa.

— Un moment, samir Ruel.

Jane éprouva un choc. Dilam était une femme.

Son regard se porta sur Jane.

— Ah, ils sont là? Bien!

— J'espère que vous appréciez, dit Ruel à Jane. Il semble que vous ne soyez pas la seule femme capable de diriger une équipe.

Dilam fit rouler les dés. Des grognements et des cris de déception s'élevèrent aussitôt autour d'elle. Elle sourit et prononça quelque chose dans sa langue avant de s'adresser à Ruel:

— Ils trouvent que j'ai trop de chance. Je leur ai dit que les dieux étaient propices à ceux qui avaient reçu le don d'intelligence, ajouta-t-elle en commençant à ramasser les enjeux. Attendez-moi dehors! C'est trop bruyant ici pour des présentations...

Ruel hocha la tête et entraîna Jane et Li Sung hors de la tente.

— Une femme? s'étonna Li Sung.

— Medford a demandé au Haut Conseil de désigner le membre le plus intelligent pour diriger son équipe, et ils ont envoyé Dilam. A Cinnidar, on ne discute pas les décisions du Conseil.

— Elle parle très bien anglais...

— Elle l'a appris en quatre semaines. Je vous ai dit qu'elle était extraordinaire...

Un instant plus tard, Dilam sortit de la tente et se dirigea vers eux d'une démarche à la fois athlétique et pleine de grâce. Elle avait de larges épaules et son corps paraissait aussi robuste que fin. Sa tunique verte recouvrait un large pantalon noir et ses sandales marron, bien qu'usées, étaient impeccablement propres.

— Vous êtes Jane Barnaby? demanda-t-elle tandis que son visage s'éclairait d'un grand sourire. Soyez la bienvenue! Je suis Dilam Kankula. Vous pouvez m'appeler Dilam.

— Merci...

Dans la pénombre de la tente, Jane avait aperçu fugitivement deux yeux sombres étincelants et un sourire aussi large qu'éclatant. Elle découvrait maintenant que cette femme devait avoir environ trente ans et que ces yeux magnifiques appartenaient à un visage aux traits parfaitement modelés et à l'expression intelligente et gaie.

— Ruel ne m'avait pas dit que vous étiez une femme...

— Mais c'est mieux, non? Nous travaillerons dans l'harmonie et la compréhension.

— Y a-t-il d'autres femmes dans l'équipe?

— Oui, mais peu. Les hommes conviennent mieux pour les travaux physiques. Les femmes ont plus d'endurance et de raisonnement, mais ils possèdent la force. Mieux vaut mettre en valeur leurs qualités et garder le reste.

— Je vous demande pardon?

Le ton de Li Sung se fit tranchant lorsqu'il sortit

de l'ombre projetée par l'immense tente. Les yeux de Dilam s'agrandirent en l'apercevant.

— Vous êtes Li Sung ? Je ne vous avais pas vu derrière Jane...

— Même si je ne suis qu'un homme, je ne reste dans l'ombre d'aucune femme.

— Je n'avais pas l'intention d'insulter qui que ce soit, dit-elle d'un air absent.

Elle avait l'air totalement absorbée alors qu'elle regardait Li Sung.

— Mais c'est la vérité, vous savez...

— Non, je ne le savais pas...

— Les Cinnidains ont une société matriarcale, intervint Ruel. Ai-je oublié de le mentionner ?

Le démon le savait pertinemment, pensa Jane avec rage. Les yeux de Ruel, pétillants de malice, passaient de Dilam à Li Sung, exaspéré.

— Je suis sûre que nous nous entendrons tous bien, dit-elle.

— Si elle n'essaie pas de me traiter en stupide bête de somme...

— Oh non ! ce n'est pas mon intention. Vous avez mal compris mes paroles, ajouta Dilam en fronçant les sourcils. Les hommes sont vraiment de splendides créatures.

— Créatures, répéta Li Sung. Comme les mules et les éléphants.

— Ils ne méritent pas cette comparaison ! Les éléphants sont beaucoup plus intelligents que les mules...

— Et où se situe l'homme dans cette hiérarchie ?

— Par tous les dieux, que vous êtes susceptible ! dit-elle, exaspérée. Que voulez-vous m'entendre dire ?

— J'aimerais que vous définissiez les qualités de ces «splendides créatures»...

— Je crois que vous cherchez la dispute, dit-elle en haussant les épaules. Les hommes sont de bons chasseurs et de bons guerriers. Ils peuvent aussi être d'habiles artisans...

— Mais nous ne sommes pas dignes de gouverner?
Dilam secoua la tête.

— Leur tempérament est trop emporté. Avant que
les femmes ne prennent la direction du Conseil, nous
avions beaucoup de guerres tribales.

— Et maintenant, je suppose que la paix règne au
sein de votre bienveillant Conseil?...

— Pas toujours... Mais comme nous mettons neuf
mois à mettre un enfant au monde, nous réfléchis-
sons très soigneusement avant d'entamer une guerre
qui leur enlèvera la vie, ajouta-t-elle avec un sourire
éclatant.

— Les hommes aussi savent aimer leurs enfants,
dit Li Sung avec raideur.

— Alors pourquoi font-ils la guerre? Ne nous dis-
putons pas, renchérit-elle en levant la main. Je vois
bien que nous sommes différents. Très différents!...

Loin de calmer Li Sung, ces mots l'avaient
d'autant plus irrité. Jane s'empressa d'intervenir.

— Me montrerez-vous ma tente, Dilam? Nous
pourrions peut-être discuter...

Dilam secouait la tête.

— Samir Ruel vous conduira... Je m'occupe de
vous, dit-elle en pointant Li Sung du doigt tout en
souriant.

— Ce n'est pas nécessaire, dit-il froidement.

— C'est un plaisir, pas un devoir. Vous êtes en
colère contre moi et je dois redresser la situation.
Nous allons faire *nesli* avant le dîner.

Ruel laissa échapper un son entre le hoquet et le
ronflement.

— *Nesli*? répéta Li Sung en l'interrogeant du
regard.

— Copulation, murmura Ruel.

— C'est une chose que les hommes savent bien
faire, dit Dilam avec le même sourire éclatant.

— Comme c'est gentil d'apprécier nos perfor-

mances ! estima-t-il en la regardant d'un air outragé.
Non, merci...

— Oh ! dit-elle d'un air déçu. Je ne vous plais pas ?

— Vous ne me plaisez pas !

— Vous me plaisez beaucoup. Je vous trouve...

Il prit une telle expression qu'elle s'interrompit.

— Oh, eh bien, peut-être que je vous plairai plus
tard...

— J'en doute !

— Vous ne changerez pas d'avis ? demanda-t-elle
d'un air rêveur. Je suis vraiment exceptionnelle au
nesli.

— Je ne changerai pas d'avis, rétorqua-t-il en se
tournant vers Ruel. Où se trouve ma tente ?

— Je vais vous conduire. Vous devrez vous
contenter de la discussion proposée par Jane, dit-il
en se tournant vers Dilam en réprimant un sourire.
Amenez-la au *candmar* dans une heure !

Dilam les regarda s'éloigner.

— Ce n'est pas un bon début ! Il boite, remarqua-
t-elle soudain.

— Sa jambe a été écrasée quand il était enfant. Ça
ne le diminue pas. Il travaille aussi dur que n'importe qui.

— Je sais. Mais ça explique beaucoup de choses.
J'aurais souhaité une tâche plus facile...

— Que voulez-vous dire ?

Dilam ne répondit pas tandis que son regard suivait toujours la silhouette de Li Sung.

— Qu'est-ce qu'un *candmar* ? demanda Jane.

— Quoi ? murmura-t-elle en reportant son regard
sur Jane. Oh ! c'est l'endroit où l'on mange. Nous
mangeons tous ensemble autour d'un feu au centre
du camp. Venez, je vais vous montrer votre tente et
nous reviendrons ensuite ici. Nous avons encore le
temps de jouer aux dés avant le dîner.

Jane secoua la tête.

320

— Je dois étudier la carte et repérer les problèmes qui...

— Nous irons jouer aux dés! Le jeu égaye le cœur. Et l'esprit est plus clair quand le cœur est gai. Vous devez apprendre à profiter de la vie, vous êtes trop grave, dit-elle après l'avoir étudiée attentivement.

— J'ai un chemin de fer à construire en sept mois. C'est une chose grave.

— Li Sung aussi est trop sérieux. Vous avez fait *nesli* avec lui? demanda-t-elle sans transition.

— Moi? dit Jane avec un gloussement. Nous sommes seulement amis.

— *Nesli* entre amis est parfois très agréable...

De toute évidence, la culture cinnidaine était très différente de la sienne. Elle tenta de clarifier les choses.

— Nous sommes comme frère et sœur.

— Oh, c'est bien! vous faites *nesli* avec samir Ruel? questionna Dilam d'un sourire élargi.

— Non!

Jane se raidit à l'idée qui lui vint à l'esprit.

— Et vous?

La regardant avec curiosité, Dilam secoua la tête.

— Pourquoi est-ce important pour vous?

— Ce n'est pas important. Je me posais la question...

— Vous mentez, dit simplement Dilam. C'est important!

Dilam avait raison. La douleur aiguë qu'elle avait éprouvée à l'idée qu'ils faisaient l'amour l'avait choquée autant qu'effrayée. Elle s'empressa de changer de sujet tandis qu'elles parvenaient devant la petite tente qui serait désormais son logis.

Quand Ruel arriva, Li Sung était assis par terre, dévorant consciencieusement un morceau de lapin rôti. Jane et Dilam restaient invisibles.

— Où est Jane? demanda Ruel.

— Je ne l'ai pas vue. Je ne sais pas où elle est...

Comme Dilam manquait aussi, Ruel eut une idée. Un moment plus tard, il se frayait un chemin parmi la foule. Il repéra presque tout de suite Dilam en train de jouer au *parzak*, un jeu de cartes cinnidain, mais Jane ne se trouvait pas avec elle.

— Je savais bien que vous seriez ici, dit-il à Dilam. Où est Jane ?

— Là-bas, répondit-elle en désignant le coin des dés. Mais ne la dérangez pas ! Elle gagne...

— C'est l'heure du dîner. Manger est plus important que jouer.

— Pas quand on gagne ! dit-elle en posant ses cartes et en se levant. Je vous accompagne, mais nous la laisserons ici prendre son plaisir.

— Oh, vraiment ?

Dilam hocha la tête.

— Elle a besoin de gagner. Elle n'a pas de joie, remarqua-t-elle en prenant Ruel par le bras et en l'entraînant hors de la tente. Nous enverrons Li Sung la chercher plus tard.

— Je doute que Li Sung accepte d'être envoyé par vous où que ce soit...

— Je sais ! C'est à cause de sa jambe, je crois. Il va me causer bien des problèmes...

Un rire — le rire de Jane — fusa à travers la tente. Ruel se rendit compte avec une profonde émotion qu'il ne l'avait jamais entendue rire ainsi.

— Ce sera à vous de le lui dire, poursuivit Dilam.

— Quoi ?

Jane rit à nouveau. Comme il aurait voulu que cette foule ne l'empêche pas de la voir !

— Li Sung, dit impatiemment Dilam. Vous devrez lui dire de venir chercher Jane.

La foule s'écarta. Il aperçut Jane. Elle était à genoux, les dés serrés dans une main, le visage rayonnant de plaisir. Elle paraissait si jeune, si heureuse... Il voulait qu'elle garde ce sourire, qu'elle reste toujours ainsi, jusqu'à la fin de...

322

Elle leva les yeux et son sourire disparut quand elle vit qu'il l'observait. On aurait dit qu'un manteau sombre venait de l'envelopper, renfermant tout ce qu'il y avait d'enfantin et de vivant et l'éloignant de lui.

Il se sentit floué, dépossédé, comme si elle venait de lui voler quelque chose.

— C'est l'heure de dîner, la prévint-il sèchement.

— J'ai perdu la notion du temps, expliqua-t-elle calmement. J'arrive tout de suite...

Il hocha courtoisement la tête et quitta la tente. Dilam le suivait. Bon sang! il avait failli un instant ressentir de la tendresse pour elle, comme avant l'accident. Elle n'était pas à Cinnidar pour retrouver le goût de l'enfance, mais pour être punie. Elle n'était pas une enfant, mais la femme qui avait détruit la vie de son frère.

— Vous ne m'avez pas écoutée, nota Dilam. Pourquoi ne l'avez-vous pas laissée...

— Ne vous est-il jamais venu à l'esprit que je ne désire pas entendre ce qui me dérange?

— Je pense quand même que..., s'interrompit-elle en voyant son expression. Je ferais mieux de me taire?

— Exactement!

L'humeur de Li Sung ne s'était pas améliorée, constata Jane. Tout le long du repas, il ne s'exprima que par monosyllabes, quand il ne gardait pas le silence. Elle estima qu'il valait mieux lui permettre d'exprimer sa rancœur.

— Dilam?

Ce seul mot suffit à provoquer l'avalanche.

— Elle est abominable! grinça-t-il entre ses dents en la fixant par-dessus le feu de camp. Ne pouvons-nous pas prendre quelqu'un d'autre?

— J'en doute... Les Cinnidains le considéreraient comme une insulte. En plus, je l'aime bien. Et elle semble t'aimer beaucoup, ajouta-t-elle d'un air malicieux.

— Elle me perçoit comme une sorte d'objet...
Sais-tu qu'elle est venue dans ma tente après t'avoir
montré la tienne ?

— Non.

Voilà donc ce que Dilam avait à faire en la laissant
pour « environ une demi-heure »...

— Elle a dit qu'elle me pardonnait mon aveuglement et qu'elle serait patiente...

— Comme c'est gentil de sa part !...

— Gentil ? Elle prend les hommes pour des êtres
inférieurs, tout juste bons à satisfaire ses désirs.

— Je suis sûre que tu l'as mal comprise.

Elle suivit le regard de Li Sung. Le visage de
Dilam était joyeusement animé, ses mains vibrantes
de vie tandis qu'elle parlait avec Ruel.

— Elle est plutôt séduisante, non ?

— Laide comme le péché !

Li Sung ne se laisserait manifestement pas convaincre. Elle décida d'abandonner.

— Je retourne à ma tente, dit-elle en se levant. Je
dois encore étudier la carte et nous démarrons tôt
demain.

La seule réponse de Li Sung fut un hochement de
tête maussade.

Elle venait à peine de s'éloigner que Ruel surgis-
sait à ses côtés.

— Vous aviez l'air de vous amuser aux dés ?

La tension qu'elle ressentait toujours en sa présence la poussa à acquiescer sèchement et laconiquement.

— Avez-vous gagné beaucoup ?

— Je ne sais pas. Je ne connais pas encore la
monnaie cinnidaine. Je ne crois pas...

— Vous aimez les Cinnidains ?

— Comment pourrait-il en être autrement ? Ils sont
gentils, intelligents, et je n'ai jamais vu personne vivre
avec autant de joie. Vous les aimez aussi, dit-elle en
le regardant. Dilam m'a dit que vous êtes des leurs.

— Je le suis, répondit-il sans équivoque.

Elle fut surprise qu'il l'admette.

— A cause de l'or?

— Non, à cause de Cinnidar. Je travaillais sans relâche uniquement pour devenir riche. Et puis, un jour, je me suis arrêté, j'ai regardé autour de moi et je suis tombé dans le piège.

— Le piège?

— Ian appellerait ça un «chez-soi». Ce mot ne m'est pas très familier...

— Pourquoi me racontez-vous ça?

— Pourquoi pas? renchérit-il d'un ton moqueur. N'est-il pas temps que nous fassions à nouveau connaissance?

— Non! objecta-t-elle en s'arrêtant à l'entrée de la tente. Je ne veux rien savoir de vous.

— Moi je veux tout savoir de vous. Et je suis décidé à y parvenir, ajouta-t-il en accrochant son regard.

Ignorant le frisson qui lui parcourait le dos, elle tourna les talons et entra dans sa tente.

— A demain, dit-il.

— Probablement pas, répondit-elle d'une voix mal assurée. Je dois commencer le travail demain et je suis sûre que vous serez occupé à la mine.

— Oh, mais je dois vérifier que vous faites du bon travail. Après tout, c'est mon chemin de fer qui se construit...

Elle entendit à peine le dernier mot. Il s'éloignait.

Elle qui avait cru qu'elle serait libérée de lui une fois le travail commencé! Mais peut-être n'avait-elle pas à s'inquiéter. Sans doute ne viendrait-il qu'occasionnellement sur le site.

Il vint tous les jours du mois suivant, parfois une minute, parfois une heure. Il lui arrivait d'échanger des plaisanteries avec Li Sung, Dilam ou les ouvriers, ou bien de rester sur son cheval à la regarder travailler.

Elle se levait le matin en sachant qu'il viendrait, redoutant son arrivée toute la journée, et douloureusement consciente de sa présence. C'était comme à Kasanpour avant l'accident. Non, c'était pire! Maintenant, elle savait qu'il désirait non seulement son corps, mais voulait aussi la blesser, peut-être même la détruire. Telle une flamme avec un papillon...

Et plus les jours passaient, plus elle avait une envie folle de se brûler à cette flamme.

Elle était à genoux en train de prendre une mesure quand une ombre se profila au sol. C'était lui ; elle le sentait sans même avoir besoin de lever les yeux.

— Pourquoi êtes-vous encore là ? demanda-t-il. Tout le monde a arrêté.

Elle acheva de vérifier l'espacement entre les rails.

— Je voulais juste terminer ça. Je suis sûre que vous ne voyez pas d'objection à ces quelques minutes de travail supplémentaire ?

— Non, je me demandais juste s'il y avait un problème.

— J'ai pris un peu de retard aujourd'hui. Mais je le rattraperai demain, ajouta-t-elle aussitôt. C'est le dernier tronçon dans la montagne. Nous commençons à l'aube dans le canyon.

— Je sais! Li Sung me l'a dit...

— Alors il a dû aussi vous dire qu'il n'y avait pas de problème...

— Mais vous ne dites pas tout à Li Sung, n'est-ce pas ?

— Bien sûr que si !

— Lui avez-vous raconté ce que nous avons fait dans le wagon du maharadjah ?

Elle se sentit rougir, mais ignora la question.

— Je pensais bien que non, dit Ruel. Il se doute peut-être de quelque chose mais il n'en est pas sûr.

— Il n'avait pas besoin de le savoir!

Elle se redressa brusquement et alla quelques mètres plus loin continuer ses mesures.

— C'est tout ce que vous vouliez? Pourquoi restez-vous? Vous ne voyez pas que je suis occupée?

— Ce n'est pas tout ce que je voulais.

Son ombre réapparut devant elle.

— Je voulais vous voir à genoux. Ça me procure un plaisir extrême...

Elle leva les yeux. Tout était sombre en lui ce jour-là, non seulement son ombre, mais ses bottes, son pantalon de serge noire moulant ses hanches puissantes et la chemise assortie qui dessinait son corps. Seuls sa chevelure dorée par le soleil et son visage bronzé apportaient une touche de clarté. Il était aussi beau que le prince des ténèbres en personne.

— Ah! c'est encore mieux! dit-il en souriant. Je vous rêve souvent dans cette position, en train de me regarder avec cette expression-là. À une ou deux différences près: vos cheveux devraient être détachés et nous devrions être tous les deux nus.

Se redressant d'un coup, elle le fusilla du regard.

— Espèce de canaille, fichez le camp d'ici et laissez-moi travailler!

Elle crut un instant qu'il n'allait pas céder, mais il déclara finalement avec un léger sourire:

— Si vous insistez... Mais avouez que l'idée est tentante, Jane. Vous en avez envie vous aussi, n'est-ce pas?

Elle ne répondit pas.

— Oui, vous en avez envie, dit-il tout en continuant de la regarder en souriant. Bien! Je ne vous verrai plus aussi souvent maintenant que cette portion de ligne est terminée. Je voulais vous laisser un souvenir assez puissant pour que vous pensiez à moi en mon absence.

Un intense soulagement l'envahit. Elle allait être enfin libérée de lui.

— Il était temps que vous vous occupiez de vos affaires et me laissiez aux miennes !

— Oh, mais je serai avec vous en pensée. Vous ne m'oublierez pas...

— Vous vous trompez ! Quand vous serez hors de ma vue, j'oublierai même que nous sommes sur la même île.

Il secoua la tête avant de retourner nonchalamment vers son cheval. Il était si sûr de lui, si arrogant... Une vague de fureur la submergea.

— Attendez ! cria-t-elle d'une voix tremblante d'émotion. Pour qui vous prenez-vous ?

Il se retourna.

— Je vous demande pardon ?

— De quel droit osez-vous me traiter ainsi ? Etes-vous si irréprochable pour vous permettre de jeter la première pierre ?

— Non, j'ai fait le mal dans ma vie, plus que vous ne pouvez l'imaginer. Mais je n'ai jamais touché un innocent sans en payer le prix. C'est la règle, Jane. Nous payons tous pour ce péché-là, fit-il avec une expression plus dure.

— Et c'est à vous que je suis supposée payer pour mes fautes ? demanda-t-elle ironiquement.

— Exactement ! J'ai appris depuis longtemps que je ne pouvais compter que sur moi-même si je voulais une justice. Ce monde est injuste et je ne peux pas attendre le destin ou la volonté de Dieu pour vous punir.

Elle le regarda monter en selle et s'en aller.

Elle tremblait. Inspirant profondément, elle se força à reprendre contenance. Il ne la ferait pas plier, il ne la briserait pas ! S'agenouillant à nouveau, elle se remit au travail. Elle devait le chasser de ses pensées... Ses mains saisirent le rail posé devant elle. De l'acier dur et chauffé par le soleil. Ce contact la réconforta. La même force qu'à l'intérieur de ces rails vibrait en elle. Aucun homme ne pourrait la briser.

Le prince des ténèbres !

Jane se réveilla le cœur battant, le souffle court. C'était seulement un rêve, se rassura-t-elle.

Mais ce même rêve revenait chaque nuit depuis que Ruel était venu la voir. Le même rêve et la même honteuse évidence à son réveil. Ses seins durcis de désir ne supportaient même pas le contact du drap, et son sexe l'élançait douloureusement.

Non, ce n'était pas tout à fait pareil ce matin.

Elle était trempée de sueur… et brûlante, alors qu'il faisait plutôt frais quand elle s'était couchée. Elle se leva pour aller s'asperger le visage d'eau froide, mais rien n'y fit.

Elle avait déjà connu cela. Les symptômes étaient clairs. La fièvre était revenue.

14

— Un chemin de fer ?

Les ongles d'Abdar s'enfoncèrent dans le satin des bras du fauteuil.

— Avancé ?

— La section de Medford est presque terminée, mais la ligne de la montagne a été commencée il y a seulement sept semaines. Il faudra…

— Combien de temps ?

— Mon informateur dit qu'il faudra au moins quatre mois pour réunir les lignes.

— Quatre mois ! Et entre-temps l'Ecossais engrange l'or et sera prêt à le convoyer dès que la ligne sera finie. *Mon* or !

Il se leva et se dirigea vers le mur où son dernier masque scintillait à la lueur d'un chandelier — puissant, intense, un hymne à sa gloire.

— J'ai besoin de cet or...

— Il y a d'autres nouvelles... Des nouvelles qui vous plairont. Kartauk est à Cinnidar...

— Quoi? cria-t-il en faisant volte-face. Tu en es sûr? Il n'est pas mort?

— Je l'ai vu de mes yeux. Il ne se cache même pas. Il vit au palais et se déplace librement dans l'île.

— Parce qu'il se sent en sécurité. Il croit que je ne peux pas l'atteindre sur cette île maudite. Et il a raison. Je ne peux rien faire tant que je ne suis pas maharadjah.

— Et quand le serez-vous? L'état de votre père a-t-il empiré durant mon absence?

Abdar secoua la tête.

— Il peut durer jusqu'à l'été...

— L'Écossais sera alors en bien meilleure position pour se défendre. L'île ne peut être conquise que par le port et s'il se met en tête de le fortifier, nous ne...

— Je sais, je sais, dit impatiemment Abdar. Me prends-tu pour un idiot? Je ne dois pas lui laisser ce délai, dit-il en se dirigeant vers la statue de Kali. A quel point m'es-tu attaché?

Il sentit la soudaine tension de Pachtal et poursuivit d'une voix affligée:

— Ne m'aideras-tu pas?

— Que voulez-vous de moi? demanda prudemment Pachtal.

— Il est vieux et malade. Il va mourir de toute façon...

— C'est le maharadjah, dit Pachtal d'une voix altérée. Vous connaissez le châtiment qui m'attend si on apprend que je l'ai tué. Ils me brûleront vif dans son bûcher funéraire...

— On ne soupçonnera rien s'il meurt un peu plus tôt que prévu. Qui aurait une raison de tuer un mourant?

330

— C'est trop dangereux !

— Il y a des méthodes discrètes. Du poison administré sur une semaine ou deux. Tu as un tel don dans ce domaine, ajouta-t-il en se tournant pour lui sourire. Ne l'as-tu pas reçu pour t'en servir ?

— Je ne sais pas si...

— J'ai besoin de cet or pour servir Kali. Si tu as de l'affection pour moi, tu me rendras ce service.

Il caressa la dague d'or de la déesse.

— Tu rendras ce service à Kali...

— Je... vais y réfléchir.

— Tu ne m'as jamais fait défaut auparavant. J'ai confiance, conclut-il avec douceur.

— Ruel est ici !

Li Sung désigna la tente à quelques centaines de mètres des rails.

— Il veut voir où nous en sommes.

— Encore ? remarqua Jane en essuyant son front en sueur. Il ferait mieux de s'occuper de ses affaires et de nous laisser tranquilles.

— C'est seulement la cinquième fois qu'il vient depuis que nous sommes dans la jungle, fit remarquer Li Sung. C'est son intérêt de s'assurer que tout va bien.

— Ou mal. Eh bien, il sera déçu ! Nous sommes en avance sur le programme.

— Pourquoi en serait-il déçu ?

Bon Dieu, elle aurait voulu taire cette pensée ! Ses nerfs étaient tellement à vif qu'il suffisait que Ruel apparaisse pour qu'elle soit crispée et sur la défensive.

— Il perdra beaucoup d'argent si nous atteignons le passage de l'Eléphant dans les temps, dit-elle, espérant ainsi apaiser les soupçons éveillés de Li Sung.

— Je ne crois pas que l'argent soit si important pour lui...

— Tu es fou ? explosa-t-elle brusquement. Si tu le penses, alors tu ne le connais pas ! Pourquoi crois-tu qu'il voulait posséder son propre royaume ? Bien sûr que l'argent est... Qu'est-ce que tu fais ?

Il avait posé la main sur son front.

— Tu as la fièvre à nouveau. Je me disais bien que tu avais l'air malade...

Elle recula.

— Pas trop...

— Suffisamment ! Ça dure depuis quand ?

Elle évita sa question.

— Ça ne vient pas tous les jours...

— Et la nuit ?

Elle ne répondit pas.

— Toutes les nuits ?

— Je prends le *quinghao* et ça s'en va.

— Et combien de temps comptes-tu tenir en travaillant à ce rythme ?

— Jusqu'à ce que ce maudit chemin de fer soit terminé.

Il secoua la tête d'un air sceptique.

— Ruel t'accordera un délai si tu lui expliques que tu es malade.

— Non ! Je vais me rétablir ! Ne lui en parle pas ; n'en parle à personne ! ordonna-t-elle en se dirigeant vers la tente. Demande à Dilam de vérifier le rail que j'ai commencé à mesurer.

— Je le ferai moi-même.

Elle aurait dû s'en douter. Et il avait déjà assez sollicité sa jambe pour aujourd'hui.

— Ça ne devrait pas être long. Je vais le faire...

— Je m'en occupe ! insista-t-il fermement.

Après presque deux mois de travail jour et nuit, elle n'avait pas la force d'argumenter.

— Comme tu voudras...

Ruel leva les yeux de la carte qu'il étudiait quand elle entra dans la tente.

— Vous avancez très vite !

Son doigt traça un cercle sur la carte.

— Six kilomètres du passage de l'Eléphant...

— Nous devrions l'atteindre après-demain. Nous abattons trois kilomètres par jour.

— Mais vous avez choisi de contourner le passage...

— Trois jours de plus.

Elle s'approcha et désigna un point sur la carte.

— Ici! Nous passerons le passage deux jours avant l'échéance prévue dans le contrat.

— Peut-être, dit-il en souriant. Et peut-être pas. Cinnidar a été conciliante avec vous jusqu'à présent, mais n'escomptez pas que cela dure.

— Cela durera!

— Pas de problèmes avec les éléphants?

— Nous n'en avons pas vu un seul. Dilam pense que les éléphants tiennent à leurs habitudes et qu'en contournant le passage nous éviterons une confrontation.

— Ils sont plus proches qu'il y a trois mois. Je les ai entendus.

— On les entend toujours. Ça ne veut rien dire. D'après Dilam, ce sont de grands bavards...

— Li Sung et Dilam semblent s'entendre beaucoup mieux... Pas de problèmes de ce côté-là?

— Li Sung n'a aucun problème avec Dilam tant qu'elle...

— N'essaie pas de faire *nesli* avec lui? A-t-elle abandonné?

Elle haussa les épaules.

— Qui sait? Elle n'en parle pas, et nous sommes tous trop concentrés sur le travail, dit-elle en le regardant droit dans les yeux. D'ailleurs, il faut que j'y retourne.

— J'ai moi aussi du travail, mais je prends du temps pour vous, dit-il d'un ton caressant mais lourd de menaces. Je prendrai toujours du temps pour vous, Jane.

Il n'abandonnerait jamais, ne serait pas satisfait

tant qu'elle n'aurait pas suffisamment souffert. Dieu qu'elle était fatiguée de tout cela !

— Puis-je retourner travailler maintenant ?

— Oui, je sais ce que je voulais savoir, fit-il en se détournant. Je vais à la raffinerie et ensuite au palais prendre des nouvelles de Ian. Je serai de retour dans cinq jours.

— Ne vous donnez pas cette peine ! Je n'aurai pas le temps de venir au rapport. Dans cinq jours, nous aurons fini le passage et nous commencerons à entamer le canyon.

— Oh, ce n'est pas grave ! fit-il en lui souriant par-dessus son épaule. Vous savez, une part de moi souhaite que vous teniez les délais. Vous avez fait du bon travail et j'admire le travail bien fait.

Elle le regarda, trop surprise pour parler, et sentit tomber ses défenses. Pourquoi la fragilisait-il en étant soudain doux et compréhensif ? Laissez-moi, pria-t-elle silencieusement, partez avant de me priver de mes forces.

— Au revoir, Jane, dit-il en sortant de la tente. Cinq jours !

Elle fixa la carte sans la voir. Cinq jours... Il n'y avait aucune raison de s'inquiéter. Elle avait déjà combattu cette fièvre et avait gagné. Le travail avançait extraordinairement bien. Les Cinnidains travaillaient avec ardeur et aucun obstacle insurmontable ne s'était dressé devant eux. Que pouvait-il arriver qui l'empêcherait d'atteindre son but ?

Ian se radossa à ses oreillers, essoufflé, avec une expression d'indicible plaisir.

— Margaret...

Elle se dégagea de lui et vint se blottir dans ses bras.

— Tu peux encore parler ? Je n'ai pas dû te satisfaire alors...

— Merveilleuse... Tu es toujours merveilleuse, dit-

334

il en caressant doucement ses cheveux. T'ai-je donné du plaisir ?

— Oui.

Comme à l'accoutumée, le mensonge lui resta en travers de la gorge. Mais Kartauk lui avait dit qu'il était important qu'un homme se sente puissant. Elle lui embrassa l'épaule.

— Tu m'en donnes toujours...

— Je ne sais pas comment. Je reste allongé comme une masse pendant que tu fais...

— N'as-tu pas remarqué que je suis une femme de poigne, qui aime dominer ? dit-elle en se soulevant sur un coude pour lui sourire d'un air taquin. Qui sait ? Vu ma nature, je n'aurais peut-être pas de plaisir à me soumettre.

— Toi, docile ? fit-il en dessinant le contour de sa bouche. Jamais !

— Je l'espère bien, dit-elle en se recouchant contre lui. Encore ?

— Tu me crois si vigoureux ? dit-il en riant de plaisir.

— Bien sûr ! Pourquoi crois-tu que je t'aie épousé ? demanda-t-elle en posant sa joue contre la sienne. Mais je suppose que tu as besoin de te reposer un peu, ajouta-t-elle en sachant qu'il serait endormi dans quelques minutes. Tu vas mieux depuis que tu es ici. Cinnidar t'a fait du bien.

— Vraiment ? Alors je peux peut-être rentrer à la maison bientôt.

— Pas encore...

Il n'allait pas tout à fait bien. La toux avait diminué, mais il ne cessait de maigrir et elle avait l'impression qu'il la quittait peu à peu.

— Glenclaren a besoin de moi.

— Je t'ai lu la lettre du vicaire. Tout va très bien !

Elle entendit son soupir et comprit qu'elle avait fait un faux pas. C'était si difficile de toujours devoir peser ses mots !

— Tu as raison, je me mens à moi-même. Je ne suis pas indispensable. Ni à toi ni à Glenclaren.

— Ne dis pas de sottises ! Nous avons tous deux besoin de toi. Nous aurons toujours besoin de toi.

Il secoua la tête.

Elle sentit des larmes lui venir aux yeux, mais les retint. Il n'avait pas besoin de sa faiblesse, mais de sa force. Qu'elle était lasse de livrer cette bataille !

— Doutes-tu de mon amour ?

— Non, mais je ne t'apporte que de la souffrance. Si je n'étais pas là, tu trouverais un homme vigoureux qui te donnerait du bonheur... et des enfants.

Le sujet revenait toujours.

— Qui sait ? dit-elle d'un ton faussement léger. Tu m'en as peut-être donné un ce soir...

Il ne répondit pas et elle se sentit soudain paniquée. Jusqu'à présent, elle avait toujours réussi à lui insuffler de l'espoir, mais même cela semblait disparaître.

— Tu as davantage de forces maintenant et tu...

— Chhh..., fit-il en lui embrassant le front. Mon cher amour... Je suis si fatigué. Ne me laisseras-tu pas partir ?

Sa main se resserra sur son bras. Les cœurs se brisaient-ils vraiment ? Elle avait toujours trouvé cette expression idiote, et pourtant, elle sentait quelque chose se briser en elle.

— Je ne peux pas...

— Je crois que je serai plus heureux. Tu veux que je sois heureux ?

— Tellement, murmura-t-elle. Tu sais...

Elle ne put continuer.

— Tu pleures, Margaret ? Tu vois, je te fais souffrir.

— Je ne pleure pas.

— Parce que tu ne t'en donnes pas le droit. A cause de moi.

— Pourquoi me plaindrais-je ? Je suis avec l'homme

336

que j'ai aimé toute ma vie, qui m'apporte du plaisir et qui...

— Tu ne renonces jamais, n'est-ce pas ? Douce Margaret...

Elle n'était pas douce. Parfois, elle se demandait si Ian connaissait sa vraie nature. En ce moment, elle avait envie de rugir, de frapper, de hurler contre un destin si cruellement injuste.

— Tu ne dois pas renoncer, toi non plus. J'ai besoin de toi.

— J'en rêve toutes les nuits maintenant. J'imagine la mort comme un royaume lumineux, paisible et heureux. Elle m'attend.

— Alors laisse-la attendre cinquante autres années, dit-elle énergiquement. Tu iras mieux de jour en jour et nous aurons un enfant et nous... Ça arrivera. Crois-moi ! ajouta-t-elle tandis qu'il secouait la tête.

Elle enfouit son visage contre sa poitrine, submergée par la peur et le désespoir.

— Mon Dieu, tu trembles, Margaret ! Ne te mets pas dans cet état. Tout va bien. Endors-toi, mon amour.

Comment pourrait-elle dormir ? Il n'avait pas promis de lutter pour rester près d'elle et s'engageait chaque jour un peu plus sur le chemin du non-retour.

Il glissa dans le sommeil quelques instants plus tard ; Margaret resta les yeux grands ouverts dans la nuit, crispée d'angoisse, le serrant contre elle.

— J'ai à vous parler, dit Margaret en entrant dans l'atelier de Kartauk et en refermant la porte.

— Vraiment ? demanda-t-il en s'essuyant les mains. Puisque vous n'avez pas daigné me rendre visite depuis votre arrivée à Cinnidar, ça ne doit pas être bien important...

— Bien sûr que si ! Je ne perds pas mon temps en futilités.

Elle lissa sa robe, s'installa dans un fauteuil, puis

fit des yeux le tour de l'agréable pièce au sol et aux murs recouverts de mosaïques, aux multiples fenêtres dont les volets treillissés étaient ouverts pour laisser pénétrer le soleil. Le mobilier était simple mais finement ouvragé. Comment penser alors à l'atelier dans l'écurie qu'elle avait fini par considérer tel un havre de paix ? Elle se força à sourire.

— Cette pièce est vraiment charmante ! J'avais peur que vous n'y semiez la pagaille comme dans votre atelier à Glenclaren...

— Je ne suis ici que depuis deux mois. Il me faut plus de temps pour faire des ravages...

— Où est votre four ?

Il désigna la double porte vitrée donnant sur la terrasse.

— Ruel a fait construire un bâtiment spécial indépendant du palais. Il a dit qu'il ne voulait pas risquer que je mette le feu à sa demeure.

— Très sensé, remarqua-t-elle en remettant sa manche d'aplomb. Je suppose que vous vous amusez beaucoup à bricoler avec votre or... Ça semble extravagant quand on considère...

— Pourquoi êtes-vous là, madame ?

Elle fronça les sourcils.

— J'allais y venir...

— Prenez votre temps ! Je dois finir cette frise avant la tombée de la nuit.

— Nous sommes en début de matinée...

— Justement ! Est-ce à propos de Ian ?

— En partie...

— J'imagine qu'il n'est pas à l'agonie, sinon vous ne seriez pas là. Etes-vous satisfaite des services de Tamar ?

— Il est parfait ! Ian n'a qu'à lever le petit doigt pour qu'il accoure. Jock n'a plus rien à faire.

Elle remarqua le chien allongé aux pieds de Kartauk.

— Que fait Sam ici ? Je le croyais à l'écurie...

— Jane m'a demandé de le garder. Elle n'a pas confiance en lui. Elle avait peur qu'il ne se mette à courir après un écureuil et tombe dans le canyon.

— Ses craintes sont fondées, remarqua-t-elle en lissant ses cheveux plaqués aux tempes. N'aurez-vous pas la courtoisie de m'offrir une tasse de ce curieux liquide que vous appelez café ?

— Non, votre main tremble si fort que vous feriez probablement tomber la tasse.

— Ridicule !

Elle serra rapidement ses mains sur ses genoux.

— Quelle sorte de frise ? Allez-vous...

— Vous n'êtes pas venue ici pour discuter de mes «bricolages», l'interrompit-il. Ian a-t-il une rechute ?

— Non, son état est stable, dit-elle en baissant les yeux sur ses mains. Mais il est... Je vais avoir un enfant.

Il se figea.

— Le docteur n'avait-il pas écarté cette possibilité ?

— Si...

Elle sentait la chaleur de ses joues et savait qu'il remarquerait sa gêne, comme il remarquait tout d'elle.

— Mais ça doit arriver. Vous devez m'y aider...

Il jura tout bas, puis dit avec désinvolture :

— Et comment suis-je supposé accomplir ce miracle ? Vous indiquer comment exciter et satisfaire un homme est une chose, mais je ne possède pas une incantation magique pour que Ian vous féconde. Suis-je censé...

— Taisez-vous, ordonna-t-elle. Si vous m'écoutiez, je vous dirais en quoi consiste votre rôle...

Il s'assit sur un tabouret.

— Je vous écoute !

— Ian est... Il ne peut pas..., dit-elle en inspirant profondément. Si je ne lui donne pas une raison de vivre, il mourra. Il a *besoin* d'un enfant.

Kartauk ne fit aucun commentaire.

— Puisque Dieu n'a pas jugé bon de nous faire ce don, j'ai décidé de prendre les choses en main.

Elle regarda droit devant elle et demanda rapidement :

— Accepteriez-vous de vous accoupler avec moi, Kartauk ?

— Quoi ?

— Seulement jusqu'à ce que l'enfant soit conçu, s'empressa-t-elle de préciser.

Pourquoi ne répondait-il pas ? Bien qu'elle ne le regarde pas, elle pouvait sentir vibrer son émotion.

— Vous voulez que je vous fasse un enfant dont vous attribuerez ensuite la paternité à votre mari ? déclara-t-il en détachant bien chaque mot.

Elle hocha nerveusement la tête.

— Et puis-je savoir pourquoi vous avez choisi pour moi ce rôle d'étalon ?

— Ne soyez pas vulgaire ! fit-elle en s'humectant les lèvres. C'était le seul choix raisonnable. Je crois que vous avez de l'affection pour Ian. Vous êtes solide de corps et d'esprit et capable d'engendrer un bel enfant.

— Autre chose ?

— Ça ne devrait pas vous peser, vu votre nature. Ellen MacTavish et ces autres femmes étaient...

— Regardez-moi !

— Je ne le ferais pas, si ce n'était pas nécessaire. Un enfant est néces...

— Regardez-moi, madame !

Elle tourna son regard à contrecœur. De la colère. Elle n'avait jamais vu Kartauk dans une telle colère.

— Vous ne m'utiliserez pas, madame !

— Ce n'est pas si terrible que ça... Ce doit être vous. J'ai pensé à Ruel, mais j'ai...

— Ruel !

— Lui aussi est porté sur le plaisir charnel et il pourrait le faire pour sauver Ian, mais je ne veux pas lui faire porter ce fardeau.

— Quel fardeau?

— L'adultère! C'est un grave péché... Mieux vaut que je sois seule à subir la colère de Dieu.

— Et vous m'estimez trop barbare aux yeux de Dieu pour qu'il me punisse? demanda-t-il, les lèvres crispées.

— Ce serait un acte de compassion de votre part. Dieu comprendrait sûrement que vous n'êtes pas en faute.

— Coucher avec vous est donc un acte de compassion! Vous êtes complètement folle!...

— J'ai cru l'être, la première fois que j'ai pensé à cette solution.

Elle dut s'arrêter pour raffermir sa voix.

— Mais j'ai bien pesé le pour et le contre. Cela doit se faire. Croyez-vous que ça m'ait été facile de vous faire une telle demande?

— Vous n'avez rien demandé. Vous avez seulement ordonné.

— Je n'avais pas l'intention d'être brusque. C'est ma façon d'être directe...

Sa colère disparut soudain et son expression s'adoucit.

— Je sais... Directe, tranchante, et généreuse. Eh bien, vous ne pouvez pas donner son enfant à Ian, dit-il en levant la main pour l'empêcher de rétorquer. Je ne le ferai pas, madame!

— Pourquoi? Ian sera détruit si je ne le fais pas.

— Et vous serez détruite si vous le faites. Je vous connais bien, dit-il en s'approchant. Je ne participerai pas à ça. Je n'ai jamais eu le goût de la destruction.

— Ma décision est prise, Kartauk.

— Laquelle demande mon concours, dit-il en la regardant droit dans les yeux. Non, madame, vous n'aurez pas d'enfant de moi!

— Je vous ai choisi pour une autre raison, soufflat-elle. Je vous considère comme mon ami. J'en ai eu très peu dans ma vie. J'espère que je ne me trompe pas...

— Dieu du ciel !

Ses mains planèrent au-dessus de ses épaules comme s'il voulait les secouer.

— Vous me comprenez mieux que quiconque, dit-elle en clignant rapidement des yeux pour se débarrasser de ses larmes. Cela me rassurerait que vous m'épauliez dans cette expérience difficile.

Il serra les poings, puis ses bras retombèrent le long de son corps.

— Partez, madame !

— Nous n'avons pas terminé notre discussion. Je ne peux pas partir tant que nous ne serons pas arrivés à un accord.

— Nous n'arriverons pas à un accord...

— Il le faut ! Je sais que ma proposition n'est ni vertueuse ni chrétienne, mais je suis quand même persuadée qu'elle est juste. S'il a un enfant, Ian vivra.

— Laissez-moi !

— Je n'ai aucun goût pour l'acte en lui-même, mais Ian dit que je suis assez douée. Je vous ferai tout ce que vous m'avez indiqué et ça ne devrait pas être trop déplaisant.

Il la mit violemment debout et l'entraîna vers la porte.

— Je sais que je ne suis pas jolie comme Ellen MacTavish, mais je...

— Ma chère madame, fit-il en ouvrant la porte et en la poussant dans le couloir, vous n'êtes pas jolie et aussi différente d'une Ellen MacTavish que Cinnidar l'est de l'Ecosse.

Elle ressentit un étrange pincement au cœur tout en continuant de le regarder avec détermination.

— Jolie ou non, cela ne saurait vous faire tort de me rendre ce service jusqu'à ce que je sois enceinte. Je n'insisterai pas pour que nous passions immédiatement à l'acte. Moi aussi, je dois m'habituer à l'idée de...

Elle hésita.

— Forniquer...

— Concevoir! Je suis sûre que nous serons tous deux plus à l'aise si nous faisons l'effort de mieux nous comprendre. Vous pourriez commencer par m'appeler Margaret, ajouta-t-elle en se détournant et en s'éloignant dans le couloir. Je repasserai demain. Bonne journée, Kartauk.

— Adieu, madame. Ne revenez pas!

La porte claqua violemment.

Kartauk la regarda froidement.

— Je vous ai dit de ne pas revenir. Je n'ai pas de temps à perdre.

— Je ne vous dérangerai pas, annonça-t-elle en fermant la porte et en se dirigeant vers lui. Je sais que rien ne vous intéresse à part votre travail et j'ai pensé à un moyen d'arriver chacun à ses fins.

— Il me tarde d'entendre lequel...

— Je vous aiderai, fit-elle en retroussant les manches de sa robe. Jock donne son bain à Ian et ensuite il fait une sieste, ainsi j'ai trois heures devant moi. Je viendrai chaque jour vous aider à façonner vos formes.

Il la regarda d'un air éberlué.

— Vous vous proposez comme apprentie?

— Si c'est ainsi que l'on dit... Nous discuterons et ça nous permettra de nous habituer l'un à l'autre d'une manière différente. Alors, par quoi je commence?

— Par partir!

— Pourquoi portez-vous ce tablier de cuir? Devrai-je aussi en avoir un?

— Je n'ai pas besoin d'apprentie!

— Bien sûr que si! Je suis sûre que tous les artisans en ont une! Je balayerai et...

Elle s'arrêta, incertaine, avant d'ajouter d'un air vague:

— Mettrai de l'ordre...

— Je pourrais prendre l'un des serviteurs de Ruel pour faire ça.

— Mais vous ne leur feriez pas confiance pour vos précieux modelages, dit-elle triomphalement. Vous savez que je ne suis pas maladroite et que je ferai attention à ne rien endommager.

— Madame, je n'ai pas... Votre plan est inutile ! Vous m'avez rendu visite de nombreuses fois durant ces trois dernières années. Je pense que nous n'avons plus rien à apprendre l'un de l'autre.

— Vous croyez me connaître, mais j'ai beaucoup à apprendre sur vous. J'étais toujours la seule à parler. Vous posiez des questions et je répondais.

— Avec parfois beaucoup de réticences...

— Ce n'est pas dans ma nature de me confier. Il m'était difficile de... Mais vous savez tout cela. Vous avez été très gentil par le passé, ajouta-t-elle avec nostalgie. Pourquoi ne le seriez-vous pas maintenant ?

— Je le suis ! Plus que vous ne le pensez, fit-il en la considérant un long moment. Vous êtes une femme très obstinée ! Vous ne renoncerez pas, n'est-ce pas ?

— Certainement pas !

— Alors, d'accord !

Ses yeux s'écarquillèrent.

— Vous voulez dire que...

— Non, pas ce que vous croyez, s'empressa-t-il de la détromper. Je vous prends comme apprentie car si je ne vous occupe pas, vous resterez assise là à m'observer et à me saouler avec votre bavardage.

— Ce n'est pas du bavardage.

Le fait qu'il considère ainsi ses confidences lui fit un coup au cœur, mais elle s'efforça de ne pas le montrer.

— Mais je comprends que je n'aurais pas dû vous

344

infliger mes divagations... Pardonnez-moi, je vous prie !

— Vous ne m'avez rien infligé. Je vous écoutais de mon plein gré, répondit-il courtoisement. J'étais votre confesseur. Je vous donnais un refuge et l'absolution. Avez-vous pensé que si j'acceptais votre demande je ne pourrais plus remplir ce rôle ? Votre havre de paix disparaîtrait...

Elle éprouva une profonde sensation de solitude à cette idée.

— Ian a davantage besoin de paix que moi...

— Vous êtes une femme stupide ! Vous avez sacrifié des années de votre vie à un père égoïste et vous souhaitez maintenant vous sacrifier pour Ian.

Il s'interrompit, puis ajouta délibérément :

— Et tout ça parce que vous vous sentez coupable de ne pas les aimer assez !

Elle le regarda, choquée.

— Je les aimais...

Il secoua la tête.

— L'amour a besoin d'être nourri et votre père ne vous donnait rien en retour.

Elle ne pouvait pas le nier.

— Mais Ian est...

— Vous aimiez Ian comme un compagnon et un ami. Cela aurait pu évoluer avec le temps, mais à cause de l'accident il est aussi devenu votre enfant. C'est ce qu'il est maintenant, un enfant chéri qui doit être protégé.

— Vous mentez ! s'insurgea-t-elle. Il est mon mari et je l'aime de tout mon cœur !

— Non ! c'est pourquoi la culpabilité vous pousse à vous détruire pour vous amender.

— Ce n'est pas vrai, murmura-t-elle. Vous ne devriez pas dire de telles choses...

— Pourquoi pas ? J'ai toujours su que votre honnêteté ne s'appliquait qu'aux autres, jamais à vous-même.

— Alors pourquoi ne pas me l'avoir dit plus tôt ?

— Parce que vous êtes une femme merveilleuse et que je ne voulais pas vous blesser, répondit-il en la fixant droit dans les yeux. Mais si vous vous obstinez, je ne vous permettrai plus jamais de vous aveugler... Plus de confort ! Plus de refuge !

Elle ne s'était jamais sentie aussi vulnérable et effrayée. Au prix d'un énorme effort, elle réussit à sourire.

— La vie doit être regardée en face. Je suis une adulte ; je n'ai pas besoin de refuge. Vous vous trompez sur moi, Kartauk.

— Voulez-vous prendre le risque d'apprendre que j'ai raison ?

— Puisque vous avez tort, je ne cours aucun risque, dit-elle en s'approchant de la frise posée sur la table. Maintenant, dites-moi ce que sont censées représenter ces marques sur cette bricole...

Il ne répondit pas tout de suite ; elle leva les yeux pour s'apercevoir qu'il la regardait avec un léger sourire.

— Vous n'appellerez plus longtemps mon travail du « bricolage », madame !

— Margaret, rectifia-t-elle. Et je continuerai de parler à ma guise...

— Non ! à partir d'aujourd'hui, vous ne direz que la vérité. Vous appréciez beaucoup mon travail, comme tout ce qui est beau. Peut-être plus que quiconque...

— Pourquoi dites-vous cela ? demanda-t-elle prudemment.

— Je vous ai vue regarder un coucher de soleil. Et je vous ai vue regarder mes « bricoles ».

— Pourquoi prétendrais-je ne rien admirer ? demanda-t-elle, paniquée qu'il ait su lire si profondément en elle.

— Peut-être parce que la beauté génère autant la douleur que le plaisir. Peut-être parce que vous crai-

346

gnez qu'un tel amour de la beauté n'aille contre votre sens du devoir...

— Ce n'est pas...

Elle s'arrêta, plus impuissante et incertaine que jamais.

— Pas de refuge, madame. Et pas de pitié, ajouta-t-il doucement.

— Je n'ai demandé ni l'un ni l'autre, dit-elle en détournant le regard. Vous n'avez pas répondu... Aurai-je besoin d'un tablier de cuir?

— Absolument!

Son sourire était voilé de tristesse tandis qu'il allait chercher un tablier dans le placard et le lui tendait.

— Il ne faut pas que vous vous salissiez. Votre nature impulsive vous pousse manifestement au désastre...

Des cris... le tonnerre...

Jane se réveilla en sursaut et se redressa sur son lit de camp. Le cri retentit à nouveau, immédiatement suivi du coup de tonnerre.

— Viens!

Li Sung venait d'entrer en trombe dans sa tente.

— Dépêche-toi! Les rails...

Lui qui n'était jamais armé portait un fusil. Elle rejeta les couvertures et enfila rapidement ses bottes.

— Un éléphant!...

Le rugissement revint, sauvage, coléreux, démoniaque.

— Ça ne peut être un éléphant. Ça ne ressemble en rien à ce que nous avons entendu jusqu'à présent...

Elle sortit en courant.

— Dilam dit que c'est un solitaire...

Elle l'aperçut courant entre les rangées d'ouvriers endormis, une torche à la main, les réveillant.

— Laissez ça! appela-t-elle. Venez avec nous! Nous pouvons avoir besoin de vous.

Dilam hocha la tête et les rejoignit quelques

secondes plus tard. Ils se précipitèrent dans la direction du barrissement.

— Qu'est-ce qu'un solitaire ? demanda Jane.

— Un éléphant qui a été exclu du troupeau, répondit Dilam. Parfois, ils deviennent fous de solitude. Très dangereux...

Le hurlement revint. Plus proche. Puis un bruit crissant de métal l'affola davantage encore que le barrissement enragé.

— Bon Dieu, il démolit mes rails !

Ils dépassèrent un tournant et Jane le vit. Un énorme monstre gris brun avec une oreille déchirée. Il tenait une section de rail dans sa trompe qu'il jeta comme un vulgaire cure-dent avant d'aller s'attaquer à une autre.

— Arrêtez-le !

L'éléphant leva la tête et les regarda de ses petits yeux injectés de sang. Poussant un barrissement rageur, il se tourna pour leur faire face. Jane sentit son sang se figer dans ses veines. Li Sung murmura un juron tout en se déplaçant vers le rail et en levant son fusil.

— Non ! cria Dilam en se précipitant pour abaisser la crosse. C'est Danor !...

— Je me moque de...

Les défenses dangereusement baissées, l'éléphant chargea Li Sung. Dilam s'écarta. Jane le poussa de côté avec une telle force qu'ils tombèrent tous deux et roulèrent hors du chemin du solitaire juste au moment où il allait les atteindre.

L'éléphant les dépassa dans un bruit assourdissant.

Dilam ramassa le fusil que Li Sung avait lâché.

— Restez à terre !

— Pour qu'il m'écrase avec ses pattes monstrueuses ? Pas question ! Rendez-moi mon fusil !

Dilam l'ignora, pointa le fusil vers le haut et tira

au-dessus de la tête de la bête. L'animal s'arrêta, balançant sa trompe d'avant en arrière.

Dilam tira deux autres coups de feu.

— Que faites-vous? demanda Jane avec impatience. Des tirs d'avertissement ne serviront à rien puisqu'il n'est pas conscient qu'une balle peut le blesser. Il faut le tuer!

— Non!

Dilam tira à trois autres reprises. L'éléphant se dandina d'une patte sur l'autre, leva à nouveau la trompe puis, brusquement, se retourna et disparut dans la jungle.

Jane poussa un soupir de soulagement.

— Va-t-il revenir?

— Pas cette nuit, dit Dilam en rendant le fusil à Li Sung. Je regrette d'avoir été si brusque, mais c'était Danor. Je ne pouvais pas vous laisser le blesser. C'est un éléphant très spécial...

— Vous avez dit que c'était un solitaire.

— Je ne savais pas que c'était Danor. Même s'il l'est devenu, je ne peux pas vous permettre de le tuer.

— Il a failli nous tuer, lui fit remarquer Jane.

— *Me* tuer, rectifia Li Sung en se relevant. C'est moi qu'il a chargé. Il a probablement pensé que mon infirmité faisait de moi le plus faible. J'ai envie de lui prouver qu'il a tort. Je pars à sa recherche.

— Ne sois pas ridicule, Li Sung! Comment cet éléphant déchaîné aurait-il pu savoir que tu boites? De toute façon, nous n'avons pas le temps de le poursuivre pour le moment, dit-elle en se tournant vers les rails. Dieu sait quels dégâts...

Elle s'arrêta net, fixant avec horreur le désastre qui s'offrait à ses yeux. Les rails arrachés, les traverses brisées... aussi loin que portait son regard.

— Très mauvais, murmura Dilam après qu'ils eurent constaté l'étendue des dommages.

C'était peu dire, pensa Jane. Plus de trois kilomètres de dégâts. Autrement dit, une journée entière de travail pour les réparations.

— Ça ne doit pas se reproduire, dit-elle. Je me moque que votre éléphant soit spécial. Je ne passerai pas mon temps à faire le ménage derrière lui.

— Peut-être décidera-t-il de ne pas recommencer, avança timidement Dilam.

— Décider? Un éléphant solitaire peut-il décider quoi que ce soit? Vous avez dit vous-même qu'il était fou...

— J'ai dit ça avant de savoir que c'était lui. Danor possède une compréhension supérieure...

— Il comprend diablement bien comment détruire mon chemin de fer! remarqua Jane en passant ses doigts dans ses cheveux. Comment a-t-il pu faire autant de dégâts en si peu de temps? Il y a seulement un quart d'heure que nous l'avons entendu...

— Parce qu'il ne voulait pas qu'on l'entende...

— Que voulez-vous dire?

— Il a commencé à barrir dans les dernières centaines de mètres, autrement nous ne l'aurions pas entendu. Il devait avoir une bonne raison de vouloir attirer notre attention...

Jane la regarda avec stupeur.

— Vous prétendez qu'il a tout organisé?

— Je ne sais pas, mais il est particulier...

— Je ne veux pas le savoir! Je veux savoir si ça se reproduira.

Dilam hésita, troublée.

— C'est possible... Visiblement, il n'a pas apprécié d'être interrompu.

— Je m'en suis aperçue, dit Jane en revoyant fugitivement les deux énormes défenses baissées pour charger.

— Mais je posterai des gardes sur le rail demain soir, lui assura Dilam.

— Vous ne pouvez pas mettre des gardes sur toute

la ligne, intervint Li Sung. Il vaut mieux le chasser et le tuer !

Le visage de Dilam se ferma.

— Je ne vous aiderai pas à faire ça !

— Vous avez vu ce qu'il a fait ? Ces rails sont...

Jane s'interrompit et essaya de se calmer.

— Je ne tuerai aucun animal gratuitement, mais celui-ci est dangereux. Pourquoi ne voulez-vous pas nous aider ?

— Il a sauvé la vie de mon enfant. Ce serait un déshonneur de le tuer...

— Alors choisissez quelqu'un d'autre pour nous conduire à lui.

— Ce serait la même chose, s'obstina Dilam. Je posterai des gardes !

— Je peux essayer de le trouver seul, suggéra Li Sung.

— Tu te perdrais. Tu ne connais rien à la jungle.

— Et encore moins aux éléphants, admit-il. Mais je sais que je n'aime pas celui-là, et qu'il me le rend bien ! Je partirai à sa recherche.

Jane secoua la tête.

— Cette tâche est-elle trop difficile pour un infirme ? demanda-t-il en lui lançant un regard glacial.

— Je n'ai pas dit que... Li Sung, ne me fais pas *ça* maintenant ! Je veux que ces gardes soient armés ! ordonna-t-elle en se tournant vers Dilam. Vous comprenez ?

— Je comprends...

Mais elle ne leur donnerait pas la consigne de tirer, pensa Jane avec frustration. Tournant les talons, elle retourna vers le camp.

— Tu es inquiète pour les délais ? lui demanda Li Sung qui marchait à ses côtés.

— Bien sûr que je suis inquiète !...

— Nous avons encore un jour d'avance...

— Si ce maudit éléphant ne fait pas d'autres dégâts !...

— S'il recommence, je le poursuivrai!

Il était sérieux. Curieusement, Li Sung prenait à son compte l'attaque de cet éléphant. Elle aurait donc non seulement à s'inquiéter des délais mais aussi des battues de Li Sung à travers la jungle.

Deux jours... Elle avait deux jours pour réparer les dégâts et dégager le passage. Elle devait donc travailler encore plus dur... et prier pour que l'éléphant fou ne revienne pas tout saccager...

15

Li Sung s'agenouilla près du lit de Dilam et la secoua par l'épaule.

— Réveillez-vous!

Elle ouvrit des yeux ensommeillés.

— Vous voulez faire *nesli*?

— Non, certainement pas!

Dilam bâilla, se retourna et ferma les yeux.

— Alors j'ai besoin de dormir. Je dois être debout dans trois heures. Nous parlerons demain...

— Pourquoi dormiriez-vous alors que je n'y arrive pas? Vous êtes la seule à pouvoir m'apporter des réponses...

— Des réponses?

— Parlez-moi des éléphants.

Dilam rouvrit les yeux et se dressa sur un coude.

— Que voulez-vous savoir?

— Tout!

— Parce que vous voulez poursuivre Danor?

— Peut-être...

— Pour quelle autre raison seriez-vous là?

— Très bien, je veux le poursuivre!

— Pourquoi êtes-vous en colère contre lui? demanda-t-elle avec curiosité.

Pourquoi ? s'interrogea Li Sung. Il sentait bien qu'il était en proie à des émotions disproportionnées. Il était cependant sûr d'une chose : il lui avait suffi de regarder ce monstre à l'oreille coupée pour se sentir hors de lui.

— Il a essayé de me tuer. N'est-ce pas une raison suffisante ?

— Oui, dit-elle en le dévisageant. Mais je ne crois pas que vous soyez... Je crois que vous avez entendu le *makhol*.

— Le *makhol* ?

— L'appel... Mon père m'a raconté qu'un éléphant peut exercer sa volonté sur un homme et pour le restant de ses jours le lier à lui. Ça arrive rarement, même avec un *mahout*, un dresseur d'éléphants.

Elle fronça pensivement les sourcils.

— Très curieux. A part un très jeune enfant, je n'ai jamais entendu parler de quelqu'un qui ait entendu le *makhol*.

— Je vous assure que je n'ai entendu aucun appel et que je n'ai aucun désir de me lier avec un éléphant, encore moins avec cette brute, dit-il sombrement.

— Ainsi, vous voulez tout savoir sur les éléphants afin de pouvoir tuer Danor s'il revient ?

Li Sung hocha la tête.

— Et je suppose que vous n'allez rien me dire...

— Je n'ai pas dit ça...

— Vous ne protégeriez plus le noble sauveur de votre enfant ?

— Ce n'est pas pour Danor que j'ai peur.

— Mais vous devriez !...

— Je ne crois pas.

Elle sourit en s'asseyant et en enroulant sa couverture autour d'elle.

— Très bien ! je vais vous dire tout ce que j'ai appris sur les éléphants. Ils nous ressemblent beaucoup, vous savez. Ils vivent longtemps, souvent plus de soixante ans, et n'atteignent l'âge adulte que vers quinze ans. Ils se déplacent en troupeaux de huit à dix membres et se joignent parfois à des troupeaux plus importants. Celui de Danor en compte plus de cent. Ils sont en général menés par la plus grosse femelle du troupeau.

— Encore un système matriarcal ! Pas étonnant que vous les aimiez...

Dilam sourit malicieusement.

— Je vous ai dit qu'ils étaient très intelligents ! Le mâle doit être astucieux et puissant pour garder sa position. Si un autre mâle le défie et gagne, le vaincu quitte le troupeau. Le désespoir le rend souvent violent et fait de lui un solitaire.

— Comme Danor ?

— Peut-être, dit-elle en haussant les épaules. Je sais que la compagne de Danor dirige le troupeau. Je les ai vus ensemble.

— La vie privée de Danor ne m'intéresse pas !

— Non, vous voudriez plutôt savoir comment le tuer... Seuls les mâles ont des défenses et peuvent semer la ruine sur leur passage...

— Je l'ai remarqué !

— Je ne suis pas sûre que Danor ait voulu vous faire du mal ou vous effrayer. Ils sont très habiles sur leurs pattes et il aurait pu se retourner quand vous avez sauté de côté.

— Il voulait me tuer !

— Manifestement, vous ne voudrez pas croire autre chose.

Elle fit la grimace et poursuivit :

— Les éléphants aiment l'eau et y sont très à l'aise. J'ai vu des...

— Ça ne m'intéresse pas ! Je ne sais pas nager, alors je n'ai aucune intention de l'affronter ailleurs que sur la terre ferme.

— Ne m'interrompez pas ! Je dis ce que j'ai envie de dire !

Li Sung ne répliqua pas. Il avait appris durant ces derniers mois que Dilam pouvait être très entêtée.

Elle hocha la tête avec satisfaction et reprit son exposé. Vingt autres minutes s'écoulèrent avant qu'elle ne termine enfin.

— Vous m'avez donné beaucoup d'informations utiles, déclara Li Sung. Il faudra que je fasse la part des choses...

— Elles sont toutes bonnes à prendre ! Vous devez seulement les utiliser à bon escient. Maintenant, si c'est tout ce que vouliez savoir, je vais me rendormir, annonça-t-elle en bâillant.

Il aurait dû repartir. Il avait appris tout ce qu'il avait besoin de savoir. Pourtant, quelque chose d'autre le dérangeait.

— Eh bien ? le pressa-t-elle.

— Vous n'aviez jamais dit que vous aviez des enfants...

— Parce que je savais que vous ne vous y intéresseriez pas. J'ai deux beaux garçons. Medor a neuf ans et Kalmar quatre. Les femmes du Haut Conseil s'occupent d'eux pendant que je travaille ici.

— Des garçons ? ironisa-t-il. Quel dommage pour vous ! Pas de filles pour perpétuer votre tradition de domination et de gloire...

Elle soupira.

— Vous ne comprenez pas... Nous ne dominons pas, c'est seulement... Si un homme veut faire partie du Haut Conseil, il le peut. Il doit seulement prouver qu'il en est digne, ajouta-t-elle avec un sourire. Mais les épreuves sont difficiles et les hommes de notre tribu préfèrent généralement profiter de la vie et nous laisser prendre les décisions.

— Et votre mari a-t-il aussi cette attitude ?

Son sourire s'évanouit.

— Mon mari est mort, mais non, il n'a jamais voulu gouverner. Senat était un chasseur et y prenait plaisir. Il prenait plaisir à tout ce qu'il faisait...

— Lequel de vos enfants a été sauvé par Danor?

— Medor! Il avait seulement cinq ans alors... Vous voulez que je vous raconte?

Il hocha la tête.

Elle releva ses genoux pour les entourer de ses bras.

— Senat, Medor et moi allions souvent voir les éléphants se baigner dans la rivière proche de notre village. Un après-midi, un tigre surgit et nous attaqua avant que nous n'ayons le temps de réagir. Senat me poussa de côté et l'affronta...

Elle dut s'arrêter avant de poursuivre dans un murmure:

— Il y avait du sang, tellement de sang... Senat était à terre et je criais à Medor d'aller chercher de l'aide au village. J'ai attrapé la lance de Senat et je me suis jetée sur le tigre, espérant détourner son attention de mon mari. Medor ne m'obéit pas. Il courut vers moi en pleurant. Le tigre m'ignora, laissa mon mari et fonça sur mon enfant. C'est alors qu'un éléphant sortit de l'eau. Danor. Il saisit Medor dans sa trompe juste à l'instant où le tigre bondissait. Ses crocs lui déchirèrent l'oreille...

Dilam était blême et ses lèvres crispées de douleur. Li Sung n'avait pas imaginé ranimer une telle tragédie...

— Je me mêle de choses qui ne me regardent pas, dit-il d'un ton désolé. Vous n'avez pas à m'en dire plus...

Elle n'eut pas l'air de l'entendre.

— Danor se dressa et piétina le tigre, poursuivit-elle en frissonnant et en resserrant la couverture autour d'elle. J'ai survécu, Medor aussi, mais pas Senat. Ma vie était brisée. Et puis j'ai découvert que j'étais à nouveau enceinte et la joie revint. C'était comme si Senat m'avait offert un cadeau pour me consoler dans ma souffrance... N'était-ce pas une chose merveilleuse?

— Oui, merveilleuse !

Elle aussi était merveilleuse en cet instant, simple, réaliste, et tellement belle dans sa force ;

— Ça ne change rien, dit-il. A mes yeux, votre Danor reste un monstre !

— Je sais... Vous ne vous rendrez pas à la raison parce que vous combattez le *makhol*. Un tel manque de bon sens est commun chez les hommes !

Elle se rallongea et ferma les yeux.

— Ça ne portera pas à conséquence. Maintenant, partez et laissez-moi dormir !

— Les dégâts sont-ils importants ? demanda Ruel en regardant Li Sung superviser l'équipe chargée des réparations.

Jane ne lui adressa pas un regard.

— Désolée de vous décevoir : ce n'est pas si grave que ça en a l'air. Je tiendrai mes délais !

— Un seul éléphant a fait tout ça ?

— Dilam dit que c'est un éléphant très particulier, fit-elle en souriant amèrement. Je la crois volontiers... Mais ça ne changera rien, reprit-elle en redressant les épaules. Nous nous méfions de lui maintenant. Ça ne se reproduira pas !

— Non ?

— Non ! Excusez-moi, j'ai du travail. Vous pouvez retourner au vôtre, annonça-t-elle tandis qu'elle rejoignait Li Sung.

— Je crois que je vais rester cette nuit pour voir la suite des événements, déclara-t-il. Il semble que j'aie un allié inattendu...

Jane comprit dès qu'elle vit l'expression de Li Sung dans la faible lumière qui filtrait par l'ouverture de la tente. Elle se redressa sur son lit.

— L'éléphant ?

Li Sung hocha la tête.

— Cette nuit ! L'un des gardes vient juste d'apporter la nouvelle à Dilam.

— J'arrive tout de suite, dit-elle en repoussant sa couverture.

— Rien ne presse ; il est parti maintenant. Les dégâts se situent en haut de la ligne. Je vais seller les chevaux et réveiller Ruel.

Ruel. Elle avait oublié qu'il était là. Un sentiment de panique mêlée de colère l'envahit. Ce n'était pas juste ! Pourquoi tous ses efforts et ses espoirs étaient-ils détruits par cette force incontrôlable ? Mais peut-être s'inquiétait-elle sans raison.

Quand elle se leva, un brusque vertige l'obligea à s'agripper au poteau de la tente. Satanée fièvre ! elle n'avait pas le *temps* d'être malade.

Cinq minutes plus tard, elle rejoignait Li Sung, Dilam et Ruel, déjà en selle. Sans leur dire un mot, elle enfourcha sa monture et se mit en route.

C'est impossible, pensa Jane en fixant le désastre.

— Quelle est l'étendue des dommages ? demanda Li Sung à Dilam.

— Huit kilomètres de rails détruits...

— Et où étaient vos fameux gardes ? lança-t-il amèrement en se dirigeant vers le chemin que Danor s'était frayé dans la jungle.

Dilam haussa les épaules.

— Nous ne pensions pas qu'il attaquerait si loin du camp, à vingt-cinq kilomètres de l'endroit où il a déjà causé des dégâts.

— Huit kilomètres, marmonna Jane.

Impossible de réparer dans la journée.

— Ça ne peut pas continuer, Dilam. Il faut arrêter ça !

Dilam ne lui jeta pas un regard en s'éloignant vers son cheval.

— Je vais chercher une équipe !

Elle ne l'écoutait pas. Ce maudit éléphant pouvait

358

dévaster la ligne entière et Dilam ne ferait rien pour l'arrêter.

— Jane...

Ruel. Soudain, c'en fut trop. Quelque chose se brisa en elle et le désespoir fit place à une rage sauvage, intarissable.

— Je suppose que vous êtes satisfait, maintenant! Vous avez gagné!

— Oui, j'ai gagné...

L'étrange nuance qui se lisait dans sa voix la poussa à lui faire face. Son expression ne reflétait ni moquerie ni satisfaction.

— Mais ce n'est pas assez pour vous, n'est-ce pas? Vous en voulez encore plus! Vous voulez me voir à genoux! Me punir encore! Eh bien, je vais vous donner votre chance! fit-elle en le défiant de son regard rageur.

Il se raidit.

— Vraiment?

— Ça ne finira jamais! Je l'ai compris maintenant... Pas tant que vous ne m'aurez pas vraiment humiliée... Alors terminons-en! Allez m'attendre dans votre satané pavillon d'été!

— Quoi?

— Vous avez bien entendu! Je vous rejoindrai et vous laisserai faire tout ce que vous voudrez. C'est ce que vous voulez, n'est-ce pas? Me punir. C'est ce que vous avez toujours voulu. C'est pour ça que je suis ici!

— Je ne vous l'ai jamais caché...

— Oh non! vous avez toujours été très honnête avec moi, dit-elle amèrement. Venez à Cinnidar et je vous donnerai le monde...

— Je vous ai seulement dit que je vous donnerais la chance de le gagner.

— Et j'ai perdu la première bataille. Eh bien, je ne perdrai plus! Je finirai la ligne dans les temps!

— Quel rapport avec le fait que vous veniez au...

— Je ne vous veux pas ici. Je vous veux hors de mon chemin, hors de ma vie. Je ne veux plus vous avoir sur le dos tant que mon travail ne sera pas terminé. Et vous ne me laisserez pas tranquille tant que vous ne tiendrez pas votre vengeance. Eh bien, je vous en donne l'occasion !

— Je crois que vous êtes trop en colère pour savoir ce que vous dites.

— Je sais que j'en ai par-dessus la tête de vous voir planer tel un vautour ! Je veux que cela cesse !

Il considéra un long moment son visage enflammé et ses yeux étincelants de rage.

— Par Dieu, moi aussi ! dit-il finalement en faisant faire demi-tour à son cheval. Soyez au pavillon demain à la tombée de la nuit. Laissez votre cheval au palais et venez à pied ! Personne ne doit savoir que vous êtes là !

Il éperonna son cheval et s'éloigna vers le sud.

— C'est un éléphant.

Margaret contemplait l'admirable dessin incrusté sur la pierre posée sur l'établi. L'éléphant, la trompe levée pour barrir, était étonnamment ressemblant, chacun de ses muscles tracés avec une parfaite précision. Le cercle de feuillage bordant la pierre ronde était aussi très joliment exécuté.

— Je suis soulagé que mon humble effort vous permette au moins de reconnaître la race, dit Kartauk.

— Humble ? ironisa Margaret. Vous ne connaissez pas le sens de ce mot, dit-elle en s'approchant de l'objet. Mais j'admets que c'est très beau. Quand l'avez-vous fait ?

— La nuit dernière. Je ne pouvais pas dormir, alors j'ai décidé de faire ce sceau pour Ruel.

— Un sceau ? Plus personne n'en utilise...

Kartauk sourit.

— Justement ! Seuls les chefs d'Etat sur les documents officiels.

360

Il désigna un minuscule monogramme au bas de la pierre.

— Ne pensez-vous pas que cette marque de vanité amusera notre Ruel ?

— Il est assez chouchouté au palais sans qu'on exagère encore son importance...

— Peu importe ! En tant qu'artiste de Cour, je dois plaire à mon mécène.

— Je crois que vous l'avez plutôt créé pour votre propre plaisir. Est-ce votre premier sceau ?

Il renversa la tête en arrière en éclatant de rire.

— Oui, et j'ai toujours eu envie d'explorer les méthodes de Cellini dans cet art ! Vous commencez à trop bien me connaître. Un homme a besoin de ses petites illusions...

— Rien de ce qui vous concerne n'est petit. Pourquoi un éléphant ? demanda-t-elle en jetant un rapide coup d'œil à la pierre.

— Puisqu'il y avait un éléphant dans la seconde partie du jeu qui lui a fait gagner l'île, rien ne pouvait être plus approprié.

Il sélectionna un pot de cire noire légèrement durcie et en sortit la valeur d'une grosse cuillère. Elle le regarda avec fascination façonner un relief sur le dessin incrusté. Il y avait quelque chose de sensuel, presque tendre, dans la manière dont ses mains bougeaient sur la cire et la pierre.

— De plus, j'aime les éléphants, poursuivit-il. Le maharadjah m'a permis de sculpter des douzaines de statues de ces animaux.

— Ne vous en êtes-vous pas lassé ?

— Au bout d'un certain temps, mais le résultat valait cet effort. Je me suis assuré que chaque pièce en contienne une représentation, dit-il en souriant malicieusement. Et Abdar les haïssait tous. Il déteste les éléphants !

— Pourquoi ?

— Il est tombé du dos de l'un d'eux quand il était

enfant et l'animal lui a brisé le bras en marchant dessus. Malheureusement, un serviteur l'a tiré de là avant que l'éléphant ne puisse terminer le travail.

Il prit un petit pinceau, le trempa dans de l'huile d'olive et humecta le relief de cire.

— J'ai de l'affection pour ces créatures depuis qu'on m'a raconté cette histoire !

— C'est une pensée cruelle...

— Abdar est un homme cruel.

Il plongea les doigts dans un autre pot et façonna une petite muraille d'argile tout autour du sceau.

— Dieu vous préserve de découvrir à quel point il l'est !

— Vous disiez que Ruel s'attendait à sa visite...

— Oui...

— Alors pourquoi avez-vous accepté de venir ici ?

— Pour de nombreuses raisons...

— Lesquelles ?

Il se leva et se dirigea vers le poêle où un liquide bouillait dans une petite casserole.

— Je n'ai pas le temps de répondre à vos questions. Donnez-moi la brosse à longs poils qui est dans le placard...

— Vous m'avez vous-même beaucoup questionnée quand vous le désiriez, remarqua-t-elle en allant chercher la brosse.

— Mais vous n'avez pas de sombres secrets à préserver. Tout en vous est clair comme de l'eau de roche.

— Vous donnez une image de moi bien superficielle...

Il versa avec précaution le plâtre de moulage bouillant sur la cire, le guidant dans les interstices à l'aide de la brosse.

— Pas superficielle ! Juste transparente ! Je doute que personne ait jamais pénétré vos profondeurs.

Il leva la tête pour la regarder.

— Je n'ai encore jamais plongé sous la surface, dit-il doucement. Je vous assure que vous vous en souviendriez... Je suis très doué pour la... pénétration.

Elle ressentit une étrange chaleur, un manque d'air, semblable à ce qu'elle avait déjà éprouvé dans l'écurie de Glenclaren. Elle baissa rapidement les yeux sur le relief.

— Qu'allez-vous...

Elle s'interrompit pour rendre sa voix plus ferme.

— Quelle est la prochaine étape ?

Il ne répondit pas, et elle se força à relever les yeux vers son visage ; elle y lut le pouvoir, la force et quelque chose d'autre qu'elle ne put identifier.

— A quelle étape faites-vous allusion ?

Elle fronça les sourcils.

— Ne jouez pas aux sous-entendus avec moi ! Vous savez que je parle du sceau...

— Ah oui, le sceau, dit-il en s'asseyant sur son tabouret. Une fois le plâtre sec, je le retirerai et nettoierai la matrice.

— Puis vous pourrez en faire un moule...

— Oui, je le laisserai se fixer pendant douze heures et j'allumerai le four cette nuit. Votre intérêt me va droit au cœur, remarqua-t-il en haussant un sourcil. Dites-moi, avez-vous l'intention de fabriquer votre propre sceau ?

— Bien sûr que non ! Je n'ai pas de telles prétentions...

— Nous avons tous des prétentions et des illusions... qui rendent la pénétration d'autant plus intéressante...

Elle changea rapidement de sujet.

— De qui avez-vous été l'apprenti dans votre jeunesse ?

— Mon père. C'était un grand artiste, le meilleur orfèvre d'Istanbul. Il m'a beaucoup appris. Mais il m'a renvoyé de son atelier et de sa maison quand j'avais treize ans.

— Pourquoi ?

— Par jalousie. Mon travail était déjà très prometteur et avait attiré l'attention du sultan.

— Il vous a renvoyé pour si peu ? s'étonna-t-elle, choquée.

— C'était déjà trop pour lui, fit-il en haussant les épaules. Je savais que ça arriverait un jour. Il était bon orfèvre, mais j'avais l'étincelle.

— L'étincelle ?

— Le génie ! Michel Ange l'avait et Cellini aussi, dans une moindre mesure. Je ne blâme pas mon père. Ce n'est pas facile de vivre aux côtés d'un grand artiste quand on n'a pas le même talent. A sa place, je ne l'aurais pas supporté non plus.

— Mais vous ne l'auriez pas renvoyé ?...

Il sourit.

— Comment le savez-vous ?

— Je le sais, c'est tout.

Oui, elle le connaissait bien maintenant. Derrière son arrogance se cachait un être loyal et généreux. Il avait une grande confiance en son talent, mais tout ce dont il se vantait dans d'autres domaines n'était que pure extravagance. Il avait été étonnamment patient et gentil avec elle, bien plus qu'elle ne l'aurait imaginé. Elle ressentit une soudaine colère contre ce père qui l'avait blessé et l'avait conduit à dissimuler sa nature.

— Il a eu tort de vous traiter ainsi !

— Je vous ai dit que je ne l'en blâme pas.

— Et votre mère ?

Il haussa les épaules.

— Elle était belle et futile et aimait les babioles que mon père créait pour elle. Elle ne se serait pas mise en danger pour me défendre. Pourquoi êtes-vous si en colère ? demanda-t-il en la regardant. Je me suis très bien débrouillé ! Je suis allé voir le sultan et je l'ai persuadé de m'aménager un atelier dans le palais.

— Vous n'étiez qu'un enfant. Vos parents ne vous manquaient-ils pas ?

— On peut oublier n'importe quoi en travaillant dur, répondit-il indirectement.

— Vraiment?

— Vous le savez bien! Personne ne travaille plus dur que vous, madame. N'avez-vous pas tout oublié quand votre journée est enfin terminée?

— Je n'ai rien à oublier. Je suis satisfaite de ma vie.

Il continua de la regarder sans répondre.

— Pourquoi aurais-je besoin d'oublier? se défendit-elle. J'ai une vie agréable, à l'abri du besoin, et j'aime mon mari, ajouta-t-elle en enlevant son tablier et en le jetant sur l'établi. Il faut que je retourne auprès de Ian. Je n'ai pas le temps de...

Elle s'interrompit en croisant son regard.

— Arrêtez de me regarder!

— J'aime vous regarder, dit-il en baissant les yeux sur son travail. Vous avez raison, mieux vaut que vous partiez. Il serait aussi plus sage de ne pas revenir...

Elle se dirigea vers la porte.

— Vous recommencez? Je croyais que vous aviez accepté ma présence? Bien sûr que je reviendrai! Grâce à Dieu, vous n'êtes pas toujours dans cette humeur bizarre. Je suis sûre que vous serez à nouveau vous-même demain.

— Mais je suis moi-même! C'est pourquoi je vous avertis.

— Nous nous entendons très bien. J'ai même noté certaines affinités...

— Bon Dieu, ne comprenez-vous pas que le danger est justement là?

Sa subite violence la remplit d'appréhension.

— Que voulez-vous dire? murmura-t-elle.

— Réfléchissez-y! ordonna-t-il en baissant à nouveau les yeux sur son travail. Et ne revenez pas, Margaret!

Margaret. C'était la première fois qu'il se permettait cette familiarité.

— Kartauk...

Elle s'humecta les lèvres, brûlant de prononcer aussi son prénom.

— John...

Il se raidit, mais ne leva pas la tête. Elle ressentit un autre assaut de frayeur en réalisant qu'elle mourait d'envie de croiser son regard. Rejetant aussitôt cette pensée, ses émotions l'en détournèrent violemment. Elle voulait qu'il la renvoie, qu'il la libère comme il l'avait fait des centaines de fois auparavant. Mais il ne faisait rien, les yeux fixés sur le sceau qu'il ne voyait pas, la retenant, l'enchaînant.

Puis il commença à relever la tête et elle sentit son cœur chavirer.

— Non !

L'instant d'après, elle courait dans le couloir, se précipitant vers sa chambre, se précipitant vers Ian.

Mon Dieu, elle le *voulait* à la façon animale qu'elle ne pouvait prétendre qu'avec Ian. Elle trahissait...

Les flammes s'enroulèrent autour de la plateforme, consumant enfin le corps drapé de soie du maharadjah. Le parfum de santal brûlé chargeait lourdement l'air tandis que le bûcher funéraire libérait l'âme de son père en renvoyant son corps à l'air, au feu, à l'eau et à la terre.

C'était presque fini, pensa Abdar. La rumeur plaintive de l'assistance s'éleva, submergeant le craquement des flammes et les cris des concubines ligotées, choisies pour accompagner son père dans la mort.

Pachtal était d'une pâleur inquiétante, remarquat-il en l'observant à travers l'épais brouillard de fumée. Oh, cela n'avait pas d'importance ! Nul ne trouverait à s'interroger en une telle circonstance.

Il n'osa pas sourire, mais lui adressa un discret signe de tête et se retourna vers les flammes. Patience, songea-t-il.

La coutume exigeait trois mois de deuil avant qu'il

ne puisse monter sur le trône. Trois mois avant qu'il ne puisse porter son attention sur Cinnidar.

Certes...

Mais n'était-ce pas le droit du fils de Kali d'abolir la coutume et d'instaurer ses propres lois ?

— Tu es très calme ce soir, remarqua Ian en buvant une gorgée de son thé. Fatiguée, Margaret ?

— Un peu...

Elle s'efforça de sourire tandis qu'elle s'installait plus confortablement sur le tabouret près de son fauteuil.

— Mais ça passera !

— Sur quoi travaille Kartauk ces temps-ci ? Une autre statue ?

— Non, un sceau pour sa majesté, le roi Ruel de Cinnidar, dit-elle en remontant le plaid qui couvrait ses jambes. Je lui ai dit que c'était une erreur de flatter à ce point l'amour-propre de ce coquin, mais il ne m'a pas écoutée.

Ian gloussa.

— Je ne suis pas d'accord ! Ça amusera Ruel et il a besoin d'un peu de légèreté. Il travaille comme un esclave.

— Ça lui plaît !

Elle tourna son regard vers l'âtre.

— Mais en ce qui me concerne tu as raison ; je me sens surmenée. En fait, j'ai décidé d'arrêter de travailler avec Kartauk. Cela me prend trop de temps...

— Non, dit tranquillement Ian. Je ne le tolérerai pas !

Elle tourna vivement la tête, interloquée.

— Quoi ?

— Si tu en fais trop, passe moins de temps avec moi. Je ne te laisserai pas te priver de ton plaisir.

— Plaisir ? Quand Kartauk ne m'assigne que des tâches subalternes, il me fait faire des babioles sans importance ou m'ignore. Quel plaisir puis-je trouver à ça ?

— Suffisamment pour rendre ton pas plus léger et ton sourire plus éclatant quand tu me reviens.

— Vraiment?

Si Ian disait vrai, il était d'autant plus sage d'y renoncer. Comment avait-elle pu être assez aveugle pour ne pas s'apercevoir des subtils changements qui s'étaient produits en elle ces dernières semaines?

— Tu as besoin de distractions de ce genre, reprit Ian en souriant faiblement. Dieu sait que je ne t'offre rien de distrayant...

— Ta compagnie suffit à me distraire...

— Tu mens, dit-il en souriant. Mais c'est un pieux mensonge. Je ne te donne que de l'inquiétude et suis un fardeau.

— Oh non!

Elle lui prit la main et la posa sur sa joue. Elle était très maigre maintenant, presque transparente à la lumière du feu.

— De l'inquiétude, oui, quand tu ne veux pas lutter. Mais tu n'es certes pas un fardeau...

Il lui caressa tendrement les cheveux.

— Je ne veux pas que tu te sacrifies encore davantage. Tu retourneras à l'atelier de Kartauk demain matin et tu me façonneras un sceau comme celui qu'il a fait pour Ruel. J'aurai l'impression d'être important quand je l'apposerai sur les lettres pour Glenclaren.

— Non, je ne veux pas...

— Je n'ai pas besoin de toi, l'interrompit-il avec douceur. Ne le vois-tu pas, Margaret?

Elle ne le voyait que trop clairement et cela la terrifiait. Il se détachait d'elle un peu plus chaque jour.

— Si tu m'aimes, tu ne...

Elle s'interdit d'aller plus loin. Elle ne pouvait l'accabler davantage en le culpabilisant. Il n'avait pas besoin de ses reproches, mais d'une raison de vivre.

Un enfant...

368

Se donnait-elle des excuses pour commettre l'adultère ? se demanda-t-elle, désemparée.

— Je ne veux pas y retourner, murmura-t-elle.

— Même si tu ne le désires pas, fais-le pour moi, dit-il en souriant d'un air malicieux. J'ai besoin de ce sceau pour Glenclaren.

Et il avait besoin d'un enfant pour se maintenir en vie. Même si elle désirait Kartauk, ne serait-elle pas pardonnée si elle pouvait sauver Ian ? songea-t-elle, éperdue.

— Margaret ?

— Très bien !

Elle enfouit son visage contre le plaid posé sur ses genoux.

— Tu auras ton sceau.

Mon Dieu, mais elle, qu'aurait-elle quand tout serait fini ?

Margaret hésita à la porte de l'atelier, puis l'ouvrit rapidement et entra.

— Bonjour, Kartauk. Comment allez-vous aujourd'hui ? Je suis un peu en retard, mais...

Il venait vers elle, et son expression...

Elle ne voulait pas prendre conscience de ce qu'elle révélait. Elle baissa les yeux. Il s'était arrêté devant elle et elle pouvait voir ses larges et puissants pieds logés dans des sandales de cuir, sentir la familière odeur de cire, de bois et de plâtre.

— Je suppose que vous allez me faire un sermon parce que je suis revenue... Ça ne vous servira à rien ! J'ai longuement réfléchi... Ian insiste pour que je me distraie et je ne vois pas pourquoi je devrais m'en empêcher alors que...

— Chhh. Je ne veux pas entendre son nom !

Plongeant les mains dans ses cheveux, il renversa sa tête en arrière pour la regarder dans les yeux.

— Vous n'auriez pas dû revenir...

— Je vous l'ai dit, je ne le voulais pas, mais...

Elle ne pouvait pas soutenir son regard. Il la fixait avec la même intensité que l'une de ses statues.

— Mais Ian voulait... commença-t-elle en ravalant sa salive. Un sceau...

Pour toute réponse, il s'empara violemment de ses lèvres, les dévorant avec une fièvre bestiale. Il enleva les épingles de sa chevelure tout en marmonnant des mots incompréhensibles tandis que sa bouche voyageait voracement de ses lèvres à ses joues et son cou, y semant de brûlantes et douloureuses caresses. Elle sentait la texture soyeuse de sa barbe contre sa peau, et ses larges mains caressaient maintenant ses épaules, les palpaient, les exploraient, descendaient sur son cou, sur le renflement de ses seins... Mais il ne s'agissait pas de caresses, elle était comme dévorée, absorbée. Il l'attira contre lui et elle sentit la choquante dureté de son sexe contre son ventre. Choquante, et pourtant légitime. Mon Dieu, quel démon la poussait à trouver tout ceci légitime ?

Ses mains retombèrent vers son visage, s'entremêlèrent à ses cheveux. Il la força à le regarder.

— Vous me voulez ! Vous me voulez *moi* !

— Oui... Oui, Kartauk.

Il la plaqua contre lui, la serrant à lui faire perdre haleine, et elle se sentit en sécurité. Mais comment pouvait-elle se sentir ainsi en plongeant dans ce précipice ? Elle croyait être prête, mais maintenant elle tremblait, effrayée comme un enfant qui fait ses premiers pas.

— Qu'est-ce que je fais ? hoqueta-t-elle. Aidez-moi ! Vous voulez que je fasse ce que vous m'avez dit de faire avec Ian ?

Il se figea, et ses mains s'immobilisèrent dans sa chevelure.

— Je vous ai dit de ne pas... Dieu, j'aurais voulu que vous ne disiez pas ça, murmura-t-il tandis qu'un frisson le parcourait.

Il la repoussa. Elle essaya aussitôt de se rapprocher.

370

— Non, dit-il la mâchoire serrée, en la tenant à distance. Non, Margaret !

— Pourquoi ? Je croyais...

— Moi aussi !

Il poussa un profond soupir tandis que ses mains se détachaient d'elle. Il fit un pas en arrière.

— J'y ai beaucoup pensé cette nuit. J'y pense depuis que cette folie vous a prise voilà quelques semaines, dit-il en retournant derrière son établi. Asseyez-vous !

Elle resta là à le regarder, plus désemparée que jamais.

— Pourquoi ? Vous me trouviez attirante. Je sais que je ne suis pas Ellen MacTavish, mais je ne vous laisse pas indifférent !

— Indifférent ? répéta-t-il d'une voix rauque en s'asseyant. Oui, on peut dire que vous ne me laissez pas indifférent...

Elle s'avança vers lui.

— Alors, pourquoi ne pas...

— Ne vous approchez pas de moi ! dit-il brutalement.

Elle s'arrêta, un sourire incertain aux lèvres.

— Si vous ne me trouvez pas détestable, alors pourquoi ne me touchez-vous pas ?

— Parce que vous n'êtes pas comme les autres...

— Je suis faite comme les autres...

— Mais vous avez aussi un cœur tendre, un sens du devoir et une douceur enfantine sous cette froide apparence, dit-il en secouant la tête. Je ne peux pas vous faire de mal. Je ne vous *ferai pas* de mal.

— Mais vous me désirez...

— Je vous aime !

Elle écarquilla les yeux sous le choc.

— Ça vous surprend ? demanda-t-il avec un sourire doux-amer. J'ai su que je vous aimais depuis le premier instant où vous êtes sortie du château et avez commencé à me donner des ordres...

— Ce n'est pas possible, fit-elle d'une voix à peine audible.

— Vous m'avez subjugué! Vous étinceliez comme de l'or pur dans la lumière du soleil, toute de force, de courage et d'amour. Ce feu brille encore en vous. Parfois, quand vous êtes fatiguée ou découragée, ce n'est plus qu'une faible lueur, mais souvent vous rayonnez et scintillez telle...

— De belles paroles, dit-elle, tremblante.

— Des paroles que vous ne voulez pas entendre! Ne croyez-vous pas que je le sache? demanda-t-il le poing serré. J'ai droit au désir, mais pas à l'amour. Je regrette que vous ne puissiez ressentir les deux. C'est ce que j'ai essayé de vous dire hier. Nous sommes allés trop loin, dit-il en croisant son regard. Ayez l'honnêteté de l'admettre!

Ses défenses s'effondrèrent.

— Je... ne nie pas que je vous désire.

— Non, désirer n'est pas dangereux. J'ai compris quand vous êtes entrée que vous aviez réglé ce problème. Mais aimer, c'est trahir Ian. Vous ne pourrez y faire face, n'est-ce pas?

— Que dites-vous? J'aime Ian.

La douleur devenait insupportable. Elle ferma les yeux pour la chasser, le chasser.

— Je l'aime...

— Oui, je le sais... Mais vous m'aimez aussi!

Elle rouvrit brusquement les yeux.

— Non!

Une ombre de colère traversa son visage.

— Bon Dieu, admettez-le! Donnez-moi au moins ça...

— Une femme ne peut aimer deux hommes...

— Parce que tous les poètes et les troubadours clament qu'il ne peut y avoir qu'un seul et grand amour? Mais il y a différentes formes d'amour, et nous pourrions avoir la plus parfaite. L'alliance du plaisir, de l'humour et de la compréhension. Nous

nous ressemblons, nous sommes deux parties d'un tout.

Elle secoua la tête.

— Nous ne nous ressemblons pas du tout !

— La seule différence entre nous est la conscience qui vous enchaîne à...

— Je ne veux pas entendre ça !

— Parce que vous ne voulez pas le croire ! Je vous ai dit qu'il n'y aurait pas de pitié, fit-il avec un sourire amer. Mais je vous en ai accordé plus que je ne l'aurais cru possible. Pendant trois longues années, j'ai maintenu ma flamme à feu doux pour ne pas vous brûler. J'aurais pu vous prendre tout à l'heure, et je vous jure que vous auriez su que vous ne ressentez pas seulement du désir pour moi.

— Alors pourquoi ne l'avez-vous pas fait ?

— Parce que je ne voulais pas affronter votre regard au moment où vous auriez compris que vous veniez de commettre l'adultère avec l'homme que vous aimez. Vous êtes une femme forte, mais je ne crois pas que vous auriez survécu à ce choc.

— Je ne vous aime pas. Je ne *veux pas* vous aimer !

— Vous m'aimez, mais nous n'en parlerons plus.

Il souleva ses massives épaules comme pour les débarrasser d'un fardeau.

— Vous dites que Ian veut un sceau ? Alors mettons-nous au travail.

— De quoi parlez-vous ? demanda-t-elle d'un air ébahi.

— J'ai décidé que nous continuerions comme avant. Vous vous êtes avérée une efficace apprentie, un peu trop bavarde, mais je peux tolérer ce défaut.

— Je ne peux pas effacer ce...

— Bien sûr que si ! Ian veut que vous vous distrayiez. Je crois pouvoir vous l'offrir. Quant au reste, dit-il en croisant son regard, j'attendrai que vous fassiez le premier pas.

— Je ne le ferai jamais !

— Alors que vous avez besoin d'un enfant pour Ian ? demanda-t-il en souriant tristement. Pauvre Margaret, quel dilemme !

— C'est différent maintenant. Je ne pourrais pas…, fit-elle en portant une main tremblante à sa tempe, je n'arrive pas à penser…

— Je ne vous demande pas de penser. Je préférerais de beaucoup que vous ne fassiez que ressentir. Un jour, si j'ai de la chance, vous me comblerez en faisant taire cette fichue conscience et en vous permettant de prendre ce dont nous avons tous les deux besoin.

Elle secoua la tête.

— Alors, ma situation n'est pas pire qu'avant, dit-il en haussant les épaules. Rien n'a vraiment changé…

— Vous avez raison, je n'aurais pas dû revenir…

— Vous ai-je enfin convaincue ? dit-il en souriant. Trop tard, Margaret ! Ma grande période de sacrifice a pris fin. Maintenant, je prendrai ce que je peux avoir. Si vous ne venez pas à moi, je rendrai visite à Ian chaque soir et je passerai quelques charmantes heures en votre compagnie.

— Vous ne feriez pas ça…

— Pourquoi pas ? J'aime beaucoup Ian, et il s'est plaint de la rareté de mes visites ces temps derniers. A vous de choisir : venir ici tous les matins ou me voir là-bas tous les soirs, en sachant ce que je veux de vous.

Elle ne pourrait pas le supporter, et Kartauk le savait comme il connaissait tout ce qui la concernait.

— Je croyais hier encore que vous étiez gentil, mais ce n'est pas vrai. Vous êtes très cruel !

— Je ne suis ni l'un ni l'autre. Je suis seulement un homme affamé qui *sera* nourri. Même si ce doit être des restes d'un festin, dit-il en se tournant et en se dirigeant vers la terrasse. Vous avez l'air un peu ébranlée, et il faut une main sûre pour graver un sceau. Mieux vaut attendre demain pour commencer... Et quand nous l'aurons fini, je pense qu'il sera temps que je fasse votre statue...

16

Le toit bleu foncé du pavillon d'été avait des reflets argentés sous la lueur de la lune. De la lumière filtrait par les fenêtres cintrées, projetant des ombres en éventail sur l'herbe.

Il attendait.

Evidemment, songea Jane avec irritation. Il l'attendait depuis trois ans.

Serrant ses bras contre elle, elle descendit rapidement les marches de la galerie et le chemin menant au pavillon. Il fallait en finir. Ruel n'était pas le mandarin tout-puissant inventé par ses peurs. Il ne pourrait pas lui faire de mal si elle ne le lui permettait pas. Elle prit une profonde inspiration quand elle atteignit la porte et l'ouvrit d'un coup.

— Je suis là, dit-elle platement.

— Je le vois...

Ruel était assis dans un superbe fauteuil style Louis XV, face à une cheminée en marbre. Il était entièrement vêtu de blanc, comme le jour de leur arrivée, et son teint et ses cheveux dorés offraient un contraste saisissant avec l'élégant costume. Il paraissait parfaitement à l'aise dans ce décor au luxe européen.

Il se leva et fit mine de sentir.

— Et, malheureusement, non seulement je le vois, mais je le sens !

— On peut difficilement chevaucher pendant des kilomètres dans la chaleur et la poussière sans sentir le cheval, rétorqua-t-elle en fermant la porte. Si ça vous déplaît, je peux partir!...

— Oh non, je n'ai jamais manqué un repas parce qu'il fallait que je le prépare moi-même. Un festin est d'autant plus satisfaisant quand on le concocte juste à son goût.

Il se leva et se dirigea vers le rideau de brocart lavande et crème séparant la pièce.

— En fait, j'avais prévu ce petit problème. J'ai fait venir de l'eau bouillante du palais il y a dix minutes.

Il tira le rideau pour dévoiler une petite pièce agrandie sous l'effet des miroirs couvrant toute la surface des murs. Un tapis chinois bleu et blanc ne laissait qu'à peine entrevoir le parquet de chêne ciré et, au fond de la pièce, un couvre-lit de satin blanc drapait un large lit entouré d'une moustiquaire diaphane. Ruel sourit vaguement en suivant son regard et lui indiqua le bain d'eau chaude dans le coin gauche.

— Heureusement que vous étiez à l'heure, sinon l'eau aurait refroidi!

— Je suppose que vous allez me regarder?

Une indéfinissable émotion traversa son visage.

— Sans aucun doute!

Elle s'assit sur la chaise longue recouverte de satin blanc et enleva ses bottes et ses chaussettes de laine.

— Je m'y attendais...

— Vraiment?

— Vous voulez que je me sente... exposée, humiliée.

Elle se leva et commença à déboutonner sa chemise.

— Comme c'est perspicace! En fait, j'avais aussi autre chose à l'esprit... Une maîtresse a droit à bien trop de délicatesse. J'ai pensé vous faire connaître les joies d'être traitée comme votre mère.

Elle eut l'impression qu'on lui assenait un coup. Ses doigts s'agrippèrent au deuxième bouton de sa chemise.

— Vraiment?

— Voyez-vous une vengeance plus délicieuse? Vous ne pensiez tout de même pas que j'allais vous fouetter ou vous enchaîner? Vous vous souvenez de notre discussion sur les serpents, quand nous en sommes venus à conclure que tout le monde avait peur de quelque chose?

Ses yeux se plissèrent pour mieux goûter sa réaction.

— N'est-ce pas ce que vous craignez le plus? Etre une putain comme votre mère?

— Oui, murmura-t-elle.

Dieu! Elle aurait dû savoir que Ruel porterait d'instinct le coup fatal!

— Eh bien, n'allez-vous pas prendre la fuite?

Elle en fut un instant violemment tentée, mais refusa de s'avouer vaincue.

— Non!

Elle crut voir une fugitive déception sur son visage. Mais son sourire narquois réapparut.

— Alors, procédez, je vous prie, à votre bain...

— Pas encore! Je veux votre promesse que nous serons quittes quand je sortirai d'ici, que vous éviterez de venir sur le site, sauf en cas d'absolue nécessité.

— Je croyais que nous étions déjà d'accord là-dessus...

— Je veux votre promesse!

Il garda le silence un moment, avant de déclarer sèchement:

— Vous l'avez...

— Bien!

Il ne la quitta pas du regard tandis qu'elle se déshabillait rapidement et se tournait vers la baignoire.

— Attendez. Retournez-vous!

Elle se raidit, puis lui fit lentement face. Appuyé contre le mur, il la détaillait minutieusement.

— Vous avez maigri...

— Je perds toujours du poids quand je travaille dur.

— Je suppose que cette remarque vise à me culpabiliser de vous avoir forcée à...

— Vous ne m'avez forcée à rien. J'ai choisi !

Il ne répondit pas et son regard s'attarda sur la partie la plus intime de son corps.

— Tournez sur vous-même. Lentement...

Elle se sentit envahie par la rage mais réussit à garder un air impassible tandis qu'elle lui obéissait.

— Bien que vous soyez plus mince, vos seins sont plus gros qu'il y a trois ans...

— Je peux entrer dans le bain, maintenant ?

— Non ! Tournez-moi le dos !

Elle se mordit la lèvre et se retourna, raide comme un piquet.

— Magnifiques fesses ! Bien galbées et fermes... Vous vous souvenez du tableau dans le wagon du maharadjah ?

Elle avait l'impression d'être une esclave à la vente aux enchères, une putain dans la tente de Frenchie. Ne pas y penser. Ne pas lui donner ce qu'il voulait, ne pas ressentir ce qu'il voulait qu'elle ressente.

— Non, je ne me le rappelle pas. Avez-vous fini ?

— Oui ! Entrez dans la baignoire...

Quelques secondes plus tard, elle s'immergeait avec soulagement dans l'eau mousseuse qui dégageait des senteurs de jasmin et de citron. Saisissant l'éponge flottant à la surface, elle commença à se frotter énergiquement les épaules.

— N'y allez pas si fort, dit-il d'un ton railleur. Je ne veux pas que vous soyez abîmée...

— Ça ne marchera pas, déclara-t-elle en fixant l'eau sans la voir. Vous allez être déçu...

— Vraiment ? demanda-t-il dans son dos. Qu'est-ce qui vous fait penser ça ?

— Je ne vais pas... s'interrompit-elle en sentant

ses mains défaire rapidement sa natte… vous laisser me faire du mal.

— Non ?

Il dégagea doucement sa chevelure, qui retomba sur ses épaules. Il savait très bien ce qu'il faisait. Le contact de ses cheveux frôlant sa peau lui redonnait conscience de sa féminité et la rendait plus vulnérable. Elle humecta ses lèvres.

— J'ai bien réfléchi en venant ici. Je peux supporter n'importe quoi pour quelques jours.

— Comment savez-vous qu'il ne s'agira que de quelques jours ?

Elle pouvait le sentir bouger derrière elle.

— Quelques jours ! répéta-t-elle fermement. Vous vous lasserez et retournerez à ce qui vous importe.

— Ceci est important pour moi.

— Pas autant que Cinnidar…

— Il m'arrive d'en douter… .

— Vous n'en douterez plus quand l'ennui s'installera. Et alors je pourrai partir et terminer ce chemin de fer dans les délais.

— Et si votre désobligeant éléphant vous rendait une autre visite ?

— Li Sung veillera à ce que Dilam nous en préserve. J'ai un mal fou à l'empêcher de courir après Danor dans la jungle.

— J'ai remarqué qu'il est un peu obsédé par l'idée de se débarrasser de cet animal, constata-t-il en venant s'asseoir sur la chaise longue. Je compatis. Je sais ce que c'est que l'obsession…

Il était nu, ses cuisses légèrement écartées révélant une impudente érection.

Elle se contracta, incapable de détacher son regard de son sexe. Bientôt, il entrerait en elle, bougerait en elle, et elle aurait l'impuissante sensation de lui appartenir, comme dans le wagon du maharadjah. Mais cette fois, il ne la ménagerait pas. Elle devrait avoir peur. Elle *avait* peur, mais elle ressentait aussi cette obscure fascination qu'il avait toujours suscitée en elle.

— Je suppose que Li Sung enverra un message s'il y a un problème ?

— Quoi ?

Elle s'arracha à la contemplation de son corps nu et baissa à nouveau les yeux vers l'eau.

— Je ne m'attends pas à d'autres problèmes...

— Danor semble doué pour l'inattendu. Soulevez vos seins ! Je veux voir l'eau glisser dessus...

Sa main se crispa sur l'éponge.

— Tout ce que je veux, avez-vous dit, lui rappelat-il doucement.

Elle ferma les yeux, lâcha l'éponge et saisit ses seins pour les offrir à sa vue.

— C'est bien, fit-il d'une voix plus proche. Plus haut ! Maintenant, offrez-les-moi. Bien...

Ses lèvres se refermèrent sur l'une des pointes.

Elle ouvrit brusquement les yeux. Il observait ses réactions tout en la suçant et en la mordillant. Son ventre se contracta instinctivement alors que des vagues de sensations se succédaient en elle.

— Maintenant ne bougez pas et vous aurez une récompense pour votre obéissance...

Ses mains plongèrent dans l'eau, tâtonnant, trouvant. Elle eut un sursaut quand son pouce commença à presser et caresser son sexe. Les sensations se firent brûlantes, explosives sous les mouvements de ses doigts. L'autre main descendit plus bas et la pénétra peu à peu. Elle s'arqua contre la baignoire, agrippant les rebords de porcelaine, soumise au rythme délicieux qui la forçait à se mordre les lèvres pour ne pas crier de plaisir.

Il la libéra finalement.

— Très bien... Un peu trop bien peut-être... Nous allons mettre un terme à cette première leçon.

Il se redressa et alla chercher la grande serviette posée sur la chaise longue.

— Levez-vous !

Le pouvait-elle ? Ses genoux tremblaient, son corps entier tremblait sous l'effort fourni pour ne pas révéler ce qu'il avait éprouvé.

— Debout !

Impatient, il la sortit de la baignoire et l'enveloppa dans la serviette. Il jeta un rapide coup d'œil au lit.

— Trop loin...

Il l'amena sur la chaise longue, l'installa sur lui en lui écartant les cuisses et, prenant ses fesses, l'attira à lui pour la pénétrer. Elle poussa un cri en sentant son membre brûlant plonger au plus profond d'elle. Il se mit à bouger, la tenant étroitement liée à lui, mais lui faisant ressentir chaque passage, chaque contact. Ses seins se durcissaient contre son torse, malgré elle.

— Tenez-moi plus fort, haleta-t-il. Donnez-moi plus...

Elle ne voulait rien donner du tout, mais ses jambes se resserrèrent instinctivement autour de ses hanches. Ce vertige irrésistible qu'elle avait éprouvé dans le wagon se reproduisait et s'accentuait de seconde en seconde. Comment son corps pouvait-il la trahir et la livrer à lui ?

Il se déplaça, tourna, et elle se retrouva brusquement sur le dos, la tête renversée sur le bord de la chaise longue, les cheveux frôlant le sol à chacun de ses assauts. Un cri de plaisir monta dans sa gorge.

— Arrêtez de vous retenir, murmura Ruel en sortant lentement d'elle pour replonger plus profondément. Donnez-moi tout !

Elle ne put plus lutter. Et leurs cris se confondirent dans l'extase. Elle ne se rendit même pas compte du moment où il atteignit la jouissance. Il avait gagné. Il avait manipulé son corps et elle n'avait pas été capable de prendre cette victoire-là.

Il la transporta jusqu'au lit, essoufflée, encore vaguement enveloppée dans la serviette.

— Vous ne vous y attendiez pas, n'est-ce pas ? dit-il en la déposant sur le lit. Nos corps se moquent que nous éprouvions de l'amour ou de la haine. Ça arrivera à chaque fois. J'y veillerai, que vous le vouliez ou non.

— Non!

— Parfait! Je n'ai jamais aimé la servilité, même chez les putains...

Elle accusa difficilement le coup.

— Vous avez bénéficié de l'effet de surprise. Ça ne se reproduira plus.

— Ça se reproduira, et très bientôt. Je découvre que vous me rendez insatiable, et je vous assure que ce n'est que la première surprise. J'ai eu trois ans pour me préparer à ce moment.

Il ouvrit le tiroir de la table de nuit et en sortit quelque chose.

— Vous vous souvenez de cette nuit chez Zabrie?

Un masque, un extravagant masque de plumes noires et turquoise.

— Je m'en souviens à peine, mentit-elle. Ce n'est pas un souvenir que je chéris.

— Moi non plus, dit-il en faisant passer les plumes sur ses seins. A cause de la frustration que j'ai éprouvée cette nuit-là...

Ses seins se durcirent aussitôt sous le soyeux contact.

— Est-ce nécessaire? Je... je voudrais que vous arrêtiez ça.

— Bientôt...

Il descendit le masque le long de son ventre, puis s'en aida pour lui caresser le sexe. Elle sentit une brûlure agaçante entre les cuisses.

— Zabrie était très intelligente! Elle savait que dans une maison de plaisir un homme se moque de l'identité d'une femme tant qu'elle lui donne ce qu'il veut. Il n'y a rien de plus anonyme qu'un masque, n'est-ce pas, Jane?

Elle ne répondit pas.

Il vint au-dessus d'elle, lui écarta les jambes, et la pénétra à nouveau, lentement.

— Ah! vous êtes prête à me recevoir... Je m'en doutais! Vous vous révélez très coopérative.

Il plaça le masque sur son visage, noua les attaches derrière sa tête et disposa sa chevelure en éventail sur l'oreiller.

— Vous êtes terriblement érotique ainsi...

Son ton moqueur ne dissimulait pas la violence de son désir. Mon Dieu, elle était en train de s'accrocher à lui.

— Et ça correspond manifestement à votre état, dit-il en souriant. J'approuve! C'est ainsi qu'une femme sensuelle doit être. Vous apprenez vite, Jane. Quand nous aurons terminé ceci, je vous donnerai une autre leçon.

Il se mit à bouger avec une lenteur insupportable et affolante.

— Les plumes peuvent être source de bien d'autres plaisirs, ajouta-t-il dans un chuchotement.

— Vous n'avez pas réussi, murmura Jane en regardant pointer les premières lueurs de l'aube par la fenêtre.

— Vraiment?

Ruel la ramena plus près de lui, jouant avec les mèches de ses cheveux.

— Je ne l'aurais jamais cru à votre réaction...

— Oh, vous m'avez fait éprouver...

Elle ne termina pas. Il savait parfaitement ce qu'il lui avait fait éprouver durant ces dernières heures. Le sentiment de lui appartenir, d'être en son pouvoir, pliée à sa volonté. Cependant, elle avait graduellement ressenti autre chose... qui lui avait apporté un soulagement infini.

— Mais je n'ai plus peur de vous...

— J'ignorais que cela avait jamais été le cas.

— Vous le saviez ; je cache mal mes sentiments. Mais vous ne saviez pas pourquoi.

— Allez-vous me le dire ?

— J'avais peur de vous aimer encore, murmura-t-elle.

— Aimer ? répéta-t-il en se raidissant.

— Je vous ai aimé… il y a longtemps. J'avais peur que cela ne revienne.

— Je suis sûr que c'est impossible !

— C'est vrai, cela n'est plus. Je me sens vide, comme un sablier retourné…

— Un grand soulagement, sans doute.

— Oui ! A Kasanpour, j'ai pensé un moment que…

— Oui ?

— Ça n'a pas d'importance…

Rien ne semblait plus en avoir. Elle se sentait flotter. La fièvre ? Il faudrait qu'elle prenne son *quinghao* demain matin.

— Au contraire, je trouve cette confession fascinante.

— Vous étiez si différent de moi, différent de tout ce que j'avais connu. Je vous voyais comme un de ces mandarins de Chine.

— Qu'est-ce qu'un mandarin ?

— Li Sung dit que ce sont des hommes de grand pouvoir. Dans les temps anciens, certains d'entre eux utilisaient la magie pour influencer les empereurs.

— Je suis loin d'être un magicien…

— Personne d'autre ne m'a fait ressentir ce que vous m'avez fait éprouver. Je me suis aussi sentie… sans défense… J'avais peur que vous ne me transformiez en elle, murmura-t-elle.

— Votre mère ?

— Oui, je crois que j'ai toujours redouté d'appartenir irrémédiablement à son monde, dit-elle en souriant tristement. Quel meilleur moyen un mandarin pourrait-il utiliser ? Mais maintenant, je sais que vous n'avez pas ce pouvoir. Vous agissez seulement sur mon corps, pas sur mon esprit. Vous ne pouvez pas changer ce que je suis. Je repartirai la même d'ici. Vous avez perdu, Ruel.

— Ne criez pas trop tôt victoire! Je viens juste de commencer...

— Mais c'est trop tard maintenant. Vous auriez pu réussir si vous aviez su ranimer en moi de vieux souvenirs, dit-elle en regardant le masque chiffonné posé sur la table de nuit. Rideaux de soie, pièces parfumées, masques en plumes exotiques... Ce n'est pas ce qui m'a hantée pendant toutes ces années.

— Puisqu'il semble que je me sois fourvoyé, pouvez-vous m'en dire plus sur ces chers souvenirs?

— Des draps qui sentent la poussière, la sueur et l'urine, la pipe à opium rouge que ma mère fumait en regardant Frenchie compter l'argent. Je suis très fatiguée. Je peux dormir maintenant? demanda-t-elle en fermant les yeux.

— Ne craignez-vous pas que j'essaie de reproduire cet environnement maintenant que vous vous êtes confiée à moi?

— Non.

— Pourquoi?

— Je ne sais pas. Vous n'êtes pas...

Elle était si fatiguée qu'elle pouvait à peine penser, encore moins réfléchir.

— Vous n'êtes pas Frenchie.

— Grâce à Dieu!

Il garda le silence un moment, puis déclara d'un ton léger:

— A dire vrai, je suis trop attaché à mon confort ces temps-ci pour m'imposer une telle régression. Je devrai trouver un autre moyen d'arriver à mes fins.

— C'est trop tard! Vous ne pouvez pas m'atteindre si je ne ressens rien pour vous. Je suis libérée de vous, Ruel.

Il passa la main dans ses cheveux.

— Vraiment?

— Oui. Je sais qui je suis maintenant...

Li Sung fronça les sourcils.

— Aucun de vos gardes n'a signalé l'éléphant?

Dilam secoua la tête.

— Une nuit paisible...

— Vous êtes sûre?

— Vous avez l'air déçu?

— Pas du tout, dit-il sèchement. Après la pagaille qu'il a semée, je trouve seulement bizarre qu'il nous laisse tranquilles deux nuits d'affilée. Pourquoi voudrais-je qu'il revienne détruire ce que nous avons construit?

— Pourquoi, en effet?

Il savait à quoi songeait Dilam. Le *makhol*. Des foutaises! Il se détourna brusquement pour retourner travailler, évitant soigneusement de fouiller l'ouest du regard. Dilam se trompait. Ce n'était pas un quelconque lien mystique qui le poussait vers l'éléphant. C'était la colère... et la peur.

Margaret ouvrit la porte de l'atelier à la volée et annonça agressivement:

— Je n'ai pas l'intention de continuer à venir ici. Je suis là aujourd'hui uniquement parce que je n'arrivais pas à trouver un moyen de...

— M'empêcher d'obtenir ce que je veux, termina Kartauk avec impatience. Je sais, je sais! Maintenant, entrez et mettez votre tablier. Nous avons du travail...

Elle ressentit un intense soulagement: aucune intimité ne se faisait jour dans sa voix. Il avait tourné la page et c'était comme si rien ne s'était passé. Elle se dirigea vers l'établi.

— Et je ne poserai pas pour vous!

— Pas maintenant, dit-il d'un air absent en versant du sable humide dans une petite boîte de moulage. Je dois mouler le sceau de Ruel. Je penserai à la statue un autre jour.

— Ça ne vous avancera à rien de différer. Je ne poserai pas.

Elle prit son tablier, le mit, et regarda le moule qu'ils avaient préparé deux jours avant.

— Par quoi commençons-nous ?

— Nous saupoudrons le modèle en plâtre avec du charbon de bois pur.

Ce qu'il fit avant de presser le modèle dans l'une des deux boîtes de moulage sur l'établi. De merveilleuses mains, douées, sûres, qui avaient pourtant perdu leur assurance, la veille, quand il l'avait touchée, tremblant de désir.

— Maintenant, nous séchons la partie du modèle où les tracés apparaissent. Vous m'écoutez ?

— Bien sûr !

Avec un vif sentiment de culpabilité, elle détourna son regard de ses mains.

— Ensuite ?

— *Pasta di pane crudo.*

— Quoi ?

— Pâte à pain.

Il en prit dans un de ses bols, la façonna à la taille et l'épaisseur du sceau, et la plaça soigneusement sur le modèle en plâtre.

— La pâte sert à constituer la forme du corps du sceau. Prenez l'autre boîte de moulage et remplissez-la de sable.

Elle versa le sable humide dans la boîte.

— Et ensuite ?

— Nous laissons ce sable sécher et nous posons cette boîte sur l'autre. Deux parties d'un tout... Tassez bien le sable. Vous en avez renversé...

Rien d'étonnant. Ses mains tremblaient autant que les siennes la veille. Il avait tourné la page. Pourquoi ne pouvait-elle en faire autant ?

— Dans un moment, nous séparerons les boîtes, sortirons la forme en pâte à pain, et y ferons une

entaille et deux trous de conduit. C'est par ces interstices que nous verserons l'or chaud.

— C'est tout ce dont je suis censée me souvenir ?
Il haussa ses épais sourcils.

— Ce n'est pas assez ? Le défi n'est pas assez grand
pour vous ?

— C'est largement suffisant.

— J'espère que vous avez été attentive ! Vous ferez
le sceau de Ian toute seule...

— Quoi ?

— Je préparerai les matériaux, vous ferez le travail.

— Mais je ne suis pas prête. Et si je fais une erreur ?
Il sourit.

— Espérons-le ! Vous n'apprendrez que par vos
erreurs.

— Vous me laisseriez gaspiller des heures de travail pour rien ?

— Je vous ai dit d'écouter. Si vous ratez votre
sceau, je vous expliquerai encore une fois — une
seule — avant que vous ne recommenciez.

Elle tenta frénétiquement de se rappeler les différentes étapes du procédé.

— Qu'est-ce qui vient ensuite ?

— Nous fondons l'or, mais je crois que vous avez
suffisamment à vous rappeler. Nous laisserons ceci
pour plus tard.

— Merci, dit-elle sarcastiquement. Avez-vous d'autres directives à me communiquer ?

Il ne la regarda pas tandis qu'il se levait et ôtait
son tablier de cuir.

— Oui, concentrez-vous seulement sur le travail
en cours.

— Je ne vois pas comment je pourrais faire autrement...

— Et rappelez-vous de maintenir la flamme à feu
doux...

— Je croyais que nous n'allions pas fondre l'...

*J'ai maintenu ma flamme à feu doux pendant trois
longues années.*

Kartauk savait ce qu'elle ressentait mais s'éver-
tuait à la mettre à l'aise, lui donnant quelque chose à
quoi se raccrocher dans cet océan d'émotions inconnues. Comment pouvait-elle se protéger de lui alors
qu'il montrait une telle gentillesse, une telle compréhension à son égard?

— Je comprends, dit-elle à voix basse.

— Bien sûr que vous comprenez! Vous êtes une
femme intelligente! dit-il en se dirigeant vers la terrasse. Rangez ce fouillis pendant que je vais au four
choisir une feuille d'or.

17

Une chape de nuages gris couronnait la montagne. Leur seule vue donnait à Jane une oppressante sensation d'apathie. Non, ce n'était pas le
temps. Elle avait éprouvé cette lourdeur dès son
réveil ce matin-là.

— Je voudrais aller voir Medford cet après-midi
pour lui parler des délais, dit-elle à Ruel sans se
tourner vers lui.

— Déjà impatiente au bout de deux jours? nota-
t-il d'un ton crispé. Il va falloir que je m'applique
davantage pour garder votre intérêt.

Il était en colère, une colère qui n'avait cessé de
croître tout au long de la matinée.

— Vous êtes impatient vous aussi. Aucun de nous
n'est habitué à vivre sans travailler.

— Pour l'instant, votre travail se passe ici!

Elle se détourna de la fenêtre, serrant contre elle
le drap dont elle s'était enveloppée.

— Nous ne pouvons tout de même pas forniquer

vingt-quatre heures sur vingt-quatre! Ça ne fait que vous mettre de mauvaise humeur.

— Je ne suis *pas* de mauvaise humeur.

— Vous l'êtes, indubitablement!

— Alors c'est votre rôle de me distraire et de m'apaiser.

— Vous ne devriez pas en avoir besoin. Je vous avais prévenu que vous seriez déçu.

— Je ne suis *pas* déçu. J'ai fait exactement ce que je voulais faire. Et j'ai joui de chaque instant, conclut-il avec un sourire sans chaleur.

— Je ne le crois pas, dit-elle en essayant de réfléchir à son comportement. Oui... vous avez joui de mon corps, mais pas du reste.

— C'est-à-dire?

— Vous n'avez pas aimé me torturer.

Il se raidit.

— Je n'ai pas usé de violence, que je sache!

Son corps portait bien quelques marques, mais il ne les lui avait pas infligées intentionnellement. Quarante-huit d'heures d'orgie laissent des traces...

— Vous savez de quel genre de torture je parle. Ça ne vous a apporté aucune satisfaction.

— Je suis désolé, mais vous vous trompez! Je suis satisfait de cette expérience et vous ne pouvez pas nier en avoir retiré une égale satisfaction.

— Parce que vous m'avez donné du plaisir? dit-elle en secouant la tête. Ce plaisir n'a fait que heurter ma fierté et me rabaisser, ce que vous vouliez.

— Je suis étonné que vous l'admettiez...

— Je ne l'aurais pas admis quand je suis arrivée ici. Mais tout a changé, dit-elle en haussant les épaules. Vous accorder ces petites victoires m'est indifférent. Vous en avez plus besoin que moi. Vivre avec une telle obsession de vengeance doit être terrible!

— Quelle condescendance, ironisa-t-il, les lèvres serrées. Imaginez ce que vous ressentiriez si Li Sung était à la place de Ian avant de me blâmer!

Elle secoua la tête d'un air las.

— Je ne sais pas ce que je ressentirais. C'est trop affreux pour l'imaginer, dit-elle en croisant son regard. Et je ne vous ai jamais blâmé. Je ne vous blâme toujours pas. Je suis seulement contente que ce soit fini.

Une multitude de sentiments traversèrent son visage, mais elle ne put y déchiffrer que la frustration, la colère et le désir.

— Oh, ce n'est pas encore fini! Et vous feriez bien de vous préparer à m'accorder une nouvelle victoire, dit-il d'un air insouciant en la parcourant des yeux. Si vous devez vous couvrir, ce ne sera pas avec ce drap. Mettez la robe de fils d'or qui est dans l'armoire.

Elle ne comprit d'abord pas, puis se souvint qu'il lui en avait parlé à son arrivée à Cinnidar.

— Vous l'avez vraiment commandée? s'étonna-t-elle.

— Bien sûr! Je tiens toujours mes promesses... Mettez-la!

Son expression, mêlée de détermination et de violence sourde, était suffisamment éloquente pour empêcher toute rebuffade.

— Si vous insistez, dit-elle en se dirigeant vers l'armoire.

Quelques instants plus tard, les miroirs de la chambre renvoyaient son image drapée dans un vêtement conçu pour éveiller le désir. Il découvrait une épaule, à la manière grecque, mais dénudait aussi un sein. Le bas était fendu jusqu'à la taille, dévoilant ses jambes à chaque mouvement. Elle se sentait encore plus nue dans cette robe.

— Ravissant...

Il vint l'enlacer par-derrière et prit en coupe son sein dénudé.

— Juste comme je vous imaginais...

Elle croisa son regard dans le miroir.

— Comme une putain?

— Quoi d'autre? demanda-t-il ironiquement en pinçant le bout de son sein entre le pouce et l'index.

Un frisson brûlant la parcourut.

— Cette robe pas plus que la manière dont vous me traitez ne font de moi une putain.

— Mais elle vous dérange...

— Oui! En êtes-vous satisfait?

— Bien sûr... Agenouillez-vous par terre.

— Le lit n'est pas loin...

— Par terre!

Elle haussa les épaules et se mit à genoux.

— Maintenant, mettez-vous à quatre pattes...

Elle humecta ses lèvres.

— Pourquoi?

— Il est temps que nous essayions quelque chose de nouveau, dit-il en soulevant sa robe et en lui caressant les fesses. Le tableau dans le wagon du maharadjah...

Il la pénétra profondément, lui coupant le souffle. Il s'immobilisa, son membre dur planté en elle tandis que ses mains cherchaient ses seins et les caressaient.

— Nous devons reproduire exactement le tableau, n'est-ce pas?

Il se mit à bouger lentement, l'amenant au bord de l'orgasme.

— Oui, c'est ce que je veux. Maintenant, regardez-moi! Je veux voir votre visage...

Elle se tourna vers lui, sachant ce qu'il allait découvrir: plaisir, désir et colère de ne pas être capable de lui résister.

— Ce n'est pas pareil, haleta-t-elle. Je vous avais dit que le tableau ne reproduisait pas la réalité. Les hommes ne sont pas tendres. Jamais...

Il se figea, proféra une insulte, puis se remit à bouger en elle, mais cette fois avec une frénésie aveugle. Ses doigts s'enfoncèrent dans le tapis tandis que la tourmente l'enivrait, l'emportant dans un tourbillon furieux qui se calma — au bout de combien de temps ? elle n'aurait su le dire — sur le rivage de leur extase.

Elle s'effondra sur le sol et le sentit un moment plus tard se retirer d'elle. Son corps était engourdi, incapable du moindre mouvement. Elle se rendit vaguement compte qu'il la soulevait et la déposait sur le lit.

— Ça va ? demanda-t-il d'un ton troublé.

La lourdeur qui avait pesé sur elle depuis le début de cette journée semblait l'écraser, lui enlevant même la possibilité de respirer librement.

— Fatiguée...

Il la couvrit et s'allongea à côté d'elle, le regard fixé devant lui, sans la toucher.

— Je ne me dominais plus...

Elle ne répondit pas.

— Très bien, vous n'avez plus à porter cette fichue robe, lâcha-t-il.

— Ça n'a pas d'importance...

— Enlevez-la !

— Je suis trop fatiguée...

Il marmonna un juron. L'instant d'après, il faisait glisser la robe le long de son corps et la jetait par terre. Il la couvrit à nouveau.

— Satisfaite ?

Cela ne lui ressemblait pas d'être sur la défensive, mais l'ensemble de son comportement ce jour-là était inhabituel.

— Ça n'a pas d'importance, répéta-t-elle en fermant les yeux. Pas d'importance...

— Emmène-moi avec toi, Patrick, murmura Jane. Emmène-moi avec toi !

Ruel se réveilla en sursaut. Jane se débattait à côté de lui. Elle avait les yeux fermés. Ce n'était qu'un rêve.

— Réveillez-vous, dit-il en la secouant par l'épaule. Ce n'est qu'un...

Sa peau était brûlante.

— Jane ?

— Je ne veux pas être comme elle. Je ne te gênerai pas. Emmène-moi avec toi, Patrick.

— Nom de Dieu, réveillez-vous !

Il alluma la lampe de chevet avant de la secouer à nouveau.

— Ouvrez les yeux, bon sang !

Elle ouvrit des yeux hagards, fixés sur le néant.

— Le train ! Il part avec le train ! paniqua-t-elle. Ne m'abandonne pas, Patrick !

— Personne ne vous abandonne...

Il la prit dans ses bras. Elle était bouillante. Le cœur battant aussi fort que le sien, il tenta de la calmer contre lui.

— Tout va bien. Personne ne vous abandonnera...

— Oui, il le fera ! Sauf si j'arrive à le convaincre...

— Bon sang, arrêtez de vous agiter !

— Patrick !

Que pouvait-il faire ? Elle délirait et il avait peur de la laisser seule, même le temps d'aller chercher de l'aide. Tamar ne reviendrait que le lendemain pour apporter le petit déjeuner.

— Je t'en prie, je ne veux pas être comme elle...

Il la serra contre lui, sachant de qui elle parlait, de quels souvenirs il s'agissait. Des démons qu'elle avait enterrés au fin fond de sa conscience, mais qui resurgissaient à la faveur de sa fièvre... et à cause de ce qu'il lui avait fait subir en l'amenant ici...

Qui pouvait bien tambouriner à la porte à une heure pareille ? s'interrogea Margaret en jetant un rapide coup d'œil à Ian. Grâce à Dieu, il n'avait pas été réveillé. Elle enfila sa robe de chambre et alla ouvrir. Ruel ! Elle aurait dû deviner... Lui seul pouvait manquer de considération.

— Par tous les saints, qu'est-ce qui vous prend de venir frapper au milieu de la nuit ? Ian a besoin de sommeil et c'est un miracle que vous ne l'ayez pas réveillé ! Pourquoi ne...

Elle s'interrompit en remarquant sa mine défaite et son regard inquiet.

— Que se passe-t-il ?

— J'ai besoin de vous ! Vous pouvez venir ?

— Venir où ?

Elle regarda Ian. Il dormait toujours à poings fermés. Elle avait été forcée de lui donner une dose supplémentaire de laudanum tant la douleur avait été violente la veille au soir. Elle sortit dans le couloir et ferma doucement la porte.

— Au pavillon d'été, dit-il en la prenant par le bras et en l'entraînant dans le couloir. J'ai besoin de votre aide !

— C'est bien la première fois que je vous entends dire ça, déclara-t-elle sèchement. Je suis impatiente d'apprendre en quoi je peux vous être utile.

— Vous avez l'habitude de la maladie. Vous avez soigné votre père et Ian.

— Vous êtes malade ?

— Jane...

— Jane est ici ? s'étonna-t-elle.

— Serais-je venu vous chercher autrement ? Arrêtez de poser des questions et dépêchez-vous ! Elle est seule depuis trop longtemps déjà...

Elle accéléra le pas.

— Qu'est-ce qui ne va pas ?

— Si je le savais, je ne serais pas là. De la fièvre. Des frissons. Elle délire. Elle ne me reconnaît pas...

— Avez-vous envoyé chercher un médecin ?

— Evidemment, mais il ne sera pas là avant des heures. Elle a besoin de quelqu'un tout de suite...

— Que fait-elle au pavillon d'été ?

— Ça ne vous regarde pas, dit-il en gardant les yeux fixés droit devant lui.

— Qu'avez-vous fait, Ruel ?

Il ne répondit pas. Il n'allait manifestement rien lui confier de cette nouvelle diablerie.

— Je ne pourrai peut-être rien faire...

— Vous pouvez essayer !

Il ouvrit la porte vitrée donnant sur la terrasse et ajouta plus bas :

— S'il vous plaît !...

Mon Dieu, Ruel devait être totalement désemparé pour en venir à supplier.

— J'essaierai.

Margaret sortit du pavillon et referma la porte.

— Elle va mieux...

Un muscle tressauta sur la joue de Ruel.

— Grâce à Dieu !

— La fièvre baisse et elle a retrouvé assez de lucidité pour répondre à certaines questions du médecin. Il dit que la fièvre devrait tomber dans quelques heures.

— Qu'est-ce qu'elle a ?

— Malaria. Elle l'a attrapée à Kasanpour et la fièvre revient périodiquement.

— Elle ne me l'a jamais dit.

— A moi non plus. Et je la connais depuis trois ans. Elle n'est pas du genre à confier ses faiblesses, dit-elle en se massant la nuque, l'air épuisé. Je vais rentrer, au cas où Ian aurait besoin de moi. Je reviendrai la voir tout à l'heure.

— Non, je prendrai soin d'elle maintenant.

— Vous ne semblez pas l'avoir beaucoup fait jusqu'à présent...

Il accusa mal le coup.

— J'ai dit que je le ferais ! Elle pourrait être gênée de votre présence...

— Essayez-vous de sauver son honneur ? C'est inhabituel... Votre galanterie tardive est inutile. Jane et moi nous comprenons. Elle sait que je ne la blâmerai pas pour vos péchés, fit-elle en croisant son regard. Et je me demande si mon devoir n'est pas de la ramener au palais.

— Elle ne voudra pas y aller.

— Je pense le contraire. Elle ne l'admettrait pas, mais elle a toujours eu peur de vous.

— Plus maintenant, dit-il avec un sourire contraint. Pas quand elle ne brûle pas de fièvre. Et même si c'était le cas, elle ne partirait pas. Nous avons un accord...

Elle repoussa l'argument d'un geste dédaigneux.

— Elle est trop intelligente pour pactiser avec un aventurier amoral comme vous. Pourquoi est-elle ici ?

— Vous ne voudriez pas le savoir...

— Vous avez peut-être raison !

Une grande lassitude l'assaillit brusquement. Elle n'avait pas besoin de ce fardeau supplémentaire alors qu'elle était déjà si déroutée et épuisée. En outre, comment se donnait-elle le droit de juger la conduite de Ruel ? N'avait-elle pas dernièrement succombé aux mêmes tentations ?

— Puis-je vous faire confiance pour ne pas...

— Bon sang, vous croyez que je vais lui sauter dessus alors qu'elle peut à peine lever la main ? explosa-t-il.

Quoi qu'il se soit passé ici, la maladie de Jane avait ébranlé Ruel. Elle ne l'avait jamais vu aussi pâle et égaré. Jane ne risquait pour l'instant rien de lui.

— Si vous avez besoin de moi, faites-moi signe.

Elle reprit la direction du palais.

Ruel avait l'air exténué. Il fallait faire quelque chose. Elle prendrait la relève au chevet de Ian cette nuit. Si Ruel l'acceptait...

— Vous avez besoin... de repos.

Ruel tourna vivement la tête vers elle.

— Quoi ?

— Vous devriez vous reposer. Vous avez l'air...

Elle se réveilla tout à fait. Ce n'était pas le bungalow de Kasanpour où ils avaient lutté jour et nuit pour maintenir Ian en vie. C'était le pavillon d'été...

— C'est vous qui avez besoin de repos, dit-il en approchant un verre d'eau de ses lèvres. Buvez !

— J'ai été malade ? demanda-t-elle après avoir bu.

— Vous avez eu de la fièvre pendant deux jours. Le docteur dit que c'est une crise relativement bénigne.

Elle se rappela vaguement le médecin penché sur elle, lui posant des questions, s'adressant à quelqu'un d'autre dans la pièce.

— Margaret... était là aussi ?

— Oui. Pourquoi ne m'avoir pas dit que vous aviez la malaria ?

— Pourquoi l'aurais-je fait ? Deux jours. Je dois retourner travailler, dit-elle en fronçant les sourcils.

— J'ai envoyé un message à Li Sung pour l'avertir que vous seriez retardée.

— Vous lui avez dit que j'étais malade ? Vous n'auriez pas dû. Il va s'inquiéter...

— Je lui ai dit que vous étiez hors de danger. Et il est temps que quelqu'un s'inquiète de vous ! ajouta-t-il avec un regard sévère. Li Sung aurait dû s'apercevoir de votre état...

— C'est ma faute. J'ai oublié de prendre le *quinghao*.

— *Quinghao* ?

— C'est une herbe médicinale chinoise. Li Sung me l'a donnée la première fois que je suis tombée malade.

— Vous la prenez constamment ?

— Non, seulement en cas de crise.

— Et vous l'avez prise combien de temps depuis votre arrivée à Cinnidar ?

Elle ne répondit pas.

— Combien de temps ? persista-t-il.

— Quatre semaines...

— Dieu du ciel !

— Ce n'était pas bien méchant ; juste de la fièvre la nuit.

Sa main se crispa sur le bras de son fauteuil.

— Vous l'aviez en venant ici, n'est-ce pas ? Si vous

aviez été en pleine lucidité, vous ne seriez jamais venue...

En repensant à cette période déroutante et floue, elle ne sut que répondre.

— Je ne sais pas... Ça semblait la seule chose à faire à ce moment-là. Mais l'important est que je sois rétablie et que je retourne au travail, ajouta-t-elle rapidement. J'ai eu une crise l'an dernier à Glenclaren et j'étais au moulin le lendemain.

— Une crise aussi grave que celle-ci ?

Elle secoua la tête.

— Mais ça ne veut pas dire que... De toute façon, que vous importe ?

— Ça m'importe parce que...

Il détacha son regard tandis qu'il posait le verre sur la table de nuit.

— Parce que j'ai besoin que ce chemin de fer soit construit.

Il avait été sur le point de se livrer, de dire quelque chose de totalement différent...

— Nous n'avons que quelques jours de retard. Li Sung est très compétent. Je retourne au passage demain.

— Du diable si vous y retournez !

Il la regarda à nouveau, ses yeux bleus dictant sa détermination.

— Pour que vous rechutiez un ou deux jours après ? Vous resterez ici pour vous reposer une semaine.

— Il n'en est pas question ! Le chemin de fer doit être construit. Je serai malade une autre fois !

— C'est exactement ce que je dis, bon sang ! Il faut vous reposer pour pouvoir...

Il s'interrompit en voyant son expression.

— Bon, disons quatre jours...

Elle secoua la tête.

— Quatre jours et je vous amène Medford demain après-midi pour que vous discutiez de la liaison des rails. Ainsi vous n'aurez pas l'impression de perdre votre temps !

Elle avait vraiment besoin de voir Medford et elle savait très bien qu'il était inutile d'argumenter.

— Trois jours !

— Marché conclu, sourit-il.

Elle le regarda, stupéfaite. C'était un vrai sourire, chaleureux et gai, le genre de sourire qu'il ne lui avait accordé que rarement, même avant l'accident.

— Pourquoi êtes-vous... quelque chose a changé en vous.

Il évita aussitôt son regard.

— Vous trouvez ?

L'impression de tendresse chaleureuse s'était envolée et Ruel redevenait une énigme. Cependant, elle était certaine que quelque chose était en train de se modifier en lui.

— Tout est réglé, dit Medford en roulant les cartes et en se levant. S'il y a du changement, prévenez-moi ! Quand pensez-vous atteindre le bout du canyon ?

— Dans les temps. Nous avons des problèmes avec un éléphant solitaire, mais nous trouverons un moyen de vaincre cette difficulté.

— Je vous crois, sourit-il. Vous avez fait du bon travail.

Elle leva les yeux avec surprise.

— Vous le pensez vraiment ?

— C'est encore tôt pour l'affirmer, nuança-t-il. Mais j'ai été impressionné par votre rapidité. Je ne m'attendais pas à ça de vous.

— Je m'en étais rendu compte, dit-elle sèchement.

— Vous n'avez pas laissé votre relation avec Ruel gêner votre travail, comme je le craignais...

Il s'arrêta, l'air embêté.

— Je n'aurais pas dû aborder ce sujet.

— Pourquoi ?

— Ruel a menacé de m'arracher la langue si notre

conversation ne restait pas strictement professionnelle. Mais je ne suis pas homme à cacher ce que je pense, ajouta-t-il en haussant les épaules.

— Je l'ai remarqué, dit-elle en réfléchissant à ce qu'il venait de lui apprendre.

Pourquoi Ruel cherchait-il désormais à la protéger ?

— Il est temps que vous partiez, Medford, annonça Ruel à l'entrée de la chambre. Elle doit se reposer maintenant.

— Je m'en allais justement.

Il salua Jane de la tête en se dirigeant hâtivement vers la porte.

— J'espère que vous vous rétablirez vite, mademoiselle Barnaby.

— Au revoir, monsieur Medford.

— Il est resté trop longtemps, dit Ruel, mécontent. Je lui avais accordé une heure. Vous a-t-il fatiguée ?

— Non. Mais je me sens bizarre.

— La fièvre ?

Il marmonna un juron et vint lui tâter le front.

— Vous n'êtes pas chaude.

Elle tourna la tête pour éviter son contact.

— Je n'ai pas de fièvre. Je n'ai pas besoin d'être malade pour être déroutée par votre attitude. Pourquoi êtes-vous si gentil ?

— Par pur égoïsme, dit-il d'un ton ironique. J'ai besoin que vous soyez en pleine forme pour mon chemin de fer.

— Je... ne crois pas que ce soit ça.

Il se laissa tomber dans le fauteuil en face de la fenêtre.

— Quelle autre raison pourrais-je avoir ?

Elle aurait voulu voir son visage. Elle n'apercevait que ses jambes nonchalamment étendues devant lui et l'auréole dorée que formait le soleil sur ses cheveux.

— Peut-être parce que je suis tombée malade...

— Etes-vous en train de dire que j'ai pitié de vous ?

— Non.

Elle réfléchit un moment avant de reprendre :

— C'est parce que vous prenez soin de moi, je crois. Kartauk dit que certaines personnes sont des gardiens dans l'âme.

— Ah oui, il pense que vous faites partie de cette catégorie ! Je vous assure que je ne suis pas aussi généreux de nature...

— Vous vous êtes dévoué à Ian.

— Ian est l'exception.

— Vraiment ?

— Je crois l'avoir prouvé ces derniers jours, dit-il en se levant. Cette discussion m'ennuie. Vous jouez au poker ?

— Oui, mais pas aussi bien que Li Sung.

— Je m'en doutais ! Bluffer ne doit pas vous être facile.

Il ouvrit le tiroir de la table près de lui.

— Tandis que moi, j'ai vraiment atteint la perfection dans cet art.

— Alors pourquoi devrais-je jouer avec vous ?

— Pour passer le temps, rétorqua-t-il en s'asseyant et en commençant à battre les cartes. Et pour me donner une victoire. Je me sens en manque.

— Et moi, quelle satisfaction en tirerai-je ?

Il sourit.

— Je suis un bonimenteur, vous vous souvenez ? Je peux vous faire profiter de mon don de conteur. Venez, je vous raconterai comment j'ai trouvé ma première mine d'or.

— Jane est avec Ruel dans le pavillon d'été, dit Margaret en regardant Kartauk tasser le sable autour du modèle du sceau de Ian.

— Ah bon ? fit-il en haussant un sourcil broussailleux. Et cela trouble votre rigoureuse moralité écossaise ?

— Non, bien que ce doive être le cas. J'ai peur qu'il ne lui fasse du mal.

— Laissez-les tranquilles, Margaret ! Vous ne pouvez pas sauver le monde...

— Seul un barbare n'essaie pas de métamorphoser le Mal en Bien. Mais les données se brouillent parfois, n'est-ce pas ? fit-elle d'un air las.

— Votre inflexible rigidité serait-elle en train de se nuancer ? Jane n'est pas aussi vulnérable qu'elle l'était autrefois, et elle et Ruel doivent régler leurs affaires à leur manière et à leur rythme. Aucun d'eux ne vous remercierait de vous en mêler.

— Ruel est...

— Beaucoup de choses, l'interrompit-il. Et en sera bien d'autres encore avant d'être complètement formé. Ce sera intéressant à observer.

— Vous ne pensez pas qu'il soit mauvais ?

— Ruel ? Je suis sûr qu'il croit l'être, mais il ignore tout de la méchanceté.

— Et vous, vous la connaissez ?

— Oh oui, j'ai connu un maître en la matière !

— Abdar ?

Il hocha la tête.

— Un véritable monstre !

C'était la première fois qu'il ne parlait plus fugitivement d'Abdar.

— Alors pourquoi êtes-vous resté si longtemps avec lui ?

— Je travaillais pour son père et j'avais très peu affaire à lui jusqu'à l'année précédant mon départ. Le maharadjah avait alors commencé à se passionner pour son chemin de fer et Abdar avait reçu la permission d'user de mes services à sa guise. Au bout de six mois, j'étais dégoûté et déterminé à partir, fit-il en haussant les épaules.

— Quel genre de travail faisiez-vous pour lui ?

— J'ai fait une statue de sa déesse préférée, Kali. Une pièce assez splendide...

— Kali ?

— La déesse de la destruction. Abdar se considère comme son descendant direct, envoyé sur terre pour accomplir sa tâche, dit-il les lèvres crispées. Mais il croit aussi que son pouvoir doit être constamment nourri. Voilà pourquoi il avait besoin de moi.

— Pour créer des statues ?

— Non. Des masques...

— Des masques ?

— Des masques d'or, dit-il en se tournant pour la regarder. Etes-vous sûre de vouloir entendre ça ? Ce n'est pas une bien belle histoire.

— Oui, continuez !

— Abdar croit que son pouvoir est renforcé par l'émotion de ceux qui l'entourent, et plus l'esprit est fort, plus l'émotion nourricière est puissante. Mais les émotions sont éphémères et Abdar était de plus en plus frustré. Il prit la décision de figer l'émotion pour y puiser son pouvoir quand il le souhaitait. Et quel meilleur moyen de figer l'émotion que la mort ? fit-il en haussant un sourcil.

Elle écarquilla les yeux d'horreur.

— Je vous avais prévenue... Abdar croyait qu'en capturant le dernier sursaut d'émotion et d'énergie, il pourrait se l'approprier.

— Des masques mortuaires, murmura-t-elle. Il vous a fait faire des masques mortuaires ?

— Je lui en ai fait trois. Le premier était l'une de ses concubines, une jeune femme nommée Mirad. Pachtal m'apporta son corps un matin, m'expliquant qu'elle avait succombé à une attaque pendant la nuit et qu'Abdar souhaitait son masque en souvenir d'elle. Il devait être en or, le plus pur et le plus inaltérable des métaux. Je fis le masque. En fait, tout se passa très bien. La femme était belle et son expression était triste mais sereine. Une semaine plus tard, Pachtal m'amena un autre cadavre de femme en me bernant avec la même histoire. Ce masque fut beaucoup plus dur à faire. Les muscles du visage étaient déformés, figés dans une expression de douleur et de terreur.

— Une autre mort aussi rapprochée?

— J'ai eu la même réaction que vous, mais je ne me suis pas permis de le questionner. Le troisième corps qu'on m'amena fut celui d'un jeune garçon d'à peine onze ou douze ans, et son visage..., s'interrompit-il, les lèvres serrées. Je ne pouvais pas me mentir plus longtemps. Aucun homme sain d'esprit n'aurait voulu préserver ce visage pour l'éternité. J'ai refusé de faire le masque. Une heure plus tard, Abdar est venu me dire que je le ferais sans poser de questions ou qu'il me couperait les mains. Je devais être l'outil divin de Kali et créer ces masques pour qu'il s'en entoure et puise leur énergie.

— Il a assassiné ces gens? murmura-t-elle.

— Oh oui! avec l'aide de Pachtal! Ce dernier expérimentait différents poisons pour obtenir l'effet exact recherché par Abdar, qui avait décidé que la douleur générait la plus grande énergie. Pachtal avait donc reçu l'ordre de lui concocter un poison dans ce but.

— Vous avez raison, dit-elle, au bord de la nausée. Ce sont des monstres. Et Ruel pense qu'Abdar va venir ici?

Il hocha la tête.

— C'est pourquoi il travaille si dur pour se préparer à sa visite. Il veut en finir avec lui.

Elle le sonda du regard.

— C'est pour *cette* raison que vous êtes venu à Cinnidar, n'est-ce pas? Vous voulez aussi la mort d'Abdar.

— Je pense que le monde serait plus serein libéré de lui. Et je suis fatigué de me cacher. Mais ce n'est pas pour cette raison que je suis ici, ajouta-t-il en croisant son regard.

— Alors pourquoi êtes...

405

Elle inspira profondément. Un autre précipice. Ces jours-ci, il semblait que chaque mot, chaque geste, pouvait subitement devenir dangereux. Il se passa un moment avant qu'elle ne puisse porter son regard sur la boîte de moulage.

— Quand versons-nous l'or ?

— Bientôt, dit-il lentement. La patience est bonne conseillère, même quand l'attente est difficile.

Ruel dévisagea Jane.

— Vous bluffez !

Il étala son jeu.

— Deux rois !

Jane jeta ses cartes avec dégoût.

— Comment avez-vous deviné ? Je croyais avoir fait des progrès…

— Vous en avez fait, dit-il en ramassant les cartes. Aucun signe extérieur. Si je ne vous connaissais pas, j'aurais pu être dupe.

— Alors comment avez-vous su ?

— L'instinct. Ça ne s'explique pas…

— L'instinct ? Ce n'est pas possible. J'ai dû bouger un sourcil ou faire un geste quelconque. Je ferai attention la prochaine fois. A vous de distribuer !

Il posa les cartes sur la table.

— Plus tard ! C'est l'heure de la sieste…

— Je ne suis pas fatiguée, Ruel.

— Il faut vous reposer, insista-t-il.

— Je vais bien maintenant, protesta-t-elle. Je reprends le travail demain.

— J'y ai réfléchi. Vous auriez besoin d'une autre semaine de repos.

— Demain, répéta-t-elle fermement. Et je ne prendrai pas de repos…

Un coup frappé à la porte l'interrompit. Personne ne venait ici, à part Tamar qui leur apportait les repas, et l'après-midi venait juste de commencer.

Ruel ouvrit. C'était Dilam. Le cœur soudain plein d'appréhension, Jane bondit de sa chaise.

— Qu'est-ce qu'il y a? demanda-t-elle en traversant rapidement la pièce. Li Sung?

— Li Sung va bien. C'est l'éléphant.

Jane marmonna un juron.

— Combien de dégâts?

— Tout allait bien. Nous avons fini les réparations et étendu la voie sur plus d'un kilomètre au-delà du passage. Pendant tout ce temps, Danor n'est pas venu.

— *Combien* de dégâts?

— Nous pensions qu'il avait renoncé. Et puis la nuit dernière..., fit-elle en haussant les épaules. Quatre kilomètres de ligne démolis. Li Sung n'est pas content!

— Moi non plus, dit sombrement Jane.

— Il est parti à sa recherche.

Elle aurait dû se douter que Li Sung réagirait ainsi. Pourquoi diable était-il si obsédé par cet animal?

— Seul?

— C'est ce qui va se passer. Je l'ai envoyé à la mine demander l'aide des ouvriers, mais je sais que personne ne se joindra à lui.

— Alors pourquoi l'avoir envoyé là-bas?

— Pour avoir le temps de venir vous informer.

Elle fronça les sourcils d'un air soucieux.

— Je ne crois pas que Danor lui fera du mal, mais je ne... Vous irez à sa recherche, n'est-ce pas?

— Oui. Je dispose de combien de temps?

— Li Sung partira probablement cette nuit ou tôt demain matin.

— Et comment compte-t-il trouver cet éléphant? demanda Ruel.

Dilam le regarda avec surprise.

— Traquer un éléphant n'est pas difficile. Ils laissent des traces évidentes de leur passage, surtout dans la jungle. Branches cassées, arbres déracinés...

— Allez seller mon cheval, Dilam, lui demanda Jane. Je vous rejoins à l'écurie.

Elle ferma la porte et se dirigea vers l'armoire.

— Ceci ne nous retardera pas, dit-elle à Ruel. Dilam supervisera l'équipe pendant que Li Sung et moi nous chargerons de l'éléphant.

— Si vous ne rechutez pas en parcourant la jungle à la recherche de Li Sung…

— Je pars à sa recherche !

— Je n'essaie pas de vous en dissuader. Je sais que ce serait inutile, dit-il en se dirigeant vers la porte. La morale interdit que vous preniez soin de votre santé quand Li Sung veut tuer un éléphant.

— Puis-je vous rappeler que cet éléphant détruit votre chemin de fer ?

— Il pourrait aussi détruire…

Il s'interrompit et ouvrit la porte.

— Je vous retrouverai à l'écurie. Je dois rassembler quelques affaires avant de partir.

— Vous retournez à la montagne ?

— Non, je vais chasser l'éléphant.

La porte claqua derrière lui.

— Je vais installer le camp.

Ruel la descendit de son cheval et s'éloigna.

— Asseyez-vous avant de vous écrouler !

— Je peux tenir…

— Bien sûr ! Vous êtes blanche comme un linge et vous avez chancelé sur votre selle pendant les trois derniers kilomètres, dit-il sarcastiquement. Mais vous êtes en pleine forme !

Elle était trop fatiguée pour rétorquer. Il avait été de mauvaise humeur depuis leur départ, et elle avait les nerfs à bout. Elle s'assit contre une souche d'arbre et le regarda desseller les chevaux et rassembler du bois pour le feu.

Ils ne parlèrent pas jusqu'à ce que le repas soit fini et que Ruel jette les restes dans le feu.

— Vous n'avez pas beaucoup mangé, remarqua-t-il avec brusquerie. Comment voulez-vous retrouver vos forces en mangeant si peu ?

— C'était suffisant. Je pensais que nous aurions déjà trouvé Li Sung, dit-elle en changeant de sujet.

— Moi aussi. Nous avons avancé assez vite ; il doit être proche. Nous le rattraperons sûrement demain matin.

Il étendit leurs sacs de couchage de chaque côté du feu.

— S'il n'est pas devenu complètement dingue et n'essaie pas de continuer sa chasse en pleine nuit...

— Li Sung n'est pas devenu dingue !

— Nous le sommes tous. Pour quelle autre raison serions-nous au milieu de la jungle à la poursuite d'un fichu éléphant ?

— Vous n'étiez pas forcé de venir avec moi...

— Vraiment ?

— Je me serais très bien débrouillée seule.

— Je ne le fais pas pour vous, dit-il d'un ton crispé. J'ai besoin que cette voie soit terminée avant qu'Abdar ne décide de nous rendre visite.

— Elle sera terminée !

— Et le premier chargement pour le port sera probablement votre corps.

Elle en eut subitement assez.

— Que vous importe ? lança-t-elle en le défiant du regard. Vous seriez débarrassé de moi, non ?

— Je ne serai *jamais* débarrassé de vous.

Il fit volte-face et la mit brusquement debout, ses yeux luisant sauvagement dans son visage résolu.

— Je ne veux pas être débarrassé de vous. Je vous veux vivante. Je vous veux... Bon Dieu, je vous veux pour le restant de mes jours.

Elle le fixa, interdite.

— Arrêtez de me regarder ainsi ! Croyez-vous que ça me plaise, que je n'aie pas lutté contre ? Mais c'est là, nom de Dieu, et je n'y peux rien !

Elle eut un rire nerveux.

— Quelle tendre déclaration!... Ne vous inquiétez pas, je suis sûre que ce n'est qu'une crise temporaire.

— Une crise qui dure depuis trois ans. Sans me l'avouer, je savais déjà à Kasanpour qu'il n'y avait pas d'issue, et maintenant la boucle est bouclée.

Ses mains tenaient ses épaules d'une étrange façon, comme pour la supplier.

— Et il y a parfois... de la tendresse.

— Vous voulez dire de la pitié!

Elle s'écarta de lui.

— Vous êtes la seule à le penser. J'ai eu tellement peur de vous perdre... Je ne vais pas vous perdre, Jane. Plus jamais!

Elle sentit la panique monter en elle. Tout avait semblé si clair. Elle avait été si certaine de sa capacité à le combattre et voilà qu'elle éprouvait une étrange faiblesse mêlée d'incertitude. Elle ne devait pas le laisser l'émouvoir.

— Me perdre? Vous ne m'avez jamais eue. Vous ne m'aurez jamais. Je ne suis pas assez idiote pour vous laisser vous rapprocher de moi après tout ce qui s'est passé.

— Nous sommes déjà très proches. Si proches que nous faisons presque partie l'un de l'autre. Vous le sentez et moi aussi. Même les océans ne nous ont pas vraiment séparés.

L'intensité de son émotion commençait à l'atteindre, à la cerner, à l'attendrir.

— Non, murmura-t-elle.

— Si, fit-il en touchant doucement sa joue. Oh oui, nous devons nous appartenir. Nous devons être ensemble...

— Ian.

Il se figea.

— Je peux l'assumer.

— Pardonner? Oublier? demanda-t-elle en souriant tristement. Pas vous, Ruel.

410

— Je l'assumerai, répéta-t-il. Je n'ai pas le choix.

— Mais moi je l'ai.

Elle se détourna et se dirigea vers son sac de couchage.

— Et je n'ai pas l'intention de vous laisser à nouveau me faire souffrir. Vous n'avez cessé de me manipuler depuis notre rencontre, mais c'est fini maintenant. Quand tout cela sera terminé, je serai libre de vivre ma vie comme je l'entends et vous n'en ferez pas partie. Je n'arrive pas à croire que vous m'imaginiez souhaitant autre chose, ajouta-t-elle en se forçant à le regarder.

— Alors, je devrai vous faire changer d'avis, c'est ça ?

Un sourire sardonique étira ses lèvres.

— Oh, je sais que ce ne sera pas facile après ce que je vous ai fait. Je ferai ce que je peux pour nous faciliter le chemin... mais vous devrez aussi y mettre du vôtre.

18

Ils ne rattrapèrent Li Sung que le lendemain, en fin d'après-midi.

— Li Sung !

Li Sung se raidit à l'appel de Ruel. Quand il se retourna, le soulagement qu'avait ressenti Jane en le voyant laissa immédiatement place à l'inquiétude. Il était blême, ses lèvres étaient crispées par l'épuisement et son expression ne reflétait qu'un mécontentement manifeste.

— Vous ne devriez pas être ici !

— Toi non plus. Tu es malade ? Tu as une mine horrible...

— Toi aussi ! Et c'est toi qui as été malade. Moi

j'ai simplement souffert de chevaucher trop long-temps.

Une seule demi-journée de cheval était déjà une torture pour lui, et il venait de s'imposer trois jours entiers à ce rythme.

— Ça t'apprendra à aller chasser l'éléphant sans moi, déclara-t-elle d'un ton léger pour cacher son inquiétude.

Il grimaça.

— J'avais trop peur que tu ne t'attendrisses quand je l'aurais attrapé. Je veux le tuer, pas l'adopter.

— Tu te trompais. Ce n'est pas un chien ou un chat, et il détruit mon chemin de fer. As-tu une idée d'où il est?

— Pas loin...

— Comment le savez-vous? demanda Ruel. Vous l'avez entendu?

— Non!...

— Alors il pourrait très bien être en train de retourner au passage par un autre chemin.

— Non!

D'un geste impatient, il empêcha Ruel de répliquer.

— Et je ne sais pas comment j'en suis sûr, mais j'en suis sûr. Je vous le dis, il est juste devant.

— Je n'ajouterai rien, dit Ruel. Je crois énormément en l'instinct. S'il est aussi près que vous le dites, alors nous pouvons faire halte pour la nuit. Cette clairière est l'endroit idéal. Nous aurons l'eau de l'étang que nous venons de dépasser.

— Il est encore tôt, nota Li Sung en fronçant les sourcils. Si je reste sur sa trace, je peux peut-être le rattraper.

— Ou peut-être pas, dit Ruel en descendant de cheval. Et même si nous le rattrapons, nous serons trop fatigués pour représenter une menace pour lui.

Li Sung se raidit.

— Je suis fatigué, pas impuissant...

— Je ne parlais pas de vous.

Il fit descendre Jane de son cheval.

— Jane a été malade, vous vous en souvenez ? fit-il tout en la fusillant du regard. Il se peut que vous continuiez à ce train d'enfer sans vous effondrer, mais il n'y a pas que vous sur terre.

— Elle n'aurait pas dû venir...

— Nous sommes ici maintenant. Faites avec !

Li Sung hésita avant de hocher la tête à contre-cœur.

— Très bien !...

Il mit pied à terre et dut se retenir au pommeau de sa selle alors que ses jambes engourdies menaçaient de se dérober.

— Je vais chercher du bois pour le feu, déclara vivement Jane, ignorant volontairement ce signe de faiblesse.

— Je le ferai ! dit-il en lâchant le pommeau. Danor a laissé sur son passage assez d'arbres abattus pour couvrir nos besoins.

Il boitilla jusqu'au chemin tracé par l'éléphant.

— Vous avez bien fait de ne pas lui montrer que vous vous inquiétiez pour lui, dit-elle à voix basse.

— J'ai seulement dit la vérité. C'est pour vous que je m'inquiète, bon sang.

Il se détourna avant qu'elle ne puisse répondre.

— Je vais installer le camp. Allez lui parler ! Voyez si vous pouvez le persuader de rester pendant que j'irai chasser l'éléphant.

— Seul ? s'étonna-t-elle. Ne me dites pas que vous avez été aussi chasseur d'éléphants ?

Il secoua la tête.

— Les seuls animaux que j'aie jamais chassés étaient les rats des égouts de Londres.

— Un rat n'a rien à voir avec un éléphant !

— Le principe est le même. Je suis au moins plus qualifié que vous ou Li Sung, dit-il en défaisant les attaches de sa selle. Allez lui parler !

Elle resta là à le regarder. La simple idée qu'il affronte seul cet éléphant dément la paniquait.

— Allez lui parler! répéta-t-il.

Elle se hâta de rejoindre Li Sung.

— Tu as été très stupide, lui dit-elle dès qu'elle l'eut rattrapé. Je t'avais dit que nous trouverions une solution.

Il ne répondit pas.

— Tu ne peux pas prétendre être ici pour l'empêcher de causer plus de dégâts. C'est juste une excuse. Tu as un désir malsain de détruire cet éléphant.

Il ne répondit toujours pas. Elle devait arriver à briser ce mutisme.

— Ruel veut que nous restions ici pendant qu'il ira chasser Danor.

— Non!

Il lui fit face, la fusillant du regard.

— Il est à *moi*!

Que lui arrivait-il? Elle n'avait jamais vu Li Sung se passionner à ce point pour quoi que ce fût.

— Je n'ai pas dit que je le laisserai faire. J'ai juste dit que…

— Ce ne sont pas tes affaires! Retourne au site!

— Mais je m'inquiète pour toi. Exactement comme tu t'inquiéterais pour moi si je courais après un éléphant fou dans la jungle.

La colère quitta son visage, et il détourna les yeux.

— Tu as raison. Je ressentirais la même chose…

— Alors nous le chasserons ensemble.

Il hocha la tête à contrecœur.

— Très bien!

Ils marchèrent un moment en silence.

— Mais tu te trompes.

Son regard revint automatiquement au chemin que Danor s'était frayé à travers les arbres.

— Je ne cours plus après Danor.

Elle l'interrogea du regard.

— Il attend.

— Quoi ?

— Il m'attend, murmura-t-il.

— Et que ferez-vous quand vous tomberez nez à nez avec lui ? demanda Ruel en déplaçant les bûches dans le feu.

— Je lui tirerai dessus !

— Un éléphant ne doit pas avoir beaucoup d'endroits vulnérables.

— Je viserai les yeux, rétorqua Li Sung en fixant les flammes. Dilam a dit que c'était le seul moyen de le tuer rapidement.

— Tu n'es pas un grand tireur, lui rappela Jane. Et tu n'auras peut-être pas une seconde chance.

— Je penserai à ça quand je l'aurai trouvé !...

— Tu ne penses pas du tout. Tu ne fais que suivre tes impulsions.

— Peut-être.

Il leva les yeux de sa tasse de café.

— Mais il est inutile d'essayer de me dissuader.

— Je ne comprends pas. Pourquoi fais-tu ça ?

— Il a essayé de me tuer.

— Tu réagis comme s'il avait tout prémédité. C'est un éléphant, bon sang !

Li Sung haussa les épaules et ne répondit pas.

— C'est justement ça, n'est-ce pas ? demanda brusquement Ruel. C'est parce qu'il *est* un éléphant.

Li Sung le regarda impassiblement.

— Le pouvoir, dit doucement Ruel en observant Li Sung. Dites-moi, allez-vous aussi manger son cœur ?

— Quoi ?

— J'ai entendu parler d'une tribu au Brésil dont les guerriers mangent le cœur de leurs ennemis capturés, pensant ainsi absorber leur force et leur courage.

— Et vous me croyez enclin à de telles superstitions ?

— Qu'en dites-vous ?

— Je ne suis pas stupide ! Je suis conscient de ne chercher que la vengeance. C'est parfois suffisant.

— Et parfois ça ne l'est pas, nota Ruel d'un air las.

— Vous me surprenez… Je n'aurais pas cru que vous comprendriez ce que je ressens en ce moment.

— Oh si, je le comprends, dit-il en regardant Jane. Personne ne peut comprendre la vengeance mieux que moi. N'est-ce pas, Jane ?

Son ton de dérision cachait une douleur qui lui fit mal. Elle avait envie de s'approcher de lui, de le toucher, de le consoler…

— Nous ferions mieux de nous coucher si nous voulons lever le camp à l'aube, se hâta-t-elle de déclarer. Pourquoi ne…

Un long barrissement retentit dans le silence de la nuit. Li Sung se redressa, son regard filant du côté du chemin à l'ouest.

— Il est proche…

Il avait sûrement raison, pensa Jane. Mais ce cri était curieusement différent du barrissement de colère qu'elle avait entendu l'autre nuit sur le chantier. On aurait dit…

Li Sung s'était levé, fusil au poing.

— Li Sung, attends le matin ! le pressa-t-elle. S'il est si proche que ça, quelques heures de plus ne changeront rien.

— Maintenant !

Il jeta une cartouchière sur son épaule et s'éloigna du camp.

— Attendez le matin si vous voulez. Je n'ai pas besoin de vous.

— Vous n'êtes qu'une tête de mule ! s'emporta Ruel en commençant à éteindre le feu. Pouvez-vous au moins attendre que nous ayons sellé les chevaux ?

— Pas la peine.

Ses mots se perdirent dans la jungle qui se referma sur lui.

— Il est proche…

Jane bondit sur ses pieds et courut après lui. Elle entendit Ruel l'appeler, mais ne prit pas le temps de répondre.

L'éléphant barrit à nouveau. Faisant signe. Appelant.

Attirant Li Sung à sa perte.

— Bon sang, attends-moi, Li Sung! cria Jane.

— Ne vous fatiguez pas!

Ruel écarta une branche épineuse pour lui permettre de passer.

— Ça ne va pas l'arrêter! Essayez juste de suivre le rythme!

Comment Li Sung pouvait-il progresser si vite avec sa jambe infirme? Il traversait la jungle pratiquement au pas de course.

L'éléphant barrit encore, plus proche.

Ce cri l'emplit à la fois de peur, de malaise et de perplexité. Quelque chose en lui la dérangeait. Bien sûr qu'il la dérangeait, se dit-elle avec impatience. Ce maudit éléphant mettait Li Sung en danger.

— Li Sung!

Il avait enfin décidé de l'attendre, pensa-t-elle, soulagée, en le voyant s'arrêter quelques centaines de mètres devant eux. Mais en se rapprochant, elle s'aperçut qu'il fixait quelque chose, le corps bizarrement rigide.

— C'est l'éléphant? Attention à...

Elle se tut en découvrant la raison de son saisissement.

Des squelettes.

Des os blancs et luisants partout, drapant la clairière d'une macabre couverture.

— Qu'est-ce que c'est? souffla-t-elle.

— Un cimetière d'éléphants, dit Li Sung. Voilà sûrement pourquoi ils voyagent vers l'ouest...

— Je ne comprends pas...

— Dilam a dit que lorsqu'un éléphant sent qu'il va

417

mourir, il parcourt parfois de très grandes distances pour rejoindre l'endroit où il doit mourir. Un endroit comme celui-ci.

— Mais pourquoi Danor est-il venu ici? demanda pensivement Ruel.

Li Sung souleva ses épaules comme pour se débarrasser de la vue oppressante qui s'offrait à lui.

— Comment savoir? fit-il avec un sourire sinistre. Peut-être sent-il que je vais le tuer?

Le barrissement s'éleva à nouveau. De l'autre côté de la clairière, à la lisière des arbres, la massive silhouette de l'éléphant se discernait à peine.

Li Sung poussa un sourd grognement de satisfaction et s'engagea dans la clairière tapissée d'ossements. Jane et Ruelle le suivirent rapidement.

L'éléphant les regarda approcher, immobile.

— Pourquoi ne charge-t-il pas? murmura Jane.

— J'aimerais autant qu'il se retienne, dit sèchement Ruel.

Li Sung était arrivé à portée de l'éléphant. Il baissa la détente de son fusil.

L'animal ne bougea pas.

La lune sortit de derrière les nuages, éclairant le paysage et la tête de Danor.

— Attends! cria Jane en lui agrippant le bras. Il y a quelque chose...

— Laisse-moi, dit Li Sung en essayant de se dégager d'elle.

— Non! Je vois quelque chose...

Elle courut vers l'éléphant.

— Jane! appela Ruel.

— Il ne va pas me faire de mal. Vous ne voyez pas...

Elle s'arrêta à quelques mètres de l'animal, s'assurant d'être dans la ligne de tir de Li Sung.

— Pousse-toi, Jane!

— Viens voir, répondit-elle sans lâcher Danor des yeux.

418

Elle avait raison, la lueur de la lune révélait quelque chose d'humide et de brillant sur sa face.

— Pour qu'il puisse encore essayer de me piétiner ?

Ruel parvint aux côtés de Jane.

— Bon Dieu, Jane, vous avez envie de mourir ? Que diable...

— Chh...

Elle désigna une imposante silhouette au sol, à gauche de Danor.

— Je pense que c'est...

— Un autre éléphant.

Ruel s'avança prudemment, gardant un œil sur Danor.

— Restez là ! Je vais voir...

Danor leva sa trompe et lança un barrissement, menaçant cette fois. Ruel se figea.

— Je ne crois pas que je pourrai aller plus loin. Il ne semble pas m'aimer.

— Il n'aime personne, dit Li Sung en boitillant vers eux, le fusil prêt à servir au creux de son bras. Et si vous ne restiez pas au milieu, je lui réglerais son compte.

— Il ne veut faire de mal à personne, dit Jane. Il est en train de protéger... Tu ne vois pas ? *Il pleure*, Li Sung !

— Absurde !

— Tu ne le regardes même pas. Je te dis qu'il pleure.

Elle lui montra l'éléphant au sol.

— Nous devons essayer de l'aider.

— Quand j'aurai tué Danor, nous nous occuperons de l'autre éléphant.

— Arrête ! s'exaspéra-t-elle. Tu n'as pas besoin de le tuer maintenant !

— La nécessité ne s'accorde pas toujours avec le désir...

Il leva son fusil. Jane s'avança vers l'éléphant.

— J'ai dit non !

Danor se balança d'avant en arrière, se tournant agressivement vers elle.

Ruel la saisit par le bras.

— Il ne vous aime pas non plus, bien que vous soyez la seule déterminée à le sauver.

Brusquement, Li Sung fonça droit sur l'éléphant.

— Je savais que j'aurais dû t'interdire de m'accompagner. Te faut-il la preuve de sa perversité? Allez, tourne-toi vers moi maintenant, dit-il en visant l'animal.

Danor ne bougea pas, le regard fixé sur Li Sung. Une autre larme coula le long de sa face rugueuse avant qu'il ne baisse sa trompe sur la tête de l'éléphant à terre et ne se mette à le tirer par à-coups comme s'il voulait le relever.

Li Sung s'arrêta derrière l'éléphant couché, frustré que Danor ignore ses provocations.

— Est-il mort? demanda Jane.

Li Sung baissa les yeux sur l'animal inerte.

— Je ne sais pas...

Il posa la main sur son flanc.

— C'est chaud. Peut-être pas...

— Alors pourquoi Danor se lamente-t-il?

Elle s'approcha un peu plus.

— C'est une femelle?

— Oui...

— Ce doit être sa compagne.

— Possible. Et maintenant qu'il t'a brisé le cœur, tu vas le laisser détruire le reste du chemin de fer pour soulager sa douleur, ironisa-t-il.

— Je n'ai pas dit ça. Mais nous devons l'aider si nous le pouvons. Nous...

Danor venait de lever la tête et la fixait.

— Regarde si nous pouvons faire quelque chose! Il ne laissera personne d'autre que toi l'approcher.

— Ce qui prouve sa stupidité!

Il fit le tour de l'éléphant couché.

— La femelle est morte. Ses yeux sont ouverts et...

420

— Qu'est-ce qu'il y a ?

— Un bébé...

— Quoi ?

— Tu m'as bien entendu.

Il s'approcha encore, le regard posé sur l'animal caché par la masse de la femelle.

— Un petit éléphant.

— Vivant ? demanda Ruel.

Li Sung hocha la tête.

— Il essaie de téter.

— Quel âge ?

— Comment le saurais-je ? dit Li Sung avec irritation. Quelques jours, je suppose...

— Je veux le voir, déclara Jane.

— Evidemment ! Une autre créature sans défense à dorloter, dit Li Sung d'un ton sarcastique. Ce n'est pas une poupée, Jane.

— Je veux le voir, s'obstina-t-elle. Danor semble t'accepter. Reviens et prends-nous par la main pour nous amener près de la femelle.

— Et avec quelle main tiendrai-je le fusil ?

— Tu n'en auras pas besoin, dit Jane, exaspérée. Regarde-le !

— Je porterai le fusil, déclara Ruel. Vous feriez mieux de faire ce qu'elle dit, Li Sung. De toute façon, elle suivra son idée.

— Je sais, dit Li Sung en revenant vers eux.

Il tendit le fusil à Ruel et les prit tous les deux par la main.

— Maintenant, il va probablement nous envoyer tous les trois au cimetière des éléphants.

— Chut, Li Sung.

Jane se tendit alors que Danor levait la tête et les regardait. Sans colère, seulement avec une tristesse insoutenable, et de la résignation. Puis il baissa la tête et se remit à pousser et à secouer doucement sa compagne pour qu'elle se relève.

— Ça va aller, dit Jane en contournant le corps de la femelle.

L'éléphanteau était couché pattes étendues, s'évertuant à téter sa mère.

— Pauvre bébé, murmura Jane, les larmes aux yeux.

— Non! s'insurgea Li Sung. Arrête, Jane!

— Nous ne pouvons pas le laisser mourir.

— Nous ne pouvons pas le sauver. Il a besoin de lait et sa mère est morte. Qui va l'allaiter?

— Si nous arrivons à le ramener au troupeau, une femelle l'adoptera peut-être.

— Le troupeau peut se trouver à plus de cent kilomètres à l'est…

— Alors nous ferions mieux de partir tout de suite!

— Et comment les trouverons-nous?

Jane désigna Danor.

— Tu crois qu'il va nous y conduire, comme un cheval retourne à son écurie?

— Dilam a dit qu'il était supérieurement intelligent.

Elle fronça pensivement les sourcils.

— C'est peut-être pour ça qu'il a arraché les rails.

— Il l'a fait par plaisir!

Elle secoua la tête.

— Il voulait attirer notre attention, pour que nous l'aidions à sauver le bébé. Nous devons essayer.

— Non!

— Si! intervint Ruel.

Li Sung lui fit face.

— Vous approuvez cette folie?

— Elle veut que ce soit fait. Alors nous le faisons, dit-il en haussant les épaules.

Jane le regarda avec surprise. Il sourit.

— Je vous ai dit que je ferais des efforts. Il faut bien commencer un jour…

Elle se retourna vers Li Sung.

— C'est à toi de séparer le bébé de sa mère. Danor ne nous laisserait pas faire.

Elle repartit en direction du camp.

— Je vais ranger nos affaires. Ruel, restez avec Li Sung ! Il peut avoir besoin d'aide…

Une heure plus tard, Li Sung et Ruel revenaient au camp, dirigeant devant eux le petit éléphant. Le bébé chancelait à chaque pas sur ses pattes mal assurées et affaiblies par le manque de nourriture.

— Avez-vous eu des problèmes ? demanda Jane à Ruel.

— Pas avec Danor. Il a laissé Li Sung faire tout ce qu'il voulait.

Il grimaça en désignant l'éléphanteau de la tête.

— Mais nous avons eu du mal à convaincre ce petit gars de quitter sa mère…

— Où est Danor ?

— Il essaie toujours de la réveiller. Nous devrons sûrement trouver le troupeau par nous-mêmes.

— Il est si mignon !

Elle caressa tendrement la trompe de l'éléphanteau.

— Il faut lui donner un nom.

— Pourquoi ? intervint Li Sung. Pour que tu aies un nom à pleurer quand il mourra ?

— Il ne mourra pas.

L'éléphanteau enroula sa trompe autour de son poignet.

— J'ai toujours aimé le prénom Caleb. Il s'appellera Caleb.

Li Sung laissa échapper un son entre le grognement et le ricanement.

L'éléphanteau lâcha le poignet de Jane et tituba vers elle. Elle fronça les sourcils.

— Il n'a pas l'air assuré sur ses pattes.

— Il est faible, dit Ruel.

— Comment pouvons-nous le nourrir, Li Sung ?

Li Sung la fixait d'un air obtus, sans répondre.

— Li Sung ?

— Il mourra de toute façon !

— Nous n'en savons rien. Dis-moi avec quoi le nourrir !

— De l'eau ou du lait, répondit-il à contrecœur. Il est probablement trop jeune pour autre chose.

Les pattes de Caleb flanchèrent et il s'effondra. Cette fois, Li Sung parut aussi touché que Jane.

— Il a besoin de lait, mais l'eau suffira peut-être à tromper sa faim. Je vais à l'étang en chercher.

Il prit la gamelle accrochée à sa selle et s'éloigna.

— Cette dureté ne lui ressemble pas, murmura Jane en le suivant des yeux. Je ne le comprends pas.

— Moi oui, déclara Ruel. Il se sent floué. Il s'était préparé à la guerre et il se retrouve à faire la nounou pour le rejeton de son adversaire. Pas facile à accepter !

— Danor ne le considère pas comme un adversaire.

— Il ne peut pas non plus accepter ça, dit-il en se dirigeant vers la jungle. Surveillez Caleb, je reviens tout de suite !

— Où allez-vous ?

— Il ne sera pas capable de marcher. Je vais chercher des branches pour fabriquer une civière que j'attacherai à mon cheval.

— Ruel ?

Il la regarda par-dessus son épaule. Elle caressa doucement la trompe de l'éléphanteau.

— Il va vivre, n'est-ce pas ?

— Vous voulez qu'il vive, alors il vivra, affirma-t-il sans équivoque.

Il disparut derrière la lisière des arbres.

C'était absurde de ressentir ce soulagement. Mais le mandarin avait parlé, et s'il avait été capable de tirer Ian des griffes de la mort, pourquoi pas cette petite créature sans défense ?

Nugget ne protesta pas quand Ruel fixa les deux bras de la civière à la selle, mais se cabra quand Caleb y fut installé, tout près de son arrière-train. Le cheval de Li Sung et Bedelia eurent la même réaction lorsque Ruel tenta la même opération.

— Bon sang, il ne manquait plus que ça! marmonna Ruel.

— A quoi vous attendiez-vous en mettant un éléphant et un cheval en tandem? demanda Li Sung.

— Qu'allons-nous faire? s'inquiéta Jane.

— Il semble que nous n'ayons pas le choix, dit Ruel en commençant à faire un harnais avec une corde. Vous conduirez Nugget et je ferai la bête de somme.

— Bien que je mesure le bénéfice qu'aura cette expérience d'humilité sur votre caractère, puis-je vous rappeler qu'il pèse plus de quatre-vingt-dix kilos? remarqua Li Sung.

Ruel fixa le harnais sur ses épaules.

— Allons-y!

— Attendez!

Jane sortit deux chemises de son paquetage et les coinça sous les cordes pour protéger ses épaules.

— J'ai peur que ça ne serve pas à grand-chose avec un tel poids.

— Merci!

Elle monta en selle.

— Dites-nous quand vous aurez besoin de vous arrêter...

— Ne vous inquiétez pas, dit-il tandis que son premier pas lui arrachait une grimace. Je vous assure que je le ferai.

Ils firent deux haltes durant la nuit mais n'installèrent le camp que juste avant l'aube, dans une petite clairière proche d'une rivière.

— Li Sung, va chercher de l'eau pour Caleb pendant que je fais le feu, dit Jane en descendant de cheval.

— Je ne vis que pour servir, remarqua sarcastiquement Li Sung en prenant les gamelles et en s'éloignant. Me voilà maintenant porteur d'eau pour un éléphant.

— Et à quelle tâche suis-je assigné ? demanda Ruel.

— Li Sung et moi pouvons nous charger de tout, répondit-elle en commençant à rassembler du bois. Reposez-vous !

— Serais-je chouchouté ? C'est inhabituel...

— Il est normal que vous vous reposiez après avoir traîné un éléphant derrière vous pendant six heures.

— Je ne proteste pas.

Il défit son harnais et s'assit à côté de la civière de Caleb.

— Chouchoutez-moi !

La fatigue se faisait jour à travers son habituel ton moqueur. Elle se tourna pour le regarder, mais l'obscurité l'empêchait de voir son expression.

— Le rembourrage a été efficace pour vos épaules ?

— Assez...

Elle s'agenouilla pour empiler le bois et alluma le feu avant de tourner la tête vers lui.

— La civière a miraculeusement bien tenu avec ce poids sur...

Il y avait du sang sur sa chemise. Elle se redressa d'un bond et se précipita à ses côtés. Il était pâle, ses traits reflétaient l'épuisement.

— Vous m'avez menti. Le rembourrage n'a pas été efficace...

Il haussa les épaules.

— C'était mieux que rien...

Elle s'agenouilla près de lui et déboutonna sa chemise.

— Nous le doublerons demain. Et je peux aider. Je peux tirer de mon côté.

— Vous n'êtes pas encore remise de votre fièvre. Je me débrouillerai seul.

426

— Ne soyez pas stupide ! Je gagne des forces de jour en jour, et il n'y a pas de raison pour que...

La vue des vilaines écorchures labourant ses épaules lui coupa la parole. L'épaule droite était particulièrement mal en point.

— Mon Dieu, vous avez dû affreusement souffrir, murmura-t-elle.

— Ce n'était pas une partie de plaisir...

— Vous auriez dû me le dire !

— Pour que vous pleuriez sur moi comme sur Caleb ? demanda-t-il en souriant. Que j'aie versé mon sang pour vous ne fait pas fondre votre cœur ?

— Ne plaisantez pas, dit-elle d'une voix voilée.

Elle alla chercher une gamelle et un linge, revint s'agenouiller près de lui et commença à nettoyer les plaies.

— Pourquoi faut-il que vous plaisantiez toujours ?

— Pour montrer quel solide et vaillant spécimen je suis.

Sa main tremblait tandis qu'elle terminait de nettoyer son épaule.

— Nous devons trouver un autre moyen d'aider Caleb. Vous ne pouvez pas continuer ainsi.

— Si, je le peux !

— C'est moi qui ai décidé d'emmener Caleb. Je ne peux pas vous laisser souffrir à cause de...

— Je vais le faire, Jane.

— Pourquoi ?

— Parce que alors vous saurez que chaque goutte de sang que je verse est pour vous, dit-il en retenant son regard. Et à chaque fois que vous prendrez soin de mes blessures, ça vous rapprochera de moi.

— De quoi parlez-vous ?

— Vous l'avez dit vous-même, Jane. Quand vous vous occupez de quelqu'un, il vous appartient.

Il baissa les yeux sur ses mains en train d'appliquer le bandage.

— Je veux vous appartenir.

Jane le regardait en silence, incrédule.

Il tourna la tête vers Caleb et un sourire illumina brusquement ses traits.

— En plus, j'aime ce petit gars. Je le ferais même si je ne vous courtisais pas.

— Me courtiser ? Nous ne pouvons pas revenir en arrière, affirma-t-elle.

— Je ne veux pas revenir en arrière. Je veux un nouveau départ.

— C'est impossible !

Elle termina le bandage et examina son épaule gauche. Les blessures n'y étaient pas aussi profondes.

— Je vois qu'il vous a marqué, dit Li Sung qui revenait avec la gamelle pleine d'eau. Le digne fils de son père !

En dépit de ses paroles, ses gestes et son expression étaient doux quand il s'agenouilla près de l'éléphanteau et lui donna délicatement à boire.

— Il finira en assassin solitaire lui aussi...

Jane était trop fatiguée et émue par ce qu'elle venait d'entendre pour répliquer à Li Sung.

— Allez vous coucher, leur dit-elle en gagnant son propre sac de couchage.

— C'est une bonne idée, dit Ruel en s'étendant sur la couverture à côté de Caleb et en fermant les yeux.

— Vous ne pouvez pas dormir là, s'inquiéta Jane.

— Je suis trop fatigué pour bouger...

— Je vais préparer votre sac de couchage.

— Non, ça va très bien..., dit-il en se tournant sur le côté. Quatre heures. Pas plus. Nous devons ramener Caleb au...

Sa voix s'éteignit alors qu'il glissait dans un profond sommeil.

Li Sung l'y suivit bientôt, mais Jane fut incapable de s'endormir malgré l'épuisement. Les actes et les paroles de Ruel l'avaient projetée dans un tourbillon d'émotions infinies.

Le craquement des feuillages les réveilla au milieu

de la nuit. Danor les regardait depuis la lisière des arbres. Ses yeux brillaient à la lueur du feu, rappelant à Jane l'image effrayante de son regard fou quand il s'était attaqué aux rails.

Mais la peur la quitta quand il s'approcha lentement de la civière où était couché l'éléphanteau. Sa trompe s'enroula autour du cou de Caleb et il se mit à le secouer doucement, comme il l'avait fait avec sa compagne. Le bébé était à présent trop faible pour réagir autrement qu'en levant la tête, sa trompe cherchant celle de Danor et se liant à elle.

La scène était tellement touchante que Jane en eut les larmes aux yeux.

Puis Danor libéra sa trompe, recula et disparut à nouveau dans la jungle.

— Il perturbe notre sommeil et nous laisse son gosse sur les bras, dit Li Sung avec aigreur. Nous ne le reverrons probablement jamais...

— Il est parti dans la direction du passage, nota Ruel.

— Alors il rejoint le troupeau. Cela ne veut pas dire que nous le reverrons.

Li Sung se rallongea et ferma les yeux. Jane secoua la tête avec résignation et remonta son sac de couchage sur ses épaules. Elle n'avait jamais vu Li Sung aussi borné. Il avait tort. Elle savait que Danor s'inquiétait du bébé.

Il n'était pas le seul... Son regard se porta sur l'éléphanteau. Il ne cessait de s'affaiblir. L'eau qu'ils lui donnaient calmait sa faim, mais combien de temps pourrait-il vivre sans se nourrir?

— Il vivra!

Ruel l'observait.

— Vous croyez? murmura-t-elle. Même si nous rejoignons le troupeau à temps pour le sauver, nous ne trouverons peut-être pas de femelle prête à le nourrir.

— Dans ce cas, j'irai au village chercher des chèvres.

Malgré son inquiétude, l'idée de Ruel transformé en berger la fit rire.

— Il faudrait un troupeau entier pour le nourrir...

— Alors j'amènerai un troupeau!

Elle cessa de rire en croisant son regard. Il le ferait, sans aucun doute. Sa patience et sa détermination paraissaient sans limites.

— Vous ne voulez pas arrêter ce bavardage? intervint Li Sung. Cela ne suffit pas que Danor nous ait laissé la charge de son rejeton, il faut en plus que vous en parliez toute la nuit?

— Il te plaît? demanda Margaret, impatiente de connaître son avis. Je n'ai pas réussi à reproduire le blason de Glenclaren, alors j'ai seulement mis tes initiales et une feuille de bruyère.

— C'est très joli!

Ian toucha délicatement le sceau en or du bout de son index.

— Et exactement ce que je voulais. Un blason aurait été beaucoup trop grandiose pour moi.

— Rien n'est trop grandiose pour toi, remarqua-t-elle en s'asseyant sur le tabouret à côté de lui. N'es-tu pas le laird? J'ai dû le faire deux fois. J'avais raté le premier. Naturellement, ce barbare de Kartauk n'a pas eu la courtoisie de me dire que j'étais dans l'erreur et m'a tout fait recommencer. Il pense qu'on apprend tout de nos erreurs.

— Ça lui ressemble bien! Il croit en la nécessité de se donner à chaque expérience, sans se soucier des regrets.

— Pas chaque expérience...

Intrigué par le ton de sa voix, il la regarda et fut surpris de constater qu'elle avait rougi.

— Je veux dire... il n'est pas aussi inconsidéré que tu le crois, ajouta-t-elle rapidement.

— Non?

— Son travail... est très soigneux.

430

Elle se leva d'un bond.

— Il est temps de souper. Je vais le dire à Tamar.

— Je n'ai pas encore faim...

— Tu dois manger !

— Margaret...

Elle s'arrêta à la porte, le dos tendu.

— Oui ?

— Demande à Kartauk de se joindre à nous pour souper.

Elle ne se retourna pas.

— Pourquoi ?

La peur. Elle avait peur. Sa Margaret, qui n'avait peur de rien ni de personne, éprouvait de la peur.

— J'ai besoin d'affiner mon jeu aux échecs, et il n'a pas soupé avec nous depuis longtemps. Sa compagnie me manque.

Il put voir les muscles de son dos se détendre.

— Il est très occupé...

— Il peut bien s'accorder une soirée, dit-il d'un ton qu'il s'employa à rendre léger. Je veux le remercier de t'avoir aidé à façonner mon sceau.

— Je l'inviterai mais je ne peux pas te promettre qu'il viendra.

— Dois-je lui écrire un mot ?

— Non, dit-elle en se tournant vers lui. Tu as vraiment envie de le voir ?

— On a toujours envie de voir un bon ami. Et je ne l'ai pas vu depuis trop longtemps maintenant.

— Très bien, je ferai en sorte qu'il vienne !

Elle se retourna et s'en alla.

Le sourire de Ian s'évanouit. Il se recoucha, ferma les yeux et laissa la douleur monter en lui.

Dieu tout-puissant, pourquoi nous refuser votre miséricorde ? Margaret n'avait pas besoin de ce fardeau supplémentaire.

Peut-être se trompait-il. Peut-être n'était-ce pas vrai.

Il saurait quand il les verrait ensemble.

— Tamar, veux-tu nous apporter une autre bouteille de vin?

Ian fit une grimace avant de se concentrer à nouveau sur le jeu d'échecs.

— Ce cru ne me plaît pas...

— Certainement, samir Ian, répondit Tamar en se
dirigeant instantanément vers la porte. Je regrette
de ne pas vous avoir satisfait. Peut-être du whisky?
Je sais que vous le préférez...

— Le docteur lui interdit des alcools plus forts
que le vin, Tamar, tu le sais bien, intervint Margaret.

— Il n'aurait pas dû interdire le whisky, si c'est ce
qu'il aime, dit Tamar avec un froncement de sourcils. Du whisky, samir Ian?

— Ce vin me paraît bon, remarqua Kartauk.

— Si samir Ian dit qu'il n'est pas bon, il n'est pas
bon, déclara Tamar, un rien belliqueux.

— Juste une autre bouteille de vin, Tamar, s'empressa de dire Ian.

Kartauk laissa libre cours à son amusement quand
la porte se fut refermée sur le serviteur.

— Est-il toujours aussi obligeant, Ian?

— Toujours, dit-il en souriant faiblement. Les Cinnidains sont si robustes qu'ils ont la maladie en horreur. Tamar irait se noyer plutôt que de devenir le
débris que je suis. Il ne comprend pas pourquoi on
me retirerait du plaisir juste pour prolonger ma vie.

— Tu n'es pas un débris et il n'aurait pas dû te
proposer...

— Il veut seulement me rendre heureux, l'interrompit-il avant de changer de sujet. Margaret a été
fascinée par votre travail sur le sceau de Ruel, mais
je ne peux pas croire qu'il soit plus beau que le mien,
Kartauk. C'est très bien, un éléphant, mais ça manque un peu de dignité, ajouta-t-il en bougeant son roi.

— Insinuez-vous que l'apprentie a dépassé le
maître? demanda Kartauk en levant les yeux du jeu
avec un sourire. Blasphème!

432

— Il faudrait que j'en juge par moi-même. Montrez-moi le sceau de Ruel !

— Maintenant ?

Ian hocha la tête.

— La curiosité me taraude. Il faut que je le voie.

— Alors je vais le chercher à l'atelier, dit Kartauk en commençant à se lever. C'est l'affaire d'une minute.

— Non, pas vous !

Ian se tourna vers Margaret.

— Aurais-tu la gentillesse d'y aller, chérie ? J'ai prévu de mettre ce coquin échec et mat dans les tout prochains coups.

— Si tu veux, dit-elle en se dirigeant vers la porte. Mais je crois que tu seras déçu. Mon travail n'est que du bricolage comparé à celui de Kartauk.

— Tu ne me déçois jamais, Margaret.

Le silence dura un moment après qu'elle eut quitté la pièce.

— Voilà, vous vous êtes débarrassé des deux, commenta Kartauk en déplaçant sa reine. Pourquoi vouliez-vous que Margaret parte ?

Il aurait dû se douter que Kartauk comprendrait sa petite ruse. Grâce à Dieu, son franc-parler n'avait d'égal que sa perspicacité.

— Elle était mal à l'aise. C'était une dure soirée pour elle !...

— Vraiment ?

— Vous le savez bien !

Il ne quitta pas le jeu d'échecs des yeux, mais sentit la méfiance de Kartauk s'éveiller.

— C'est la raison pour laquelle je ne vous demanderai plus de venir ici...

— Pourquoi m'avez-vous invité ce soir ?

— Il fallait que je sache. Que je sois certain.

La soudaine tension de Kartauk était si bien masquée qu'elle serait passée inaperçue si Ian n'avait été en éveil.

— Certain de quoi?

Ian hésita, cherchant ses mots.

— Je ne m'inquiète pas pour moi, vous savez. Oh, au début, j'ai bien ressenti un pincement au cœur. Je l'ai aimée toute ma vie et j'ai pris l'habitude de la considérer comme mienne. Je me souviens de nos promenades sur la colline quand nous étions enfants et je pensais alors que nous passerions toute notre vie ensemble. Un tel bonheur..., ajouta-t-il en s'efforçant de sourire. Mais ces temps sont révolus, n'est-ce pas? Et je ne peux en blâmer personne, à part moi et le destin. Margaret ne m'a pas quitté; c'est moi qui l'ai quittée ces dernières années.

Kartauk garda le silence un moment.

— Je suppose que je devrais nier...

— Pas de mensonges! Je vous en prie... Nous n'en avons pas le temps!

— Pas de mensonges, répéta Kartauk.

Il se tut à nouveau un long moment, puis reprit d'une voix émue:

— Je ne voulais pas l'aimer, mais je ne le regrette pas.

— Vous ne le devez pas, dit doucement Ian. L'amour est rare et beau. Il enrichit la vie.

— Margaret ne vous a jamais été infidèle, dit-il en haussant les épaules. Je ne suis pas comme vous. Je n'associe pas le plaisir au péché. Il y a eu une fois où... mais ça ne s'est jamais passé.

— Je sais, et il en sera toujours ainsi! dit-il en levant les yeux du jeu. Il est juste que vous en soyez averti. Elle vous aime peut-être mais elle ne me quittera jamais, jusqu'au jour de ma mort, ajouta-t-il en grimaçant. Et Dieu seul sait quand ce jour arrivera!... Je ne peux commettre un péché mortel en me suicidant, sinon je me serais retiré depuis longtemps.

— Personne ne veut que vous vous retiriez, lui assura Kartauk avec une tendresse maladroite.

434

— Personne sauf moi, fit-il en souriant. Je prie la mort chaque nuit de m'emporter, mais elle ne veut pas de moi. Mais la question n'est pas là, enchaîna-t-il brusquement. L'important est que Margaret soit aussi heureuse que possible.

— Vous souhaitez que je quitte Cinnidar ?

— Bien sûr que non ! Je ne la priverai pas de votre compagnie. Vous continuerez à la distraire, à la faire travailler, à la protéger et à l'aimer comme vous le faites déjà. Cependant, je devrai me priver de vous. Elle se sent tellement coupable que cela devient une torture pour elle de nous voir dans la même pièce. Et elle ne doit jamais savoir que nous avons eu cette conversation, ajouta-t-il en croisant le regard de Kartauk.

Kartauk hocha lentement la tête.

— Vous êtes un homme bien, Ian MacClaren...

19

En voyant Dilam venir à leur rencontre, alors qu'ils n'étaient qu'à trois kilomètres du campement, Jane s'inquiéta aussitôt.

— Il y a un problème ?

— Aucun, répondit Dilam en souriant. Le travail avance bien...

— Alors pourquoi êtes-vous là ?

— Par curiosité. Je me demandais...

Son regard tomba sur l'éléphanteau dans la civière.

— Ah, je vois ! Il est à Danor ?

— Oui. La mère est morte. Le bébé mourra aussi si nous ne trouvons pas un moyen de le nourrir.

— Je pense que vous en trouverez un.

Elle se tourna vers Li Sung.

— Vous avez eu raison d'envoyer Danor en éclaireur...

— Je n'ai envoyé ce monstre nulle part !

— En éclaireur ? s'étonna Jane.

— Vous verrez...

Dilam fit faire demi-tour à son cheval et les guida jusqu'au campement. Quinze minutes plus tard, ils arrivaient au passage.

— Qu'est-ce que...

Jane tira sur les rênes de Bedelia, les yeux exorbités de stupeur. Des éléphants ! Des centaines d'éléphants — mâles, femelles, petits — s'ébattaient dans la clairière.

— Dieu tout-puissant !...

— Ils sont arrivés à l'aube, dit Dilam. Nous étions ébahis...

— J'imagine...

— Je ne vois pas Danor, déclara Ruel en fouillant le troupeau des yeux.

— Il est là ! nota Li Sung en le désignant d'un geste irrité. Comment pouvez-vous le rater ? Avec son oreille déchiquetée, il se distingue tel Satan au milieu d'un groupe d'anges.

Dilam eut l'air surpris.

— Vous combattez encore le *makhol* ? Vous êtes encore plus têtu que je ne le pensais...

— Le *makhol* ? s'enquit Jane.

— Ce ne sont que des âneries, répondit rapidement Li Sung. Le troupeau est ici. Il est peut-être temps de nous débarrasser de ce bébé et de retourner à notre travail.

— Danor paraît avoir la situation en main pour l'instant, remarqua Ruel en mettant pied à terre et en détachant la civière. Venez, Li Sung ! apportons la civière au centre du troupeau et voyons ce qui se passe.

— Nous serons simplement piétinés tous les deux, déclara vertement Li Sung en descendant de son

436

cheval. Moi, en tout cas, parce que je cours moins vite que vous !

— Je vais le faire, proposa Jane.

— Non ! s'opposa violemment Li Sung. C'est ma... Ma folie !

Jane songea soudain qu'il avait peut-être raison en les regardant traîner l'éléphanteau jusqu'au centre du troupeau. Les deux hommes paraissaient pitoyablement minuscules et fragiles au milieu de ces énormes bêtes, et les éléphants ne semblaient pas apprécier leur intrusion...

Elle agrippa nerveusement ses rênes quand Li Sung et Ruel disparurent, subitement encerclés.

— Détendez-vous, dit doucement Dilam. Regardez Danor...

Il écartait ses congénères pour leur livrer passage et leur permettre de se glisser hors du troupeau. Jane poussa un soupir de soulagement quand ils la rejoignirent enfin.

— Caleb ?

— Je ne sais pas, répondit Ruel. Nous devons attendre... J'ai vu au moins quatre femelles qui allaient, mais elles ne semblaient pas intéressées par l'adoption d'un orphelin. Et je ne crois pas que Caleb aura la force de se tenir sur ses pattes pour téter. Je vais peut-être devoir chercher ces chèvres, ajouta-t-il en grimaçant piteusement.

— J'aimerais qu'ils bougent pour que je voie... Et s'ils l'écrasaient ? paniqua-t-elle brusquement. Ils le tueraient !

— Les éléphants se protègent entre eux, indiqua Dilam. Et Danor est là !

Le regard inquiet de Jane scrutait le troupeau.

Elle ne voyait ni Danor ni le bébé.

— Ils sont si nombreux et...

Un gros mâle qui lui bouchait la vue se déplaça vers les arbres et elle aperçut la familière petite silhouette. Caleb était allaité ! Il tétait goulûment une petite femelle gris-brun. Il ne tenait pas debout, mais les trompes de Danor et d'une autre femelle le soutenaient.

— Il est sauvé! murmura Jane en se tournant vers Ruel.

Il lui rendit son sourire tandis que son regard s'attardait longuement sur son visage.

— Et je n'ai pas besoin de me transformer en berger! Quel soulagement pour mon image de marque...

— Puisque nous avons terminé de jouer les nounous, nous pouvons peut-être retourner au travail, intervint Li Sung. Nous avons des rails à poser tant qu'il fait encore jour.

Dilam acquiesça de la tête, puis se tourna vers Ruel.

— Tamar est au campement. Il a un message de James Medford.

Ruel fronça les sourcils.

— Pourquoi ne me l'avez-vous pas dit plus tôt?

— Vous étiez occupé. Et ça semblait plus important...

— Les éléphants sont toujours plus importants que les humains à ses yeux, ironisa Li Sung.

— Je vous accompagne, dit Jane à Ruel avant de se tourner vers Li Sung. Je te rejoindrai dès que j'aurai pris connaissance du message de Medford.

— Je n'ai pas besoin d'être gardé et materné comme ton précieux éléphant.

Il arracha son regard de Danor et du bébé, et monta en selle.

— Je te verrai au campement pour dîner. Avec un peu de chance, ces éléphants seront repartis d'ici là...

— Qu'y a-t-il? demanda Jane en voyant l'expression de Ruel. C'est le chemin de fer? Medford a un ennui?

— Non, mais nous pourrions bientôt avoir de graves problèmes. Medford vient de recevoir un message de Pickering: le maharadjah est mort.

— Non! Si vite?

— Pickering suspecte Abdar d'avoir hâté sa fin.

— Il va venir ici tout de suite?

Ruel secoua la tête.

— Abdar doit respecter trois mois de deuil avant d'accéder au trône. Jusque-là, il n'a pas plus de pouvoir qu'avant. Nous aurons peut-être ensuite un mois ou deux de répit. Mais il ne faut pas y compter...

— Trois mois... Je ne peux pas terminer la ligne dans ce délai...

— Elle doit être faite en deux mois! Durant le troisième, nous transporterons l'or et fortifierons le port.

— Impossible!

— Il le faut! Medford a presque terminé sa portion. Je le chargerai de poser les rails au bout du canyon. Et je fermerai la mine pour envoyer les ouvriers sur le chemin de fer, ajouta-t-il après réflexion. Je superviserai moi-même cette équipe. Cela rend-il le pari possible?

— Possible mais improbable. La jungle est plus dense sur le dernier parcours. Il faudra défricher davantage...

— Je recruterai de la main-d'œuvre au village.

— Ce sera quand même insuffisant...

— Il *faut* que je réussisse, Jane. Je pourrais perdre le bénéfice de toutes ces années de travail.

Il la regarda droit dans les yeux.

— J'ai besoin de votre aide, Jane. Me l'accorderez-vous?

Elle n'avait jamais imaginé qu'il puisse faire appel à elle. Il avait toujours ordonné, jamais demandé. Il n'exigeait plus rien, pas plus qu'il n'usait désormais de son charme pour la soumettre à sa volonté. Il exprimait simplement et franchement sa requête. Il aimait cette île. Elle était son foyer. Face à son désarroi, un étrange désir de le protéger l'envahit.

Non, elle ne laisserait pas Abdar lui faire mal ou lui voler son foyer.

— Je vais voir ce que je peux faire, dit-elle en se dirigeant vers la tente. Venez ! Nous devons consulter la carte. Il y a une bande de marécages que je comptais contourner. C'est un véritable cauchemar de travailler sur ce genre de terrain, mais si nous renonçons à faire ce détour, nous pouvons gagner une vingtaine de kilomètres. Ce serait utile, non ?

— Vingt kilomètres seraient sacrément utiles...

— Avec votre équipe, vous pourriez alors commencer à poser les rails au-delà des marécages pendant que Li Sung, Dilam et moi passerions à travers. Si nous pouvons...

— Jane...

Elle le regarda.

— Oui ?

Il sourit de ce trop rare et magique sourire.

— Merci...

Cet aveu aussi la remplit d'une joie intense.

— Ne me remerciez pas. Pour l'instant..., ajouta-t-elle en faisant la grimace. Je ne suis pas sûre d'être aussi magnanime quand nous commencerons à patauger dans ces marais.

— Pourquoi ne part-il pas ? demanda Li Sung en jetant un regard exaspéré à l'éléphant près des arbres. Ça fait plus d'une semaine qu'il nous suit comme un chien !

Elle sourit.

— Dilam dit que Danor t'aime. *Makhol*...

— Elle t'a raconté ces stupidités ?

— A moins que sa compagne ne lui manque...

— Alors qu'il aille s'en trouver une autre et qu'il me fiche la paix !

— Je crois que Dilam a raison. Pour quelle autre raison Danor nous suivrait-il ? Et puis il ne te quitte pas des yeux...

— Il attend peut-être une occasion de me noyer dans les marais. Même si c'est déjà fait, ajouta-t-il avec une moue dégoûtée. J'ai de la boue de la tête aux pieds depuis trois jours.

— Comme nous tous...

Jane essuya son front tout en regardant les ouvriers lutter pour maintenir leur équilibre sur le terrain boueux bordant les rails.

— Encore quelques centaines de mètres et nous en serons sortis.

Li Sung se tourna et avança prudemment le long de la ligne, mesurant l'espacement des rails.

— Espérons que... qu'est-ce...

Il venait de perdre l'équilibre. L'instant d'après, il glissait désespérément le long du terrain pentu pour plonger dans un fossé plein de boue.

Resurgissant à la surface, il agita les bras en crachant des injures chinoises et anglaises, couvert de la tête aux pieds d'une boue jaune granuleuse.

— Tu t'es blessé ? cria Jane.

Le terrain était trop mou pour qu'il ait pu se faire mal. Elle se retint un moment de rire mais ne put s'en empêcher. Il était si comique à voir !

— Arrête de rire !

Il la fusilla du regard avant de diriger sa colère vers les ouvriers qui avaient arrêté de travailler et semblaient s'amuser à n'en plus finir.

— Et vous aussi ! Ce n'est pas... Oh non ! Eloignez-le de moi !

Danor était soudain apparu et descendait lourdement vers lui.

L'amusement de Jane se dissipa.

— Mon Dieu, que fait-il ?

Danor enroula sa trompe autour de Li Sung et le sortit du fossé.

— Lâche-moi, espèce de monstre blindé, cria Li Sung en se débattant inutilement. Dilam !

— Je suis là, dit-elle.

Elle longeait la voie pour s'approcher et lui adressa un grand sourire.

— Mais vous ne *faites* rien! Faites qu'il me...

— Il ne vous fera aucun mal. Je crois, ajouta-t-elle en fronçant les sourcils.

Danor se tourna et traversa le terrain marécageux à une telle vitesse que ses grosses pattes ne s'enfoncèrent même pas dans la boue.

— Jane! hurla Li Sung. Qu'attends-tu pour lui tirer dessus?

Jane ne put s'empêcher d'éclater de rire à nouveau.

— Mais il ne te fait pas mal? Tu ne veux quand même pas que je le tue parce qu'il blesse ton amour-propre?

— Bien sûr que si!

Ses mots devenaient de moins en moins audibles à mesure que Danor accélérait.

— Laisse-moi descendre!

Jane pouvait maintenant voir où se dirigeait Danor. Elle se mit à courir après eux, ses bottes s'enfonçant à chaque pas dans le terrain gluant. Elle était hors d'haleine, de courir... et d'avoir trop ri. Danor s'arrêta au bord de la rivière... et jeta Li Sung dans l'eau. Crachant et jurant, ce dernier refit surface. Danor pénétra alors dans l'eau, remplit sa trompe et aspergea Li Sung en plein visage.

— Il essaie de me noyer!

— Non, hoqueta Jane en essuyant ses larmes. Je crois qu'il te donne un bain.

— Stupide animal!

Li Sung claqua l'eau du plat de la main, en projetant une gerbe sur l'éléphant. Danor lui rendit aussitôt la pareille, mais plus généreusement.

— C'est...

Li Sung regarda successivement Jane et Danor et sa colère tomba subitement, remplacée par un sourire amusé.

— C'est complètement injuste, fit-il en riant. Je n'ai pas de trompe, moi !

La trompe de Danor s'enroula alors autour de ses épaules en bougeant doucement le long de son corps. C'était presque une caresse aimante, à la façon dont il avait touché son bébé l'autre nuit dans la jungle.

Li Sung en resta saisi. Il ne bougeait pas, la tête penchée comme pour écouter quelque chose.

— D'accord ! je te pardonne, dit-il d'un ton bourru. Mais seulement parce que j'avais besoin de ce bain, ajouta-t-il en grimaçant. Et d'un bon fou rire ! Je me sens mieux...

Il se dirigea vers la rive.

— Moi aussi, dit Jane en lui tendant la main pour l'aider.

Li Sung se retourna pour regarder l'éléphant, mais Danor ne faisait plus attention à eux, trop occupé à pomper l'eau et à s'en arroser abondamment.

— Quel égoïste ! Regarde-le s'amuser ! Il n'a pas à travailler de l'aube au crépuscule...

Jane nota qu'il n'y avait plus aucune agressivité dans sa voix. Ce bain avait sans doute nettoyé bien plus que la boue dans laquelle son ami s'était empêtré.

Li Sung se renfrogna quand il la regarda de nouveau.

— Qu'est-ce qui te fait sourire ?

Elle repartit vers les rails.

Danor était à nouveau là, dans l'ombre des arbres bordant la clairière.

Li Sung se tourna sur le côté et remonta sa couverture jusqu'au menton, l'ignorant. Ce stupide animal pouvait bien rester là toute la nuit, comme il l'avait fait les trois nuits précédentes. Il ne s'en occuperait pas. Il avait besoin de dormir.

L'éléphant le regardait toujours.

Li Sung marmonna un juron et rejeta sa couverture. Il dépassa des rangées d'ouvriers endormis en se dirigeant vers lui.

— Va-t'en !

L'éléphant fit un pas en avant.

— Tu n'as rien de mieux à faire que me poursuivre ? Va t'occuper de ton bébé par exemple...

L'éléphant émit un doux grondement de gorge.

— Je ne veux pas de toi ! Que ferais-je d'un éléphant ?

La trompe de Danor s'éleva et vint tendrement toucher sa joue.

— Arrête ! s'irrita-t-il en reculant.

Danor avança, et sa trompe descendit doucement le long du corps de Li Sung.

Ce dernier ferma les yeux, envahi d'émotions encore inconnues.

— Je ne veux pas... Mais tu te moques de ce que je veux, n'est-ce pas ? demanda-t-il en poussant un soupir résigné. Ta compagne te manque sûrement. Nous verrons si nous pouvons t'en trouver une autre.

Il toucha sa trompe. Bien que rugueuse, elle était réconfortante.

— D'accord, nous essaierons d'être amis ! Il n'est pas impossible que nous ayons des points comm... non !

Il se sentit soulevé de terre ; l'instant d'après, il était installé sur le dos de l'éléphant.

— Tu exagères ! Je ne voulais pas que tu...

Il n'avait jamais ressenti un tel sentiment de pouvoir. De puissance.

Danor se dirigea d'un pas lent et souple vers le troupeau. A cheval et à mule, Li Sung souffrait toujours. Sur le dos de Danor, sa jambe infirme était soulevée et maintenue et il n'éprouvait aucune douleur. Il ne sentait plus son infirmité, comme à l'époque d'avant l'accident.

Une enivrante exaltation le traversa. Il leva son visage pour sentir la caresse du vent et un éclair toucha son âme. Le *makhol*? L'idée ne paraissait plus aussi bizarre maintenant. Bien qu'il ignorât la nature du lien qui les unissait, il savait qu'il ne s'était jamais senti aussi heureux et vivant.

— Jane! Réveille-toi!

Jane reconnut la voix de Li Sung dans un demi-sommeil, mais elle avait quelque chose d'étrange...

— Jane!

Elle se tira du sommeil et sortit de la tente quelques minutes plus tard.

— Qu'est-ce qu'il y a? Y a-t-il un...

Li Sung trônait sur le dos de Danor, à quelques mètres de sa tente.

— Li Sung! souffla-t-elle.

— Je voulais le partager avec toi, dit-il simplement.

Il n'eut pas besoin de préciser ce qu'il avait choisi de partager, elle lut sur son visage un réel sentiment de bonheur...

— Comment est-ce arrivé?

— Danor, dit-il en tapotant la tête de l'éléphant. Il a une fabuleuse détermination.

— Je l'ai remarqué! Tu as l'air très à l'aise là-haut...

— C'est incomparable... Je ne peux pas t'expliquer.

— Tu n'as pas à le faire, dit-elle en souriant. *Makhol*...

Un sourire illumina son visage et il parut soudain plus jeune que l'enfant qu'elle avait connu chez Frenchie.

— *Makhol*...

Il toucha l'oreille gauche de Danor, et l'éléphant se détourna de la tente.

— Nous apprenons à nous connaître, mais je pourrais bien rester là-haut toute la nuit, ajouta-t-il en faisant la grimace. Je n'ai pas encore trouvé le moyen de lui demander de me faire descendre...

Danor s'éloigna en direction de la clairière.

Jane les suivit des yeux pendant un long moment, puis retourna se coucher. Elle était heureuse pour Li Sung. Comment ne le serait-elle pas alors qu'il avait trouvé un compagnon capable de le métamorphoser à ce point? Rien n'avait réellement changé. Il était venu partager son bonheur, comme tout véritable ami l'aurait fait...

Elle était stupide de ressentir cet âpre sentiment d'une perte inéluctable.

— Vous ne pouvez pas le faire, affirma Pachtal.

— Bien sûr que si! rétorqua Abdar en souriant. Je suis le maharadjah...

— Vous n'êtes pas encore couronné. Vous devez attendre un mois avant d'avoir le droit d'attaquer Cinnidar.

— Je ne peux attendre! Ton informateur a signalé que le chemin de fer était presque terminé. Dois-je attendre que MacClaren organise sa défense?

Il se tourna vers les masques suspendus au mur et murmura :

— Il faut que je dise à Benares de les emballer...

— Vous les emportez? Tous?

— Bien sûr! et Benares viendra aussi, au cas où je trouverais quelqu'un digne de Kali à Cinnidar. J'aurai besoin de pouvoir pour vaincre MacClaren.

— Vous aurez besoin d'une armée.

Abdar fronça les sourcils.

— Mets-tu en doute le pouvoir de Kali?

— Pas du tout, s'empressa de rétorquer Pachtal. Je pense seulement que Kali triomphera ainsi plus vite...

— Je suis d'accord, dit Abdar en se détendant. Nous aurons une armée.

— Pas avant que vous ne montiez sur le trône.

— Pourquoi discutes-tu? Crois-tu que je ne suis

446

pas conscient des difficultés ? J'ai pensé à un moyen de les résoudre, dit-il en souriant. Ne vois-tu pas comme je suis ravagé de douleur depuis la mort de mon père ? Mon médecin s'inquiète tellement qu'il a insisté pour que je quitte la ville et change d'air.

Pachtal attendit.

— Nous annoncerons aux sujets de mon père que nous partons nous installer au palais d'été de Narinth, le temps que je me refasse une santé.

— Et l'armée ?

— J'aurai besoin d'une escorte imposante pour me protéger durant le voyage. Tout le monde sait que le colonel anglais brûle de m'exclure du pouvoir. Si je prends MacClaren par surprise, j'aurai juste besoin de quelques troupes. Tu t'arrangeras pour qu'un bateau soit prêt.

— Mais suivront-elles vos ordres quand elles apprendront que vous rompez le deuil et vous rendez à Cinnidar ?

— Oh, je crois que oui ! Quand tu leur auras précisé que je serai bientôt sur le trône... et que je punirai tous ceux qui m'auront déplu.

— Cela pourrait marcher, dit lentement Pachtal.

— Cela marchera ! Le plan m'a été communiqué par la divine Kali et elle ne peut pas se tromper.

— Et si Pickering vous suspecte ? Il n'est pas idiot...

— Je ne peux parer à tout. Je devrai compter sur Kali pour se charger de Pickering.

Il le regarda dans les yeux.

— Sur Kali... et sur mon ami Pachtal.

— Vous plaisantez... Je ne peux pas tuer un Anglais !

— Pas la mort. Juste un ennui digestif passager qui le rendra assez malade pour qu'il m'oublie quelques semaines. N'est-ce pas envisageable ?

Pachtal sourit.

— Tout à fait envisageable...

— Pourquoi ce silence ?

Ruel servit du café à Jane et remplit sa tasse avant de s'asseoir à côté d'elle près du feu.

— Je n'ai rien à dire.

Elle sirota son café en fixant les flammes.

— Devrais-je parler sans cesse ?

— Non, juste quand quelque chose ne va pas. Je déteste vous voir soucieuse. C'est à cause de moi ?

— Je ne comprends pas de quoi vous parlez...

— Vous comprenez très bien, rétorqua-t-il rudement. Qu'est-ce que j'ai fait ?

— Rien !

Il posa sa main sur la sienne. Ce contact lui fit vivement lever les yeux vers lui.

— C'est mieux ! Au moins, vous me regardez ! Maintenant, parlez-moi ! Voilà trois jours que vous travaillez comme une damnée pour me rendre service et que vous ne m'adressez même pas un sourire.

— J'ignorais que je devais sourire...

— Ce n'est pas un devoir. Ça me manque, c'est tout.

Il tourna sa main et en caressa doucement la paume du bout de l'index.

— Votre sourire... me réchauffe.

Elle le regarda, effarée.

— Ruel...

— Je croyais que les choses s'arrangeaient entre nous... Dois-je aller chercher un autre éléphanteau pour vous arracher un sourire ?

Le mouvement de son doigt sur sa paume commençait à lui procurer des sensations qu'elle voulait fuir. Elle essaya de retirer sa main, mais il la retint.

— Non, dit-il en accrochant son regard. Laissez-moi vous toucher ! Je dois me rapprocher de vous d'une façon ou d'une autre...

Il se rapprochait beaucoup trop, pensa-t-elle, à nouveau prise au piège de sa sensualité.

— Je ne le ferais pas s'il y avait un autre moyen. Ce n'est pas ce que je veux pour nous, ajouta-t-il avec un rire sans joie. Un rapport correct, voilà ce que je veux. Même si ce n'est pas *tout* ce que je veux...

Son doigt glissa vers l'intérieur de son poignet. Un frisson brûlant la traversa.

— Lâchez-moi, Ruel !

— Pourquoi ?

Il jeta un coup d'œil au groupe d'ouvriers réunis autour du feu et son doigt continua de caresser la peau sensible de son poignet.

— Personne ne nous prête attention. Les Cinnidains trouvent naturel de se toucher par affection...

Il avait raison. Mais cela ne l'aida pas à se libérer de cet insupportable sentiment d'intimité.

— De plus, vous le voulez ! Laissez-moi venir dans votre tente cette nuit, murmura-t-il. Je vous ferai...

Li Sung vint s'asseoir près d'eux.

— Je dois vous parler.

Jane poussa un tremblant soupir de soulagement alors que la main de Ruel lâchait son poignet. Il lui lança un regard mêlé de frustration et de mécontentement, prit sa tasse de café et se tourna vers Li Sung.

— Je crois qu'il y a un moyen de faire avancer la construction plus vite, déclara ce dernier.

— Lequel ?

— Les éléphants. Notre ralentissement est dû au défrichage. A Kasanpour, les éléphants étaient parfois employés à cette tâche.

— Des éléphants sauvages ?

— Non, des éléphants dressés pendant des années par leurs maîtres. Mais j'en ai parlé à Dilam. Si j'arrive à obtenir de Danor qu'il abatte les arbres que je lui désignerai, elle pense que les autres éléphants suivront. Puisqu'ils consomment une énorme quantité de feuilles, autant les guider dans la direction qui nous arrange…

Ruel se tourna vers Jane.

— Croyez-vous que ça marchera?

— Je dois y réfléchir. Je suis aussi surprise que vous. Li Sung ne m'en avait pas parlé.

— J'ai oublié, dit Li Sung d'un air absent. Si vous et Jane supervisez les équipes, Dilam et moi dirigerons les éléphants pour défricher le terrain d'ici au canyon.

— Vous deux y suffirez?

— J'aurai besoin aussi de trois dresseurs d'éléphants cinnidains.

Ruel se tourna à nouveau vers Jane.

— Alors?

— Nous pourrions tenter l'expérience… Si nous arrivons à convaincre le Haut Conseil de nous fournir ces dresseurs…

— Le problème est réglé, assura Li Sung. Je suis allé au village leur parler hier soir. Les dresseurs seront là demain.

— Je suis surpris qu'ils aient cédé aussi facilement, déclara Ruel. Ils sont très attachés à la sécurité de leur peuple.

Li Sung sourit.

— J'ai fait une entrée remarquée sur le dos de Danor. Ils étaient très impressionnés…

— Eh bien, tu sembles contrôler la situation, remarqua Jane en souriant avec effort. C'est une très bonne idée! Il ne nous reste plus qu'à la mettre en pratique.

— Ça marchera! dit Li Sung en se levant. Je vais dire à Dilam que vous êtes d'accord.

Ruel sourit en le regardant s'éloigner.

— J'ai idée qu'il l'aurait fait, avec ou sans votre accord, murmura-t-il. Notre Li Sung est en train de changer. Vous ne l'aurez plus dans votre ombre.

— Il n'a jamais été dans mon ombre, protesta-t-elle.

— Vraiment?

— Je n'avais pas l'intention...

Elle s'interrompit, alarmée.

— Est-ce l'impression que je lui donnais?

Ruel secoua la tête.

— Non, il restait parce qu'il n'avait aucune raison de partir... jusqu'à présent.

Elle baissa les yeux sur sa tasse de café.

— Les Cinnidains le croient magicien parce qu'il monte Danor.

— Le pouvoir. Danor a partagé son pouvoir avec lui, mais maintenant Li Sung sait qu'il n'en a pas besoin.

— Que voulez-vous dire?

— Il l'a trouvé en lui-même... Dieu que je suis sérieux! fit-il en se mettant brusquement à rire. Mais c'est vrai! A ce rythme, il sera invité à siéger dans leur Conseil avant moi.

— Peut-être...

Elle jeta le reste de son café dans le feu et se leva.

— Je vais sous ma tente!

Le sourire de Ruel s'évanouit.

— Vous n'avez pas besoin de me fuir. J'ai bien compris que je n'arriverais à rien de plus ce soir. Et je n'aurais rien tenté si je n'avais pas voulu savoir pourquoi vous êtes en colère contre moi.

— Je ne le suis pas! lâcha-t-elle. Mon univers ne tourne pas autour de vous. D'autres choses me...

Elle se détourna.

— Bonne nuit!

— Quelles sont...

Il s'interrompit, puis répondit:

— Bonne nuit...

Elle put sentir son regard pensif posé sur elle jusqu'à ce qu'elle disparaisse dans les ombres au-delà du feu.

Les ombres. Ce mot lui rappela ce qu'il lui avait dit. Elle n'avait jamais voulu garder Li Sung dans son ombre. Elle ne lui avait souhaité que de la clarté et du bonheur.

Mais il n'avait plus besoin de son aide. Ce qu'il voulait, il pouvait le trouver en lui-même.

Elle devrait juste s'habituer à son nouveau visage.

— Incroyable! murmura Ruel en regardant Danor presser sa tête contre le tronc d'un jeune arbre. Je n'avais jamais vu ça...

Danor poussa encore... Les racines s'arrachèrent de la terre, et l'arbre tomba.

— Li Sung obtient tout ce qu'il veut de cet éléphant, déclara Jane. Je crois que nous pourrons terminer votre chemin de fer en deux mois. Nous progressons de huit kilomètres par jour. Je lui suis reconnaissante, ajouta-t-elle en se forçant à sourire.

— Vraiment?

Elle se tourna pour le regarder.

— Vous en doutez?

— Oui! Oh, je suis sûr que vous êtes contente de cette progression mais quelque chose vous gêne.

— Qu'est-ce qui pourrait bien me gêner?

— Li Sung. Il n'a plus besoin de vous...

Elle éprouva un pincement douloureux.

— Il n'a jamais eu besoin de moi. Li Sung a toujours été indépendant.

— Pas à ce point. Il ne pouvait vivre sans votre compréhension, sans votre affection.

— Nous sommes toujours amis et les amis ont à jamais besoin l'un de l'autre.

— Il est fou de cet éléphant et les Cinnidains commencent à l'accepter comme jamais personne auparavant.

— Je sais...

Elle ravala sa salive pour s'éclaircir la voix.

— Et j'en suis heureuse pour lui.

— Il ne voudra pas se séparer de tout ça. Si vous quittez Cinnidar, ce sera sans lui.

— Et je suppose que ça vous réjouit ?

— Effectivement, admit-il. Parce que vous aurez une raison supplémentaire de rester quand le chemin de fer sera achevé.

— Je ne peux rester…

— Vous avez le choix, dit-il en souriant. J'espère seulement me rapprocher assez de vous pour que nos choix coïncident…

Il se rapprochait un peu plus chaque jour. Il ne l'avait jamais plus touchée, mais ils travaillaient ensemble, mangeaient ensemble, poursuivaient un même but. Il était toujours là, l'aidant, l'encourageant, partageant ses problèmes et ses succès. Elle se sentait parfois proche de lui au point de ne former qu'un seul être…

Elle tenta de détourner la conversation.

— Avez-vous reçu un rapport de Medford dernièrement ?

— Ce matin. Il a presque atteint le fond du canyon. Ce devrait être fait dans deux jours. Vous avez l'air fatiguée, remarqua-t-il en la dévisageant. Avez-vous pris du repos ?

— Suffisamment…

Il marmonna un juron.

— Vous disiez vous-même être en avance sur les délais. Pour une fois, déchargez-vous sur les autres !

— Abdar sera…

— Et laissez-moi m'inquiéter d'Abdar.

Elle secoua la tête. Il lui lança un regard exaspéré.

— Bon sang, que vous êtes têtue !

Il fit tourner Bedelia et s'éloigna au galop.

Il revint en fin d'après-midi, tenant Bedelia par la bride.

— Venez ! dit-il d'un ton sans réplique. J'ai quelque chose à vous montrer…

— Ça ne peut pas attendre?

Elle essuya son front couvert de sueur du revers de sa manche.

— Il nous reste encore quelques heures avant le coucher du soleil.

— Ça ne peut pas attendre! Dilam vous remplacera!

— Mais Li Sung a besoin d'elle pour diriger les éléphants.

— Venez! dit-il d'un ton inflexible que confirmait l'expression de son visage. Tout de suite!

Elle se hissa sur Bedelia.

— Qu'est-ce qu'il y a? Où allons-nous?

— Vous verrez, dit-il en se dirigeant vers le sud. Suivez-moi...

Quelque temps plus tard, la jungle s'ouvrait sur un lac.

— Nous y voilà, dit Ruel en dirigeant son cheval à l'ombre d'un arbre et en mettant pied à terre.

— Où sommes-nous? demanda-t-elle, les yeux écarquillés devant le spectacle féerique qui l'entourait.

Des coquelicots rouge vif pavaient les rives; de l'autre côté du lac, des flamboyants étincelaient de toutes leurs nuances fauves, projetant des reflets incandescents dans l'eau tranquille et bleue. Au bord le plus éloigné de la rive opposée, une trentaine d'éléphants barbotaient paresseusement.

— Je ne comprends pas. Que suis-je censée voir?

Il la fit descendre de son cheval.

— Des fleurs, de l'eau, des oiseaux, des éléphants.

Il prit une couverture sur le dos de Nugget et l'étendit sur l'herbe.

— Moi!

— Vous m'avez amenée ici pour le paysage?

— Je vous ai amenée ici pour vous reposer. Maintenant, détendez-vous!

— Je ne veux pas me reposer!

— Faites-le quand même! Vous n'avez rien à craindre de moi, reprit-il en croisant son regard. J'étais désespéré l'autre soir. Je croyais avoir commis une erreur et j'essayais de me rattraper.

Avant qu'elle ne puisse répondre, il se tourna et désigna le troupeau d'éléphants.

— Vous reconnaissez quelqu'un?

Son regard impatient suivit son geste.

— Je vois des éléphants tous les jours. Je n'ai pas besoin de venir ici pour..., s'interrompit-elle tandis que ses yeux s'écarquillaient.

Il confirma d'un signe de tête.

— Je suis parti à sa recherche la semaine dernière.

— Pourquoi?

— Pris à mon propre piège... Je me suis occupé de lui, dit-il avec un léger sourire. Maintenant, il m'appartient. Vous devriez le comprendre.

— Il a grandi, remarqua-t-elle avant de rire en le voyant asperger un autre éléphant. Et il n'est plus aussi docile...

— N'avez-vous pas envie de le regarder un moment? la tenta-t-il.

— Bon, juste un petit moment!

Elle s'assit sur la couverture et entoura ses genoux de ses bras.

— Il est drôle, non?

Il s'assit près d'elle.

— Très drôle!

Elle se détendit peu à peu. Trois paons bleus s'envolèrent lourdement alors que les éléphants s'engageaient plus avant dans l'eau, mais se posèrent aussitôt après sur la rive. Tout respirait la douceur et la beauté. La légère brise caressait ses joues, et le parfum des fleurs l'entourait, envahissant ses sens.

— Je peux être drôle moi aussi, dit Ruel, le regard toujours posé sur Caleb. Si je m'y applique...

— Bonimenteur..., murmura-t-elle.

— Mais si ! Je peux vous distraire, prendre soin de vous, satisfaire votre corps. Et je ne vous abandonnerai jamais pour un fichu éléphant, ajouta-t-il d'un air résolu.

Ses paroles la sortirent de sa rêverie.

— Que dites-vous ?

— Je dis que je veux être Li Sung, Patrick et Caleb réunis... Plus encore. Je veux compter davantage que votre sacro-saint chemin de fer. Je veux être celui qui vous rend heureuse et vous donne des enfants.

Elle le regardait, ébahie.

— Je dis que je...

Il s'arrêta, puis lâcha d'un trait :

— Je vous aime ! Voilà, c'est sorti ! J'espère que vous êtes satisfaite...

Satisfaite ? A une époque, elle aurait donné n'importe quoi pour l'entendre prononcer ces mots, ils l'emplissaient encore maintenant d'une joie douce-amère.

— C'est trop tard...

— Je sais que je l'ai dit maladroitement, mais c'est vrai, dit-il en fronçant les sourcils et en tendant la main pour lui toucher tendrement la joue. Je veux prendre soin de vous. Je veux vous rendre heureuse. Me croyez-vous ?

Elle voulait le croire, mais ne l'osait pas.

— Non !

Il se figea, et elle comprit qu'elle venait de le blesser.

— Je suppose que je le mérite... Mais, nom de Dieu, vous me croirez ! explosa-t-il soudain. Et vous apprendrez à me faire confiance et à m'aimer à nouveau ! Je sais que vous ressentez quelque chose pour moi, mais vous ne voulez pas l'admettre ! Je...

Il inspira profondément et haussa les épaules.

— Oh, très bien ! je ne m'attendais pas que ce soit facile. Je n'aurai qu'à être patient...

— Ça ne vous servira à rien, dit-elle d'une voix voilée.

— Vous manquez juste de confiance en moi. Vous croyez que je vous blesserai encore. Ça n'arrivera pas. Je vous aime !

— Jusqu'à ce que vous me voyiez avec Ian dans la même pièce. Alors, à quel point m'aimerez-vous ?

Il ne flancha pas.

— J'aime Ian, mais ça n'est en rien comparable avec ce que j'éprouve pour vous. Mettez-moi à l'épreuve.

Elle secoua la tête.

— Je n'ai pas ce courage, dit-elle en se levant. Je dois retourner au site !

— Rasseyez-vous ! Nous partirons après le coucher du soleil. Ce n'est pas la peine de fuir. La déclaration est terminée.

Il s'allongea et ferma les yeux. Elle le regarda, baigné de soleil. Il était mandarin, héros, bonimenteur. Il était la détermination, la sensualité et la souffrance. Tout ce qu'elle voulait. Tout ce qu'elle ne pouvait avoir.

Elle l'aimait.

Cette certitude s'immisça doucement, tristement, irrévocablement en elle. Comment avait-elle pensé pouvoir jamais cesser de l'aimer ? Parce qu'elle avait peur, que les blessures étaient trop profondes, le risque trop grand.

— Allongez-vous, dit-il sans ouvrir les yeux.

Elle pouvait au moins avoir ce moment de paix et de douceur. Elle hésita, puis s'allongea à ses côtés. Elle caresserait ce souvenir comme l'un de ses plus chers quand elle quitterait Cinnidar.

— Juste un petit moment alors, dit-elle en fermant les yeux.

Elle entendait le chant des oiseaux et le souffle paisible de sa respiration...

— Jane...

Elle ouvrit les yeux. Ruel était penché au-dessus d'elle. Le soleil se trouvait derrière lui à présent, éclairant ses cheveux et laissant son visage dans l'ombre.

— Ruel...

— Il est temps de partir. Vous avez dormi plus d'une heure. La nuit va bientôt tomber...

— Vraiment?

Elle tendit la main et toucha ses cheveux, si doux... Ses doigts glissèrent lentement le long de sa joue... Il se raidit.

— Réveillez-vous, Jane!

— Je suis réveillée...

— Du diable si vous l'êtes! Avez-vous à nouveau la fièvre? demanda-t-il l'air soucieux.

Elle se sentait chaude et engourdie, mais ce n'était pas la fièvre.

— Non...

Elle lui prit la main et la posa sur sa poitrine. L'émotion qui le traversa n'eut d'égale que sa propre surprise. Elle avait agi sans réfléchir, poussée par son instinct. Mais elle n'en éprouvait aucun regret. Elle aurait un autre souvenir à chérir...

— Ne me faites pas ça, dit-il d'une voix rauque. Je ne vous ai pas amenée ici pour ça, bon sang!

Ses seins se gonflaient de désir sous le contact de sa main.

— Je n'ai plus envie de me reposer, dit-elle dans un souffle.

— Je le vois, dit-il en pressant ses doigts sur le doux renflement. Vous êtes sûre?

— Oui!...

Ce ne fut comme aucune autre fois. Le torrent de passion qui les emporta progressivement fut tout aussi violent, mais il ne renfermait nulle trace d'ombre. Ruel la guidait, il ne la conquérait pas.

Le paroxysme de l'extase la laissa haletante et

sans forces entre ses bras étroitement serrés. Le visage enfoui contre son épaule, il murmura :

— Pourquoi, Jane ?

Spontanément, elle lui dit la vérité :

— Je voulais avoir un souvenir à emporter quand je quitterai Cinnidar.

Il tressaillit comme si elle venait de le frapper.

— J'espère avoir rendu l'expérience mémorable...

— Vous n'avez pas compris, je me suis réveillée, vous étiez là et je...

— Vous n'avez pas à vous expliquer, dit-il en levant la tête pour la regarder. J'ai déjà été utilisé par des femmes. Mais ça m'était égal.

Il se dégagea d'elle, se mit debout et la souleva dans ses bras.

— Je n'ai pas l'intention de ne rester qu'un souvenir, mais je ne refuse pas d'en conserver quelques-uns d'agréables.

Il se dirigea vers le lac.

— Que faites-vous ? Ruel, c'est...

Il pénétra dans l'eau. Le choc de l'eau froide la suffoqua.

— Vous trouvez cela agréable ?

Il sourit en la mettant sur ses pieds.

— Vous vous y habituerez ! Je veux voir vos cheveux, dit-il en défaisant sa natte. Ils sont soyeux, remarqua-t-il tandis que ses doigts s'y enfouissaient. Je les ai toujours aimés.

Il la fixa droit dans les yeux.

— Je vous aime...

Elle resta sans bouger, les yeux levés vers lui. Elle ne pouvait lui dire ce qu'elle ressentait, elle ne pouvait se livrer à nouveau à son pouvoir.

— Mais vous ne me croyez pas...

Il fit un effort pour sourire.

— Vous avez encore froid ?

— Non, murmura-t-elle.

Il écarta ses mains et il recula. Puis il claqua l'eau, l'aspergeant en plein visage.

— Et maintenant ? demanda-t-il avec un sourire espiègle.

— Vous essayez de me noyer ? hoqueta-t-elle.

Durant l'heure qui suivit, il l'entraîna dans des jeux enfantins : il l'arrosait, lui courait après, nageait en battant fort des pieds et des mains pour l'éclabousser... Pendant ce trop court moment, il lui offrit en fait l'enfance qu'elle n'avait jamais eue. Jamais elle ne s'était sentie si gaie, si jeune, si insouciante, et c'est avec regret qu'elle sortit de l'eau quand il fut temps de partir.

Ruel ramassa sa chemise et la lui présenta pour qu'elle l'enfile.

— Je peux m'habiller seule, dit-elle en glissant les bras dans les manches.

Il la boutonna.

— Je veux le faire ! Agenouillez-vous, murmura-t-il. Je veux faire autre chose...

Le tableau du maharadjah. Elle leva vivement vers lui des yeux affolés. Il serra les lèvres en saisissant sa pensée.

— Non, n'ayez pas peur ! Vous ai-je donné une raison de vous méfier de moi aujourd'hui ?

Elle se détendit.

— Non, dit-elle en se mettant à genoux.

Il s'agenouilla derrière elle et tressa ses cheveux.

— J'ai eu envie de le faire depuis le jour où vous m'avez emmené voir Kartauk au temple. Je regardais Li Sung s'occuper de vous et j'étais horriblement jaloux. J'aurais dû comprendre alors...

Ses doigts étaient infiniment moins habiles que ceux de Li Sung et il lui fallut une éternité pour la coiffer. Mais cela lui était égal. Elle se sentait choyée, adorée.

— Voilà. C'est fait !

Il se leva et l'aida à se relever.

— Maintenant je vous ramène au camp avant que vous n'attrapiez un rhume.

Il la hissa sur Bedelia, mais sa main se posa sur la sienne alors qu'elle saisissait les rênes.

— Quand comprendrez-vous que je ne vous ferai plus jamais souffrir? Quand me croirez-vous?

Elle voulait le croire, saisir cette chance. La tentation était trop grande, presque irrésistible, mais elle avait peur. Elle le regarda avec tout le désarroi qu'elle éprouvait.

— Je ne peux pas. Je vous l'ai dit, il y a eu trop de..., s'interrompit-elle pour lutter contre ses larmes. Je ne *peux* pas! répéta-t-elle avant de partir au galop.

20

— Venez voir, dit Kartauk en attrapant Margaret par le poignet et en l'entraînant vers la porte d'entrée.

— Lâchez-moi! Ian m'attend. C'est presque l'heure du déjeuner.

— Il va le manquer.

— Pourquoi devrait-il...

Elle s'interrompit devant l'expression sombre de Kartauk. Il la poussa sur la terrasse et désigna la colline en direction du port.

— Regardez!

Un incendie.

Le bord de mer et ses maisons étaient la proie de flammes infernales d'où s'élevaient des fumées noires.

— Qu'est-ce que c'est?

— Je crois avoir une idée, mais j'ai envoyé Tamar aux nouvelles.

Il retourna rapidement vers la porte.

— Allez chercher les porteurs et la chaise de Ian. Je le préparerai pour le voyage.

— Qu'est-ce qui se passe? demanda Margaret en le suivant. Vous savez à quel point il lui est pénible de voyager...

— Rester lui serait encore plus pénible... si c'est Abdar qui frappe à la porte.

— Abdar! Mais Ruel a dit que nous avions encore deux mois.

— Il semble qu'Abdar ait décidé de ne pas respecter la tradition, remarqua-t-il en s'engageant dans le couloir. J'ai dit à Jock de seller votre cheval. Assurez-vous que les porteurs rembourrent la chaise de Ian. Le voyage va être rude sur ce terrain pentu.

— Ne pourrions-nous pas nous cacher dans la forêt près du palais?

Kartauk secoua la tête.

— Ils nous trouveraient. Nous devons rejoindre Ruel.

— Mais les porteurs seront-ils assez rapides?

— Nous n'avons pas le choix! Impossible de faire passer une voiture sur ce trajet. Il est à peine assez large pour les rails que Medford a posés... Dépêchez-vous!

Elle hocha la tête et se précipita vers les quartiers des serviteurs.

Kartauk ouvrit à la volée la porte de la chambre de Ian et le trouva assis devant la fenêtre, fixant la fumée noire qui s'élevait du port.

— Nous partons!

Ian tourna la tête vers lui.

— Abdar?

— Plus que probable. J'ai envoyé Tamar aux nouvelles.

Il se dirigea vers l'armoire et en sortit le manteau de Ian.

— Vous pourrez en avoir besoin.

Tout en sortant un gros sac de voyage, il regardait les fioles de médicaments.

— Il nous faudrait une valise pour les ranger…

— Il y a une petite mallette en cuir en bas de l'armoire. C'est là que Margaret les avait rangées pour venir de Glenclaren, ajouta-t-il en se redressant sur son fauteuil. Donnez-la-moi ! Je le ferai pendant que vous rassemblerez ses affaires. Où est-elle ?

— Elle est allée chercher vos porteurs.

— Ah oui, même dans la plus extrême urgence je dois voyager en grande pompe !

Il prit la mallette que Kartauk lui tendait et se mit à les ranger soigneusement.

— N'oubliez pas son châle bleu ! Il est chaud et elle est si jolie dedans…

Kartauk attrapa le châle et le fourra dans le sac.

— Vous êtes d'un calme surprenant…

— Pourquoi ne le serais-je pas quand vous vous souciez tous de mon bien-être ? demanda-t-il en souriant. Qu'est-ce qu'un rebut comme Abdar quand on est entouré d'amis ?

— Une menace.

Tamar entra en trombe, abandonnant son impassibilité habituelle.

— Abdar ! Nous devons partir !

— Vous en êtes sûr ? demanda Kartauk.

Tamar hocha la tête.

— Ses soldats portent une livrée bleu et blanc, comme vous me l'avez dit.

Kartauk jura.

— Combien sont-ils ?

— Peut-être deux cents. Mais ils ont des fusils anglais.

— Deux cents, répéta Kartauk en fronçant les sourcils. Pourquoi pas plus ?

— N'est-ce pas suffisant ? demanda doucement Ian.

Kartauk hocha la tête et se tourna vers Tamar.

— Combien de temps avons-nous ?

— Peu de temps ! Les soldats marchent sur le palais.

— Alors nous ne pouvons pas attendre mes fichus porteurs, remarqua Ian tandis que son regard croisait celui de Kartauk. Margaret.

Il avait raison. Ce serait un miracle si les porteurs échappaient à Abdar, et si Margaret les accompagnait, elle n'abandonnerait Ian à aucun prix, même si elle devait pour cela être capturée. Il hocha la tête.

— Je vais m'en occuper. Fermez ses bagages et installez-le sur sa chaise, Tamar! Il part immédiatement!

Il dut contourner les quatre porteurs qui arrivaient. Margaret les suivait. La saisissant par le bras, il l'entraîna dans le couloir.

— Je m'occuperai de lui. Vous, partez devant!

— Vous êtes fou? Je ne partirai pas sans Ian!

— Quelqu'un doit prévenir Medford et Ruel. Le camp de Medford est juste au pied du canyon. Donnez-lui l'alerte et allez ensuite au camp de Ruel. Aux dernières nouvelles, il se trouvait à quatre-vingts kilomètres. Dites-lui qu'Abdar n'a que deux cents hommes mais qu'ils sont bien armés.

— Allez le prévenir! Ma place est auprès de Ian.

Il s'attendait à cette réponse.

— Serez-vous assez forte pour le protéger?

Il la poussa vers les marches en bas desquelles Jock attendait en tenant son cheval par la bride.

— Ne la laissez pas s'arrêter avant qu'elle n'ait rejoint Ruel! lui ordonna Kartauk.

Jock hocha la tête.

— Je ne partirai pas sans...

— Me faites-vous confiance? Me faites-vous vraiment confiance, Margaret?

— Oui, mais...

— C'est la seule chose à faire pour nous tous. Je vous promets que Ian sera juste derrière vous.

Il lui sourit et son visage fut soudain illuminé d'amour.

— Allez-y, Margaret. Faites-moi confiance!

464

Il la hissa sur la selle et donna une tape au cheval pour qu'il s'élance au galop en direction du canyon.

Ils avaient parcouru environ la moitié du chemin quand les paroles de Kartauk lui revinrent à l'esprit.

— Mon Dieu! murmura-t-elle alors qu'une sourde angoisse l'envahissait.

Il avait promis que Ian serait juste derrière elle. Il n'avait pas parlé de lui.

Ian était toujours assis près de la fenêtre quand Kartauk revint dans sa chambre. Il se tourna vers Tamar qui se tenait près des porteurs.

— Pourquoi n'est-il pas sur sa chaise de voyage? Je vous avais dit de l'installer.

Tamar secoua la tête.

— Et il m'a dit de ne pas le faire. C'est à lui que j'obéis.

— Elle est partie? demanda Ian.

Kartauk hocha la tête.

— Pas sans protester! Il faut que vous la suiviez sinon elle reviendra. Je vais vous aider, fit-il en s'approchant de lui.

— Pas encore, dit Ian en désignant de la tête le verre sur la table. Laissez-moi terminer ce vin. Je viens juste de prendre mon laudanum et je dois attendre qu'il fasse effet. Il n'y en a que pour quelques minutes.

— Nous n'avons pas beaucoup de temps...

Ian prit son verre de vin.

— Vous n'avez pas l'intention de partir avec moi, n'est-ce pas?

Kartauk se raidit.

— Pourquoi dites-vous ça?

— Parce qu'un tel acte correspondrait à votre caractère...

— Mon caractère me porterait plutôt au contraire. Il n'y a pas plus égocentrique que moi.

— Pas quand il s'agit de Margaret.

465

Il but une gorgée de vin.

— Vous pensez certainement qu'il est nécessaire que vous restiez pour retarder Abdar.

Kartauk hocha la tête.

— Abdar adorerait faire joujou avec le frère de Ruel...

— Mais pas avec vous ?

Il hocha la tête.

— Je le connais bien !

— Mais il représente toujours un danger pour vous.

— Terminez votre vin ! Vous devez partir !

Ian avala docilement le reste de son verre.

— Je vais vous lever, dit Kartauk en se penchant pour le soulever dans ses bras.

— Je suis vraiment désolé, murmura Ian en faisant un signe de tête à Tamar par-dessus l'épaule de Kartauk. Vous ne pourrez pas me soulever.

— Je ne vous lâcherai pas !

— J'ai peur que vous n'ayez pas le choix...

— Foutaises, je suis aussi costaud qu'un...

Tamar venait d'abattre un vase sur sa tête. Il poussa un grognement et s'effondra sur le sol.

— Vous voyez ? dit Ian au corps inerte de Kartauk. Je ne pouvais pas vous laisser faire ça, mon ami.

Il regarda Tamar.

— C'est très bien ! Mets-le sur un cheval. Vite !

Tamar hésita.

— Je ne pense pas que...

— Tu disais que tu m'obéirais toujours, quels que soient mes ordres, dit-il en souriant avec douceur. Ne t'inquiète pas, je viens de faire quelque chose de bien, Tamar. Dépêche-toi ! Dis aux porteurs d'attacher le cheval de Kartauk derrière la chaise. Si Margaret ne la voit pas, elle reviendra au lieu d'aller voir Ruel.

466

Tamar hocha la tête et donna de rapides directives aux porteurs.

— Je reviendrai dès qu'ils auront pris la route.

— Non, je veux que tu te caches au sous-sol. Quand les soldats te trouveront, ne résiste pas. Ruel peut avoir besoin d'un homme sur place.

— Je préférerais revenir près de vous.

Ian secoua la tête. Tamar hésita, puis déclara :

— Ce sera comme vous le souhaitez.

Ian fut bientôt seul dans la chambre. Un immense contentement l'envahit. C'était fait. Enfin, presque ! Il aurait dû savoir que Dieu était trop miséricordieux pour le laisser souffrir sans raison. La fin de sa monotone existence serait couronnée par un rôle héroïque.

Il se renfonça dans son fauteuil pour attendre Abdar.

— Je les vois ! s'exclama Jock en désignant un point derrière eux.

L'espoir l'envahit tandis qu'elle mettait sa main en visière. A cette distance, elle pouvait à peine discerner la chaise à porteurs, mais n'était-ce pas un cavalier à l'arrière ?

— Venez ! la pressa Jock. Le camp de Medford est juste devant...

Margaret se remit au galop. Cela pouvait être eux deux. Kartauk avait sans doute accompagné Ian. Ô mon Dieu ! faites qu'ils soient là tous les deux ! pria-t-elle avec ferveur.

Ian se rendit compte qu'il avait peur. Il n'aurait pas cru la sentir mais elle était là, laide, repoussante et obscure.

Ils arrivaient.

Il entendit des coups de feu, puis le martèlement des bottes sur le parquet et le bruit des portes que l'on ouvrait à la volée tout le long du couloir.

Ils se rapprochaient...

Il se tendit quand sa porte s'ouvrit et qu'Abdar apparut.

— Ah, enfin! Je commençais à croire qu'il n'y avait personne ici.

Il se dirigea vers lui; son visage habituellement dénué d'expression avait un air tourmenté.

— Je vous connais. Vous êtes le frère, l'infirme...

Ian inclina la tête.

— Je me souviens très bien de notre première rencontre, Votre Altesse.

— Où sont les autres?

— Les autres?

— Où est Kartauk?

Ian fit vaguement le tour de la chambre du regard.

— Il était là tout à l'heure, dit-il en se radossant à son fauteuil. Pardonnez-moi, Votre Altesse, mais je viens juste de prendre du laudanum et j'ai les idées un peu embrouillées. Je crois qu'il est à son four... en face de la terrasse. Ou peut-être au pavillon d'été. Il était plutôt perturbé par votre arrivée.

— Avec raison, dit Abdar en se tournant vers le beau jeune homme derrière lui. Va le chercher, Pachtal. Amène-le-moi!

Pachtal sortit rapidement.

— J'ai entendu dire que votre femme vous avait accompagné à Cinnidar, déclara Abdar en se retournant vers Ian. Où est-elle?

— Elle a pris peur et s'est enfuie. Je pense qu'elle se cache quelque part au sous-sol.

— Elle vous a laissé seul?

— Elle n'avait pas le choix. Allait-elle sacrifier sa vie pour un infirme sans défense?

Ian vit que cette réponse rentrait dans la logique d'Abdar.

— Cherchez aussi la femme! ordonna Abdar à l'un de ses officiers.

Quand ce dernier fut parti, Abdar s'approcha de Ian.

— Vous n'auriez pas dû revenir... Votre frère a offensé Kali en essayant de lui dérober son trésor.

— Son trésor ou le vôtre?

— C'est pareil!

— Vraiment? Excusez-moi, Votre Altesse, je ne peux plus lutter contre le laudanum, fit-il en fermant les yeux.

Quelques minutes passèrent, scandées par le pas impatient d'Abdar. Finalement, sa fureur explosa.

— Vous n'êtes pas drogué! Vous cherchez à m'ignorer!

— Le laudanum...

— Je vaincrai, vous savez!

— Ah oui?

— Il n'a pas d'armée, pas d'armes. J'ai les meilleurs fusils de l'arsenal du colonel Pickering.

— Quelle chance vous avez!...

— Vous ne me croyez pas?

— Vous pensez que vous triompherez, c'est un fait, remarqua-t-il avec un léger sourire. Cependant, comme ma Margaret avait l'habitude de le dire, Ruel n'a jamais été accommodant...

— Il n'aura pas...

— Kartauk n'est pas là! annonça Pachtal en entrant en trombe dans la pièce. Nous avons fouillé le palais et le sous-sol. Nous n'avons trouvé qu'un serviteur cinnidain. Les autres se sont volatilisés...

Abdar jura en pivotant vers Ian.

— Où est-il?

Ian haussa les sourcils.

— Puis-je vous suggérer d'interroger Kali?

— Vous me défiez? Espèce de misérable infirme! fit-il en s'empourprant de rage. Vous osez *me* mépriser?

— Il semblerait... J'en suis moi-même surpris. J'ai craint un moment de ne pas très bien m'en sortir. Ruel est beaucoup plus exercé que moi à cet exercice. Oui, j'éprouve du mépris pour vous, ajouta-t-il en croisant son regard. Pour vous et votre déesse barbare de la destruction.

— Kali vous montrera son pouvoir. Elle brisera tous ceux qui...

— Kali n'existe pas, l'interrompit doucement Ian. Il n'y a pas réellement destruction. Ce qui est détruit ne fait que se transformer.

— Vous mentez! dit Abdar, le regard brûlant de fureur. Elle existe. Je vous le prouverai!

Il se tourna vers Pachtal.

— Où est Benares?

— Encore au bateau.

— Que fait-il là-bas? hurla-t-il. Fais-le venir! A quoi sert-il s'il n'est pas là quand j'ai besoin de lui? Dis-lui d'apporter les masques!

— Tous?

— Evidemment! Je dois méditer et puiser de la force avant de lancer mon attaque contre l'Ecossais.

— Ne ferions-nous pas mieux d'y aller immédiatement et de le surprendre?

— Il n'y aura plus de surprise maintenant; Kartauk est allé le prévenir. Je l'écraserai quand je le déciderai.

Son visage joufflu s'éclaira d'un sourire tandis qu'il considérait Ian.

— Vous êtes trop faible pour être digne de ma collection, mais je crois que je peux me servir de vous pour introduire la peur dans le cœur de votre frère. Nous utiliserons ce serviteur cinnidain pour apporter le masque à l'Ecossais, dit-il en se tournant vers Pachtal. Cela doit être bien fait, tu m'entends? Très bien fait!

— Vous ai-je déjà déçu? demanda Pachtal.

— Non, et tu n'as pas à me décevoir, dit Abdar en quittant la pièce.

470

Pachtal sourit à Ian.

— Vous avez déplu à Son Altesse. J'ai peur que vous ne deviez en souffrir. Mais nous attendrons que Benares arrive et que l'effet du laudanum disparaisse, dit-il en s'approchant de lui. Je dois m'employer à obtenir le meilleur résultat.

L'instant arrivait, pensa Ian avec un soulagement impatient.

Il pouvait presque voir la lumière.

— Ce n'était pas ma faute, se défendit Benares d'une voix ébranlée par la panique. Je ne suis qu'un orfèvre. Vous êtes le seul responsable. C'était votre faute.

— Je n'ai commis aucune faute, dit Pachtal avec dureté bien que troublé par ce fait incroyable. Je refuse d'en porter la responsabilité.

— Vous le *devrez* pourtant !

Les yeux de Benares brillaient, ses mains tremblaient. Il ne s'était encore jamais permis de s'adresser ainsi à Pachtal, mais sa crainte de cet homme n'était rien comparée à la terreur qu'Abdar lui inspirait.

Pachtal aussi avait peur. Abdar était devenu de plus en plus bizarre et sinistre depuis la mort de son père, et il ignorait quelle serait sa réaction. Sa fureur pourrait aussi bien s'abattre sur lui que sur Benares, et il n'avait aucune envie de rejoindre la gracieuse collection ornant ses murs.

— Je ne vous obligerai pas à en porter la responsabilité... Rangez-le dans une boîte et faites venir le serviteur cinnidain ! ordonna-t-il en se détournant. Dites-lui de livrer la boîte au camp de Medford qui la fera parvenir à l'Ecossais. Abdar ne le verra jamais. Je lui dirai que j'ai mal compris ses ordres et que j'ai cru qu'il fallait l'envoyer directement à MacClaren.

— Il sera furieux...

— Pas autant que s'il voyait ce... cette monstruosité, dit-il en désignant le masque. Cette affaire restera entre nous, et nous demeurerons tous deux en vie.

— Mon Dieu, c'est Margaret !

Ruel bondit sur ses pieds et se dirigea vers les cavaliers qui approchaient du feu de camp. Jane le suivit, le cœur battant d'angoisse. La présence de Margaret ne pouvait qu'être annonciatrice de désastre.

Ruel saisit les rênes de sa jument dès qu'elle s'arrêta.

— Ian ?

— Derrière moi, haleta Margaret. J'ai demandé à Medford de le garder dans son camp jusqu'à ce que je puisse le rejoindre. Kartauk voulait que vous soyez tout de suite mis au courant.

— De quoi ?

— Abdar. Deux cents hommes... Le port incendié.

Ruel poussa un juron.

— Je ne m'y attendais pas si tôt ! Sont-ils loin ?

— Je ne sais pas... Medford va surveiller la piste.

— Laissez-la descendre ! intervint Jane. Vous ne voyez pas qu'elle est épuisée ?

— Désolé, dit Ruel d'un ton absent en l'aidant à mettre pied à terre. Kartauk ?

— Je ne suis pas sûre.

Margaret s'appuya contre la selle et ferma les yeux.

— Il a peut-être suivi la chaise à porteurs de Ian. J'ai vu un cheval...

— Venez vous asseoir, dit Jane en la soutenant pour la conduire près du feu. Donnez-lui du café, Ruel.

Ruel prit le pot suspendu au-dessus des tisons. Margaret se laissa tomber sur la couverture étendue par terre.

— Je crois que Kartauk... s'interrompit-elle en

s'enveloppant de ses bras pour s'empêcher de trembler. Je crois qu'il avait l'intention de... rester.

— Pourquoi ferait-il ça ? demanda Jane.

— Parce que c'est un homme stupide qui croit être le seul à savoir ce qu'il faut faire, remarqua-t-elle en pleurant. Il aurait dû me donner le choix de...

Elle s'interrompit et essuya ses joues du revers de la main.

— Mais non, il préférait rester et être tué par ce monstre. Il a toujours été trop obstiné pour...

Sa voix se brisa.

— Même s'il est resté, il n'est pas forcément mort !

Ruel posa le gobelet dans sa main.

— Pour combien de temps ? demanda Margaret d'une voix tendue. Il m'a parlé de ce monstre. Kartauk ne donnera pas à Abdar ce qu'il veut, et s'il refuse, il mourra.

— Vous disiez qu'il avait peut-être suivi Ian, lui rappela doucement Jane. Vous n'êtes pas sûre qu'il soit resté...

— C'est vrai, avoua Margaret en inspirant profondément. Il y a encore de l'espoir, n'est-ce pas ? fit-elle en se redressant. Kartauk m'a chargée de vous dire qu'Abdar avait deux cents fantassins armés ; il pensait qu'il n'y avait pas de renforts.

— Pourquoi en prévoirait-il alors que je n'ai pas d'armée ? remarqua Ruel d'un ton sinistre. Mais il se trompe, nom de Dieu ! jura-t-il en se levant.

— Qu'allons-nous faire ? demanda Jane.

— Vous et Margaret déménagerez le camp de l'autre côté de la rivière. Ce sera une meilleure position défensive. S'il arrivait quoi que ce soit et que vous n'ayez pas encore de mes nouvelles, coupez le pont suspendu et allez au village cinnidaïn. Je vais au camp de Medford m'assurer que Ian et Kartauk y sont, ajouta-t-il en se dirigeant vers son cheval.

— Et s'ils n'y sont pas? demanda Margaret d'une voix brisée.

Ruel la regarda.

— Alors j'irai à leur recherche!

— Même pour Kartauk?

— Bien sûr! Il est ici par ma faute. Pensiez-vous que je réagirais autrement?

— Je crois que non, dit-elle, soulagée.

— Et Dilam, et Li Sung? demanda brusquement Jane. Vous êtes-vous arrêtée à leur camp, Margaret?

Elle secoua la tête.

— Je l'ai vu, mais je ne m'y suis pas arrêtée.

Elle se frotta le front d'un geste fatigué.

— Des éléphants... Je n'en avais jamais vu autant...

Jane se tourna vers Ruel.

— Dilam pourrait sûrement nous aider...

— Et risquer de faire massacrer son peuple? Je ne crois pas...

— Vous vous trompez! Je me souviens de ses paroles la première nuit de notre rencontre... J'irai lui parler.

— Je veux que vous restiez de l'autre côté de la rivière!

— Après avoir parlé à Dilam, répliqua-t-elle en se levant. Margaret, restez ici et reposez-vous.

— J'accompagne Ruel, répondit cette dernière. Il me faut un autre cheval; ma jument est épuisée.

— Elle n'est pas la seule, remarqua Jane en regardant le visage pâle et tiré de Margaret.

Elle ne tenta pas de la dissuader. Ian était peut-être encore menacé, et elle savait qu'il lui aurait été impossible de se reposer si elle avait cru Ruel en danger... Cette pensée lui sauta soudain à l'esprit.

Mon Dieu, Ruel *était* en danger! Il pouvait très bien tomber sur l'armée d'Abdar. Elle eut envie de crier, de lui dire de rester; ils pouvaient s'enfuir, se cacher dans la jungle jusqu'à ce que le danger soit passé...

Il se tourna vers elle.

Elle ne pouvait pas l'arrêter. Cinnidar était son pays. Son peuple était maintenant le sien.

— Soyez prudent, murmura-t-elle.

Il lui sourit, un sourire étincelant d'amour qui effaça les plis soucieux de son visage.

— Vous aussi.

— La situation est critique, dit Dilam quand Jane eut terminé de parler. Mais ça ne se passera pas comme ça! ajouta-t-elle plus fermement avant de se tourner vers Li Sung. Nous devons les arrêter. Les Savitsar ne reviendront pas sur mon île!

— Je suis surpris de votre intérêt, déclara Li Sung en haussant les sourcils. Ne pouvez-vous pas vous débrouiller sans l'aide des hommes?

Dilam sourit.

— Je vous ai dit que les hommes étaient de bons guerriers. C'est le moment de faire vos preuves...

— Je n'ai pas à vous donner de preuves.

Le sourire de Dilam s'évanouit.

— Non, c'est vrai. Je sais qui vous êtes.

Jane les regarda à tour de rôle. Leur échange n'était empreint d'aucune animosité, mais d'ironie tendre et de compréhension amusée. L'éléphant n'était manifestement pas le seul à avoir dompté Li Sung depuis que le travail de défrichage avait commencé.

— Nous avons besoin de votre aide, mais nous ne voulons pas mettre votre peuple en danger, Dilam. Les hommes d'Abdar ont des fusils.

— Je le sais! Mais nous connaissons l'île. C'est aussi une arme. Li Sung m'a dit qu'Abdar était bien pire que les Savitsar d'autrefois. Je ne permettrai pas que de telles horreurs s'abattent à nouveau sur mon peuple.

— Il n'en sera pas ainsi, dit Li Sung. Tu disais que

Ruel voulait déménager de l'autre côté de la rivière ?
demanda-t-il en se tournant vers Jane.

Elle hocha la tête.

— Alors nous le ferons ! Peut-être aurez-vous la
gentillesse d'aller jusqu'à votre village chercher l'aide
d'autres mâles dignes de livrer vos batailles ? demanda-t-il à Dilam.

— Je pense pouvoir en trouver quelques-uns,
répondit-elle en se levant. Et les éléphants ?

Jane les avait complètement oubliés.

— Abdar déteste les éléphants ! Pour les garder en
sécurité, il faudrait que vous leur fassiez rejoindre la
jungle en traversant la rivière par l'est.

Li Sung hocha la tête.

— Ce doit être possible. Dilam et moi commencerons à les conduire avant qu'elle ne regagne son village.

Jane se leva.

— Alors en route !

21

Ruel arriva au nouveau campement le lendemain
vers midi. Dès qu'il descendit du canoë, Jane sut que
les nouvelles étaient mauvaises.

— Que se passe-t-il ? murmura-t-elle.

— Il est mort.

— Qui ? Kartauk ?

— Ian, fit-il, le regard fixe. Kartauk a été amené
inconscient au camp de Medford. Tamar l'a assommé
sur les ordres de Ian. Il savait que quelqu'un devait
retarder Abdar pour que tous ne soient pas capturés.
Ian a décidé que ce serait lui.

— Oh non !

Une infinie tristesse lui tordit le cœur. Quelle injustice! Ian, que la vie avait tant accablé.

— Vous en êtes sûr?

— Abdar a été assez aimable pour en envoyer une preuve. Son masque mortuaire.

— Quoi?

— Kartauk dit qu'il en fait la collection. Abdar a envoyé Tamar avec le masque de Ian et un ultimatum.

— Vous l'avez vu? demanda-t-elle, au bord de la nausée.

Il secoua la tête.

— Margaret n'a pas voulu qu'on ouvre la boîte. Kartauk lui avait dit à quoi ressemblaient ces masques, dit-il les lèvres crispées. Abdar ne choisit jamais une mort facile pour ses victimes.

— Si vous ne l'avez pas vu, c'est peut-être une ruse. Ian est peut-être encore vivant...

— Tamar a vu le masque... et le corps dans la même pièce.

Son dernier espoir s'évanouit.

— Comment va Margaret? souffla-t-elle.

— Horrifiée, paralysée de douleur, enragée.

— Et vous?

— Je suis malheureux, mais pas paralysé, dit-il en levant les yeux. Je vais écorcher vif ce salopard!

Elle frissonna en voyant son expression. Puis elle pensa à Ian et la même fureur froide monta en elle.

— Comment?

— J'ai mon idée... Où est Li Sung?

Elle désigna l'autre côté de la clairière, où Li Sung discutait avec un Cinnidain.

— Dilam est allée chercher des guerriers au village. Ils ne devraient pas tarder à arriver.

— Bien! Nous aurons besoin d'eux! Medford a levé le camp, mais il attendra de voir les hommes d'Abdar s'engager dans le canyon avant de battre en retraite. Ils n'ont pas plus de vingt fusils à leur disposition…

— Et nous en avons douze, dit-elle en haussant les épaules. Mais les Cinnidains ne savent pas s'en servir.

— Dès que les hommes de Dilam et de Medford seront de l'autre côté de la rivière, nous brûlerons le pont suspendu.

Elle hocha la tête.

— Abdar mettra du temps pour construire des radeaux, et nous avons besoin de temps. Quel répit avons-nous, d'après vous ?

— Je n'en sais rien. Je ne comprends même pas pourquoi Abdar n'a pas suivi Margaret et Kartauk. Kartauk m'a dit un jour qu'il avait l'esprit dérangé. Nous devons en tirer avantage…

— Li Sung et moi avons construit des barrières de branchages le long de la rive. Nous serons hors de portée de leurs fusils.

— Bonne idée, dit-il d'une voix absente en se dirigeant vers Li Sung.

Il marchait d'un pas raide et prudent, comme s'il était fait de verre et craignait de se briser à chaque pas. Elle voulait être avec lui, le réconforter, adoucir la terrible douleur qui le torturait. Elle commença à le suivre, puis s'arrêta. Elle ne pouvait l'aider maintenant. Mieux valait que chacun d'eux se concentre sur sa tâche. Elle pivota et se dirigea vers les barrières.

— C'est trop dangereux, dit Li Sung.

— C'est la seule solution ! Vous avez peur de perdre ce que vous avez trouvé ici, ajouta Ruel en le regardant dans les yeux. Eh bien, tout peut disparaître en un mois si Abdar s'empare de Cinnidar. Il n'aura aucune pitié !

— Je le sais… Mais cette idée ne me plaît pas…, dit-il en secouant la tête. Et je ne m'inquiète pas seulement pour ce que je pourrais perdre, mais pour Jane et vous.

— Moi ? Votre sollicitude me touche…

— Elle est sincère, dit-il en souriant avec douceur. Jane a de grands rêves qui pourraient se briser. Et vous souffrez.

Ruel tressaillit.

— Je vous assure que la souffrance s'en ira quand j'aurai tué Abdar.

— Vraiment ?

— Testez-moi ! Aidez-moi !

— J'y réfléchirai…

— Ça marchera si nous le faisons comme il le faut, insista Ruel. Et nous le ferons au mieux.

— Dilam traverse la rivière, annonça Jane en les rejoignant. Il y a environ soixante-dix guerriers avec elle.

— Alors vous devrez rapidement prendre une décision, dit Ruel à Li Sung. Abdar ne va pas nous laisser beaucoup plus de temps.

— J'en discuterai avec Dilam ! J'aurai besoin de son aide si j'accepte votre plan, conclut-il en levant la main pour couper court à toute repartie.

La nuit tombait et Medford n'était toujours pas là. A minuit, comme il n'était pas encore arrivé, ils postèrent des gardes et allèrent se coucher.

Pour se reposer, et non pour dormir, pensa Jane, épuisée. Elle était trop angoissée et effrayée pour s'abandonner à l'inconscience du sommeil. Elle se tourna sur le côté et regarda Ruel. Lui non plus ne dormait pas, hanté par sa douleur et sa soif de vengeance, chaque muscle de son corps tendu, le regard fixé sur l'obscurité… Le laisser à sa solitude. S'il avait voulu de son aide, il l'aurait demandée…

Mais Ruel admettait difficilement qu'il avait besoin d'aide.

Elle se leva, contourna le feu et s'agenouilla près de lui.

— Allez-vous-en! dit-il sans la regarder.

— Non!

Elle s'allongea à côté de lui.

— Je ne veux pas de vous ici!

— Dommage, parce que je reste, déclara-t-elle en se couvrant.

Elle resta là, sans le toucher, sentant sa raideur et sa résistance.

— Je savais que vous viendriez, dit-il durement. Il vous faut quelqu'un à materner. Eh bien, je ne suis pas un enfant malade ou un fichu bébé éléphant! Je n'ai pas besoin de vous! Je n'ai besoin de personne!

— Je n'ai pas dit le contraire, fit-elle en glissant le bras autour de son corps épuisé. C'est moi qui ai besoin de vous. J'ai peur, et j'ai comme une plaie à l'intérieur de moi qui n'arrête pas de saigner.

Il garda le silence un moment.

— C'est vrai?

Elle hocha la tête.

— Je crois que je ne me sentirais plus seule si vous me teniez dans vos bras.

Il ne répondit pas, mais la prit dans ses bras au bout d'un moment.

— Vous n'êtes pas seule...

— Vous non plus, murmura-t-elle. Si vous me voulez, je serai toujours là.

Il se raidit davantage.

— Est-ce de la compassion?

— De l'amour.

— Je trouve étrange que vous me fassiez cette déclaration maintenant...

— Vous m'avez dit un jour que vous saviez que je vous aimais.

— Je sais aussi qu'un rien vous fait fondre le cœur.

— D'accord, c'est aussi de la compassion.

Il jura dans sa barbe.

— La compassion n'a rien de répréhensible, Ruel.

— C'est vous qui le dites !

— Bon sang, je ne vais pas m'en excuser ! Quand j'étais malade, n'avez-vous pas compati ? Quand Zabrie a blessé Li Sung, n'avez-vous pas eu envie de l'aider ? Maintenant, arrêtez de penser et dormez ! ordonna-t-elle tandis que ses bras se resserraient autour de lui.

— Je ne suis pas fatigué...

— Alors, parlez-moi... Parlez-moi de Ian.

Elle parut sentir l'émotion qui le traversa.

— Il n'y a rien à dire. Il est mort.

— Alors nous allons tout simplement l'oublier ?

— Bien sûr que non ! Je vais tuer Abdar, dit-il entre ses dents.

— Et moi ? Allez-vous me tuer aussi ? Ça ne serait jamais arrivé si Ian n'avait pas été infirme. Il se serait échappé.

— Ce n'était pas votre faute.

— Il y a un mois, vous m'auriez accusée.

— Je ne veux pas parler de ça.

— Et moi je ne veux pas me taire. Dites-le ! Dites que c'est ma faute !

— Non, c'est la mienne ! explosa-t-il soudain.

Elle le regarda, stupéfaite.

— Quoi ?

— Je vous ai accusée, mais j'ai toujours su au fond de moi que j'étais le seul responsable. Sans moi, Ian ne serait jamais venu à Kasanpour. Et j'aurais dû prendre plus de précautions en le sortant du train.

— Vous lui avez sauvé la vie.

— Je l'ai rendu infirme. J'ai détruit sa vie et je l'ai ensuite conduit à la mort.

Elle n'aurait jamais pu supposer qu'il portait un tel fardeau de culpabilité. Pourtant, elle aurait dû s'en douter, le connaissant. Mais que pouvait-elle faire pour le soulager ?

— Très bien, c'est votre faute, commença-t-elle, suivant son instinct. Mais c'est aussi la mienne, et vous m'avez pardonné. Vous devez vous pardonner !

Il ne répondit pas.

— Il est mort pour vous aider vous, Margaret et Kartauk à avoir une vie agréable. Allez-vous rendre sa mort inutile ?

Elle crut sentir un relâchement dans ses muscles.

— Pourquoi vous entêtez-vous ? Il voulait…

Elle s'arrêta en sentant quelque chose de chaud et d'humide sur sa tempe.

— Ruel ?

— Je vous aime, dit-il d'une voix brisée. Dieu que je vous aime !

Maintenant, elle pouvait laisser libre cours à ses larmes. La vie était trop courte pour avoir peur, l'amour trop précieux pour ne pas tout risquer pour le retenir.

— Je vous crois…

— C'est vrai ? Enfin !

Il garda le silence un moment.

— C'est… douloureux, Jane.

— Je sais, dit-elle en déposant un baiser sur sa joue. Mais nous partagerons et cela ira mieux. Cela doit aller mieux.

— Oui, fit-il en la serrant très fort. Cela ira mieux, mon amour.

Margaret, Kartauk, James Medford et ses hommes arrivèrent le lendemain en milieu d'après-midi.

— Où est Ruel ? demanda Medford à Jane dès qu'il eut traversé le pont.

Jane désigna le sud.

— En bas de la rivière, avec Li Sung et Dilam. Abdar ?

— Nous l'avons vu s'engager dans le canyon avant de partir, dit-il en s'éloignant dans la direction qu'elle avait indiquée. Six heures.

482

La conversation de Medford était toujours aussi directe et concise, pensa-t-elle en se tournant pour regarder Margaret. Elle ne l'avait jamais vue dans cet état. La forte et vibrante Margaret paraissait presque fragile, son visage était tiré et blême, ses yeux cerclés de profonds cernes noirs.

— Bonjour, Jane...

— Vous savez combien je compatis, déclara Jane avec douceur. Y a-t-il quelque chose que je puisse faire ?

Margaret secoua la tête.

— Nul ne peut rien faire.

Jane désigna le feu au centre du camp.

— Vous devez être épuisée. Si vous alliez vous reposer près du feu ?

— Si vous voulez, dit Margaret d'une voix sans timbre.

Jane la suivit des yeux avec inquiétude. Ruel avait dit qu'elle était paralysée de douleur, et c'était bien le mot.

— Ne la consolez pas !

Elle se tourna vers Kartauk.

— Ne dites pas de bêtises, jeta-t-elle. Elle souffre énormément. Bien sûr que je vais la consoler !

— Il ne faut pas qu'elle s'apitoie sur son sort. Donnez-lui du travail ! Faites-la revenir à la vie !

— Je ne peux pas accomplir de miracle. Si vous connaissez un moyen de l'aider, pourquoi ne le faites-vous pas ?

— Elle m'a à peine parlé depuis que je me suis réveillé au camp de Medford. Elle ne peut même pas me regarder. Je l'ai trahie, ajouta-t-il avec un pauvre sourire.

— Comment cela ? s'étonna-t-elle.

— Je lui ai demandé de me faire confiance et j'ai sous-estimé Ian. L'erreur n'est pas pardonnable quand elle coûte la vie à un homme.

— Margaret m'a dit que vous comptiez rester à sa place...

— Mais je ne l'ai pas fait. C'est bien là le problème, dit-il en haussant les épaules.

— Elle n'aurait jamais voulu que vous sacrifiiez votre vie.

— Je sais. Mais elle n'a pas la conscience tranquille.

Son regard s'attarda sur Margaret avant qu'il ne déclare à regret :

— Je ne peux pas l'aider cette fois. Chargez-vous-en! Occupez-la! Faites-la travailler si dur qu'elle n'ait pas le temps de penser.

Mon Dieu, il l'aime! comprit subitement Jane.

— Je l'occuperai, promit-elle. Nous avons besoin de tous les bras pour monter les barrières... Ruel est en aval et voudrait vous parler. Il a besoin de votre aide.

— Il peut compter sur moi.

Il sourit faiblement en s'éloignant le long de la rive.

— Dieu sait que j'ai moi aussi besoin d'être occupé...

L'ensemble des canoës et des radeaux fut transporté de l'autre côté de la rivière, et Jane supervisa la destruction du pont suspendu. Les barrières de branchages furent achevées au coucher du soleil. Il ne restait plus qu'à attendre.

Vers huit heures, ils aperçurent les lueurs des torches des soldats d'Abdar en direction du canyon.

— Alors? demanda Ruel à Li Sung. Le temps presse. Pour l'amour de Dieu, donnez-moi votre réponse!

— Vous avez préparé les instruments? s'enquit Li Sung.

— Oui...

— Dilam croit en votre idée, mais il faudra faire diversion...

— Je m'en chargerai, lui promit Ruel d'un ton sinistre.

Li Sung sourit.

— C'est tout ce que je demande.

— Prêt ? demanda Kartauk à Ruel, le regard fixé sur le camp d'Abdar.

Durant les premières heures, une multitude de tentes avaient poussé comme des champignons sur la rive opposée. Des torches sur de hauts supports d'acier étaient alignées sur la rive, projetant des reflets flamboyants dans les eaux sombres.

Ruel hocha la tête tout en contournant la barrière de branchages et en s'approchant de la rive.

— Abdar !

Pas de réponse.

— Abdar ! cria-t-il plus fort.

Pachtal apparut de l'autre côté, sa silhouette éclairée par le rond de lumière formé par les torches.

— Rendez-vous, MacClaren ! Vous êtes cerné !

— Je veux parler à Abdar !

— Il médite dans sa tente...

— Allez le chercher !

— Pourquoi ?...

— Je suis là, l'Ecossais.

Abdar venait brusquement d'apparaître aux côtés de Pachtal. La haine submergea Ruel tandis qu'il regardait cette face lisse et vide d'expression. Ne la laisse pas t'envahir, songea-t-il. Contrôle-toi !

— Nous avons à parler. Respecterez-vous une trêve si je viens dans votre camp ?

— Pourquoi le ferais-je ? Dans un jour ou deux nous aurons des radeaux et nous vous écraserons.

— Je ne suis pas stupide, Abdar. Il est clair que vous avez gagné la partie, mais je peux vous compliquer ou vous faciliter la tâche. Laissez-nous venir, Kartauk et moi, et nous...

— Kartauk? Kartauk viendra?

— Kartauk ne manque pas d'instinct de survie, et il sait que nous devons négocier.

— Il aurait dû négocier il y a trois ans s'il voulait que je fasse preuve de clémence. Mais venez donc, l'Ecossais, ajouta-t-il avec un rire satisfait.

— Vous faites erreur, protesta Pachtal. Il y a peut-être un piège. Nous n'avons pas besoin de...

— Ne me contredis pas! fit Abdar, cinglant. C'est toi qui accumules les erreurs. Appelle-moi quand ils seront là!

Il pivota et disparut du halo de lumière.

— Gagné, murmura Kartauk quand Ruel revint derrière les barrières. Premier pas.

— J'espère que ce ne sera pas le dernier, dit Ruel avec un sombre sourire. Allons-y avant qu'il ne change d'avis.

— Personne ne m'a dit que vous y alliez aussi...

Ils se tournèrent de concert vers Margaret qui, à quelques mètres, regardait Kartauk d'un air incrédule.

— Pourquoi? Il est inutile que vous y alliez tous les deux.

Kartauk haussa les épaules.

— Abdar apprécie ma compagnie, et Ruel n'est qu'un Ecossais sans cervelle. Il a besoin de mon aide.

— Ne plaisantez pas! N'est-ce pas assez d'avoir déjà essayé de vous sacrifier?

Elle serra son châle contre son corps tremblant. Puis son regard se fit brusquement plus brûlant qu'une flamme.

— Eh bien, allez-y! Je m'en moque. Que ce monstre vous massacre...

Sa voix se brisa, et elle s'enfuit en courant.

486

— Elle ne pensait pas ce qu'elle disait, déclara Ruel.

— Margaret pense toujours ce qu'elle dit.

Kartauk souriait, remarqua Ruel.

— Vous n'avez pas l'air en colère ?...

— Non. Elle revient à la vie. Allons-y ! dit-il en se détournant.

Quand Kartauk et Ruel arrivèrent au canoë, Jane les y attendait.

— Je vais avec vous !

— Non ! dit Ruel. Nous n'avons pas besoin de vous.

— Vous *avez* besoin de moi. Aucune diversion n'est à négliger. Abdar me déteste depuis que je l'ai privé de Kartauk.

— Mais il m'aura, remarqua ce dernier. Ça devrait suffire. Restez ici, Jane !

Jane l'ignora tandis que son regard croisait celui de Ruel.

— Soit je monte dans ce canoë, soit je traverse à la nage. Choisissez !

— Bon sang, à quoi jouez-vous ? Je ne veux pas vous perdre aussi.

— Je nage ?

Il poussa un juron, la saisit par le poignet et la fit monter à bord.

— Mais vous me laisserez Abdar et m'obéirez. Vous m'entendez ?

— J'entends bien...

— Notez qu'elle n'a pas dit qu'elle vous obéirait, remarqua Kartauk.

Ruel ne répondit pas, prit la rame et la plongea dans l'eau.

Pachtal, Abdar et dix soldats les accueillirent quand ils atteignirent l'autre rive.

— Ah, quelle agréable surprise ! dit Abdar en

voyant Jane. Je ne vous attendais pas. Kali me comble...

— Pourquoi sont-ils venus à trois? demanda tout bas Pachtal. Je n'aime pas cela, Votre Altesse. Pourquoi seraient-ils si empressés de risquer leur vie?

— C'était plus fort qu'eux. Je te l'ai dit, grâce au pouvoir de mes masques, tout vient à moi. C'est ainsi, mademoiselle Barnaby, dit-il en souriant. Vous croyez être là de votre propre gré, mais vous vous trompez. Kali vous a appelée.

— Kali n'existe pas! rétorqua-t-elle.

— Du calme, murmura Ruel. Voulez-vous nous compliquer les choses?

L'attention d'Abdar se tourna vers lui.

— Vous avez toujours été le plus avisé, l'Ecossais. En d'autres circonstances, Kali aurait utilisé vos services. Vous êtes beaucoup plus intelligent que votre frère.

Ruel haussa les épaules.

— Il a toujours été stupide...

— Pourtant, j'ai ouï-dire que vous aviez pris soin de ce stupide infirme pendant trois longues années, intervint Pachtal.

— Notre Dieu m'accueillera ainsi en son paradis. J'estimais que le jeu en valait la chandelle. Vous devriez le comprendre, ajouta-t-il en croisant le regard d'Abdar.

Abdar éclata de rire.

— Oh oui! On peut manipuler les dieux tout comme ils nous manipulent.

— Allons-nous sortir de ce bateau, ou continuer de converser dans cette inconfortable situation? demanda Kartauk.

— Vous avez peu appris, Kartauk. Toujours aussi arrogant, remarqua Abdar tandis que son sourire s'évanouissait.

— J'ai appris que j'aimais la vie... Et j'ai appris qu'elle valait bien quelques concessions...

Un soupçon d'intérêt anima le visage d'Abdar.

— Vraiment ? Alors, par tous les dieux, nous devons discuter. Venez dans ma tente ! Fouille-les et amène-les, Pachtal ! ordonna-t-il en se détournant.

— Oui, Votre Altesse !

Pachtal regarda la rive opposée.

— Je n'aime pas cela. C'est très bizarre...

— Que nous venions négocier nos vies ? demanda Ruel en sortant du bateau et en aidant Jane à en faire autant. Pas quand on a affaire à plus fort que soi.

— Peut-être, nota Pachtal avec un sourire vicieux. Mais je doute que votre négociation aboutisse.

Il les fouilla rapidement avant de se tourner vers un officier.

— Surveillez la rivière ! Tout ceci me paraît trop simple...

Des bougies plantées dans de hauts bougeoirs en or illuminaient l'intérieur de la tente, éclairant Abdar, assis jambes croisées sur un énorme coussin de satin blanc, et faisant miroiter les masques disposés par terre autour de lui en une ronde macabre.

Jane eut un haut-le-cœur, saisie par l'horreur et la souffrance que lui renvoyaient ces visages d'or.

— Du sang-froid, lui souffla Ruel en serrant sa main.

Elle ravala son dégoût et détourna son regard. Jusqu'à cet instant, elle n'avait pas mesuré à quel point Abdar était atroce.

— Le pouvoir, dit-il doucement.

Elle se rendit compte qu'il la regardait.

— Vous le sentez, n'est-ce pas ?

S'il voulait parler du Mal, elle ne le sentait que trop.

— Non !

— Vous mentez ! jeta-t-il avec mauvaise humeur.

Vous le sentez sûrement. Asseyez-vous ! ordonna-t-il en désignant le sol.

Les masques n'étaient plus qu'à quelques centimètres de ses genoux. Elle essaya de les ignorer.

— Le travail de Benares n'est pas aussi raffiné que le vôtre, Kartauk, remarqua Abdar en prenant l'un des masques. Vous auriez fait des merveilles avec ce sujet-là. Elle avait une énergie vitale fabuleuse...

Zabrie !

Jane avait cru toucher le comble de l'horreur, mais ce fut bien pire en reconnaissant un visage familier parmi ces âmes torturées.

— Il était toujours trop impatient d'en finir, remarqua Kartauk, impassible. C'est une erreur commune.

— Que vous n'avez jamais commise...

— Parce que je n'ai rien de commun.

— C'est vrai, fit Abdar en posant le masque. Mais puis-je vous faire confiance pour ne pas vous enfuir à nouveau ? Là est la question. Je n'aime pas être déçu.

— Si nous en venions à nos négociations ? intervint Ruel.

— Vous paraissez un rien irrité, nota Abdar avec un sourire sournois. Le masque que je vous ai envoyé ne vous a-t-il pas plu ? Pachtal assure que c'est l'une des plus belles réussites de Benares. Dommage que je ne l'aie pas vu. Peut-être me le renverrez-vous pour ma collection ?

Le visage de Ruel resta de marbre.

— Je ne pense pas...

— Pourquoi ne l'avez-vous pas vu ? demanda brusquement Kartauk.

Jane remarqua qu'il fixait Pachtal, et sentit pour la première fois la curieuse nervosité de ce dernier.

— J'ai mal compris les ordres de Son Altesse et

490

l'ai envoyé sans qu'il l'ait vu, déclara Pachtal avec raideur.

— Nos négociations, insista Ruel à l'adresse d'Abdar.

— Vous n'avez rien à négocier, sinon vous ne seriez pas là.

— Ce n'est pas exact. Vous avez besoin d'or et j'ai la confiance des Cinnidains. Etablissons un pourcentage : je dirigerai la mine et traiterai pour vous avec eux.

— Je n'ai pas besoin des Cinnidains. C'est un peuple revêche et peu coopératif. Je ferai venir mes propres sujets de Kasanpour.

— Mais vous accumulerez les retards... Ensemble nous pourrions...

— Qu'est-ce que c'était ? demanda Pachtal, le cou tendu, à l'écoute.

Abdar fronça les sourcils.

— Je n'ai rien entendu...

— Il y avait comme une sorte de... comme un mouvement d'eau ou... Je reviens tout de suite, dit-il en sortant de la tente. Je suis certain d'avoir entendu...

Des cris de panique retentirent de tous côtés.

Abdar bondit sur ses pieds et se précipita à l'entrée de la tente.

— Pachtal ! Qu'y a-t-il ?

— Restez ici ! dit Ruel à Jane tandis qu'il le suivait. Gardez-la à l'abri, Kartauk !

Elle l'ignora et courut dehors. Bien qu'elle sache à quoi s'attendre, la vision qui s'offrit à elle n'en était pas moins dantesque. Tout le long de la rive, des éléphants émergeaient de la rivière, ruisselant et luisant d'eau, telles des créatures de cauchemar surgissant des profondeurs. Leurs cavaliers étaient presque nus, portant seulement des lances et les tubes de roseau qui leur avaient permis de respirer sous l'eau. Les éléphants avaient fait tout le trajet sous la surface...

Le troupeau, conduit par Li Sung monté sur Danor, dévastait déjà le camp. Les soldats, pris par surprise, fuyaient de toutes parts, et n'échappaient que rarement à leur impitoyable marche.

C'était le chaos.

— Ecartez-vous!

Dilam se pencha sur l'éléphant qu'elle conduisait et attrapa une des torches bordant la rivière. Elle enflamma la tente d'Abdar, puis fit tourner sa monture pour suivre Li Sung, incendiant tentes et broussailles sur son passage.

— Adieu notre abri, murmura Kartauk en saisissant Jane par le bras pour l'éloigner de la tente en flammes.

— Où est Ruel?

Elle le chercha des yeux dans la mêlée des éléphants et des soldats.

— Je ne le vois pas...

— Ce n'est pas étonnant, avec toute cette fumée.

Il l'entraîna vers les arbres bordant la rive. Elle se libéra de sa prise.

— Laissez-moi! Je n'irai nulle part sans Ruel.

Le camp était maintenant un brasier enfumé. Elle entendit Abdar hurler des ordres et se guida à sa voix. Elle savait que Ruel ne le lâcherait pas. Ses yeux piquaient, sa gorge brûlait. Elle dut sauter sur le côté pour éviter de justesse un éléphant surgissant brusquement du brouillard noir de fumée.

— Ruel!

Le visage déformé de rage, Pachtal fut soudain devant elle. Il leva la main et elle vit un éclat brillant, une dague!

— Baissez-vous!

Kartauk la poussa au sol alors que le couteau de Pachtal plongeait vers sa poitrine. Il perdit l'équilibre. Kartauk passa derrière lui, et son bras massif encercla sa gorge. Pachtal lançait des malédictions, les yeux exorbités dans un visage qui n'avait plus rien de beau. Le bras de Kartauk exécuta un mouvement brusque vers l'arrière et Jane entendit un sinistre craquement quand le cou se brisa.

Il avait l'air surpris, songea-t-elle, hébétée. Pas de souffrance, juste... de la surprise.

Kartauk le lâcha et il s'effondra au sol.

— Et bon débarras, fit-il en se baissant pour lui prendre sa dague. J'aurais seulement aimé que ce soit Abdar, mais Ruel se chargera de lui.

— Comment le savez-vous ? demanda Jane, au bord de l'hystérie. Il peut à peine voir dans cette fumée... Abdar pourrait se glisser derrière lui...

— Le voilà !

Kartauk regardait par-dessus son épaule. Elle pivota et aperçut Ruel à quelques mètres. Abdar était à terre, sa jambe pliée dans un angle bizarre, la lèvre coupée et couverte de sang. Ses cheveux défaits retombant sauvagement sur son visage, Ruel le surplombait.

Dieu du ciel, son expression...

Tigre d'éclair brûlant.

Les mots de Ian lui revinrent à l'esprit. Ruel irradiait en cet instant une terrible beauté, brûlante de haine et de vengeance.

Abdar lui cria quelque chose d'inaudible en essayant de se mettre sur ses genoux.

— Ruel ! appela Kartauk.

Quand Ruel leva les yeux, il lui envoya la dague de Pachtal.

Ruel laissa tomber l'arme au sol.

— Non ! Trop rapide...

Il saisit Abdar et le traîna, se convulsant et hurlant, plus près de la tente en flammes.

— Vous et Jane, mettez-vous à l'abri des arbres !

— Kali vous punira, sanglota Abdar. Vous verrez ! Kali vous écrasera...

493

— Vous pourrez bientôt en discuter avec elle, rétorqua Ruel en dépassant la tente et en le jetant sur la rive. Li Sung!

— Ici! répondit ce dernier de l'autre côté de la clairière.

Ruel avança sous la protection des arbres vers l'endroit où se tenaient maintenant Jane et Kartauk.

— Les éléphants ont fait leur part, cria-t-il. Faites-les retraverser la rivière!

— Avec joie, dit Li Sung. Ils n'aiment pas trop tout ce feu et cette fumée.

— Non! hurla Abdar en comprenant.

Trop rapide, avait dit Ruel. Abdar devait mourir dans l'agonie de la terreur, la mort qu'il redoutait le plus.

— Non, ne faites pas...

La voix d'Abdar se brisa quand il vit les éléphants surgir vers lui à travers la fumée.

— Ce n'est pas la volonté de Kali! Ce n'est pas...

Jane doutait que les éléphants l'aient seulement vu dans leur empressement à quitter ce chaos.

Ce n'était que justice, mais elle ne put regarder. Elle ferma les yeux. Les hurlements d'Abdar résonnèrent longtemps à ses oreilles quand les éléphants le piétinèrent.

Elle ouvrit les yeux mais se refusa à le regarder.

Ruel n'avait pas détourné son regard. Il fixait les restes démantelés d'Abdar avec une satisfaction sauvage.

Tigre d'éclair brûlant.

— Partez sans moi, dit Kartauk à Jane et Ruel quand ils montèrent dans le canoë pour regagner leur camp. J'ai quelque chose à faire ici.

— Quoi? demanda Ruel.

— Les masques.

Il tourna la tête vers la tente ravagée.

— Tout n'a pas été détruit. Ils sont encore là.

Jane frissonna.

— Alors, laissez-les! Vous ne pouvez tout de même pas les vouloir?...

— Je ne peux pas les laisser, répondit simplement Kartauk. L'or est éternel. Jetez ces masques dans la rivière et dans des milliers d'années ils existeront encore. Cette idée vous plaît-elle?

— Non.

Jane savait que leur souvenir la hanterait jusqu'à la fin de ses jours.

— Comment pouvez-vous les détruire?

— Je ne peux les détruire. Je vous l'ai dit, l'or est immortel, dit-il avec un vague sourire. Mais je peux les transformer. Je peux fondre l'or et métamorphoser la laideur en beauté.

— Celui de Ian aussi?

— Je n'en suis pas certain.

Il fronça pensivement les sourcils.

— L'attitude de Pachtal était bizarre, remarqua-t-il en s'écartant du canoë. Je reviendrai au camp dès que je les aurai tous retrouvés.

22

Quand Jane et Ruel arrivèrent, le camp avait l'allure d'un champ de foire; les Cinnidains fourmillaient de tous côtés, riant et racontant à grands gestes leurs exploits.

— Je ne vois pas Li Sung, dit Jane, le cœur allégé par cette scène joyeuse.

— Il est là-bas, répondit Ruel en désignant l'autre extrémité de la clairière.

Li Sung venait vers eux, arrêté à chaque pas par des guerriers réjouis. Son visage reflétait la même euphorie quand il les rejoignit finalement.

— N'avons-nous pas été splendides?

— Splendides! Quel bilan? demanda Ruel.

— Aucun mort. Sept blessés. Margaret et Tamar s'en occupent.

— Et les éléphants?

— L'un d'eux a reçu une balle. Dilam pense que ce n'est pas grave.

— Bien, dit Jane, soulagée. J'avais peur que ce ne soit pire. Il y a eu tellement de coups de feu...

— Les soldats étaient si effrayés qu'ils n'arrivaient même pas à viser leur cible, remarqua Li Sung avec bonne humeur. Ils ne s'arrêteront probablement pas de courir jusqu'à leur bateau. C'était vraiment une expérience exaltante.

— Même traverser la rivière sous l'eau? le taquina Jane.

Li Sung fit une grimace.

— L'eau ne sera jamais mon élément favori.

— Mais vous vous en êtes bien sorti, nota Ruel. Vous n'auriez pas pu faire mieux.

— Vous avez raison. J'étais magnifique. Même Dilam le reconnaît! A plus tard, fit-il en les quittant. Je vais l'aider à soigner l'éléphant.

Jane le suivit des yeux. Il était toujours vêtu du pagne qu'il avait mis pour traverser la rivière.

— Qu'y a-t-il? s'enquit Ruel en voyant son expression ébahie.

— Sa jambe boiteuse... il la cache toujours, même à moi.

— Manifestement, ce n'est plus un problème pour lui. Peut-être a-t-il décidé qu'il n'y avait rien à cacher. On dirait que nous avons tous fait l'effort de nous dévoiler...

Elle le regarda avec une surprise amusée.

— Eh bien, que faisons-nous maintenant?

— Nous retournerons au palais demain pour évaluer les dégâts et commencer les réparations. Et faire quelques arrangements, ajouta-t-il le visage assombri.

Ian.

Elle hocha la tête et se rapprocha de lui.

— Si nous allions annoncer la mort d'Abdar à Margaret ?

Il la prit par la main.

— Oui, apportons-lui une bonne nouvelle !

Kartauk ne revint au camp que plusieurs heures après les autres. Margaret l'attendait sur la rive.

— Alors, avez-vous eu votre dose de sensations fortes ? demanda-t-elle tandis qu'il sortait du canoë. Jane et Ruel sont revenus immédiatement, mais il a fallu que vous restiez pour ratisser les cendres.

Il désigna le sac au fond du canoë.

— Ils vous ont parlé des masques, n'est-ce pas ?

— Pensez-vous que je serais restée pour voir ces horreurs ? J'aurais dû me douter que vous manqueriez à ce point de finesse...

— Alors pourquoi attendre sur cette rive humide un être aussi vil que moi ?

— Vous le savez !

— Mais cette fois, vous devrez le dire !

Passé son instinctive tentation d'agressivité, elle déclara à contrecœur :

— Je regrette ce que j'ai dit avant que vous ne partiez. Mes paroles ont dépassé ma pensée. Je ne voulais pas... Je ne souhaitais pas vous voir mourir.

— Me voilà extrêmement soulagé.

— Vous ne ressentez rien de tel, dit-elle d'un ton vindicatif. Vous me connaissez trop bien pour ne pas deviner mes sentiments, et c'est injuste de votre part de me forcer à me confesser.

— C'est injuste, admit-il. Maintenant, faites un feu pendant que je vais chercher le masque de Ian chez Medford.

Elle frémit, son regard fixé sur le sac.

— Jane m'a dit que vous alliez les fondre.

— *Nous* allons les fondre, apprentie !

— Je ne crois pas pouvoir...

— Ce doit être fait, l'interrompit-il.

— Ce soir ?

— Ce soir ! répéta-t-il en s'éloignant. Faites le feu ici. Ça prendra une bonne partie de la nuit, et il est inutile de déranger les autres.

Il revint un moment plus tard avec une boîte en bois. Celle que Tamar avait apportée à Medford... Elle évita de la regarder tandis qu'elle continuait à alimenter le feu sous l'énorme marmite noire.

— J'ai déjà mis les autres masques à fondre. J'ai essayé de ne pas les regarder, mais je n'ai pu m'en empêcher. Vous avez raison, Abdar était un monstre.

— Vous auriez pu attendre, dit-il avec douceur. Je vous aurais épargné cette vision.

— Ce devait être fait, déclara-t-elle, répétant ses paroles. Mais je crois que je vous laisserai ajouter celui de Ian.

— Non !

Elle eut l'impression qu'il venait de la frapper.

— Vous auriez voulu m'épargner ces monstruosités, mais pas la plus insoutenable ?

Il leva la boîte.

— Ouvrez-la !

— Non !

Elle s'assit près du feu, les genoux ramenés contre elle.

— Je ne le regarderai pas...

Il ouvrit lui-même la boîte.

— Dois-je le sortir et le brandir devant vos yeux ?

— Pourquoi faites-vous ça ? murmura-t-elle, les yeux rivés aux flammes. Je ne mérite pas un tel traitement.

— Vous ne méritez pas de vous flageller avec des souvenirs pour le restant de vos jours ! Ai-je perdu

498

votre confiance ? ajouta-t-il d'une voix radoucie. Ceci n'est pas une autre trahison, Margaret.

Elle le regarda, interloquée.

— De quoi parlez-vous ? Je n'ai jamais pensé que vous m'aviez trahie.

— Même au fond de votre cœur ? Prouvez-le ! ordonna-t-il en lui présentant la boîte.

Elle ravala sa salive.

— Ne me faites pas...

Elle s'interrompit en croisant son regard, puis poussa un soupir.

— Pas de pitié, Kartauk ?

Il sourit.

— Pas de pitié, madame !

Son regard se baissa lentement sur le masque.

Elle dut reprendre son souffle sous le flot d'émotions qui l'envahit.

— Mon Dieu...

Elle avança, toucha d'un doigt tremblant les lèvres dorées.

— Il a l'air...

— Heureux, dit doucement Kartauk. Il ne les a pas laissés vaincre. Il les a vaincus.

— Mais vous disiez que le poison était atroce...

— Il l'était, sans doute. Mais je ne pense pas qu'il l'ait senti. Il a l'air de contempler un miracle.

— La lumière...

Elle sentit la douleur lâcher un peu prise.

— J'avais oublié la lumière...

— Ne l'oubliez plus jamais... Même si vous devez garder ce masque pour vous la rappeler.

Elle fixa le masque, puis secoua lentement la tête.

— Je n'ai besoin de rien pour me souvenir de Ian.

Elle se leva et jeta le masque parmi les autres. Ses yeux brillaient de larmes quand elle se tourna vers lui avec un sourire frémissant.

— Faites quelque chose de beau, Kartauk. Quelque chose de si beau que le cœur de tous ceux qui le verront en sera illuminé.

— Quel défi ! nota Kartauk en lui rendant son sourire. Heureusement que vous avez choisi un artiste assez grand pour le relever ! Nous devons entretenir le feu toute la nuit pour maintenir la température, ajouta-t-il en couvrant la marmite et en s'asseyant. Naturellement, en tant que simple apprentie, ce sera à vous de trouver du bois.

Ils surveillèrent le feu toute la nuit, sans dire mot. L'aube était proche quand elle déclara d'une voix altérée :

— J'ai quelque chose à vous dire...

— Je m'en doutais !

— Même si Ian est mort, je ne pourrai jamais... Je ne peux plus vous considérer comme avant.

— Je sais !

— Tout est différent. Changé.

— Tout change toujours. Les saisons passent, des enfants naissent, des hommes meurent. Ces marques n'existent plus, conclut-il en désignant le feu.

— Je veux dire que je ne peux pas...

— Chut, murmura-t-il en croisant son regard. Je sais ce que vous essayez de dire. Je le sais toujours.

Il se pencha pour attiser le feu.

— Je crois que nous avons besoin de bois, apprentie.

— Cette grosse malle va dans le bateau, Tamar, dit Jane en se dirigeant d'un pas énergique vers le hall du palais.

Elle désigna un grand vase près de la porte d'entrée.

— Et emballe ceci aussi. Il a toujours été le préféré de...

— Tu vas quelque part ?

Li Sung se tenait sur le seuil ; son regard errait sur

500

les trois serviteurs qui suivaient Jane, les bras chargés de boîtes et de bibelots.

— Bien sûr que non! répondit Jane. Margaret va enterrer Ian à Glenclaren. J'ai pensé qu'elle apprécierait d'emporter quelques souvenirs pour égayer cette énorme bâtisse.

— Ils n'y seront pas à leur place. Glenclaren n'est pas Cinnidar.

— La beauté est toujours à sa place!

Elle fit signe aux serviteurs de continuer et entraîna Li Sung sur la terrasse.

— Comment se passent les travaux au port?

— Pas mal! Il y avait beaucoup de dégâts dans les entrepôts et Medford va remplacer huit kilomètres de rails. Nous avons eu de la chance qu'Abdar ne s'attaque pas aux rails du canyon.

— Beaucoup de chance, acquiesça-t-elle. Une fois les réparations terminées ici, un mois nous suffira pour achever la ligne.

Il secoua la tête.

— Deux mois!

— Pourquoi? demanda-t-elle en fronçant les sourcils. Y a-t-il un problème?

— Tu vas perdre ma remarquable personne.

— Quoi?

— Je pars! Ruel peut attendre pour son chemin de fer.

— Où vas-tu?

— Dilam dit que c'est le moment idéal pour moi de rendre visite au Haut Conseil.

— Pourquoi voudrais-tu faire ça?

Il sourit.

— Il est temps que cette société matriarcale soit forcée d'admettre quelques hommes...

— Ça ne peut pas attendre?

Il secoua la tête.

— La bataille contre Abdar m'a conféré beaucoup de respect. Je dois battre le fer tant qu'il est chaud.

501

De plus, il faut que je rencontre les enfants de Dilam. Il est temps.

Elle sourit malicieusement.

— *Nesli*?

— Beaucoup plus que *nesli*, dit-il avec douceur.

— C'est une femme bien. Je te souhaite tout le bonheur possible, Li Sung.

La joie qu'elle éprouvait pour lui était à présent dénuée de toute nostalgie. Comment avait-elle pu ne pas comprendre que le lien qui les unissait était indestructible?

— Alors tu es venu me dire que je dois terminer seule le chemin de fer?

Son sourire s'effaça.

— Non, je suis venu voir Ruel.

— Pourquoi?

— Pour le traiter d'imbécile.

— D'imbécile? répéta-t-elle avec une pointe d'appréhension.

— D'aveugle imbécile. Il croit que tu as commandé les rails qui ont causé la catastrophe, n'est-ce pas?

Elle le regarda avec une stupeur horrifiée. Après tout ce temps, comment avait-il pu apprendre...

Medford!

— Medford te l'a dit?

— C'est toi qui aurais dû me le dire. Ne sommes-nous pas amis?

— Je ne voulais pas...

— Je sais pourquoi tu ne voulais pas me le dire, fit-il en accrochant son regard. Mais pourquoi ne pas l'avoir dit à Ruel?

— Je n'avais pas le choix.

Il la considéra un moment, puis hocha lentement la tête.

— Patrick. Je m'en doutais! Une promesse?

— Et une dette à payer...

— Eh bien, moi je n'ai fait aucune promesse. Je le lui dirai!

— Non !

Li Sung la regarda avec incrédulité.

— Tu veux qu'il continue à penser du mal de toi ?

— C'est du passé.

— Il doit savoir que tu es innocente.

— Je ne le suis pas tout à fait. Je me suis délibéré-ment aveuglée pour...

Elle vit sa mâchoire se crisper et poursuivit en hâte :

— Ruel se sent maintenant plus coupable que moi vis-à-vis de Ian. Je ne le laisserai pas endosser seul cette culpabilité.

Il hocha à nouveau pensivement la tête.

— J'aurais dû m'en douter. Mais ce fardeau est trop lourd pour tes épaules, Jane...

— Ce n'est pas un fardeau.

Elle sourit, désirant à tout prix qu'il comprenne.

— Ne saisis-tu pas ? Ruel m'aime en dépit de tout. Surmonter un tel obstacle exige beaucoup d'amour. Il me donne un grand et merveilleux cadeau.

— Tu ne le lui diras jamais ?

Elle secoua la tête.

— Et tu ne le dois pas non plus !

— Tu ne peux garder éternellement un tel secret ! Il comprendra en vivant à tes côtés que tu es inca-pable d'un tel acte.

— Promets-moi de ne rien lui dire !

— Ne pas me dire quoi ?

Ruel montait les marches.

— D'autres mauvaises nouvelles, Li Sung ? Je croyais que les travaux avançaient bien...

Jane se tendit, priant Li Sung du regard.

— En effet, répondit Li Sung, hésitant. Jane vou-lait vous annoncer elle-même la nouvelle...

— Quelle nouvelle ?

— Je pars pour un moment. Vous devrez peut-être patienter pour voir votre chemin de fer achevé.

Jane laissa échapper un soupir de soulagement.

— Je dois vous laisser, reprit Li Sung en s'éloignant. Elle vous dira le reste.

Ruel le regarda entrer dans le palais avant de se tourner vers Jane.

— Quel est le problème ?

— Il n'y en a aucun, fit-elle en passant son bras sous le sien. Mais comme il vous l'a dit, nous aurons du retard. Lui et Dilam ont décidé de le faire accéder au Haut Conseil.

— Ce retard pose problème...

— Nous nous en accommoderons. Li Sung a raison. Vous pouvez attendre pour votre chemin de fer !

— Vous serez en rupture de contrat, la taquina-t-il.

Il porta des yeux pensifs dans la direction de Li Sung.

— Ce n'est pas tout, n'est-ce pas ?

Elle devait à tout prix le distraire.

— Nous renégocierons... après le mariage.

— Le mariage ?

— Vous disiez bien que vous me courtisiez ?

— Vous n'aviez pas parlé de...

— Essayez-vous de me dire que vous ne voulez pas m'épouser ? Je vous préviens, je ne suis pas femme à prendre une telle insulte à la légère !

— Bien sûr, je veux vous épouser, dit-il impatiemment. C'est vous qui évitiez le sujet. Vous m'avez dit un jour que vous n'étiez pas attirée par la vie que je vous offrais.

— L'offre est-elle la même ?

— Il vous faudrait vivre à Cinnidar... Bien que je sois prêt à raser le palais si vous le détestez autant que vous l'avez laissé entendre...

— Li Sung pense que Cinnidar est le paradis. Qui pourrait n'en pas vouloir ?

Elle sourit en regardant les terrasses s'étageant autour d'elle.

— Et un palais n'est jamais que ce que l'on en fait. Je crois pouvoir m'adapter.

— Et votre chemin de fer?

Son sourire s'évanouit.

— J'ai besoin de travailler, de me sentir utile. Je ne peux pas y renoncer...

— Nous avons un chemin de fer ici...

— Et si je voulais construire le mien?

— Vous pouvez le construire ici!

Elle le regarda, préoccupée.

— Il n'y a de place que pour un seul chemin de fer à Cinnidar.

Il leva les mains.

— D'accord, je vous ai promis un chemin de fer si vous honoriez votre contrat. Vous l'aurez! Vous prendrez le mien! Le droit de passage vous appartiendra. C'est un sacré pouvoir que je vous donne là, nota-t-il avec un sourire de regret. Si vous décidez de refuser mes cargaisons d'or, je suis en rade. Satisfaite?

Elle sourit joyeusement.

— Oui! Je pense qu'un peu d'inquiétude vous sera salutaire.

— Je m'inquiéterais davantage si vous me quittiez, dit-il en posant ses mains sur ses épaules. J'y ai réfléchi... Vous souvenez-vous de m'avoir dit que votre monde ne tournait pas autour de moi?

— Je crois...

— Eh bien, le mien tourne autour de vous.

Elle rit.

— Je suis flattée! Toutes les femmes ne sont pas au centre d'un royaume!

— Je ne plaisante pas, dit-il en se rapprochant. Je ne veux plus jamais revenir en arrière.

Il ajouta en un murmure étouffé contre sa chevelure :

— J'étais... si seul.

Elle sentit les larmes lui monter aux yeux. Un tel aveu lui coûtait et prouvait la confiance qu'il lui portait.

— Moi aussi...

— Pas autant ! Vous savez vous entourer d'amitié. Moi, j'ai toujours eu du mal à me laisser approcher, par méfiance.

Elle l'enlaça.

— J'avais tellement besoin d'être proche de vous... Si vous me quittiez maintenant, je crois que je ne le supporterais pas. J'aurais envie de tout détruire autour de moi.

Elle refoula ses larmes pour déclarer d'un ton léger :

— Alors, pour éviter une telle catastrophe, je suppose qu'il vaut mieux que je ne vous quitte pas ?...

— Promettez-le-moi !

Il était si tendu qu'elle déplaça instinctivement sa main pour lui masser doucement la nuque.

— Pourquoi vous quitterais-je ?

— Promettez !

Sa mère l'avait abandonnée. Ian, la seule autre personne qu'il avait aimée, était aussi parti...

— Vous avez ma parole, dit-elle avec douceur. Je ne vous quitterai jamais.

Elle le sentit se détendre. Ils restèrent un moment l'un contre l'autre sans dire mot dans la lumière rosée du soleil couchant.

— Je vous rendrai heureuse, vous savez, dit-il finalement en lui donnant un rapide baiser et en l'entraînant par la taille vers la balustrade. Je serai un si bon mari que Maggie n'en reviendra pas !

Le soleil couchant baignait la montagne d'un superbe halo. Mais Ruel ne le regardait pas.

Son expression était soudain devenue absente.

— Les équipes doivent retourner travailler à la mine demain, dit-il d'une voix sourde.

Il se tut un moment, puis se tourna brusquement vers elle pour lui demander :

— Que diriez-vous d'aller à Johannesburg ?

— Johannesburg !

— Pas longtemps, précisa-t-il aussitôt. Je pensais

que... Puisqu'il y aura du retard de toute façon, nous pourrions...

— Pourquoi voudriez-vous aller à Johannesburg?

— Un navire marchand est arrivé ce matin au port, le capitaine dit qu'une grosse mine d'or a été découverte au nord de la ville...

Elle le regarda avec circonspection.

— Vous avez une montagne d'or ici rien que pour vous.

— Vous devez avoir raison... La vie de chercheur d'or est pénible et vous la détesteriez probablement. Je n'ai plus besoin d'or. Je délire...

Ruel n'est pas homme à se sentir à l'aise dans des palais, avait dit Li Sung.

Bien que Cinnidar soit devenu son pays, une part de lui-même serait toujours attirée par l'existence aventureuse des chercheurs d'or. Après toute une vie de défis, il ne serait jamais capable d'accepter docilement la luxueuse retraite que Cinnidar lui offrait.

Un immense soulagement envahit Jane. Elle aurait pu accepter cette retraite, par amour pour Ruel, mais l'idée ne la comblait pas.

— Croyez-vous que ces mineurs auraient besoin d'un chemin de fer pour transporter leur or à la ville? demanda-t-elle.

Un lumineux sourire éclaira son visage.

— Ça ne me surprendrait pas...

— Alors, je pense que nous devrions vraiment aller à Johannesburg, dit-elle, les yeux pétillants de malice. Après tout, votre mine pourrait s'épuiser dans un siècle ou deux et nos descendants seraient sur la paille...

Il éclata d'un rire joyeux et la souleva dans ses bras pour la faire virevolter.

— Vous avez vraiment envie de partir? Ce n'est pas pour me faire plaisir?

Elle secoua la tête.

— J'aime les trains, les villes, les paysages qu'on

507

regarde défiler. Cinnidar sera peut-être le terminus, mais je ne suis pas encore prête à m'arrêter.

Il la serra contre lui.

— Maintenant que nous sommes d'accord...

Il lui caressa tendrement les cheveux et murmura :

— Qu'est-ce que Li Sung ne devait pas me dire ?

Elle aurait dû se douter qu'il ne se laisserait pas distraire.

— Rien d'important...

— Un secret ? Les secrets sont toujours excitants. Je le découvrirai tôt ou tard, fit-il en l'embrassant légèrement sur la bouche.

Il découvrirait probablement la vérité, mais en un temps où la douleur serait éteinte. D'ici là, elle aurait tant œuvré pour le bonheur que le passé ne serait plus un obstacle.

Elle changea délibérément de sujet.

— Je voudrais être de retour à Cinnidar l'année prochaine à cette époque.

Il fronça les sourcils.

— Nous essaierons...

— Non, c'est important ! Nous devons être là !

— Qu'est-ce qui est si urgent ? Li Sung et Dilam peuvent s'occuper du chemin de fer et de la mine...

Elle secoua la tête.

— Pendant notre séjour à Johannesburg, je crois que nous devrions engager nos efforts sur un autre projet.

— Lequel ?

— Un projet auquel tout dirigeant de royaume devrait songer sérieusement.

— De quoi diable parlez-vous ?

— Un enfant.

Elle se blottit contre lui et murmura :

— Je veux avoir un enfant, Ruel. Je veux que notre enfant voie le jour à Cinnidar l'an prochain.

Margaret embarqua deux jours plus tard pour l'Ecosse.

— Nous vous rendrons visite l'année prochaine à Glenclaren, lui dit Jane. Mais si vous avez besoin de notre aide d'ici là, n'hésitez pas à nous écrire.

— Je suis encore capable de me débrouiller seule, répondit impatiemment Margaret. Même si votre compagnie me ferait très plaisir.

Elle donna une maladroite accolade à Jane avant de se tourner vers Ruel.

— Traitez-la bien ou vous aurez affaire à moi !

— Cette seule idée me fait trembler de terreur ! Bon voyage, Maggie, dit-il en déposant un baiser sur sa joue.

— Marg...

Elle renonça à le reprendre. Ruel ne changerait jamais !

— Bien sûr que je ferai bon voyage !

— Le contraire serait impossible... Aucun orage n'oserait la toucher

Kartauk. Elle se raidit et se retourna. Il grimpait la passerelle. Ils s'étaient à peine entrevus depuis cette nuit au camp de la rivière et elle avait espéré qu'il ne viendrait pas lui dire adieu. Pourtant, maintenant qu'il était là, la joie le disputait à la tristesse.

Il se planta devant elle.

— Même les dieux doivent se courber devant la volonté de Margaret.

Jane les regarda tour à tour, puis lui donna un dernier baiser.

— Au revoir, Margaret. Venez, Ruel, dit-elle en le prenant par le bras.

Il eut un sourire amusé et inclina moqueusement la tête.

— A vos ordres ! Je ne vis que pour vous satisfaire...

— On ne le dirait pas, grogna Margaret en les regardant descendre la passerelle.

— Je suis surpris que vous ne le voyiez pas ! dit

Kartauk en se tournant vers elle. Mais il est vrai que vous ne jouissez pas de toutes vos facultés en ce moment !

Elle détourna hâtivement le regard.

— Ça vous ressemble bien de venir me dire adieu. Je ne m'y attendais pas. Adieu, Kartauk, dit-elle en lui tendant une main gantée.

Il prit sa main.

— Vous l'auriez deviné si vous ne vous aveugliez pas !... Je n'aime pas ce gant, dit-il en fronçant les sourcils.

Il le lui ôta, et elle ressentit l'agréable choc du contact de sa peau chaude contre la sienne.

— C'est mieux... Maintenant, je peux continuer. Je vous accorde un an de deuil avant de venir à vous. Si je vous accordais davantage, ce serait un désastre. Je vous retrouverais chez les sœurs ou mariée à un pasteur desséché qui vous parlerait de devoir, et non de plaisir.

Elle le regarda avec étonnement.

— Je vous ai dit qu'il n'y avait pas d'avenir possible pour nous...

— Parce que vous êtes désorientée et avez mauvaise conscience. Avec le temps, vous comprendrez que Ian aurait voulu que vous goûtiez votre bonheur. Avec moi, dit-il en souriant.

Elle secoua la tête.

— Je m'en souviendrai toujours...

— Oui, bien sûr, l'interrompit-il. Mais je ferai en sorte que ces souvenirs ne soient pas amers.

Elle le fixait, hébétée. Le son de cloche qui annonçait le départ l'emplit de soulagement. Elle devait bannir Kartauk de ses pensées et fuir cet espoir qui l'envahissait.

— Vous devez partir...

Il porta sa main à ses lèvres.

— Un an, Margaret. Attendez-moi !

Elle le suivit des yeux tandis qu'il quittait le

510

bateau, le cœur battant, la tête fourmillant d'émotions confuses. Elle se précipita à la rambarde.

— Non, ne venez pas! Vous ne serez pas le bienvenu!

— Je serai le bienvenu!

— Et votre travail avec Ruel?

— Nous pouvons revenir ici.

— Ma place est à Glenclaren.

— Nous en discuterons après notre mariage...

— Nous ne nous marierons pas!

Il sauta sur le quai.

— Bien sûr que si! Vous n'êtes pas femme à vivre dans le péché...

— Je veux dire, nous ne...

— Evidemment, si vous souhaitez vraiment rester dans ce pays glacial, je reconsidérerai ma décision; je mettrai peut-être mon génie aux pieds de votre reine Victoria. Mais je ne ferai pas sa tête. Ce double menton..., fit-il en fronçant les sourcils.

La passerelle avait été enlevée et le bateau commençait à s'éloigner du quai. Il resta là, planté sur ses jambes puissantes, ses cheveux bruns soulevés par la brise.

— Ça ne vous servira à rien de venir, cria-t-elle désespérément. Restez ici, Kartauk!

Il secoua la tête.

— Comment le pourrais-je? J'ai découvert que je ne peux pas supporter l'idée d'un autre apprenti. Vous savez que je ne sacrifie jamais mon travail...

— Je dirai non!

— Au début, Margaret...

Il sourit et son expression s'éclaira d'un tel amour confiant qu'elle ne pouvait que le croire.

— A la fin, vous direz: «Oui, Kartauk.»

3757

Composition Interligne B-Liège
Achevé d'imprimer en France (Manchecourt)
par Maury-Eurolivres
le 29 janvier 2004.
Dépôt légal janvier 2004. ISBN 2-290-33782-X

Éditions J'ai lu
84, rue de Grenelle, 75007 Paris
Diffusion France et étranger : Flammarion